ULRIKE RENK

Fine und die Zeit der Veränderung

Eine Familie in Berlin

AF203121

atb **aufbau taschenbuch**

ULRIKE RENK, Jahrgang 1967, studierte Literatur und Medien-
wissenschaften und lebt mit ihrer Familie in Krefeld. Familien-
geschichten haben sie schon immer fasziniert, und so verwebt sie
in ihren Bestsellern Realität mit Fiktion.
Im Aufbau Taschenbuch liegen ihre Australien-Saga, ihre Ost-
preußen-Saga, ihre Seidenstadt-Saga sowie zahlreiche historische
Romane vor. »Fine und die Zeit der Veränderung« ist nach »Eine
Familie in Berlin – Paulas Liebe« und »Ursula und die Farben der
Hoffnung«, »Ulla und die Wege der Liebe« der vierte Band ihrer
großen Saga um die Dichterfamilie Dehmel.
Mehr zur Autorin unter www.ulrikerenk.de

Ulla, ihr Mann Heinrich und die Töchter Fine, Neli und Beate
sind endlich wieder nach Berlin zurückgekehrt. Doch ihre Ehe
hat unter den Anstrengungen der vergangenen Jahre gelitten, und
Ulla fühlt sich ihrem Mann fremd. Heinrich ist Tag und Nacht für
seine Patienten da, während sie sich politisch engagiert und für
eine bessere Welt kämpft. Dann kommt die Wirtschaftskrise, die
Nazis gewinnen mehr und mehr an Macht, und schon bald ist
klar, dass Fine und ihre Schwestern in der Großstadt nicht mehr
sicher sind. Schweren Herzens stimmt ihre Mutter zu, sie auf dem
Land in Pension zu geben. Fine wächst behütet und fern der politischen Wirrnisse auf, sie geht aufs Gymnasium, erlebt ihre erste
Liebe und träumt davon, Ärztin zu werden. Doch kann ihr Glück
von Dauer sein?

ULRIKE RENK

Fine und die Zeit der Veränderung

Eine Familie in Berlin

Roman

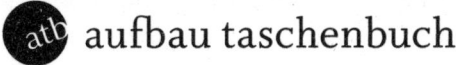 aufbau taschenbuch

MIX
Papier | Fördert
gute Waldnutzung
FSC www.fsc.org FSC® C083411

ISBN 978-3-7466-3864-5

Aufbau Taschenbuch ist eine Marke
der Aufbau Verlage GmbH & Co. KG

1. Auflage 2023
© Aufbau Verlage GmbH & Co. KG, Berlin 2023
Umschlaggestaltung www.buerosued.de, München
unter Verwendung von Motiven von © akg-images und
© Ildiko Neer / Trevillion Images
Satz LVD GmbH, Berlin
Druck und Binden CPI books GmbH, Leck, Germany
Printed in Germany

www.aufbau-verlage.de

Für
Regina Polensky
Paulaurenkelin
Ullaenkelin
Finetochter
Danke

Personenverzeichnis

- ~ Ulla Dehmel geb. Stolte
  - ~ Verheiratet mit Heinrich Dehmel (geschieden 1927)
    - ~ Kinder:
      - ~ Fine 1920
      - ~ Cornelia 1921
      - ~ Beate 1924
- ~ Heinrichs Schwestern:
  - ~ Vera (genannt Detta) Tügel, geb. Dehmel
  - ~ Ehemann Tetjus Tügel (geschieden 1925)
    - ~ Sohn: Tim geb. 1919
  - ~ Liselotte Dehmel (genannt Lotti)
    - ~ Sohn: Peter (geboren 1924)
    - ~ Walter Schleiter (Ehemann ab 1929)
- ~ Heinrichs Stiefmutter Ida Dehmel genannt Isi/Großmutter Isi
  - ~ Guste – Idas Mamsell und Köchin
- ~ Hermann Stolte (Großvater Stolte) – Ullas Vater
- ~ Heinrich Vogeler, genannt Mining
  - ~ Sonja Marchlewska
  - ~ Jan, geboren 1923, Sohn von Sonja und Heinrich
- ~ Marieluise Vogeler (Minings Tochter), genannt Mieke, verheiratet mit Gustav Regler
- ~ Gertrud und Hans Sperling – Pensionseltern in Tabarz

Teil 1 – Ulla

Kapitel 1
Berlin, Frühjahr 1926

»Das Kleid ist phantastisch«, sagte Vera zu Ulla und drehte sich im Kreis. »Es ist eine wahre Pracht, Ullala.«

»Danke. Ich würde es aber noch ein wenig kürzen.« Ulla hielt ihre Schwägerin fest, die immer noch durch den Raum tanzte. »Steig mal auf den Stuhl, dann kann ich es abstecken.«

Vera schaute an sich hinab. »Ja, noch etwas kürzer, dann kommen meine Beine besser zur Geltung. Wobei du natürlich alle Blicke auf dich ziehen wirst. Es ist wirklich eine Wucht. Wie du das nur immer hinbekommst?«

»Ich nähe halt gerne.« Ulla lächelte. Sie freute sich schon auf den Samstag, wenn sie mit ihren beiden Schwägerinnen – Lotti und Vera – zum Tanzen in die Stadt gehen würde. Ein neuer Klub hatte aufgemacht – einer von den vielen neuen Klubs, die in Berlin wie Pilze aus dem Boden schossen. Seit einem Jahr lebten sie nun in dem kleinen Häuschen in der Reinerzstraße. Am Anfang war es ihr schwergefallen, sich wieder an die Stadt zu gewöhnen. In Berlin pulsierte das Leben – auf zweierlei Art. Es gab eine bunte, schillernde, aufregende Seite, das Nachtleben und die Kunstszene. Aber es gab auch die düstere, farblose und triste Seite, der Alltag der Arbeiter, Tagelöhner und Obdachlosen. Nachts wurde gefeiert, als gäbe es kein Morgen, aber tagsüber füllten der Qualm der Fabriken, der Rauch der Öfen und die Abgase der Automobile die vollgestopften Straßen, durch die verzweifelte Menschen liefen. Dieser Kontrast faszinierte Ulla genauso, wie er sie entsetzte.

Sie nahm die Stecknadeln in den Mund und steckte den Saum des Kleides ein wenig höher. Als sie fertig war, ging sie prüfend einmal um den Stuhl herum und nickte zufrieden, bevor ihr Blick nach draußen wanderte. Zu dem kleinen Reihenhäuschen, das sie günstig hatten mieten können, weil es neu gebaut worden war und noch trocken gewohnt werden musste, gehörte auch ein Gartenstück. Eigentlich war es dazu gedacht, dass die Bewohner dort ein wenig Obst und Gemüse zur Selbstversorgung anbauten, doch Heinrich hatte eine Reckstange, einen Sandkasten und eine Bank aufgestellt, von der aus Ulla den Kindern beim Spielen zuschauen konnte.

Fine wurde dieses Jahr sechs und würde nach Ostern in die Schule kommen. Ihre älteste Tochter war so vernünftig, dass Ulla ihr oft die Aufsicht über die beiden jüngeren Schwestern überließ. So auch heute. Tim, Veras Sohn, der fast ein Jahr älter war als Fine, saß rücklings auf der Bank und schaute zu dem großen Sportplatz hinter dem Haus, wo einige Männer Fußball spielten. Beate und Neli hockten im Sandkasten, und Fine hatte, wie meist, ein Buch in der Hand. Sie konnte schon ein paar Wörter lesen, aber noch schaute sie sich meist nur die Bilder an.

Vera trat neben Ulla ans Fenster und blickte nach draußen.

»Wie groß die beiden schon sind«, sagte sie leise.

»Ja, es ist so wunderbar, zu sehen, wie aus unseren Babys tatsächlich Menschen werden. Wie die Knospe einer Blüte, die sich langsam und vorsichtig öffnet, dann die zarten, seidenweichen Blütenblätter vorsichtig ins Licht streckt, sich dehnt und wächst. Und schließlich wird aus der Blüte eine kleine Frucht – die schon zeigt, was sie später einmal sein wird.« Ulla lächelte. »Fine ist schon eine kleine Frucht – ein Äpfelchen. Ihr Charakter ist schon angelegt. Sie ist selbstbewusst und fröhlich, bewegt sich gerne. Neli dagegen ... da steht noch nicht ganz fest, was sie denn sein wird. Vielleicht eine Birne oder ein Pfirsich. Sie ist weicher und verletzlicher als Fine. Manchmal sieht sie nur in die Luft und scheint zu träumen.«

»Und Beate?«, fragte Vera belustigt nach.

»Beate ist ein Sonnenschein. Wie sie sich weiterentwickelt, wird sich zeigen. Aber ich hoffe, dass sie ihr fröhliches Gemüt behalten wird.«

»Und Tim, er ist ein wenig wie sein Vater – künstlerisch sehr begabt. Ich hoffe aber, dass er auf die Allüren verzichten wird.« Vera seufzte.

»Kümmert sich Tetjus eigentlich um Tim?«, fragte Ulla, ohne sie anzusehen.

»Manchmal. Selten. Er hat ja wieder geheiratet und wird bald Vater – das dritte Kind von der dritten Frau. Ich war die erste und habe nun das Nachsehen. Er sagt, er könne sich ja nicht kümmern, weil ich nach Berlin gezogen bin. Aber in Hamburg hatte ich keine Perspektive. Tim vermisst Blankenese immer noch sehr. Allerdings nicht wegen seines Vaters – eine innige Beziehung hatten die beiden ja nie. Er vermisst Isi und vor allem Guste.«

Ulla lachte leise und legte den Arm um die Schulter ihrer Schwägerin und besten Freundin. »Wir alle vermissen Guste – die beste Köchin der Welt. Ich habe die Zeit im Haus deines Vaters und seiner Frau sehr genossen – Guste hat uns immer verwöhnt. Leider haben wir kaum Zeit, um sie zu besuchen.«

»Isi würde euch immer mit offenen Armen aufnehmen, Ullala, das weißt du doch sicherlich. Warum hast du keine Zeit?« Sie sah Ulla nachdenklich an.

»Gut, es ist nicht die Zeit – auch wenn es schwieriger werden wird, sobald Fine zur Schule geht. Es ist … das Geld.«

»Das Geld?« Vera trat einen Schritt zurück und schaute sie überrascht an. »Bei mir ist das Geld knapp, weil ich keine feste Anstellung habe. Ich habe zwar immer wieder Aufträge, aber ein sicheres Einkommen ist etwas anderes. Natürlich ist es hier in Berlin leichter als in Hamburg – deshalb bin ich ja auch umgezogen. Aber ich wünschte, ich hätte einen Ehemann mit einer festen Anstellung – so wie du.«

Ulla senkte den Kopf. »Nicht mehr«, murmelte sie dann und biss sich auf die Lippe. »Heinrich hat die Stelle als Amtsarzt verloren.«

»Bitte was?«, fragte Vera entsetzt. »Was hat mein Bruder getan? Goldene Löffel geklaut? Wie kann man denn so eine Stelle verlieren?«

»Indem man sich mit der Bezirksverwaltung anlegt und Beschwerden veröffentlicht.«

»Beschwerden? Worüber?«

»Nun, wegen der Wohnverhältnisse in Neukölln. Er hat ja recht, nicht umsonst nennt man einige Straßenzüge dort ›Die Wickelburg‹. Die Wohnverhältnisse sind miserabel«, sagte Ulla. »Zieh mal das Kleid aus, ich nähe es schnell ab.«

Vera wand sich vorsichtig aus dem Kleid und reichte es Ulla. Der Nähmaschinentisch stand neben dem Fenster. Ulla setzte sich an die Maschine, bewegte die Pedale mit dem Fuß und schon ratterte die Nähmaschine.

»Die Verhältnisse dort sind wirklich prekär. Du kennst die Gegend? Ein Hinterhof reiht sich an den nächsten. Die Sonne kann noch so hoch stehen – ihre Strahlen erreichen den Boden der Höfe nicht. Es gibt kaum sanitäre Anlagen – Gemeinschaftstoiletten auf den Zwischenetagen, die sich die Bewohner teilen müssen. Fließend Wasser manchmal nur an den Wänden. Eine Einzimmerwohnung gilt erst ab sechs Bewohnern als überbelegt. Und viele Wohnungen werden geteilt vermietet – tage- und nachtweise.«

»Tageweise?«, fragte Vera verwirrt nach.

»Ja, für die Tagelöhner. Es gibt Tagschläfer und Nachtschläfer, wusstest du das nicht? Wer nachts arbeitet, hat die Wohnung, meist nur ein düsteres und feuchtes Zimmer, tagsüber gemietet und kann dann dort schlafen und sich vielleicht eine karge Mahlzeit bereiten. Abends geht er dann wieder. Und dann kommen die Nachtschläfer, die tagsüber gearbeitet haben. Manchmal ist die Wohnung für die Nachtschläfer auch an Familien vermietet – die Frau mit den Kindern muss die Wohnung aber tagsüber räumen – für den Tagschläfer.«

»Grundgütiger. Das es so etwas gibt. Das ist ja furchtbar. Ich finde ja schon unsere Wohnung schlimm – wir haben keinen Garten, so wie ihr. Aber immerhin bewohnen wir die Wohnung alleine.«

»Es kommen dort so viele Kinder zur Welt. Heinrich verzweifelt daran geradezu. Die Kindersterblichkeit ist immens und natürlich sterben auch viele Mütter im Wochenbett – das Kindbettfieber grassiert dort genauso wie die Ruhr. Es ist schlimm und er hat mehrere Anträge gestellt, um die Überbelegungen verbieten zu lassen. Nur …« Ulla verstummte.

»Nur was?«

»Nun, man kann es ja nicht von jetzt auf gleich ändern«, sagte sie und stand auf, hielt das Kleid mit dem gekürzten Saum hoch. Es war ein ärmelloses Kleid aus einem silbern schillernden Stoff, das gerade geschnitten war. Über der Brust, an der tiefen Taille und ein wenig über dem Saum hatte sie rundherum Bänder mit blauen Fransen angenäht, die bei jeder Bewegung hin und her schwangen, somit wirkte das Kleid sehr lebendig.

Vera streifte es wieder über, und Ulla schloss die Knöpfe im Rücken, der tief ausgeschnitten war.

»So wirkt es besser«, sagte Ulla zufrieden. Ihr Kleid war ähnlich geschnitten, nur aus blauem Stoff mit silbernen Fransen. Die beiden Freundinnen sahen sich an und lachten verzückt.

»Zu schade, dass ihr kein Grammophon habt. Sonst könnten wir jetzt tanzen.«

»Wir können ja trotzdem tanzen«, sagte Ulla und fing an »Sweet Georgia Brown« zu summen. Vera lachte verzückt auf und hob die Arme, Ulla griff nach ihrer rechten Hand und die linke auf Veras Taille. Summend und lachend tanzten sie einen One-Step. Dann fing Vera an zu singen:

»Du bist zu dick, du bist nicht schick
du bist unmöglich
das seh ich täglich
mein lieber Hans!«

»Was ist das für ein neuer Sport«, stimmte Ulla ein, und gemeinsam sangen sie, *»des Kniegelenkes*

was für Menkenkes

machst du beim Tanz?«

Und so sangen sie das Lied gemeinsam, Arm in Arm und tanzend. Danach sah Vera Ulla grinsend an.

»Ta-ta«, machte sie. »Ta-ta, tatatatata ...«

»Ta-ta, Ta-ta, tatatatatata«, sang Ulla.

Sie stellten sich nebeneinander, spreizten die Arme und tanzen einen Charleston, laut lachend und gackernd. Sie waren ganz vertieft in ihren Tanz, so dass sie die Tür nicht hörten. Plötzlich stand Heinrich im Raum und sah sie entgeistert und verärgert an.

»Was ist denn hier los?«, sagte er. »Und wie sieht es hier überhaupt aus? Und wie seht ihr aus? Sind wir hier bei den Hottentotten?«

»Hallo, mein Lieblingsbruder.« Vera fiel ihm um den Hals und drückte ihm einen dicken Kuss auf die Wange. »Ich finde es auch schön, dich zu sehen.« Sie zwinkerte ihm zu. »Schau doch nur, was für schöne Kleider Ullala genäht hat. Am Samstag wollen wir in den neuen Klub. Kommst du mit? Lotti kommt auch.«

»Ihr wollt tanzen?« Heinrichs Stirn glich der Borke eines alten Baumes. »Was soll ich denn da?« Mit seinem Gehstock zeigte er auf sein steifes Bein und schüttelte den Kopf, sein Blick war immer noch verärgert. »Wo sind die Kinder und wann gibt es Essen?«

»Die Kinder sind im Garten«, beeilte sich Ulla zu sagen. »Wir haben sie von hier aus gut im Blick.« Eilig begann sie, die Sachen vom Tisch zu räumen – Stoffreste, Fäden, Nähgarn, Kreide und

Stecknadeln. Vera schaut zu ihr, dann wieder zu Heinrich und zog die Schultern fröstelnd nach oben.

»Im Blick?«, fauchte Heinrich. »Ihr habt doch nur euch im Blick.«

»Dann kümmere du dich doch um die Mädchen«, zischte Ulla jetzt.

»Während du was tust? Nähen? Basteln? Deine Aufgabe ist der Haushalt – aber das vergisst du ja immer.« Heinrich drehte sich um und ging zur Tür. Knallend warf er sie hinter sich zu. Sie hörten seine humpelnden und stampfenden Schritte, unterstrichen von dem Tok-tok, das sein Stock machte, den er wütend auf die Stufen stieß, nach oben gehen.

»Du lieber Himmel, welche Laus ist ihm denn über die Leber gekrochen?«, fragte Vera verblüfft.

Ulla zuckte nur mit den Schultern.

»Das ist schon länger so mit euch? Ich dachte, ihr hättet wieder Frieden geschlossen und hier einen Neuanfang gemacht?«

»Das hatte ich auch gehofft, aber er wird immer verbitterter. Nach der Währungsreform habe ich Hoffnung geschöpft, dass bald alles besser wird, zumal er ja die Stelle beim Amt hatte – aber jetzt müssen wir wieder jeden Pfennig umdrehen, und ich glaube, er möchte, dass ich auch arbeiten gehe. Er weist mich immer auf mein Studium hin.« Ulla zog sich schnell das Kleid aus, faltete es zusammen und zog ihre Alltagssachen an.

»Arbeiten? Geld verdienen? Dann hätte er dir nicht drei Kinder machen sollen«, schnaubte Vera. »Er ist Arzt, er weiß, wie man das verhindern kann.«

»Du weißt doch, wie sehr er sich einen Sohn gewünscht hat. Und nun hat er nur drei Töchter.«

»Pffft. Dieser dumme Stammhaltergedanke.«

»Es ist der Name. Dehmel. Du und Lotti gebt ihn nicht weiter ...«

»Lotti schon. Ihr Sohn Peter heißt natürlich Dehmel – so wie sie auch. Und es ist nicht abzusehen, dass sie heiratet.«

»Ja, aber Heinrich wollte den Namen vererben. Er wollte einen Sohn.«

»Ich hoffe, du gibst seinem Wunsch nicht noch einmal nach. Noch eine Schwangerschaft und Geburt könnte dich umbringen.« Auch Vera hatte sich rasch umgezogen und nahm nun ihre Freundin in die Arme.

Ulla schüttelte den Kopf. »Die drei Mädchen reichen mir. Völlig. Ich würde lieber wieder arbeiten – etwas schaffen, etwas erschaffen. Es geht mir gar nicht so sehr ums Geld, es geht darum, etwas Sinnvolles zu tun.«

»Ich hätte da vielleicht etwas für dich«, sagte Vera nachdenklich. »Aber was wäre mit den Mädchen?«

»In zwei Wochen beginnt die Schule – dann ist Fine zumindest erst einmal betreut. Und ich habe ein neues Dienstmädchen in Aussicht. Die gute Gertie wird mich leider bald verlassen. Sie ist eine wunderbare Köchin und kann gut haushalten. Außerdem kann sie auch noch hervorragend mit den Kindern umgehen. Deshalb hat sie auch eine Stelle gefunden, die besser bezahlt ist. Das kann ich ihr nicht bieten, im Moment zumindest nicht. Aber ein zuverlässiges Mädchen zu finden, ist gar nicht so einfach, auch wenn du an jeder Straßenecke zehn davon aufgabeln könntest. Aber drei von denen trinken, zwei klauen das Haushaltsgeld, zwei weitere sind faul, eine schlägt die Kinder, und der Rest kann nicht kochen.« Ulla seufzte. »Jemanden mit guten Empfehlungen zu bekommen, ist schwer. Zum Glück hat mein Vater eine junge Frau an der Hand. Sie ist geschieden und kommt deshalb nur schwer unter.«

»Ich bin froh, dass ich eine zuverlässige Kraft habe – sie ist noch sehr jung, aber sie kommt gut mit Tim klar. Nur kochen … na ja, das könnte besser sein.«

»Heute Abend esst ihr doch bei uns?« Es war nicht wirklich

eine Frage. »Gertie hat einen Eintopf gekocht. Mit Lammfleisch.«

»Ich rieche es schon die ganze Zeit«, gab Vera zu. »Komm, geh und hol die Kinder. Ich räume hier schnell weiter auf. Dann hat Heinrich keinen Grund mehr, zu meckern.«

Ulla drückte Veras Hand und lächelte ihr dankbar zu. Dann ging sie rasch in die Küche, die neben der Stube im Erdgeschoss war. Das Reihenhaus war schmal und hoch – Stube, Küche und Toilette im Erdgeschoss, darüber das Schlafzimmer und das Wohnzimmer, außerdem ein kleines Bad. Im zweiten Stock schliefen die Mädchen, und dort war auch Heinrichs Arbeitszimmer. In der Mansarde im Dach war die Kammer des Mädchens.

»Meine Schwägerin und ihr Sohn essen heute mit uns«, sagte sie zu Gertie, dann ging sie nach draußen in den Garten. An der Tür blieb sie stehen und holte tief Luft. Hier in Wilmersdorf lagen weniger Rauch und Qualm über den Straßen, zum Teil war es fast noch ein wenig dörflich, doch die Bebauung nahm, so wie überall, immer mehr zu. Dennoch roch es hier nach Frühling. Natürlich nicht so, wie auf dem Darß, wo man die Jahreszeiten am Duft erkennen konnte. Ulla hatte ihre Fischerkate auf dem Darß geliebt, aber sie war froh gewesen, umzuziehen, hatte sich mehr Freiheit und vor allem mehr Austausch mit anderen ersehnt. Bisher war es schwierig gewesen, Kontakte zu knüpfen, die Kinder fesselten sie an das Haus. Doch nun war Vera nach Berlin gezogen, und jetzt würde alles anders werden. Besser, so hoffte Ulla.

Da Heinrich wegen seiner Kriegsverletzung, die letztendlich zu einem steifen Bein geführt hatte, nicht tanzen ging, hatte Ulla bisher wenig vom Berliner Nachtleben mitbekommen. Ein paarmal war sie mit Sonja, Lottis bester Freundin, und ihrem Lebensgefährten Heinrich Vogeler, den alle Mining nannten, ausgegangen, aber sie hatte sich wie das dritte Rad am Wagen gefühlt. Das würde sich jetzt ändern, dachte sie und holte tief Luft. Es war noch die klare Luft des Winters, aber jetzt schon vermischt mit dem frischen Duft jungen Grases. Noch waren die Bäume und Büsche trist und graubraun, aber die allerersten Anzeichen und Farbtupfen ließen sich schon erahnen. Die dicken, noch geschlossenen Knospen der Kirschbäume, die sich an der Spitze zaghaft öffneten, so als wollten sie schnuppern, ob die Luft schon lau genug sei für die zarten Blütenblätter. Die Schneeglöckchen und Winterlinge, die tapfere Vorhut des Frühlings, die durch das alte Laub des letzten Jahres brachen und von Wachstum und Erneuerung zeugten. Auch der Boden, noch hart und von einem kargen Braun, roch anders. Wenn die ersten Frühjahrsgüsse ihn aufweichten, würde der Duft ausbrechen und die Luft erfüllen. Es war erst ein Erahnen, ein sanftes Herantasten der neuen Jahreszeit, Ulla sah ihr mit Freude entgegen. Sie hielt an dem Gefühl fest, an dem Freuen auf das Wochenende, auf den Frühling und Sommer, auf die neue Zeit, um das dumpfe Gefühl der Trauer über ihre inzwischen wieder lieblose Ehe zu übertünchen.

»Kinder, kommt rein. Gleich gibt es Essen«, sagte sie bemüht fröhlich. »Vati ist schon da.«

Fine sprang sogleich auf, ihre Wangen leuchteten, und ihre Augen strahlten. Sie lief auf das Haus zu. »Wo ist Vati?«

»Er ist nach oben gegangen. Jetzt darfst du ihn noch nicht stören«, sagte Ulla fest.

Fine blieb stehen und zog die Nase hoch. »Och Mensch«, murmelte sie enttäuscht.

»Er kommt ja gleich zum Essen herunter«, versuchte Ulla ihre Tochter zu trösten. Fine und Heinrich hatten ein sehr inniges Verhältnis zueinander, und nichts liebte Fine mehr, als wenn der Vater ihr Geschichten vorlas.

Neli war Fine gefolgt. »Vati?«, fragte sie hoffnungsvoll.

»Er muss noch arbeiten«, sagte Fine. »Dann dürfen wir ihn nicht stören.«

Auch Neli senkte den Kopf.

»Geht und wascht euch die Hände«, sagte Ulla und hob Beate

aus dem Sandkasten, schüttelte sie ein wenig und klopfte den Sand von der Kleidung. Beate lachte begeistert.

»Muss ich auch rein?«, fragte Tim. »Ich will lieber noch den Fußballern zusehen. Hertha BSC trainiert dort hinten, eine klasse Mannschaft.«

»Du musst nur mitkommen, wenn du etwas zu essen haben willst.« Ulla lächelte.

»Oh«, sagte Tim und stand auf. »Eure Köchin ist zwar nicht so gut wie Guste in Blankenese, aber sie ist um Welten besser als unser Mädchen.« Er leckte sich über die Lippen.

»Wie gefällt dir denn Berlin?«, fragte Ulla ihren Neffen.

Tim zuckte mit den Schultern. »Weiß nicht«, murmelte er. »Ich fand es in Blankenese schöner. Da konnte ich immer zu Großmutter Isi gehen und zu Guste. Auch Vati habe ich öfter gesehen – aber er hat ja nie viel Zeit. Mutti sagt, die Schule sei hier besser, und ich würde bestimmt bald Freunde finden, da bin ich mir aber nicht so sicher.« Er verzog das Gesicht. »Unser Häuschen in Blankenese war auch viel schöner als die Wohnung hier, und dort hatten wir einen Garten. Aber Mutti sagt, dass sie eine andere Wohnung für uns suchen wird.«

»Du wirst dich schon einleben. Für die Mädchen war es auch nicht leicht.«

»Aber ihr habt am Meer gewohnt, dort war es noch schöner als in Blankenese – aber noch weiter weg von Guste.«

»Das stimmt«, sagte Ulla lachend. »Alles hat seine Vor- und Nachteile, Tim. In der Stadt haben wir aber alle bessere Möglichkeiten.«

Ulla setzte Beate in der Küche in den Kinderstuhl. Gertie würde sie füttern, umziehen und zu Bett bringen.

Die Mädchen hatten sich die dicken Mäntel ausgezogen und sie in der Garderobe achtlos fallen lassen. Vera trat in den Flur, hob die Mäntel auf und hängte sie an die Haken. »Sie kommen ganz auf dich, Ullala«, sagte sie verschmitzt.

Ulla seufzte. »Sehr zu Heinrichs Missfallen.«

»Sie sind noch jung und können noch lernen, du musst es ihnen nur vorleben.«

»Ich schmeiße meinen Mantel ja nicht auf den Boden«, sagte Ulla empört.

»Abe oft genug legst du ihn einfach auf den Stuhl ...«

»Mach du mir nicht auch noch Vorhaltungen.«

»Ach, ich meine das ja nicht so, meine liebste Ullala.« Vera umarmte ihre Freundin. »Es wird sich schon alles fügen. Die Mädchen sind großartig, das sieht mein Bruder doch hoffentlich auch?«

»Ich weiß nicht, wie dein Bruder die Dinge sieht. Er spricht mit mir nicht darüber. Aber ganz sicher liebt er die Mädchen.« Sie stockte. »Fine mehr als die beiden anderen, fürchte ich«, fügte sie leise hinzu.

»Ach herrje«, sagte Vera erschrocken. »Merken es die Kinder?«

»Neli merkt es, ja. Sie buhlt so sehr um Heinrichs Liebe, dass es schon wehtut.«

»Du musst mit ihm reden. Das geht nicht. Er muss sich um alle drei kümmern.«

»Ich rede mit einer Wand«, sagte Ulla und drehte sich um, ging in die Stube. Die Kinder hatten schon am Tisch Platz genommen. Das Zimmer war aufgeräumt, Vera hatte ganze Arbeit geleistet. Überrascht sah sich Ulla zu ihr um. »Meine Güte, bis ich das so hinbekomme, vergeht ein ganzer Tag. Wie hast du das geschafft?«

»Es ist ganz einfach«, sagte Vera. »Ich werde es dir zeigen. Aber nun gibt es hoffentlich Essen, mir knurrt schon der Magen, und es riecht phantastisch.«

Der Duft des Essens musste auch bis in die obere Etage gedrungen sein, denn nun ertönten die Schritte und das Tok-tok von Heinrichs Stock auf der Treppe.

»Vati kommt«, sagte Fine glücklich. Nelis Wangen glühten, und sie ließ ihren Blick nicht mehr von der Tür.

»Habt ihr euch die Hände auch gut gewaschen?«, fragte Ulla nervös. »Streckt sie aus.«

Die Mädchen folgten ihrer Anweisung und drehten die Hände hin und her. Ulla nickte zufrieden.

»Was ist denn, wenn sie nicht sauber sind?«, fragte Vera leise.

»Dann ärgert sich dein Bruder.«

»Ach herrje«, sagte Vera wieder. »Was ist denn bloß in ihn gefahren? Es sind doch noch Kinder.«

»Er ärgert sich über mich. Denn ich bin die Mutter und habe mich zu kümmern.«

Vera schüttelte entgeistert den Kopf, sagte aber nichts mehr.

»Es war köstlich«, sagte Heinrich und schob seinen Teller von sich. »Gertie ist eine Wucht.«

»Das stimmt«, antwortete Ulla. »Zu schade, dass sie geht.«

»Sie geht?« Heinrich sah seine Frau entgeistert an. »Warum?«

Ulla verdrehte die Augen. »Natürlich geht sie. Das hatte ich dir doch gesagt. Mehr als einmal. Aber du hörst ja nicht zu. Sie geht, weil sie eine andere Stellung hat, bei der sie mehr Lohn bekommen wird.«

Heinrich schnaufte. »Geld, Geld, alles dreht sich immer um Geld.«

»Von irgendetwas muss man ja leben«, sagte Vera und zündete sich eine Zigarette an, reichte ihr silbernes Etui an Ulla weiter. »Ohne Geld geht es nicht.«

»Doch, das ginge schon«, sagte Heinrich und zog ein Zigarillo aus seiner Westentasche. »Auf dem Barkenhoff haben sie es jahrelang erfolgreich gelebt. Selbstversorgung – Tauschgeschäfte. Alle sind gleich, alles gehört allen. Man arbeitet und lebt gemeinsam.«

»Letztendlich ist das Projekt aber gescheitert. Wie andere Projekte dieser Art auch. Du kannst gerne Mining dazu befragen. Er hat sich vom Barkenhoff zurückgezogen. Oder sprich mit Tetjus. Der hat dort auch eine Weile gelebt.« Vera stieß den Rauch aus.

»Möchte jemand einen Absacker?«, fragte Ulla und stand auf. »Gerne«, meinte Vera. »Du doch bestimmt auch, Heinrich.« Heinrich schüttelte den Kopf. »Ich muss noch arbeiten.« Er räusperte sich. »Diese Projekte scheitern nicht an der Idee an sich, sondern an den Menschen, Detta. Es sind die Egoisten, die diese Art des Lebens kaputt machen und nicht führen können. Die Menschheit muss ihren Egoismus ablegen, und wir alle müssen lernen, anders miteinander umzugehen.«

»Wie denn?«, fragte Ulla und zog die Augenbrauen hoch, stellte drei Gläser und eine Schnapsflasche auf den Tisch. »Wie müssen sie miteinander umgehen?« Sie sah ihn herausfordernd an.

Tim und Neli waren nach oben gegangen, um zu spielen, Fine aber saß noch auf ihrem Stuhl und machte sich ganz klein. Niemand beachtete sie.

»Achtsam. Wir müssen achtsam miteinander umgehen. Und uns alle als gleichberechtigt akzeptieren.« Heinrich nickte ernst.

»Das sagt der Richtige«, fauchte Ulla. »Derjenige, der seine Meinung über das Wohl der Familie stellt.«

»Ich bitte euch«, meinte Vera nun und lächelte. »Wir wollen uns doch nicht streiten?« Sie räusperte sich. »Dass sich alle gleichberechtigt ansehen, ist eine schöne Vorstellung, aber mir scheint es – vielleicht noch – eine Utopie zu sein. Das funktioniert noch nicht mal in Russland, wo jetzt die Kommunisten an der Macht sind. Es ist ihr Credo – aber sie müssen es mit Gewalt durchsetzen.«

»So wie sie es machen, ist es falsch«, sagte Heinrich und trank einen großen Schluck von dem Schnaps. »Gewalt ist keine Lösung. Niemals. Ich glaube aber, dass es mindestens eine Generation dauert, bis die Menschen begriffen haben, worauf es ankommt. Mindestens. Vermutlich sogar noch länger.« Er seufzte. »Es sind halt gesellschaftliche Normen, die überwunden werden müssen. Das geht nicht von jetzt auf gleich. Es dauert, es braucht Übung, Gewöhnung.«

»Und viel, viel Überzeugung«, sagte Ulla. »Ich kann mir nicht vorstellen, dass das funktioniert. Nicht friedlich. Einen Bürgerkrieg würde ich für das Erreichen dieser Ziele auch nicht in Kauf nehmen wollen. Keine Art von Kampf.«

»Was machst du jetzt eigentlich?«, fragte Vera Heinrich. »Ulla hat mir erzählt, dass du deine Stelle verloren hast.«

Heinrich sah Ulla an, dann seine Schwester. »Ich habe meine Anstellung nicht verloren – das ist ja kein Schlüsselbund –, mir wurde die Stellung gekündigt. Weil ich nicht tatenlos zusehen will, wie Tausende Menschen vor die Hunde gehen, während Politiker sich um Kleinigkeiten streiten. Diese Stadt, das ganze Land, muss reformiert werden. Die Wohnverhältnisse für die Arbeiterschicht sind indiskutabel. Es sterben Menschen – Kinder und Frauen, weil die Regierung zu feige ist, einzuschreiten und die Situation zu ändern.« Er holte tief Luft, trank noch einen Schnaps. »Man muss dringend neue Wohnungen bauen – Wohnungen, die mehr Platz bieten und bessere hygienische Bedingungen haben. Eine Toilette für eine Familie, fließendes Wasser nicht an den Wänden, sondern aus dem Wasserhahn. Mehr Licht und Luft, so dass die Menschen atmen können. Und das wäre nur ein Anfang.« Er sah sich um. »Wir wohnen hier im Vergleich zu den Menschen in Neukölln in paradiesischen Verhältnissen. Wir haben ein Haus, das uns genug Raum bietet, Toilette und Bad. Wir haben sogar einen Garten, den wir dieses Jahr auch bewirtschaften sollten ...«

»Bewirtschaften?« Ulla lachte ungläubig. »Wie stellst du dir das denn vor?«

»Wir hatten einen Gemüsegarten in Wustrow. Und auch Obststräucher. Das wird hier ja auch möglich sein. Ich weiß, wir werden nicht genug anbauen können, um uns selbst zu versorgen – aber dazu beitragen, das können wir schon. Außerdem ist es günstiger, als alles einzukaufen.«

»Ja, das stimmt. Dann wirst du also einen Gemüsegarten anlegen? Kartoffeln pflanzen? Salat setzen?«, fragte Ulla.

»Ich? Wann soll ich das denn tun?« Heinrich sah sie ungläubig an. »Dafür habe ich keine Zeit. Aber du, du hast die Zeit. Oder du hättest sie, wenn du nicht versnobte Kleider mit Perlen und Fransen nähen würdest.« Er klang wütend.

»Was machst du denn zurzeit?«, fragte Vera nach. »Hast du eine neue Anstellung?«

»Ich bin dabei, meine eigene Praxis zu eröffnen«, erklärte Heinrich. »Ich habe Räume in der Hardenbergerstraße angemietet und richte sie gerade ein. Außerdem schreibe ich an meiner Doktorarbeit.« Er strafft stolz die Schultern.

»Du machst deinen Doktor? Worüber schreibst du die Arbeit?«

»Ich bin der Meinung, dass chemische Stoffe eingesetzt werden können, um die Psyche des Menschen zu heilen. Es gibt jede Menge neuer Stoffe, die sich gut auf den Geist auswirken – aber noch weiß man nicht genau, wie. Ich bin fest davon überzeugt, dass diese Mittel die Lösung für viele Probleme der Gesellschaft darstellen. Denk nur an die vielen Zitterer, die es seit dem großen Krieg gibt. Männer, die schreckliche Erfahrungen im Schützengraben und an der Front gemacht haben. So furchtbare Erfahrungen, dass sie an der Seele erkrankt sind. Und diesen Männern kann man mit chemischen Stoffen helfen – man kann ihre Leiden lindern.«

»Ich habe gehört, dass sie Rauschmittel nehmen, um das Zittern zu stoppen«, sagte Vera nachdenklich. »Sie zittern dann zwar weniger, aber sie haben andere Erscheinungen.«

»Ja, ja – das stimmt«, sagte Heinrich eifrig. »Weil diese Rauschmittel noch nicht wirklich erforscht sind. Sie wirken auf den

Geist – bei dem einen so, bei dem anderen anders. Und diese Mittel können auch noch andere Leiden lindern oder sogar heilen. Hysterie zum Beispiel oder Melancholie. Man weiß noch nicht genau, wie das kommt und was genau diese Mittel bewirken. Aber das will ich herausfinden. Denn wenn man Mittel gegen seelische Beschwerden findet, dann kann man der ganzen Gesellschaft helfen. Sie heilen.«

Vera schluckte. »Du forschst tatsächlich an Rauschmitteln? Wie?«

»Ich suche gerade Probanden, Freiwillige. Mit ihnen werde ich Versuchsreihen durchführen. Es ist eine große Sache, Detta, glaub mir«, sagte Heinrich eifrig.

»Aber ... das kostet doch Geld.«

»Ja, ja.« Heinrich machte eine wegwerfende Bewegung. »Ich verhandele noch mit ein paar Konzernen, mit Chemiekonzernen. Die sind natürlich auch daran interessiert, diese Art von Medikamenten herzustellen. Es könnte mein Durchbruch werden.«

»Und du machst diese Tests in deiner Praxis?«

»Nein. Hier. Die Probanden kommen hierher. Oben in mein Arbeitszimmer.«

»Ich bin damit nicht einverstanden«, sagte Ulla. »Schließlich leben wir hier, und die Kinder sind im Haus. Aber darauf will er nicht hören.«

Heinrich sah sie verärgert an.

»Warum nicht in der Praxis?«, fragte Vera.

»Sie ist noch nicht eingerichtet. Und außerdem will ich mir meinen Ruf nicht verderben. Ich habe das so beschlossen und werde nicht mehr darüber diskutieren.«

Kapitel 2

Fine hielt ihre Zuckertüte, die Ulla gebastelt hatte, ganz fest. Neugierig, aber auch ein wenig ängstlich sah sie sich auf dem Schulhof um.

»Heute beginnt der Ernst des Lebens«, sagte Vera und lächelte.

»Warum?«, fragte Fine.

»Weil die Schule der erste Schritt zum Erwachsenwerden ist.« Fine kaute nachdenklich auf ihrer Unterlippe. Ulla strich ihr aufmunternd über die Haare.

»Es wird schön werden, meine liebe Fine«, sagte sie. »Du wirst Freunde finden und richtig lesen lernen.«

»Ja, darauf freue ich mich auch schon sehr«, sagte das kleine Mädchen eifrig.

Dann wurden die Kinder aufgerufen und mussten sich mit ihren Klassenkameraden zusammen aufstellen, und schon ging es in das Schulgebäude. Fine sah sich unsicher um. Ulla winkte ihr zu, dann stieß sie die Luft aus. »Meine kleine Große. Sie war doch gerade noch ein Baby.«

»Es geht so schnell. Ich weiß, was du meinst. Eben noch haben wir sie im Kinderwagen durch die Gegend geschoben, und nun gehen sie zur Schule«, sagte Vera und nahm ihre Freundin in den Arm. »Aber lass uns jetzt nach Hause gehen. Wir holen Fine in vier Stunden wieder ab, und dann feiern wir. Ich habe Kuchen mitgebracht.«

Ulla nickte und blinzelte die Tränen weg, dann setzte sie ein zaghaftes Lächeln auf. Sie sah zum Himmel, der hier in Berlin nie so groß und so strahlend war wie im Fischland. Aber nun schien es, als hätte jemand ein leuchtend blaues Laken über den Himmel gezogen, und die Luft roch nach dem gestrigen Regen wie frisch gewaschene Wäsche. Das würde nicht lange anhalten, aber in diesem Moment genoss Ulla es.

Gemeinsam mit Vera machte sie sich auf den Weg nach Hause. Für Tim hatte die Schule schon gestern begonnen, und ab heute galt der Stundenplan, er war schließlich schon in der zweiten Klasse.

»Wie gefällt Tim die neue Schule?«

»Du kennst ihn doch, er sagt nie viel dazu. Ich weiß, dass er gar nicht hier sein will, aber er weiß auch, dass wir keine große Alternative haben. Für seine fast sieben Jahre ist er sehr verständig.« Nachdenklich sah Vera Ulla an. »Ist es jetzt nicht einfacher für dich? Jetzt hast du morgens nur noch Neli und Beate zu Hause. Und Neli wird nächstes Jahr auch schon eingeschult.«

»Neli leidet, und ich weiß nicht, wie ich ihr das nehmen kann.« Ulla verzog das Gesicht. »Sie beneidet Fine darum, dass sie schon in die Schule darf, dass Heinrich Fine bevorzugt, dass alle Beate süß finden. Cornelia fällt immer irgendwie unter den Tisch. Ich gebe mein Bestes, um das auszugleichen, aber es will mir nicht gelingen. Es ist schon so weit, dass Fine sie immer ›Nöli‹ nennt, weil sie so oft quengelt. Und Heinrich wird immer ungeduldiger mit ihr. Es ist ein Teufelskreislauf, aber das will er nicht sehen.«

»Manchmal möchte ich meinen Bruder schütteln. Ihn ganz, ganz fest schütteln. Er war doch früher anders – viel aufgeschlossener, fröhlicher und verständiger.«

»Es ist der Krieg. Der Krieg hat ihn – wie viele andere auch – kaputt gemacht. Er hat immer noch Albträume von den Schlachten.«

»Will er deshalb dieses Medikament finden? Diese chemische Substanz für die Seele?«

»Ja, glaube, das hängt damit zusammen. Andererseits ist er wirklich davon überzeugt, dass man mit diesen Mitteln die ganze

Welt verbessern kann. Er sagt, wenn alle Menschen glücklich sind, wird es auch nie wieder Krieg geben.«

»Das klingt wundervoll, leider auch utopisch. Ich bin da eher auf Sonjas Seite – man muss die Umstände verbessern. Menschen, die Arbeit haben, die genug haben, um leben zu können – in guten Verhältnissen, sauber und warm, Menschen die satt und zufrieden sind, die werden nie wieder einen Krieg führen.«

»Beides mag stimmen. Aber ich sehe nicht, wie das so schnell erreicht werden kann.«

»Diese Republik muss erst noch lernen, wie es ohne die Monarchie funktioniert. Das geht nicht von heute auf morgen«, meinte Vera nachdenklich.

Sie hatten die Reihenhäuschen, die in U-Form um einen Hof gebaut worden waren, erreicht. Ulla schloss die Tür auf, Neli kam ihr entgegengelaufen. »Wo ist Fine?«

»Fine ist doch jetzt in der Schule.«

»Aber … alleine?«, fragte das kleine Mädchen und steckte sich den Daumen in den Mund.

»Nein, sie ist nicht alleine. Es sind ganz viele andere Kinder ebenfalls da. In ein paar Stunden holen wir Fine wieder ab. Du kannst mitkommen, wenn du magst.«

Neli nickte und ging zurück in die Stube. Beate saß dort auf dem Boden und spielte ganz versunken mit einer Zeitung. Sie brabbelte und lachte, knüllte das Papier immer wieder zusammen und zerriss es. Ihre Hände und das Gesicht waren mit Druckerschwärze bedeckt.

In der einen Ecke hatte Neli den Korb mit ihren Puppensachen ausgekippt. In der anderen Ecke lag eine Kiste mit Stoffen. Stoffe waren auch über den Tisch verteilt, ebenso wie Papier und Stifte.

»Zeichnest du wieder?«, fragte Vera und ging interessiert zum Tisch.

»Ein wenig, aber ich habe einfach keine Ruhe hier und kann mich nicht konzentrieren.«

»Ist das neue Mädchen schon da?«

Ulla schüttelte den Kopf. »Sie kommt erst Anfang des nächsten Monats.«

»Aber Gertie kommt doch wunderbar mit den Kindern zurecht. Und jetzt sind es morgens nur noch zwei – die Zeit musst du nutzen.«

»Gertie hat uns schon verlassen«, sagte Ulla traurig. »Sie ist letzte Woche Knall auf Fall gegangen. Nur heute ist sie ausnahmsweise gekommen, weil Fine die Einschulung hat.«

»Knall auf Fall? Einfach so?«, fragte Vera ungläubig.

»Nein, natürlich nicht. Es gab ein paar … Vorfälle.« Ulla biss sich auf die Lippen und ließ die Haare in ihr Gesicht fallen.

»Nun zier dich nicht so – was genau ist passiert?«

»Es lag an Heinrich …«

»Du willst mir jetzt doch hoffentlich nicht sagen, dass sich mein Bruder ungebührlich verhalten hat?« Vera sah sie entsetzt an.

»Nein, nein. Natürlich nicht.« Ulla schüttelte den Kopf. »Aber er führt nun seine Versuche hier durch und … ich weiß nicht, wie ich es erklären soll – die Probanden sind doch meist etwas seltsam.«

»Ich verstehe nicht, warum er das nicht in seiner Praxis macht.«

»Noch ist sie nicht eingerichtet, und er hat dort auch noch keinen Ofen, der wird noch angeschlossen. Also macht er seine Versuche hier. Und Gertie hat das gegruselt. All die fremden Männer hier im Haus. Ich habe sie durchaus verstanden.«

»Ich hoffe, er hat die Praxis bald fertig«, meinte Vera nachdenklich. »Und dass das neue Mädchen bessere Nerven hat.«

Ulla verzog resigniert das Gesicht. »Das wird sich zeigen müssen. Die paar Wochen, bis das neue Mädchen da ist, werde ich sicher noch überstehen. Und dann, ja, das hoffe ich sehr, kann ich endlich wieder etwas für mich und mein berufliches Fortkommen tun.«

»Eventuell hätte ich da etwas für dich. Ein paar Aufträge am Naturkundlichen Museum. Es wären nur kleine Aufträge, kein Festvertrag oder so – aber es könnte ein Anfang sein.«

Ulla sah sie an, dann fiel sie ihrer Freundin um den Hals. »Wirklich? Ich mache es, was auch immer es ist. Jedes noch so kleine Fitzelchen an Arbeit.«

»Es eilt nicht, aber du könntest eine Bewerbungsmappe zusammenstellen – nichts Großartiges. Nur ein paar Arbeitsbeispiele und natürlich deinen Abschluss. Ich habe schon mit dem Leiter gesprochen und dich sehr lobend erwähnt.«

»Du bist ein Schatz, ein Schatz, ein Schatz!« Ulla wirbelte Vera durch den Raum und küsste sie.

»Bin ich auch 'nen Schatz?«, fragte Neli.

»Ja, das bist du!« Ulla nahm ihre Tochter hoch und schwang sie hin und her. Beate, die auf dem Boden saß und dem fröhlichen Treiben zuschaute, juchzte begeistert auf.

»Jetzt wäre mir nach einem Glas Schaumwein«, sagte Vera kichernd. »Und nach Musik. Ihr müsst euch wirklich ein Grammophon anschaffen.«

»Wenn Heinrich das nicht macht, werde ich eines von meinem ersten Gehalt kaufen«, sagte Ulla, ihre Augen strahlten.

»Das wäre wirklich eine gute Investition«, sagte Vera lachend. »Ein Haus ohne Musik erscheint mir so leer.«

»Ein Haus mit Musik erscheint mir frivol.«

»Wirklich?«

»Nun ja.« Ulla stellte Neli wieder auf den Boden und strich sich über ihr Kleid. »Musik gab es im Haus deines Vaters. Dort war ein Grammophon. Oder es kamen Musiker. Im Haus meiner Mutter wurde immerzu Klavier gespielt. Aber das war andere Musik als jetzt der Swing und Jazz, die überall zu hören sind.«

»Ich hatte den Eindruck, dass es dir sehr gefallen hat, als wir in der Stadt zum Tanzen waren.«

»Oh ja, natürlich. Ich habe mich so lebendig gefühlt – wie ein

Farbstrudel voller Emotionen. Es war wunderbar. Aber ... solche Musik zu Hause hören? In den letzten Jahren auf dem Darß war meine Welt erfüllt von Möwenrufen und Wellenrauschen. Es war nie still – aber es war ganz anders als hier. Und Musik? Dort? Das kann ich mir gar nicht vorstellen.«

»Du lebst nicht mehr dort, du lebst jetzt hier, Ullala. Es ist ein neuer Abschnitt in deinem Leben. Wovor hast du Angst?«

»Ich habe keine Angst«, sagte Ulla leise und nicht sehr überzeugend.

»Wann kommt'n Fine zurück?«, fragte Neli nun.

Ulla sah auf die Uhr. »Das dauert noch ein wenig, aber wir sollten aufräumen. Und dich, mein Spatz, müssen wir sauber machen«, sagte sie zu Beate.

»Wo ist denn mein Bruder?«, wollte Vera wissen. »Kommt er auch gleich?«

»Ja, er hat es versprochen. Gerade ist er wieder in seiner Praxis.«

»Ich hoffe, dass sie laufen wird. Und dass er endlich einen inneren Ruhepunkt findet.« Vera sah Beate an, grinste. »Du nimmst die Kleine, und Cornelia und ich räumen hier schnell auf.«

Einen Moment lang sah Ulla die kleine Beate an und zog die Braunen hoch. »Wie siehst du denn aus?«, sagte sie dann seufzend und nahm das mit Druckerschwärze befleckte Kind vorsichtig hoch. Beate versuchte, Ulla mit den Händchen ins Gesicht zu patschen, doch Ulla hielt sie auf Abstand und lachte. »Erst ins Bad, mein kleiner Spatz – oder bist du eher eine Amsel?«

Beate lachte und nickte, brabbelte vor sich hin. Behutsam trug Ulla sie ins Bad, zog ihr die Kleidung aus und reinigte ihr Gesicht und ihre Hände mit viel Gallseife. Beate ließ das alles über sich ergehen, lachte dabei fröhlich.

Wie unterschiedlich sie doch sind, dachte Ulla. Dabei haben

alle drei die gleichen Eltern. Dass Neli momentan so schwierig war, schob Ulla auf die Situation. Heinrich zeigte deutlich, dass er Fine bevorzugte. Ich muss noch einmal mit ihm reden, beschloss Ulla. Er darf das Kind nicht unglücklich machen, sie ist schließlich ja auch seine Tochter.

Sie wickelte Beate in ein großes Handtuch und lief mit ihr nach oben, kleidete sie neu ein. Kleidung für die Kinder hatte Ulla reichlich – fast alles von ihr selbst genäht. Auch ihre eigene Kleidung nähte sie selbst, daran hatte sie große Freude, aber es erfüllte sie nicht. Dennoch war es besser, sich mit schillernden und bunten Stoffen, mit verschiedenen Formen und Schnitten zu beschäftigen, als gar nicht tätig zu sein.

Doch die Aussicht, endlich wieder künstlerisch tätig zu werden, ließen Ullas Herz schneller schlagen. Ja, sie liebte die Kinder, aber sie hasste den Haushalt und alles, was damit zu tun hatte. Sie hoffte sehr, dass das neue Mädchen gut mit den Kindern auskam und sich auch nicht an Heinrichs Studenten stören würde. Ob das neue Mädchen kochen konnte, wusste Ulla noch nicht – aber das erschien ihr auch nicht so wichtig. Wichtig war nur, dass ihr jemand diese vielen unliebsamen Dinge abnahm, die sich wie ein Berg aus Steinen um sie herum auftürmten. Erst waren es nur ein paar Kiesel gewesen, über die sie steigen konnte, doch mit der Zeit wurde es immer mehr und immer mehr. Eine Wand, die sie nicht überwinden konnte. Und über allem thronte Heinrich und machte ihr Vorwürfe. Es lag nicht nur daran, dass ihr die Hausarbeit nur schwer von der Hand ging. Sie sah die Unordnung einfach nicht, es störte sie nur wenig. Und ihre Gedanken drehten sich, wenn es nicht um die Kinder ging, um andere Dinge. Um Kunst, Kultur, Musik, um das Leben … früher auch um die Liebe. Aber die Liebe in ihrem Leben war vertrocknet wie eine Sommerblume im Herbst. Würde es einen neuen Frühling geben, einen Neuanfang? Sie wünschte es sich so sehr. Aber im Moment konnte sie sich das mit Heinrich gar nicht vorstellen. Er war so weit weg von ihr.

Früher, dachte sie wehmütig, früher war das ganz anders gewesen. Früher hatten sie sich geliebt – innig und leidenschaftlich. Da war ein Band zwischen ihnen gewesen, ein festes Band, und Ulla hatte sich nicht vorstellen können, dass es dünner und dünner werden würde. Könnte es sogar reißen? Sie schüttelte den Kopf, wollte nicht darüber nachdenken.

»Mumi«, nuschelte Beate und lächelte, streckte ihr die Händchen entgegen.

»Ja, mein Spatz.« Ulla nahm sie hoch, schaute schnell in den Spiegel und strich sich über die Haare, dann lief sie wieder nach unten.

»Wie schnell die Zeit doch vergeht«, sagte Vera und schaute auf die Uhr. »Wir müssen gleich los und Fine abholen.«

Ulla sah sich in der Stube um. Wie immer hatte Vera in Windeseile Ordnung geschafft. Darum beneidete Ulla sie sehr. Aus der Küche zog der Duft einer kräftigen Rinderbrühe zu ihnen in den Raum. Rinderbrühe war eine von Fines Lieblingsspeisen. Es würde noch anderes geben, was sie liebte, und zum Abschluss natürlich auch Kuchen.

»Willst du mitkommen und Fine an der Schule abholen?«, fragte Ulla Neli.

»'türlich!« Das Mädchen lächelte und schob sich den Daumen in den Mund.

»Dann musst du deine Schuhe und deinen Mantel anziehen.« Ulla brachte Beate in die Küche, setzte sie in den Kinderstuhl.

»Wann soll das Essen fertig sein, Gnädigste?«, fragte Gertie.

»Das hat noch Zeit. Wir müssen Fine ja erst abholen und dann wieder herkommen. Dann wird sie ihre Zuckertüte auspacken«, sagte Ulla laut nachdenkend.

»Ich gehe von der Schule aus weiter und hole Tim ab«, erklärte Vera. »Dafür werde ich gut eine halbe Stunde brauchen.« Sie sah

Gertie an. »Es ist so schön, dass Sie heute noch einmal helfen, Gertie.«

»Es ist doch Fines großer Tag«, sagte das Mädchen. »Darauf hat sie sich schon so lange gefreut. Und ich wollte dabei sei. Hab sie sehr ins Herz geschlossen.«

»Leider nicht so sehr, dass Sie bleiben.«

Gertie senkte den Kopf. »Das hat aber gute Gründe«, murmelte sie.

»Meine Schwägerin mit ihrem Sohn kommt auch gleich noch und mein Mann sowieso – hoffentlich«, sagte Ulla und tätschelte Gerties Arm. »Ich bin sehr froh, dass du dich heute noch einmal überwinden konntest.«

»Ich mache es für Fine«, sagte Gertie. »Und auch nur … solange …«, stammelte sie.

»Ja, ja. Heute wird schon nichts passieren«, sagte Ulla.

»Ich wünschte, ich wüsste, worum es da gerade ging – was vorgefallen ist. Es kann doch nicht nur an Heinrichs Probanden gelegen haben.« Vera nahm Nelis Hand und verließ mit ihr das Haus.

Ulla folgte ihr. »Es ist nichts, was man rückgängig machen könnte.«

»Das mag sein, aber ich wüsste halt gerne, was es gewesen ist, dieser Vorfall.« Vera schaute über ihre Schulter, sah ihre Freundin an. »Du verschweigst mir etwas. Leugne es nicht, ich kenne dich zu gut.«

Ulla drehte den Kopf zur Seite, so dass ihr das Haar ins Gesicht fiel. »Wir müssen uns beeilen, sonst ist die Schule aus, und wir sind nicht da.«

Schon bald standen sie wartend mit einigen anderen Müttern am Tor. Längst nicht alle Eltern hatten die Zeit, ihre Kinder zur Schule zu bringen, und schon gar nicht, sie auch wieder abzuholen. Väter sah man gar nicht, viele Mütter waren mit ihren kleineren Kindern zu Hause oder mussten arbeiten. In diesem

Viertel lebte eher das gehobene Kleinbürgertum, Tagelöhner konnten sich die Mieten in der Gegend nicht leisten. Die Kinder waren ordentlich gekleidet und hatten alle einen Ranzen.

Ulla sah den Kindern entgegen, wartete gespannt auf ihre Tochter, beobachtete diejenigen, die schon das Gebäude verlassen hatten. Einige liefen aufgeregt zu ihren Müttern, andere gingen zum Zaun, sie mussten noch warten, dass auch die höheren Klassen Schulschluss hatten – dann würde die große Schwester, der Bruder oder ein Nachbarskind kommen und das Kind mit nach Hause nehmen. Wieder andere gingen, manche etwas unsicher, auf die Straße und wandten sich dann entweder nach rechts oder links – sie mussten alleine nach Hause gehen. Ullas Herz zog sich zusammen. Die armen Würmchen, dachte sie. Am liebsten hätte sie alle eingesammelt und zu sich nach Hause genommen. Aber nicht für lange, wurde ihr klar – nur, bis jemand sie abholte.

Ich bin keine Übermutter. Mich dauern diese Kinder, deren Mütter arbeiten gehen müssen, die anderen Aufgaben haben, die weder die Muße noch die Zeit haben, ihr Kind am ersten Schultag abzuholen. Aber andererseits habe ich mir vorgenommen, Fine eine Woche lang zu bringen und abzuholen, dann sollte sie es selbst schaffen. Macht mich das zu einer besseren Mutter? Ich liebe meine Kinder, aber ich vermisse auch mein eigenes Leben.

Es war ein Zwiespalt, der sie nun seit Jahren zerteilte. Die Kinder, die sie liebte, die sie aufzog, umhegte … bis zu einem bestimmten Grad. Und dann aber sie selbst, ihre Wünsche, ihre Träume, ihr inneres Drängen nach Eigenständigkeit, nach Selbstständigkeit und Kreativität. Dieser Spagat kostete sie viel Kraft.

Ihre Mutter hatte keine Ausbildung machen können, sich aber, nachdem sie sich von Ullas Vater – damals eine große Schande – getrennt hatte, Aushilfsarbeiten annehmen müssen. Sie hatten in bitterer Armut gelebt und sogar manchmal gehungert. Ullas Mutter hatte geputzt, Spuckbecken ausgeleert, Bahnhöfe gefegt oder Zeitungen verkauft. In der Zeit hatten Ulla und ihre Schwestern in der kalten und feuchten Kellerwohnung gehockt und sich aneinandergeschmiegt. Dann hatten sich die Großeltern erbarmt und ein Internat für die Enkel der geschiedenen und somit missratenen Tochter gezahlt. Es hatte Jahre gedauert, bis sich die Verhältnisse in der Familie wieder normalisiert hatten. Ullas Mutter hatte wieder geheiratet und noch ein Kind bekommen – dieses Kind wuchs behütet und mit Kindermädchen auf, musste nie hungern und nie frieren.

Ulla hatte sich geschworen, dass auch ihre Kinder nie so zu leiden hätten. Hunger, Kälte, Einsamkeit – das sollten ihre Töchter nicht erleben. Auch nicht die Angst, die so eine Existenz mit sich brachte. Dennoch ging sie nicht vollständig in der Mutterrolle auf, so wie ihre eigene Mutter bei dem vierten Kind. Staunend hatte sie ihre Mutter beobachtet, wie sie die kleine Christine umhegte und umsorgte, obwohl es ja das Kindermädchen gab, das alle Aufgaben übernahm.

Vermutlich hat das schlechte Gewissen Mutter getrieben, dachte Ulla nun. Mutter hatte keine Ausbildung. Sie sang gerne, spielte Klavier. Hätte sie nicht so früh geheiratet, wäre sie vielleicht Salonpianistin geworden – gut genug war sie.

Aber das Klavierspielen war für Ullas Mutter nur eine Leidenschaft gewesen, gebrannt hatte sie nicht dafür. Ulla brannte dafür, Sachen, Bilder, Zeichnungen zu gestalten. Sie wollte, musste ihre Hände nutzen, musste etwas hervorbringen. Die Kleidung für die Familie zu nähen war nur eine Art Ersatz für das, was sie wirklich machen wollte. Sie wollte Zeichen setzen, ein Abbild ihrer Ideen erschaffen, sie wollte dauerhafte Spuren ihres Lebens hinterlassen. Ulla hatte das Kinderbuch »Das grüne Haus« ihrer verstorbenen Schwiegermutter, die hinreißende Märchen und Kinderreime geschrieben hatte, gestaltet und illustriert. Es gab sogar eine Sonderauflage mit Handkolorationen, die sie angefertigt hatte. Aber das war nun schon Jahre her. Damals war sie mit Fine schwanger gewesen, und nun stürmte ihre älteste Tochter aus dem Schulhaus und warf sich in Ullas Arme. »Mutti, Mutti, Mutti!«, rief Fine atemlos. Dann sah sie Cornelia und Vera. Fine umarmte Vera. »Oh, Tante Detta, du bist wieder hier!« Ihre Schwester umarmte sie auch. »Neli, Schule ist so aufregend, warte nur ab!«

»Wie war es denn?«, fragte Ulla.

»Gut. Nun ja, wir müssen die ganze Zeit in unseren Bänken sitzen – das ist langweilig. Und wie man richtig liest, habe ich auch noch nicht gelernt, aber das kommt bestimmt noch.« Fine verzog nachdenklich das Gesicht. »Aber ob ich wirklich jeden Tag zur Schule möchte, weiß ich noch nicht.«

»Du wirst es wohl müssen«, sagte Vera lachend. »Es gibt eine Schulpflicht.«

»Und wenn ich keine Lust mehr habe, zur Schule zu gehen?«, fragte Fine trotzig.

»Dann kommen die Schupos und holen dich ab.«

Fine legte ihren Zeigefinger an das Kinn und dachte nach. Dann lächelte sie. »Das möchte ich sehen«, sagte sie grinsend. »Dann wäre ich eine Attraktion in der Klasse.«

»Ich möchte das aber nicht sehen«, sagte Ulla entsetzt. »Finekind, was ist das denn für eine Einstellung. Pfui. Sei froh, dass du zur Schule gehen kannst. Bildung ist wichtig.«

»Gibbet jetzt Kuchen?«, fragte Neli, die immer von einer zur anderen geschaut hatte. »Tante Detta hat Kuchen mitgebracht.«

»Kuchen? Oh ja!«, rief Fine begeistert.

»Den gibt es später«, versuchte Vera ihre Nichten zu beruhigen. »Ich geh jetzt erst mal und hole Tim von der Schule ab. Dann kommen wir zu euch. Lotti wollte auch kommen.«

»Tante Lotti?« Fines Augen strahlten. »Bringt sie Peterle mit?«

»Bestimmt«, murmelte Ulla. Vera, Lotti und sie hatten nun alle Kinder. Auch Ullas Schwestern hatten Kindern, wobei Ullas Lieblingsschwester Hilde sich vor ein paar Jahren in den Tod gestürzt hatte. Eine Wochenbettmelancholie, sagte Heinrich damals. Ulla war sich sicher, dass ihre Schwester an den überzogenen Vorstellungen ihres Ehemannes gescheitert war – drei Kinder in zwei Jahren, das war einfach zu viel. Die Zwillinge kamen zu früh und waren sehr pflegebedürftig. Hildes Mann war Arzt, aber ohne viel Verständnis für seine Frau. Ihnen ging es nicht anders als Ulla und Heinrich – das Geld war immer knapp. Aber Hildes Mann sah nicht ein, eine Hilfe zu engagieren, Hilde sollte den Haushalt alleine schaffen.

Picobello sollte es sein, dachte Ulla nun. Wo ist es schon jemals Picobello, wenn dort Kinder leben? Sie schüttelte den Kopf, versuchte diese Gedanken von sich zu schütteln. An Hilde wollte sie gerade nun gar nicht denken. Zu ihrer Schwester Anni hatte sie nie einen innigen Kontakt gehabt. Inzwischen sendeten sie sich nur Karte zu den Feiertagen. Aber auch Anni hatte eine Tochter, obwohl sie nicht verheiratet war. Das Kind war nun vielleicht vier Jahre alt. Ullas Mutter schwieg, wenn das Gespräch auf Anni kam.

Sehr oft hatte Ulla sich vorgenommen, Kontakt zu ihrer Schwester zu suchen, aber die Zeit – die Zeit … davon gab es einfach zu wenig. Sie seufzte und sah zu ihren beiden Töchtern hinab. Fine hielt ihre Zuckertüte fest in den Händen, Neli sah immer gespannt zu der Tüte.

»Was mag da drin sein?«, fragte sie.

»Es ist alles meins!« Fine hob das Kinn und drehte sich von ihrer Schwester weg.

»Du kannst aber mit deinen Schwestern ein wenig teilen«, meinte Ulla. »Und mit Tim und Peterle.«

»Aber ich darf das entscheiden«, sagte Fine ein wenig trotzig.

»Natürlich, es ist ja deine Zuckertüte.« Fine und Neli würden nie beste Freundinnen werden, das war Ulla bewusst. Sie hoffte aber darauf, dass sie sich dennoch später einigermaßen vertragen würden. Ihre eigene Kindheit wäre ohne ihre Schwester Hilde sehr viel einsamer und trauriger gewesen. Obwohl Hilde und sie immer grundverschieden gewesen waren, so wie Fine und Neli auch, hatten sie sich innig geliebt und sehr aneinander gehangen. Erst später hatten sie sich auseinanderentwickelt und den herzlichen Kontakt verloren – was sicherlich auch an Hildes Mann gelegen hatte.

»Ist Vati zu Hause?«, fragte Fine. »Ich möchte ihm gleich von meinem ersten Schultag erzählen.«

»Er hat versprochen, dass er kommt«, sagte Ulla und lächelte. »Willst du mir nicht auch von deinem ersten Tag erzählen?«

»Nein. Erst wenn Vati da ist. Dann brauche ich mich nicht so oft wiederholen.«

Ulla lachte. »Da hast du natürlich recht.«

Fine ging mit strammem Schritt, sie lief gerne und viel. Neli aber trödelte wie meist hinterher. Sie beobachtete die Passanten, sah plötzlich ein Gänseblümchen auf dem Gehsteig und pflücke es – es gab immer genügend Dinge, die sie ablenkten. Ulla nahm nun ihre Hand und zog das Kind mit sich. »Geh ein wenig schneller, Schätzchen. Sonst sind Tante Detta und Tim noch vor uns zu Hause.«

»Das wäre doch nicht schlimm«, meinte Neli. »Sie kennen sich doch bei uns aus.«

»Es wäre aber unhöflich«, meinte Fine nun. »Du musst ja nicht immer schleichen wie eine Schnecke.«

»Bin keine Schnecke.« Neli verzog das Gesicht, stülpte die Unterlippe vor.

»Hast du Hausaufgaben auf?«, fragte Ulla, die keinen Streit aufkommen lassen wollte.

»Das sage ich dir, wenn alle da sind.«

Bald hatten sie den Häuserkomplex erreicht. Erst jetzt sah Ulla, dass ihnen ein kleines Mädchen gefolgt war. Das Kind kam ihr vage bekannt vor. Es ging an ihnen vorbei zur anderen Seite des U und schellte dort an einer Tür.

»Ist die Kleine in deiner Klasse?«, fragte sie Fine.

Fine nickte. »Das ist Rahel, sie sind letzte Woche hier eingezogen. Ich habe sie bisher nur einmal auf dem Hof gesehen, und sie wollte nicht mit mir sprechen.«

Natürlich hatte Ulla auch mitbekommen, dass eine neue Familie eingezogen war, aber sie hatte die Leute nur flüchtig gesehen und das Kind war ihr nicht aufgefallen.

»Das ist ja nett, dann könnt ihr ja zusammen zur Schule gehen.«

Fine sah sie an. »Ich weiß nicht, ob ich das will. Schließlich spricht sie ja nicht mit mir, und dann wäre es doch langweilig.«

»Vielleicht ist sie schüchtern?« Ulla schloss die Haustür auf. Ein würziger Duft kam ihnen entgegen, und Fine strahlte über das ganze Gesicht.

»Gertie hat Bratwürste gemacht«, sagte sie. »Mein Leibgericht.«

»Ja, und als Nachtisch gibt es Schokoladenpudding.«

»Ich liebe Gertie!«, rief Fine aus. Sie legte ihre Zuckertüte vorsichtig auf den Tisch, schälte sich dann aus ihrem Mantel, den sie achtlos zu Boden fallen ließ.

»Häng den Mantel auf«, ermahnte Ulla ihre Tochter. Sie hatte einen schnellen Blick auf die Garderobe geworfen, Heinrichs Mantel hing nicht dort, also war er noch nicht daheim. »Und nimm auch gleich Nelis Mantel mit.«

»Neli kann das selbst machen.«

»Bitte, Fine. Du bist doch jetzt das große, vernünftige Schulkind.«

Fine seufzte, tat aber, wie Ulla ihr geheißen hatte, und stürmte dann in die Küche. »Es duftet so, so lecker, Gertie. Bratwürste, nicht wahr? Für Bratwürste könnte ich sterben.«

»Ne, Kindchen, tu das mal nich, wa?«, sagte Gertie lachend. »Wennde tot bist, kannste die Würste ja nich mehr essen.«

»Das stimmt natürlich«, sagte Fine nachdenklich. »Und essen

will ich sie auf jeden Fall. Deine Würste sind die besten der Welt. Sie schmecken sogar noch besser als die von Guste.«

»Das ist ein großes Kompliment«, sagte Ulla, die ihrer Tochter gefolgt war. »Ein sehr, sehr großes Kompliment.«

»Det weeß ik. Danke.« Gertie grinste zufrieden.

»Ich mag gar nicht, dass du gehst«, sagte Fine traurig. »Kannst du dir das nicht noch einmal überlegen?«

»Ach, Kleene, dat geht nich. Aber ihr bekommt ja 'ne Neue un die kann bestimmt auch jut kochen, wa?«

»Und was, wenn nicht?«, fragte Fine und legte den Kopf zur Seite, sah Gertie fragend an.

»Dann musset lernen, wa?« Gertie schob Fine sanft zur Seite und rührte in einem der Töpfe. »Muss jetzt nache Kartoffeln kiecken.«

Fine wusste, was diese Worte bedeuteten, und verließ seufzend die Küche. Ulla hatte Beate aus dem Kinderstuhl gehoben und trug sie in die Stube, Fine folgte ihr.

In der Stube saß Neli auf dem Boden und sah ihnen schuldbewusst entgegen. Auf ihrem Schoß lag Fines Zuckertüte – der Inhalt war auf dem Boden verstreut.

»Was … was hast du gemacht?«, schrie Fine entsetzt. »Das ist meine Zuckertüte.« Sie lief zu ihrer Schwester und entriss ihr die bunt beklebte Papptüte.

»Wollt nur mal gucken«, sagte Neli. »Hab nichts genommen.«

Ulla kniff die Augen zusammen, um Nelis Mund war ein deutlicher Schokoladenrand. »Das macht man nicht, Cornelia«, sagte sie scharf. »Es ist nicht deine Zuckertüte, das weißt du genau. Man geht nicht an die Dinge von anderen.«

»Wollte nur gucken.«

»Und lügen soll man auch nicht, Cornelia. Geh auf dein Zimmer.«

Neli sah ihre Mutter mit großen, feuchten Augen an. »Tut mir leid«, murmelte sie. »Wollt doch nur …«

»Geh! Sofort.« Ulla blieb streng.

Nun flossen die Tränen, aber das Kind stand auf und ging nach oben.

Fine sammelte inzwischen die Sachen vom Boden. »Oh, wie schön«, sagte sie. »Ein Haarband. Oh, das passt so gut zu meiner Schürze. Und hier – ein neuer Bleistift. Und ein Notizbuch. Hach, und Pfefferminzbonbons.« Sie sah ihre Mutter strahlend an. »Bekomme ich nun jeden Tag eine Zuckertüte?« Sie grinste breit und zwinkerte Ulla zu.

»Das hättest du wohl gerne.« Ulla lachte, setzte Beate auf die Decke, die auf dem Boden lag, und half Fine schnell noch, die letzten Sachen aufzuheben.

»Das war nicht nett von Neli«, meinte Fine und kaute auf ihrer Unterlippe.

»Nein, das war ganz und gar nicht nett von deiner Schwester«, sagte Ulla und spürte immer noch den Ärger in sich.

»Sie ist immer so ... neidisch.«

»Sie ist jünger als du, sieht, was du schon alles kannst und darfst und sie nicht.«

»Warst du auch neidisch auf deine Schwester?«

»Manchmal«, gab Ulla zu. »Aber so etwas hätte ich nie gemacht. Wir hätten nämlich ganz anderen Ärger bekommen ... außerdem hatten wir keine Zuckertüten.«

»Was? Wieso nicht?«

Ulla zucke mit den Schultern. »Großmutter hatte sich von Großvater scheiden lassen, und wir hatten kaum Geld. Da gab es keine Zuckertüten.«

Fine zog die Stirn kraus. »Aber ... aber Tante Detta hat sich auch scheiden lassen, und Tim hatte letztes Jahr eine Zuckertüte.«

»Ja, ihr geht es auch viel besser, als es meiner Mutter damals ging – es waren aber auch andere Zeiten, Finekind. Es war vor dem großen Krieg. Und alle Frauen trugen noch Reifröcke.«

»Wie schrecklich.« Fine schüttelte sich.

»Frauen sollten nicht arbeiten – natürlich gab es auch Frauen, die malochen mussten, aber meine Mutter hatte ja gar keine Ausbildung oder so etwas. Und studieren durfte sie auch nicht.«

»Gut, dass das heute anders ist.« Fine biss sich auf die Lippe. »Muss Neli jetzt den ganzen Tag oben bleiben?«

»Sie hat eine Strafe verdient.«

»Ja, das finde ich auch. Aber … sie wird doch auch hungrig sein …«

Ulla lächelte. »Ich denke über das Maß der Strafe noch nach.«

»Vielleicht …«, sagte Fine leise und ein wenig verlegen, »vielleicht sollten wir sie herunterholen, bevor Vati da ist. Er würde sie nämlich hungrig oben lassen.«

Ulla beugte sich zu ihrer Tochter und küsste sie auf die Wange. »Du bist ein liebes Mädchen. Und du hast recht. Du holst sie schnell, wenn Vati kommt. So lange bleibt sie aber oben. Und ihr Vergehen bleibt unser Geheimnis.«

»Ja, Mutti, so machen wir das. Ich bin zwar sauer auf sie, aber ich bin ja jetzt auch ein Schulkind und sollte vernünftig sein.«

Ulla verkniff sich das Lachen und nickte nur stolz.

Bald schon klingelte es an der Tür und Fine lief eifrig hin, um zu öffnen. »Tante Lotti!«, rief sie begeistert. »Oh, wie schön.«

Lotti kam in die Stube und brachte einen Schwall Frühlingsluft mit. »Du bist jetzt das große Mädchen der Familie«, sagte sie atemlos und lachte, reichte Ulla den kleinen Peter. Das Baby gluckste, und Ulla zog ihm das Mäntelchen und die Mütze aus, setzte ihn dann auf die Decke zu Beate. Dann ging Ulla zu Lotti, umarmte ihre Schwägerin herzlich.

»Wie gut, dich zu sehen. Wie geht es dir?«

Lotti zuckte mit den Schultern, erwiderte die Umarmung und wandte sich dann wieder Fine zu. »Schau, ich habe dir etwas

mitgebracht.« Sie gab Fine ein Geschenk, das sorgfältig eingepackt war.

»Was ist das?«, fragte Fine.

»Es ist für dich, meine Große. Du darfst es aufmachen.«

Behutsam löste Fine die Schleife, legte das Band zur Seite,
dann schlug sie das Geschenkpapier auf.

»Ein Buch«, sagte sie und strahlte Lotti an.

»Es ist ein Märchenbuch. Das hat meine Mutter, deine Großmutter, geschrieben. Ich denke, ihr habt das schon, aber dies ist
nun dein eigenes Exemplar. Und da du jetzt lesen lernst, kannst
du bald alleine in dem Buch lesen. Und schau – hier gibt es kleine
Illustrationen und über jedem Kapitel ist ein Ornament gedruckt.
Das hat deine Mutter so entworfen. Es gibt eine Anzahl Bücher,
die sind schon koloriert, dies aber noch nicht. Vielleicht möchtest du das ja selbst machen?«

Ulla trat zu Fine und schaute in das Buch. »Oh«, sagte sie leise.
»Das ist ja ein seltenes Exemplar. Woher hast du das denn?«

»Ich habe so meine Beziehungen.« Lotti lachte, dann wurde
sie kurz still. »Du hast doch nichts dagegen? Ich meine – dass ich
Fine vorgeschlagen habe, es auszumalen?«

»Nein. Gar nicht. Das ist eine wunderbare Idee. So hat sie ein
ganz individuelles Buch von Paula – eines, das sie selbst gestaltet
hat.« Sie zog die Stirn kraus. »Wo hast du das her? Ich brauche
noch zwei weitere Bücher – für Neli und Beate. Die sollen sie
auch zur Einschulung bekommen.«

»Daran habe ich schon gedacht und habe die Bücher besorgt.
Sie werden bis zu den großen Tagen der Mädchen sicher bei mir
aufgehoben sein.«

»Das ist einfach nur knorke, liebste Lotti.« Ulla gab ihr einen
Kuss auf die Wange. »Eine so schöne Idee.«

»Was ist kolo … koloruren?«, fragte Fine nun. »Und hat meine
Großmutter wirklich diese Märchen geschrieben? Sie hat sie sich
ausgedacht? Und hast du wirklich das Buch … gemacht, Mutti?«

»Kolorieren. Ausmalen. Komm, ich zeige dir das Buch, wir haben es oben, und Vati und ich haben euch schon daraus vorgelesen. Aber die Geschichten sind für größere Kinder. Deshalb haben wir euch bisher meist aus den anderen Büchern deiner Großmutter vorgelesen. Und ja, sie hat sich die Märchen und die Reime alle selbst ausgedacht und dann aufgeschrieben. Die Bücher wurden gedruckt, und ganz viele Menschen haben sie gelesen oder ihren Kindern vorgelesen.«

»Die Reime, die du immer aufsagst, die hat meine Großmutter erfunden?« Fine schaute Ulla mit großen Augen an.

»Ja«, sagte Lotti nun lachend. »Deine Großmutter – meine Mutter. Sie hat ganz viele Kinderreime erfunden.«

»Häschen in der Grube
Saß und schlief,
Kam der heil'ge Kuckdikuck
Und bracht' ihm einen Brief.
Häschen, bist du müde
Oder bist du krank?
Steck doch deine Läufer 'raus,
Ob du noch hüpfen kannst!«, sagte Fine auf. »Das hat deine Mutter erfunden?«, fragte sie immer noch ungläubig.

»Oh ja«, sagte Lotti. »Und dies auch. Ich bin mir sicher, dass du das kennst:

Leise, Peterle, leise,
Der Mond geht auf die Reise,
Er hat sein weißes Pferd gezäumt,
Das geht so still, als ob es träumt,
Leise, Peterle, leise.
Stille, Peterle, stille,
Der Mond hat eine Brille,
Ein graues Wölkchen schob sich vor,
Das sitzt ihm grad auf Nas und Ohr,
Stille, Peterle, stille,

Träume, Peterle, träume,
Der Mond guckt durch die Bäume,
Ich glaube gar, nun bleibt er stehn,
Um unser Peterle im Schlaf zu sehn –
Träume, Peterle, träume.«

»Ja, natürlich. Das sagt Mutti immer abends, wenn wir schlafen sollen.« Fine runzelte die Stirn und legte nachdenklich den Zeigefinger an ihre Nase. »Hat sich deine Mutter das wirklich, wirklich selbst ausgedacht? Und ist es für Peterle?« Sie schaute zu ihrem Cousin, der bei Beate auf der Decke saß.

Lotti lachte leise. »Ja, meine Mutti hat das und noch viel mehr geschrieben. Sie war eine Schriftstellerin.« Dann biss sie sich auf die Lippe und sah Fine an. »Für Peterle hat sie das geschrieben. Aber nicht mein Peterle, sondern für deinen Vati.«

»Sie hat ein Gute-Nacht-Gedicht für Vati geschrieben? Aber Vati ist doch schon groß.«

»Dein Vati, mein Bruder, war mal so klein wie Peter und Beate, noch kleiner, ein Baby. Ein Säugling. Genau wie ich und Detta und auch deine Mutter und alle anderen Menschen. Und dein Vater heißt Heinrich Peter Dehmel. Als meine Geschwister und ich klein waren, hat meine Mutter, deine Großmutter, angefangen, diese Gedichte und Geschichten zu erfinden. Sie hat sie sich erst nur für uns ausgedacht. Aber dann wurden sie gedruckt – in so ein Buch –, so dass ganz viele Menschen das ihren Kindern vorlesen und die Kinder es auch selbst lesen können.«

»Darüber muss ich erst einmal nachdenken«, sagte Fine und legte das Buch auf den Tisch. »Aber jetzt möchte ich noch schneller lesen lernen als zuvor. Glaubst du, dass ich es nächste Woche schon kann?« Ihr Blick war ernsthaft.

Lotti verkniff sich das Lächeln. »Nein, so schnell geht das nicht. Aber wenn wir Weihnachten feiern, dann wirst du deinen Schwestern und Cousins ein Gedicht oder eine Geschichte vorlesen können, davon bin ich fest überzeugt.«

»Weihnachten … das ist nach dem Frühling, dem Sommer und dem Herbst. Das ist ja noch unendlich lange.«

»Wenn man etwas lernen will, dann dauert es. Und du willst es doch richtig lernen, Finchen, nicht wahr?«

Fine nickte.

»Gut!« Lotti richtete sich wieder auf. »Wollte Detta nicht auch kommen?«

»Sie holt gerade Tim ab.« Ulla schaute aus dem Fenster.

»Es duftet so herrlich hier. Hat deine Mamsell nicht gekündigt?«

»Gertie ist heute noch einmal da, um für uns zu kochen«, schwärmte Fine. »Nur für mich.«

»Das ist wundervoll. Gertie ist die beste Köchin nach Guste, die ich kenne.« Lotti lachte, sah sich dann um. »Und wo ist Heinrich? Und überhaupt, wo ist Neli?«

Fine sah Ulla fragend an, Ulla nickte leicht.

»Neli ist oben. Ich gehe sie holen.« Und schon flitzte Fine zum Treppenhaus.

Lotti sah Ulla an. »Geht es dir gut, Ullala, nun wo die kleine Fine groß geworden ist?«

»Ich freue mich für Fine. Ihr wird die Schule guttun.«

Die beiden Frauen musterten sich. »Dennoch hast du Sorgen«, sagte Lotti.

»Wer nicht?«, versuchte Ulla das Thema abzuwenden. »Wie geht es dir denn?«

Lotti lachte, es klang nicht belustigt, sondern bitter. »Ich habe eine Stellung als Kindermädchen. Aber leicht ist es nicht als unverheiratete Frau mit Kind. Und Peterle wird von vielen Menschen seltsam angesehen.«

Ulla schaute ihren Neffen an. Er saß breitbeinig neben Beate, hatte einen Holzklotz in den Händen und versuchte, in ihn hineinzubeißen. Seine Haut war dunkler als die von Beate, seine Haare schwarz und leicht gelockt, seine dunklen Augen mandelförmig. Sein Lachen war voller Charme und betörend. Betörend war wohl auch sein Vater gewesen, den Lotti auf der Krim kennengelernt hatte, als sie ihre beste Freundin Sonja in Russland besuchte. Sonja war seit ein paar Jahren mit Heinrich Vogeler, einem berühmten Künstler, liiert. Sonjas Vater, Julian Marchlewski, war ein Vertrauter Lenins und lebte zeitweise im Kreml, wo auch Sonjas Sohn Jan zur Welt kam. Lottis beste Freundin war im Wochenbett überfordert und flehte ihre Freundin in Deutschland um Hilfe an. Lotti war Kinderkrankenschwester und kam dem Hilferuf gerne nach.

Jan, erinnerte sich Ulla nun, Sonjas Sohn, war im Oktober vor drei Jahren geboren worden. Und Lotti war von November bis zum Sommer des nächsten Jahres bei ihrer Freundin geblieben. Die Familie war zur Erholung auf die Krim gereist, wo das Schicksal seinen Lauf nahm.

Obwohl sowohl Ulla als auch Heinrich und Vera Lotti mehrfach befragt hatten, hatte sie nie viel erzählt. Es war ein Kosake, war das Einzige, was sie sagte. Er war sehr liebevoll. Und das Ergebnis war Peterle.

Kontakt zu dem Mann hatte sie, soweit Ulla wusste, nicht. Niemand kannte seinen Namen. Ob er überhaupt wusste, dass er einen Sohn hatte? Vermutlich nicht. Lotti war im Frühjahr 1924 nach Deutschland zurückgekehrt, ihre Freundin Sonja im Sommer desselben Jahres. Sie hatten immer noch engen Kontakt miteinander.

»Peter ist ein Zuckerstück«, sagte Ulla nun. »Er ist immer fröhlich.«

»Noch.« Lotti klang verbittert. »Noch sieht er die Blicke der Menschen nicht, die ihn be- und verurteilen. Und mich natürlich auch, die Schickse.« Lotti senkte den Kopf. »Aber ich bereue nichts. Gar nichts.«

»Und damit ist das letzte Wort gesprochen«, sagte Ulla entschieden. »Ihr werdet euren Weg gehen, auch wenn er manchmal steinig erscheinen mag. Aber du bist stark, wie deine Mutter es auch war.«

Lotti sah sie an, lächelte erleichtert. »Danke.«

Dann schellte es erneut. Ulla ging in den Flur, öffnete die Tür.

»Ein Hoch auf die Fine!«, rief Tim und sprang in den Flur, sah sich erstaunt um. »Wo ist sie denn?«

»Sie holt Neli«, sagte Ulla und nahm Tim den Mantel ab. »Wie war es in der Schule?«

Tim zuckte mit den Schultern. »Wie immer«, sagte er, obwohl er erst den zweiten Tag auf der neuen Schule war. »Wo ist Neli denn?«

»Die beiden sind oben, sie kommen sicher gleich.«

Tim hob schnuppernd den Kopf. »Es riecht so lecker. Ist Gertie etwa wieder da?«

»Leider nur für heute«, sagte Vera. Dann ging sie in die Stube. »Lotti, meine Liebe, du bist ja schon da. Und dort sitzt der kleine Prinz Peter.« Sie umarmte ihre Schwester, nahm dann ihren Neffen hoch und kitzelte ihn. Peter lachte und schmiss sich nach hinten. »Was für ein süßes Baby du doch bist.«

»Das sehen leider nicht alle Menschen so«, sagte Lotti frustriert. »Immer wieder werden wir schief angeschaut, manchmal werde ich sogar auf sein Aussehen angesprochen. Ich mache mir Sorgen ...«

»Sorgen?«

»Peter wird groß werden – und wie werden ihm dann die Menschen begegnen? Wird er immer ein Außenseiter sein, nur weil er etwas anders aussieht? Wird er dadurch Nachteile haben?«

Ulla seufzte. »Ich kann deine Gedanken verstehen, aber ich bin mir sicher, dass alles gut gehen wird. Peter ist so ein entzückendes Kind, er wird jedermann in kurzer Zeit um den Finger wickeln, und dann spielt es keine Rolle mehr, dass er ein wenig anders aussieht.«

»Ich glaube auch, dass du dir zu viele Gedanken machst«, sagte Vera. »Die Gesellschaft ändert sich. Alles ändert sich. Schau doch nur unsere Kleider an. Wer hätte vor zehn Jahren gedacht, dass Frauen auch Hosen tragen können? Und die Rocklänge … ich kann mich noch daran erinnern, dass die Frauen Korsetts trugen.«

»Was sind Korsetts?«, fragte Fine nun, die mit Neli in die Stube kam.

Tim ging zu ihr und reichte ihr die Hand. »Alles Gute zum ersten Schultag. Wie war es?«

Fine sah ihn erstaunt an, nahm aber die ihr entgegengereichte Hand. »Danke schön«, sagte sie und klang ein wenig eingeschüchtert. Dann grinste sie breit. »Warum bist du so förmlich?«

»Du bist jetzt groß. Ich dachte, ich probiere das mal aus.« Er zwinkerte ihr zu. »Hast du schon deine Schultüte ausgepackt? Was war drin? Und was kocht Gertie? Es duftet köstlich. Hast du einen Lehrer oder eine Lehrerin?«

Nun lachte Fine. »So viele Fragen …« Sie schaute sich um. »Wo ist Vati? Ich wollte doch vom ersten Tag erst erzählen, wenn Vati da ist, damit ich nicht immer alles doppelt erzählen muss.«

»Sehr effizient«, murmelte Lotti amüsiert. »Und ja – wo ist Heinrich? Wollte er nicht auch da sein?«

»Doch, das wollte er«, sagte Ulla und versuchte, den Ärger in ihrer Stimme zu dämpfen. »Ich bin mir sicher, er kommt bald.«

»Können wir dann schon mal den Tisch decken?«, wollte Fine wissen. »Mir knurrt nämlich der Magen.«

»Deine Tochter ist wirklich sehr klug, Ullala«, sagte Vera lachend und ging zur Anrichte.

»Willst du Tim nicht zeigen, was in deiner Zuckertüte ist?«, schlug Ulla vor.

Fine schnappte sich die nun wieder eingeräumte Tüte vom Tisch. »Lass uns hochgehen, da haben wir mehr Ruhe, Tim.«

Neli stand neben ihr und senkte den Kopf, ihre Augen füllten sich. Fine seufzte auf. »Du kannst auch mitkommen«, sagte sie. »Aber du fasst nichts an, bevor ich es dir nicht erlaube.«

»Nein, natürlich nich«, wisperte Neli glücklich, und die drei zogen ab nach oben.

Ulla sah ihnen kurz nach und lächelte zufrieden. »Sie ist wirklich groß geworden und so vernünftig.«

»Ich möchte ja deine Euphorie nur ungern dämpfen, aber es ist dieser Tag«, sagte Vera lachend. »Tim war an seinem ersten Schultag auch so ... anders, fast schon erwachsen wirkte er. Das hat aber rasant wieder nachgelassen.«

»Ich kann mich noch gut an meinen ersten Schultag erinnern. Da habe ich mich auch plötzlich so groß gefühlt. Es war ein wichtiger Schritt, und ich glaubte, ich könne nun mit dir und Heinrich mithalten. Aber ganz schnell wurde mir klar, dass ich weiterhin die kleine Schwester sein würde«, sagte Lotti kichernd und legte die Tischdecke auf den Esstisch.

»Das mag alles sein, aber heute – jetzt – ist sie sehr vernünftig.« Ulla erzählte ihren Schwägerinnen, dass Neli die Schultüte ausgeräumt und auch schon unerlaubt genascht hatte.

»Dann verstehe ich dich«, sagte Vera. »Da ist Fine wirklich sehr über ihren Schatten gesprungen.«

»Wo ist denn nun Heinrich?«, fragte Lotti. »Ich dachte, er hat seine Arbeit als Amtsarzt verloren?«

»Das stimmt. Jetzt richtet er eine eigene Praxis ein. Und eigentlich wollte er heute nur kurz dort nach dem Rechten schauen.«

»Was glaubst du denn, wann er kommt?«

»Ich kann es nicht sagen«, gab Ulla zu. »Ich weiß nicht mehr, was in seinem Kopf vorgeht. Er hat lauter seltsame Ansichten entwickelt, und das Familienleben ist für ihn nur noch Nebensache. Ich hoffe, das ist nur vorübergehend. Eigentlich hatte ich gedacht, dass es einfacher wird, wenn wir wieder alle zusammen in Berlin wohnen, aber manchmal sehne ich mich zurück auf den Darß.«

»Oh, Ullala«, sagte Lotti. »Das tut mir leid. Ich weiß aber, dass mein Bruder euch, seine Familie, über alles liebt. Es ist sicher nur eine Phase.«

Ulla und Vera sahen sich an, sie wussten, dass diese Phase schon zu lange dauerte.

Kapitel 3

»Wir warten nicht noch länger«, beschloss Ulla gut eine halbe Stunde später. »Sonst ist das Essen verkocht und ungenießbar. Das würden mir weder Fine noch Gertie verzeihen.«

»Heinrich hatte seine Chance«, sagte Vera. »Wir werden ihm etwas übrig lassen. Ich geh dann mal die Kinder holen.«

»Endlich«, sagte Fine und setzte sich an den Tisch.

»Habt ihr euch denn nicht den Bauch mit Süßigkeiten vollgeschlagen?«, wollte Lotti augenzwinkernd wissen.

»Jeder hat nur ein Bonbon und ein kleines Stück Schokolade gegessen«, erklärte Tim. »Wir wollen ja von Gerties leckerem Essen auch noch etwas haben. Aber Fine hat versprochen, dass wir nachher noch etwas naschen dürfen.«

»Ihr seid einfach großartig, Kinder«, meinte Ulla lachend und ging in die Küche. Bald darauf brachten sie und Gertie das Essen. Es gab ein Bratwurst-Kartoffel-Gratin mit viel Lorbeer und einer Sahnesoße, Fines Leibgericht. Dazu Erbsen und Möhren.

Sie hatten sich gerade an den Tisch gesetzt, als die Haustür aufgeschlossen wurde und Heinrich den Raum betrat.

»Wo ist denn meine große Tochter?«, fragte er.

»Vati! Du kommst gerade richtig«, sagte Fine und warf sich ihm in die Arme. »Wir wollten jetzt essen.«

»Ich glaube, das habe ich bis zu meiner Praxis gerochen. Da hat sich Gertie ja mal wieder übertroffen, so gut duftet es.« Er sah Ulla an. »Tut mir leid, eher ging es nicht.«

»Vati, Vati«, rief auch Neli und rannte zu ihm.

»Warte«, sagte er. »Ich muss erst meinen Mantel ausziehen und mir dann die Hände waschen.« Er schaute zum Tisch.

»Detta, Lotti – wie schön, dass ihr da seid. Hallo Tim.« Dann drehte er sich um und verschwand in den Flur. Neli stand mit hängenden Schultern an der Tür und senkte den Kopf.

Vera und Lotti standen auf, als Heinrich zurückkam. Die Geschwister umarmten sich herzlich.

»Können wir jetzt essen?«, fragte Tim plötzlich.

»Oh, natürlich, junger Mann«, sagte Heinrich lachend und setzte sich an den Tisch.

»Komm, Neli«, sagte Ulla sanft. »Setz dich zu uns.«

»Nun wollen wir aber endlich etwas über deinen ersten Schultag erfahren, Fine«, meinte Vera schmunzelnd und sah ihren Bruder an. »Uns wollte sie nichts erzählen, bevor du nicht da bist.«

»Na, ich wollte nicht alles doppelt und dreifach erzählen«, sagte Fine und straffte die Schultern. »Mein erster Schultag war ... schön.« Dann schob sie sich ein Stück Bratwurst in den Mund und kaute andächtig.

»Ist das alles?«, fragte Lotti verblüfft. »Mehr hast du nicht zu erzählen?«

»Doch, aber jetzt muss ich mich erst einmal stärken.«

»Deine Tochter ist ein sehr eigenes Wesen, Heinrich«, meinte Lotti lachend. Sie hatte Peter auf ihren Schoß gesetzt und fütterte ihn mit kleinen Stückchen Kartoffeln. Beate saß auf dem Kinderstuhl am Tisch.

»Sie ist eben meine Tochter.« Heinrich klang stolz. Er sah zu Lotti. »Peter ist ein schöner Wonneproppen. Geht es euch gut? Wir sehen uns so wenig, obwohl du doch auch in Berlin wohnst.«

»Ich habe nicht viel Zeit. Heute habe ich mir extra wegen Fine frei genommen. Ansonsten muss ich viel arbeiten – wobei ich froh bin, diese Stellung als Kindermädchen zu haben. Zum Glück kann ich Peter immer mitnehmen. Und abends bin ich entweder zu müde oder ich gehe zu Vorträgen oder Treffen der KPD. Sonja und Mining wohnen ja jetzt auch in Berlin.«

»Was machst du abends mit Peter, wenn du weggehst?«, wollte Ulla wissen.

»Entweder nehme ich ihn mit – wenn es private Treffen sind – oder meine Nachbarin passt auf ihn auf. Sie ist schon älter und ganz lieb.«

»Das ist ja praktisch«, seufzte Vera. »So eine Nachbarin hätte ich auch gerne.«

»Es gibt ein neues Bauprojekt«, meinte Lotti. »Ein sozialer Bau – im Bauhausstil. Die Hufeisensiedlung. Hast du schon davon gehört? Ich habe mich für eine Wohnung dort beworben. Wäre das nicht auch etwas für dich?«

»Sie haben doch noch nicht einmal angefangen zu bauen«, meinte Heinrich. »Es wird mindestens ein Jahr dauern, bis die ersten Häuser stehen.«

»Das stimmt. Aber es ist sinnvoll, sich jetzt schon zu bewerben – denn Bewerber gibt es mehr als genug«, sagte Lotti. Sie drehte sich wieder zu Vera um. »Wir könnten dort zusammen wohnen – also jeder in einer eigenen Wohnung natürlich. So könnten wir uns gegenseitig unterstützen.«

»Das klingt nach einer sehr interessanten Idee«, sagte Vera nachdenklich. »Aber ich muss dafür bestimmt ein regelmäßiges Einkommen haben.«

»Da finden wir etwas. Ich habe da eine Idee«, sagte Lotti. »Aber lass uns darüber in Ruhe reden.«

»Es wird noch mehr Siedlungen dieser Art geben«, meinte Heinrich. »Im Fischtal zum Beispiel. Die Häuser hier sind ja auch Vorreiterprojekte. Kleine Wohneinheiten, alle gleich gebaut, mit Gartenanteil.«

»Ja, das sind gute Ideen«, sagte Lotti. »Aber die Arbeiterfamilien und die Tagelöhner werden es sich trotzdem nicht leisten können. Es muss eine grundsätzliche Reform her. Ähnlich wie in Russland.«

»Du meinst den Sowjetstaat«, sagte Heinrich.

»Genau!« Lotti nickte.

»Ich bin da zwiegespalten. Man hört so schreckliche Sachen von dort. Von Säuberungen ...«, sagte Vera leise.

»Darüber müssen wir aber jetzt doch nicht reden«, meinte Ulla entschieden. »Möchte noch jemand einen Nachschlag? Es ist mal wieder köstlich. Wir sollten es genießen, wer weiß, wie das nächste Mädchen kocht.«

»Wie geht es Sonja eigentlich?«, fragte Vera.

»Gut. Mit Jan kommt sie viel besser zurecht. Und endlich hat Martha der Scheidung zugestimmt. Nun können Sonja und Mining dieses Jahr endlich heiraten«, erzählte Lotti.

»Mich wundert es, dass er nicht auf dem Barkenhoff in Worpswede bleibt. Er hat das doch so liebevoll aufgebaut.«

»Aber Heinrich«, sagte Lotti lachend. »Den hat er doch schon vor drei Jahren an die ›Rote Hilfe‹ verkauft. Dort ist jetzt ein Kinderheim.«

»Was ist ein Kinderheim?«, fragte Fine.

»Auf den Barkenhoff kommen Kinder zur Erholung aus ganz armen Familien. Und außerdem sind dort Kinder untergebracht, deren Eltern Probleme haben und die sich nicht mehr um ihre Kinder kümmern können«, erklärte Lotti.

»Untergebracht? Wie lange denn?«

»Nun, bis die Eltern wieder für sie da sein können. Oder die Kinder auf eigenen Füßen stehen.«

»Ich stehe immer auf meinen eigenen Füßen«, sagte Fine verwirrt. »Warum dann diese Kinder nicht?«

Ulla verkniff sich ein lautes Lachen. »Das ist doch nur ein Wortbild, Finekind. Es bedeutet, dass man sich um sich selbst kümmern kann. Dass man eine Ausbildung hat, einen Beruf und selbst genügend Geld verdient, um sein eigenes Leben zu sichern.«

»Ich finde es bedauerlich, dass so etwas heute noch nötig ist«, sagte Lotti. »In einer sozialistischen Gesellschaft müsste so etwas nicht sein. Dann müsste sich niemand Gedanken darüber machen, ob er fähig ist, auf eigenen Füßen zu stehen.«

»Ganz nach Marx?«, fragte Heinrich und klang amüsiert. »Jeder nach seinen Fähigkeiten, jedem nach seinen Bedürfnissen?«

Lotti nickte heftig. »Ja, genau.«

»Aber bist du eher für die Anarchie oder für den Kommunismus?«, wollte Vera wissen.

»Es muss sich doch erst noch herausstellen, welches der sozialistischen Modelle wirklich lebbar und durchsetzbar ist«, meinte Lotti. »Im Moment tendiere ich zur Anarchie, bin mir aber nicht sicher, ob das nicht nur eine Utopie ist.«

Fine sah sie mit großen Augen an. »Du weißt immer so viele schwierige Wörter, Tante Lotti.«

»Die lernst du auch noch. Schließlich gehst du ja jetzt zur Schule.«

»Habe ich eigentlich auch eine weiße Schürze, Mutti?«, fragte Fine nun. »Alle Mädchen aus meiner Klasse haben weiße Schürzen. Und sie haben mich alle etwas seltsam angesehen.«

»Du hast eine blau-rote Schürze. Sie soll dein Kleid schützen – und da ist doch die Farbe egal«, sagte Ulla. »Ich finde Weiß langweilig, und außerdem sieht man darauf jeden Fleck sofort.«

»Aber weiße Sachen kann man auskochen«, meinte Heinrich nun. »Sie sind hygienischer.«

»Eine Schürze soll schützen, damit soll sie sich ja nicht abtrocknen oder gar Wunden verbinden«, meinte Ulla.

»Hättest du denn gerne eine weiße?«, fragte nun Vera.

»Ich weiß nicht, Tante Detta«, sagte Fine nachdenklich. »Alle anderen Mädchen haben so eine ...«

»Haben sie dich ausgelacht?«

Fine schüttelte den Kopf. »Das nicht, aber seltsam geguckt.«

»Wie sind denn die anderen Mädchen in deiner Klasse? Sind sie nett?«, wollte Lotti wissen.

Fine legte den Kopf schief. »Das weiß ich noch nicht. Ich habe ja noch nicht mit ihnen gesprochen.«

»Aber du musst doch einen Eindruck haben«, sagte Heinrich.

Fine schaute ihn fragend an.

»Na, du musst doch wissen, ob dir jemand nett vorkommt oder nicht.«

»Aber woran merke ich das denn?«, fragte Fine. »Ich finde Tim nett. Aber Tim kenne ich schon lange. Und ich finde Gertie nett ... aber die Mädchen? Ich weiß nicht, wer nett ist oder wer nicht.«

»Du hast mit keiner gesprochen?«, fragte Ulla. »Hat denn auch niemand mit dir gesprochen?«

Fine schüttelte den Kopf.

»Das kommt noch«, sagte Heinrich zuversichtlich und schob seinen Teller beiseite. »Jetzt hätte ich gerne eine Tasse Kaffee.«

»Kuchen«, sagte Neli und strahlte.

»Oh ja, natürlich. Detta hat Kuchen mitgebracht.« Ulla stand auf und sammelte die Teller ein. Vera half ihr. Schnell räumten sie den Tisch ab, brachten dann Kaffee und Kuchen. Es war ein Apfelkuchen, den Fine eigentlich sehr liebte, doch heute stocherte sie nur mit der Gabel darin herum.

»Schmeckt es dir etwas nicht?«, fragte Tim verwundert. »Mutti hat ihn gebacken.«

»Wie waren denn deine ersten Tage auf der neuen Schule?« Fine sah ihn an.

Tim zuckte mit den Schultern. »Gut«, sagte er wenig überzeugend.

»Hast du mit den anderen Schülern gesprochen?«

Er schüttelte den Kopf. »Noch nicht. Sie kennen sich ja alle schon vom letzten Jahr, und ich will sie erst einmal beobachten. Da ist ein Junge, der Helmuth, der scheint nett zu sein – aber das wird die Zeit zeigen.«

»Du kommst gar nicht auf deinen Vater«, sagte Heinrich. »Er

hätte sofort mit allen geredet und Freundschaften geschlossen. Warum so vorsichtig?«

»Mein Vater«, sagte Tim nachdenklich, »hat schnell Kontakt zu anderen Menschen, das stimmt. Aber er verliert sie auch schnell wieder. Ich möchte echte Freunde finden.« Ulla zog die Augenbrauen hoch. »Das sind weise Worte für einen Jungen. Und wahre Worte noch dazu.«

»Manchmal wäre ich gerne wie mein Vater, ihm scheint alles leichtzufallen, und er lacht fast immer.« Tim zuckte mit den Schultern. »Aber ich kann nicht so sein.«

»Und warum hast du mit keiner deiner neuen Klassenkameradinnen gesprochen, Fine?«, wollte Lotti wissen.

»Ich wusste nicht, was ich sagen sollte.« Sie räusperte sich. »Und ich hatte das Gefühl, dass sie mich komisch anschauen.«

»Ach, da hast du dich bestimmt getäuscht. Wahrscheinlich waren sie genauso unsicher wie du«, tat es Ulla ab.

»Einige kannten sich, und ich glaube, sie haben über mich getuschelt.« Fine biss sich auf die Unterlippe.

Heinrich sah Ulla an. »Hast du eine normale Schürze und normale Kleider für das Kind?« Seine Stimme klang plötzlich schneidend.

»Wie meinst du das? Sie hat doch ganz normale Sachen an.« Ulla streckte das Kinn vor.

»Alle Kleider, die die Kinder tragen, hast du genäht.«

»Was ist daran verkehrt? Ich benutze Schnittmuster. Ich hefte doch nicht einfach Fetzen zusammen.« Ulla sah ihn empört an.

»Aber du siehst doch, dass es auffällt. Möchtest du, dass deine Kinder abfällig beurteilt werden?«

»Abfällig?« Ulla spuckte das Wort beinahe aus.

»Natürlich. Unterscheidungen von anderen sind meistens mit negativen Betrachtungen verbunden. Gerade in einer Gruppe, die sich neu bildet, will keiner der Außenseiter sein.«

»Tim, Fine – warum geht ihr nicht nach oben? Wolltet ihr

nicht noch die Zuckertüte weiter auspacken?«, sagte Vera und klang fröhlich, aber ihr Lächeln war es nicht.

Tim und Fine standen auf. »Komm«, sagte Fine und reichte Neli die Hand. Die Kinder gingen nach oben.

Heinrich schaute irritiert in die Runde. Lotti war aufgestanden und nahm Beate aus dem Hochstuhl, dann brachte sie die beiden Kleinen zu Gertie in die Küche.

»Die Kinder müssen ja nicht mitbekommen, wenn ihr euch streitet. Nicht an diesem Tag«, sagte Vera.

»Wir streiten doch gar nicht«, sagte Heinrich laut. »Aber ist es denn so vermessen, von seiner eigenen Frau zu erwarten, dass sie die Kinder angemessen kleidet? Kannst du dich an unsere Kindheit erinnern, Detta? Kannst du das? Wir waren die Kinder von dem Künstlerpaar – und später die Kinder, deren Eltern geschieden waren. Wir waren oft genug Außenseiter. Ich will nicht, dass meine Tochter von Beginn an so eine Rolle in der Schule hat.«

»Ich war auch ein Scheidungskind und ein armes dazu«, sagte Ulla wütend. »Ich nähe die Kleidung für die Mädchen, weil du ihnen beim Wachsen zuschauen kannst. Und es ist günstiger, wenn ich die Sachen selbst nähe, als wenn ich sie kaufen müsste. Du bist ja derjenige, der seine Arbeit aus Überzeugung aufgegeben hat – weil du nicht mit der Verwaltung klarkommen wolltest.«

»Du hast keine Ahnung – gar keine Ahnung –, wovon du redest, Ulla. In solchen Verhältnissen würdest du auch nicht im Dienst stehen wollen. All die bitterarmen Familien, die krepieren, weil sie in menschenunwürdigen Verhältnissen hausen müssen, unter katastrophalen hygienischen Bedingungen. Du weißt gar nicht, wie das ist.«

»Oh doch, das weiß ich wohl. Meine Schwestern und ich haben mit meiner Mutter in einem Kellerloch gehaust, wohnen konnte man das nicht nennen. Und ich will nie wieder so leben.

Meine Kinder sollen auch nicht so leben müssen. Aber du ... du steckst die Nase in die Luft und musst öffentliche Erklärungen abgeben, so dass man dich feuert. Und das heutzutage. Wie konntest du nur?«

»Ich bin Arzt, und ich habe ein Gewissen.« Heinrich sah sie böse an.

»Auch uns gegenüber? Deinen Töchtern und mir? Ich habe nämlich kaum Haushaltsgeld. Ich soll den Mädchen Kleidung kaufen? Weiße Schürzen? Dann gib mir Geld.«

»Du verschwendest das Haushaltsgeld doch nur. Wofür brauchen wir ein Mädchen, das kocht und den Haushalt macht, wenn du doch die ganze Zeit zu Hause sitzt und Däumchen drehst? Ach nein, du drehst ja keine Däumchen, du nähst und bastelst, und du zeichnest ... aber davon wird es hier nicht sauber, und essen kann man deine Werke auch nicht.« Heinrich war aufgestanden und stampfte mit seinem Gehstock auf. »Lern du doch erst einmal, einen Haushalt zu führen.« Er sah seine Schwester Lotti an. »Hast du ein Mädchen? Eine Mamsell?«

»Nein, Heinrich«, sagte Lotti sanft. »Ich habe keine Hilfe. Ich brauche im Moment auch keine. Ich habe kein Haus mit Garten, sondern nur eine Einzimmerwohnung. Das geht noch, aber wenn Peter größer wird, wird es nicht mehr gehen. Und es geht auch nur, weil ich ihn auf die Arbeit mitnehmen kann und wir dort alles bekommen – Essen, und auch die Wäsche von ihm waschen sie mit. Es ist eine privilegierte Stellung.«

»Du arbeitest aber – du verdienst dir durch deine Arbeit Lohn und Brot.« Heinrich schnaubte.

»Wie soll Ullala denn arbeiten gehen?«, fragte Vera nun. »Sie muss sich um die Kinder kümmern.«

»Das tut sie ja aber nicht. Sie malt, bastelt und näht. Wenn sie wenigstens den Haushalt führen würde ...«

»Ich bitte dich Heinrich, Ulla führt doch den Haushalt. Vielleicht macht sie es nicht perfekt, aber was ist schon perfekt?«

Wieder schnaubte Heinrich und schaute dann auf die Wanduhr. »Ich kümmere mich um meine Familie. Es ist gerade etwas schwierig, aber bald schon werde ich meine Praxis eröffnen und dann ... dann wird alles anders. Und jetzt müsst ihr mich entschuldigen, ich habe noch etwas zu tun.« Er stapfte aus dem Raum, ging schwerfällig nach oben. Das Klack-klack seines Stockes klang wie eine Trommel, die jeden seiner Schritte unterstrich.

Verblüfft schauten Vera und Lotti ihre Schwägerin an. »Was ist denn in ihn gefahren?«, fragte Lotti beklommen.

Ulla wandte sich ab. »Ich denke, er macht sich genauso Sorgen wie ich, kann es aber nicht anders äußern.«

»Habt ihr das mit der Praxis eigentlich gemeinsam beschlossen?«, fragte Lotti und setzte sich wieder an den Tisch, schenkte ihnen Kaffee ein und zündete sich eine Zigarette an, reichte die silberne Schachtel an die anderen weiter.

»Nein«, sagte Ulla und nahm sich auch eine Zigarette, inhalierte tief. »Er bespricht nichts mehr mit mir.«

»Warum nicht?«

»Das weiß ich nicht. Wir haben uns auseinandergelebt«, sagte sie traurig.

»Er liebt dich sicherlich noch.« Vera setzte sich neben sie und zündete sich ebenfalls eine Zigarette an.

»Das mag sein, aber er zeigt es nicht mehr und ...« Ulla schluckte. »Es wäre mir inzwischen auch egal.«

Ihre Schwägerinnen sahen sie erschrocken an.

»Ullala ...«

»Ja, es tut mir leid. Aber ich kann und ich mag nicht mehr ...«

»Aber die Kinder«, sagte Lotti leise.

»Meine Schwestern und ich sind auch groß geworden, obwohl meine Eltern sich getrennt hatten. Es war nicht schön, das gebe ich zu ...«

»Groß geworden sind wir auch, nachdem sich unsere Eltern

getrennt haben«, sagte Vera nachdenklich. »Und ich habe mich ja auch von Tetjus getrennt. Hat Heinrich denn eine andere?«

Ulla schüttelte den Kopf. »Das glaube ich nicht. Aber ich weiß es natürlich nicht sicher.«

»Ich fand es nicht so schlimm, dass sich die Eltern haben scheiden lassen«, sagte Lotti nun. »Aber das lag daran, dass Mutti und Vati immer noch miteinander geredet haben. Später hat sich Mutti sogar mit Isi versöhnt, und sie haben sich besucht.«

»Wir haben keinen großen Streit, nicht oft zumindest. Heinrich möchte mich jedoch anders, als ich bin. Er hat mich geheiratet und sich vermutlich eine andere Frau vorgestellt ...«

»Das glaube ich nicht«, sagte Vera nachdenklich. »Nein, das glaube ich ganz und gar nicht. Er hat sich so sehr verändert in den letzten Jahren. Er hat all seine Leichtigkeit verloren und wirkt so verbissen und verbittert. Der Krieg hat viel kaputt gemacht.«

»Der Krieg, der Krieg, der Krieg!«, rief Ulla und stand auf, lief im Raum umher. »Der Krieg ist vorbei. Man kann doch nicht alles immer darauf schieben? Man muss doch nach vorne sehen. Unsere Mädchen sind noch klein, sie haben keinen Krieg erlebt und werden das hoffentlich auch nie. Wieso sollen sie mit seinen Traumata leben müssen?« Ulla holte tief Luft, und alle schwiegen für einen Moment.

»Hast du denn eine weiße Schürze?«, fragte Lotti vorsichtig.

Ulla sah sie entgeistert an. »Was hat das denn jetzt damit zu tun?«

»Na ja, in einer Sache hat Heinrich ein bisschen recht – deine Tochter sollte sich in die Gruppe einfügen. Wenn sie seltsame Kleidung trägt ...«

Ulla trat zu Lotti, sah ihr in die Augen. »Du denkst, dass meine Töchter seltsame Kleider tragen? Ernsthaft?«

»Nein, nein«, stammelte Lotti. »So habe ich das nicht gemeint. Es sind schöne Kleider. Ganz entzückend.«

»Verfolgst du nicht den sozialistischen Gedanken? Dass alle

Menschen gleich sind? Und dass jeder das macht, was er am besten kann?«

»Was hat das damit zu tun?«, fragte Lotti kleinlaut.

»Ich kann nähen. Die Kleider meiner Mädchen mögen ein wenig farbenfroher sein als die der anderen. Aber sie haben den gleichen Schnitt. Es sind ganz einfache Kleider. Manchmal ist dort noch eine Schleife und da noch ein Volant, manchmal haben sie Plissee – aber die Schnitte sind so wie alle anderen Kleider auch. Ich kann nähen, das ist eine meiner Begabungen, die ich der Gesellschaft geben kann – jeder soll doch das machen, was er kann und tun möchte. Oder etwa nicht?« Sie zog wieder an ihrer Zigarette und funkelte Lotti an.

»Du willst doch aber nicht, dass sie schief angeschaut werden, nur weil sie keine weißen Schürzen haben? Willst du das? Dass sie anders aussehen als alle?«

»Moment«, sagte Vera nachdenklich und setzte sich neben ihre Schwester und legte den Arm um ihre Schultern. »Hier geht es gar nicht um Fähigkeiten oder gar um eine dumme Schürze, nicht wahr, Lotti?«

Lotti sah sie an, nahm sich eine weitere Zigarette aus dem Etui und zündete sie an.

»Es geht hier gerade gar nicht um Fine, es geht dir um Peterle«, sagte Vera sanft.

»Was?« Ulla sah die beiden erstaunt an, dann aber begriff sie. »Oh, Lotti.«

Lotti senkte den Kopf. »Würdest du wollen, dass deine Tochter schief angeschaut wird, einfach nur weil sie anders aussieht als die anderen, Ullala?«, fragte sie leise. »Würde dir das nicht Sorgen und Kummer bereiten?«

Ulla dachte nach. »Nein«, sagte sie dann. »Nein, nicht dann, wenn es sich auf die Kleidung bezieht. Die Kleider sind in Ordnung. Sie sind schön. Vielleicht sind sie auffällig und ein wenig anders als die der anderen Kinder.« Sie schaute zu Vera. »Weißt du noch, damals auf Rügen, Detta? Da hatten wir uns gerade erst kennengelernt.«

Vera sah sie an, und ein Lächeln huschte über ihr Gesicht. »Wie unschuldig und naiv wir waren. Und wie fröhlich.«

»Ja, und wir haben uns verkleidet. Immerzu. Wir sind auch verkleidet durch die Stadt spaziert ...«

»Ja«, sagte Vera. »Wir haben uns frei gefühlt. Die Blicke der anderen waren uns egal.«

»Weil ihr nach Hause gehen und euch umziehen konntet«, fügte Lotti nun hinzu. »Dann wart ihr wieder ›normal‹.«

»Ich verstehe dich ja«, meinte Vera sanft. »Aber Peter ist normal.«

»Das sehen viele Leute aber anders. Er sieht anders aus als andere Kinder ... er hat kaukasische Gesichtszüge, dunkles Haar ...« Lotti senkte den Kopf. »Ich schäme mich für meine Gedanken, aber er tut mir so leid. Und ich fürchte, er wird es schwer haben im Leben, einfach nur weil er seinem Vater so ähnlich sieht.«

Die Worte fielen wie Steine in einen Brunnen, für einen Moment war es sehr still.

»Liebste Lotti«, sagte Ulla schließlich, »es liegt doch an dir – vielleicht an uns allen –, wie Peter aufwächst und wie er sich wahrnimmt. Wenn du sein Aussehen nicht als Manko betrachtest, sondern im Gegenteil als etwas Schönes, dann wird es ihm nichts anhaben, wenn ein paar Leute ihn missfällig ansehen. Peter ist etwas Besonderes. Er hat viel Charme, hat eine fröhliche Ausstrahlung. Das solltest du sehen und unterstützen. Darauf solltest du dich konzentrieren.«

»Wir alle sollten das tun«, fügte nun auch Vera hinzu. »Ihn stärken, damit ihm eventuelle böse Nachrede nichts anhaben kann.«

»Eventuelle böse Nachrede«, sagte Lotti leise und schlug die Hände vor das Gesicht. »Wenn es doch nur das wäre.«

»Was ist es denn dann?«, fragte Ulla vorsichtig nach.

»›Schau mal, dort drüben. Siehst du den Jungen?‹«, zischte Lotti nun, immer noch hielt sie den Kopf gesenkt. »›Ist das nicht einer dieser mongoloiden Idioten, der sieht doch so aus‹«

Vera schnappte entsetzt nach Luft. »Das hat jemand gesagt?«

Lotti nickte.

»Aber er hat doch diese Krankheit gar nicht«, sagte nun Vera. »Er ist doch gesund, nur hat er die Physiognomie, das Aussehen, seines Vaters. Zum Teil jedenfalls.«

»Ich weiß das, aber die Leute sehen seine schräg stehenden und mandelförmigen Augen, seine dunklere Hautfarbe und denken, er sei krank, ein Idiot.«

»Was hast du gemacht?«, fragte Ulla bestürzt.

»Was soll ich denn machen? Ich gehe mit hoch erhobenem Kopf weiter. Ich höre die Worte, nicht nur einmal habe ich es gehört.«

»Aber Lotti, vielleicht siehst du nur das, was du zu sehen glaubst. Ja, vermutlich ist er ein Blickfang, weil er anders aussieht. Das heißt doch aber nicht, dass sie über ihn urteilen.«

Lotti sah ihre Schwester überrascht an. »Meinst du?«

»Ich finde, dass Peter ganz besonders apart aussieht – sehr anziehend, eine echte Schönheit. Diese Augen – das sind doch ganz wache und aufmerksame Augen. Und wie ich ihn um seine Haut beneide – samtweich und so schön gleichmäßig olivfarben.«

»So siehst du ihn?«

»Aber natürlich. Und ich denke, dass geht vielen anderen genauso«, sagte Ulla mit Nachdruck.

»Danke.« Lotti wischte sich über die Wangen und die Augen. »Ich werde mir eure Worte zu Herzen nehmen.«

»Eigentlich bräuchten wir jetzt einen Schnaps«, sagte Vera und stieß erleichtert den Atem aus. »Aber dazu müsste ich hochgehen in den Salon.«

Ulla schmunzelte und ging zur Anrichte. Sie öffnete eine Tür, und zog aus der hintersten Ecke eine Flasche hervor. »Die habe ich hier für den Notfall versteckt«, sagte sie und schenkte ihnen ein. »Prost.«

»Das ist eine wirklich gute Idee«, meinte Vera grinsend. »Aber jetzt zurück zu dem eigentlichen Problem. Hast du eine weiße Schürze für Fine?«

Ulla seufzte auf. »Ja, habe ich natürlich. Und ja, sie wird ab morgen die weiße Schürze tragen. Auch wenn ich es nicht so ganz einsehe.«

»Vielleicht fragst du Fine erst, was sie selbst möchte?«, meinte Vera nachdenklich. »Sie hat ja einen sehr eigenen Kopf. Möglicherweise möchte sie auch lieber auffallen oder sich abgrenzen von den anderen.«

»Das stimmt. Ich werde ihr die Entscheidung überlassen«, sagte Ulla.

Im selben Moment schellte es an der Haustür. Überrascht stand Ulla auf und ging in den Flur. »Nanu«, sagte sie, »wir erwarten doch niemand weiteren.«

Sie öffnete, vor ihr stand ein junger Mann, der seine Augen nervös rollte und auf den Fußballen wippte. »Ich muss zum Doktor«, sagte der Mann und drängte sich an Ulla vorbei, lief die Treppe nach oben.

Gertie schaute aus der Küche und verzog das Gesicht.

»Hab nich gewusst, dat se heute och kommen, wa? Hammse mir nich jesacht, Gnädigste.« Sie nahm ihre Schürze ab und hängte sie an den Haken, hielt Ulla die Hand hin. »Ick will meenen Lohn jetz, un dann bin ick verschwunden.« Ihr Gesicht war angespannt.

»Das war so nicht vorgesehen, Gertie«, entschuldigte sich Ulla. »Vielleicht geht er ja gleich wieder.«

»Is mir egal. Icke will dat nich noch eenmal mitmachen, wa?«

Ulla holte ihre Börse und gab Gertie den Lohn. Sie legte noch ein wenig extra dazu. »Ich danke dir für deine Hilfe. Heute und auch vorher. Du kannst jederzeit wieder hier anfangen. Mein Mann wird ja bald in seiner Praxis arbeiten, und diese Besuche wird es dann nicht mehr geben.«

»Na, verlassen würd ik mich nich daroof«, sagte Gertie. »De Kinners solltense runterholen. Inne Stuwe.«

Ulla nickte und ging nach oben. Dort saßen die drei einträchtig beisammen und schauten sich ein kleines Bilderbuch an, das ebenfalls in der Zuckertüte gewesen war.

»Nehmt die Sachen und kommt runter«, sagte Ulla. »Gertie muss jetzt gehen, du willst dich sicherlich von ihr verabschieden.«

»Geht sie wirklich für immer?«, fragte Fine beklommen.

»Ja. Und nun beeilt euch.« Es hatte wieder an der Tür geschellt, und sie hoffte, dass niemand aufmachen würde, bevor sie nicht mit den Kindern unten war. Schnell half sie, die Sachen zusammenzuräumen. Neli nahm sie auf den Arm und trug sie nach unten.

»Kann schon laufen«, sagte Neli ein wenig beleidigt.

»Ich weiß, aber wir müssen uns beeilen.« Ulla schob die Kinder schnell in die Küche und schloss die Tür, bevor sie erneut die Haustür öffnete. Wie befürchtet stand ein weiterer junger Mann im Eingang. Seine Hände zuckten, und er leckte sich unkontrolliert über die Lippen. Ulla trat beiseite, und er ging, ohne ein Wort zu ihr zu sagen, nach oben.

»Was war denn das?«, fragte Lotti, die die Tür zur Stube einen Spaltbreit geöffnet und in den Flur gespäht hatte.

»Das sind Heinrichs Probanden«, seufzte Ulla.

»Was machen sie denn hier?«, fragte Lotti. »Und wofür braucht er Probanden?«

»Für seine Doktorarbeit«, sagte Vera lakonisch. »Wo sind die Kinder?«

»Hier«, antwortete Ulla und öffnete die Tür zur Küche. Tim

und Neli kamen ihnen entgegen, Gertie hatte Peter im Arm, reichte ihn zu Lotti. Ulla ging in die Küche und hob Beate aus dem Kinderstuhl.

»Du gehst wirklich für immer und immer, Gertie?«, fragte Fine mit Tränen in den Augen.

»Bist 'nen tolles Mädchen, Fine, gloob mir. Aber ja, ik muss gehen.« Sie umarmte Fine, zog ihren Mantel vor der Brust zusammen und verließ das Haus, ohne sich umzusehen.

»So was«, sagte Lotti. »Was ist denn in sie gefahren?«

»Ich verstehe sie schon«, meinte Ulla leise und schob alle wieder in die Stube. Es dauerte auch gar nicht lange, bis es wieder an der Haustür schellte.

»Ihr bleibt hier«, sagte Ulla und sah alle kurz und mit einem warnenden Blick an. »Ich öffne die Haustür.« Sie ging in den Flur, schloss die Tür hinter sich.

»Das sind wieder die verrückten Männer«, sagte Fine gelassen. »Die kommen und gehen.«

»Sind laut, sind doof«, stimmte Neli ihr zu.

Die Kinder setzten sich an den Tisch und nahmen wieder das Bilderbuch in die Hände.

»Kannst du das Wort schon lesen, Tim?«, fragte Fine.

»Natürlich«, sagte Tim und straffte die Schultern. »Da steht ›Häschen‹.«

»Ich möchte auch richtig lesen können. So schnell wie möglich«, seufzte Fine.

Beate und Peter spielten wieder auf der Decke in der Ecke des Raumes. Neli war die Betrachtung des Bilderbuches zu langweilig geworden, sie setzte sich zu den Kleinen.

Erstaunt sah Lotti Vera an. »Die verrückten Männer?«, fragte sie leise.

»Um ehrlich zu sein, weiß ich auch nicht genau, was sich hier abspielt. Aber vielleicht können wir uns ja heute ein Bild davon machen.«

Ulla kam zurück in die Stube.»Möchtet ihr noch Kaffee?«, fragte sie.

»Oh ja. Und dann hätte ich gerne gewusst, was es mit diesen ›verrückten Männern‹ auf sich hat«, sagte Lotti und blickte Ulla erwartungsvoll an.

»Hast du das gesagt, Fine?«

Fine nickt ohne aufzuschauen.

»Nun, Heinrich arbeitet an seiner Doktorarbeit. Es geht um bewusstseinverändernde Stoffe. Damit will er die Welt retten oder zumindest verbessern.«

»Ein ambitioniertes Ziel. Und er führt die Versuche hier durch?«

»Oben. In seinem Arbeitszimmer.«

Plötzlich hörten sie laute Schreie. Tim sah erschrocken auf, und Peter fing an zu weinen.

Dann war Getrampel zu hören, und Lotti nahm Peter schnell auf den Arm, schaute verängstigt zur Tür.»Was ist das?«

»Das sind die verrückten Männer«, sagte Fine ungerührt.»Sie schreien oft. Und manchmal schmeißen sie Stühle um. Dann poltert es laut.«

»Ulla – wie kannst du das zulassen?«

»Was soll ich tun? Heinrich besteht auf dieser Forschung. Er glaubt, dass er damit große Erkenntnisse gewinnen wird.«

»Was macht er denn mit ihnen?«

»Er gibt ihnen Drogen. Und dann beobachtet er, wie sie darauf reagieren. Er will Mittel finden, die Menschen glücklich machen ...«

»Mich macht das hier nicht glücklich«, sagte Vera nervös. Das Geschrei war noch lauter geworden und hörte sich an, als ob oben ein Wettlauf veranstaltet würde.»Komm, Tim, es wird Zeit für uns, zu gehen.«

Tim, der ganz blass geworden war, stand auf.»Aber ... mein Mantel ... wir müssen in den Flur«, sagte er leise.

»Ich hole eure Mäntel«, sagte Ulla seufzend. »Man hört es, wenn einer der Männer herunterkommt.«

»Ich gehe dann auch«, sagte Lotti schnell. »Willst du nicht mitkommen? Du und die Mädchen? Das ist doch kein Zustand hier. Jetzt verstehe ich auch deine Köchin.«

Ulla schüttelte den Kopf. »Ich kann doch nicht einfach verschwinden. Wir leben hier.«

»Heinrich muss aber einsehen, dass das so nicht geht«, meinte Vera. »Ich werde mit ihm reden. Aber nicht heute.«

Tim umklammerte ängstlich ihre Hand und sah zu ihr auf. »Gehen wir jetzt?«

»Ja.«

Ulla öffnete die Tür einen Spalt und lauschte, dann huschte sie in den Flur, holte die Jacken von der Garderobe.

»Lotti hat nicht unrecht«, sagte Vera und half Tim in den Mantel. »Du solltest mit den Kindern nicht hier sein, wenn Heinrich seine Probanden empfängt. Was, wenn die Situation eskaliert? Wenn sie in die Stube kommen?«

»Leider spricht er die Termine nicht mit mir ab.« Ulla klang resigniert. »Auch heute war das nicht geplant – im Gegenteil, ich hatte ihn gebeten, heute auf keinen Fall Patienten zu empfangen. Aber er hält sich einfach nicht daran.«

»Wir werden ihn uns zur Brust nehmen«, sagte Lotti. Schnell hatte sie sich und Peter angezogen. »Wir werden ihm sagen, dass das nicht tragbar ist. Hast du keine Angst?«

Nun erscholl ein lautes Heulen von oben. Alle zuckten zusammen.

»Manchmal habe ich schon Angst«, sagte Ulla. »Ich hoffe, dass seine Praxis bald fertig ist und er seine Studien dann dort fortführt.«

Wieder ging sie zur Tür und lauschte, dann winkte sie ihren Schwägerinnen. Schnell huschte Lotti an ihr vorbei.

»Wenn irgendetwas ist, du weißt doch sicher, dass du und die Mädchen jederzeit zu mir kommen könnt, nicht wahr? Immer.«

»Danke, liebe Detta. Aber es wird sich etwas ändern müssen«, sagte Ulla mit Nachdruck.

Sie schloss die Türen und setzte sich neben Fine an den Tisch.

»Ich habe keine Angst«, sagte Fine. »Vati ist doch da. Er passt schon auf uns auf.«

Neli kam und kletterte auf Ullas Schoß. »Ich aber«, flüsterte sie.

Ulla strich ihr über das Haar. »Ich passe ja auch auf euch auf«, sagte sie leise.

Kapitel 4

Berlin, Dezember 1926

»Wie war es in der Schule?«, fragte Ulla, die gerade die Wäsche vom Hof geholt hatte. Es war ein milder, sonniger Wintertag. Fine kam zusammen mit Rahel die Straße entlanggehüpft.

»Wie immer«, sagte Fine.

»Stimmt ja gar nicht«, meinte Rahel. »Die blöde Emmi hat wieder gepetzt und musste in der Ecke stehen. Das Fräulein Schmidt ist ganz streng gewesen.«

Fine und Rahel grinsten.

»Ärgert sie euch immer noch so oft, diese Emmi?«, fragte Ulla.

»Ja, aber das macht mir nichts aus«, sagte Fine. »Darf ich noch mit rüber zu Rahel?«

»Habt ihr keine Hausaufgaben auf?«

»Doch, aber die kann ich ja nachher machen.«

»Nein. Erst wird gegessen, dann werden die Hausaufgaben gemacht, und dann dürft ihr spielen.«

»Och Mutti ...« Fine legte den Kopf schief. »Bitte ...«

»Nein«, sagte Ulla. »Auch bei Rahel gibt es jetzt sicher Mittagessen. Nach den Hausaufgaben dürft ihr spielen.«

Es hatte nicht lange gedauert, bis sich Fine und Rahel angefreundet hatten – sie hatten ja den gleichen Schulweg. In der ersten Zeit hatte Ulla ihre Tochter zur Schule gebracht und auch wieder abgeholt, Rahel musste immer allein gehen, und schon bald schloss sie sich ihnen an – erst schweigend. Ulla begrüßte sie, versuchte mit ihr ins Gespräch zu kommen, aber das Mädchen blieb wortkarg, wenn auch höflich. Aber dann, ein paar Tage später auf dem Rückweg, sprach Fine sie an. Sie kommentierte die Mitschülerinnen, die Lehrerin und auch andere

Dinge und schon bald plauderten die beiden lebhaft miteinander.

Jetzt waren sie unzertrennlich.

Ulla folgte Fine ins Haus und stellte den Wäschekorb in der Küche ab, dem wärmsten Raum im ganzen Haus, denn die Wäsche war noch klamm.

Else, die neue Köchin, stand am Herd und rührte in den Töpfen. Sie war schon Ende zwanzig, geschieden, aber kinderlos. Sie kam nicht an Gerties Kochkünste heran, aber ihre Speisen waren gutbürgerlich und lecker. Außerdem war sie sehr kinderlieb und kümmerte sich voller Begeisterung um die Mädchen. Die drei mochten sie sehr.

Zum Glück war Heinrichs Praxis bald nach Ostern fertiggestellt worden, und er konnte dort seine Arbeit als Arzt aufnehmen. Zu Anfang hatte er jedoch weiterhin seine Forschungen zu Hause betrieben – aber Lotti und Vera hatten ihm zugesprochen und ihn nun schließlich dazu gebracht, dass er die Versuche in seiner Praxis vornahm.

Allerdings kam er nun fast nur noch zum Schlafen nach Hause.

Durch Vera hatte Ulla inzwischen einige Aufträge vom Museum für Völkerkunde bekommen. Sie hatte einige Fresken abgepaust und ausgemalt oder Scherben von Terrakottatöpfen katalogisiert und abgezeichnet. Es waren immer nur Honorararbeiten, keine Festanstellung, aber die Arbeit machte Ulla große Freude, und sie nahm, was sie bekommen konnte.

Das Gefühl endlich wieder eine sinnvolle Arbeit zu haben, wirkte sich auch auf ihre Stimmung aus. Hinzu kam, dass nun Sonja und ihr Mann Heinrich Vogeler in Berlin wohnten. Zusammen mit Lotti und Vera ging sie oft am Wochenende aus. In die Klubs, die es an jeder Ecke gab, in den Tanzpalast oder sie besuchten das Haus Vaterland. Ulla liebte die »Rheinterrassen«, eines der Restaurants im »Haus Vaterland« und sagte jedes Mal fröhlich den Spruch: ›In Haus Vaterland ist man gründlich, hier gewitterts stündlich‹. Denn zur vollen Stunde wurde dort ein künstliches Gewitter mit Blitz, Donner und Regen inszeniert.

Heinrich ließ sie gehen, machte aber keinen Hehl daraus, dass er ihr Verhalten für unangemessen hielt.

»Du bist keine zwanzig mehr. Warum musst du ständig tanzen gehen?«, hatte er sie mehr als einmal gefragt.

»Deine Schwestern tun es doch auch.«

»Meine Schwestern sind beide ledig ... aber du bist verheiratet. Es schickt sich einfach nicht.«

»Sonja ist auch verheiratet und Mining begleitet uns oft.«

Heinrich verdrehte die Augen. »Ja, Sonja und Mining. Die Kommunistin und der rote Künstler. Was soll man von ihnen auch erwarten?«

»Ich weiß gar nicht, was du gegen die Kommunisten hast«, entgegnete Ulla. »Du setzt dich doch sonst so sehr für die Armen und die Schwachen ein.«

»Ja, das tue ich. Ich sehe mich sicherlich als Sozialisten, aber bestimmt nicht als Kommunisten. Sie versuchen ihre Ideologien mit aller Macht durchzusetzen. Und Gewalt hat in dieser Welt nichts mehr zu suchen.« Schnaubend hatte er den Raum verlassen.

Sie gab Heinrich in der Sache natürlich Recht – man sollte niemals Gewalt einsetzen, ein Kampf, auch wenn es ein Klassenkampf war, durfte nicht zu einem Bürgerkrieg werden. Dennoch sah sie auch viel Gutes in den Ideen und Vorstellungen. Lotti und Sonja hatten Ulla einige Bücher geliehen und immer, wenn sie Zeit fand, las sie Marx und Engels, las die Schriften der Kommunisten, beschäftigte sich mit Trotzki und Lenin.

Ulla trat in die Stube, es war Zeit fürs Mittagessen; schnell räumte sie den Tisch frei, indem sie kurzerhand alles, was sich dort während des Vormittags angesammelt hatten, auf die Kommode legte. Dann deckte sie und rief die Mädchen. Else hatte Erbsensuppe mit Würstchen gekocht.

Sie saßen gerade am Tisch, als die Haustür aufging und Heinrich hereinkam. Überrascht sah Ulla ihren Mann an.

»Ich wusste nicht, dass du heute Mittag nach Hause kommst. Aber Else hat genügend Suppe gekocht.« Schnell stellte sie einen weiteren Teller auf den Tisch.

»Ich habe Unterlagen vergessen«, sagte Heinrich mürrisch und schaute seufzend zu den aufgetürmten Sachen auf der Kommode. »Warum schaffst du es nicht einmal, hier Ordnung zu halten?«

»Weil wir die Sachen gleich wieder brauchen«, antwortete Ulla.

Heinrich setzte sich und begann die Suppe zu essen. Dann griff er in seine Jackentasche und legte einen Brief auf den Tisch. »Mutter Isi hat mir geschrieben. Sie hat uns zu Weinachten eingeladen.«

»Oh, wirklich? Weihnachten«, sagte Ulla nachdenklich.

»Würdest du fahren wollen?«

Ulla sah ihn an. »Wir waren schon lange nicht mehr in Blankenese. Vielleicht sollten wir das tun. Hat sie die anderen auch eingeladen?«

»Das weiß ich nicht. Du siehst meine Schwestern doch viel häufiger als ich.« Hastig löffelte er die Suppe aus, stand dann auf. »Ich hole meine Unterlagen und gehe wieder in die Praxis. Es wird spät werden heute.«

»Dann kannst du uns nicht vorlesen?«, fragte Fine traurig.

»Du kannst doch bald selbst lesen, Fine«, entgegnete Heinrich.

»Aber Beate und Neli nicht«, gab Fine zurück und streckte das Kinn vor. »Außerdem ist es immer schön, wenn du es machst.«

»Heute wird es nicht gehen.« Damit nickte er ihr zu und ging.

»Was ist mit Weihnachten?«, wollte Fine nun wissen.

»Großmutter Isi hat uns eingeladen«, sagte Ulla. »Dabei feiert sie Weihnachten doch gar nicht.«

»Aber wir, nicht wahr?«

»Wir werden sehen«, sagte Ulla und schaute aus dem Fenster.

»Wir werden sehen.«

Nachdem Fine ihre Hausaufgaben beendet hatte – Lernen machte ihr Spaß, und sie machte ihre Aufgaben immer sehr sorgfältig und gründlich – kam Rahel.

»Geht nach draußen«, sagte Ulla. »Es ist zwar etwas frisch, aber trocken und sonnig. Wer weiß, wie lange das so schön bleib und wann das Schmuddelwetter einsetzt. Und nehmt die Kleinen mit.«

»Oh, Mutti«, sagte Fine gequält. »Muss das sein?«

»Ja.« Ullas Ton ließ keine Widerrede zu.

»Sollen wir zu dir gehen?«, fragte Fine ihre Freundin.

Rahel schüttelte entsetzt den Kopf. Sie war das älteste Kind von fünf – darunter ein zweijähriges Zwillingspärchen. »Lieber nicht – dann müssen wir nämlich mit meinen Geschwistern raus.«

»Das wäre kein Gewinn«, sagte Fine sachlich. »Nun gut. Neli, Beate – wir gehen in den Garten.«

Ulla verkniff sich ein Lachen. Sie freute sich sehr, dass Fine eine Freundin gefunden hatte. Mit Rahels Mutter hatte sie bisher jedoch wenig gesprochen. Die arme Frau war schon wieder schwanger und hatte ständig ein Kleinkind oder einen Säugling auf dem Arm. Sie sah immer abgehetzt und ein wenig verhuscht aus.

Während die Kinder im Garten spielten, nahm Ulla ihre Zeichenmappe hervor. Sie sollte für das Museum ein Aztekenrelief abmalen und später vergrößern. Dazu musste sie zuerst ein Raster anlegen. Sorgsam machte sie sich an die Arbeit. Den Haushalt zu führen lag ihr nicht. Sie sah die Unordnung nicht und fand es meist überflüssig, etwas aufzuheben, was die Kinder kurze Zeit später ohnehin wieder hinunterfallen lassen würden.

Auch wenn sie leidenschaftlich gerne nähte, ging sie mit ihrer Kleidung meist eher nachlässig um. Heinrich störte das sehr. Er wünschte sich eine Frau, die sich liebevoll und emsig um den Haushalt kümmerte – doch weder seine Mutter noch seine Stiefmutter waren jemals so gewesen, aber sie hatten zumindest immer Personal gehabt.

Vielleicht, dachte Ulla nun nachdenklich, wünscht sich Heinrich ja auch ein ganz anderes Leben, als er es erfahren hatte. Paula war immer eine liebevolle und fürsorgliche Mutter gewesen, aber sie hatte auch ihre eigenen Ziele verfolgt und an ihren Büchern gearbeitet. Das Haus war immer voller Leute gewesen – Künstler, Freunde, Verwandtschaft. Es hatte immer Trubel und dadurch auch eine gewisse Unordnung geherrscht.

Möglicherweise hatte sich Heinrich schon damals ein etwas ruhigeres Elternhaus gewünscht. Bei seinem Vater Richard und dessen zweiter Frau Isi war das Zuhause eher eine Bühne gewesen, auf der sich der berühmte Schriftsteller-Vater inszenierte. Ein solches Leben hatte sich Ulla auch nie vorstellen können, aber so bieder, wie Heinrich es sich offensichtlich wünschte, eben auch nicht.

Sie beugte sich wieder über ihre Zeichnung und vergaß darüber die Zeit.

»Mir is kalt.« Nelis weinerliche Stimme riss sie aus ihrer Arbeit. Tatsächlich war es draußen schon fast dunkel.

»Schnell, schnell«, sagte Ulla und zog Neli und Beate die Jacken aus. »Nach oben, dort ist schon der Ofen an. Ich bringe euch gleich heiße Milch.«

Durch die Hoftür konnte sie sehen, dass Fine und Rahel noch zusammenstanden und diskutierten.

Else war in der Mansarde, um dort die Wäsche zu bügeln, also setzte Ulla einen Topf mit Milch auf und tat etwas Honig dazu. Sie musste an die Bienenstöcke denken und an den Schrebergarten, den sie früher gehabt hatten. Auch wenn es viel Arbeit gewesen war, hatte sie die Zeit im Garten immer genossen. Im großen Krieg waren dann die Erzeugnisse fast überlebenswichtig geworden.

Gut, dachte Ulla, dass wir heute nicht mehr darauf angewiesen sind. Denn wie ich auch noch einen Gemüsegarten pflegen sollte, wüsste ich nicht.

Die Tür zum Hof stand einen Spalt offen, und so konnte sie die Mädchen reden hören.

»Nein«, sagte Rahel, »wir feiern kein Weihnachtsfest. Wir sind doch Juden. Wir feiern das Lichterfest, Chanukka, das ist meist um Weihnachten.«

»Ihr seid … was?«, fragte Fine verblüfft.

»Wir sind Juden. Wir glauben an den gleichen Gott wie ihr, aber für uns ist der Messias noch nicht erschienen.«

»Was bedeutet das denn?«, fragte Fine verwirrt.

»Ach, das weiß ich auch nicht so genau. Aber so hat es mir mein Vati erklärt.« Rahel lachte. »Wahrscheinlich ist es auch gar nicht so wichtig.«

Als Ulla später die Kinder ins Bett brachte, war Fine immer noch nachdenklich.

»Mutti, sind wir Juden?«

»Nein«, sagte Ulla. »Wir sind – eigentlich gar nichts.«

»Was bedeutet das denn?«

»Wir sind in keiner Kirche«, sagte Ulla. »Und feiern auch keine kirchlichen Feiertage.«

»Aber Weihnachten, Weihnachte feiern wir doch …?« Nun klang Fine erschrocken. »Mit einem Baum und Geschenken. So wie letztes Jahr.«

»Ja, das werden wir natürlich«, sagte Ulla und strich Fine über das Haar.

»Schön«, murmelte Neli, steckte sich den Daumen in den Mund und kuschelte sich in ihr Kissen.

»Auch, wenn wir nach Blankenese fahren?«, bohrte Fine nach.

»Auch dann. Natürlich. Großmutter Isi hat immer einen großen Weihnachtsbaum.«

»Ich will lieber hierbleiben«, murmelte Fine. »Dann kann Rahel mit uns feiern. Die haben nämlich kein Weihnachten.«

»Sie haben das Lichterfest, Chanukka.«

»Woher weißt du das?«

»Deine Großmutter Paula, die du leider nie kennengelernt hast, war jüdisch. Genau wie Großmutter Isi es ist.«

»Aber wir sind es nicht?«

Ulla dachte nach. »Ein wenig seid ihr es vielleicht, obwohl das Judentum über die Mutter vererbt wird. Und ich bin keine Jüdin.«

»Warum wird es über die Mutter vererbt?«

»Das ist schwer zu erklären, und dafür ist es jetzt auch zu spät.« Ulla küsste ihre älteste Tochter auf die Stirn. »Gute Nacht.«

Am Sonntag kamen Vera und Tim zum Kaffee. Ulla hatte oben im Wohnzimmer gedeckt und den Raum auch ein wenig geschmückt. Auf dem Markt hatte sie ein paar Tannenzweige erstanden und aus dem Garten etwas Ilex geholt.

»Hübsch sieht es hier aus«, lobte Vera. »Fast schon weihnachtlich.«

»Seid ihr auch ins Dehmelhaus eingeladen?«, fragte Ulla.

»Über Weihnachten? Ja«, antwortete Vera. »Und ich meine, Isi hätte auch Lotti und Peterle geschrieben.«

»Fahrt ihr denn hin? Ich bin so unschlüssig.«

»Ich habe schon zugesagt. Hoffentlich nimmt sich Tetjus etwas Zeit für Tim«, fügte sie leise hinzu. »Es wäre doch schön, wenn wir alle zusammen feiern würden. Was meinst du denn, Heinrich?«

Heinrich saß in seinem Sessel am Fenster und las die Zeitung. Tim, Fine und Neli saßen auf dem Boden und spielten ›Mensch ärgere dich nicht‹, und Beate hatte ihre Puppe im Arm und sah ihnen – zufrieden wie meist – zu.

»Wir sind doch gar nicht religiös«, murmelte Heinrich.

»Aber wir können den Kindern Weihnachten doch nicht vorenthalten«, meinte Ulla.

»Ich finde es sehr merkwürdig, dass Isi dieses Fest feiert. Das fand ich schon immer befremdlich. Sie ist ja gar keine Christin.« Endlich faltete er die Zeitung zusammen. »Aber es geht ihr ja, wie meist, um andere Dinge. Sie will sich und das Dehmelhaus inszenieren. Sie braucht Publikum. Und da kommen wir ihr gerade recht.« Er rümpfte die Nase.

»Aber«, fragte nun Tim ein wenig verzagt, »wir fahren doch über die Feiertage nach Hamburg? Ja, oder, Mutti? Wir fahren doch hin?« Er sah mit großen Augen in die Runde. »Bitte«, fügte er leise hinzu.

Heinrich räusperte sich. »Oh, Tim, ich kann dich gut verstehen«, sagte er milde. »Du möchtest natürlich nach Hamburg. Zu deinem Vater, zu der Familie.« Er schluckte und sah Vera an. »Ihr fahrt sicher, nicht wahr?«

»Ich habe mich noch nicht entschieden«, sagte Vera. »Aber die Wahrscheinlichkeit, dass Tetjus sich aufrafft und nach Berlin kommt, ist gering. Er ist so in den Aktivitäten der Sezession eingebunden, in die ganzen Feste und Veranstaltungen, dass kaum Zeit für anderes bleibt. Er steht nun auch viel auf der Bühne, habe ich gehört. Und Tim ... vermisst ihn natürlich.«

»Wenn du fährst, fahren wir auch«, sagte Ulla und straffte die Schultern. »Das könnte doch schön werden. Wir alle zusammen wieder im Dehmelhaus – daran habe ich viele gute Erinnerungen, viele intensive und emotionale Erinnerungen.« Sie sah Heinrich an. »Oder wie siehst du das?«

»Du hast ja recht«, sagte Heinrich nachdenklich. »Mich stört nur Idas Gehabe. Ihr Gewese um Vater und seinen Geist, der jetzt das Haus erfüllt, und das ganze Bimbamborium. Aber tatsächlich wäre eine Familienzeit doch schön. Wir müssen uns eben mit Ida arrangieren.«

»Ida ist gar nicht so furchtbar, wie du sie darstellst«, sagte Ulla und lächelte. »Sie baut ihr Leben immer noch um euren Vater auf, hält das Gedenken an ihn hoch – doch genau das würde er sich wünschen. Sie handelt ganz in seinem Willen.«

Verblüfft sah Vera sie an. »Wie recht du wieder einmal hast. Ja, mir geht Isi auf den Geist mit ihrem ›Richard dies und Richard das‹ – aber was hat sie sonst noch Sinngebendes in ihrem Leben? Es hat sich immer alles um Vater gedreht.«

»Das stimmt nicht«, sagte Heinrich. »Immerhin hat sie immer noch ihre Perlenmanufaktur, außerdem veranstaltet sie Nachmittagstees im Haus, unterstützt Künstler und Künstlerinnen – fast schon, wie es früher üblich war, als es noch Salons gab.«

»Das stimmt, Heinrich«, räumte Vera ein. »Aber ist das im Herzen erfüllend?«

»Vielleicht hat sie uns ja deshalb alle eingeladen. Sie möchte Familie. Uns alle um sich haben«, sagte Ulla nachdenklich. »Wir haben uns in den letzten Jahren sehr rar gemacht und den Kontakt mehr und mehr einschlafen lassen.«

Heinrich sah sie an, nickte dann. »Das wäre tatsächlich möglich. Und wenn sie nur heile Familie spielen will – das kann uns doch egal sein. Wir können die Zeit dort zusammen verbringen, denn schließlich ist es ja auch unser Haus irgendwie. Was ist mit Lotti? Ist sie auch eingeladen?«

»Ich glaube schon«, sagte Vera und lächelte. »Der Gedanke an ein gemeinsames Weihnachtsfest erwärmt mich mehr und mehr. Das könnte wirklich sehr schön werden.«

»Also machen wir es?«, fragte Ulla eifrig.

Sie sahen sich an, schauten dann zu den Kindern, die immer noch das Brettspiel spielten.

»Ja«, sagte Vera dann. »Tim, wir fahren zu Weihnachten nach Hamburg.«

Er schaute auf, nickte strahlend. »Oh, das ist schön. Das ist sehr schön.«

»Freust du dich?«

»Ja. Endlich wieder das leckere Essen von Guste.« Dann nahm er den Würfel und warf ihn. »Eine Sechs«, triumphierte er. »Ich kann dich rauswerfen, Neli.«

Neli verzog das Gesicht. »Das ist unfair«, sagte sie. »Du hast gemogelt. Will nich mehr spielen.« Und dann fing sie an, lauthals zu heulen, und wischte die Spielfiguren mit ihrem Arm von dem Brett. »Ihr seid gemein.«

»Heulsuse«, sagte Fine und sammelte die Figuren wieder ein. »Weihnachten bei Guste«, sagte sie seufzend. »Das wird wunderbar!«, jubelte Tim.

Verblüfft sahen sich die Erwachsenen an, dann lachten sie los.

»Und ich dachte, es ginge um seinen Vater«, murmelte Vera amüsiert. »Aber es ist die Köchin, die ihn nach Hamburg zieht. Das sollte mir zu denken geben.«

»Lasst uns Geschenke auslosen«, schlug Ulla vor und stand auf. »Detta, möchtest du einen Sherry?«

»Geschenke auslosen? Was meinst du damit?«, fragt Heinrich, auch Vera sah sie gespannt an. »Ich nehme auch Sherry. Oder haben wir noch Absinth?«

Ulla zog die Stirn kraus. »Absinth? Um diese Uhrzeit?«

»Warum nicht«, sagte Vera leichthin. »Absinth macht so herrlich leicht. Habt ihr Eis?«

»Ich hole welches.« Heinrich stand auf und ging nach unten.

»Ich dachte, jeder schreibt seinen Namen auf einen Zettel und dann ziehen wir alle. Jeder besorgt ein kleines Geschenk für denjenigen, den er gezogen hat.«

»Das klingt lustig. Aber es macht nur Sinn, wenn auch Lotti kommt. Sonst ziehen wir uns noch selbst. Ich werde es Isi auf jeden Fall vorschlagen.«

»Und ich spreche mit Lotti.«

»Ich kann mir nicht vorstellen, dass sie kommt. ›Religion ist

Opium für das Volk‹«, sagte Vera mit verstellter Stimme. »Und Konsum ist überflüssig.«

»Auch wenn Lotti sehr in diesen Ideologien aufgeht, sie muss dennoch ihr normales Leben hier führen. Noch haben wir keine kommunistische Regierung.«

»So gut ich viele Ideen finde, die sie haben, so wenig möchte ich doch in einem Staat wie der Sowjetunion leben. Zumindest nicht jetzt. Stalin und seine Geheimpolizei wüten ganz schön – das höre ich zumindest über einige Kontakte.«

»Ich habe mich jetzt sehr belesen. ›Das Kapital‹ und andere Schriften. Aber ich habe dazu so viele Fragen …«

»Dann musst du mitkommen zu den Versammlungen. Das sagen wir schon die ganze Zeit, Ullala.«

»Pst«, machte Ulla und legte den Zeigefinger auf die Lippen. Auf der Treppe konnte man Heinrichs Schritte hören. »Er will das nicht, aber ich werde schon einen Weg finden, euch zu begleiten«, wisperte sie Vera zu.

Heinrich brachte Gläser, Eis, Zuckerwürfel und die speziellen Zuckerlöffel, die man auf die Gläser legte, um den Absinth langsam ins Glas tröpfeln zu lassen.

»Ich bin mir sicher, dass Isi eine große Weihnachtsfeier veranstalten wird«, sagte er. »Mit uns und Gästen.«

»Wie kommst du darauf?«, wollte Ulla wissen.

»Sie hat mir Geld geschickt, wir dürfen die Kinder neu einkleiden.«

Ulla setzte sich zurück und verschränkte die Arme vor der Brust. »So, so«, sagte sie langsam. »Wie kommt sie denn darauf?«

Heinrich zuckte mit den Schultern.

»Du hast ihr geschrieben?«

»Natürlich. Wir korrespondieren ein- bis zweimal im Monat, das weißt du doch.«

»Und wie kommt sie auf die absurde Vorstellung, dass unsere Kinder keine ordentlichen Kleider hätten?«

»Sie will uns doch nur einen Gefallen tun. Es ist ein Geschenk, ein sehr großzügiges Geschenk, findest du nicht? Immerhin kostet Kleidung einiges und vor allem für drei Kinder. Und sie weiß, dass es bei uns etwas knapp ist, weil die Praxis noch nicht so gut läuft.«

»Warum läuft denn die Praxis nicht?«, fragte Vera verwundert.

»Ullala erzählte, dass du viel zu tun hast.«

»Das habe ich ja auch. Es kommen viele Patienten. Aber die meisten sind arm und können nicht viel zahlen.«

»Und?«, fragte Vera nach.

»Es sind arme Leute. Die Ärmsten der Armen. Sie haben Diphterie, sie haben Mangelerscheinungen, sie hungern, haben Erfrierungen.«

»Sie haben Läuse und Flöhe«, fügte Ulla hinzu. »Aber kein Geld.«

»Ja, das ist bitter«, sagte Vera verwirrt. »Aber …?«

»Sie können nicht bezahlen«, sagte Heinrich und stellte die Gläser auf, platzierte die Löffel und legte die Zuckerstücke darauf, dann tröpfelte er sorgfältig den Absinth auf den Würfelzucker.

»Aber das ist doch nicht dein Problem, Heinrich«, meinte Vera.

»Nein, seines ist es nicht«, sagte Ulla sachlich. »Es ist meines. Dadurch haben nämlich auch wir kein Geld.«

»Jemand muss die Leute behandeln und versorgen. Es sind ganz unglückliche Kreaturen. Ihr vertretet doch diesen sozialistischen Gedanken – aber für uns soll der nicht gelten? Wir sollen kapitalistisch handeln, und ich soll die Armen ausbeuten, wenn ich sie behandele? Wie passt das zusammen?«

»Der kommunistische oder auch der sozialistische Gedanke ist auf eine Gesellschaft gemünzt. Auf alle – nicht auf wenige. Es mag mit wenigen anfangen. Aber überleben wird man nicht, wenn man im Kapitalismus lebt, und das tun wir. Noch.« Vera sah ihn an. »Du tust es, deine Frau, deine Kinder. Wir leben in keiner Tauschgesellschaft. Das wäre schön, aber noch ist es eine Utopie. Selbst in der Sowjetunion.«

Sie holte Luft, und Heinrich reichte ihr ein Glas. Er hatte den Alkohol durch den Zucker tröpfeln lassen, hatte Eiswürfel zu der milchigen Flüssigkeit gegeben und prostete ihr nun zu.

»Auf uns, Detta«, sagte er, ohne auf ihre Worte einzugehen. Vera nippte an dem Glas, schloss kurz die Augen, genoss sehr langsam den ersten, kleinen Schluck. Absinth war kein Getränk, dass man hinunterkippte, so wie Schnaps. Der Geschmack war facettenreich, und sie wollte es genießen.

»Hmmm«, machte sie und öffnete wieder die Augen. »Sehr wohlschmeckend.«

»Darf ich auch?«, fragte Tim, der plötzlich neben ihr stand und sie erwartungsvoll ansah.

»Nein«, sagte Vera entschieden.

»Das riecht aber lecker.«

»Ja«, sagte nun auch Fine und stellte sich neben Tim. »Nach Lakritz.«

»Wollt ihr etwas trinken?«, fragte Ulla schnell. »Hier ist Kakao.«

»Kakao«, sagte Fine und rollte mit den Augen. »Ich möchte auch so etwas. So eine Limonade mit Lakritz.«

»Das ist nichts für Kinder.« Heinrich zog die Stirn kraus. Seine Worte klangen endgültig.

»Warum denn nicht?«, fragte Fine. »Wenn ihr das trinkt, dürfen wir es auch.«

»Nein.« Vera lachte. »Das ist Alkohol und somit nichts für euch.«

»Aber ich durfte doch neulich auch an deinem Sekt nippen«, meinte Tim. »Ist Sekt kein Alkohol?«

»Nicht so wie dies hier.« Vera sah verzweifelt zu ihrer Schwägerin.

Ulla stand auf. »Wer kommt mit in die Küche? Ich mache euch Limonade.«

»Mit Lakritzgeschmack?«, fragte Fine begeistert.

»Mit Zitronengeschmack.«

An diesen Nachmittag sparten sie sich weitere anstrengende Gespräche. Heinrich ließ sich sogar überreden, mit den Kindern ›Mensch, ärgere dich nicht‹ zu spielen. Es wurde ein lustiger Nachmittag und Abend, und es war schon spät, als Vera und Tim gingen.

»Wir fahren wirklich zusammen nach Blankenese?«, fragte Ulla beim Abschied und sah Vera ernst an. »Wirklich? Denn ohne euch werde ich es nicht ertragen.«

Vera legte ihre Hände um Ullas Gesicht und küsste sie. »Ja, wir fahren alle gemeinsam. Schließ die Augen, meine Ullala. Welche Farbe siehst du?«

Ulla schloss die Augen, holte Luft. »Grün. Türkis. Einen Blauton. Ein wenig Gelb. Und noch Rosa, am Rand, da ist Rosa.«

»Das sind schöne Farben«, sagte Vera, ihre Stimme klang warm. »Aber sie sagen nichts über deine Gefühle aus.«

»Hoffnung. Da ist viel Hoffnung«, sagte Ulla leise. »Ich freue mich auf Weihnachten.«

Hinter ihr stand Fine und hatte die Augen fest zugepresst, die Stirn gerunzelt.

»Du solltest doch schon längst im Bett sein, Fräulein«, sagte Ulla. »Jetzt aber husch, husch nach oben.«

Fine riss die Augen auf, drehte sich um und lief die Treppe hoch.

Später, als alle drei Mädchen im Bett lagen und Heinrich ihnen schon die Gutenachtgeschichte vorgelesen hatte, ging Ulla noch einmal in das Kinderzimmer. Beate schlief schon. Ulla steckte die Decke um sie herum fest, küsste sie sacht auf die Stirn. Neli gähnte herzhaft, und als Ulla sich auf die Bettkante setzte, schlang sie ihre Ärmchen um den Hals der Mutter. »Ich habe dich lieb«, flüsterte sie. »Gute Nacht.« Dann ließ sie sich in das Kissen fallen und schloss die Augen.

»Ich habe dich auch lieb, sehr sogar«, antwortete Ulla, war sich aber nicht sicher, ob das Kind es überhaupt noch hörte. Schmunzelnd deckte sie Neli zu und ging dann zu Fine, die noch sehr wach war und wieder einmal nachdenklich schien.

»Ich wäre so gerne wie du«, sagte sie leise.

»Wie ich?« Ulla lachte. »Aber warum denn?«

»Ich würde auch gerne Farben fühlen können. Ich versuche es immer wieder, aber es gelingt mir nicht.«

»Es ist eine Gabe, aber es ist auch nicht immer leicht, weißt du? Manchmal verwünsche ich es auch, weil es mich … irritiert. Du hast andere Gaben.«

»Nein, habe ich nicht.« Fine verzog traurig das Gesicht.

»Doch, du bist sehr klug. Und sehr sportlich. Die Schule fällt dir leicht.«

»Lernen macht mir Spaß.«

»Siehst du. Als ich in deinem Alter war, hat Lernen mir keinen Spaß gemacht. Ich habe immerzu diese Farben gesehen, wilde, durcheinanderströmende Farben. Jedes Mal, wenn ich mit etwas Neuem konfrontiert war – und in der Schule war das oft der Fall. Dann wusste ich nicht, wie ich mich konzentrieren sollte. Und noch schlimmer war, dass mich niemand verstanden hat. Es hat eine Weile gedauert, bis ich begriff, dass die anderen Kinder keine Farben ›fühlten‹.«

Fine sah sie nachdenklich an. »Das war sicher schwer für dich. Meine Mitschülerinnen können auch nicht verstehen, warum ich der Lehrerin so gerne zuhöre und immer versuche, die richtigen Antworten zu geben. Sie hänseln mich dann. Nur Rahel nicht. Ich bin froh, dass ich sie habe. Hattest du eine Freundin in der Schule?«

»Ich hatte Hilde, meine Schwester. Wir standen uns sehr nahe. Manchmal haben wir auch mit anderen Mädchen gespielt – aber immer wir beide zusammen.«

Fine sah hinüber zu Nelis Bett und rümpfte die Nase. »Mit Neli spielen ist langweilig. Sie weint so oft und jammert immer.«

»Sie ist jünger als du und kann viele Dinge noch nicht. Du musst mehr Verständnis für sie haben.«

»Ich versuche es ja, aber es klappt nicht immer.«

»Dann musst du dich noch ein wenig mehr bemühen«, sagte Ulla sanft. »Und jetzt solltest du schlafen.«

»Gute Nacht, Mutti.«

Ulla hatte sich immer gewünscht, dass Fine und Neli sich auch so nahestehen würden, wie sie und Hilde. Aber die Hoffnung hatte sie inzwischen fast aufgegeben. Es lag, musste sie sich eingestehen, sicherlich auch an Heinrich, der Fine immer Neli vorzog. Vielleicht würde Fine das Spiel irgendwann durchschauen, und vielleicht wäre es ihr dann möglich, anders mit ihrer Schwester umzugehen.

Langsam ging Ulla die Treppe hinunter. Heinrich war in sein Arbeitszimmer verschwunden, er würde bestimmt wieder die halbe Nacht über seinen Forschungsberichten sitzen. Ihr war das nur recht. In der letzten Zeit hatten sie sich nicht viel zu sagen.

Sie ging in den Salon, setzte sich in ihren Sessel und griff nach einer Zigarette. Vielleicht war das Weihnachtsfest in Blankenese wirklich eine Chance. Im Dehmelhaus hatten sie sehr glückliche und sehr schwere Tage verbracht. Aber immer waren sie sich sehr nahe gewesen.

Was ist bloß passiert, fragte sich Ulla nun. Warum ist das heute nicht mehr so? Wir müssen wieder an die alten Zeiten anknüpfen, an die glücklichen, die innigen Tage. Ja, wir haben uns verändert. Unser Leben hat sich durch und mit den Kindern verändert, aber wir haben uns doch mal sehr geliebt. Wo nur ist die Liebe geblieben?

Liebe ich Heinrich noch? Und wieder wusste sie keine Antwort. Liebt er mich noch? Auch darauf konnte sie keine Antwort geben. Ida und Richard hatten sich geliebt – bis zu seinem letzten Atemzug und noch darüber hinaus. Ida hielt das Andenken an Richard hoch, sie lebte immer noch für ihn.

Aber die beiden hatten keine gemeinsamen Kinder gehabt.

Richard und Paula haten sich am Anfang auch sehr geliebt, dass hatte ihr Paula immer wieder erzählt. Und auch Richard hatte oft sehr herzlich und innig über seine erste Frau gesprochen. Doch sie hatten Kinder bekommen – auch drei. Zerstören Kinder eine Ehe? Das kann doch nicht sein, sagte sie sich, das will ich nicht glauben. Ulla schüttelte heftig den Kopf. Aber vielleicht haben wir keinen guten Weg gefunden, ein Paar zu bleiben, als wir Eltern wurden. Es war ja auch nicht leicht. Wie oft war Heinrich in Rostock und ich mit den Kindern auf dem Darß? Er hat in Rostock sein Studium beendet, war dann alleine nach Berlin gezogen. Er hat nicht viel von unserem Familienleben mitbekommen.

Und nun ärgert er sich über uns – wir sind ihm zu laut, es ist zu unordentlich, zu hektisch für ihn. Vielleicht auch einfach nur, weil er es nicht wirklich kennt, so zu leben.

Unordentlich war ich schon immer, gestand sich Ulla ein. Ich sehe Dinge anders als andere Menschen. Mir sind manche Dinge wichtiger als Ordnung und Sauberkeit. Und ja, ich bin schlecht organisiert, fange manche Sachen an, bringe sie aber nicht zu Ende, weil plötzlich etwas anderes in meinen Gedanken auftaucht – ein Gefühl, eine Farbe, eine Idee. Schon so oft habe ich versucht, dieses Manko zu überwinden, aber es will mir einfach nicht gelingen.

Heinrich hat sicher gedacht, dass ich mich durch die Kinder ändere, dass ich mein Verhalten und die Ordnung verbessere. Und nun muss er enttäuscht feststellen, dass dies nicht der Fall ist.

Und ich habe immer gehofft, dass er irgendwann seinen Platz in der Berufswelt findet und endlich genügend Geld verdient, um die Familie zu ernähren. Seit Jahren muss ich rechnen und alles zusammenhalten. Sie seufzte auf. Und nun hat er die Praxis, die unser letztes Erspartes gekostet hat, und behandelt lieber arme Patienten umsonst oder für wenig Geld, anstatt endlich die Familie zu unterstützen.

Ulla blickte zum Fenster, draußen war tiefe Nacht – sie sah nur ihr eigenes sorgenvolles Spiegelbild.

Kapitel 5

Blankenese, Weihnachten 1926

»Vorsicht«, sagte Heinrich und hob Fine in das Abteil. Dann schob er den Koffer hinterher. Ulla hatte Beate im Arm, Neli hielt sich an ihrem Mantel fest.

Heinrich machte Anstalten, ebenfalls in den Zug zu steigen.

»Willst du nicht erst Neli hineinheben?«, fragte Ulla.

Verwundert schaute er sich um, nickte dann. »Komm, Kleines.«

Dann sah er sich im Abteil um. »Passt auf eure Sachen auf«, ermahnte er die Kinder. »Macht euch bloß nicht dreckig.«

»Es sind Kinder«, murmelte Ulla. »Und wir sind in einem Zug, nicht im Operationssaal.«

»Sie sollen auf die neuen Mäntel achten, das wird doch nicht so schwer sein?«

Vor ein paar Tagen war Heinrich mit Neli und Fine in die Stadt gegangen und hatte sie neu eingekleidet. Neue Mäntel, Strumpfhosen, Schuhe und Kleider. Auch für Beate hatte er neue Sachen mitgebracht. Sie passten fast alle, Ulla hatte nur wenig ändern müssen. Aber die wenigen Nähte hatte sie zähneknirschend genäht.

»Das Geld hätten wir gut anderweitig gebrauchen können«, hatte sie gesagt. »Die Kinder haben ordentliche Kleider.«

»Kleider, die du genäht hast.« Heinrich hatte das Gesicht verzogen.

»Was macht den Unterschied aus, ob ich sie nähe oder eine Schneiderin? Ich benutze Schnittvorlagen, die auch die großen Schneidereien verwenden.«

Heinrich wischte ungeduldig mit der Hand durch die Luft.

»Ida hat uns das Geld geschickt, damit wir die Kinder einkleiden. Und dafür habe ich es verwendet. Und nun werden wir nicht mehr darüber diskutieren.«

Ulla hatte es hingenommen. Wie so einige andere Dinge auch. Inzwischen sparte sie sich Diskussionen mit Heinrich, die meist doch nur ins Leere liefen. Ihr Alltag war hektisch, er war sowieso kaum zu Hause.

Jetzt, dachte sie, als sie sich setzte und dem schrillen Pfiff der Lokomotive lauschte, das leichte Schaukeln wahrnahm, sobald der Zug losfuhr, jetzt hoffe ich auf die Feiertage im Dehmelhaus. Dort werden wir hoffentlich ein wenig zur Ruhe kommen und auch Zeit finden, um miteinander zu reden.

Sie sah zu Heinrich, der neben Fine Platz genommen hatte. Er wies Fine auf Gebäude hin, an denen sie jetzt noch langsam vorbeifuhren.

»Aber das sieht ja ganz anders aus«, meinte Fine verwundert.

»Weil es die Rückseite ist. Du kennst nur die Straßenansicht«, erklärte Heinrich.

»Will auch gucken«, sagte Neli und stand auf, ging zu ihrem Vater. »Wo denn?«

»Nein, Neli, dazu bist du noch zu klein«, wehrte er ab. »Setz dich wieder auf deinen Platz.«

»Aber ... ich will doch auch gucken.« Nelis Augen füllten sich mit Tränen.

Fine sah ihre Mutter an, Ulla zog bittend die Augenbrauen hoch, und Fine seufzte auf. »Na gut«, sagte sie und rutschte zur Seite, machte am Fenster Platz. »Komm, und setz dich zu mir.«

Und so saßen die beiden nebeneinander, schauten in die immer schneller vorbeiziehende Landschaft, die ihr Vater ihnen erklärte.

Das, dachte Ulla und schaute auf Beate hinab, die sich friedlich in Ullas Arme gekuschelt hatte, das ist auch Glück. Es ist nur ein Moment, aber das große Glück sind auch nur kleine Momente, die sich aneinanderreihen.

Vier Stunden später waren sie endlich in Hamburg angekommen, von wo aus sie eine Motordroschke bis nach Blankenese nahmen.

»Schau, dort ist der Hafen«, erklärte Heinrich den Kindern. »Man sieht nur die Spitzen der Kräne. Aber vielleicht schaffen wir es, ihn zu besichtigen.«

»Au ja«, sagte Fine. Ihre Wangen glühten vor lauter Aufregung. »Is das das Meer?«, wollte Neli wissen.

»Nein, das ist die Elbe. Ein großer Fluss. Wir gehen morgen zum Ufer.«

»Im Haus von Großmutter Isi bin ich geboren worden, nicht wahr?«, fragte Fine.

»Das stimmt. Es ist dein Geburtshaus.« Ulla strich ihr über den Kopf. »Vor fast sieben Jahren. Da haben wir eine Weile hier gewohnt.«

»Ich auch?«, wollte Neli wissen.

»Nein«, sagte Heinrich. »Du nicht. Du bist auf dem Darß geboren worden.«

»Am Meer?«

»Ja, Neli. Du und Beate, ihr seid kleine Meereskinder. Fine ist ein Stadtkind.« Ulla lachte amüsiert.

»Will auch ein Stadtkind sein«, meinte Neli und verzog das Gesicht.

»Wir verbringen jetzt die nächsten Tage bei Großmutter Isi.« Heinrich klang sehr streng. »Und ich möchte nicht, dass ihr euch streitet und dass gequengelt wird. Kein Theater, nur gutes Benehmen. Habt ihr das verstanden?« Er sah Neli bohrend an, sie duckte sich in Ullas Arme.

»Ja, Vati«, sagte sie dann leise.

»Gut!« Er schaute auch zu Fine, aber nun war sein Gesicht nicht mehr so angespannt. »Von dir erwarte ich das auch.«

»Natürlich, Vati«, beeilte sich Fine zu sagen.

Das Automobil fuhr langsam auf den Hof des Dehmelhauses, und Ulla stockte der Atem. Wann war sie das letzte Mal hier gewesen? Vor zwei Jahren, kurz nach Beates Geburt und bevor sie nach Berlin gezogen waren.

Die Haustür ging auf, natürlich hatte man den Wagen kommen hören. Ida trat heraus, sie trug eine Art Tunika, schwarz-weiß marmoriert, mehrere lange Perlenketten, die ihr zum Teil bis zur Taille reichten, ein Diadem mit Pfauenfedern und ein mit Pailletten besetztes Umschlagtuch.

»Gute Güte«, murmelte Ulla entsetzt.

»Kein schlechtes Wort«, wisperte Heinrich ihr zu. »Sie ist, wie sie ist.«

»Ich hatte nur vergessen, dass es ›so‹ ist«, flüsterte Ulla zurück. Heinrich sah sie an und sie beide grinsten.

Da war es wieder, durchfuhr es Ulla wie ein Blitz, dieses Verstehen ohne viele Worte, dieses Einvernehmen, Sich-nahe-Sein. So einen Moment hatte es lange nicht mehr zwischen ihnen gegeben. Es ist gut, dachte sie, dass wir hierhergekommen sind.

Ulla holte tief Luft, stieg dann aus dem Automobil.

Ida blieb oben stehen, wartete auf sie und lächelte wohlwollend.

»Da sind ja meine kleinen Lieblinge«, sagte sie. »Willkommen. Willkommen im Dehmelhaus.«

Fine drehte sich unsicher zu ihren Eltern um. Heinrich nahm das Gepäck aus dem Wagen. Ulla lächelte Fine aufmunternd zu und nahm Beate auf den Arm. »Bitte nimm Neli an die Hand, Finekind. Geh hoch, nur Mut«, sagte sie.

Fine tat, wie ihre Mutter sie geheißen hatte, nahm Nelis Hand und ging erst zögernd, dann mit immer festerem Schritt die Treppe hinauf.

»Du bist ja so groß geworden, Finchen«, sagte Ida. »Ach, schon so ein großes Mädchen. Und du auch, Neli. Nimm den Daumen aus dem Mund, das machen doch nur Babys.«

Ida lächelte herzlich, aber ihre Stimme klang gekünstelt. Sie tätschelte die Köpfe der Mädchen, die unsicher auf dem Treppenabsatz stehen geblieben waren.

»Und das ist die kleine Beate«, sagte sie nun. »Was für ein hübsches Kind.«

Sie machte keine Anstalten, Beate aus Ullas Arm zu nehmen.

»Wen seh ich denn da?«, rief nun eine heitere Stimme vom Flur aus. »Dat sin wohl meene Kinnerchen. Kommt rin, ihr Hübschen!«

Fine seufzte erleichtert auf und strahlte, dann schob sie sich an Ida vorbei. »Guste! Ich habe mich so auf dich gefreut«, rief sie.

»Ne, hab mich auch auf euch gefreut, ne? Denn kommt ma mit inne Küche. Ma sehn, obwe wat Leckeres für euch ham.«

»Da seid ihr ja«, rief Vera, die die Treppe heruntergelaufen kam. »Wir haben schon auf euch gewartet.«

Ulla ging in den Flur, stellte Beate auf den Boden und umarmte Vera. »Ja, es war eine lange Fahrt. Umso schöner, dass wir jetzt hier sind.«

Heinrich kam mit einem Teil des Gepäcks die Treppe hoch und wurde ebenfalls von Ida begrüßt. Obwohl sie herzliche Worte fand, wirkte sie doch sehr distanziert.

»Ihr habt das Zimmer von Heinz-Lux, zusammen mit dem Nähzimmer«, erklärte Vera fröhlich. »Lotti hat mit Peter das Gästezimmer, und Tim und ich schlafen im Mansardenzimmer. So sind wir alle gut untergebracht – wie früher.«

»Ja, ich freue mich schon«, meinte Ulla. Sie zog Beate das Mäntelchen aus und hängte es an die Garderobe.

»Für die Mäntel der Mädchen und auch die andere Kleidung bedanken wir uns herzlich bei dir, Mutter Isi«, sagte Heinrich.

»Dann habt ihr sie neu eingekleidet?« Ida musterte Beate. »Aber neu sieht das nicht aus.«

»Für die Reise habe ich ihnen ältere Sachen angezogen«,

meinte Ulla. »Damit wir die schönen, neuen noch schonen können.«

»Da hast du gut entschieden«, lobte Ida sie. »Ihr wisst ja, wo eure Zimmer sind. Wenn ihr ausgepackt und euch frisch gemacht habt, kommt doch bitte auf einen Willkommenstrunk hinunter in den Salon.« Sie ging durch die große Tür und verschwand dann in Richards Arbeitszimmer.

Heinrich hatte inzwischen alle Gepäckstücke in die Halle gebracht und fing nun an, sie nach oben zu tragen.

»Ich nehme Beate und schaue mal, womit Guste die Kinder verwöhnt. Tim ist schon den ganzen Tag bei ihr in der Küche und lässt sich von dort auch nicht weglocken«, sagte Vera lachend.

»Danke, Detta. Du bist ein Schatz.« Ulla nahm sich zwei Taschen und folgte Heinrich die geschwungene Treppe nach oben. Dort blieb sie für einen Moment im Flur stehen und ließ die Eindrücke auf sich wirken. Das Dehmelhaus hatte, fand Ulla, einen ganz eigenen Geruch. Hier im Flur duftete es nach dem Bohnerwachs, mit dem das Parkett gepflegt wurde. Außerdem lag eine leichte Lavendelnote in der Luft.

Sie ging in das Nähzimmer, in dem nun Betten für die Mädchen aufgestellt worden waren. Die Nähmaschine war weggeräumt worden und auch sonst sah das Zimmer eher ungenutzt aus. Ulla ging weiter in das Zimmer, in dem früher Heinz-Lux, Idas verstorbener Sohn, gewohnt hatte. Später, kurz nach ihrer Hochzeit, hatten Heinrich und sie hier geschlafen und hier war auch Fine zur Welt gekommen. Das Zimmer roch ein wenig staubig, auch wenn kein Staubkörnchen zu sehen war. Ulla öffnete das Fenster weit und lehnte sich kurz hinaus. Die Tannen, die um das Haus herum standen, waren gewachsen, so schien es. Sanft neigten sie sich in dem frischen Wind, der von der Elbe kam. Die Luft war klar, fast schien sie zu knistern. Doch auch hier lag immer die Feuchtigkeit in der Luft, die der große Strom mit sich brachte. Sie schloss die Augen, lauschte und schnupperte. Das

Rauschen der großen Bäume erinnerte sie an die Wellen der Ostsee. Und sie nahm den Duft von Holzfeuer und verbranntem Laub wahr. Winterduft, fand Ulla.

»Es wird kalt«, sagte Heinrich. »Und außerdem sollten wir auspacken.«

Ulla drehte sich um und sah ihn an. »Ich habe so viele schöne Erinnerungen an dieses Zimmer.«

Heinrich wich ihrem Blick aus. »Dieses Haus hat nur eine große Erinnerung für mich – meinen Vater. Und seinen Tod.«

»Aber hier wurde unsere Fine geboren. Das war doch ein glücklicher Moment.«

Heinrich nickte stumm, er wirkte unruhig.

»Ich werde auspacken«, sagte Ulla sanft. »Du kannst ja schon mal nach unten gehen. Ein Schnaps täte dir bestimmt gut nach der langen Fahrt. Und unten am Ofen kannst du dein Bein aufwärmen.«

In der kalten Jahreszeit hatte Heinrich oft vermehrt Schmerzen in dem Bein. Die alte Kriegsverletzung war zwar verheilt, aber das Bein hatte versteift werden müssen.

»Lass das Zimmer nicht zu sehr auskühlen«, sagte er mit Blick auf das offene Fenster und ging.

Ulla hatte schon fast alles in die Schubladen der Kommoden geräumt und die Kleider im Schrank aufgehängt, als sie Schritte hörte. Sie drehte sich um, und Lotti strahlte sie an.

»Wie schön, dass ihr nun auch da seid«, sagte sie. »Wir haben schon sehnsüchtig auf euch gewartet.«

»Wieso das denn?«, fragte Ulla lachend.

Lotti ließ sich auf das Bett fallen. »Weil es mit dir lustiger ist. Und weil … nun ja, Mutter Isi, du weißt schon.«

»Ich habe sie jetzt eine ganze Weile nicht mehr gesehen. Es hat sich einfach nicht ergeben. Früher habe ich ihr regelmäßig geschrieben, aber auch das ist eingeschlafen im Laufe der Zeit.

Dennoch hätte ich nicht gedacht, dass sie so distanziert ist. Schließlich hat sie uns ja eingeladen.«

»Ja, sie hat uns eingeladen. Aber wirklich zu freuen scheint sie sich nicht«, stimmte Lotti ihr nachdenklich zu. »Das hat mich auch gewundert. Peterle hat sie noch nicht einmal auf den Arm genommen. War das früher mit Fine und Tim, als sie klein waren, auch so?«

Ulla überlegte. »Wirklich herzlich und liebevoll, so wie meine Mutter mit den Enkelkindern ist, war sie nie. Sie hat Fine zwar liebkost und auch getröstet. Doch ich hatte immer das Gefühl, dass sie nicht von ganzem Herzen dabei war.« Ulla zuckte mit den Schultern, »Sie ist mit Richard viel gereist, da war Heinz-Lux noch ein Säugling. Sie hat ihn damals bei dem Kindermädchen gelassen. Vielleicht kann sie deshalb gar keine enge Bindung zu kleinen Kindern aufbauen?«

Lotti nickte. »Wahrscheinlich hast du recht. Komm, lass uns hinuntergehen. Peter schläft noch. Ihn hole ich später nach unten.«

Im Salon, dem Raum zwischen dem großen Esszimmer und Richards Arbeitszimmer, wo auch seine Urne aufbewahrt wurde, saßen Heinrich, Vera und Ida zusammen vor dem Kamin. Sie hielten Gläser in den Händen und unterhielten sich offensichtlich angeregt.

»Wo sind die Kinder?«, fragte Ulla überrascht.

»Die sind bei Guste gut aufgehoben«, antwortet Ida und lächelte. »Es ist auch ein Mädchen zur Hilfe da. Sie wird sich später um die Kinder kümmern, so dass wir ungestört Zeit miteinander verbringen können.«

Ulla sah sich um. Der Raum hatte sich nicht verändert. Vor dem Fenster im Erker stand Idas Schreibtisch. Am Kamin befand sich die große Sitzgruppe aus einem kleinen Sofa und verschiedenen Sesseln, an den Wänden rechts und links vor dem Kamin hingen die Vitrinen mit den Erinnerungsstücken, die Richard und Ida von ihren Reisen mitgebracht hatten – viel Spielzeug und Theaterpuppen. Und natürlich die beiden große Archivschränke neben der Eingangstür, in der Ida alle Korrespondenz von Richard sammelte.

Rechts neben der Tür, die von der Halle in den Salon führte, stand eine große Tanne. Ihr Duft füllte den Raum. Sie war mit Kugeln aus Bauernsilber behängt und mit roten Schleifen. In silbernen Haltern steckten schon Bienenwachskerzen, aber es gab auch elektrische Lichter.

»Ach, wie schön«, sagte Ulla bewundernd.

»Findest du?« Ida war aufgestanden und strahlte. »Ich wollte den Baum nur in Silber mit ein paar roten Akzenten, deshalb die Schleifen. Ich hoffe, er findet allgemeine Zustimmung.«

»Zustimmung?«, sagte Lotti argwöhnisch. »Das klingt aber seltsam.«

»Was möchtet ihr trinken?«, fragte Heinrich, der aufgestanden war und zur Bar ging. »Ihr habt freie Wahl, Mutter Isi ist gut ausgestattet.«

»Ich gehe erst einmal nach den Kindern schauen. Danach nehme ich gerne einen Gin-Fizz.« Ulla drehte sich um.

»Ach Quatsch«, sagte Vera lachend. »Bleib hier, Ullala. Die Kinder sind bei Guste und dem Mädchen gut aufgehoben.«

»Das mag sein«, sagte Ulla. »Ich möchte trotzdem nachschauen.«

Der Gang durch die Halle, dann um die Ecke und die Treppe hinunter war ihr immer noch vertraut. Wie oft war sie früher hier entlanggegangen? Während ihres Praktikums in Idas Perlenwerkstatt, in den Monaten nach ihrer Hochzeit, als Heinrich noch in Berlin studierte.

Immer war die Küche ein Ort der Zuflucht gewesen. Ein Ort voller Wärme, Geborgenheit, Düften und natürlich Leckereien. Selbst während und kurz nach dem großen Krieg hatte Guste gut gewirtschaftet und immer alle satt bekommen. Die Küche war seit je voller Farben für Ulla gewesen. Frohe und glückliche Farben, auch wenn sie sich selbst nie für das Kochen hatte erwärmen können – essen ging immer. Satte Farben – Grün und ein tiefes Blau im Sommer, ein warmes, erdiges Braun im Herbst, zarte Gelbtöne, gemischt mit Orange im Frühling. Und das tiefe Rot der Zufriedenheit um Weihnachten.

Auch jetzt roch es nach Orient, nach Wärme und Verführung, als sie die Treppe hinunterstieg. Zimt, Kardamom, Anis und Vanille. Und darüber der zarte Hauch von Schokolade. Warm, satt und butterig roch es. Butter und Schmalz hatten einen so viel volleren Duft als die Margarine, die in Notzeiten als Ersatz diente.

Fröhliches Lachen klang ihr entgegen, kein Streit und kein Gequengel. Warum, dachte Ulla, kann das nicht immer so sein? Warum ist das hier so und in Berlin nicht? Hier ist Guste, und sie weiß einfach, wie man mit den Kindern umgeht. Woher weiß sie das, und warum weiß ich das nicht? Verzweiflung packte Ulla für einen kurzen Moment, doch dann straffte sie die Schultern und öffnete die Tür.

»Hallo Guste«, sagte sie und konnte ihre Gefühle kaum verbergen. Sie umarmte die Köchin, versank fast in ihren weichen, aber dennoch kräftigen Armen, atmete den süßen, köstlichen Duft ein, den sie verströmte.

»Ullalein, hach ne, wie isset schön, datte wieder hier bis. Un deene Kinderchen, ne Pracht sind se, alle dree.« Guste drückte sie abermals an sich, ließ sie dann los. »Abba schmal bisse, Mädchen, so schmal. Kriegste nich genug zu essen?« Kritisch musterte die Köchin Ulla. »Ne, ne, dat sieht abba nich gut aus. Musst essen, damitte bei de Kräfte bleibst.« Sie schob sie zur Küchenbank. »Nu setz dir hin und lang zu.«

Die Kinder saßen alle rings um den Tisch und schnitten Gemüse. Nur Beate nicht, sie stopfte ein Butterbrot in sich hinein. Auch die anderen hatten schon Brot, wohl mit dick Butter und

Honig, gegessen, was die Spuren um ihre zufrieden grinsenden Münder verrieten.

Guste ging zum Ofen und rührte in einem Topf, nahm dann die große Suppenkelle und füllte eine Tasse.

»Is ne kräftige Brühe«, sagte sie und stellte Ulla die Tasse hin. Dankbar trank Ulla. Heiß, würzig und sättigend war die Brühe. Sie wärmte nicht nur Ullas Bauch.

»Es duftet so köstlich«, schwärmte sie. »Womit verwöhnst du uns denn heute Abend?«

»Dat wer ich doch nich verratn«, sagte Guste lachend. »Ne, ne, musst schon warten, bisset Essen gibt.«

»Dürfen wir mitessen?«, fragte Tim und leckte sich über die Lippen.

»Obn? Ne, glaubich nich. Die Gnädigste hat mir gesacht, dat ihr alle unten essen sollt.«

»Och schade«, sagte Tim traurig.

»Aba dat heißt ja nich, dat et hier nix Leckeres für euch gebn wird, ne?« Guste zwinkerte ihm zu.

»Ist doch besser so, Tim«, sagte Fine. »Hier unten müssen wir nicht auf die ganz guten Manieren achten und mit welcher Gabel man was isst und so.«

»Siehste, die kleene Madam hats schon gut begriffn.«

»Gibt es Schokolade?«, wollte Neli wissen.

»Vielleicht, vielleicht auch nich. Un nu geht ihr ma schön nach obn, wascht euch de Mäuler unne Hände und sacht ordentlich ›guten Tach‹ bei de Gnädigsten. Gleich kommt och die Resi, dat is unsa Mädchen, die Hilfe.«

»Wofür brauchst du denn Hilfe?«, fragte Fine. »Du kannst doch alles alleine.«

»Na, ihr habt mich doch och geholfn – habt all dat Gemüse geschnibbelt. Wennich dat allet alleene machen müsste, Lieber Herr Jesu, dann würdich ja garnich fertich werdn.«

»Ich helfe dir immer gerne«, sagte Neli und strahlte Guste an.

»Bist ja auch 'nen Zuckerstückchen.«

Guste schob Ulla noch eine dicke, weiche, noch dampfende Weißbrotscheibe hin, auf der die süße Butter schmolz. »Du muss wat essen, Kindchen«, sagte sie wieder.

»Danke, Guste. Ich freue mich schon auf die feinen Mahlzeiten hier. Gibt es übermorgen Weihnachtsgans? Das kannst du mir doch sicher verraten.«

Guste verzog das Gesicht und wirkte plötzlich verärgert. »Na, dat wäre meene Idee gewesn, abba die Gnädigste hatsich wat anneres überlecht. Wirste sicher heut noch zu hörn bekommen.«

»Weihnachten im Dehmelhaus ohne Gans?«, fragte Ulla irritiert.

»Na, dat letzte Wort is noch nich gesprochen.« Guste zwinkerte ihr zu. »Nu abba raus mit euch alln, musswat schaffen.«

»Kommt Kinder, ab ins Bad.« Zum Glück gab es das kleine Badezimmer neben dem Heizungsraum. Dort wuschen sich die Kinder das Gesicht und die Hände. Ulla wischte Beate sauber und musterte die Kleidung der Kinder. Sie hatten sich nicht besonders dreckig gemacht, befand Ulla, und somit lohnte es sich nicht, sie für eine halbe Stunde im Salon umzuziehen. Also ging sie mit ihnen nach oben.

Im Salon saßen sie alle noch zusammen, Ida stand vor ihnen und schien eine Rede zu halten.

»Mutti, Guste kocht wieder ganz toll!«, rief Tim und lief zu Vera, ohne auf Ida zu achten. »Und wir durften sogar helfen.«

»Na, dann wird es sicher ganz besonders lecker«, sagte Vera lachend. Dann nahm sie Tim und drehte ihn um. »Und jetzt sag ›Guten Abend‹ zu Großmutter Isi.«

»Guten Abend, Großmutter«, sagte Tim brav und reichte ihr die Hand.

Fine sah ihn mit großen Augen an, dann schaute sie zu Ida. Sie holte tief Luft, hob das Kinn und ging ebenfalls mit ausgestreckter Hand auf Ida zu. »Guten Abend, Großmutter.«

»'nabend, Großmutter«, nuschelte auch Neli leise und schob sich verlegen den Daumen in den Mund.

»Guten Abend, Kinder. Wie schön, dass ihr alle hier seid. Nun setzt euch brav hin. Gleich kommt Therese und wird euch mit zum Essen nach unten nehmen. Sie bringt euch auch ins Bett.« Ida lächelte, aber das Lächeln erreicht nicht ihre Augen.

»Oh«, machte Neli nun und ging zu der Wand, an der der große Tannenbaum stand. »Wie schön. Oh.«

»Oh ja«, rief nun auch Fine ganz aufgeregt. »Der ist wunder-wunderschön. Und so groß«, sagte sie staunend. »Dürfen wir die Kerzen anmachen? Oder die Lichter? Bitte, bitte. Der Baum funkelt ja jetzt schon, wie schön er erst mit Kerzen aussehen wird.«

»Die Kerzen werden erst übermorgen angezündet.« Ida klang streng. »Und fasst nichts an. Das sind ganz besondere Kugeln – sie sind aus Glas und zerbrechlich.«

»Möchtest du etwas trinken, Ullala?«, fragte Vera und stand auf. »Und ihr anderen? Möchte jemand noch einen Drink?«

»Ich hätte jetzt gerne einen Gin«, meinte Ulla und setzte sich neben Heinrich auf das Sofa.

»Ich nehme noch einen Bourbon.« Heinrich hielt Vera sein Glas hin.

»Und du, Isi?«, fragte Lotti, die sich auch erhoben hatte. »Du hattest einen Sherry, nicht wahr?«

»Ja, gerne.« Ida seufzte leise. »Ich wollte euch eigentlich noch von dem Frauenverein erzählen ...«

»Das kannst du sicher noch später machen«, sagte Ulla und lächelte. »Der Abend ist noch lang.«

»Wie ist das am Heiligen Abend eigentlich geplant?«, wollte Vera nun wissen. »Mittags wollte ich mit Tim zu Tetjus' Familie. Die Gans wird es hier ja sicherlich erst abends geben.« Sie reichte Ulla das Getränk, setzte sich wieder in ihren Sessel.

»Darüber wollte ich auch noch mit euch sprechen. Es gibt

keine Gans«, sagte Ida und nahm das Glas Sherry von Lotti entgegen.

»Was?« Heinrich schaute sie entsetzt an. »Es gibt keine Gans? Ich hatte mich so darauf gefreut. Das haben wir doch immer an Weihnachten gegessen. Und an Vaters Geburtstag.«

»Ich habe aber andere Pläne für übermorgen«, sagte Ida wieder und streckte das Kinn nach vorne. »Ich habe einige Gäste eingeladen.«

»Gäste?«, fragte Ulla verwirrt. »Am Heiligen Abend?«

»Ja, natürlich. Wir werden ein Buffet aufbauen. Es kommen einige Künstler, es wird ein paar Vorträge und natürlich auch Musik geben.«

»Aber ...«, sagte Vera und schluckte. »Es ist doch Weihnachten. Du hast uns eingeladen, damit wir als Familie zusammen sein können.«

»Das sind wir doch auch, Detta. Zusammen ... mit ein paar anderen Leuten. Interessante Leute, das verspreche ich euch.«

»Und die Kinder?« Ulla schüttelte den Kopf. »Hast du das gewusst, Heinrich?«

»Ich höre das auch zum ersten Mal.« Heinrich klang irritiert.

»Die Kinder werden sich ja sicherlich ein paar Stunden zu benehmen wissen. Und ich stelle es mir so harmonisch vor, so schön – die Kinderlein mit ihren leuchtenden Augen vor dem Weihnachtsbaum. Und dann singen wir alle zusammen Weihnachtslieder.« Ida klatschte begeistert in die Hände.

»Ich finde das keine gute Idee«, sagte Lotti. »Peter mag noch zu klein sein, und sicherlich kann Therese ihn betreuen – ebenso wie Beate. Aber was ist mit den anderen dreien?«

»Das habe ich doch erklärt. Sie werden bei uns sein und sich an den Vorträgen und Liedern erfreuen. Und da es ein Buffet geben wird, müssen sie auch nicht so sehr auf Tischmanieren achten. Ich setze voraus, dass ihr sie natürlich beim Essen beaufsichtigen werdet.« Sie schaute lächelnd in die Runde.

»Die Kinder wollen aber ihre Geschenke. Und sie wollen dann damit spielen und keinen Gedichten oder sonst was lauschen«, sagte Ulla nun harsch.

»Ja. Ich dachte, am Ende des Abends darf jedes Kind ein Geschenk aufmachen. Das wird alle Herzen berühren und erwärmen. Das glückliche Kinderlachen, die fröhlichen Augen. Ich habe extra die passenden Geschenke besorgt.«

Ulla sah sich um, doch die Kinder bekamen zum Glück nichts von dem Gespräch mit. Sie standen immer noch staunend vor dem Baum.

»Ich glaube nicht, dass Cornelia Gedichten andächtig lauschen wird. Vielleicht einem, aber nicht mehreren.« Ulla war inzwischen wirklich verärgert. »Wann soll das denn stattfinden? Und wie viele Leute hast du eingeladen?«

»Erst hatte ich gedacht, dass wir für acht Uhr abends einladen, aber das erschien mir dann doch etwas zu spät. Dann gäbe es frühestens um zehn Essen.« Ida hatte die Stirn gerunzelt. »Deshalb habe ich die Einladungen für sechs Uhr ausgesprochen. Wir werden eine kleine Runde sein – etwa zwanzig Leute.«

Ulla sah sie entsetzt an. »Das meinst du nicht ernst?«

»Abgesehen davon, dass ich deine Einladung ganz anders verstanden habe, möchte ich so eine Weihnachtsfeier nicht für meinen Sohn und mich«, sagte Vera mit eisiger Stimme. »Du hättest uns fragen oder zumindest in Kenntnis setzen sollen.«

»Ja, das sehe ich ähnlich. Wenn du doch lieber mit deinen Freunden und Bekannten feiern willst, warum hast du uns dann überhaupt eingeladen?«, fragte Ulla.

»Ich kann es euch sagen«, meinte Lotti und leerte ihr Glas mit einem Zug. »Sie will uns als Kulisse nutzen. Die heile, harmonische Familie. Alle Dehmels friedlich unter einem, ihrem, Dach.« Ihre Stimme klang bitter. »Wir sind nur Statisten.«

»Nein … nein«, sagte Ida und hob die Hände. »Nein, so habe ich das nicht …«

111

»Lotti hat das sehr gut erkannt«, sagte Heinrich. Er stand auf. »Kommt, Kinder.«

Die Kinder standen stumm in der Ecke, sie merkten natürlich, dass etwas nicht stimmte. Heinrich nahm Beate hoch und ging mit ihnen in die Halle.

»Wo gehen wir hin?«, fragte Fine unsicher. »Was ist denn mit Großmutter Isi?«

»Wir gehen zu Guste«, sagte er nur.

Lotti sah Ida mit zusammengekniffenen Augen kurz an und ging dann nach oben, Vera folgte ihr.

Ida liefen die Tränen über das Gesicht. »Ich habe das … so meinte ich das nicht«, schluchzte sie.

Ulla spürte Wut in sich hochsteigen, aber sie schluckte sie hinunter. Sie ging in Richards Arbeitszimmer, das immer noch so aussah wie vor Jahren – so, als würde er jeden Moment zurückkommen und sich an den Schreibtisch setzen. Nur etwas hatte sich verändert – im Regal über dem Sofa stand die Urne mit seiner Asche. Davor brannte immer eine Kerze. Im Arbeitszimmer war die Bar, und Ulla schenkte sich einen weiteren Gin ein, für Ida gab es ein großes Glas Schnaps.

»Den kannst du jetzt gebrauchen«, sagte sie, als sie zurück in den Salon ging. Ida stand immer noch vor dem Kamin, sie zitterte.

»Setz dich, und trink einen Schluck«, befahl Ulla und versuchte, ihre Stimme nicht zu harsch klingen zu lassen. »Was hast du dir dabei gedacht? Hat Lotti etwa recht?«

Ida setzte sich, trank einen Schluck, stellte das Glas dann ab und schlug die Hände vor das Gesicht.

»Nein, nein«, schluchzte sie.

»Beruhige dich erst einmal«, sagt Ulla. Sie brachte es nicht über sich, sich neben Ida zu setzen, aber immerhin hatte sie ihre Stimme einigermaßen im Griff.

Es dauerte eine Weile, bis Ida die Fassung wiedererlangte. Ihr Gesicht war rotfleckig und die Augen verquollen.

»Ich … mir war das nicht klar. Ich habe gedacht … früher war das doch auch so. Heinz-Lux war bei solchen Feiern immer ganz brav. Und ihr … also Richards Kinder … wart Weihnachten ja immer bei Paula. Paula hat doch auch immer große Feste veranstaltet. Ich wollte doch nur ein schönes Fest und habe es mir so nett ausgemalt.«

»Paulas Feste waren immer laut und fröhlich. Ihre Brüder mit Familie waren da – keine Fremden. Niemand musste sich zusammenreißen und still sein. Es wurde gesungen – aber auch viel gelacht«, sagte Ulla leise.

»Ich gestehe, ich habe nicht viel Ahnung von so einem Familienleben«, gab Ida zu. »Um Heinz-Lux hat sich das Mädchen gekümmert, es war damals so üblich.« Sie sah Ulla verständnisheischend an.

»Es war damals bei dir so üblich«, sagte Ulla. »Selbst im Haushalt meiner Großeltern, die ja eng mit dem kaiserlichen Hof verbandelt waren, wurde kein ›steifes‹ Weihnachten gefeiert.«

»Was mache ich denn nun?«, fragte Ida und klang sehr verzweifelt.

»Das weiß ich nicht«, sagte Ulla ehrlich. »Vielleicht sollten wir erst einmal essen. Hitzige Diskussionen mit leerem Magen zu führen, ist meist nicht besonders zielführend.«

»Mir ist der Appetit vergangen.« Ida stand auf, schwankte ein wenig, ging dann mit steifen Schritten zur Tür und die Treppe hinauf.

Ulla sah ihr hinterher. Dann seufzte sie auf und ging durch das Esszimmer in den Anrichteraum und dann nach unten ins Souterrain. Guste stand am Herd, die Kinder saßen still am Tisch. Eine junge Frau, die Peter auf dem Arm hielt, sah Ulla entgegen. Auch Guste schaute auf.

»Wasn jetzt wieda los?«, fragte sie und klang ein wenig mürrisch. »Wasn mitem Essen? Soll ich gleich schicken?«

»Kannst du alles noch ein wenig warm halten? Ich denke schon, dass wir gleich essen.«

»Nu, jetz kriechen de Kinners erst ma wat. Un dann könnse mit Resi nach oben gehen. Beate sollte bald ins Bett. Sie muss auch nicht mehr viel essen. Ihr anderen dürft noch leise spielen – aber nicht mehr allzu lange.« Dann sah sie sich suchend um. »Wo ist denn Heinrich, Guste?«

»Is rausgegangn. Hat vor sich hin gebrummt un gemirmelt. Hat wohl Ärger gegebn, wa? Wegen Weihnachten?« Sie sah Ulla forschend an.

Ulla nickte.

»Hät ich druuf wetten könn. Wat ne doofe Idee vonne Gnädigsten. Könnt ihrs ihr ausredn?«

»Ich hoffe doch«, sagte Ulla seufzend und ging durch die Tür hinaus in den Garten.

Der Wind hatte zugenommen, und die Bäume schienen sich in der Dunkelheit zuzuflüstern. Es knacke hoch oben in den Ästen, und es raschelte im Gebüsch. Die Luft roch klar und ein wenig metallisch, so wie der erste Schnee riecht. Aber dafür war es noch nicht kalt genug. Hier unten im Garten konnte Ulla ihren Mann nicht entdecken. War er etwa hinunter zur Elbe gegangen? Das konnte nicht sein, das würde er nicht tun, nicht ohne Mantel und ohne Stock. Plötzlich hörte sie ein Gemurmel und die vertrauten ungleichen Schritte – er war oben auf der Terrasse. Mit wem redete er?

Ulla ging zur Treppe, blieb aber noch einmal stehen und schloss die Augen. Als sie hierhergefahren waren, waren ihre Farbgefühle Blau und Gelb gewesen – ihre Farben der Zuversicht –, ein sattes Blau und ein warmes Gelb. Doch jetzt hatte sie andere Farben vor Augen – ein sehr klares, kaltes Weiß, ein helles, fast grelles Blau und ein verstörendes Rot. Es waren unfreundliche, unfriedliche Farben. Wie Warnfarben in der Natur – bis auf das Weiß, das ja gar keine wirkliche Farbe war, aber

Schattierungen haben konnte. Hier aber war es zu grell, ohne Abstufungen.

Wir müssen eine Möglichkeit finden, uns alle wieder zu beruhigen, dachte Ulla. Es ist doch Weihnachten, das Fest der Liebe – ob man nun an irgendeinen Gott glaubte oder nicht. Es sollten friedliche, freudige Tage sein. Und plötzlich hatte sie Verständnis für Ida.

Entschlossen ging Ulla die Treppe nach oben, trat zu Heinrich, der die Fäuste tief in seinen Hosentaschen vergraben hatte, im Kreis stapfte und wütend vor sich hin murmelte.

»Es ist kalt«, sagte sie sanft. »Willst du nicht reinkommen?« Er blieb stehen und funkelte sie wütend an. »Reingehen? Zu ihr? Bis du des Teufels?«, rief er. »Nein, ich will nicht zurück in dieses Haus. Wenn es nicht so spät wäre, würde ich nach Hause fahren. Du etwa nicht?« Er zog sein Zigarettenetui aus der Tasche, reichte es ihr.

Ulla nahm einen tiefen Zug, atmete dann langsam aus. »Ich verstehe dich. Und ja – ich würde auch fahren wollen. Aber … es muss eine andere Lösung geben. Das können wir den Kindern nicht antun. Sie freuen sich schon so.«

»Sie freuen sich? Ja«, sagte er und lachte bitter auf. »Sie freuen sich, weil sie nicht wissen, bei was für einem Schauspiel sie eingesetzt werden sollen. Die Freude wird ganz schnell nachlassen, wenn sie leise und ruhig sein sollen. Verdammt noch mal, was hat sie sich denn dabei gedacht?«

»Nichts«, sagte Ulla knapp. »Sie hat sich nichts dabei gedacht.« Sie ging zur Balustrade, schaute in den dunklen Garten. Zwischen den Bäumen waren immer wieder die Lichter aus den umliegenden Häusern zu sehen. Warme, lockende Lichter, die Herzlichkeit versprachen, Geborgenheit und Zuneigung. Dort sitzen jetzt die Menschen beisammen, essen und unterhalten sich. Der Baum ist meist schon geschmückt, aber die Kerzen noch nicht angezündet. Doch das Versprechen ist da, im Raum.

Es wird ein Weihnachtsfest geben, friedvoll und selig, dachte Ulla. Dann schnaubte sie. Das ist eine Wunschvorstellung. Wer weiß, ob sich nicht auch dort gestritten wird, ob schlechte Laune herrscht oder gar Krankheit und Elend? Auch die Lichter dieses Hauses sind von der Straße aus zu sehen, auch sie werden Geborgenheit vortäuschen.

Ulla straffte die Schultern. »Wir sollten jetzt essen.«

Heinrich sah sie überrascht an. »Du kannst dich doch jetzt nicht mit Ida an den Tisch setzen und so tun, als sei nichts gewesen?«

»Wer sagt denn, dass ich das vorhabe?«, gab Ulla zurück. »Ich habe Hunger. Und Ida ist auf ihr Zimmer gegangen, ich weiß nicht, ob sie noch einmal herunterkommen wird.« Entschlossen ging sie zur Terrassentür und öffnete sie. Drinnen war es warm und hell, außerdem duftete es herrlich. Sie drehte sich zu ihrem Mann um. »Nun komm schon.«

Kapitel 6

»Ich fahre«, sagte Vera, immer noch empört. »Das lass ich nicht mit mir machen.«

»Es ist so typisch Ida«, meinte Heinrich und nahm sich noch einmal von den Kartoffeln und der Soße nach.

Als Ulla ins Esszimmer kam, war das Erdgeschoss menschenleer gewesen. Sie fand Vera und Lotti oben in der Mansarde, wo sie auf Veras Bett saßen und rauchten, schweigend und betroffen. Die beiden folgten Ulla nach unten, und gemeinsam nahmen sie am Tisch Platz, gaben Guste Bescheid, dass serviert werden konnte.

Guste trug die Suppe auf – die herrliche Consommé, die Ulla schon hatte kosten dürfen. »Wehe, ihr lasst euch den Appetit verderbn un esst nich, watich gekocht hab.«

»Danke, Guste«, hatte Heinrich gesagt.

Den ersten Gang hatten sie schweigend zu sich genommen, immer lauschend, ob Ida nicht doch wieder herunterkam. Doch sie ließ sich nicht blicken.

Nachdem Guste den Braten, Kartoffeln, Soße und butterzarten Rosenkohl serviert hatte und sie alle eine Portion gegessen hatten, lösten sich endlich die Zungen. Wahrscheinlich trug auch der Wein, von dem nun schon die zweite Flasche auf dem Tisch stand, dazu bei.

»Ich kann es immer noch nicht glauben«, meinte Lotti.

»Aber warum denn nicht? Es ist eben Ida. So war es doch früher auch. Sie lädt Leute ein, um das Haus zu präsentieren, um Vater in den Mittelpunkt zu rücken und sich selbst damit natürlich auch. Ihre Einladungen haben nur diesen einen Zweck. Schon immer«, sagte Heinrich hitzig.

»Vielleicht ist es diesmal auch ihr Verein, den sie gerade gegründet hat. Sie möchte dafür werben«, sagte Vera.

»Egal, was sie sich dabei gedacht hat – die Kinder hat sie nicht berücksichtigt«, sagte Lotti.

»Oh doch.« Vera lacht auf. »Die Kinder spielen ja eine große Rolle in ihrem Stück. ›Schaut mal, was für eine herzige Familie wir sind.‹«

»Sie hat uns Geld geschickt, damit wir die Kinder neu einkleiden – alles – von der Unterwäsche, über Kleider und Schuhe bis hin zu den Mänteln. Ich dachte, sie will etwas gutmachen«, sagte Heinrich und leerte sein Glas. »Aber da habe ich mich getäuscht. Sie wollte sie ausstaffieren. Für ihre Freunde.« Er stand auf und ging zur Anrichte, wo ein Tablett mit verschiedenen Flaschen stand. »Wer möchte was?«

»Ich bleibe beim Gin«, sagte Ulla und schob ihren Teller von sich. Sie lehnte sich zurück und schaute in die Runde. »Ihr habt alle recht. Ich teile eure Gedanken und auch eure Wut. Natürlich habe ich auch darüber nachgedacht, ob wir nicht morgen zurück nach Berlin fahren sollten … aber …«

»Aber?« Vera schüttelte den Kopf. »Was kann es da denn für ein Aber geben?«

»Da sind zum einen die Kinder. Sie haben sich so gefreut, freuen sich immer noch. Habt ihr gesehen, wie sehr sie der Baum verzaubert hat? So eine riesige Tanne können wir bei uns gar nicht aufstellen. Und schon gar nicht so geschmückt. Was werden sie sagen, wenn ihr morgen fahrt? Werden sie nicht enttäuscht sein?«

Vera schwieg und runzelte die Stirn. »Vermutlich. Aber sie werden darüber hinwegkommen.«

»Willst du denn hierbleiben? Willst du das mitmachen?«, fragte Lotti verblüfft.

»Ich möchte schon hierbleiben«, sagte Ulla langsam und nachdenklich.

»Aber ... es wird scheußlich werden. So wie Ida sich das vorstellt ...«, meinte Heinrich. »Auch für die Kinder wird das nicht schön. Was haben sie dann von dem Baum, wenn der Abend ein Reinfall werden wird?«

»Idas Vorstellungen sind natürlich nicht realistisch«, gab Ulla zu. »Aber ich glaube, das war ihr nicht bewusst.«

»Es mag für uns befremdlich sein, aber sie meint es vermutlich gar nicht böse.« Ulla hielt Heinrich das Glas wieder hin. »Ist noch Eis da?« Sie atmete tief ein. »Sie hat sich keine Gedanken gemacht, weil sie das Leben mit Kindern nicht kennt. Weil sie ein herzliches Familienleben nicht kennt.«

»Aber das liegt doch auch an ihr«, meinte Lotti ein wenig schnippisch. »Nach Vaters Tod hat sie sich nicht sonderlich bemüht, den Kontakt zu uns zu halten.«

»Wir aber auch nicht zu ihr«, gab Ulla zu bedenken.

»Sie wollte keine Großmutter sein«, stieß Vera hervor.

»Vielleicht, weil sie gar nicht weiß, wie das geht?«, meinte Ulla nun. »Sie war nie eine herzliche Mutter – noch nicht einmal für ihren eigenen Sohn, wie soll sie da eine herzliche Stief- oder Großmutter werden?«

Alle schwiegen plötzlich. Nur die Uhr tickte laut.

»Und vielleicht tut es ihr auch zu weh. Sie sieht euch, uns, erwachsen werden, unsere Leben führen, Kinder bekommen ... Kinder, die die Familie weiterleben lassen. All das hat sie nicht und wird sie nie haben. Ihr Sohn ist tot.« Ulla lehnte sich zurück.

»Nun gut«, sagte Vera leise. »Du hast vermutlich recht. Aber das macht ihren Plan für Weihnachten vielleicht verständlicher, aber nicht erträglicher.«

»Du willst das Spiel doch nicht mitspielen, Ulla«, sagte Heinrich nun. »Nur weil sie dir ein wenig leidtut.«

»Nein.« Ulla schüttelte den Kopf. »Nein, das will ich nicht. Die Vorstellung ist ganz und gar unerträglich.«

»Aber was dann?«

»Heinrich, ich denke, wir können mit ihr reden. Ich glaube, sie hat erst vorhin begriffen, was ihr Fehler war und warum wir so entsetzt sind. Sie will uns nicht verletzen.«

»Du meinst, sie lädt alle Leute wieder aus?«, fragte Lotti und lachte tonlos. »Niemals. Nicht Ida Dehmel.«

»Nein, das wird sie vermutlich nicht tun. Und das muss sie ja auch nicht. Ich denke, wir könnten versuchen, einen Kompromiss mit ihr zu finden.«

Heinrich schüttelte den Kopf. »Darauf wird sie sich nicht einlassen.«

»Das wissen wir erst, wenn wir es versucht haben«, sagte Vera nun. »Ullala hat nicht ganz unrecht.«

»Es wäre schön, wenn wir tatsächlich einen Kompromiss finden könnten«, sagte Lotti nun leise. »Denn ich hatte mich so auf das Fest hier gefreut. Auf euch. Dass die Kinder zusammen sind. Dass wir wieder feiern. In Berlin wäre ich mit Peter ganz alleine.«

»Und ich mit Tim.«

»Wir könnten alle bei uns feiern«, sagte Ulla. »Nur ohne diesen Baum.«

»Wie stellst du dir denn so einen Kompromiss vor, Ulla?«, wollte Heinrich wissen.

»Sie darf diese Leute einladen – aber früher. Natürlich darf es auch einen Vortrag und Musik geben – aber nicht so lange. Die Kinder müssen nicht dabei sein, aber können am Schluss dazukommen. Dann können sie auch Geschenke auspacken – oder jeder eines zumindest. Und dann singen wir alle ein oder zwei Weihnachtslieder, und dann dürfen die Gäste gehen. Und wir feiern unser Familienfest.« Ulla sah die anderen an. »Was meint ihr?«

»Das klingt machbar«, sagte Vera nachdenklich.

»Ob sich Ida darauf einlässt?« Heinrich blieb skeptisch. »Es geht ihr doch um Selbstdarstellung und nicht um einen Familienabend mit uns.«

»Doch, ich glaube, sie hätte gerne etwas mehr familiären Zusammenhalt. Sie weiß nur nicht, wie das geht.«

»Sie hat doch jetzt auch diese Vereinigung gegründet«, meinte Lotti nachdenklich. »Vielleicht sucht sie ja wirklich Wege, um einen neuen Lebensinhalt zu finden.«

»Ich war nicht da, als sie euch davon erzählt hat«, sagte Ulla. »Was ist denn das?«

»Sie hat dieses Jahr eine Vereinigung gegründet, um Hamburger Künstlerinnen zu unterstützen. Aufgenommen werden Frauen, die sich künstlerisch betätigen. Aber auch Unterstützer, also Mäzene. Sie will ein Netzwerk aufbauen und diese Frauen besonders fördern«, erklärte Vera.

Ulla war überrascht. »Wirklich?«

»Ja.«

»Das ist großartig«, sagte Ulla. »Das ist das Beste, was ich seit Langem gehört habe. So etwas sollte es auch in Berlin geben. Findest du nicht, Detta? Gerade für uns kunstschaffende Frauen ist es doch so schwer, an Aufträge zu kommen und unterstützt zu werden. Wir werden in der Kunstszene oftmals noch belächelt und nicht ernst genommen.«

»Doch«, gab Vera zu. »Ich finde auch, dass es ein guter Gedanke ist. Ich gestehe aber, dass es mir im Moment schwerfällt, etwas anzuerkennen, weil es eben von Ida kommt. Das ist vermutlich ein ganz hässlicher Charakterzug meinerseits.«

»Nein«, sagte Lotti leise und stand auf. Sie ging zu ihrer Schwester und umarmte sie. »Es ist einfach nur menschlich. Wir alle sind gespalten, was Ida angeht. Das waren wir schon immer.«

»Diese Gefühle werden wir wahrscheinlich nie loswerden«, meinte Heinrich nun nachdenklich. »Aber wir können uns bewusst machen, woher sie rühren und dass unsere Abneigungen aus uns selbst herauskommen und wenig mit dem Menschen Ida zu tun haben. Sie hat ihr Schwächen, aber auch Stärken. Sie verhält sich distanziert, weil sie es nie anders gelernt hat. Wenn uns klar ist, dass sie uns gar nicht ›herabsetzen‹ oder ›bestrafen‹ will, können wir auch anders mit ihr umgehen. Vermutlich. Wir können es zumindest versuchen.«

»Danke, Doktor Freud, für diesen Vortrag«, sagte Vera ein wenig spöttisch.

»Aber Heinrich hat doch recht damit. Es liegt an uns, auf sie zuzugehen und mit ihr einen Kompromiss auszuhandeln.« Lotti schluckte. »Nur … ich fürchte, ich kann das nicht«, fügte sie leise hinzu.

»Du musst das machen, Ullala«, meinte Vera.

»Ich? Warum denn ich?«

»Weil du die wenigsten negativen Gefühle ihr gegenüber hast. Deshalb kannst du ja auch schon immer so gut zwischen uns vermitteln«, stimmte Heinrich seiner Schwester zu.

Ulla atmete tief durch. »Dann mache ich es sofort«, sagte sie. »Bevor mich der Mut verlässt.«

»Ich hoffe«, sagte Ulla später und hob die Bettdecke an, »dass es wirklich so funktionieren wird.«

Zwei Stunden lang hatte sie mit Ida geredet, gestritten, aber sich auch wieder vertragen. Danach hatte sie die wartenden Geschwister informiert. Kurz danach waren Lotti und Heinrich nach oben gegangen, während Ulla und Vera noch einen Moment vor dem Kamin beisammensaßen.

Nun aber hatte Ulla nach den friedlich schlummernden Kindern gesehen und ging endlich zu Bett. Es war ein langer Tag gewesen – voller Aufregungen und Überraschungen.

»Das hoffe ich auch«, sagte Heinrich. »Du hast meinen Respekt, dass du das gemacht hast. Wäre ich gegangen, würden wir jetzt vermutlich packen.«

Ulla rutschte näher zu ihm, suchte seine Hand, doch er zog sie weg.

»Es ist nicht einfach für sie, sie kann halt auch nur schlecht aus ihrer Haut«, meinte Ulla. »Aber sie möchte sich bemühen. Sie möchte ja zu uns allen ein besseres Verhältnis, ein besseres Familienleben.«

»Hmm«, brummte Heinrich. »Das glaube ich erst, wenn ich es sehe. Auch wenn man sich über Probleme und ihre Ursachen bewusst wird, ist es doch schwer, Änderungen herbeizuführen. Manchmal sogar unmöglich. Jeder hat Vorstellungen und Wünsche, und oft bekommt man die nicht auf einen gemeinsamen Nenner.«

Ulla wurde plötzlich bewusst, dass Heinrich nicht von Ida sprach, sondern von sich und ihrer Ehe. Wie versteinert lag sie einen Moment da, wusste nicht, was sie sagen sollte.

»Ich denke, bei meinen Eltern war das auch so. Ich habe viel darüber nachgedacht in der letzten Zeit. Über Ehen und wie sie funktionieren. Über Liebe – körperliche und seelische.«

»Und … bist du zu einer Erkenntnis gelangt?«, fragte Ulla zögerlich.

»Ich weiß es nicht, Ulla.«

»Früher hast du mich auch immer Ullala genannt, so wie Detta. Das machst du nicht mehr.«

»Früher …« Heinrich stockte. »Unsere Gesellschaft hat ein ganz falsches Modell. Man verliebt sich und heiratet – man heiratet, obwohl man sich gar nicht kennt. Obwohl man nicht weiß, ob das Zusammenleben funktionieren wird oder nicht. Da liegt vieles im Argen. Ich habe ein Institut gegründet und werde Vorträge halten, möchte eine Art Gesellschaft gründen.«

»Wie bitte? Was für eine Gesellschaft?«

»Ich habe neulich einen Vortrag gehört, von einem Arzt in Berlin. Friederich Ritter.« Heinrich räusperte sich. »Er will mit seiner Gefährtin auf die Galapagosinseln ziehen und dort eine neue Gesellschaftsform gründen. Die ist allerdings gar nicht so neu, sondern er will das aufleben lassen, was früher ganz natürlich war – ein Leben als Selbstversorger und ohne gesellschaftliche Normen.«

»Und?«, fragte Ulla fast tonlos.

»Ich habe darüber nachgedacht, mich ihnen anzuschließen. Der Gedanke ist wirklich verlockend.«

»Du willst ... was?« Ulla setzte sich im Bett auf. »Wieso? Und was ist mit uns?«

»Ich bin noch zu keinem Entschluss gekommen«, erklärte Heinrich. Seine Stimme blieb sachlich. »Aber dem Grundgedanken, dem stimme ich zu.«

»Welchem Grundgedanken denn?«

»Siehst du, Ritter ist verheiratet. Aber diese Ehe funktioniert nicht. Er hat jedoch eine Frau kennengelernt, Dore, und mit ihr harmoniert er besser.«

»Hast du eine andere Frau kennengelernt?« Ulla war entsetzt.

»Ich? Nein, es geht um Ritter. Also, er und Dore wollen eine der Galapagosinseln besiedeln. Sie wollen dort ein eigenständiges Leben führen, unabhängig, als Selbstversorger. Das an sich ist schon eine sehr gute Idee. Auch hier gibt es ja solche Bestrebungen. Und in Palästina – mein Onkel Franz ist ja dort auch tätig.«

»Ja, aber ... du?«

»Mich lockt der Gedanke. Ritter sucht noch Gleichgesinnte für sein ›Robinson-Projekt‹ – so nennt er das. Aber natürlich muss man wirklich gut harmonieren oder genügend Land haben, um sich nicht in die Quere zu kommen. Er und Dore werden das ausprobieren. Alleine oder eben mit anderen zusammen.«

»Du willst wirklich ... aber was ist mit mir und den Kindern?«

»Ja, das ist ein Problem. Das muss sich natürlich erst einmal etablieren, das Projekt muss sich beweisen, bevor man dort mit Kindern siedelt. Und außerdem – muss man eben auch miteinander klarkommen. So alleine auf einer Insel. Verstehst du, wie ich das meine?«

»Nein.«

»Nun, dann sage ich es so, wie es ist – mit dir wäre das für mich keine Alternative. Es würde nicht gut gehen.«

»Da hast du recht«, sagte Ulla nun bitter. »Wie kommst du auf solche Ideen? Warum redest du nicht mit mir darüber?«

»Tue ich doch jetzt.«

»Ja, jetzt. Nachdem du dich offensichtlich schon eine ganze Weile damit befasst hast.«

»Ach, Ulla, sei ehrlich. Du hättest mir gar nicht zugehört. Du hättest es als Spinnerei abgetan.« Heinrich klang zynisch. »Du hast doch sicher auch gemerkt, dass unsere Lebensvorstellungen immer weiter auseinanderlaufen.«

»Ja«, gab Ulla zu. »Darüber wollte ich auch mit dir sprechen. Ich denke, wir müssen etwas für uns tun. Für unsere Ehe. Deshalb wollte ich auch hierherkommen. Hier haben wir so viele schöne und innige Momente verbracht.«

Heinrich schwieg.

Ulla wartete einen Moment, aber als er immer noch nichts sagte, fuhr sie fort. »Ich hoffe, wir können wieder an diese Zeiten anknüpfen.«

»Ich fürchte, das ist zu spät«, sagte Heinrich leise.

Ulla hielt die Luft an. In ihrem Magen bildete sich ein Kloß.

»Wir haben zu früh geheiratet, zu früh ein Kind bekommen«, meinte Heinrich nun, seine Stimme war sehr ruhig. »Wir hatten gar keine Zeit für uns. Um uns kennenzulernen, um herauszufinden, wie es ist, wenn man zusammenwohnt, -lebt.«

»Aber wir haben quasi zusammengewohnt, damals in Berlin. In meinem Dachgeschosszimmer. Du warst so oft da, hast auch dort übernachtet.«

»Aber das war ... kein richtiges gemeinsames Leben. Das Zimmer war winzig, deshalb dachte ich ...« Er hielt inne.

»Was dachtest du?«

»Ich habe vermutet, dass es so schwierig war, weil das Zimmer viel zu klein für uns beide und all unsere Sachen war. Alles lag immer herum, alles war immer … chaotisch. Aber das ist es auch heute noch.«

Ulla schnappte nach Luft. »Ich bin so«, sagte sie dann. »Ich war schon immer so. Ich habe es dir gesagt, mehr als einmal.«

»Ich wusste nicht, wie sehr es mich stören würde. Und auch die Kinder …«

»Dich stören die Kinder?« Ulla wurde lauter. Der Kloß in ihrem Magen schien sich aufzuheizen. War er zuerst wie ein Eisbrocken gewesen, wurde er nun wärmer und wärmer. Lava aus Wut.

»Das klingt so negativ«, sagte Heinrich. »Ich liebe sie ja. Ich liebe sie wirklich sehr. Fine ist mein Augenstern. Ich habe nur nicht gewusst, wie es ist, mit Kindern zusammenzuleben.«

»Ich kann nicht fassen, dass du das sagst.«

»Bitte versteh mich nicht falsch. Ich bin der Meinung, für Mütter müsste in unserer Gesellschaft viel mehr getan werden. Sehr viel mehr. Die Last, die auf den Schultern der Mütter liegt, ist enorm. Das ist mir jetzt erst bewusst geworden. Kinder großzuziehen, sie zu erziehen – das ist eine ungeheure Aufgabe. Mütter müssen sehr viel mehr Unterstützung bekommen. Findest du nicht?«

»Doch«, sagte Ulla eisig.

»Ich habe mir mein Leben nicht so vorgestellt. Vor dem Krieg vielleicht, aber seit dem Krieg … ist alles anders. Ich wünschte, ich hätte es vorher gewusst.«

»Du wolltest Kinder. Du wolltest unbedingt Kinder. Und wie sehr hast du dir einen Sohn gewünscht. Meinst du, mit Söhnen wäre es einfacher geworden?«

»Das weiß ich nicht.«

Beide schwiegen. Ulla versuchte zu schlucken, aber es fiel ihr schwer.

»Liebst du mich noch?«, fragte sie dann fast tonlos.

»Ich habe dich sehr, sehr gern. Das wird auch immer so bleiben.«

»Aber du liebst mich nicht mehr.« Sie schüttelte den Kopf. »Gibt es eine andere.«

»Nein. Wirklich nicht. Nein.«

Für einen Moment ließ sie die Worte nachklingen, lauschte den Schwingungen. Sie glaubte ihm.

»Liebst du mich denn noch?«, fragte nun Heinrich.

»Im Moment ganz sicherlich nicht. Vielleicht wäre es doch eine gute Idee, wenn du dich dieser Galapagos-Gesellschaft anschließt.«

»Wie gesagt, ich habe mich im Moment dagegen entschieden.« Immer noch klang seine Stimme sachlich.

»Und wie soll das jetzt weitergehen? Willst du die Scheidung?«

Wieder schwieg Heinrich. Ulla hätte ihn am liebsten geschüttelt und angeschrien. Sie wollte eine Reaktion von ihm, eine Emotion. In ihr schien ein Farbtopf zu explodieren – Purpur und Violett fühlte sie in sich, mit einem eisigen blauen Rand.

»Willst du das?«, schrie sie.

»Pssst. Weck die Kinder nicht. Und nebenan ist Lotti …«

»Ist das dein Ernst? Ich soll mich nicht aufregen?« Ulla schnaubte.

»Lass uns morgen in Ruhe reden.« Heinrich drehte sich um und zog die Decke bis zum Kopf. »Gute Nacht.« Seine Nachttischlampe hatte er schon gelöscht.

Ulla saß im Bett und war fassungslos Noch mehr, als sie schon bald seine tiefen und regelmäßigen Atemzüge hörte – Heinrich schlief. Sie knipste die Nachttischlampe aus und legte sich auch hin.

Das, dachte sie verwirrt, habe ich mir anders vorgestellt. Ich hatte gedacht, dass wir hier wieder zueinanderfinden würden. Dass wir miteinander reden und uns auch wieder nahekommen würden. Und stattdessen hatte ihr Heinrich sachlich das Ende ihrer Ehe erklärt.

Ulla fühlte in sich hinein. Sie müsste verzweifelt sein, weinen, zittern – aber sie war wütend und dennoch ruhig. Warum bin ich nicht verzweifelt? Wo sind meine großen Emotionen? Vielleicht, weil ich es noch nicht ganz realisiere, weil es zu frisch ist, zu überraschend kam. Doch dann stellte sie verwundert fest, dass sie eine gewisse Erleichterung verspürte. Heinrich hatte die Trennung ausgesprochen, und sie merkte, wie der Druck von ihr wich.

Sie wusste, dass er sich wünschte, dass sie anders wäre. Sie hatte versucht, sich seinen Wünschen anzupassen. Aber das war nicht sie, das würde sie nie sein. Und nun, jetzt, da er sich trennen wollte, musste sie es auch nicht mehr.

Ja, sie war traurig. Und nun kamen auch die Tränen. Traurig, weil sich ihre Wünsche nicht erfüllt hatten und nicht erfüllen würden. So sehr hatte sie gehofft, mit Heinrich ein glückliches und zufriedenes Leben führen zu können. Sie gemeinsam, als eine Einheit. Aber im Prinzip waren sie das nur selten gewesen.

Heinrich hatte recht, wirklich lange zusammengelebt hatten sie selten. Auch nicht auf dem Darß – er hatte in Rostock studiert, dann gearbeitet, hatte dort immer ein Zimmer, eine Übernachtungsmöglichkeit gehabt. Ein Teil ihres Alltags war er nicht gewesen. Erst jetzt, erst seit sie wieder in Berlin wohnten, lebten sie wirklich zusammen. Einen Alltag mit drei Kindern, Tag für Tag, Nacht für Nacht – das kannte er so nicht. Er hatte nicht begriffen, dass man sich ganz und gar darauf einlassen musste. Stattdessen hatte er sein Leben weitergelebt – mit seinen Vorstellungen, seinen Wünschen und Erwartungen.

Ohne Rücksicht hatte er seine Experimente zu Hause durchgeführt, hatte seine Forschungen dort betrieben. Dass die Männer mit ihren Schreien die Kinder ängstigen könnten, war ihm nicht in den Sinn gekommen. Heinrich war kein schlechter Vater. Aber er konnte sich dennoch nicht ganz auf sie einlassen.

Mütter brauchten Hilfe? Ganz sicher, aber ganz bestimmt nicht von ihm.

Ulla schloss endlich die Augen. Sie würden morgen reden. Und übermorgen und die Tage danach. Vielleicht hatte er all das nur gesagt, aber nicht so gemeint. Es war ein emotionaler Tag gewesen, ein anstrengender Tag. Er hatte auch einiges an Alkohol getrunken. Erinnerungen an früher waren aufgetaucht, an seine Kindheit, an die Enttäuschungen, die er durchlebt hatte. Vielleicht hatte all dies seine Reaktion herbeigeführt.

Egal, was es ist, ob er sich wirklich trennen will oder ob er gerade nur verstimmt ist, ich werde es heute Nacht nicht ändern können, sagte sie sich. Dieser Gedanke stimmte sie ruhiger, und endlich konnte auch sie einschlafen.

Als sie am nächsten Morgen aufwachte, war Heinrich schon aufgestanden. Auch Fine lag nicht mehr in ihrem Bett. Neli schlief noch, und Beate spielte ganz friedlich mit ihrer Puppe.

Ulla klopfte ans Badezimmer und öffnete dann die Tür, es war leer. Vorsichtig klopfte Ulla nun an der Tür zum dahinterliegenden Schlafzimmer. »Ida?«, fragte sie leise, bekam aber keine Antwort. Sie überlegte kurz. Entweder sie wusch sich schnell, oder sie traute sich und nahm ein Bad. Die große Badewanne lockte sehr, und schnell ließ sie heißes Wasser ein.

Es klopfte an der Tür, ein vorsichtiges Klopfen.

»Ja?«

»Ullala, bist du das?«, wisperte Lotti.

Ulla öffnete die Tür. »Guten Morgen.«

»Morgen«, murmelte Lotti. »Nimmst du ein Bad?«

»Ja, nur schnell. Ich fühle mich ... etwas verspannt. Und nach der Reise gestern dreckig.«

»Das ist eine gute Idee. Wo sind die Kinder?«

»Neli schläft noch. Und Beate spielt in ihrem Bett. Fine ist wohl mit Heinrich schon nach unten gegangen.«

»Wo ist denn Ida?«

»Ich hoffe, sie ist auch schon unten«, sagte Ulla.

»Wenn du fertig bist, würde ich auch gerne ...«

»Natürlich. Ich beeile mich.«

Erst als sie in der Wanne lag und das heiße Wasser ihre verspannten Glieder umschmeichelte, dachte Ulla an das gestrige Gespräch mit Heinrich. Vorher hatte sie die Gedanken ausgeblendet, aber nun drängten sie sich in ihr Bewusstsein.

Er liebt mich nicht mehr. Er will mich nicht mehr.

Die Traurigkeit schwappte über sie hinweg wie eine große Welle.

All die Jahre, alles verloren, dachte sie und ihre Tränen vermischten sich mit dem schaumigen Wasser. Dann hörte sie Nelis Lachen aus dem Kinderzimmer, und schnell spülte sie das Seifenwasser ab, stieg aus der Wanne. Sie rubbelte sich trocken, zog sich eilig an und ließ währenddessen schon neues Wasser für Lotti ein.

»Du kannst ins Bad«, rief sie Lotti durch die geschlossene Tür zu und ging eilig ins Nähzimmer zu den Mädchen. Neli war in das Kinderbett geklettert und kitzelte Beate. Die beiden prusteten und lachten. Ulla wurde ganz warm.

Ja, Kinder sind laut, sie sind anstrengend, sie machen Unordnung und Dreck, sie brauchen Aufmerksamkeit, und man sollte gute Nerven oder ein Kindermädchen haben. Aber es gibt auch solche Momente, Momente des vollkommenen Glücks, wenn die Kinder einfach nur fröhlich sind und lachen.

»Kommt, ich ziehe euch an.« Ulla hatte einen Krug mit warmem Wasser mitgebracht und wusch die beiden nun, zog sie an. Dann entdeckte sie Fines Kleidung, die auf dem Stuhl lag. Hatte Heinrich sie etwa im Nachthemd mit nach unten genommen? Hatte Heinrich sie überhaupt mitgenommen? Es war eigentlich nicht seine Art, sich um die Kinder zu kümmern. Andererseits hatte er zu Fine ein doch sehr inniges Verhältnis. Aber was wusste sie schon, was im Moment in Heinrich vorging?

Eilig ging sie mit den Mädchen nach unten. Ida saß an ihrem Schreibtisch in der Ecke des Salons und telefonierte. Sie hatte einen Stapel Briefe und eine Liste vor sich liegen.

»Ja, meine Liebe. Aus persönlichen Gründen muss ich das Weihnachtstreffen ein wenig vorziehen und verkürzen. Passt es dir trotzdem? Ich würde mich sehr freuen, dich zu sehen«, hörte Ulla sie sagen.

Sie nickte Ida zu und ging mit den Mädchen ins Esszimmer. Dort saßen Vera, Tim und Fine am Tisch. Wie früher hatte Guste zum Frühstück ein Buffet aufgebaut. Es gab Speck und Rührei in einem Warmhaltebehälter, unter dem eine kleine Kerze brannte. Brot und Butter, Aufschnitt und selbst gekochte Marmeladen.

Erleichtert sah Ulla zu ihrer ältesten Tochter. Sie trug noch ihr Nachthemd, hatte eine von Veras Strickjacken an, die Ärmel hochgekrempelt.

»Guten Morgen«, sagte Vera fröhlich. »Heinrich hatte Fine mit runtergebracht, aber vergessen, sie anzuziehen. Ich wollte euch nicht wecken ...«

»Wo ist er denn?«, fragte Ulla ein wenig schmallippig.

»Heinrich? Das weiß ich nicht. Er hat vor einiger Zeit schon das Haus verlassen. Nimm dir erst einmal Kaffee.« Vera half Neli und Beate auf die Stühle, schmierte ihnen Brote.

»Sie macht es tatsächlich«, flüsterte sie Ulla zu und wies mit dem Kopf auf die Tür zum Salon. »Sie hat die Einladungen geändert.«

»Gut«, sagte Ulla nur. Ihr war nicht nach Reden zumute, in ihrem Kopf sprangen die Gedanken wild durcheinander. Zum Glück waren die Kinder fröhlich und langten gut zu, da fiel es gar nicht auf, dass Ulla nur Kaffee trank, denn Appetit hatte sie keinen.

Bald schon kam auch Lotti mit Peter ins Esszimmer, und es wurde noch lauter und fröhlicher.

Ulla ging auf die Terrasse. Es war ein klarer Tag, die Sonne hatte sich schon durch den Frühnebel gekämpft. Nur ein leichtes Lüftchen wehte, und die Tannen schienen miteinander zu flüstern.

Nachdenklich zündete sich Ulla eine Zigarette an. Ihre Gefühle konnte sie immer noch nicht ordnen. Einerseits brannte sie darauf, mit Heinrich zu sprechen, wollte erfahren, wie ernst er es letzte Nacht gemeint hatte. Andererseits war sie auch froh, ihm nicht begegnen zu müssen – denn wie sie sich ihm gegenüber verhalten sollte, wusste sie nicht. Einfach so tun, als sei nichts gewesen? So weitermachen wie bisher? Das konnte sie sich nicht vorstellen. Doch nun lagen die Weihnachtstage vor ihnen, sie konnten sich weder aus dem Weg gehen noch Streitigkeiten ausfechten.

Warum, dachte sie plötzlich wütend, hatte er mit seiner Offenbarung nicht warten können? Es hätte doch gereicht, wenn er das Gespräch gesucht hätte, wenn sie wieder in Berlin gewesen wären.

Sie hörte, dass sich die Tür hinter ihr öffnete, und holte tief Luft, versuchte, sich zu beruhigen.

»Es ist kalt, aber klar«, sagte Vera fröhlich. »Lass uns mit den Kindern hinunter zur Elbe gehen.«

Wie oft waren sie früher diese Straße entlanggegangen?, dachte Ulla, als sie sich mit der fröhlichen Kinderschar auf den Weg machten. Vera ging mit Tim und Fine voraus, Lotti und Ulla folgten mit den drei Kleinen.

Neli versuchte immer wieder, zu den Großen aufzuschließen, aber sie war einfach nicht schnell genug. Schließlich ließ sie sich heulend auf das Pflaster sinken.

»Ich will zu Fine! Fine soll warten!«

»Wir treffen uns doch gleich am Strand«, sagte Ulla und reichte ihr die Hand.

»Will mit Fine gehen!« Trotzig verschränkte Neli die Arme vor der Brust.

»Dann musst du jetzt aufstehen«, sagte Ulla nur und ging weiter.

»Ich kenne das«, sagte Lotti lachend. »Ich war immer die Jüngste und konnte nie mit den anderen mithalten. Sei froh, dass Beate nicht auch noch meckert.«

»Beatchen ist ein Sonnenschein«, meinte Ulla. Sie sah sich um, nach einem Moment war Neli doch aufgestanden und folgte ihnen nun. »Neli und Fine sind so grundverschieden. Fine will laufen, toben. Sie ist neugierig, will alles erkunden. Neli ist … verträumt. Sie trödelt gerne. Zum Glück kommt sie nächstes Jahr noch nicht in die Schule, sie wäre noch nicht reif genug dafür. Fine war es mit fünf schon.«

»Vielleicht verstehen sie sich besser, wenn sie älter werden«, meinte Lotti. »Es ist doch sehr schön, mit Geschwistern aufzuwachsen.«

Ulla sah Lotti fragend an. »Sagst du das wegen Peter?«

Lotti zuckte mit den Schultern. »Peter wird vermutlich ein Einzelkind bleiben. So wie Tim auch. Aber sie haben ja ihre Cousins und Cousinen. Ich bin froh, dass wir alle ein so enges Verhältnis zueinander haben. Das war ja auch nicht immer so.«

Ja, dachte Ulla, noch haben wir ein enges Verhältnis. Wird sich das ändern, wenn Heinrich sich wirklich von mir trennt? Der Gedanke machte sie traurig. Was wird sich alles ändern? Wie stellt er sich das überhaupt vor? Was wird mit dem Haus, den Kindern? Es waren so viele ungeklärte Dinge, die wie Korken durch das Meer ihrer Gedanken schwammen. Sie wollte sie greifen, aber sie rutschten ihr immer wieder aus den Fingern.

Vera und Lotti schienen nicht zu bemerken, dass Ulla sehr in sich gekehrt war. Als sie den Strand erreichten, spielten sie dort ausgelassen mit den Kindern und beobachteten die großen Frachtschiffe, die die Elbe hoch- und runterfuhren. Der Qualm der dampfbetriebenen Schiffe lag über dem großen Strom, sie hörten das Stampfen der Maschinen, die Rufe der Matrosen.

»Wo fahren all die Schiffe hin?«, fragte Tim nachdenklich.

»Sie fahren von hier in alle Häfen der Welt«, sagte Vera. »Sie bringen Ladung aus Deutschland und nehmen dann andere Waren wieder auf und bringen sie hierhin zurück.«

»Ich würde auch gerne mal in fremde Häfen fahren. Das muss aufregend sein.«

»Ich auch!« Fine sprang in die Höhe. »Ja, auf den Meeren fahren, das muss toll sein. Und Abenteuer zu erleben.«

»Ich nich«, sagte Neli leise und ging zu Ulla, nahm ihre Hand. »Ich will bei Mutti bleiben.«

Vera und Lotti lachten. »Wer weiß, was ihr später einmal machen werdet, wenn ihr groß seid.«

Sie gingen zurück zum Haus. Der Weg den Hügel hoch zog sich. Lotti nahm Peter auf den Arm, Ulla zog Beate hinter sich her und musste auch immer wieder Neli auffordern weiterzugehen. Nur Tim und Fine liefen ihnen, eifrig miteinander redend, voraus.

Am Anfang des Dehmelgrundstücks blieb Vera stehen. Dort war eine kleine Gasse, in der drei kleine Fischerkaten mit lang gestreckten Gärten standen. Ulla trat neben sie und hakte sich bei ihr unter.

»Ach, Detta«, sagte sie, »hast du Heimweh?«

Vera überlegte. »Ja und Nein. Es waren schöne, aber auch schwierige Jahre hier in dem Häuschen. Zuletzt habe ich es gehasst und war so froh, als ich nach Berlin ziehen konnte. Aber dennoch ... hier ist Tim geboren worden, hier hat er seine ersten Jahre verbracht. Und hier gab es auch gute Zeiten mit Tetjus. Wenige, aber es gab sie.«

Lotti war mit den Kindern schon weitergegangen.

»Würdest du etwas anders machen, wenn du es könntest?«

»Mit dem Wissen darum, was käme?«, fragte Vera. »Diese Gedanken habe ich schon ein paarmal gehabt. Würde ich Tetjus noch einmal heiraten? Vermutlich nicht, aber dann gäbe es keinen Tim. Oder ich würde ihn heiraten, aber kein Kind mit ihm bekommen, sondern meine Zeit gestalterisch füllen. Aber auch dann hätte ich keinen Tim.« Sie schüttelte den Kopf. »Mein Sohn hat mich verändert. Er bereichert mein Leben. Könnte ich es mir ohne Kind vorstellen? Manchmal ja, manchmal wünsche ich es mir sogar. Aber nur ganz kurz.« Sie sah Ulla an. »Warum fragst du?«

»Nur so.« Ulla schüttelte den Kopf.

»Ach wirklich?«, fragte Vera skeptisch.

»Lass uns nach oben gehen.« Ulla zog sie mit sich. »Ich bin gespannt, was Guste heute gekocht hat.«

Kapitel 7

»Wie bist du denn auf die Idee gekommen, so einen Verein zu gründen?«, fragte Vera Ida, als sie abends beim Essen saßen. Heinrich hatte das Mittagessen verpasst und war erst am späten Nachmittag zurückgekommen. Er verhielt sich so, als sei nichts gewesen, doch Ulla hatte das Gefühl, dass er ihr aus dem Weg ging. Es gab sowieso keine Möglichkeit, ein Gespräch unter vier Augen zu führen.

Auch an diesem Abend aßen die Kinder alle zusammen unten in der Küche, so dass es am Tisch weniger unruhig war.

»Vor ein paar Jahren ist in Amerika ein Frauenverein gegründet worden – der Zonta Club. Ein Klub von Frauen für Frauen«, erklärte Ida. »Es ist vor allem ein karitativer Klub, um benachteiligten Frauen aus ärmeren Verhältnissen Zugang zu Bildung und anderen Dingen zu ermöglichen. Ärztliche Vorsorge und Versorgung zum Beispiel auch. Aber auch rechtliche Unterstützung, wenn es nötig sein sollte. Gegründet hat den Verein eine Journalistin. Mir gefällt der Gedanke, dass privilegiertere Frauen andere, die in keiner so guten Position sind, unterstützen. Es gibt die Bestrebungen, die Zonta-Bewegung auch in Europa zu etablieren.«

»Und du hast dem schon einmal vorgegriffen?«, fragte Heinrich und lächelte süffisant.

Ida schüttelte den Kopf. »Nein, mein Verein zielt konkret auf künstlerische Arbeiten ab. Sei es bildende Kunst, Literatur oder Schauspiel. Es gibt einige Mäzeninnen in Deutschland, aber oft fördern sie männliche Künstler, weil Frauen, die Kunst schaffen, oft nicht genügend Aufmerksamkeit bekommen – sie stehen nicht im Fokus. Und das möchte ich ändern. Der Gedanke ist, dass Frauen andere Frauen unterstützen und fördern sollten.«

»Also nur Frauen sollen gefördert werden?«, fragte Heinrich verblüfft.

»Ja. Männer haben genügend Möglichkeiten, im Rampenlicht zu stehen. Schau dir die Ausstellungen in den Kunsthallen an – gab es da schon welche nur für Künstlerinnen? Nein. Die großen Namen werden ausgestellt, und die sind fast immer männlich.«

»Aber das liegt doch vielleicht auch daran, wie Frauen Kunst schaffen.«

»Also wirklich, Heinrich«, sagte Vera empört. »Was ist das denn für eine blöde Annahme? Mein lieber Freund und Kupferstecher, glaubst du etwa, Frauen könnten keine Kunst schaffen?«

»Doch sicher. Aber … ob das an die Schaffenskraft der Männer heranreicht? Ich meine – welche bekannte Malerin gibt es denn im Moment? George Grosz und Zille sind gerade in aller Mund, ihre Bilder sind sozialkritisch und aufrüttelnd. Kann eine Frau so etwas malen? Widerspricht das nicht ihrer eher sanften Psyche?«

»Ich bin über die Maßen hinaus von deinen Worten entsetzt«, sagte Vera und zündete sich eine Zigarette an. »Was ist mit Käthe Kollwitz? Sie stellt gerade in Berlin aus.«

»Da seht ihr es – es gibt einen Namen, der euch einfällt. Und du, Heinrich, schiebst das alles auf die sanfte Psyche der Frau«, sagte Ida und nahm sich auch eine Zigarette. »Und genau das will ich ändern. Möglicherweise machen Frauen andere Kunst als Männer, aber das heißt doch keinesfalls, dass sie schlechtere Kunst machen.«

»Frauen können nähen und stricken«, sagte Heinrich. »Sie machen schöne Dinge, weil es ihrem schönen Wesen entspricht. Männer wollen aufrütteln, Missstände aufzeigen, die Welt verändern.«

»Das wollen wir Frauen auch«, meinte Ulla nun ein wenig bissig. »Nur lässt man uns nicht.«

»Aber geh, Ulla – wie auch? Eure Aufgabe in der Gesellschaft ist es nicht, aufzurütteln ...«

»Sondern was dann?«, unterbrach sie ihn. »Die Kinder großzuziehen, zu putzen, zu kochen und aufzuräumen?«

»Ja, natürlich. Das ist in der Natur so vorgegeben. Männer können nun mal keine Kinder bekommen.«

»Du bist ja ne Marke«, sagte Lotti nun. »Mutter wird sich bei deinen Worten im Grab umdrehen.«

»Mutter hat Kinderbücher geschrieben.«

»Heinrich! Sie hat die Welt der Kinderbücher verändert – deine Mutter. Eine Frau – sie war revolutionär.« Vera wurde laut. »Und nun sprichst du das anderen Frauen ab? Weil sie Brüste und eine Gebärmutter haben? Kochen, putzen und aufräumen, Kinder erziehen – das können auch Männer. Nur gebären können sie nicht.«

»Ich glaube nicht, dass ein Mann dafür geschaffen ist. Die Küche gehört doch eher der Frau.«

»Alle großen und berühmten Köche sind Männer«, gab Lotti nun zurück. »Careme, Escoffier, Point – das waren die größten Köche der Welt.«

»Sie waren Küchenchefs.«

»Aber sie haben als Köche angefangen.«

»Es gibt einen Unterschied zwischen der Hochküche und der Alltagsküche«, sagte Heinrich.

»Stimmt. Ich kann nur Alltagsküche, Guste dagegen kocht Hochküche – sie könnte sofort in jedem edlen Restaurant anfangen – nur wird sie als Frau nicht genommen werden«, sagte Ulla. »Im Krieg sollten wir Frauen alles können – selbst Maschinen bauen. Ihr Männer wart an der Front, und wir mussten das Leben aufrechterhalten. Wir haben, wie es so schön heißt, unseren Mann gestanden. Warum soll das jetzt alles vergessen sein?«

»Es war doch nur eine Notlösung«, sagte Heinrich.

»Aber vielen Frauen hat das ganz gut gefallen«, meinte Lotti.

»Ja, die Ärmsten, die Mittellosen sind darauf angewiesen, dass jedes Mitglied der Familie mitverdient – sie bekommen ja auch nur Hungerlöhne. In diesen Familien müssen die Frauen und die Kinder zum Erwerb beitragen.« Sie schnaufte. »Aber es gibt auch viele Frauen, die arbeiten wollen. Und es können. Hast du Kolleginnen? Kennst du Ärztinnen?«

»Natürlich kenne ich Ärztinnen«, brummte er beleidigt. »Und was dein Beispiel der Ärmsten angeht – ich halte es für einen Missstand, dass Frauen arbeiten müssen, um ihre Familie zu ernähren. Sie arbeiten ja schon, indem sie den Haushalt führen und die Kinder erziehen – das müsste der Staat viel mehr anerkennen.«

»Oh, das ist eine großartige Idee. Natürlich müsste der Staat das«, sagte Vera. »Aber kannst du dir nicht vorstellen, dass nicht alle Frauen ihre Erfüllung im Haushalt und in der Kindererziehung finden?«

»Nein, das kann ich mir tatsächlich nicht vorstellen«, sagte Heinrich sehr ernst. »Dass Frauen sich betätigen – auch künstlerisch –, das ist ja völlig in Ordnung.« Er sah Ida an. »Du zum Beispiel mit deiner Perlenmanufaktur. Das ist etwas Kreatives, es gibt Leute, die sich für deine Sachen begeistern, und du beschäftigst sogar ein paar Frauen. Aber du musstest ja auch nie den Haushalt führen, und Heinz-Lux war schon größer, als du damit angefangen hast. Deine Schmuckstücke und auch die Gebrauchsgegenstände, die du erschaffen hast, sind wirklich schön. Aber ist das Kunst? Doch höchstens Gebrauchskunst.«

Ida schnappte nach Luft. »Warum setzt du das, was ich gemacht habe, so herab?«, fragte sie empört. »Ja, ich habe Schmuck entworfen. Und Lampenschirme und Gürtel und solche Sachen – aber warum sollte das keine Kunst sein? Nur weil ich eine Frau bin? Auch Männer machen Gebrauchskunst.«

»Die meisten Männer entwerfen Gebrauchskunst, weil sie damit Geld verdienen, als Broterwerb«, sagte Heinrich.

»Hast du dich mal mit Gropius befasst? Mit der Idee des Bauhauses?«, wollte Vera wissen, ihre Stimme klang spitz. »Alle Gegenstände sollten Kunst sein – aber so, dass man sie eben auch gebrauchen kann. Jede Tasse, jeder Teller, das Besteck, Kleidung, Möbel ... sogar Häuser.«

»Ja«, sagt Heinrich und winkte ab. »In Massenherstellung zu fertigen. Damit auch jeder etwas davon haben kann. Ist das Kunst für euch? Das ist ja so, als hätte Vater Groschenromane geschrieben. Willst du ihn mit Hedwig Courts-Mahler vergleichen?«

»Warum kannst du nicht akzeptieren, dass es verschiedene Richtungen gibt? Es gibt nicht die eine ›Kunst‹«, sagte Ulla nun laut und verärgert. »Und was soll denn der Gedanke, dass Frauen in Haushalt und Kindererziehung aufgehen müssen? Das ist doch Unfug. Ich tue es nicht. Es gibt meinem Leben keinen tieferen Sinn. Ich tue es nur, weil ich muss.« Sie knüllte ihre Serviette zusammen und warf sie auf den Tisch.

»Ja, ich weiß«, sagte Heinrich sachlich. »Und das besorgt mich. Sind dir unsere Kinder nicht mehr wert? Was stimmt nicht mit dir, dass du in ihnen keine Erfüllung findest? Ich vermute, dass in deinem Blut ein chemisches Ungleichgewicht herrscht. Etwas mit deinen Hormonen.«

Ulla schnappte nach Luft. »Willst du damit etwa sagen, dass ich krank bin? Dass ich nicht normal bin? Warum erfüllt dich denn die Kindererziehung und der Haushalt nicht?«

»Weil es biologisch nicht so vorgesehen ist, Ulla. Haushalt und Kinder liegen biologisch bei den Frauen.«

»Das ist so ein Humbug«, sagte Vera nun. »Es liegt bei uns, weil ihr Männer es so wollt. Ihr wollt euch nicht kümmern. Ihr wollt nicht sehen, dass wir alles genauso gut können wie ihr. Wir sind Menschen – ob nun Mann oder Frau. Biologisch ist nur vorgegeben, dass Frauen Kinder bekommen und Männer nicht.«

»Und daraus, liebe Detta, ergibt sich auch alles andere«, sagte

Heinrich und schob seinen Stuhl zurück. »Aber ich möchte nicht mit euch streiten. Offensichtlich haben wir sehr unterschiedliche Ansichten, und die Gemüter kochen hoch. Dabei ist morgen doch das Fest der Liebe. Ich schlage vor, dass wir uns alle beruhigen.«

Die Frauen sahen sich an, alle waren fassungslos.

»Es ist wirklich dein Ernst? Du glaubst, Frauen können keine Kunstwerke erschaffen?«, hakte Ida nach.

»Das habe ich nicht gesagt.« Heinrich stand auf und ging zur Anrichte, öffnete die Tür, hinter der die Spirituosen standen. »Möchte jemand einen Drink?«

»Doch, im Prinzip hast du das gesagt.« Idas Miene wirkte wie versteinert.

Heinrich lächelte milde. »Möchtest du einen Drink?«, fragte er wieder.

»Du bietest mir, der Hausfrauenkünstlerin, in meinem eigenen Haus einen Drink von meinen Spirituosen an?«, fragte Ida und verschränkte die Arme vor der Brust.

»Dein Haus?« Heinrich schüttelte den Kopf. »Es ist Vaters Haus. Das Haus meines Vaters. Ihm wurde es zu seinem fünfzigsten Geburtstag von seinen Freunden und Bewunderern geschenkt. Ihm. Nicht dir. Und eigentlich gehört uns, Vera, Lotti und mir, der größte Teil davon, Ida. Nicht dir. Du hast es unserer Gutmütigkeit zu verdanken, dass du noch hier lebst, dass du hier ein Mausoleum für Vater errichten konntest.«

»Das ist ja die Höhe«, sagte Ida und fasste sich an den Hals. »Wie unverschämt willst du noch werden?«

»Ach, Mutter Isi«, sagte Heinrich und klang erschöpft. »Ich will gar nicht unverschämt sein. Ich spreche nur Dinge aus. Dinge, die ich schon längst hätte benennen sollen.« Er sah Ulla an, wandte dann den Blick ab und goss sich einen großen Whisky ein. »Aber vermutlich ist das hier weder der richtige Ort noch der richtige Zeitpunkt. Verzeiht.« Er hob sein Glas, leerte es, füllte es erneut und ging dann damit zur Tür. Dort drehte er sich noch einmal um. »Gute Nacht. Ich werde in der Dachkammer schlafen, meine liebste Künstlerin.« Er nickte Ulla zu und ging.

»Uff!«, sagte Lotti und stieß die Luft aus, ließ sich in ihren Stuhl zurückfallen. »Was war das denn? Was ist in meinen Bruder gefahren?«

Vera war aufgestanden und ging nun auch zur Anrichte. »Tatsächlich scheint es mir, als wäre jetzt der richtige Zeitpunkt für einen Drink. Was haben wir denn hier?« Sie schaute in den Schrank. »Uuuh, ein teurer und sicherlich salonfähiger Absinth.« Sie drehte sich zu ihnen um, zog fragend die Augenbrauen hoch.

»Ich nehme einen Gin. Mit viel Eis«, sagte Ulla mit schwacher Stimme.

»Ein Absinth?« Lotti überlegte. »Nein, nicht heute Abend, das wäre Verschwendung. Ist ein Bourbon da?«

»Natürlich.« Vera füllte die Gläser. »Und du, Mutter Isi?«

»Ich möchte, dass ihr ab sofort das ›Mutter‹ in der Anrede weglasst. Richard fand das angemessen, aber nach Heinrichs Worten ist ›Mutter‹ ja fast schon eine Beleidigung für eine eigenständige Frau.« Sie war bleich, rieb sich mit beiden Händen über die Wangen. »Ich hätte auch lieber einen Bourbon. Einen Absinth sollte man genießen, aber heute Abend ist das wohl kaum möglich.«

Vera brachte die Getränke, dann ging sie zu Ida, sah sie an. »Wir hatten es nicht immer leicht miteinander. Wir und du. Das mag am Lauf der Familiengeschichte liegen. Aber das, was mein Bruder heute von sich gegeben hat, ist ganz allein seine Meinung und nicht unsere.« Vera atmete tief ein. »Weder ich noch Lotti werden dieses Haus beanspruchen oder unseren Teil davon. Und ja … du bist auf deine Art und Weise unsere Mutter. Schon lange.«

Ida senkte den Kopf. »Ich danke dir«, flüsterte sie. »Deine Worte sind für mich sehr kostbar und wiegen viel.«

»Nun komm schon her«, sagte Vera und zog sie in ihre Arme. »Wir sind eine Familie. Nicht wahr, Lotti?«

Lotti nickte, stand auch auf und ging zu ihnen. Zu dritt standen sie nun da und umarmten sich.

Es war nicht das erste Mal, dass sich Ulla in diesem Haus wie das fünfte Rad am Wagen fühlte, aber diesmal tat es besonders weh. Überhaupt stürzten alle möglichen und unmöglichen Empfindungen auf sie ein, wie ein Wasserfall, an dessen Grund sie stand. Die Gefühle nahmen ihr die Luft.

Sie hatte Heinrich so sehr geliebt. So, so sehr. Den ganzen Krieg über hatte sie um sein Leben gefürchtet, danach um seine Gesundheit und um seine Seele. Beides war fragil, das wusste sie. Aber nie hätte sie gedacht, dass er sich so sehr gegen sie wenden würde. Was war aus ihrem Heinrich geworden? Wo auf dem gemeinsamen Weg hatten sie sich verloren? Eine Welle der Trauer schwappte über sie. Alles, woran sie geglaubt, worauf sie gehofft hatte, schien unter Trümmern versunken zu sein.

Er sah sie als Hausmütterchen? Oder eher als Kranke, die ein Hausmütterchen sein sollte, es aber – entgegen allen biologischen Gesetzen – nicht war. Hatte er sie als Künstlerin überhaupt jemals ernst genommen? Und wie war das mit Vera? Frauen waren für ihn keine Künstler. Was für eine bittere Erkenntnis. So wirklich konnte sie es gar nicht glauben. Das war nicht der Heinrich, den sie geheiratet hatte. Der Sohn der Schriftstellerin Paula Dehmel. Er verehrte seine Mutter und alles, was sie geschaffen hatte. Aber dennoch – da waren diese Gedanken, sein Verhalten, seine Ablehnung.

Ulla vergrub ihr Gesicht in den Händen. Ihre Augen brannten, aber es kamen keine Tränen.

Was war mit ihm geschehen? Wo hatten sie sich verloren? Nach Fines Geburt war er noch ganz anders gewesen, führsorglich und liebevoll. Aber, jetzt fiel es ihr wieder ein, damals hatte er alleine beschlossen, das Haus auf dem Darß zu mieten. Er hatte das nicht mit ihr besprochen, sie nicht gefragt. Und auch später, als sie zurück nach Berlin gezogen waren, war es seine alleinige Entscheidung gewesen. Darüber hatte sie sich geärgert, es aber hingenommen.

Vielleicht hätte ich damals deutlicher werden sollen, dachte sie fast schon verzweifelt. Ich hätte meine Meinung äußern, hätte mich wehren müssen – aber ich habe es nicht getan. Als er das Haus auf dem Darß mietete, da dachte er wohl schon, dass ich mich zu einer reinen Hausfrau und Mutter wandele. Das habe ich gar nicht so verstanden und nicht so gesehen, wurde ihr jetzt bewusst. Und wir haben nicht darüber geredet.

Er war mit seinem Studium beschäftigt, mit seinen Kursen und Vorlesungen – und dann war da noch die Kriegsverletzung, die ihn immer beeinträchtigte. Immerzu hatte er Schmerzen, und eine Operation folgte der anderen, bis das Bein schließlich steif gelegt wurde. Das muss auch bitter für ihn gewesen sein.

Und ich, ich hatte die Kinder. Erst nur Fine, aber dann ganz schnell auch Cornelia – dann kam die Fehlgeburt. Heinrich hatte sich so sehr einen Sohn gewünscht, aber den Wunsch konnte ich ihm nicht erfüllen. Auch das dritte Kind war ein Mädchen – Beate.

Haben ihn all diese Enttäuschungen so verändert? So hart gemacht und so unnachgiebig in seiner Denkweise. Oder waren es diese Studien, die er betrieb?

Ulla wusste es nicht.

»Ulla?« Vera stand plötzlich vor ihr und zog ihr die Hände vom Gesicht. »Ullala?«

Verwirrt schaute sie auf.

»Ullala, meine liebste, gute Ullala.« Vera ging vor ihr in die Hocke, nahm ihr Gesicht in die Hände und küsste sie. »Du meine Freundin, meine Seelenverwandte, weine nicht.« Sie strich ihr sanft und sacht über die Wangen, die tränenfeucht waren, wie Ulla erst jetzt bemerkte. »Was ist mit ihm passiert? Was ist in Heinrich gefahren?«

Ulla schüttelte den Kopf. »Ich weiß es nicht«, schluchzte sie auf. »Ich weiß es wirklich nicht. Er ist … so anders. Und dann, wenn ich darüber nachdenke, doch nicht. Vielleicht war er schon immer so, und ich habe es einfach nur nicht gesehen?« Voller Zweifel sah sie Vera an. »Das ist nicht mehr der Heinrich, in den ich mich verliebt habe, den ich liebe, mit dem ich mein ganzes Leben teilen wollte. Von damals bis in alle Ewigkeit wollte ich mit ihm gehen, durch alle Gräben und Gruben, über alle Hügel und Berge. Aber … er hat einen anderen Weg eingeschlagen, ist abgebogen, und ich weiß nicht, an welcher Biegung das war und was ihn dorthin gezogen hat.«

»Ich habe eine Ahnung«, sagte Lotti leise und kam auch zu ihnen, nahm Ullas Hand. »An dir, meine Liebe, liegt es ganz bestimmt nicht.«

»Doch, weil ich seine Erwartungen nicht erfülle.«

»Seine Erwartungen«, sagte Vera und verdrehte die Augen. »Was ist denn mit deinen Erwartungen?« Sie sah Lotti an. »Was glaubst du denn, woran es liegt?«

Lotti setzte sich auf den Stuhl neben Ulla. »Heinrich führt doch diese Experimente durch, nicht wahr?«

Ulla nickte. »Er hofft immer noch, ein Wundermedikament zu finden.«

»Es sind Drogen, die er verabreicht. Heroin und Opium. Diese Drogen verändern das Bewusstsein der Menschen.«

»Gute Güte«, sagte Vera nun entsetzt. »Du glaubst, er nimmt es selbst auch?«

»Ich kann es mir gut vorstellen. So manch ein Arzt an der Charité hat seine Karriere mit Selbstversuchen begonnen.«

»Aber er weiß doch um die Gefahr, die von den Drogen ausgeht.«

»Erst kürzlich hat man festgestellt, wie Opiate wirken können, wenn man sie missbräuchlich einnimmt. Sie haben aber auch gute Eigenschaften – schmerzlindernd, betäubend, aufhellend. Die Dosis macht das Gift.«

»Das mag sein«, sagte Vera nachdenklich. »Aber ich glaube nicht, dass diese Drogen Heinrich völlig verändert haben.«

»Nein, oft wirken sie verstärkend auf den Geist, auf den Charakter. Ich denke, seine Meinung hatte er schon vorher, vielleicht nicht so drastisch, aber in Ansätzen sicherlich schon.« Lotti drückte Ullas Hand. »Das ist aber nicht dein Fehler. Er hätte das von Anfang an anders kommunizieren müssen. Ich habe immer gedacht, dass er sehr stolz auf dich sei – auf deine Fähigkeiten, deine Kreativität. Dass er auch nur darauf wartet, dass die Kinder größer werden, damit du dich wieder in diesem Bereich betätigen kannst.«

»Ja, das habe ich auch gedacht und gehofft.« Ulla war mit einem Mal ganz müde.

»Vielleicht stimmt das ja auch. Vielleicht geht es ihm nur um die Zeit jetzt, da die Mädchen noch so klein sind.«

»Nein«, sagte nun Ida mit Nachdruck. »Das glaube ich nicht. Er hat doch klipp und klar gesagt, dass er nichts von weiblicher Kunst, von weiblichen Künstlern hält. Dass wir zwar Dinge verschönern und auch nette Gegenstände herstellen können, aber mit wahrer Kunst habe das nichts zu tun. Das macht mich einerseits immer noch fassungslos, andererseits ist das tatsächlich eine gängige Meinung bei vielen Männern – und auch bei einigen Frauen. Deshalb ist ja meine Vereinigung auch so wichtig. Wir müssen der Welt zeigen, dass Frauen nicht nur hübsche Socken stricken können.«

»Völlig richtig, Ida. Du sprichst wahre Worte gelassen aus. Und ich finde es großartig, was du machst.« Vera nickte ihr anerkennend zu.

»Ja, das finde ich auch. Und ich muss mich für meinen Mann

entschuldigen«, sagte Ulla bedrückt. »Wir sind deine Gäste, und er benimmt sich wie der Elefant im Porzellanladen.«

»Du musst dich keineswegs für Heinrich entschuldigen«, sagte Ida. »Du bist doch weder für seine Worte noch für seine Einstellung verantwortlich. Im Gegenteil – du hast mein volles Mitgefühl. Ich wünsche mir sehr, dass du wieder die Möglichkeit haben wirst, zu arbeiten. Und jemanden an deiner Seite, der deine besondere Gabe unterstützt.«

»Wir haben ein Mädchen für das Grobe und die Küche, aber ein Kindermädchen können wir uns zusätzlich nicht auch noch leisten.«

»Wenn du arbeiten könntest und Heinrich nicht den wohltätigen Samariter spielen würde, könntet ihr es vielleicht doch«, meinte Vera.

»Samariter?« Ida sah sie erstaunt an.

»Ja, Heinrich liegt das Wohl seiner Patienten sehr am Herzen. Gerade für die Ärmsten der Armen setzt er sich ein, er behandelt sie, ohne einen entsprechenden Obolus zu fordern.«

»Es ist doch nicht zu fassen«, sagte Ida nun leise und ungläubig. »Er hat doch eine Familie. Und er wollte eine Familie, daran kann ich mich noch gut erinnern.«

»Nun bereut er es«, sagte Ulla fast tonlos und traurig.

»Das glaube ich nicht«, meinte Lotti.

»Das hat er mir zumindest gestern Abend gesagt. Er meinte, wir hätten viel zu früh Kinder bekommen – noch bevor wir uns wirklich kannten.«

»Tja, das Lied kann ich auch singen«, sagte Vera verbittert. »Aber er ist doch nicht wie Tetjus, oder? Hat er etwa eine andere?«

»Nein, er beteuert, dass es da niemanden anderen gibt. Und das glaube ich ihm. Aber er meinte auch, dass unsere Ehe so keinen Sinn mehr machen würde.«

»Wie bitte?« Lotti schüttelte den Kopf. »Man sollte ihm mal

Vernunft in die Stirn kämmen. Was sind das denn für Aussagen? Ich bin mir sicher, dass er etwas nimmt, was sein Bewusstsein verändert.«

»Das mag sein, aber ganz unrecht hat er ja nicht«, sagte Ulla nun. »Es läuft schon lange nicht mehr gut bei uns. Vielleicht wäre es sinnvoller, diese Ehe zu beenden, als unglücklich zusammenzuleben.«

Alle sahen sie schweigend und ein wenig schockiert an.

»Das, Ullala, hätte ich nie erwartet.« Vera stand auf und holte die Ginflasche, schenkte ihnen ein.

»Ich würde noch nicht sofort das Handtuch schmeißen«, meinte Ida nun nachdenklich. »Er hat eine Krise, und so etwas kommt in den besten Beziehungen vor. Doch ich glaube ganz fest daran, dass er wieder zu Sinnen kommt. Heinrich ist im Grunde seines Herzens ein Familienmensch – viel mehr, als ich es bin.«

Auch sie schenkte sich ein. »Ich habe mich so geschämt, als mir klar wurde, was ich mit meiner Weihnachtseinladung angerichtet hatte. Aber ich wusste es nicht besser, ich dachte, es sei für uns alle schön – aber nun habe ich begriffen, dass das ein Denkfehler ist. Vielleicht hat Heinrich auch gerade nur einen Denkfehler?«

»Ja, du musst mit ihm reden. Wahrscheinlich sitzt er nun oben und schämt sich und weiß nicht mehr, wie er aus der Nummer herauskommen soll«, meinte Vera. »Oder soll ich mit ihm reden?«

»Ich würde gerne mit ihm reden und ihm den Kopf zurechtsetzen«, sagte Lotti. »Soll ich?«

»Nein«, sagte Ulla leise. »Das ist meine Sache.« Sie trank einen großen Schluck, stand dann auf. »Ich gehe hoch und spreche mit ihm.«

Ihr war ganz flau im Magen, als sie durch den Salon und dann nach oben ging. Die ganze Situation kam ihr unwirklich vor, wie ein schlechter Traum. Eigentlich hatte sie so sehr gehofft, dass sie sich in Blankenese wieder näherkommen würden, aber nun war genau das Gegenteil der Fall.

Konnte Lotti recht haben? Nahm Heinrich womöglich auch von den Medikamenten, die er seinen Probanden gab? Sie mochte es nicht glauben, denn er war immer so vernünftig und bedacht gewesen. Doch dann dachte sie daran, dass er seine Probanden in ihrem Haus behandelt hatte und wie angsteinflößend ihre Schreie gewesen waren. Heinrich hatte das nicht so empfunden und sie als zu sensibel dargestellt. Erst als auch Vera mit ihm gesprochen hatte, hatte er keine Behandlungen mehr zu Hause durchgeführt.

Will er mich wirklich als Hausmütterchen haben?, fuhr es ihr durch den Kopf, als sie den Gang entlangging. Vermisst er mich denn nicht als gleichwertige Partnerin? War ihm ein aufgeräumtes Haus wirklich wichtiger als eine glückliche Frau? All das konnte sie nicht begreifen, obwohl sie die schleichende Veränderung in seinem Verhalten wahrgenommen hatte.

Das gibt sich wieder, es ist nur eine Phase, er macht eine Krise durch, weil er sich noch nicht als Arzt etabliert hat, hatte sie sich gesagt. Auch Ida hielt es nur für eine Krise, die es zu überwinden galt. Hoffentlich hatte sie recht. An diesem Gedanken hielt sie fest, als sie die Tür zu ihrem Schlafzimmer öffnete.

Heinrich hatte seinen Koffer auf das Bett gelegt und packte seine Sachen. Er drehte sich zu ihr um und sah sie an.

»Ich reise ab, Ulla. Ich halte es für das Beste.«

»Was?« Mit zitternden Händen strich sie sich durch die Haare.

»Ich reise ab, ich fahre zurück nach Berlin.«

»Und was ist mit den Kindern und mir?«

»Ihr solltet hierbleiben und die Feiertage genießen. Du kannst hier ein wenig zur Ruhe kommen, dich erholen – schließlich ist dieses Mädchen da und kann dir die Kinder abnehmen.«

»Aber ... morgen ist Weihnachten ...«

»Wie du schon festgestellt hast, sind wir gar nicht gläubig und waren es auch noch nie. Wir feiern das nur für die Kinder und weil alle es tun.«

»Die Kinder wollen dich aber dabeihaben.«

»Ich glaube kaum, dass sie mich großartig vermissen werden. Hier gibt es so viel zu machen und zu sehen – der Baum und überhaupt.«

»Heinrich ...« Ulla ließ die Arme hängen, senkte den Kopf, Tränen liefen ihr über die Wangen. Sie konnte sie nicht zurückhalten.

Für einen Moment sah er sie an, dann seufzte er auf und trat zu ihr, nahm sie in die Arme. »Shh«, machte er. »Shhh. Weine nicht, meine Ulla. Weine nicht.«

»Du gehst«, schluchzte sie. »Du verlässt mich.«

»Ich gehe, ja. Ich gehe, damit wir beide ein wenig Zeit haben, um nachzudenken. Ich gehe, damit wir beide ein wenig Frieden finden können.«

»Und dann?«

»Ich weiß es nicht«, flüsterte er und drückte sie an sich. »Du bist für mich der wichtigste Mensch auf der Welt. Aber ich fühle mich nicht mehr wohl bei uns zu Hause. Ich weiß nicht genau, woran das liegt, aber je länger es dauert, umso schlimmer wird es.«

»Ich war schon immer unordentlich, das wusstest du doch. Aber ich kann versuchen, mich zu bessern. Ich kann Pläne machen – Putzpläne. Oder ...«

»Ist schon gut, Ulla«, sagte er sanft. »Du kannst dich nicht für mich verbiegen. Ja, du warst schon immer so. Aber ich wusste nicht, wie sehr es mich stören würde. Es ist auch nur ... ein Symptom vielleicht. Die Ursache, da bin ich mir sicher, steckt tiefer und hat andere Gründe. Ich weiß nur nicht, welche. Vielleicht finde ich es noch heraus.«

»Was für Gründe?« Sie wich zurück, sah ihn an. »Was für Gründe denn nur? Was ist passiert?«

Heinrich zuckte mit den Schultern und sah sie unglücklich an. »Ich weiß es nicht. Ich weiß es wirklich nicht. Ich merke nur, wie unglücklich ich bin – dass ich gar nicht mehr nach Hause kommen möchte.«

»Und die Kinder? Liebst du sie denn nicht?«

»Doch, ich liebe die Kinder. Ob es eine gute Entscheidung war, sie zu bekommen, weiß ich nicht, aber nun sind sie ja da. Ich wäre ihnen auch gerne ein guter Vater, aber ich weiß selbst, dass ich es im Moment nicht bin. Und das tut mir sehr leid und weh. Für sie und auch für mich.«

»Meinst du nicht, dass es ihnen noch mehr wehtut, wenn du gehst?«

»Ich brauche ein wenig Abstand, und dann sehen wir weiter«, sagte er und strich ihr sanft die Tränen von den Wangen. »Bitte, verzeih mir. Ich mute dir viel zu, das ist mir klar. Aber vielleicht haben wir so eine Chance.« Er küsste sie ganz sacht. Ulla schloss die Augen, sie konnte immer noch nicht begreifen, was hier gerade passierte.

Dann drehte sich Heinrich um, klappte den Koffer zu und verschloss ihn. Er sah Ulla noch einmal in die Augen, dann drehte er sich um und ging. Ulla musste sich auf das Bett setzen, ihre Beine waren plötzlich ganz weich.

War dies das Ende ihrer Ehe? Oder war das der Beginn eines Neuanfangs? Sie wusste es nicht, und sie würde es auch so schnell nicht erfahren, das wurde ihr nun klar. Die Verzweiflung und Traurigkeit kamen wie eine große Welle und schienen sie zu verschlucken.

Kapitel 8

Über Nacht war die Kälte vom Meer gekommen. Tau- und Nebeltropfen hingen nun wie kleine Glasperlen in den Tannen. Die Äste schienen gezuckert zu sein, und das Gras war unter dem Raureif gefangen. Ursula trat auf die Terrasse, zog die Strickjacke enger um ihre Schultern und fröstelte. Aber die kalte, beißende Luft auf ihrer Haut war auch erfrischend.

Es war der erste Weihnachtstag, und sie fühlte sich, als wäre eine Tram über sie hinweggefahren. Ida hatte das Fest abgewandelt, und tatsächlich hatte es für alle einigermaßen funktioniert. Die Kinder waren Kinder und keine Puppen, so lieb und ruhig, wie Ida es sich erträumt hatte, war es nicht abgelaufen. Aber das Chaos hatte sich noch im Rahmen gehalten, und die meisten der Gäste hatte über Neli und Beate gelacht, die unter dem Weihnachtsbaum ›Verstecken‹ gespielt hatten. Tim und Fine hatten sich sehr bemüht, aber auch sie hatten während der Vorträge geflüstert und gelacht, was Ida mit missfälligen Blicken kommentiert hatte. Als alle Gäste weg waren und die Kinder ihre Geschenke ausgepackt hatten, war fast alle Anspannung von ihnen gewichen.

Fast.

Denn Heinrich fehlte. Die Mädchen nahmen es hin. Vater fuhr nach Hause, um zu arbeiten, so erklärte es Ulla ihnen. Das kannten sie schon. Traurig und ein wenig geknickt waren sie dennoch. Aber das war schnell vergessen. Aber Ulla fehlte Heinrich sehr. Sie ging wieder und wieder die letzten Gespräche im Kopf durch, kam aber zu keinem Ergebnis.

Er liebt mich, er liebt mich nicht, dachte sie nun. Gänseblümchen gab es nicht, um sie abzuzählen, also schaute sie in die Wolken, die eilig über den Himmel jagten, so, als hätten sie einen wichtigen Termin.

Er liebt mich nicht mehr, dachte sie seufzend. Er will mich nicht mehr, will es gar nicht weiter probieren, egal was ich versuche. Verzweiflung kroch in ihr hoch, wie die Kälte, die aus dem Boden drang.

Ich habe ihn immer geliebt. Den Heinrich von früher liebe ich immer noch, wäre er nur wieder da. Den heutigen Heinrich … Ulla schüttelte den Kopf. Sie konnte nicht sagen, ob sie ihn noch liebte, zu viele Fragen waren offen, zu viele Dinge ungesagt, und die gesagten Dinge waren wie Nadeln, die unter ihre Haut gingen und wehtaten.

»Hier bist du«, sagte Vera, die plötzlich neben ihr auftauchte. Sie reichte Ulla eine Zigarette. »Ich habe dich schon gesucht.«

»Ich brauchte ein wenig frische Luft.«

»Verstehe.« Vera zündete ihre Zigarette an, inhalierte tief. »Du … trauerst?«

Ulla sah sie an. »Ich weiß nicht, was ich empfinde.«

»Das verstehe ich. Mir ging es ähnlich, wenn auch meine und deine Situation nicht vergleichbar sind.«

»Sind sie nicht?«, fragte Ulla.

»Grundgütiger, Nein. Tetjus ist nicht für die Ehe gemacht. Weiß der Himmel, warum er nun wieder heiratet. Er ist ein Schmetterling, den es von Blüte zu Blüte treibt.« Wieder zog sie an der Zigarette. »Heinrich ist ganz anders. Er braucht Beständigkeit, Sicherheit. Deshalb wundert mich sein Ausbruch so.« Sie sah Ulla fragend an. »Bist du dir sicher, dass es da keine andere Frau gibt?«

»Eigentlich schon, aber was weiß ich denn?«, sagte Ulla entmutigt. »Ich habe das so nicht kommen sehen. Sein Verhalten überfährt mich. Wie ein Unfall, plötzlich und völlig unerwartet.« Sie schüttelte den Kopf. »Ob da eine andere Frau ist? Keine Ahnung, ich habe das alles ja gar nicht kommen sehen.«

Vera legte den Arm um Ullas Schultern. »Wahrscheinlich hättest du es bemerkt, wenn es eine andere Frau gäbe. Ich habe es immer erst geahnt, dann gewusst. Aber Tetjus war da auch nicht besonders sensibel.«

»Wir hatten kaum noch ... Nähe in letzter Zeit«, sagte Ulla leise.

»Sex? Du meinst Sex?« Vera lachte. »Sprich es doch aus. Ich bitte dich, dies ist das zwanzigste Jahrhundert. Es gibt Frauen wie Josefine Baker, die halb nackt auf der Bühne stehen. Es heißt Sex oder Geschlechtsverkehr.«

Nun musste Ulla lachen. »Detta, also wirklich. Nein, wir hatten kaum noch Sex seit Beate.«

»Weil eine weitere Schwangerschaft für dich gefährlich wäre.«

»Nein, das ist es nicht. Sicher wäre eine weitere Schwangerschaft gefährlich, aber Heinrich ist Arzt. Es gibt genügend Mittel, um zu verhüten, man muss sie nur anwenden. Er hat – im Gegensatz zu vielen anderen, armen Leuten – Zugriff auf diese Mittel. Kondome oder ein Pessar – das haben wir im Haus. Nur kommen sie kaum zur Anwendung. Entweder bin ich abends zu müde oder er. Meistens sitzt er noch bis nachts in seinem Arbeitszimmer und liest oder schreibt an seiner Dissertation.« Sie senkte den Kopf. »Ich glaube, er will mich nicht mehr, weil ich eh nur Mädchen gebäre.« Ihre Stimme war kaum hörbar geworden.

»Eure Mädchen sind wunderbar. Ich habe seine Obsession für einen Sohn sowieso nie verstanden.«

»Nach Beates Geburt habe ich gedacht, dass er seinen Frieden damit geschlossen habe. Aber nun zweifle ich daran. Was, wenn er sich doch eine neue Frau suchen will, die ihm den Wunsch nach einem Sohn erfüllt?«

»Dann wäre er die längste Zeit mein Bruder gewesen, Ullala. Niemand von uns würde das verstehen.«

»Ich verstehe ihn ja selbst nicht«, meine Ulla nun bedrückt.

»Ich habe mir so gewünscht, dass hier alles wieder gut werden würde.«

»Nun, noch ist die Schlacht nicht verloren«, sagte Vera und drückte Ulla an sich. »Nutz die Tage hier, um zu dir selbst zu kommen. Therese kümmert sich ganz wunderbar um die Kinder, Gustes Gerichte sind ein Traum – nur musst du sie auch essen.«

»Ich habe keinen Hunger.«

»Der kommt beim Essen. Komm rein und trink wenigstens einen Kaffee«, lockte Vera sie.

Im Esszimmer saß Lotti, noch im Morgenmantel, am Tisch und schaute durch die weit geöffnete Schiebetür in den Salon. Dort saß Ida vor dem Kamin. Die Kinder spielten unter dem Tannenbaum. Ida hatte die elektrischen Lichter angeschaltet, die Kerzen, hatte sie erklärt, würden sie erst zum Abend hin wieder anzünden.

»Was für eine Idylle«, sagte Vera und rieb sich die Hände. Auch im Esszimmer brannte der Kamin, zusätzlich lief die Heizung auf Hochtouren – in den Rohren gluckerte und knackte es.

Ulla nahm sich eine Tasse Kaffee. Auf der Anrichte standen die Frühstücksgerichte aufgereiht auf Wärmeplatten. Nacheinander hob sie die Deckel an und schnupperte. Dann nahm sie sich einen Teller, lud sich Rührei, Speck und geschmortes Gemüse darauf.

Vera grinste, sagte aber nichts.

»Heute ist der richtige Tag, um ihn in aller Ruhe hier zu verbringen«, meinte Lotti und klaute sich eine krosse Scheibe Speck von Ullas Teller. »Für morgen Abend habe ich eine Einladung in der Stadt. Wollt ihr nicht mitkommen? Das wird bestimmt lustig.«

»Bei wem denn?«, fragte Vera und streckte sich.

»Bei Mieke und Freunden von ihr.«

»Mieke? Die Tochter von Vogeler?«, fragte Ulla nach.

Lotti nickte. »Vielleicht kommen Sonja und Mining, so nennen alle Heinrich Vogeler, auch.«

»Sind sie hier? Ich dachte, sie seien in Berlin.«

»Sie sind wohl über die Feiertage im Barkenhoff«, meinte Lotti.

»Ein wenig feiern, das hört sich gut an«, sagte Vera. »Nur Tetjus mit seiner neuen Frau möchte ich nicht treffen.«

»Ich weiß natürlich nicht, wer von der Hamburger Secession alles da sein wird. Aber wenn wir auf ihn treffen, können wir auch wieder gehen. War er gestern nicht da, als du mit Tim bei seiner Familie warst?«

Vera schüttelte den Kopf. »Nein. Tim war darüber traurig, ich weniger.«

Nachdenklich schaute Ulla in das Nebenzimmer. »Wie die Mädchen es wohl aufnehmen werden, wenn Heinrich nicht mehr bei uns wohnt.«

»Noch ist es ja nicht so weit. Warte erst einmal ab, vielleicht ist es ja nur ein Sturm im Wasserglas. Heinrich ist viel mehr Familienmensch, als es Tetjus jemals war.«

»Nur dass sich sein Bild von der Familie nicht mit der Realität deckt.«

Lotti war aufgestanden und holte nun den restlichen Speck aus der Warmhalteschale, legte ihn auf Ullas Teller. »Iss. Das lenkt dich von düsteren Gedanken ab.«

Ulla lachte, ein trauriges Lachen, aber dann nahm sie sich doch eine Scheibe und schon sie sich in den Mund. »Wie macht das Guste bloß immer? Wenn ich Speck brate, schmeckt er nicht so gut.«

»Ich glaube, das liegt eher am Speck als an Guste«, meinte Vera. Dann beugte sie sich vor. »Aber wisst ihr was? Heute Abend gibt es Gans. Weihnachtsgans. Mit Klößen und Rotkohl.«

»Wirklich?« Lotti klatschte in die Hände. »Dabei hatte Isi doch gesagt, dass es dieses Jahr keine Gans geben werde.«

»Sie hat die Rechnung ohne Guste gemacht, sie hat alles heimlich vorbereitet.«

»Das ist wunderbar«, sagte Ulla. »Und es wäre schön, wenn die Kinder heute mit bei uns am Tisch sitzen dürften. Zumindest die drei Großen. Beate und Peter können ja vorher essen und dann ins Bett.«

»Das ist eine gute Idee«, sagte Vera.

»Was ist eine gute Idee?« Ida war aus dem Salon ins Esszimmer gekommen und schenkte sich eine Tasse Kaffee ein.

»Wir freuen uns auf das Essen heute Abend und sind der Meinung, dass die Kinder ja mit am Tisch sitzen können. Vielleicht können wir ja eine Stunde früher essen als gewöhnlich«, sagte Vera. »Ich werde das mal mit Guste besprechen.«

Ida seufzte, dann nickte sie. »Nun gut, wenn ihr meint«, sagte sie. Ihre Stimme war ein wenig spitz. »Ich weiß nur nicht, ob das für Beatchen und Peterle nicht zu viel wird.«

»Oh nein«, sagte Lotti nun lachend. »Die beiden essen vorher unten. Wir wollen ja keinen Kindertisch veranstalten, sondern ein gemütliches Familienessen.«

»Und Cornelia?«, fragte Ida zweifelnd.

»Neli isst mit uns«, sagte Ulla. »Ich werde neben ihr sitzen. Es geht nicht anders, sie fühlt sich sowieso immer schon so zurückgesetzt und von Fine und Tim ausgeschlossen.«

»Ja, natürlich.« Ida nahm ihre Kaffeetasse und ging wieder nach nebenan. »Soll ich euch etwas vorlesen?«, fragte sie die Kinder.

»Immerhin gibt sie sich Mühe«, flüsterte Lotti. »Auch wenn es wieder nur eine Rolle ist, die sie spielt.«

»Selbst wenn«, sagte Ulla, »wir sollten das anerkennen. Sie versucht gerade sehr, über ihren Schatten zu springen.« Sie seufzt.

»Es wäre doch schön, wenn wir eine große, glückliche Familie wären.«

»Du kommst auf jeden Fall morgen Abend mit«, sagte Lotti nun. »Deine Melancholie ist ja nicht auszuhalten. Du brauchst dringend Ablenkung.«

»Ja«, meinte auch Vera. »Ullala, das Leben ist nicht vorbei, wenn eine Ehe scheitert, und deine ist noch nicht einmal beendet. Ihr habt nur eine Krise. Also lass den Kopf nicht hängen. Wir gehen morgen feiern.«

Auch wenn Ulla der Sinn nicht danach stand, ihre Schwägerinnen ließen nicht locker. Selbst Ida unterstützte das Vorhaben. »Wie wunderbar, ihr geht aus. Das ist gut so. Sorgt euch nicht um die Kinder, wir werden uns schon kümmern, hier mit Therese und Guste, sind sie gut aufgehoben. Und jetzt schauen wir mal, dass wir euch hübsch machen.«

»Ich habe gar nichts dabei, kein Abendkleid«, sagte Ulla. »Nur das eine, das ich neulich genäht habe.«

»Zeig!« Ida schaute sich das Kleid an. »Das hast du genäht?«, sagte sie überrascht. »Das hätte meine Schneiderin nicht besser machen können. Ich wusste ja, dass du ein wenig nähst ... aber so?«

»Ulla macht tolle Kleider«, sagte Vera und holte eines aus ihrem Zimmer. »Ich liebe die tiefe Taille und den freien Rücken.«

»Heinrich findet die Kleider frivol.«

»Heinrich.« Lotti verdrehte die Augen und nahm Ullas Hände. »Liebste Ullala, dies ist unser Abend, ein Mädelsabend. Ich möchte, dass du den Gedanken an meinen Bruder aus deinem Kopf verbannst. Und sei es nur für ein paar Stunden. Wir werden Spaß haben, wir werden tanzen und lachen. Wir werden feiern. Heute Abend giltst nur du und kein Heinrich, mit plötzlich seltsam verschrobenen Ansichten.« Sie sah Ulla in die Augen. »Versprich mir, dass du den Namen nicht erwähnst, nicht einmal denkst.«

»Ich versuche mein Bestes«, sagte Ulla.

»Jetzt schauen wir erst einmal, wie wir euch aufhübschen.« Ida ging in ihr Schlafzimmer und kam kurz darauf beladen zurück. Sie brachte Turbane, Seidenschals, Federboa und natürlich jede Menge an Perlenketten und anderen Schmuck.

Tatsächlich hatten sie eine Menge Spaß und lachten viel, während sie dies und das anprobierten, jenes überzogen und anderes verwarfen. Ida holte Champagner, erst eine, dann eine zweite Flasche. Endlich, nachdem sie sich auch gegenseitig geschminkt hatten, waren die drei jungen Frauen zufrieden.

»Ich bestelle euch eine Droschke«, sagte Ida. Sie gingen alle zusammen hinunter in den Salon, wo die Kinder saßen und Therese ihnen ein Buch vorlas. Nur Peter war schon im Bett, und Beate sah so aus, als würden ihr gleich die Augen zufallen.

»Oh, Mutti«, sagte Fine und stand auf. »Du siehst großartig aus, wie eine Prinzessin. Du funkelst ja.«

Ulla drehte sich im Kreis. Das ärmellose Kleid, das sie genäht hatte, hatte eine sehr tief sitzende Taille und Fransen am Saum. Sie trug zwei von Idas Perlenketten, die ihr bis zum Bauchnabel reichten und ein Diadem auf dem Kopf. Außerdem hatte ihr Ida lange Handschuhe geliehen.

»Du bist wunderschön«, staunte auch Neli. »So schön.« Dann sah sie zu Lotti und Vera. »Ihr auch.«

Vera lachte. »Danke, du kleiner Spatz.«

»Wann kommt ihr wieder?«, wollte Tim wissen und runzelte die Stirn.

»Das wissen wir noch nicht«, sagte Lotti leichthin.

Tim verzog das Gesicht. »Ich will nicht, dass du gehst, Mutti«, sagte er leise.

»Ach, Tim.« Ida ging zu ihm. »Wir werden uns einen schönen Abend machen. Du bist ja nicht alleine.«

»Doch, oben im Dachgeschoss schon«, gab er zurück und biss sich auf die Lippen.

Fine sah ihn an und nahm seine Hand. »Du kannst heute Nacht bei mir im Bett schlafen, wenn du willst. Das darf er doch, nicht wahr, Mutti?«

Vera hockte sich vor Tim. »Wäre es in Ordnung, wenn du bei Fine schlafen könntest?«

Tim nickte. »Ja, das wäre sogar knorke.« Schon schlich sich wieder ein Lächeln auf sein Gesicht. »Aber«, sagte er dann noch einmal ernsthaft, »alleine oben im Dachgeschoss schlafen, das möchte ich nicht. Ich bin nicht feige, aber ...«

»Ich verstehe dich gut, Tim«, sagte Vera zärtlich. »Ich würde dort auch nicht alleine schlafen wollen.«

Erleichtert lehnte er sich zurück.

»Dann haben wir das ja geklärt. Und falls irgendetwas ist, kommt ihr einfach zu mir«, sagte Ida fröhlich. »So, ich werde dann die Droschke rufen.« Sie ging zum Telefon, das an der Wand neben ihrem Schreibtisch angebracht war.

»Die jungn Damen werdn abba nich gehen, ohne nen Imbiss gegessn zu ham.« Guste kam in den Salon. »Ich hab inne Esszimmer was vorbereitet. Mit leeren Magn tanztet sich nich gut.« Sie zwinkerte ihnen zu.

»Guste, du bist ne Wucht«, sagte Lotti und drückte ihr einen dicken Kuss auf die Wange. Guste errötete und lachte verlegen.

»Dürfen wir auch etwas?«, fragte Fine und lief schon mal ins Esszimmer. Dort standen lauter Häppchen und eine große Schüssel mit dampfender Suppe.

»Oh, Gurkenbrote«, sagte Fine und streckte die Hand danach aus.

»Fine«, sagte Ida mit erhobener Stimme. »Das macht man nicht. Man wartet. Außerdem ist das für deine Mutter und deine Tanten. Ihr habt schon gegessen.«

Erschrocken versteckte Fine die Hände hinter dem Rücken und sah Ulla an.

»Das ist so viel, das schaffen wir ja gar nicht«, meinte Ulla. »Und es sieht wieder einmal phänomenal aus, Guste. Ganz herzlichen Dank.«

»Wunderbar.« Lotti nahm sich von den Broten, die zum Teil mit den Resten der Gans oder mit Gänseschmalz belegt waren. Es gab Brot mit eingelegten Gürkchen, mit Roastbeef und mit aufgeschnittenem Schweinebraten. Außerdem gekochte Eier, Spießchen mit eingelegtem Gemüse und auch noch verschiedene Käsewürfel.

Ulla nahm sich von der Suppe, die ihren Bauch herrlich füllte und aufwärmte.

Als die Droschke hupend in den Hof fuhr, drückte Ulla die Kinder schnell an sich und küsste sie. »Seid lieb und hört auf Großmutter Isi.«

»Du kommst aber ganz bestimmt heute noch wieder?«, fragte Fine leise und kaute auf ihrer Unterlippe. »Nicht so wie Vati?«

»Oh, mein Schatz, natürlich komme ich wieder. Morgen früh beim Frühstück bin ich wieder da, versprochen.« Das schlechte Gewissen setzte sich Ulla in den Nacken und kroch die Wirbelsäule hinunter. Wäre es vielleicht doch besser, wenn sie hierbliebe?

Vera hatte die Worte gehört. »Natürlich kommen wir wieder, Finekind«, sagte sie und lachte. »Was denkst du denn?« Dann beugte sie sich vor und flüsterte: »Eigentlich gehen wir ja nur weg, damit du und Tim heute Nacht in einem Bett liegen und euch Geschichten erzählen könnt. Aber verrate das Neli bloß nicht.«

Fine strahlte wieder. »Das ist unser Geheimnis«, flüsterte sie zurück.

»Ganz genau. Und du passt auf die anderen auf, ich verlasse mich da auf dich.«

Fine streckte die Schultern und hob das Kinn. »Das kannst du auch, Tante Detta. Und du passt auf meine Mutti auf.«

»Natürlich.«

»Das hast du gut gelöst«, sagte Ulla erleichtert, als sie in der Droschke saßen und den Hang hinunter nach Hamburg fuhren.

»Ich kenne dich doch, meine Ullala«, lachte Vera. »Du warst in Gedanken schon dabei, das Diadem abzunehmen und die Handschuhe auszuziehen. Das musste ich verhindern.«

»Ich habe zu viel gegessen«, jammerte Lotti. »Warum muss Guste auch immer diese leckeren Schweinereien machen?«

»Seit ich in Berlin wohne, habe ich einige Kilo abgenommen, weil Guste mich nicht mehr mästen kann. Ich vermisse es manchmal so sehr ...« Vera öffnete ihre winzige Handtasche aus Seide und nahm ein kleines, versilbertes Kästchen heraus. Geschickt drehte sie eine dicke Zigarette und zündete sie an.

»Oh«, sagte Lotti verzückt. »Was haben wir denn da Schönes? Das riecht ja verführerisch.«

»Indischer Hanf«, sagte Vera. »Hier, Ullala, nimm einen tiefen Zug.«

Ulla nahm die Zigarette, inhalierte und schloss die Augen. Sie spürte die Wirkung schon bald, alles wurde leichter, und in ihr breitete sich eine heitere Stimmung aus. Die Zigarette ging von einer zur anderen, und bald schon kicherten sie wie Backfische.

»Aber«, sagte Ulla plötzlich und runzelte die Stirn. »Sollten wir das tun? Ist das nicht auch eine Droge? So wie Heroin?«

»Grundgütiger«, sagte Vera. »So ein Blödsinn. Als Nächstes verteufelst du auch noch Alkohol oder sogar Tabak. Wo soll uns das denn hinführen? Wir wollen doch wenigstens ein bisschen Spaß am Leben haben.«

»Indischer Hanf ist nicht mit Heroin zu vergleichen«, sagte Lotti und setzte ein ernstes Gesicht auf. »Es ist ein rein pflanzlicher Zusatz zum Tabak und hat keine gesundheitsschädigende Wirkung, anders als Opiate. Und auch die sind ja nicht per se schlecht. Die Dosis macht es.«

»Danke, Frau Doktor«, sagte Ulla und kicherte. »Dann nehme ich noch einen Zug.«

Endlich hatten sie ihr Ziel erreicht und stiegen aus dem Automobil. Vera bezahlte, Lotti ging schon vor. Es war unüberseh- und -hörbar, wo die Feier stattfand. Die Fenster waren hell erleuchtet, die Haustür stand einladend offen, Gelächter und Musik schallten auf die Straße.

Vera hakte sich bei Ulla unter, zog sie mit sich. »Jetzt wird nicht mehr gekniffen«, sagte sie.

Ulla zögerte noch, aber dann gab sie sich einen Ruck. Warum sollte sie nicht feiern gehen? Wenn ich es nicht tue, dachte sie plötzlich, bin ich genau das, was Heinrich aus mir machen möchte – ein Hausmütterchen. Dabei bin ich eine Künstlerin, eine Grafikerin. Ich habe studiert, ich habe selbstständige Arbeiten geschaffen, ich muss mich vor niemandem verstecken.

Ida hatte ihnen allen Pelzjäckchen geliehen. Als sie das Haus betraten, nahm ihnen jemand die Jacken ab, und Ulla folgte Vera in das Getümmel. Es war warm, die Luft rauchgeschwängert, und hier und da roch es süßlich und aromatisch nach indischem Hanf oder sogar Opium. Überall standen Flaschen mit Sekt, Wein und anderen Alkoholika. Ulla nahm sich ein Glas, trank es aus.

»Schau, da drüben sind Mieke und Mascha, die Töchter von Mining Vogeler«, sagte Vera. »Komm, lass uns hingehen.«

Lotti sah sich um. »Dort drüben ist Ivo.«

»Wer?«

»Ivo Hauptmann, der Sohn von Gerhard Hauptmann. Du kennst ihn, er war früher oft bei uns zu Gast.«

Ulla schaute ein zweites Mal hin. Der Mann winkte ihr zu. »Ullala, welche eine freudige Überraschung«, sagte er, trat zu ihr und küsste sie auf die Wange. »Dich habe ich ewig nicht gesehen. Wohin bist du denn verschollen? Ist Heinrich auch hier?«

»Wir haben ein paar Jahre auf dem Darß gelebt«, sagte Ulla verlegen. »Jetzt sind wir wieder in Berlin.«

»Auf dem Darß? Wie wunderbar. Das muss herrlich inspirierend sein. Woran arbeitest du momentan?«

»Hallihallo!«, rief eine Frau mit lauter Stimme und warf sich Vera um den Hals. »Die gute Detta ist in der Stadt. Das wurde aber auch mal wieder Zeit.«

»Anita«, sagte Vera lächelnd. »Ich freue mich auch, dich zu

sehen.« Sie drehte sich zu Ulla um. »Kennst du eigentlich meine Schwägerin Ulla? Anita Rée, eine wunderbare Malerin.«

Anita nickte Ulla zu, wandte sich dann wieder an Vera. »Wohnst du bei Isi? Hat sie dir von unserem Verein erzählt? Du solltest unbedingt Mitglied werden. Un-be-dingt!«

»Oje«, flüsterte Ivo Ulla zu. »Das wird jetzt ermüdend. Seit die beiden den Verein gegründet haben, gibt es für Anita kein anderes Thema mehr.«

»Ida hat uns davon erzählt. Ich finde die Idee großartig – so etwas sollte es in jeder Stadt geben.«

»Aber warum Frauen für Frauen? Wir haben hier die Secession und auch in Berlin gibt es Vereinigungen von Künstlern – Männern wie Frauen.«

»Ja, aber gefördert werden meist nur Männer.«

Ivo verdrehte belustigt die Augen. »Ich hatte heute schon meine Dosis an entsprechenden Vorträgen. Wollen wir nicht lieber tanzen?« Er zog sie mit sich in den angrenzenden Raum, wo ein Grammophon die neusten Lieder spielte. »Charleston, ich liebe Charleston.«

»Ich weiß nicht …«, sagte Ulla unsicher. Aber Ivo hielt sich gar nicht damit auf, nahm ihre Hände und begann zu tanzen. Der schnelle Rhythmus, die Saxophone und Trompeten fuhren durch Ulla hindurch und plötzlich fühlte sie sich wieder ganz leicht. Schnell bewegte sie sich, lachte, ließ Ivos Hände los und kreiste mit den Armen, schlenkerte die Beine. Es war wunderbar befreiend.

Plötzlich stand sie einem anderen Mann gegenüber, der sie lachend in die Arme nahm und über die Tanzfläche wirbelte. Dann kam der nächste. Ulla tanzte, es war ihr egal, mit wem.

Schließlich musste sie eine Pause machen. Vera winkte ihr zu, führte sie in ein Nebenzimmer. Dort war ein Absinthbrunnen aufgebaut. Das Getränk war zwar seit ein paar Jahren verboten, aber so wirklich hielt sich niemand daran.

Dort stand auch Lotti mit mehreren Leuten zusammen.

»Amüsierst du dich?«, fragte Lotti Ulla. »Ich habe dich tanzen gesehen.«

»Ich dich aber nicht«, sagte Ulla lachend.

»Die Nacht ist noch jung«, meinte Lotti und wandte sich wieder dem Mann zu, der neben ihr stand. »Aber was meinst du, wirst du erreichen?«, fragte sie ihn.

»Das weiß ich noch nicht. Wichtig ist mir nur, die ›Rote Hilfe‹ zu unterstützen. Wir setzen Schriften auf – juristische Schriften, gut verständlich. Und natürlich meine Arbeit in der Masch.« Er lächelte. »Dort habe ich dich ja auch schon gesehen.«

»Ja, ich war mit Sonja da. Aber ich bin mir nicht sicher, ob ihr das richtig aufzieht. Gerade in der Masch.«

»Masch?«, fragte Ulla verwirrt. »Wovon sprecht ihr?«

»Hallo«, sagte der Mann. »Ich kenne dich noch gar nicht. Ich heiße Walter. Walter Schleiter.«

»Das ist meine allerliebste Schwägerin Ulla. Sie ist mit meinem Bruder verheiratet und Grafikerin.«

»Grafikerin? Hier aus Hamburg?«

Ulla schüttelte den Kopf. »Wir wohnen in Berlin, sind nur über die Feiertage hier zu Besuch. Genau wie Lotti.«

»Die Masch ist eine gute Einrichtung. Wichtig. Aber das Angebot muss breiter aufgestellt werden. Politische Bildung ist wichtig, ja. Sehr wichtig. Aber … es wäre noch besser, wenn wir das mit anderen Themen verknüpften.«

»Mein Reden, Lotti. Das sag ich ja die ganze Zeit«, sagte Schleiter nun enthusiastisch. »Vorträge über ein breit gefächertes Themenangebot. Und in all das können wir unsere Ideen einbinden. Der Kommunismus ist ja nicht nur eine politische Umorganisation, er muss das ganze Leben erfassen. Alle Bereiche des Lebens – Alltag sowie Freizeitgestaltung, Kultur, Gesundheit.«

»Wissen, Walter, es geht darum, Wissen der Allgemeinheit zugänglich zu machen. Noch haben nur privilegierte Schichten etwas davon. Gibt es künstlerisch tätige Arbeiter? Nein. Wie auch. Wie sollen sie Zeit dafür haben und wo sollten sie es lernen?«

»Ja, Lotti, das stimmt. Aber wir müssen den Menschen auch aufzeigen, dass Wissen, Kunst und Kultur besser und einfacher der breiten Masse zugänglich werden, wenn wir die Gesellschaft von Grund auf verändern. Wenn wir endlich die ›Diktatur des Proletariats‹ durchsetzen.«

»Diktatur? Dann könnt ihr auch gleich wieder die Monarchie einführen«, meinte Ulla und nippte an dem Glas, das ihr jemand in die Hand gedrückt hatte.

»Marx und Engels haben es so genannt, wie du ja sicherlich weißt, wenn du Lottis Schwägerin bist. Es ist ein Ausdruck der Veränderung, eine Übergangssituation. Natürlich wollen wir keine wirkliche Diktatur.«

»Und deshalb«, sagte nun eine Frau mit einer rauchigen Stimme, die plötzlich neben ihnen aufgetaucht war, »distanzieren wir uns ja auch von der stalinistischen Linie. Aber ich denke, auch die Sowjetunion wird sehr schnell begreifen, dass es mit dieser Art von Gewalt nicht geht. Es gibt immer noch genügend Genossen, die anderer Meinung sind als Stalin, gemäßigter.« Sie sah Ulla an. »Wir kennen uns. Du warst ein paarmal in Worpswede. Du bist die Schwiegertochter von Dehmel, nicht wahr?«

»Ja. Und du bist Mieke, die Tochter von Mining Vogeler.«

»Genau.« Mieke lachte. »Bist du auch in der KPD?«

»Nein«, sagte Ulla. »Ich habe aber schon einiges gehört. Doch noch nicht genug, will mir scheinen.«

»Dann komm zur Masch«, sagte Walter nun. »Da wirst du alles erfahren, was du wissen willst.«

»Zuerst will ich wissen, was die ›Masch‹ denn überhaupt ist.«

Walter lachte. »Das ist die Marxistische Arbeiter Schule. Wir wollen alle Menschen politisch und intellektuell schulen und unterrichten.«

»Dort gibt es Vorträge, aber auch Kurse. Die Schule ist gerade erst entstanden, sie muss noch richtig aufgebaut werden. Ich gebe dort einen Kurs über Säuglingspflege«, erklärte Lotti. »Und Detta soll dort einen Kunstkurs bekommen.«

»Ist Detta in der KPD?«, fragte Ulla überrascht und schaute sich nach Vera um.

»Nein. Noch nicht. Aber sie sympathisiert natürlich mit uns. Wir alle sind dafür, dass sich etwas ändern muss. Die einen möchten es drastischer, die anderen nicht.« Mieke zuckte mit den Schultern.

»Und du?«, fragte Ulla.

»Ich befürworte den sowjetischen Weg nicht, aber ich denke auch, dass es mit nur Reden und Überzeugen nicht gelingen wird, etwas grundlegend zu ändern. Mein Vater, Mining – du kennst ihn wohl –, geht diesen Weg. Er ist gegen Gewalt. Das bin ich auch. Aber dennoch denke ich, dass wir doch durchgreifen müssen.«

»Wie denn durchgreifen ohne Gewalt?«

»Nun gut, mein Vater glaubt immer und immer an das Gute in den Menschen und versucht, sie zu überzeugen. Bringen tut ihm das nicht viel. Er hat den Barkenhoff in Worpswede mit Fresken ausgemalt, die nun vernichtet werden sollen – übermalt, abgewaschen, abgekratzt –, das verlangen örtliche Politiker.« Mieke schnaubte. »Dabei hat er sein, unser, Zuhause, einem guten Zweck geopfert – der Roten Hilfe. Es ist ein Kinderheim. Ein Heim für Kinder.« Sie wurde laut, und ihr Gesicht schien zu brennen.

»Trink«, sagte Walter und reichte ihr ein Glas. »Reg dich nicht auf, das bringt nichts, heute wollen wir doch feiern.«

Mieke trank, schluckte, fächerte sich mit der Hand Luft zu und lächelte Ulla entschuldigend an. »Ich rege mich auf«, gestand sie. »Weil ich all das Gute sehe, was der Kommunismus uns bringen kann, und nicht verstehe, dass es nicht alle Welt so sieht.

Natürlich, natürlich sind es die reichen Industriellen, die sich dagegen wehren – mit aller Macht, denn ihren Reichtum wollen wir haben, wollen wir ihnen nehmen und verteilen. Es sollen nicht einige wenige reich sein und von der Industrie profitieren, es sollen alle daran Anteil haben. Aber die Grundidee kennst du ja wohl.« Wieder holte sie tief Luft.

»Ja, die Idee kenne ich. Bei mir hapert es am Verständnis daran, wie das funktionieren soll. Im Prinzip habe ich es schon verstanden – aber ich sehe nicht, dass dieser Übergang gewaltlos erfolgen kann, und um ehrlich zu sein, verstehe ich es auch nicht so ganz«, gab Ulla zu.

»Schau doch nur nach England. Jahrhundertelang lebten dort kleine Bauern mit ihrem Vieh – Schafen –, sie hatten Weiden und Schafe. Die Schafe wurden geschoren und die Wolle bei ihnen zu Hause verarbeitet. Aus Wolle wurde Garn. Und aus dem Garn wurde Stoff gewebt. Und der Stoff wurde verkauft.« Sie sah Ulla an. Ulla nickte. »Das war lange so, und es war gut so. Aber dann kamen die Großgrundbesitzer, Adelige. Denen gehörten mehr Weiden, manchmal auch die der Bauern – die hatten sie nur gepachtet. Die Adeligen oder Großgrundbesitzer konnten ja nicht alle Weiden allein bewirtschaften, und so funktionierte das lange gut. Doch dann setzte die Industrialisierung ein – Maschinen wurden gebaut. Maschinen, die Wolle viel, viel schneller verarbeiten konnten als die Bauersfrau. Und auch viel günstiger. Also konnten die Bauern ihre Pacht nicht mehr bezahlen, sie verloren ihr Land. Und auch diejenigen, die Land besaßen, verloren es.«

»Weshalb?«

»Weil Wolle, die industriell, maschinell bearbeitet wird, größere Mengen schneller verarbeiten kann, und somit kam die Wolle günstiger auf den Markt«, erklärte Walter. »Der kapitalistische Markt hat das Leben so vieler Leute zerstört, das müssen wir ändern.«

»Moment«, sagte Ulla. »Die Bauern bekamen also weniger

Geld für ihre Wolle – aber irgendwer muss ja die Schafe versorgen, sich kümmern, sich um das Land kümmern. Sie sind also ein Glied in der Kette.«

»Das waren sie. Aber Schafe kann man in großen Herden halten. Wenn du als kleiner Bauer fünf Schafe hast und eines stirbt, dann macht das viel aus. Hast du fünfhundert Schafe und fünf sterben, ist das nicht mehr schlimm. Hast du fünftausend Schafe und fünfzig sterben, ist das ein Verlust, aber nicht in der Endsumme. Die Schafe stehen für das, was wir ›Produktionsmittel‹ nennen«, erklärte Lotti nun. »Es sind Schafe, Kühe, aber auch Leder, Stahl, Kohle … Früher gab es Köhler, die ihre Köhlerei im Wald hatten – Holzköhlereien in Erdlöchern. Damit haben sie ihren Lebensunterhalt verdient, ihre Familie ernährt. Heute gibt es riesige Anlagen dafür. Diese Anlagen, die Schaffarmen, die Ländereien, die Produktionsmittel gehören heute einigen wenigen Menschen, Familien. Adel, Großgrundbesitzern. Die Menschen, die mit den Produktionsmitteln früher ihr Geld verdient haben, müssen nun für diese wenigen Familien arbeiten – in Fabriken, auf Ländereien. Für einen Hungerlohn, weil es sehr viel mehr Menschen als Arbeitsplätze gibt. Die Arbeiter sind ersetzbar und somit erpressbar. ›Wenn du nicht für den – geringen – Lohn arbeitest, wird es dein Nachbar tun.‹ Und das ist die hässliche Seite des Kapitalismus. Diese Seite müssen wir ausmerzen«, sagte Lotti voller Inbrunst.

»Aber mit Gewalt?«, fragte Ulla. »Ist das der Weg?«

»Nein«, meinte nun Walter. »Mit Überzeugung und Wahlen. Mit sehr viel und guter Überzeugung. Und deshalb gibt es das Masch. Es ist nur ein Anfang. Aber ich glaube daran.«

»Mir schwirrt der Kopf«, sagte Ulla. »Ich werde darüber nachdenken. Was ihr sagt, klingt logisch, aber … dennoch, ich muss darüber nachdenken.«

»Tu das, Ullala. Und komm mit mir ins Masch. Dort sind Leute, die können viel besser erklären als ich.« Lotti nahm sie in den Arm. »Eigentlich sind wir ja zum Tanzen hier.« Sie zwinkerte Walter Schleiter zu. Er nahm ihre Hand. »Dann lass uns tanzen.«

Es wurde ein Swing gespielt, und bald schon drehten sich Lotti und Walter auf der Tanzfläche, fließende Bewegungen, als hätten sie nie etwas anderes gemacht, als miteinander zu tanzen.

Ein wenig neidisch sah Ulla ihnen zu. So etwas hatte sie mit Heinrich nicht. Mit seinem steifen und manchmal immer noch schmerzenden Bein ging er selten auf die Tanzfläche, und wenn, dann nur zu einem langsamen Walzer. Politische Gespräche hatten sie auch lange nicht mehr geführt. Gespräche, außer um die Belange der Kinder und des Haushalts, waren selten geworden. Auch Heinrich setzte sich für bessere Lebensbedingungen der Armen und Ärmsten ein, aber ob er sich mit dem Kommunismus auseinandergesetzt hatte, wusste Ulla nicht.

Ich gehe ins Masch, dachte sie nun entschlossen. Ich will mir das anhören, mich weiterbilden. Und vielleicht geht Heinrich sogar mit. Vielleicht finden wir dort wieder einen Weg zueinander. Möglicherweise finden wir dort einen ganz anderen Weg, um das zu tun, was wir wirklich wollen – er will heilen, ich will Kunst schaffen. Das muss auch in einer anderen Gesellschaft möglich sein.

Der Gedanke machte sie froh.

»Komm, lass uns tanzen«, sagte plötzlich jemand hinter ihr und griff nach ihrer Hand, zog sie in den Nebenraum. Ulla lachte auf. »Ja, lass uns tanzen.«

Ulla wusste nicht, wann und wie sie nach Hause gekommen waren. Als sie am nächsten Morgen erwachte, war sie froh, dass es in ihrem Bett im Dehmelhaus war. Ihr Kopf schmerzte, ihre Füße taten ihr weh.

»Mutti?« Fine stand vor ihr und sah sie mit großen Augen an. »Mutti!« Sie kletterte auf das Bett, hob die Decke an und kuschelte sich an Ulla. »Du bist wirklich wiedergekommen«, sagte sie zufrieden.

»Hast du daran gezweifelt?«, fragte Ulla müde und legte ihren Arm um das warme Kind.

»Ja«, gab Fine zu. »Vati hat auch gesagt, dass er uns hier jeden Abend vorlesen wird. Aber nun ist er weg.«

»Ich werde euch nie verlassen, solange es in meiner Macht steht«, murmelte Ulla. »Aber jetzt muss ich noch ein wenig schlafen.«

Sie schlief bis zum Abend. Fine hatte sich irgendwann davongeschlichen, Ulla hatte es nicht mitbekommen. Als Ulla dann spät im Esszimmer auftauchte, saß Vera am Tisch, vor ihr eine Tasse Kaffee.

»Du siehst aus, wie ich mich fühle«, sagte Ulla.

Schweigend schob Vera ihr eine Packung Alka Seltzer hin. Ulla nahm zwei Tabletten, spülte sie mit einem Glas Wasser hinunter.

»Ich werde alt«, seufzte Vera. »Zu alt für solche Feiern.«

»Vielleicht fehlt uns nur die Übung«, meinte Ulla.

»Ich bin zu alt, um das zu üben.« Vera lächelte schief. »Aber es hat Spaß gemacht.«

»Ja, das ist wohl wahr.«

»Guste hat eine Brühe gekocht.«

»Ich glaube nicht, dass ich etwas essen kann.«

»Das solltest du aber. Auch wenn es erst einmal nicht schmeckt. Es gibt auch Rollmöpse und Matjes. Das hilft wirklich.«

Ulla rümpfte die Nase, nahm sich aber von der heißen, klaren und nahrhaften Brühe, die auf der Warmhalteplatte stand. Es kostete sie Überwindung, etwas zu essen, aber dann merkte sie, wie gut es ihr tat, und sie nahm einen zweiten Teller. Auch vom Rollmops aß sie etwas. Langsam kehrten ihre Lebensgeister zurück. Sie schaute in den Salon, da saß Ida mit Fine, Tim und Neli und spielte ein Brettspiel.

»Wo sind Beate und Peter?«, fragte sie.

»Bei Therese unten im Souterrain.«

»Wenn ich fahre, nehme ich Therese mit. Ich stecke sie einfach in meinen Koffer.«

»Das war auch mein Gedanke«, sagte Vera grinsend.

»Und wo ist Lotti?«

Vera kicherte. »Sie ist noch nicht zu Hause.«

»Was? Wo ist sie denn?«, fragte Ulla überrascht.

»Ich glaube, sie ist mit diesem Journalisten mitgegangen, diesem Schleiter.«

»Walter Schleiter?«

»Du kennst ihn?«

Ulla schüttelte den Kopf. »Ich habe ihn gestern das erste Mal gesehen. Aber es schien mir, als ob die beiden sich kennen würden.«

Vera winkte ab. »Egal, sie ist erwachsen, sie wird wissen, was sie tut.«

»Ich will in dieses Zentrum, in diese Schule«, sagte Ulla nun leise.

»In das Masch?«

»Ja. Ich glaube, da bekomme ich Antworten auf meine Fragen.«

»Möglich. Aber sie haben auch nicht alle Antworten.« Vera richtete sich auf, streckte sich. »Ich bin schon für den Sozialismus. Aber ob ich dem Kommunismus zustimmen kann, bezweifle ich.«

»Warum?«

»Weil ich nicht so radikal sein möchte und mir nicht gefällt, wie es im Osten abläuft.« Sie hob die Hände. »Antworten habe ich auch nicht auf alles. Aber ich finde es gut, was bisher so passiert. Deutschland wurde in den Völkerbund aufgenommen. In den Völkerbund. Vor ein paar Jahren hätten wir uns das nicht vorstellen können. Wir waren die Verlierer in Europa, die Bösen – zu Recht.

Mein Vater hat sich immer für den Völkerbund eingesetzt, wollte ihn sogar mit Gewalt einführen, was natürlich Blödsinn gewesen wäre. Und jetzt sind wir Mitglied. Es fügt sich also einiges.«

»Aber nicht für die einfachen, die armen Schichten.«

»Die armen Schichten gab es schon immer – in jeder Art der Gesellschaft. Vermutlich gibt es sie auch in der Sowjetunion. Jetzt sind es allerdings diejenigen, die vorher reich waren.«

»Aber die Idee, alles gerecht zu verteilen, die ist doch ...«

»Grandios ist die Idee. Aber wie will man es gerecht machen? Ich zweifele da. Bin aber sehr für unsere Demokratie, auch wenn sie sicher noch in den Kinderschuhen steckt und wir viel lernen müssen. Doch das tun wir ja auch. Schau, wer dieses Jahr, das bald zu Ende ist, den Friedensnobelpreis gewonnen hat. Stresemann und Briand. Die beiden Außenminister unserer Länder. Frankreich und Deutschland, die Erzfeinde haben zusammen den Friedensnobelpreis gewonnen. Mein Vater würde jubeln und Feste feiern.«

»Möge diese Annäherung nur bloß halten«, sagte Ulla.

»Irgendwann werden Frankreich und Deutschland die besten Freunde in Europa sein, daran glaube ich ganz fest.« Vera nickte.

»Das hoffe ich, aber ob wir das erleben, Detta?« Ulla zweifelte.

»Und diese Freundschaft bringt keine Gerechtigkeit für das Proletariat.«

»Oje. Lotti hat dich infiziert.« Vera lachte. »Du bist klug. Du wirst für dich deinen Weg finden. Du wirst nie zu denjenigen gehören, die den lautesten Parolen folgen.« Sie trank noch einen Schluck Kaffee, sah Ulla an. »Und was machen wir Silvester? Ich habe gestern so einige Einladungen erhalten.«

»Oh.« Ulla senkte den Kopf. »Ich dachte, ich fahre zurück nach Berlin und suche die Aussprache mit Heinrich. Ich wollte nicht noch länger hierbleiben.«

»Du bist doof, Ullala.« Vera stand auf und ging zu ihr, nahm sie in die Arme. »Genieß doch einfach die Freiheit, die uns Isi und

Therese für ein paar Stunden geben. Komm und feiere mit uns das Leben, das neue Jahr.«

»Ich weiß nicht«, sagte Ulla unsicher. »Ich möchte nicht ins neue Jahr gehen, ohne grundsätzliche Dinge mit ihm geklärt zu haben.« Sie senkte den Kopf. »Außerdem weiß ich nicht, ob ich eine weitere ausladende Feier überstehe.«

»Ach Ulla, meine Ullala. Wann sollen wir denn feiern, wenn nicht jetzt? Hier können wir uns erholen und ausschlafen. Isi wird uns sicherlich nicht vor die Tür setzen. Die Kinder sind gut behütet und versorgt. Und jünger werden wir nicht mehr.«

»Ich werde darüber nachdenken«, versprach ihr Ulla.

Als sie am nächsten Morgen am Frühstückstisch saßen, ging die Haustür. Vera und Ulla hoben den Kopf, schauten erwartungsvoll zur Tür.

»Guten Morgen«, sagte Lotti, die einen langen Mantel trug, eng zugeknöpft. In der Hand hielt sie eine Tasche, die sie nun achtlos auf einen Stuhl legte. »Das riecht aber wieder lecker.«

»Wie immer hier«, sagte Ulla. »Wo kommst du her? Oder sollen wir nicht fragen?«

»Oh, ich war bei Freunden.« Lotti nahm sich eine Scheibe getoastetes Brot, bestrich sie mit Butter, aß hungrig.

»Und da gab es nichts zu essen?«, fragte Vera grinsend.

»Nicht so etwas wie hier.« Lotti sah sich um. »Wo sind die Kinder?«

»Keine Sorge, Therese kümmert sich. Peter geht es gut.«

Lotti seufzte erleichtert auf. »Ich habe nichts anderes erwartet.« Sie nahm noch eine Scheibe Brot. »Dann werde ich mal … baden.« Sie zwinkerte ihnen zu und verschwand nach oben.

»Ja, Peter ist gut aufgehoben hier, das weiß sie. Aber ich könnte das nicht. Ich könnte die Mädchen nicht so lange allein lassen.«

»Weil du es nicht musst, Ullala«, sagte Vera leise. »Du hast immer noch wenigstens eine Zugehfrau, ein Dienstmädchen.

Oder Heinrich. Wenn man ganz alleine ist, dann … ist das anders. Man will ja auch noch leben.«

»Lässt du Tim alleine? Ganz alleine in Berlin?«

Vera schüttelte den Kopf. »Natürlich nicht. Und das würde auch Lotti nie machen. Ich gehe aus, ich gehe zu Treffen oder so – und die Nachbarin schaut nach Tim. Er weiß, wenn etwas ist, kann er über den Flur zu ihr gehen. Er ist ja auch schon groß. Und hier ist es noch etwas anderes. Hier sind all die anderen Kinder, Therese, Guste und schlussendlich Ida. Kein Kind wird hier alleine gelassen. Das Konzept gefällt mir übrigens. So ähnlich soll das auch in der neuen Siedlung sein, in den Bauten von Taut. Eventuell kann ich da im nächsten Jahr einziehen.«

»In der Hufeisensiedlung?«

Vera nickte.

»Das wäre doch grandios.«

»Ja.« Sie sah Ulla an. »Und was ist jetzt mit Silvester, hast du darüber nachgedacht?«

Ulla senkte den Kopf. »Ich würde gerne mit Heinrich sprechen, würde gerne wissen, wie es weitergeht.« Sie spürte den dicken Kloß in ihrem Bauch, der dort saß und zu wachsen schien, seit Heinrich gefahren war. Manchmal konnte sie ihn ignorieren, manchmal sogar kurz vergessen, aber dann war er wieder präsent.

Was, wenn Heinrich keinen Neuanfang will? Ich liebe ihn noch, das war ihr klar geworden. Ich will meinen Heinrich zurück, meinen liebsten Heinrich. Ich will wieder seine Stimme hören und das Glücksgefühl spüren, das sie früher in mir ausgelöst hat. Ich will ihn riechen, schmecken und fühlen.

Sie dachte an Paula, an Paulas Liebe zu Richard, die nie geendet hatte. Dennoch hatte Paula ihren Mann gehen lassen. Sie hatte keine Wahl, gegen Ida war sie nicht angekommen.

Aber Heinrich hatte ihr versichert, dass es in seinem Leben keine andere Frau gab. Und das glaubte sie ihm auch. Es kann nicht sein, ging ihr nun durch den Kopf, dass er unser Leben hinschmeißt, es wegwirft. Das würde ich nicht ertragen. Ich bin nicht Paula, war nie so stark wie sie. Ich brauche meinen Heinrich doch, ich brauche seine Liebe, brauche sie so sehr. Ihr Hals wurde eng und ihre Kehle trocken. »Ich mag, ich kann nicht mit so vielen Ungewissheiten ins neue Jahr gehen«, sagte sie mit rauer Stimme und versuchte die bitteren Tränen wegzublinzeln.

»Dann fahr doch. Fahr nach Berlin, sprich mit ihm. Heute ist der achtundzwanzigste Dezember. Du könntest heute Abend in Berlin sein. Die Mädchen sind hier in guter Obhut. Du klärst es mit ihm, und entweder ihr kommt beide zurück oder nur du.«

Vera trank einen Schluck von dem frischen Kaffee, den Guste auf den Tisch gestellt hatte. »Und wenn alles schiefgeht, alles Stricke reißen, nehme ich die Mädchen mit zurück, wenn ich fahre.«

»Das würdest du machen?«

»Natürlich. Warum denn nicht?« Vera legte Ulla die Hand auf den Arm. »Wir sind nicht nur Schwägerinnen, wir waren schon, lange bevor du Heinrich geheiratet hast, Freundinnen. Und das werden wir immer bleiben. Versprochen.«

»Danke. Dann werde ich fahren. Heinrich wird mir Antworten geben müssen. Und dann … dann sehen wir weiter.«

Teil 2 – Fine

Kapitel 9
Berlin, Sommer 1928

»Ich gehe mit den Kindern in den Tiergarten«, sagte Heinrich. Fine sprang begeistert auf, aber sie bemerkte, dass die Eltern sich nicht anschauten. Da war es wieder, dachte sie bedrückt, dieses komische Gefühl, als würden sie sich gleich streiten. »Komm«, sagte Fine zu Neli und Beate. »Wir ziehen schon mal die Schuhe an.« Sie nahm ihre Geschwister mit sich in den Hausflur, ließ die Tür zur Stube nur einen Spaltbreit offen.

»Du musst dich besser um die Kinder kümmern«, hörte sie ihren Vater sagen. »Es geht doch nicht, dass Fine Beate mit in die Schule nehmen muss, nur weil das Kind sonst allein zu Hause bliebe. Du hast die Fürsorgepflicht gegenüber den Kindern.«

»Du auch«, gab ihre Mutter zurück. »Du zahlst kein Geld, wir müssen aber von irgendetwas leben.«

»Ich zahle die Miete für das Haus, und ich muss meine Praxis unterhalten. Außerdem habe ich dir erst letzten Monat Geld gegeben.«

»Das ist aber schon weg. Du hast keine Vorstellung davon, was Lebensmittel kosten, was es kostet, drei Kinder zu ernähren. Darum hast du dich nie gekümmert und tust es heute noch nicht.«

»Ich behandele Frauen, die wesentlich weniger Geld haben als du und mehr Kinder. Denen geht es schlecht – du hast keinen Grund, dich zu beklagen. Ich verlange doch nur, dass du dich um die Kinder kümmerst, denn das ist deine Aufgabe.«

»Das tue ich, indem ich arbeiten gehe. Ich kann keine Haushaltshilfe bezahlen – jedenfalls nicht dauerhaft. Meist kommt ein junges Mädchen, um auf Beate aufzupassen, aber sie ist nicht zuverlässig.«

»Dann besorg dir eine zuverlässige Hilfe, Ulla. So geht das zumindest nicht weiter.«

»Du kannst gerne die Kinder zu dir nehmen und sie betreuen. Ich habe eine Arbeit im Museum für Völkerkunde gefunden. Wenn es gut läuft, kann ich auch ein anderes Mädchen einstellen. Aber dafür muss ich erst einmal gute Arbeit leisten.«

»Du willst dich doch nur profilieren, dir geht es um deine Kunst, nicht um Arbeit.« Heinrichs Stimme klang müde. »Ich will nicht noch einmal hören, dass die Mädchen Beate mit zur Schule nehmen.«

Mit festem Schritt kam er in den Flur. »Seid ihr fertig?«, fragte er, seine Stimme viel milder und freundlicher.

Neli nahm seine Hand. »Ja, Vati«, sagte sie glücklich. »Endlich bist du da, Vati.«

Fine nahm Beates Hand, sie wartete noch kurz, ob ihre Mutter herauskommen würde, um sie zu verabschieden, aber sie ließ sich nicht blicken. Also folgte Fine ihrem Vater.

Es war ein schöner Tag, Heinrich nahm sich Zeit für die Mädchen, ließ sie Karussell fahren und kaufte ihnen Bratwürste und zum Abschluss ein Eis.

»Geht es euch gut?«, fragte er immer wieder. »Ich vermisse euch.«

»Ziehst du wieder zu uns zurück?«, fragte Neli und sah ihn mit großen Augen an.

»Nein, das werde ich nicht.«

Nelis Augen wurden zu Pfützen. »Aber ... du bist doch unser Vati.«

»Das werde ich auch immer bleiben. Und ich versuche, euch so oft wie möglich zu sehen, meine lieben Mädchen.«

»Aber warum kommst du nicht zurück?«, schluchzte Neli.

»Nun lass ihn doch«, sagte Fine etwas harsch. Sie hasste es, wenn ihre Schwester so weinerlich war. Eigentlich, gestand sie sich nun ein, würde ich auch gerne weinen, aber das ändert ja nichts.

»Ich bleibe immer euer Vati, und die Mutti bleibt immer eure Mutti. Aber Mutti und ich können nicht mehr Mann und Frau sein«, versuchte Heinrich zu erklären. »Wir können noch Freunde sein, aber nicht mehr Ehepartner.«

»Freunde können doch auch zusammen wohnen«, sagte Fine leise.

»Das stimmt. Manchmal ist das ganz schön, aber ich fürchte, bei uns wird das nicht funktionieren.« Heinrich strich ihr über den Kopf. »Du bist ja meine Große, du kümmerst dich um deine Schwestern, ja? Du passt doch auf sie auf?«

Fine nickte und senkte dann den Kopf, sie musste heftig blinzeln, da ihre Augen überzulaufen drohten, und auf keinen Fall wollte sie weinen, so wie Neli.

»Aber ihr dürft Beate nicht wieder mit in die Schule nehmen«, sagte Heinrich nun streng. »Das geht nicht.«

Fine kniff die Augen zusammen, die Tränen waren auf einmal versiegt. »Was sollen wir denn sonst tun? Alleine lassen können wir sie ja auch nicht.«

»Eure Mutter muss sich kümmern.«

»Wenn wir zur Schule gehen, ist Mutti schon auf dem Weg zur Arbeit«, erklärte Fine. »Und das Mädchen sollte da sein. Aber manchmal kommt sie einfach nicht.«

»Ja, ich habe schon mit eurer Mutter gesprochen und hoffe, das wird nicht mehr passieren.«

Und wenn doch, wollte Fine fragen, tat es aber nicht. Beate war ein liebes Kind, sehr still und in sich gekehrt, aber immer fröhlich. Sie setzte sich hinten in die Klasse und hörte zu oder schaute sich still ein Bilderbuch an. Die Lehrerin hatte bisher noch nie geschimpft. Beate war auch nicht das einzige jüngere Geschwisterkind, das manchmal mit in die Schule kam. Auch einige andere von Fines und Nelis Klassenkameradinnen mussten zuweilen den kleinen Bruder oder die kleine Schwester mitbringen.

»Mutti muss viel arbeiten«, sagte Neli nun. »Sie sagt immer, dass sie Geld verdienen muss.«

Fine stieß ihre Schwester in die Seite. »Pst«, machte sie.

Doch Neli streckte ihr nur die Zunge heraus. »Ist doch wahr«, zischte sie.

»Geld, Geld, Geld. Immer geht es nur um Geld«, seufzte der Vater. »Aber nun müssen wir zusehen, dass ihr nach Hause kommt. Ich hole euch nächste Woche wieder ab. Vielleicht sogar am Mittwoch.«

»Am Mittwoch?« Fine sah ihren Vater an und biss sich auf die Lippe. »Da kann ich nicht«, sagte sie.

»Warum nicht?«

»Da geht Fine doch immer zu den Treffen«, sagte Neli nun. »Nächstes Jahr darf ich auch mit.«

»Was für Treffen?«, fragte Heinrich.

»Na, da singen sie Lieder und so und tragen Halstücher. Ich will auch so ein Halstuch.«

Fine kniff Neli in den Arm. »Hör auf«, flüsterte sie.

»Aua!«

Zum Glück hatte Heinrich gerade Beate auf den Arm genommen, die inzwischen müde geworden war. »Was sind das für Treffen, Fine? Pfadfinder? Oder Wandervögel?«

»Ja«, sagte Fine schnell. »So heißen die. Wir singen viel und wollen Gutes tun.«

Heinrich sah sie nachdenklich an. »Aber es ist keine christliche Vereinigung? Du musst nicht beten oder so etwas?«

Fine schüttelte den Kopf. »Nein, wir singen immer fröhliche Lieder.«

Neli summte los und fing dann an zu singen: »Wacht auf ...«

»Nein, das ist falsch«, unterbrach Fine sie schnell. »Endlos lang ziehn sich die Straßen …«, schmetterte sie los, um Neli zu übertönen.

»Ja, das ist ein schönes Lied, das haben wir früher auch gesungen«, sagte Heinrich.

Zum Glück waren sie bei ihrem Haus am Grunewald angekommen, und Heinrich schloss ihnen auf. »Ulla?«, rief er. »Die Kinder sind wieder da.«

Niemand antwortete. Fine ging hinein, schaute sich um. Dann ging sie wieder zur Tür. »Mutti ist oben in der Badewanne«, sagte sie fröhlich und stellte sich auf die Zehenspitzen, streckte Heinrich ihr Gesicht entgegen. Er küsste sie.

»Bis ganz bald, meine lieben Mädchen. Und macht eurer Mutter keinen Kummer.« Er ging, drehte sich noch dreimal um und winkte, dann verschwand er um die Häuserecke, und Fine schloss erleichtert die Tür.

»Du sollst Vati doch nichts von den Pionieren sagen, Neli!«

»Aber … warum denn nicht?« Neli steckte ihren Daumen in den Mund.

»Weil er nicht will, dass wir dahin gehen. Weil er nicht will, dass Mutti eine Politische ist.«

»Warum?«, fragte Neli wieder.

»Das verstehst du noch nicht«, seufzte Fine und beugte sich zu Beate. »Bist du müde, Süße? Oder hast du noch Hunger? Soll ich dir ein Brot schmieren?«

»Ja, 'ne Schrippe«, sagte Beate und lächelte.

»Mutti macht bestimmt gleich Essen, wenn sie aus der Badewanne kommt«, sagte Neli und ging in die Stube.

»Mutti ist gar nicht da«, sagte Fine. »Sie ist bestimmt in der Masch oder bei den Kameraden und verteilt wieder Flugblätter.« Sie hatte gehofft, dass Mutti da sein würde, wenn sie zurückkamen, aber eigentlich hatte sie gewusst, dass Ulla die Zeit nutzen würde, um sich mit den Genossen zu treffen. Schnell verdrängte sie das Gefühl der Enttäuschung.

»Aber du hast doch gesagt, sie sei im Bad.«

Fine verdrehte die Augen. »Sonst wäre Vati ja reingekommen und hätte auf sie gewartet, und dann hätten sie sich wieder gestritten. Das will ich nicht.«

»Ach so.« Neli senkte den Kopf. »Krieg ich auch noch ne Schrippe?«

»Ja.«

Abends, Fine hatte Beate schon ins Bett gebracht, kam Ulla zurück.

»Wie war euer Ausflug mit Vati?«, fragte sie fröhlich.

»Wir waren im Tierpark«, erzählte Neli, gähnte aber dabei herzhaft. »Und wir durften auf dem Karussell fahren. Und ne Wurst haben wir bekommen. Und Eis.«

Ulla lächelte. »Das klingt nach einem schönen Tag. Und jetzt musst du ins Bett, morgen geht es wieder in die Schule.«

»Ich mag die Schule nicht«, sagte Neli.

»Du hast zwei Jahre lang gequengelt, weil du ein Schulkind sein wolltest«, empörte sich Fine. »Und nun gefällt es dir nicht?«

»Das Fräulein guckt immer so komisch. Und es ist langweilig«, sagte Neli. »Und immerzu muss ich die Rechenaufgaben zwei- oder sogar dreimal machen.«

»Weil du sie nicht richtig löst.« Fine streckte ihr die Zunge raus.

»Es wird nicht gestritten«, sagte Ulla und sah ihre Töchter an. »Neli, es hilft nichts, du musst ins Bett. Du gähnst ja auch die ganze Zeit schon.«

»Bin aber gar nicht müde.«

»Das mag sein, aber jetzt wäschst du dich und schlüpfst in die Federn.« Ihre Mutter ließ keine Widerrede zu. Dann sah sie Fine an. »Schläft Beate schon?«

»Tief und fest.«

»Danke, meine Große«, sagte Ulla erleichtert.

»Wo warst du?«, fragte Fine neugierig.

»Bei meiner Straßenzelle. Wir bereiten einige Aktionen vor.«

»Darf ich mitmachen?«, fragte Fine begierig. Sie liebte es, zu den Pionieren zu gehen, aber sie wollte auch bei den Aktionen ihrer Mutter mitmachen. Am liebsten wäre sie immer an Ullas Seite, vielleicht auch, weil ihre Mutter so glücklich wirkte, wenn sie von den Treffen kam.

Ulla lachte. »Nein, mein Schatz. Noch nicht. Du gehst weiterhin brav zu den Pionieren, und später, wenn du größer bist, darfst du auch an Aktionen teilnehmen.« Sie küsste Fine. »Auch du solltest ins Bett gehen, aber du darfst noch ein wenig lesen, wenn du magst. Ich komme nachher hoch und schau nach euch.«

Normalerweise wäre Fine nun beglückt nach oben gelaufen, denn lesen war ihr größtes Vergnügen. Sie las alle Bücher, die sie in die Finger bekommen konnte, auch wenn sie vieles nicht richtig verstand. Aber durch Bücher konnte sie den Alltag vergessen und in andere Welten reisen. Langsam ging sie die Treppe nach oben. Ihre Welt war nicht schlecht, aber manchmal doch sehr anstrengend. Sie verstand schon, dass ihre Mutter arbeiten musste, um Geld zu verdienen. Aber sie verstand nicht, warum ihr Vater mit seiner Praxis nicht genügend Geld verdiente. Darüber hatte sie schon so manchen Streit heimlich angehört, denn vor den Kindern stritten Heinrich und Ulla selten.

Es hatte etwas mit den Leuten zu tun, die Vater behandelte. Sie waren so arm, dass sie ihn kaum bezahlen konnten. Und das, dachte Fine nun, war ja eine gute Tat.

Mutter war oft unterwegs – nicht nur, um zu arbeiten. Sie war in die KPD eingetreten und war oft in der Arbeiterschule. Manchmal durfte Fine sie dorthin begleiten. Dort wurden hitzige Diskussionen geführt, aber es gab auch Zeichenkurse oder Vorträge über alle möglichen Dinge. Dort war immer etwas los und Fine ging gerne hin.

Noch lieber waren ihr aber die Pioniernachmittage in Schmargendorf. Fine zog sich aus, wusch sich flüchtig das Gesicht und die Hände und schlüpfte dann unter die dünne Decke. Im Sommer war es immer sehr heiß hier im Obergeschoss, doch zum Glück wehte nun ein kühles Lüftchen durch das geöffnete Fenster. Beate schlief, und auch Neli atmete tief und gleichmäßig in ihrem Bett. Fine konnte in aller Ruhe ihren Gedanken nachhängen.

Noch eine Woche Schule, dann waren Ferien. Darauf freute sie sich schon. Bei den Pionieren hatte sie neue Freunde gefunden, und sie hoffte, dass sie sie in den Ferien oft würde treffen können. Ihre Freundschaft zu Rahel hatte sich abgekühlt, seit Heinrich im letzten Jahr ausgezogen war. Es lag nicht daran, dass sich die Eltern getrennt hatten, sondern daran, dass Ulla seitdem oft Besuch bekam – Lotti und Vera natürlich, aber auch Mieke, eine Freundin von Lotti. Und alle möglichen anderen Leute aus der Partei, mit denen Ulla nun befreundet war.

Sie saßen im Garten, redeten, diskutierten laut, schmiedeten Pläne. Das war den Nachbarn suspekt, hatte Fine belauscht. Und auch, dass sie nun zu den Pionieren ging, mochte Rahel nicht. Mehrfach hatte Fine sie aufgefordert mitzukommen. »Wir singen, wir machen Spiele zusammen, wir basteln. Es ist lustig.«

»Es ist politisch. Ich habe meine Mutter gefragt«, hatte Rahel geantwortet. »Sie will davon nichts wissen, und mein Vater darf es erst recht nicht erfahren.«

Fine hatte enttäuscht mit den Schultern gezuckt. Es hatte sie geschmerzt, denn Rahel war ja ihre beste Freundin gewesen. Aber auf die neuen Freunde wollte sie auch nicht mehr verzichten.

Nur letzte Woche war etwas passiert, was ihr immer noch in den Knochen steckte und woran sie oft denken musste. Sie war, wie immer, am Mittwoch nach Schmargendorf gelaufen. Franz, der Pionierleiter, stand schon vor der Tür und wartete auf die Kinder und Jugendlichen. Als alle da waren, sah er sie fröhlich an. »Heute machen wir einen Ausflug«, sagte er. »Wir fahren zur Landpropaganda.«

Einige der Älteren hatten gejohlt, und Fine hatte in die Rufe eingestimmt, obwohl sie nicht wusste, was ›Landpropaganda‹ bedeutete. Aber es musste wohl etwas Tolles sein, sonst wäre Franz sicherlich nicht so aufgekratzt. Immer wieder schaute er zur Straße, und schließlich bog ein Pritschenwagen in den Hof ein und blieb vor ihnen stehen.

»Bevor wir fahren, müsst ihr alle eure Halstücher abnehmen und in die Tasche stecken«, erklärte Franz. »Niemand soll sehen, dass wir Kommunisten sind.«

»Aber warum denn nicht?«, hatte Fine gefragt. »Wir sind doch stolz darauf.«

»Ja, natürlich, Zuckerschnute«, hatte Franz gelacht. »Es ist ja nur, um die Polizei zu täuschen.«

Die Polizei, das wusste Fine inzwischen, war nicht gut auf die Kommunisten zu sprechen. Warum, wusste sie allerdings nicht. Sie war stolz auf ihr rotes Halstuch, aber nun nahm sie es, so wie alle anderen auch, ab und steckte es ein. Auf der Ladefläche des Pritschenwagens saßen schon einige ältere Genossen, sie halfen den Kindern hoch, und schon bald fuhr der Wagen an. Fine war ganz aufgeregt und streckte den Hals, um zu sehen, wohin sie fuhren und was auf den Straßen los war. Doch als sie zum Stadtrand kamen, sagte Franz: »Ihr müsst euch jetzt alle ducken und ganz klein machen. Keiner soll euch sehen, keiner soll Verdacht schöpfen, die Schupos schon mal gar nicht.«

Fine hockte sich vor die Bank und zog den Kopf ein. Ihr Herz pochte, aber es war eine freudige Aufregung, Angst hatte sie nicht. Franz war ja dabei und Emil und Lise auch. Sie schaute zu Lise, und die beiden Mädchen grinsten sich an. Oh, was für ein großartiger Tag, was für ein Abenteuer das war. Lise streckte ihre Hand aus, griff Fines und drückte sie. Leise kicherten die beiden Mädchen.

»Shh«, zischte Emil, der auf Fines anderer Seite hockte. Dabei war der Motor des Wagens so laut, dass man ihr Kichern sicher nicht hören konnte. Dennoch biss sich Fine schnell auf die Lippen.

Nach ein paar Minuten sagte Franz, dass sie nun alle wieder hochkommen könnten. »Die Luft ist rein!«

Fine sah sich um. Sehr viel reiner sah die Luft hier auch nicht aus, dachte sie verwirrt, aber Franz wusste sicher, was er sagte. Und dann sangen sie zusammen. ›Das Wandern ist des Müllers Lust‹, ›Auf, du junger Wandersmann‹ und ›Bolle reiste jüngst zu Pfingsten‹. Franz hatte seine Gitarre dabei und einer der Älteren trommelte auf einer Blechdose. Es war so lustig, und sie hatten viel Spaß.

Und dann hielten sie auf einem Dorfplatz. Nun durften sie die Halstücher wieder umbinden, was Fine auch schnell tat. Neugierig sah sie sich um. Es standen einige Leute auf dem Platz – manche schauten ihnen freundlich entgegen, aber sie sah auch andere Blicke, Blicke, die ihr unheimlich waren. Doch keiner der anderen schien das zu bemerken. Jemand hob sie vom Wagen und Lise gleich hinterher. Franz war schon zur Mitte des Platzes gelaufen, und schnell folgten ihm die Kinder und Jugendlichen, stellten sich in einem Halbkreis um ihn herum auf. Einige, das wurde Fine nun klar, hatten so etwas schon öfter mitgemacht, sie wussten, was zu tun war, und wiesen die Jüngeren mit knappen Handbewegungen an.

Franz schaute in die Runde. »Wir singen jetzt«, sagte er munter und gab ein Zeichen. Die Gruppe fing an zu singen, und Fine erkannte ›Die Internationale‹. Voller Inbrunst schmetterte sie los: »Wacht auf, Verdammte dieser Erde, die stets man noch zum Hungern zwingt.« Sie schloss die Augen, den Text kannte sie gut.

Dann folgte das nächste Lied: »Brüder, zur Sonne, zur Freiheit!«, und wieder stimmte Fine mit ihrer kräftigen, klaren Stimme ein. Oh, wie liebte sie diese Lieder, deren Text ihr manchmal etwas seltsam vorkam, aber die sie so gerne mitsang. Es gab ihr ein Gefühl der Zusammengehörigkeit. Während sie sangen, verteilten einige der Jugendlichen Flugblätter, die sie mitgenommen hatten. Sie versuchten mit den Leuten, die dort standen und ihnen zuhörten, zu diskutieren und luden sie zu Treffen ein.

Nach kurzer Zeit aber rief Franz zum Aufbruch. Sie kletterten wieder auf den Pritschenwagen und fuhren weiter zum nächsten Dorf. Nun wusste Fine schon, was von ihnen erwartet wurde. Schnell lief sie mit Lise und Emil zur Mitte des Dorfplatzes. Wieder stellten sie sich im Halbrund auf und begannen zu singen, wieder war die Internationale das erste Lied. Und wieder wurden Flugblätter verteilt. Dann ging es weiter. Der vierte Halt war ein kleineres Städtchen. Auch dort begann alles wie schon zuvor. Sie waren gerade beim dritten Lied, als Fine plötzlich Unruhe wahrnahm. Sie hörte das Trappeln von Stiefeln und Schuhen auf dem Pflaster. Verwirrt sah sie sich um.

»Los!«, schrie Franz plötzlich. »Los, los, zurück auf den Wagen, schnell!« Etwas in seiner Stimme alarmierte Fine, und dann sah sie eine Horde Männer aus der Seitengasse auf den Marktplatz stürmen. Die Männer trugen Lederjacken und Mützen, obwohl es heute doch so warm war. Verblüfft starrte Fine ihnen entgegen. Doch Emil schubste sie nach vorn. »Komm, Fine«, rief er, und seine Stimme war ganz schrill. »Komm, komm mit.«

Lise war schon losgelaufen, aber Fine konnte sich nicht rühren.

»Nun los!«, schrie ihr jemand ins Ohr und stieß sie unwirsch nach vorn. »Auf den Wagen! Mach schon!«

Erst jetzt realisierte Fine, dass die dunkel gekleideten Männer Stöcke und Knüppel in den Händen hielten, hoch über ihren Köpfen. Und nun rannte sie, sie rannte, so schnell sie konnte, erreichte den Pritschenwagen, Hände streckten sich ihr entgegen, hoben sie hoch. Keuchend ließ sie sich auf die Bank fallen, ihr Herz galoppierte – und diesmal war es voller Furcht. Was passierte hier? Sie streckte den Hals, sah auf den Platz. Die dunkel gekleideten Männer schlugen auf die Genossen ein, die es noch nicht auf den Wagen geschafft hatte.

»Willi, Willi!«, rief Franz, »den Motor an, schnell!« Und schon sprang knatternd der Motor an, Hände streckten sich den letzten Genossen entgegen, zogen sie auf die Ladefläche.

»Haut ab!«, schrien die Männer auf der Straße und hoben ihre Fäuste und Knüppel. »Weg mit euch, Dreckspack. Wir wollen keine Kommunisten. Lasst euch nicht noch mal hier blicken, rote Schweine!«

Mit quietschenden Reifen fuhren sie los, der Wagen legte sich in die Kurve, sie wurden auf der Ladefläche alle zur Seite geschleudert. Doch dann fing sich der Pritschenwagen, schlenkerte noch ein bisschen, und mit hohem Tempo ging es zurück nach Schmargendorf.

Lise hatte sich neben Fine gekauert, sie zitterte. Mit starrem Blick sah sie zu den dreien, die im letzten Moment noch gerettet worden waren. Erst jetzt schaute auch Fine zu ihnen und erschrak. Auf der Pritsche lag ein junger Mann, er hatte eine Platzwunde an der Stirn, die stark blutete. Auch die beiden anderen hatten blutige Wunden, zwei weitere nur einige blaue Flecke.

Doch Franz blieb ganz ruhig. Er zog eine Ledertasche unter der Bank hervor und nahm Verbandsmaterial heraus. Er säuberte die Wunde – jemand reichte ihm eine Flasche mit Wasser –, dann verband er gekonnt und routiniert die Wunden.

So etwas, wurde Fine plötzlich klar, hatten die Älteren wohl schon öfter erlebt und waren darauf eingestellt. Fine lehnte sich zurück, ihr Atem wurde ruhiger. Sie nahm Lises Hand, drückte sie, sah ihre Freundin an. »Alles ist gut«, sagte sie dann. »Schau, der Franz weiß, was man machen muss.«

»Die haben ... sie haben ... sie ...«, stammelte Lise.

»Ja, haben sie«, sagte Fine ganz ruhig und schaute ihrer Freundin in die Augen. »Das waren böse Männer. Aber Franz weiß, was man machen muss. Es wird ihnen schon bald besser gehen. Sieh nur, jetzt sitzen sie alle schon wieder und reden.«

»So viel Blut …«

»Ich habe mir neulich das Knie aufgeschlagen«, sagte Emil nun. »Da sieht man es noch.« Er zeigte ihr sein Knie. »Und, oh Mann, das hat geblutet, als hätte man ein Schwein abgestochen. Hat meine Mutti auch gesagt. Aber sie hat die Wunde sauber gemacht und einen Verband drum. Sie meinte, daran stirbste nich, Junge. Und ich lebe noch.« Er streckte die Brust nach vorn und grinste.

Nun wurde auch Lise wieder ruhiger. »Das war aber ganz schön … unheimlich«, flüsterte sie.

»Aber auch ein Abenteuer«, sagte Emil und nickte. »Jetzt haben wir mal richtig was erlebt. Wie die großen Genossen auch. Und alles für unseren Kampf.« Er summte vor sich hin, es war die Melodie der Internationale.

»Wacht auf«, stimmte Fine mit ihrer hellen Stimme an, »Verdammte dieser Erde …« Überrascht sahen alle zu ihr, aber dann stimmten sie ein, und alle zusammen sangen sie, weiter und weiter, bis sie schließlich in den Hof einbogen und endlich wieder in Schmargendorf waren. Alle kletterten vom Wagen, Franz klopfte ihnen auf die Schultern.

»Gut gemacht, Genossen«, sagte er stolz. »Wir sehen uns am nächsten Mittwoch.«

Fine war nach Hause gegangen. Bisher hatte sie ihrer Mutter noch nichts von diesem Erlebnis erzählt. Sie biss sich auf die Lippen. Warum, fragte sie sich, haben die Männer das gemacht. Was haben sie gegen uns? Wir haben doch nichts getan, nur ein paar Lieder gesungen und Flugblätter verteilt. Wir waren nicht laut und auch nicht unfreundlich. Es war ein schreckliches Erlebnis gewesen, und noch immer bekam sie eine Gänsehaut, wenn sie an die Männer dachte. Aber andererseits war der Tag auch schön gewesen. Sie hatten so viel Spaß gehabt, und ja, es war ein Abenteuer, da hatte Emil recht.

Nun hörte sie die Schritte ihrer Mutter auf der Treppe. Leise öffnete Ulla die Tür, spähte in das Zimmer.

»Du bist ja noch wach«, flüsterte sie und sah zu Beate und Neli, die tief und fest schliefen. Ulla strich sacht über die Haare ihrer Töchter, steckte die Decken fest. Dann setzte sie sich auf Fines Bett, schaute Fine an. »Bist du nicht müde?«

»Doch«, sagte Fine und runzelte die Stirn.

»War etwas mit Vati?«, wollte Ulla wissen.

»Wir hatten wirklich einen schönen Tag«, sagte Fine.

»Aber? Ich sehe doch, dass dich etwas beschäftigt, meine Große.«

»Wir sind doch Kommunisten?«

»Ja«, sagte Ulla lächelnd. »Das sind wir.«

»Aber es gibt Menschen, die mögen keine Kommunisten.«

»Das ist richtig. Wie kommst du jetzt darauf?«

Fine wusste, dass sie ihrer Mutter nichts von der Prügelei erzählen sollte, denn dann würde sie ganz sicherlich nicht mehr zur Landpropaganda mitfahren dürfen. Sie kaute auf ihrer Unterlippe. Vielleicht gab es so etwas wie ein Zwischending? Sie musste Mutti ja nicht alles erzählen, was sie erlebt hatte. »Warum mögen die denn keine Kommunisten?«

Ulla überlegte. »Nun, sie haben eine andere Einstellung zur Politik als wir. Wir möchten gerne einiges verändern, und das gefällt denen nicht. Aber wie kommst du denn darauf?«

»Wir haben letzte Woche eine Landpartie mit den Pionieren gemacht und viel gesungen«, sagte Fine nun. »Und da waren ein paar Leute, die haben ›Haut ab, ihr Kommunisten‹ gerufen.«

»Solche Leute gibt es«, sagte Ulla. »Daran musst du dich nicht stören.«

»Aber was genau gefällt denen denn nicht an uns?«

»Es ist schon spät, meine Süße. Zu spät, dass ich dir das alles erklären könnte. Wir reden morgen darüber, ja?« Sie küsste Fine auf die Stirn. »Und nun schlaf gut.«

Die Antwort reichte Fine nicht, aber sie wusste, am heutigen Abend würde sie nicht weiterkommen. Morgen würde sie Mutti wieder fragen. Mit diesem Gedanken im Kopf drehte sie sich um und kuschelte sich in ihr Kissen.

Am nächsten Tag weckte Ulla die Kinder früh, sie hatten ihnen auch schon das Frühstück fertig gemacht. Aber im Gegensatz zu sonst ging sie diesmal nicht zur Arbeit, sondern wartete, bis das Mädchen kam, um Beate zu betreuen.

»Warum wohnt Helga nicht bei uns, so wie die Mädchen früher?«, fragte Neli.

»Weil ich sie ja nicht jeden Tag brauche. Ich kann das nicht bezahlen. Und nachmittags seid ihr ja wieder hier und könnt ein wenig auf Beate aufpassen, dann kann die Helga noch eine andere Arbeit machen, bei einer anderen Familie.«

»Ich fand es schöner, als wir immer ein Mädchen bei uns hatten«, sagte Neli.

»Ja, aber auch teurer«, murmelte Ulla und schaute nervös auf ihre Armbanduhr. Endlich kam Helga, und Ulla winkte den Kindern eilig zu, lief aus dem Haus.

»Geld, immer nur Geld«, sagte Neli. »Das ist so doof.«

»Ja«, sagte Fine. »Aber es ist nun mal so.« Schnell räumte sie noch den Tisch ab, dann machte sie sich mit ihrer Schwester auf den Weg in die Schule.

»Beeil dich ein wenig«, drängte Fine, denn Neli blieb gerne stehen und betrachtete die Blumen, die am Straßenrand wuchsen oder schaute in die Gärten. Auch die Autos und Droschken, die die Straße entlangfuhren, beobachtete sie.

»Ich komm ja schon. Du bist immer so schnell. Es ist doch kein Wettlauf«, beschwerte sich Neli.

»Es wird ein Wettlauf werden, wenn du nicht noch einen Zahn zulegst. Gleich geht die Schulglocke, und wir sind noch nicht einmal auf dem Hof.«

Fine ärgerte sich oft über ihre langsame und bedächtige Schwester, die am liebsten mit ihren Puppen spielte. Fine liebte es, zu laufen, zu klettern und zu toben. Und wenn sie ihre körperliche Energie los geworden war, nahm sie sich ein Buch und tauchte in die weiten Welten der Geschichte ein.

Nach der Schule setzte sich Fine an den Tisch in der Stube und machte ihre Hausaufgaben. Neli sollte sich eigentlich zu ihr setzen, aber sie hatte ihren Puppenwagen in den Hof geschoben und spielte dort mit Beate. Als die Kinder nach Hause gekommen waren, war Helga wieder gegangen. Sie hatte Essen gekocht, es war meist ein Eintopf. Dazu gab es zumindest frisches Brot und manchmal auch einen Salat. Ulla hatte einen Teil des Gartens als Nutzgarten angelegt, pflegte ihn aber nur halbherzig. Ihr fehlte die Zeit, um sich auch noch um das Gemüse zu kümmern. Doch jetzt waren die Johannisbeeren und die Himbeeren reif, und Fine sammelte eine Schüssel davon ab.

»Du bekommst erst etwas von den Beeren, wenn du deine Hausaufgaben gemacht hast«, sagte sie zu Neli. Neli verzog das Gesicht. »Ich helfe dir auch«, versprach Fine seufzend.

Erst am Nachmittag kam ihre Mutter zurück. Sie wirkte abgehetzt, dachte Fine. Aber das war fast immer der Fall.

»Wart ihr lieb?«, fragte Ulla und nahm Beate hoch, drückte sie an sich. »Auch du, mein kleines Mädchen?«

Beate kicherte. »Bin immer lieb.«

»Ja, das bist du, mein Sonnenschein.« Sie sah Fine an. »Was gibt es denn Gutes zu essen?«

»Eintopf. Der war aber ganz gut«, sagte Fine.

»Ganz gut. Na ja.« Ulla strich ihr über den Kopf. »Was würde ich nur ohne dich machen?« Dann lächelte sie. »Ich habe eine

Überraschung für euch. Vera und Tim kommen gleich zu Besuch. Lasst uns mal schauen, vielleicht können wir den Eintopf ja noch ein wenig verbessern.«

»Tim kommt?« Fine klatschte begeistert in die Hände. »Oh, wie schön. Ich habe ihn schon so lange nicht mehr gesehen.« Sie eilte in die Küche. »Wir haben noch frisches Brot und etwas Butter. Und ich glaube, im Garten sind ein paar reife Tomaten. Eingelegte Gurken haben wir auch noch«, sagte sie.

»Das klingt doch schon nach einem kleinen Festmahl«, sagte Ulla lachend.

Da es so herrlich warm war, deckten sie den Tisch im Garten.

Fine liebte es, mit Tim zu spielen, sie verstanden sich blind. Heinrich hatte neben der Sandkiste noch eine Reckstange aufgebaut.

»Komm, Tim!«, rief sie, nachdem sie ihre Tante begrüßt hatte. »Wer als Erster oben ist!«

»Warte, das ist nicht gerecht. Du hast ja einen Vorsprung.« Aber er lief an ihr vorbei, sprang zur Stange und zog sich hoch.

»Was ist nun gerecht?«, fragte Fine lachend und zog sich ebenfalls hoch, schwang ihr Bein über die Stange. »Du bist größer als ich. Wann ist das passiert?«

»Ich wachse nun mal«, sagte Tim.

Neli stand vor ihnen. »Ich will auch hoch«, sagte sie.

»Dann musst du dich hochziehen«, meinte Fine.

»Das kann ich aber nicht.«

»Übung macht den Meister«, sagte Tim und sprang nach unten. »Du musst Anlauf nehmen und dann springen. Den Schwung nutzt du, um dich hochzuziehen.«

Neli versuchte es dreimal, doch sie schaffte es nicht. Dann gab sie auf.

»Wie verschieden die beiden sind«, sagte Vera. Fine spitzte die Ohren. Sie wusste, es war nicht gebührlich, zu lauschen, aber wie sollte sie sonst die interessanten Dinge erfahren?

»Sie sind so unterschiedlich«, stimmte ihre Mutter zu. »Es ist kaum zu glauben, dass sie dieselben Eltern haben.«

»Haben sie das denn?«, fragte Vera lachend.

»Also wirklich, Detta«, sagte Ulla. Dann holte sie den Eintopf und die anderen Sachen aus der Küche. »Lasst uns etwas essen, dann dürft ihr noch spielen, Kinder.«

»Isi hat mir geschrieben«, sagte Vera, als sie alle am Tisch saßen. »Dir auch?«

»Eine Postkarte, das ist aber schon eine Weile her. Sie hat mir vor einiger Zeit zwei Briefe geschrieben, ich habe es aber nicht geschafft, sie zu beantworten. Und jetzt schäme ich mich«, gab Ulla zu. »Ich wollte so gerne mit ihr in Kontakt bleiben, vor allem, weil sie so freundlich war, als Heinrich und ich uns getrennt haben.«

»Ich habe inzwischen guten Kontakt zu ihr. Sie ist natürlich wahnsinnig beschäftigt mit der GEDOK. Wer hätte gedacht, dass ihre Frauenvereinigung so ein umwerfender Erfolg wird? Ich bewundere sie wirklich.«

»Ja, es ist einerseits erstaunlich, andererseits aber auch nicht. Warum sollten sich nicht gerade Frauen für andere Frauen einsetzen?« Ulla schenkte ihnen Wein ein. »Und es funktioniert ja, was zeigt, dass es in dem Bereich eine Vakanz gab und nun ein Interesse gibt.«

»Ja. Ich hoffe, ich kann davon auch profitieren«, sagte Vera leise. »Ich hoffe auf Aufträge, Projekte. Mit Isis Hilfe, mithilfe der GEDOK wird es vielleicht einfacher.« Sie sah Ulla an. »Und bei dir? Wäre das nicht auch ein Ansatzpunkt? Du könntest dich als Künstlerin etablieren, als Grafikerin.«

»Ja«, sagte Ulla. »Möglich. Im Moment habe ich noch den Auftrag im Museum, und vielleicht folgt ein weiterer. Der Direktor ist mit meiner Arbeit sehr zufrieden. Und außerdem habe ich auch noch meine Arbeit bei der Partei und bei der Masch.«

»Du bist da wirklich sehr involviert, nicht wahr?«

»Das bin ich, und es wundert mich, dass du noch nicht in der Partei bist. Du musst doch auch sehen, dass sich Dinge grundlegend ändern müssen.«

Fine hörte den beiden zu. Nun ging es um die Partei, um die Kommunisten. Sie spitzte abermals die Ohren, wollte wissen, was Mutter erzählte. Vielleicht verstünde sie dann besser, warum manche Leute die Kommunisten nicht mochten.

»Ich war zu Vorträgen in der Masch, auch anderen Vorträgen und Diskussionen bin ich gefolgt. Marx und Engels haben in vielen Dingen recht, aber Stalin? Stalin kann ich nicht folgen. Das ist mir zu extrem. Ich bin Sozialistin, durch und durch. Ich stehe der SPD nahe. Ob ich in die Partei eintrete, weiß ich aber noch nicht.«

»So zögerlich, Detta?«, sagte Ulla und klang enttäuscht. »Stalin – ja, er ist kritisch zu sehen. Aber er ist nur eine Person, eine Stufe auf der Treppe zum Erfolg.«

»Hörst du nur die Propaganda der KPD?«, fragte Vera verblüfft. »Hörst du nicht, was er in Russland macht? Da gibt es Gulags, es gibt Konzentrationslager.«

»Das ist auch nur ein anderes Wort für Gefängnis«, sagte Ulla. »Und wohin sollen sonst die Verbrecher?«

»Ins Gulag werden die Politischen geschickt, diejenigen, die nicht Stalins Meinung sind. Er macht es wie der Zar, nur unter dem Deckmantel des Kommunismus.«

»Das sieht sicher nur so aus. Und am Anfang muss man auch radikal sein«, sagte Ulla. Sie seufzte. »Ich heiße nicht alles gut, was dort passiert, nein, das tue ich bei Weitem nicht. Aber die Idee der Gleichheit, die Idee des Kommunismus, die unterstütze ich. Hier wird es sowieso anders ablaufen. Es wird keine Diktatur des Proletariats geben. Wir werden Mehrheiten gewinnen und nach und nach unsere Vorstellungen durchsetzen, und irgendwann werden es alle begreifen – oder zumindest die meisten. Sie werden begreifen, dass alle an allem teilhaben sollten und nicht wenige von vielen profitieren dürfen.«

»Die Idee unterstütze ich ja auch. Ich bin für Rechte der Arbeiter, ich bin für soziale Systeme.«

»Bist du gegen den Kapitalismus?«

»Ja!«, sagte Vera. »Aber ich bin gegen radikale Reformen. Es muss demokratisch abgehen. Und gerecht.«

»Was im Leben ist schon gerecht?«, seufzte Ulla.

»Die Kommunisten sind gerecht«, sagte Fine nun entschieden. »Sie wollen, dass alle gleich sind. So habe ich das gelernt.«

Verblüfft sahen Vera und Ulla das Mädchen an.

»Ich will auch, dass alle gleich sind. Dass alle gerecht behandelt werden«, setzte Fine nun nach.

»Woher hast du das denn?«, fragte Vera.

»Na, von den Pionieren.« Fine streckte stolz die Brust vor. »Ich gehe jeden Mittwoch zu den Treffen.«

»Du ... du ... Ulla, du lässt sie zu den Pionieren gehen? Weiß das Heinrich? Fine ist acht, keine achtzehn.«

»Detta, es sind die Pioniere, eine Jugendgruppe. Sie singen, sie basteln, sie machen Ausflüge. Was soll daran verkehrt sein?«

»Die Kinder werden von klein auf indoktriniert«, sagte Vera empört. »Weiß Heinrich das?«

Fine spürte, dass ihr Gesicht brannte. Als ihre Mutter die Ausflüge erwähnt hatte, hatte sie ganz schnell den Kopf gesenkt, aus Angst, dass Tante Detta ihr ansah, was sie erlebt hatte. Aber sie hatte gar nicht zu Fine geschaut, sondern nur Ulla fixiert.

»Nein, Heinrich weiß es nicht. Sprichst du mit Tim nie über Politik? Über das, was du dir für das Land und die Zukunft wünschst? Über Dinge, die in diesem Land vor sich gehen?«

»Darüber sprichst du mit deinen Kindern? Wirklich?«

»Nein«, gab Ulla zu. Sie holte tief Luft. »Ich will, dass Fine Spaß hat. Sie muss hier so viel Verantwortung übernehmen, seit Heinrich weg ist ... sie hat dort Freunde gefunden, fühlt sich dort wohl. Es geht gar nicht wirklich um Politik bei den Pionieren, es geht um Freundschaft und Spaß.« Sie schaute zu Fine. »Nicht wahr, Finchen?«

Fine nickte. »Ja, wir singen und machen … Ausflüge«, sagte sie langsam. »Ich gehe gerne dorthin.«

Vera nickte. »Nun gut.« Dann räusperte sie sich. »Eigentlich wollte ich ja über Isi sprechen, über ihren Brief. Ich habe es Tim noch nicht gesagt, wollte es erst heute erzählen.«

»Was?«, fragte Tim. »Was willst du erzählen? Etwas über mich?« Er wirkte empört.

Vera lachte auf. »Etwas für dich. Und Fine. Isi hat euch beide für zwei Wochen nach Blankenese eingeladen. Jetzt in den Ferien.«

»Blankenese?«, sagte Tim fast tonlos und sah seine Mutter an. »Zwei Wochen bei Großmutter Isi? Mit Fine?« Er schluckte. »Wirklich?« Seine Stimme klang ein wenig quietschig.

Vera nickte. »Was meinst du, Ullala?«

Ulla sah Fine an. Fine hielt die Luft an, schaute dann zu Tim, biss sich auf die Lippen. »Dürfen wir?«, fragte sie. »Dürfen wir wirklich nach Hamburg?«

»Natürlich«, sagte Ulla lachend. »Wenn ihr wollt.«

Fine sprang auf und fiel Tim um den Hals. »Nach Hamburg, nach Blankenese. Zu Guste! Tim! Zu Guste!« Sie kreischte fast.

Tim hob sie kurz hoch. »Ja!«, sagte er glücklich. »Phänomenal. Knorke. Oh, das wird toll!«

»Ich will auch«, sagte Neli. »Darf ich auch mit? Bitte, darf ich auch?«

Vera stand auf und nahm Neli hoch. »Huch«, sagte sie. »Bist du schon groß und schwer, mein Liebes. Weißt du, Großmutter Isi ist nicht mehr ganz jung. Und sie hat ganz viel zu tun. Und deshalb kann sie euch nicht alle auf einmal nehmen. Verstehst du das?«

Neli schluchzte auf. »Aber ich will auch zu Guste.«

»Das darfst du auch, aber später«, versuchte Vera sie zu trösten.

»Ja, du darfst sicher später zu Großmutter Isi«, beeilte sich auch ihre Mutter zu sagen. »Aber erst einmal darfst du mit Beate zu Großmutter Lehmann. Ist das nicht auch schön?«

Großmutter Lehmann war ihre andere Großmutter. Sie lebte mit ihrem zweiten Mann in Vohwinkel, das war im Westen, wusste Fine. Sie besuchten die Großmutter mindestens einmal im Jahr, und es war jedes Mal schön, aber nicht so schön wie in Blankenese. Schön war, dass Großmutter Lehmann auf dem Flügel spielte, das berührte Fine jedes Mal, und immer wünschte sie sich, dass sie auch ein Instrument spielen könnte. Aber sie hatten in Berlin keinen Flügel, noch nicht einmal ein Klavier. Manchmal zeigte ihr Franz bei den Pionieren, wie man Mundharmonika spielte, aber das war nicht zu vergleichen.

In Vohwinkel hatten sie auch ihre Cousine Ursi getroffen, die Tochter von Muttis Schwester Anni. Ursi war etwa so alt wie Beate, aber viel quirliger. Etwas stimmte nicht mit Ursi, dachte Fine nun, denn niemand sprach über sie. Sie wurde nie erwähnt, aber dennoch war sie da. Und zu Tante Anni hatten sie nur selten Kontakt. Fine schüttelte den Kopf, schüttelte die Gedanken weg. Tim sah sie freudig an.

»Wir beide fahren zusammen nach Blankenese. Du und ich.« Er lachte, und Fine stimmte in das Lachen ein. »Das wird grandios, nicht wahr, Fine?«

»Ja, das wird es.« Fine grinste. »Das wird knorke.« Das leise Jammern ihrer enttäuschten Schwester versuchte sie zu überhören. Es gelang ihr nicht ganz.

Kapitel 10
Blankenese, Sommer 1928

»Ich habe ein Angebot in einem Architekturbüro«, sagte Ulla aufgeregt und umarmte Vera. Fine strich sich die verschwitzten Haare aus der Stirn, es war heiß, die Luft voller Rauch und Qualm. Im letzten Moment hatten sie den Zug erreicht, der sie nach Hamburg bringen würde. Tim saß ihr gegenüber und grinste breit.

»Blankenese«, sagte er. »Guste und Großmutter Isi, es wird knorke.«

Fine nickte nur, sie rang immer noch nach Luft. Bis zuletzt hatte sie befürchtet, dass sie den Zug verpassen würden. Ihre Mutter hatte frühmorgens das Haus verlassen und war so knapp wiedergekommen, dass sie laufen mussten. Der Zug setzte sich in Bewegung, als sie gerade im Abteil waren.

Ich hätte es ihr nicht verziehen, wenn wir den Zug verpasst hätten, dachte Fine.

»Wo wart ihr?«, fragte Vera aufgelöst. »Ich hatte schon Angst, dass ihr es nicht mehr schafft.«

»Ich musste noch Unterlagen abgeben«, Ulla lächelte, biss sich aber auf die Lippen.

Ihr Gesicht ist bleich, dachte Fine nun, schweigend nahm sie die verschwitzte Hand ihrer Mutter, die sich nun neben sie gesetzt hatte, und drückte sie.

»Ich hatte mich doch bei der Kugel beworben«, erklärte Ulla nun und atmete tief aus, lehnte sich zurück. »Mieke und Lotti haben mich empfohlen.«

»Bei Richter?«, fragte Vera überrascht. »Das wäre ja famos.«

»Ja, das wäre es. Es wäre eine feste Stelle und keine Honorarbeschäftigung mehr. Für das Museum könnte ich noch nebenher arbeiten.«

»Und was ist dann mit den Kindern?« Vera klang skeptisch.

»Was soll mit uns sein?«, fragte Fine und schob die Unterlippe nach vorn.

»Oh Liebes«, Vera lachte. »Du darfst das nicht falsch verstehen. Ich mache mir Gedanken, wie deine Mutter das alles regeln wird.«

»Sie macht das doch gut.« Fine zog die Stirn kraus. »Sie kümmert sich immer um uns. Und ich kann auch schon ganz viel machen.«

»Und du machst es großartig«, sagte Ulla. »Ganz großartig.«

»Wo sind denn jetzt die Kleinen? Neli und Beate?«, fragte Vera.

»Bei Heinrich. Oder eher, er ist bei uns und passt auf sie auf. Bis morgen wird er es wohl hinbekommen, dann bin ich ja wieder zurück.«

»Es wundert mich, dass er sich die Zeit nimmt. Er lebt doch für seine Praxis. Und für seine Patienten.«

»Er brennt für sie«, sagte Ulla und schnaubte. »Aber nun muss er sich um seine Töchter kümmern. Zwei Tage lang. Das wird er ja wohl schaffen.«

»Tetjus würde es nicht.« Vera beugte sich über den Korb, der zu ihren Füßen stand. »Möchte jemand etwas trinken? Ich habe Limonade dabei. Und Brote und gekochte Eier.«

»Du bist ein Engel, Detta«, sagte Ulla.

Fine war froh über die Limonade, sie war so durstig. Der Zug hatte Berlin schon verlassen, stampfte aus der Stadt hinaus. Sie sah die Gebäude und Häuser an sich vorbeiziehen. So viele unterschiedliche Gebäude. Am liebsten mochte sie den Blick in die Hinterhöfe und Gärten, da gab es immer etwas zu sehen. Aber der Zug wurde schneller und schneller, und sie konnte den Blick nicht mehr auf einzelne Dinge fokussieren.

»Wenn ich die Stelle habe, kann ich auch wieder ein zuverlässiges Mädchen einstellen. Jemanden, der bei uns wohnt«, meinte Ulla nun. »Das wäre eine Erleichterung. Das Mädchen, das wir gerade haben, ist so zuverlässig wie eine verrostete Uhr. Ich bin so froh, dass nun Ferien sind und die Kinder erst einmal nicht mehr in die Schule müssen.«

»Ich auch«, sagte Tim und grinste breit.

Ulla beugte sich vor und wuschelte ihm durch die Haare. »Du Lausbub«, sagte sie lachend. »Freust du dich auf Blankenese?«

»Und wie!«, sagte Tim. »Es wird grandios, nicht war, Fine?«

Fine nickte nur. Sie freute sich schon, aber andererseits machte sie sich Sorgen um ihre Mutter und ihre Schwestern. Würden sie alles hinbekommen ohne sie?

Sie schaute zweifelnd zu ihr, und Ulla fing den Blick auf, lächelte und drückte Fines Hand. »Alles wird gut«, flüsterte sie.

Wenn du das glaubst, dachte Fine, dann glaube ich das auch, und endlich konnte sie sich ein wenig entspannen.

»Ich wäre so froh, wenn ich diese Chance bekäme«, sagte Ulla zu Vera. »Du kannst dir nicht vorstellen, wie froh ich wäre.«

»Doch, das verstehe ich schon. Ich habe nun vor, mich in der GEDOK zu engagieren. Darüber werde ich mit Isi sprechen. Vielleicht habe ich dort eine Zukunft.«

»Willst du nicht auch versuchen, in der Kugel zu arbeiten? Noch suchen sie Mitarbeiter.«

»Ich bin nicht in der KPD und werde dort auch nicht eintreten.« Vera zuckte mit den Schultern. »Ich kann nicht glauben, dass es mehr und mehr auf die Parteizugehörigkeit ankommt, um in Deutschland eine Stelle zu finden, aber es scheint mir so zu sein. Und die politischen Haltungen werden immer extremer. Am schlimmsten sind die Nationalsozialisten, die nun aus jedem Winkel, aus jeder Ritze, zu kriechen scheinen. Hast du dich schon mal mit deren Doktrinen befasst?«

»Es sind Völkische, ja, noch schlimmer«, seufzte Ulla. »Unglaublich, was die so vom Stapel lassen. Und schlimm, wie viele ihnen Zuspruch geben. Ich wusste nicht, dass sich die Menschen so leicht blenden lassen.«

»Aber sie sagen das Gleiche über die Kommunisten. Und über die Sozialisten.«

»Machst du dir keine Gedanken um die Nationalsozialisten? Keine Sorgen?«, fragte Ulla erstaunt.

»Natürlich«, sagte Vera. »Wie könnte ich auch anders, wo doch Lotti jetzt meine Nachbarin ist?« Sie lachte.

»Habt ihr euch im Fischtal gut eingelebt?«

»Ja, ich finde es wundervoll. Ich mag meine Wohnung, ich mag die Umgebung, und auch die Betreuung von Tim ist so sehr viel einfacher.«

»Ich finde es nicht so gut, dass Tante Lotti nebenan wohnt«, sagte Tim nun plötzlich.

»Warum nicht?«, wollte Ulla wissen.

Tim biss sich auf die Lippe und warf Fine einen fragenden Blick zu. Amüsiert nickte sie, sie wusste schon, was er sagen würde.

»Wegen Peter. Ich meine, Peter ist lieb und nett und so ... aber er ist ja fast noch ein Baby.« Tim verzog das Gesicht. »Und ich soll mit ihm spielen.« Er schüttelte den Kopf. »Ich fände es besser, wenn ihr bei uns in der Siedlung wohnen würdet.«

»Ja«, stimmte Fine ihm zu. »Ja, das wäre toll. Warum geht das nicht, Mutti?«

»Die Wohnungen sind zu klein für uns und die Häuser zu teuer«, sagte Ulla. »Ich war aber neulich in dem Haus von Mining und Sonja in der Hufeisensiedlung. Es würde mir schon gefallen, dort zu wohnen.«

»Die Hufeisensiedlung ist auch gelungen, aber sie ist mir zu groß«, sagte Vera. »Auch wenn es durch die Gärten nicht so wirkt. Sonja geht ja in den Gemeinschaftsprojekten völlig auf – das Gemeinschaftscafé und die Gemeinschaftsküche findet sie großartig. Nun soll dort auch noch ein Laden entstehen, eine Art Kooperation mehrerer Beteiligter.«

»Mining arbeitet auch in der Kugel bei Richter«, sagte Ulla und runzelte die Stirn. »Lotti hat mir erzählt, dass Sonjas Herz im Moment an etwas ganz anderem hängt.« Sie räusperte sich.

»Ach, das hast du auch gehört? Lotti machte so Andeutungen. Hat sie sich tatsächlich in diesen Meffert verliebt? Ich weiß von Käthe, dass er kein einfacher Mensch sein soll. Er war in einer Nervenklinik.«

»Sonja hat wohl Heinrich um Rat gefragt«, sagte Ulla nun.

Fine saß auf ihrem Sitz und tat so, als ob sie die vorbeirauschende Landschaft betrachtet, aber ihre Ohren waren gespitzt. Mining und Sonja, das wusste sie, waren auch Kommunisten.

»Heinrich? Warum?«

»Dieser Meffert hat wohl ein Drogenproblem gehabt. Deshalb hatte er Wahnvorstellungen und hat versucht, sich das Leben zu nehmen. Heinrich hat ja über gewisse Substanzen geforscht, und sie erhoffte sich Hilfe von ihm. Aber er hat sein Gebiet ja nun verlagert.«

»Käthe sagte, dass sie Meffert eine Unterkunft und Hilfe bieten konnte. Und ... dass sich Sonja sehr kümmere. Dabei war Meffert doch zuerst mit Mining befreundet.«

»Käthe? Käthe Kollwitz?«

Vera nickte. »Er ist wohl begabt, aber eben auch schwierig.«

Fine seufzte auf. Es ging um Liebesdinge, wurde ihr klar, und nicht um die Genossen. Liebesdinge waren langweilig, und so schaute sie zu Tim. »Was wir wohl alles erleben werden?«, fragte sie.

»Hoffentlich bleibt das Wetter so schön, dann können wir schwimmen gehen.«

Fine grinste. »Ja, und vielleicht dürfen wir ja auch in die Perlenwerkstatt, und Großmutter Isi bastelt mit uns.«

»Ach, das ist doch nur etwas für Mädchen«, sagte Tim abfällig.

»Früher hast du das gerne gemacht.«

»Früher. Da war ich auch noch klein«, sagte Tim. »Jetzt werde ich neun und bin schon groß.«

Die beiden schmiedeten Pläne und fragten sich, welche Leckereien Guste wohl für sie zubereiten würde. Und so verging die Zugfahrt schnell.

Am Bahnhof nahmen sie sich eine Motordroschke, Fine schaute diesmal wirklich interessiert aus dem Fenster. »Hamburg ist so schön«, schwärmte sie. »Viel schöner als Berlin.«

»Das ist Ansichtssache«, meine Ulla lächelnd. »Ich bin ganz froh, dass wir wieder in Berlin wohnen.«

»Aber bei euch am Meer war es doch auch schön«, sagte Tim.

»Schön war es«, sagte Ulla. »Aber auch einsam.«

»Ich fand es auch schön am Darß«, meinte Fine nachdenklich. »Aber in Berlin ist schon mehr los.« Sie sah Ulla an. »Meinst du, es gibt auf dem Darß auch Pioniere?«

Vera seufzte. »Du gehst gerne zu den Pionieren?«

»Ja!« Fine strahlte begeistert. »Darf Tim auch mal mitkommen? Es würde ihm gefallen.«

»Oh ja, bitte, Mutti«, sagte Tim jetzt. »Fine hat mir schon so viel davon erzählt.«

Vera verzog das Gesicht. »Nein, Tim, ich möchte das nicht. Und ich werde auch nicht mit euch darüber diskutieren.«

Wie immer stand Ida oben auf der Treppe und begrüßte sie. »Wie schön, Kinder, dass ihr hier seid. Wir werden sicher eine gute Zeit miteinander haben.« Dann sah sie Vera an. »Gut, dass du hier bist. Ich hätte einiges mit dir zu besprechen.« Sie wandte sich schließlich Ulla zu und drückte sie kurz an sich. »Heinrich hat sich schon lange nicht mehr hier blicken lassen.«

»Die Patienten«, sagte Ulla und zuckte mit den Schultern.

»So, so«, sagte Ida und nickte. »Ich werde ihm schreiben.«

»Nimm es nicht persönlich«, sagte Ulla leise.

»Das habe ich noch nie.« Mit gestrafften Schultern ging Ida

voran in die große Halle. Dort stand Guste und wischte sich die Hände an ihrer Schürze ab.

»Ne, ne«, sagte sie. »Wat seid ihr groß geworden. Is ja nich zu fassen, Menschenskinders.«

»Guste! Guste!« Fine und Tim liefen zu ihr und umarmten sie herzlich.

»Na, denn kommt ma mit, ihr Racker«, sagte sie. »Wolln ma sehn, ob we wat Leckeres inne Küche ham.«

»Manchmal«, sagte Ulla leise, »wünsche ich mir, dass sie das auch zu mir sagen würde.«

Vera kicherte. »So geht es mir auch.«

Ida sah die beiden an und schüttelte den Kopf. »Ihr könnt euch sicher sein, dass Guste einen guten und leckeren Imbiss für euch vorbereitet hat.« Sie räusperte sich. »Vera, du kannst heute im Gästezimmer schlafen. Für dich, Ulla, habe ich Heinz-Lux' Zimmer herrichten lassen. Die Kinder schlafen im Nähzimmer. Seid ihr damit einverstanden?«

»Das klingt wunderbar. Dann bringen wir mal das Gepäck hoch.« Ulla sah Fine an und zwinkerte ihr zu. »Lasst uns bloß etwas übrig.«

An diesem Abend durften Fine und Tim mit am großen Tisch sitzen und essen.

»Ich habe in den nächsten Tagen ein paar Verabredungen«, sagte Ida und klang ein wenig bedauernd. »Es kommen auch Gäste. Dann esst ihr unten in der Küche. Ich erwarte von euch, dass ihr euch gut benehmt und leise seid.«

»Ja, Großmutter Isi«, sagte Fine folgsam. »Wir versprechen, dass wir ganz artig sind, nicht wahr, Tim?«

Tim nickte.

Später, als sie zusammen im Nähzimmer in den Betten lagen, die Erwachsenen saßen noch im Salon und unterhielten sich, seufzte Tim glücklich auf.

»Sie hat viele Termine«, sagte er grinsend. »Das ist gut.«

»Findest du?« Fine drehte sich zu ihm um. Sie konnte sein Gesicht im Mondlicht erkennen. Es war das erste Mal, dass sie ohne ihre Eltern hier zu Besuch war. Tim hatte einen Wissensvorsprung, denn er war ja hier groß geworden und erst vor zwei Jahren nach Berlin gezogen.

»Natürlich«, erklärte Tim nun. »Wenn sie Gäste hat, kann sie sich nicht um uns kümmern. Dann sind wir bei Guste. Bei Guste in der Küche müssen wir nicht auf gute Manieren achten, müssen nicht leise sein.« Dann stand er auf und ging zum Fenster, öffnete es weit. Die laue Sommerluft strömte in das Zimmer, es roch nach trockenem Gras und harzig nach den hohen Tannen, die wispernd um das Haus standen.

Fine schloss die Augen. »Es hört sich ein bisschen so an wie am Meer. Aber es riecht hier anders«, sagte sie.

»Vermisst du es?«

»Manchmal. Aber ich bin froh, dass ich in Berlin zur Schule gehen kann.«

»Ich fasse es nicht, dass du so gerne zur Schule gehst«, neckte er sie.

»Ich mag es, zu lernen, neue Dinge zu erfahren und Sachen zu begreifen. Du nicht?«

»Doch, aber auf den ollen Lehrer könnte ich gut verzichten. Und auf so manch einen meiner Klassenkameraden.«

»Hast du keine Freunde in der Klasse?«

»Schon, aber es gibt auch welche … die sind eben blöd.« Tim klang plötzlich ganz traurig. »Wirst du eigentlich gehänselt, weil deine Eltern geschieden sind?«

Fine überlegte. »Das wissen ja gar nicht viele«, sagte sie dann. »Ich habe es nicht erzählt. Rahel weiß es. Sie spielt nicht mehr mit mir und mag auch nicht mehr den Schulweg mit mir gehen. Aber ich glaube, das liegt nicht daran, dass Vati ausgezogen ist, sondern an den Genossen, die Mutti besuchen.«

»Dein Vati lebt ja auch in Berlin, du siehst ihn zumindest regelmäßig. Mein Vati interessiert sich nicht für mich.«

Fine ging zu ihm, legte den Arm um ihn. »Sei nicht traurig. Du hast ja deine Mutti. Und uns.«

»Ich weiß. Trotzdem … manchmal wäre ich gerne ein Junge aus einer ganz normalen Familie. Der Vater Buchhalter oder so, und die Mutter zu Hause … mit Geschwistern.«

»Vielleicht heiratet Tante Detta ja noch einmal, und dann bekommst du Geschwister. Tante Lotti heiratet ja auch bald.«

»Dann hätte ich einen Stiefvater, und wer weiß, wie der so wäre. Und kleine Geschwister sind auch blöd. Schade, dass du nicht meine Schwester bist, das wäre knorke gewesen.« Er sah sie an. »Macht es dir nichts aus, aus so einer Familie zu sein?«

»Du meinst, dass wir Dehmels und Tüngels sind? Künstler?«

Tim nickte.

»Nein. Ich finde es großartig, dass Großmutter Paula Kinderbücher geschrieben hat, dass Großvater Dehmel Schriftsteller war, dass deine und meine Mutter auch Künstlerinnen sind. Mein Großvater Stolte ist Arzt – das ist mein Vater ja auch. Wir sind also zum Teil normal, zum Teil … künstlerisch. Wobei ich eher langweilig bin, glaube ich«, sagte Fine nachdenklich.

»Langweilig? Du?« Tim lachte auf. »Du bist doch nicht langweilig, und mit dir ist es auch nie langweilig. Darum freue ich mich ja so, dass wir jetzt zusammen hier sein dürfen. Ich bin eher dröge – das hat zumindest mein Vater über mich gesagt. Ich habe gelauscht, was ich natürlich nicht sollte.«

»Lauscher an der Wand hört seine eigne Schand«, sagte Fine und runzelte die Stirn. »Mach dir nichts draus, dein Vater hat unrecht. Du bist lustig und sportlich und klug. Du bist wirklich klug. Dein Vater kennt dich doch gar nicht richtig. Und außerdem hält meine Mutter deinen Vater für einen elenden Hallodri – das habe ich belauscht.« Sie drückte seine Hand und schaute ihn aufmunternd an. »Ich finde lauschen ganz spannend, wie soll man denn sonst etwas erfahren? Die Erwachsenen sagen einem ja nichts.«

»Meine Mutti redet schon oft und viel mit mir und beantwortet auch viele Fragen. Was willst du denn herausfinden?«

Fine schnaubte kurz und überlegte, dann zog sie Tim mit sich zum Bett. Die beiden legten sich nebeneinander. Leise und erst langsam und nachdenklich erzählte Fine ihm von der ›Landpartie‹ und was dort passiert war.

»Ich verstehe den Kommunismus so, dass allen alles gemeinsam gehört. Jeder macht das, was er am besten kann und irgendwann, so hat es uns Franz erklärt, braucht niemand mehr Geld, weil alles ganz gerecht ist. Das ist doch großartig. Ich verstehe nicht, warum jemand dagegen sein sollte.«

»Meine Mutti ist auch für mehr Gerechtigkeit, aber ich glaube, der Kommunismus geht ihr zu weit. Das hat sie jedenfalls mal gesagt. Aber warum das so ist, weiß ich nicht.« Tim gähnte. »Wir können sie ja morgen fragen.«

Sie sprachen noch ein wenig darüber, was sie in den nächsten Tagen tun wollten, doch Tims Antworten wurden immer einsilbiger und seine Stimme leiser und leiser. Schließlich schlief er ein.

Fine konnte aber noch nicht schlafen. Ein Nachtvogel sang in den Bäumen vor dem Fenster, es raschelte im Garten, und von unten war das Stimmengemurmel der Frauen zu hören.

Worüber sie jetzt wohl sprechen mögen, fragte sich Fine. Tante Lotti heiratete im Herbst. Fine hatte den zukünftigen Onkel schon kennengelernt. Er arbeitete für die Rote Hilfe und war natürlich auch Kommunist. Allein das machte ihn in ihren Augen sympathisch. Aber er war auch sonst sehr nett, offen und lustig. Er mochte Peter und spielte mit ihm.

Ob, dachte Fine nun, Mutti auch irgendwann wieder heiraten wird? Und Vati, ob er sich eine neue Frau sucht? Der Gedanke war ihr irgendwie unangenehm. Manchmal wünschte sie sich, Vati und Mutti würden sich wieder ganz vertragen und Vati würde zu ihnen zurück ziehen, aber im Grunde ihres Herzens wusste sie, dass das nie passieren würde. Wahrscheinlich war das auch besser so, denn obwohl Mutti und Vati sich öfter trafen und auch vieles miteinander besprachen, war ihr Umgang miteinander nicht besonders herzlich. Aber immerhin sprachen sie noch miteinander, und Vati besuchte sie und unternahm Dinge mit ihnen – nicht so wie Tims Vater, der kein Interesse an seinem Sohn zu haben schien.

Erwachsen zu sein, ist ganz schön kompliziert, dachte Fine und stopfte sich das Kissen zurecht. Zum Glück dauert es noch, bis ich erwachsen bin. Dann endlich fand sie zur Ruhe.

Am nächsten Tag gab es ein gemeinsames Frühstück. Aber Großmutter Isi hatte noch so einiges mit Tante Detta zu besprechen. Ulla ging mit Tim und Fine zum Elbstrand. Es war herrlich warm, und sie hatten ihre Badesachen mitgenommen. Für einen Moment blieb Fine am Strand stehen, spürte den Sand unter ihren nackten Füßen, die Brise, die vom Wasser kam. Der Fluss war breit, aber das andere Ufer konnte sie sehen. Es war anders als das Meer und auch anders als die Seen und Flüsse in Berlin, wo sie manchmal hingingen.

Fine schloss die Augen. Die Elbe, dachte sie, ist mächtig. Fast schon kann ich die Kraft spüren, mit der das Wasser zum Meer drängt. Sie ging ein paar Schritte nach vorn, tauchte die Füße ein. Das Wasser war kalt, aber nicht unangenehm. So viel Kraft hätte ich auch gerne, dachte sie nun. Dann ging sie weiter, bis das Wasser bis zu ihren Knien reichte, und ließ sich fallen.

»Geh nicht zu weit, Fine«, hörte sie ihre Mutter rufen. »Pass auf die Strömung auf.«

»Ja«, sagte eine Stimme neben ihr. Tim. Er war plötzlich aufgetaucht, schwamm auf dem Rücken und strampelte mit den Füßen, machte sie nass. »Pass auf die Strömung auf. Und auch auf mich. Sonst komme ich und döppe dich.«

»Du?« Fine lachte. »Das schaffst du nicht.« Sie schwamm von

ihm weg, schnell und wendig. Tim folgte ihr, und obwohl er größer und kräftiger war als sie, konnte er sie nicht einholen.

Plötzlich schwappten hohe Wellen über Fine hinweg, ein großer Frachter fuhr in Richtung Hafen. Die Wellen kamen überraschend und mit Wucht. Die erste erwischte Fine unvorbereitet, sie schluckte Wasser, strampelte, tauchte wieder auf, sah die nächste anrollen und tauchte unter ihr hinweg. Obwohl sie schon seit ein paar Jahren nicht mehr an der See lebten, hatte sie nicht vergessen, welche Macht Wasser haben konnte und wie man damit umging.

Sie schaute sich nach Tim um. Er war kein so geübter Schwimmer wie sie. Sie sah ihn nicht. Panik kroch in ihr auf. Schnell drehte sie sich um, schwamm zurück, dorthin, wo sie ihn das letzte Mal gesehen hatte. Die Bugwellen des Frachters wurden wieder sachter, verebbten, es blieb die normale Dünung. Und dann sah sie Tim unter sich. Ohne zu überlegen, tauchte sie, bekam seinen Arm zu fassen, zog ihn hoch, seine Haut war klamm und glitschig. Sein Kopf tauchte auf, und er schnappte nach Luft, hatte aber noch Wasser im Mund.

»Spucken«, rief sie. »Spuck es aus!«

Tim strampelte, fuchtelte, holte Luft, tauchte wieder unter. Fine packte ihn, hielt ihn unter den Armen, sah ihm ins Gesicht. »Ruhig! Werde ruhig.« Sie zog ihn mit aller Kraft mit sich, hielt ihn. Tim schnappte wieder nach Luft, wurde endlich ruhiger und hörte auf, sich zu wehren. Sie waren zum Glück nicht weit vom Ufer entfernt und hatten bald schon wieder Sand unter den Füßen. Mit letzter Kraft schleppte sich Tim an den Strand, legte sich keuchend auf den Rücken. Seine Augen waren rot unterlaufen, sein Gesicht bleich.

»Ich dachte, ich ertrinke«, stammelte er nach einer Weile.

»Ja, das ist mir auch schon passiert.« Fine sah sich nach Ulla um. Sie lag auf einer Decke im Schatten und hatte zum Glück nichts mitbekommen. Es waren einige Familien am Strand, die

Kinder jauchzten und planschten, eine Gruppe spielte Ball am Strand. »Du darfst es auch nicht sagen. Sonst dürfen wir nie wieder alleine ins Wasser. Mich haben die Wellen auch überrumpelt. Das ist halt eine andere Brandung als am Meer, sie kommt von den Schiffen.« Fine zeigte auf das Wasser, das nun wieder friedlich floss. »Schau, jetzt ist nichts zu sehen, aber dort kommt ein Schiff aus dem Hafen. Es ist voll beladen.«

»Woher weißt du das?«

»Es liegt tief im Wasser«, sagte Fine lachend. »Du bist doch hier aufgewachsen, nicht ich.«

»Ja, aber wir waren selten am Fluss«, sagte Tim. »Mutti ist immer mit mir nach Hamburg gefahren. Zu Ausstellungen und in Galerien. Ich kann dir wahrscheinlich langweilige Vorträge über Leinwände, Farben und Kompositionen halten, aber von diesen Dingen, wie eben Schiffe im Wasser liegen, weiß ich wenig.«

»Ich wüsste gerne mehr über Kunst«, sagte Fine nachdenklich. »Darüber weiß ich so wenig, das ist schade.«

»Bei Großmutter Isi gibt es viele Bücher, Bildbände und so. Wir können sie gemeinsam anschauen, und ich sage dir, was ich weiß, und du erklärst mir die wichtigen Dinge des Lebens«, sagte Tim und zwinkerte ihr zu, dann ließ er sich erschöpft zurücksinken.

»Zum Glück wird Guste irgendetwas vorbereitet haben, was dich stärkt«, meinte Fine amüsiert.

»Ich würde sie heiraten«, murmelte Tim, »wenn sie nicht so alt wäre.«

Fine lachte, bis ihr der Bauch wehtat.

Es dauerte aber nicht lange, dann mussten sie schon zurück zum Haus auf dem Hügel. »Können wir nicht noch bleiben«, bettelte Fine. »Du kannst ja schon vorgehen.«

»Nein«, sagte Ulla entschieden. »Detta und ich fahren gleich zurück nach Berlin.«

»Ihr fahrt, aber wir bleiben doch hier.« Trotzig streckte Fine das Kinn vor.

»Finekind«, sagte Ulla und lachte. »Ja, ihr bleibt hier, und deshalb würden wir uns gerne in Ruhe von euch verabschieden. Und nun keine Widerrede mehr, kommt.«

Fine und Tim zogen sich an und trotteten hinter Ulla her den Hügel nach oben.

Aber als dann der Moment des Abschieds gekommen war, wurde es Fine doch etwas mulmig zumute. Noch nie war sie zwei Wochen irgendwo ohne ihre Mutter gewesen. Ulla ging vor ihr in die Hocke und sah sie an. »Nun, mein Finekind, ich hoffe, du wirst eine wunderschöne Zeit bei Großmutter Isi haben. Benimm dich gut, folge dem, was sie sagt. Es wird anders sein, als bei uns zu Hause, hier gibt es andere Regeln, und du wirst diese Regeln befolgen, nicht wahr?«

»Das werde ich, Mutti«, sagte Fine und fand ihre Stimme plötzlich ganz dünn.

»Es wird sicherlich schön sein und in null Komma nichts bin ich wieder da und hole dich ab.«

Fine nickte, ihr Hals war seltsam eng. Sie legte ihre Arme um Ulla, drückte sie, hielt sie fest. In diesem Moment wäre sie am liebsten nach oben gelaufen, hätte ihre Sachen zusammengepackt und wäre mit Ulla zurück nach Berlin gefahren.

»Natürlich, Mutti«, hörte sie Tim sagen. »Natürlich sind wir lieb. Und natürlich werden wir uns benehmen.« Er klang ganz zuversichtlich.

Fine warf ihm einen verstohlenen Blick zu. Hatte er auch Tränen in den Augen, war ihm ebenfalls mulmig zumute? Aber Tim lächelte, und es war ein aufrichtiges Lächeln, kein tapferes, so wie bei ihr. Schnell schluckte sie ihre Tränen und ihre Wehmut hinunter und holte tief Luft.

»Pass gut auf Neli und Beate auf«, sagte sie, und ihre Stimme war wieder fest und klar.

Ulla lächelte. »Das werde ich.« Sie gab Fine einen Kuss und stand auf, verabschiedete sich von Ida und Tim.

Ida ging bis zur Balustrade auf dem Treppenabsatz, Fine und Tim folgten ihr und winkten, als die Droschke vom Hof fuhr. Dann drehte Ida sich zu ihnen um. »Heute Abend habe ich Gäste. Ich erwarte, dass ihr leise seid. Gegen acht wird Therese euch helfen, die Sachen anzuziehen, die ich für euch gekauft habe, sie liegen oben. Ihr zieht sie an, kommt herunter, sagt allen höflich ›Guten Abend‹, und dann dürft ihr wieder gehen. Bitte zieht die Sachen dann sofort wieder aus und legt sie ordentlich weg.«

»Natürlich, Großmutter Isi«, sagte Tim. »Das werden wir so machen. Dürfen wir jetzt in den Garten und spielen?« Er lächelte und legte den Kopf schief.

»Ja, das dürft ihr. Aber fragt Guste erst, wann ihr Essen bekommt. Guste macht etwas extra für euch, aber sie soll nicht viel mehr Arbeit haben als nötig.«

»Wir bemühen uns sehr«, sagte Fine.

»Das ist schön, ihr Lieben.« Ida hatte sich schon umgedreht und ging eilig zu ihrem Schreibtisch im Salon.

»Komm«, Fine lief durch die Halle zur Tür unter der Treppe. Von dort aus ging es in den Anrichteraum, ohne dass man durch den Salon und das Esszimmer gehen musste. Und dort führte die Treppe nach unten ins Souterrain, wo die Küche war.

Wie immer war es warm in der Küche, obwohl die Fenster und Türen nach draußen geöffnet waren, und es duftete herrlich. Guste stand am Herd, und Therese saß an dem großen Küchentisch in der Mitte des Raumes und schnibbelte Gemüse.

»Da sindse ja, die beiden Racker«, sagte Guste. Sie wies auf eine Porzellandose, die auf dem Küchentisch stand. Tim hob den Deckel an, es waren Schokoladenplätzchen darin.

»Jeder zwei«, sagte Guste. »Un dann geht ma innen Garten und schaut, obde Johannisbeeren reif sind.«

»Machen wir, Guste«, sagte Tim und nahm eine Emailleschüssel vom Regal. Fine folgte ihm.

Im unteren Teil des Gartens standen Obstbäume – Äpfel und Birnen und auch ein Quittenbaum. Außerdem waren Beerenhecken gepflanzt worden – Johannisbeeren, Himbeeren und am Zaun auch Brombeeren.

»Dort drüben sind die Stachelbeeren«, meinte Tim.

»Du kennst dich hier gut aus.«

»Ich habe hier ja auch gewohnt. Also dort unten, aber nachmittags war ich meist hier.«

Schweigend begannen sie die Beeren zu pflücken. Irgendwann seufzte Tim auf. Fine sah ihn an.

»Warst du schon mal so lange alleine hier?«, fragte sie.

Tim schüttelte den Kopf. »Nein.«

»Es wird sicher schön werden«, meinte Fine und versuchte sich mit den Worten auch selbst zu überzeugen.

»Daran habe ich keinen Zweifel.« Tim grinste, doch dann wurde sein Gesicht wieder ernst. »Ich denke über etwas anderes nach. Über vorhin.«

»Im Wasser?«

Er nickte. Unter dem großen Apfelbaum stand eine Bank. Die beiden setzten sich dorthin, die Schüssel mit den gepflückten Beeren zwischen sich.

»Es war ... seltsam«, begann Tim zögerlich. »Natürlich bin ich schon mal beim Schwimmen untergetaucht, habe schon mal Wasser geschluckt und ein wenig den Halt verloren. Aber diesmal, diesmal war es anders.«

»Wieso?«

»Ich weiß nicht, vielleicht, weil ich gar nicht damit gerechnet habe. Ich habe nur dich gesehen, wollte dich fangen. Auf die Umgebung habe ich nicht mehr geachtet, dabei hat mir Mutti das immer eingebläut.« Er senkte den Kopf. »Wie konnte mir das passieren?«

»Mir ging es ja ähnlich«, sagte Fine. »Die Wellen kamen ganz überraschend, weil ich nicht darauf geachtet hatte.«

»Aber du ... du bist nicht untergegangen. Ich schon. Es war ...
beängstigend, ich wusste auf einmal nicht mehr, wo oben und
unten ist.« Verwirrt sah er sie an.

»Menschenskind, das ist doch normal«, sagte Fine. »Mir ist
das einmal so in der See gegangen. Ich wusste nicht, wo der
Boden war, weil die Welle mich erwischt und umhergeschleudert
hatte. Ich war ganz verzweifelt und verwirrt – dabei konnte ich
dort noch stehen.«

»Wenn du nicht gewesen wärst, wäre ich ertrunken.« Tims
Augen hatten sich plötzlich vor lauter Schrecken geweitet, nun
sah er sie dankbar an. »Du hast mein Leben gerettet.«

»Gern geschehen«, sagt Fine und lachte leise, um ihre Nervo-
sität zu überspielen. Schnell stopfte sie sich ein paar Himbeeren
in den Mund.

»Ich dachte, ich wäre schon so groß und vernünftig«, meinte
Tim und nahm sich auch ein paar Beeren. »Aber ... da habe ich
mich wohl getäuscht.«

»Wir waren einfach unvernünftig. Das sind Erwachsene doch
auch manchmal. Beim nächsten Mal passen wir besser auf.«

»Ich weiß gar nicht, ob ich mich noch mal traue, schwimmen
zu gehen.«

»Was?« Fine sah ihn an. »Unfug, natürlich werden wir wieder
schwimmen gehen. Am besten sofort. Damit du gar nicht erst so
eine Angst entwickelst. Das wäre doch schade.«

»Sofort?« Tim zog die Schultern hoch.

»Ja«, sagte Fine und sprang auf. Schnell hatte sie die Schüssel
wieder gefüllt, die Sträucher hingen voll mit Früchten. »So«,
sagte sie, »das bringen wir in die Küche, und dann gehen wir
hinunter zur Elbe. Du wirst dich doch nicht von so einer kleinen
Welle ins Bockshorn jagen lassen?«

»Wir dürfen nicht allein an den Strand gehen.«

»Es muss ja keiner wissen. Großmutter Isi ist mit ihrer Einladung beschäftigt, und Therese und Guste haben in der Küche zu

tun. Was willst du denn hier machen? Seilchen springen? Gib dir einen Ruck, Menschenskind.«

Zögernd stand Tim auf, doch schon auf der Treppe war er wieder voller Begeisterung. Sie nahmen sich die noch feuchten Handtücher von der Leine und schlichen sich durch die Gartenpforte im Obstgarten davon.

Es war nicht der einzige heimliche Ausflug zur Elbe, den sie in den nächsten Wochen machten. Immer wieder schlichen sie sich davon, gingen schwimmen oder erkundeten die großen, parkähnlichen Gärten in der Nachbarschaft des Dehmelhauses.

An manchen Tagen nahm Ida sie mit nach Hamburg, dann durften sie im Hafen die Schiffe angucken und in der Speicherstadt köstliches Obst und Gewürze aus fremden Ländern probieren. Immer wenn Ida nach Hamburg fuhr, traf sie sich mit irgendwelchen Leuten, mit denen sie an Projekten arbeitete. Die GEDOK, die ›Gemeinschaft deutscher und österreichischer Künstlerinnen und Kunstfreundinnen‹ wuchs immer mehr und erlangte inzwischen große Bedeutung. Ida leitete den Verein, was ihr viel Freude bereitete, aber auch eine Menge Arbeit bedeutete. Auch abends hatte sie oft Gäste, die mehr über den Verein wissen oder ihn unterstützen wollten.

»Es tut mir so leid«, entschuldigte sie sich bei Tim und Fine. »Ich wollte mehr Zeit für euch haben, wollte mehr mit euch unternehmen.«

»Oh, Großmutter Isi, das ist gar nicht schlimm«, sagte Tim. »Uns gefällt es hier sehr gut.«

»Es ist phänomenal«, sagte auch Fine begeistert.

Die beiden waren inzwischen braun gebrannt. Fast den ganzen Tag verbrachten sie im Freien. Nur abends, wenn Gäste da waren, wuschen sie sich – manchmal durften sie auch baden – und zogen sich die feinen Sachen an, die Ida für sie gekauft hatte. Dann sagten sie brav ›Guten Abend‹, manchmal plauderten sie auch ein wenig mit den Gästen, aber meistens dauerte ihr Auftritt nur wenige Minuten. Manchmal war Ida auch eingeladen und ließ eine Taxidroschke kommen. Dann kamen Fine und Tim und gaben ihr einen Abschiedskuss auf die Wange und winkten ihr hinterher. Dies waren die schönsten Abende, denn sie mussten nicht leise sein, und sie durften in den Salon und sich Bücher nehmen. Es gab unglaublich viele Bücher und am liebsten hätte Fine dort ihr Lager aufgeschlagen und nicht mehr aufgehört zu lesen.

Tim fand das Grammophon viel spannender als die Bücher. Und sobald Ida aus der Tür war, suchte er in den Schellackplatten. Er wusste, dass er die Nadel ganz vorsichtig aufsetzen musste. Dann rauschte es und knirschte etwas, aber wenn endlich die Musik begann, war er selig. Sein Lieblingsstück war eine ganz neue Platte, die jemand Ida neulich geschenkt hatte. Es war ein langes Musikstück ohne Text und hieß ›Ein Amerikaner in Paris‹. Wieder und wieder hörte er sich die Platte an. Aber es gab natürlich auch andere Stücke, die er auflegte.

»Friedrich Kraus schimpft seinen Diener aus«, sprach Tim mit und sang dann:

»Er sprach: Wo waren Sie heute früh?

Scheu und klein sprach Franz:

Herr Chef verzeihn, ich hab die ganze Nacht an Sie gedacht:

Heut war ich bei der Frida,

das tu' ich morgen wieder,

denn so was wie die Frida war noch nie da.«

Er kam zu Fine, die sich in einen der Sessel gekuschelt hatte, ein Buch auf den Knien und sang laut. Irgendwann gab Fine dann lachend auf.

Gemeinsam sangen sie: »Wenn der weiße Flieder wieder blüht« und »Die ganze Welt ist himmelblau, wenn ich in deine Augen schau«. Und all die anderen Lieder, die Tim hervorkramte.

Manchmal kam Therese nach oben, um ihnen zuzusehen und auch der Musik zu lauschen. Dann zeigte sie Fine und Tim einfache Tanzschritte – den Foxtrott und den Twostepp. Und hin und wieder ließ sich auch Guste oben blicken. Meist brachte sie Limonade und etwas zu knabbern mit.

Es waren wundervolle Abende, fand Fine.

Aber es gab auch noch die Abende, an denen Ida zu Hause war und keine Gäste kamen. An den Abenden aßen sie gemeinsam, und Ida erzählte von früher. Sie erzählte von Großvater Dehmel und Großmutter Paula, vom Krieg und wie sie damals das Grundstück bewirtschaftet hatten. Und dann gingen sie in den Salon, und Ida las ihnen vor. Auch diese Abende mochte Fine sehr. Die Zeit verflog zu schnell, und bald schon mussten sie ihre Sachen zusammenpacken. Die gute Kleidung und die neuen Schuhe, die Ida ihnen gekauft hatte, durften sie mitnehmen. Tim bekam zum Abschied die Schellackplatte mit dem Gershwin-Stück, Fine durfte ein Märchenbuch mitnehmen.

Vera und Ulla begrüßten die Kinder überschwänglich.

»Ihr seid beide gewachsen«, sagte Ulla lachend. »Ihr seid so groß geworden, oder meine ich das nur, Detta?«

»Das finde ich auch«, sagte Vera.

»Es ist Gustes Essen«, meinte Tim. »Sie hat uns gemästet, es war wunderbar.« Er konnte gar nicht verstehen, warum alle laut lachten.

»Und?«, fragte Ida Vera, »haben wir Grund, zu feiern?«

Vera nickte fröhlich. »Ja. Vielen, vielen Dank, Ida. Ich habe die Anstellung beim Mauritius Verlag bekommen – dank deiner Hilfe. Jetzt wird vieles einfacher werden. Danke schön.« Sie küsste Ida auf die Wange. »Und Ullala hat auch einen Grund zum Feiern.«

»Ja«, sagte Ulla. »Ich habe eine feste Anstellung im Kunst- und Architekturbüro ›Die Kugel‹ bekommen.«

»Bei Richter?«, fragte Ida. »Das ist gut, das ist eine sehr gute Adresse.« Sie lächelte. »Wie gut, dass ich Champagner kaltgestellt habe.« Sie drehte sich um und rief nach unten: »Guste! Champagner. Und dann brauchen wir ein Festmahl. Heute Abend wird gefeiert.«

Guste hatte natürlich schon vorgesorgt und hatte die Lieblingsspeisen der Kinder gekocht. Es gab eine klare Hühnerbrühe, die so herrlich aromatisch war, dass Fine immer am liebsten noch den Teller ausgeleckt hätte, aber das gehörte sich ja nicht. Und es gab Rinderbraten mit Sahnemöhrchen, von denen sich Tim dreimal nahm.

»Pass bloß auf, dass du nicht platzt«, neckte Vera ihren Sohn.

»Ich muss das noch genießen, es schmeckt so wunderbar«, sagte Tim. »Ich weiß, dass du auch schon mal Sahnemöhren kochst, aber sie schmecken hier einfach besser. Es tut mir leid, Mutti.«

»Ich weiß. Niemand kann so kochen wie unsere Guste. Sie ist eben die Königin der Küche.«

»Erzähl vom Verlag«, forderte Ida Vera auf. »Was musst du machen?«

»Ich übernehme die Vertretung der Buchreihen und auch die Auswahl der Kunstdrucke«, sagte Vera nicht ohne Stolz. »Ich werde viel Verantwortung tragen.«

»Und wie machst du das mit Tim?«, fragte Ida.

»Es ist ja gut, dass wir jetzt im Fischtal wohnen. In der Nachbarschaft gibt es Zusammenhalt«, sagte Vera. »Und Lotti wohnt ja auch da.«

»Sie heiratet. Das hat mir Fine erzählt.« Ida wirkte plötzlich ein wenig verschnupft.

»Ja, sie heiratet. Ganz klein. Walter ist ein netter Mann«, sagte Ulla und schenkte sich noch einmal Wein ein.

»Walter? Walter wer?«

»Walter Schleiter heißt er, er ist Journalist und arbeitet für die Rote Hilfe.«

»Ach so. Und deshalb eine kleine Feier?«

»Ida, nimm es nicht persönlich. Du kennst doch unsere Lotti. Sie macht sich nichts aus gesellschaftlichen Gepflogenheiten. Ich wette, sie würde auch so mit ihm zusammenleben und würde nichts dabei finden. Er aber möchte sie heiraten und Peter adoptieren. Er ist sehr fürsorglich«, sagte Vera.

»Nun gut, wenn du meinst.« Ida war immer noch sichtlich beleidigt. Vera und Ulla sahen sich an, zogen die Augenbrauen hoch und seufzten still.

»Weißt du«, sagte Vera nun schnell, um das Thema zu wechseln, »wer auch bald heiratet? Mieke.«

»Mieke? Die Tochter von Vogeler?« Ida sah überrascht auf.

»Wen?«

»Gustav Regler, er ist Schriftsteller aus dem Saarland. Seine Scheidung ist bald durch, und dann werden er und Mieke heiraten. Und sie ziehen nach Berlin.«

»Regler«, sagte Ida nachdenklich. »Er hat eine bemerkenswerte Dissertation über Goethe geschrieben.«

»Woher weißt du das denn?« Ulla sah sie verblüfft an.

»Ich habe Kontakte zu vielen Literaten und zu vielen Menschen, die im Literaturbetrieb tätig sind. Wir tauschen uns aus. Das war schon immer so – früher hat natürlich Richard die Korrespondenzen geschrieben, nun tue ich es. Ich will, dass sein Geist erhalten und lebendig bleibt.«

»Irre, was du alles machst«, sagte Vera. »Wie schaffst du das nur? Hat dein Tag mehr als vierundzwanzig Stunden?«

»Ich bin diszipliniert. Das war ich doch immer schon, Detta«, sagte Ida nicht ohne Vorwurf in der Stimme. »Und natürlich bleibe ich über die Entwicklungen im literarischen Deutschland auf dem Laufenden, das hat dein Vater von mir erwartet.«

»Es war doch kein Vorwurf, liebe Ida, es ist eher Neid. Ich kämpfe jeden Tag mit meinen Aufgaben«, sagte Vera mild.

»Ich auch«, gab Ulla zu. »Apropos Mieke – weißt du, dass die Krise zwischen Sonja und Mining sich verschärft?«

»Ja, Sonja erlebt offensichtlich einen zweiten Frühling. Sie ist ganz glückselig mit diesem Künstler. Wie heißt er noch?«

»Meffert. Carl Meffert. Sonja möchte, dass er bei ihnen einzieht.«

»Eine Menage-à-trois?«

Ulla nickte. »Der arme Mining weiß nicht, wo ihm der Kopf steht.«

»Und woher weißt du das?«, fragte Ida spitz.

»Mining arbeitet auch für die Kugel. Wir arbeiten zusammen an einem Werbeprojekt für Jacobs Kaffee.«

»Das glaube ich nicht, so etwas Triviales würde Vogeler nie tun.«

»Auch er muss Geld verdienen, Ida. Er hat eine Familie, die er ernähren muss. Und er hat doch auch schon vor dem Krieg Bildchen für Stollwerck gemalt.«

»Eine Menage-à-trois ist sehr gewagt«, sagte Ida nun. »Das schafft kaum jemand, auch wenn es oft probiert wurde.«

Stille legte sich über den Raum, eine unangenehme Stille, und Fine wusste nicht, warum das so war. Sie hatte sowieso nur wenig von dem verstanden, was besprochen worden war. Aber sie spürte, dass die Temperatur im Raum plötzlich um einige Grad gesunken war. Und dabei war es doch ihr letzter Abend hier. Der letzte Abend einer wundervollen Zeit, die sie mit Tim hier verbracht hatte. So sollte es nicht enden, fand sie. Deshalb sprang sie auf und lief zu Tim, flüsterte ihm etwas ins Ohr. Er sah sie an, nickte dann und ging in den Salon zum Grammophon. Er suchte eine Platte heraus, legte sie auf, setzte die Nadel, und dann stellten sich Fine und Tim in die Tür. Die Musik setzte ein.

Fine holte tief Luft, wartete aufgeregt auf den Einsatz, und dann schmetterte sie mit Tim los.

»Was macht der Maier

Am Himalaja?

Wie kommt der Maier

Der kleine Maier

Auf den jrossen Himalaja?

Rauf, ja das kunnt er
Ich frag mich aber, wie kommt er runter?
Ich hab so Angst um den Maier
Er macht'en Rutsch
Und ist futsch!«

Sie sangen das ganze Lied mit, bis die Musik ausklang, die Platte nur noch rauschte. Ida, Ulla und Vera waren aufgestanden, sie lachten und applaudierten.

»Wie ... was ... wie kommt ihr denn auf so etwas?«, fragte Ulla verblüfft.

»Es war so wunderbar hier«, sagte Fine und fühlte sich plötzlich ganz verlegen. »Eine so schöne Zeit. Manchmal war Großmutter abends unterwegs. Dann habe ich gelesen, und Tim hat Musik gehört.« Sie traute sich nicht, Ida anzuschauen, denn erlaubt hatte Ida es ihnen nicht. »Und irgendwann haben wir angefangen, mitzusingen. Die ganzen Lieder. Es war knorke.« Verlegen trat sie von einem Fuß auf den anderen.

»Ja«, sagte nun auch Tim. »Es war so schön. Und ich möchte gerne wiederkommen, wenn ich darf. Mit Fine zusammen.« Er sah Ida an. »Wir hatten eine tolle Zeit. Großmutter hat uns viel erzählt. Von früher. Und vorgelesen hat sie uns. Es war sehr besonders.«

»Hach, ihr Süßen«, sagte Ida und ging zu ihnen, umarmte sie. »Ja, ich fand es auch sehr, sehr schön. Und natürlich kommt ihr wieder. Ihr seid ja meine Enkel.« Dann drehte sie sich um. »Neli, Beate und Peter dürfen auch kommen. Nicht alle zusammen vielleicht ... aber dennoch. Wir sind doch eine Familie, nicht wahr?«

»Ja, das sind wir«, sagte Ulla, und Fine hörte an ihrer Stimme, dass sie es ernst meinte. Das machte sie ganz froh. Der eisige Moment war verflogen, und die laue Sommerluft strömte wieder durch das Dehmelhaus.

Sie würden wiederkommen, dachte Fine, und der Gedanke machte sie froh.

Kapitel 11
Berlin, Sommer 1929

Es war ein drückender Tag, eine seltsame Schwüle lag in der Luft und selbst die Gänseblümchen hatten ihre Köpfe eingezogen. Der Himmel war schiefergrau und schien dicht über den Dächern zu hängen. Fine, die sonst so voller Energie war, saß matt im Garten.

Ulla hatte eine Zinkwanne mit Wasser auf den Rasen gestellt. Dort spielten Neli, Beate und Jan mit kleinen Booten aus Holz.

»Wohnt er jetzt auch bei euch?«, fragte Tim Fine leise. Er saß neben ihr und faltete kleine Flieger aus Papier.

»Wer? Jan?« Fine schüttelte den Kopf. »Nein, er ist nur zu Besuch.«

»Aber sein Vater wohnt bei euch«, sagte Tim.

»Ja.« Fine schnaubte und schaute zum Tisch, den Ulla nach draußen gestellt hat. Dort saßen Vera, Heinrich Vogeler, den alle nur Mining nannten und der seit einiger Zeit bei ihnen wohnte, seine Tochter Mieke und ihr Mann Gustav.

»Meinst du«, flüsterte Tim, »dass die beiden heiraten?«

»Ich hoffe nicht«, flüsterte Fine zurück. »Mutti mag ihn sehr, aber er ist doch schon so alt. Ein Großvater. Schau, die Frau, die Mieke, die ist fast so alt wie Mutti – sie ist seine Tochter.«

»Ja, ich weiß«, sagte Tim. »Die ist gut mit Tante Lotti befreundet. Sie sind alle bei der ›Roten Hilfe‹ tätig.« Er rümpfte die Nase.

»Meine Mutti ja auch«, sagte Fine trotzig. »Daran ist nichts verkehrt.« Sie schluckte. »Er ist nett, aber eigentlich arbeitet er nur. Mining hat Vatis Arbeitszimmer übernommen, aber meistens ist er in der Kugel oder unterwegs. Er kommt nur zum Essen und Schlafen hierhin. Aber Mutti mag ihn.« Sie runzelte die Stirn. »Dennoch hoffe ich, dass sie nicht heiraten.«

»Das hoffe ich auch. Ich finde, er wäre ein komischer Onkel für mich. Oder Stiefvater für dich. Und ich hoffe sehr, dass meine Mutti sich nicht in so einen alten Kauz verliebt und ihn dann heiratet.«

»Ihr bringt euch alle ins Unglück«, sagte Vera nun entschieden. Fine hob den Kopf. Stritten sie etwa?

»Nun sei nicht so dramatisch, Detta«, sagte Mining.

»Ich bin nicht dramatisch. Das sollte euch alleine schon der Blutmai gezeigt haben. Und die Blutnacht von Wöhrden.«

»Das sind doch zwei ganz verschiedene Dinge. In Wöhrden ist die NSDAP auf Genossen losgegangen. Beim Blutmai war es die Polizei, die eskaliert ist. Eine staatliche Macht. Deshalb ist es so wichtig, diesen Staat zu stürzen und die Rechte den Arbeitern zu übergeben.«

»Du hast einerseits recht, Mieke«, sagte Mining nun, »andererseits ist das Verbot des RFB – des Roten Frontkämpfer Bundes – sinnvoll gewesen. Gewalt ist keine Lösung, auch nicht für das Proletariat. Es muss andere Wege geben, um die Wandlungen durchzuführen.«

»Du kannst doch nicht immer noch daran glauben, dass so etwas demokratisch entschieden werden kann? Bist du Trotzkist?«

»Trotzki hat gute Ideen, er hat nicht unrecht. Stalin … ich weiß nicht, ich empfinde sein hartes Durchgreifen als schwierig.«

»Ja, es ist schwierig. Aber die einzige Möglichkeit. Mit netten Gesten und guten Worten wirst du keinen Kapitalisten überzeugen, all sein Eigentum abzugeben«, sagte Mieke.

»Das stimmt. Aber es sind ja nicht nur die Großgrundbesitzer und die Industriellen, von denen es in der Sowjetunion nicht gerade viele gab, die Stalin hat inhaftieren lassen. Das und Schlimmeres. Ja, es gab die Kämpfe zwischen der roten und der weißen Armee – aber nun sind sie vorbei, und es muss doch einen anderen Weg geben als mit Gewalt. Und Trotzki hat recht – wir brauchen eine weltweite Revolution, einen weltweiten Umschwung. Stell dir vor, die eine Hälfte der Welt ist kommunistisch und die andere kapitalistisch – das würde immer wieder zu Krieg und zu Ungerechtigkeiten führen.«

»Zwangläufig muss die ganze Welt sozialistisch werden«, sagte Vera. »Aber doch nicht mit Gewalt.«

»Es geht doch nur so. Und wir sind doch nicht die Gewalttäter – es sind die anderen, die uns angreifen. Die Nationalsozialisten und die Staatsgewalten«, meinte Gustav nun.

»Die Demonstrationen zum ersten Mai waren verboten. Dennoch sind die Leute auf die Straße gegangen.«

»Seit vierzig Jahren wird am ersten Mai demonstriert, meist friedlich, für die Arbeiter, für das Proletariat. Auf den Schultern des Proletariats ruht doch der Wohlstand der Reichen, ohne uns gäbe es nichts.«

»Zörgiebel hatte gute Gründe, alle Demonstrationen abzusagen, es war ja nicht nur die zum ersten Mai – schon vorher waren alle Demonstrationen verboten.«

»Zörgiebel – Polizeichef, ja, ja. Er meint, er könne über uns alle bestimmen«, sagte Gustav verächtlich.

»Er ist ein Sozi, er ist in der SPD.«

»Das scheint er aber vergessen zu haben, Detta«, sagte Ulla nun. »Er hat die Polizei angewiesen, auf die Genossen zu schießen. Die Polizei ist mit größtmöglicher Gewalt vorgegangen.«

»Ich sage ja nicht, dass es richtig war, dass alles, was in diesen Tagen passiert ist, richtig war. Im Gegenteil. Ich finde es furchtbar. Wie oft war ich mit roter Nelke im Knopfloch auf der Straße. Aber es war doch abzusehen, dass es zu Kämpfen kommt.«

»Niemand hat gekämpft. Gestorben sind Genossen oder Zivilisten, die in das Geschehen, in die Treibjagten der Polizei, hineingeraten sind.« Gustav schüttelte den Kopf. »Bis auf den einen Polizisten, der sich aber selbst verletzt hat – und das schon Tage vorher. Aber das wurde ja unter den Teppich gekehrt. Wir müssen uns zur Wehr setzen. Wir müssen für unsere Rechte einstehen.«

»Zweifellos müssen wir das«, sagte Vera. »Aber nicht so, wie es der Rote Frontkämpferbund getan hat.«

»Sie wehren sich doch nur gegen die Sturmtruppen der Nationalsozialisten. Was das Wort Sozialist in ihrem Namen zu suchen hat, habe ich immer noch nicht verstanden. Die Sturmtruppen sind weitaus schlimmer, gefährlicher und brutaler als der RFB, Vera. Und sie wurden nicht verboten – warum nicht?«

»Ich sage nicht, dass es gerecht ist, Gustav, das sage ich doch gar nicht. Aber wie soll das weitergehen? Die Genossen gegen die Sturmtruppen der Nazis? Und umgekehrt? Mit Knüppeln, Brechstangen und Schusswaffen? Dann haben wir bald einen Bürgerkrieg, so wie es in der Sowjetunion war. Wollt ihr das?«

»Wenn es nicht anders geht«, sagte Mieke.

»Auge um Auge? Bis dass die ganze Welt erblindet?« Vera schüttelte den Kopf. »Das kannst du nicht ernst meinen. Wir sind doch erwachsene Menschen, vernünftige Menschen. Das muss anders zu lösen sein.«

»Ja, das denke ich auch«, sagte Mining nachdenklich. »Ich weiß nur nicht wie. Endlich gibt es den Völkerbund. Endlich haben sich viele Länder und Staaten gegen Angriffskriege ausgesprochen, und ich hoffe, das wird Bestand haben. Dass es nie wieder einen Krieg zwischen den Staaten gibt. Das wollen wir alle doch, nicht wahr?«

»Glaubst du ernsthaft, dass das Bestand haben wird?«, fragte Gustav ein wenig spöttisch, »dass ein Land das andere nicht mehr angreifen wird – aus welchen Gründen auch immer? Meist sind es ja territoriale Ansprüche.«

»Welche territorialen Ansprüche könnte Deutschland noch haben?«, fragte Vera amüsiert.

»Das ist keine ernst gemeinte Frage«, entgegnete Mieke. Fine fand, sie klang ein wenig pikiert. »Natürlich wollen einige Machtgierige den polnischen Korridor zurück. Und natürlich gibt es auch andere Gebiete ...«

»Die Sowjetunion ist da aber nicht besser«, sagte Vera. »Ich könnte wetten, dass sie immer noch ein Auge auf die inzwischen unabhängigen baltischen Staaten Lettland, Finnland, Estland und auch auf Moldawien geworfen hat.«

»Das missverstehst du«, sagte nun Mining sanft. »Sie wollen nicht ihr Territorium erweitern. Das wird die Sowjetunion nie wollen, davon bin ich überzeugt. Aber sie wollen den Kommunismus in diese Länder bringen. Schlussendlich in alle Länder der Welt. Es geht nicht darum, ein Reich zu vergrößern, sondern die Welt zu verbessern.«

»Das klingt wirklich nett«, sagte Vera zynisch. »So ... freundlich. Die ganze Welt wird gleich, es gibt nur Menschen, die sich ebenbürtig sind. Das ist aber eine Utopie. Es wäre schön, wenn dem so wäre – aber bis das so ist, werden Jahrhunderte vergehen. Und es wäre wünschenswert, wenn es Jahrhunderte ohne Krieg wären.«

»Einen großen Krieg wird es nicht mehr geben«, sagte Ulla. »Das ist ausgeschlossen. Wer wäre so wahnsinnig?«

»Ich habe gehört, dass die Rote Armee in die Mandschurei einmarschiert ist. Erst vor ein paar Tagen.« Vera hob die Hände. »Warum? Um dort Tänze aufzuführen? Sicherlich nicht.«

»In dem Konflikt – ich würde es keinen Krieg nennen – geht es um die Rechte an der Eisenbahnlinie. China ist dort sehr bestimmend. Wir würden doch auch nicht wollen, dass Österreich über unsere Bahnlinien bestimmt und auch noch abkassiert«, sagte Gustav. Sein Lächeln war inzwischen sehr gezwungen.

»Die Hitze. Diese drückende Hitze«, sagte Ulla plötzlich und fächelte sich Luft zu. »Sie macht einen ganz ... matschig.« Sie stand auf und ging in die Küche, kam mit einer Schale mit ein paar Eiswürfeln wieder, darin standen zwei Weißweinflaschen. »Fine, Tim«, sagte sie dann. »Lauft zur Ecke, zum Laden. Holt bitte noch Eis. Nehmt den Eimer mit.« Sie hob die Schultern. »Mein Eisschrank ist recht klein. Aber Müller hat einen Erdkeller und lagert dort im Winter immer die Eisschollen vom Grunewaldsee oder von der Havel ein.«

»Ach wirklich?«, fragte Gustav amüsiert. »So wie früher? In Stroh verpackt und mit Holz verkleidet? So haben das meine Eltern auch immer gemacht.«

»So haben wir das auch gemacht«, sagte Mining und nahm seine Pfeife aus der Tasche. »In Worpswede. Hier in Berlin geht das natürlich nicht.«

Mieke lächelte. »Ja, das weiß ich noch. Es war immer ein großes Ereignis, wenn die Eisschollen geerntet wurden. Damals auf dem Barkenhoff.«

Fine stand auf. »Kommst du mit?«, fragte sie Tim und schüttelte sich. Sie hatte die Diskussion verfolgt, auch wenn sie kaum etwas von dem, was gesagt wurde, verstanden hatte. Aber jetzt schien sich die Atmosphäre wieder gelichtet zu haben, sie konnte also gehen.

»Natürlich.« Tim sprang auf. Er nahm den Eimer, den Ulla aus der Küche mitgebracht hatte.

Ulla gab ihm ein wenig Geld. »Das sollte reichen.«

Fine stapfte nachdenklich den Bürgersteig entlang.

»Was ist mit dir?«, fragte Tim. »Warum bist du die ganze Zeit so abwesend? Ich habe dich zweimal etwas gefragt, aber du hast mir gar nicht zugehört. Warum?«

»Ich habe zugehört«, sagte Fine und hob die Schultern. »Aber nicht dir. Entschuldigung. Ich wollte wissen, worüber sie sprechen.« Wieder zog sie ihre Stirn kraus.

»Und worüber haben sie gesprochen? Das war doch nur langweiliges Geschwätz über Politik. Immerzu geht es darum. Warum können Erwachsene nicht über interessante Dinge sprechen?«

»Was wäre das denn für dich? Was fändest du interessant?«

»Erst vor ein paar Tagen hat die Spielvereinigung Fürth die deutsche Meisterschaft gewonnen.« Er senkte den Kopf, und seine Stimme wurde tief. »Und Hertha hat gegen sie verloren.«

»Hertha BSC?«

»Gibt es noch eine andere Hertha?«, fragte Tim verärgert.

»Das weiß ich doch nicht«, sagte Fine und lachte. »Ich sehe die Fußballer immer nur auf dem Platz hinter unserem Garten trainieren.«

»Darum beneide ich dich so. So sehr. Ich habe Mutti schon gefragt, ob wir nicht tauschen könnten. Ihr nehmt unsere Wohnung, und wir ziehen bei euch ein.«

»Das ist doch Blödsinn, Tim.« Fine schüttelte den Kopf. »Ihr habt zweieinhalb Zimmer und wir ein Haus. Ihr seid zwei Personen, wir sind … fünf oder sechs – je nachdem. Manchmal sogar sieben«, seufzte sie.

»Sieben? Wie kommst du auf sieben? Ihr seid vier – deine Mutti und ihr drei Schwestern. Das macht vier.«

»Das Mädchen. Jetzt wohnt wieder eine bei uns, die Iris. Das sind fünf«, sagte Fine. »Dann Mining. Der Vogeler, der alte Mann. Das sind sechs.« Und dann seufze sie tief. »Und jetzt auch noch Jan. Hin und wieder. Macht sieben.«

»Du hast es wirklich nicht leicht«, sagte Tim voller Mitgefühl. »Und dass Hertha gegenüber trainiert, macht das Elend nicht wett. Meinst du denn, dieser Mining bleibt?«

»Er ist ja nicht böse oder so etwas. Wenn Mutti ihn liebt, dann soll er bleiben. Aber … er ist ja gar nicht wirklich da, und er hilft auch nicht. Mutti und Iris haben nur mehr Arbeit durch ihn.« Sie biss sich auf die Lippe. »Manchmal fahren sie weg, Mutti und der alte Mann. Mining. Was ist das überhaupt für ein Name? Mining. Selbst Jan nennt ihn so und nicht ›Vati‹.« Fine schüttelte sich.

»Neulich waren sie ein paar Tage weg. In Worpswede. Ohne uns, wir waren bei Iris. Das ist ja auch in Ordnung, sie ist nett, und sie kann einigermaßen kochen.«

Tim grinste. »Aber nicht so wie Guste?«

»Wer kann das schon?«, fragte Fine seufzend zurück. Dann sah sie ihn an, stieß ihm in die Seite. »Nächste Woche fahren wir.«

»Aber nur für acht Tage.«

»Acht Tage sind besser als kein Tag. Danach darf Neli – alleine – zu Großmutter Isi.«

»Alleine? Boah«, sagte Tim und klang neidisch.

»Ja, alleine. Was ist daran gut?«, fragte Fine schnippisch. »Gut an der Zeit in Blankenese ist doch, dass wir gemeinsam dort sind. Alleine Großmutter Isi zu besuchen fände ich gruselig und sterbenslangweilig. Sie hat doch kaum Zeit. Und was mache ich allein dort? Für Neli wird das in Ordnung sein, sie spielt am liebsten mit ihren Puppen und singt vor sich hin.« Die letzten Sätze sagte Fine etwas abschätzig.

»Du magst deine Schwester nicht, oder?«, fragte Tim leise.

»Warum? Magst du sie?«

»Neli ist … gar nicht so verkehrt, Fine«, sagte Tim nun nachdenklich. »Sie ist anders als du, aber ist das nicht gut so? Ihr habt gar keine Konkurrenz, ihr müsst euch nicht vergleichen, einfach, weil ihr so unterschiedlich seid. Und zwei Fine – das wäre doch sehr, sehr anstrengend.« Er grinste und duckte sich weg, weil er wusste, dass sie nach ihm hauen würde.

»Du bist blöd!«, rief Fine empört, aber dann dachte sie über seine Worte nach. Er hatte recht. Eigentlich war es gut, dass Neli und sie so unterschiedlich waren. Im Grunde war es sogar perfekt, nur dass sie das nie so gesehen hatte. Neli war in ihren Augen immer anstrengend. Sie wollte bei Dingen mitmachen, die Fine machte, konnte es aber nicht. Sie kletterte nicht, rannte nicht, tobte nicht. Am liebsten spielte sie ruhig in einer Ecke mit ihren Puppen. Und das wiederum fand Fine enervierend. Aber so waren sie natürlich nie Konkurrenten. Neli wollte so sein wie sie – nein, das stimmte nicht, wurde Fine klar. Neli wollte einfach nur von ihr anerkannt und gemocht werden.

Vielleicht sollte ich das tun, dachte Fine nun und spürte den Stachel der Verlegenheit. Ich bin oft so ungerecht zu ihr, dabei bin ich doch eine Genossin und sollte alle gleich behandeln. Warum gelingt mir das nicht?

Schamesröte stieg ihr ins Gesicht, und sie war froh, dass sie den Laden erreicht hatten.

Tim ließ den Eimer mit Eisbrocken füllen, bezahlte.

»Ick denke, ihr solltet euch beeelen, Kinders«, sagte der Mann und schaute zum Himmel. Das Schiefergrau war dunkler geworden, dicke Wolken türmten sich auf, und in der Ferne grummelte es.

»Schnell«, sagte Tim mit zusammengepressten Lippen. Er trug den Eimer, mühte sich sichtlich damit ab. Fine ergriff den Henkel, trug mit. Es dauerte eine Weile, bis sie ihre Schritte angepasst hatten, gleichmäßig liefen. Sie redeten nicht, versuchte möglichst schnell wieder nach Hause zu kommen. Als sie in die Reinarzstraße einbogen, fielen die ersten dicken Tropfen. Tim und Fine hasteten weiter, die Schultern hochgezogen, die Köpfe gesenkt. Doch bald schon prasselte der Regen auf sie nieder. Tim nahm den Eimer mit beiden Händen vor die Brust, lief, Fine folgte ihm. Atemlos kamen sie am Haus an. Ulla stand in der Tür, wartete schon. Lachend zog sie die Kinder ins Haus. »Regen«, sagte sie. »Endlich Regen. Der Boden braucht es dringend, und nun wird es sich abkühlen.« Sie nahm den Eimer, zerstieß die Eisbrocken in der Küche mit einem Hammer und verstaute sie im Eisschrank.

Die Gesellschaft war vom Garten in die Stube umgezogen. Ulla hatte Brot, Butter, Wurst und Käse auf den Tisch gebracht, es gab auch Äpfel und Birnen.

Jan, Neli und Beate saßen auf der Bank und aßen Stullen, die

Vera ihnen schmierte und klein schnitt. Fine nahm sich zwei Scheiben von dem Brot und ein Stück von der Wurst. »Kommst du?«, sagte sie zu Tim und ging zur Treppe.

Tim folgte ihr, stibitzte vorher aber noch ein Stück von dem Käse und zwei Birnen.

»Du kannst Trotzki doch nicht recht geben?«, wetterte Gustav gerade. »Stalin macht Fehler, ja. Das stimmt. Aber hat er eine Wahl? Sollen wir ihn infrage stellen? Was wird dann aus unserer Revolution?«

»Willst du, dass die Welt wieder im Krieg versinkt?«, fragte Mining zurück.

Den Rest des Satzes hörte Fine nicht mehr. Sie stieg nach oben, Tim kam ihr hinterher. Draußen schüttete es nun, und ein kräftiger Donner schien über dem Haus zu explodieren. Fast schon erschien es ihr, dass die Wände erzitterten, so laut war der Knall. Erst hatte sie überlegt, mit Tim in den Salon zu gehen, aber dort fühlte sie sich nicht wohl. Dort war alles meist förmlich, und es gab nur ganz seltene schöne Erinnerungen an das Zimmer.

Vielleicht, dachte sie nun, als sie noch eine Treppe höher stieg, weil wir es als Familie kaum nutzen. Dort empfängt Mutti ihre Freunde und Genossen. Aber wir sind dann nicht zugegen. Die Familienzeit findet unten in der Stube statt – dort essen wir, machen wir unsere Hausaufgaben, dort wird gespielt, genäht, gebastelt und erzählt. Dort ist unser Leben.

Auf dem nächsten Treppenabsatz blieb sie stehen. Hier befanden sich das Kinder- und das Arbeitszimmer. Es gab noch eine steile Stiege zum Dachboden. Die nahm sie jetzt, ging vorsichtig die Stufen hoch, öffnete die Klappe. Warme, staubige Luft kam ihr entgegen, wie ein Hauch aus der Wüste.

»Wo willst du denn hin?«, fragte Tim und klang ein wenig ängstlich.

»Nach hier oben, weg von allen anderen.« Auf dem Dachboden war es sehr staubig, Spinnweben hingen von der niedrigen Decke. Es gab zwei Dachluken, eine nach vorne, die andere nach hinten. Unter den Schrägen lagerten Kartons und Kisten. Drei alte Stühle, die etwas wackelig wirkten, standen in der Mitte des Raumes. Fine wischte den Staub ab, hustete und nieste kichernd. Ein greller Blitz erleuchtete den Dachboden, Tim sah erschrocken auf.

»Willst du wirklich hierbleiben?«

»Natürlich. Schau nur, wie nahe wir dem Himmel sind.«

Der Regen prasselte auf das Dach, lief in Bächen über die kleinen Luken, so dass die Sicht nach draußen ganz verschwommen war. Der Himmel war dunkel, die Wolken schienen über den Himmel gejagt zu werden. Nun krachte der Donner. Fine stellte einen der Stühle so hin, dass sie beide Fenster im Blick hatte. Vorsichtig setzte sie sich, der Stuhl kippelte zwar ein wenig, aber er brach nicht zusammen. »Komm«, sagte sie zu Tim. »Setz dich auch.« Sie war wieder aufgestanden, wischte nun einen weiteren Stuhl ab, stellte ihn neben ihren. Etwas unsicher nahm Tim Platz, holte die Birnen aus seiner Tasche und reichte Fine eine. »Du bist ja 'ne Marke«, sagte er und biss in das saftige Stück Obst. Er schaute zum Himmel. »Gigantisch, oder?«, sagte er leise, zuckte jedoch wieder zusammen, als es abermals blitzte.

»So eine Kraft«, murmelte Fine versonnen und biss ebenfalls in ihre Birne.

»Macht dir das keine Angst?«

»I wo. Wir sind doch durch das Dach geschützt.«

»Und wenn der Blitz einschlägt?«

»Großonkel Carl hat mir mal erklärt, dass der Blitz immer in das Höchste einschlägt – das höchste Haus, den höchsten Baum und so. Und die Bäume hier sind höher als die Häuser.«

»Großonkel Carl ist Wissenschaftler«, gab Tim zu. »Er hat schon einige Preise gewonnen, und sicher weiß er, was er sagt.«

»Siehst du«, meinte Fine zufrieden und schaute wieder nach

oben. »In den Blitzen, hat er mir erklärt, ist Elektrizität. So wie in den Leitungen. Also Strom.«

»Man könnte eine Lampe an einen Blitz anschließen?«

»Dann müsste man wohl verdammt schnell sein.«

Tim lachte leise. Als es wieder blitzte und direkt danach der Donner krachte, zog er jedoch die Schultern hoch.

»Schau, die Schlieren, die der Regen auf den Fenstern macht. Wie kleine Bäche. Und der Himmel – da vorne ist es fast schwarz, aber hier drüben ist es ein ganz dunkles Blau. Was Mutti bei den Farben wohl fühlen würde?«

»Ich habe nie verstanden, wie sie das macht – Farben fühlen.«

»Ich auch nicht«, gab Fine zu. »Aber ich würde es gerne auch können.«

Für eine Weile schwiegen sie. Der Regen ebbte ab und das Gewitter zog weiter, noch immer aber rüttelte der Wind an den Dachpfannen, so als flehte er dringend um Eintritt.

»Wieso sich wohl Leute ineinander verlieben?«, fragte Tim plötzlich. »Wie das wohl sein muss?«

»Wie kommst du denn darauf?«

»Na ja, meine Mutti hat sich in meinen Vati verliebt, aber das ist nicht besonders gut gegangen. Und deine Eltern haben sich ineinander verliebt, aber auch das hat nicht gehalten. Bei Großvater Richard und Großmutter Paula hat es auch nicht funktioniert. Ob unsere Familie dafür einfach nicht geschaffen ist?« Er kratzte sich am Kopf und brach dann das Käsestück, das er mit hochgebracht hatte, in zwei Teile, reichte eines davon Fine. Sie gab ihm im Gegenzug etwas Wurst und eine Scheibe Brot.

Nachdenklich kauten sie.

»Meinst du wirklich, es liegt an der Familie?« Fine seufzte.

»Jetzt hat sich deine Mutti in Mining verliebt. Glaubst du, dass sie heiraten werden?«

»Er ist doch noch mit Tante Sonja verheiratet«, sagte Fine. »Und ich hoffe, das bleibt auch so. Er kann ja nett sein ... aber als

Stiefvater möchte ich ihn nicht haben.« Sie zuckte mit den Schultern. »Es ist schöner, wenn er nicht hier ist. Dann hat Mutti manchmal etwas Zeit für uns. Obwohl es sich so anfühlt, als würde das immer weniger. Also, dass sie Zeit für uns hat.« Fines Stimme war leise geworden. »Ich hoffe immer, dass es wieder besser wird.«

»Meine Mutti muss auch arbeiten. Sie ist in diesem Verlag auch sehr glücklich. Manchmal darf ich nach der Schule dorthin.«

»Und was machst du, wenn du nicht hingehst?«

»Dann gehe ich nach Hause. Da ist dann Fräulein Schlüter. Sie passt auf Peter auf und dann auch auf mich. Aber sie kocht nicht. Was vielleicht auch besser ist. Einmal hat sie eine Erbsensuppe gekocht – da stank das ganz Viertel danach, zwei Tage lang.«

Fine lachte auf. »Unser neues Fräulein ist nett. Und sie kann kochen. Aber es wäre schöner, wenn Mutti bei uns wäre.«

»Liebe muss etwas ganz Vertracktes sein. Ich weiß gar nicht, ob ich das will.«

»Ich schon«, sagte Fine. »Ich will mich verlieben. Und heiraten. Und Kinder bekommen und ganz, ganz glücklich sein.«

»Willst du nur Mutter sein?«, fragte Tim verblüfft.

»Nein, natürlich nicht. Ich möchte zuallererst Ärztin werden.«

»Ja«, sagte Tim. »Das kann ich mir gut vorstellen. Du bist klug. Du bist sogar sehr klug. Und du kannst gut mit Menschen umgehen. Du wärst eine tolle Ärztin.«

»Danke. Und was willst du mal werden?«

»Eigentlich wollte ich zur Polizei. Aber seit den Demonstrationen am ersten Mai reden alle so schlecht über die Schupos und sagen, dass in der Roten Burg alle korrupt sind. Da möchte ich dann natürlich nicht dahin. Aber alles, was der Gennat macht, finde ich phänomenal. Ich wäre eigentlich gerne bei der Mordkommission.«

»Das klingt knorke. Und wer weiß, wie das mit der Polizei ist, wenn wir groß sind.«

»Ja, dann sind die ganzen Korrupten hoffentlich verschwunden.«

»Vielleicht leben wir dann in einem Land, das so gerecht ist, dass wir keine Polizei mehr brauchen.«

Tim sah sie an. »Glaubst du das wirklich?«

Fine schüttelte den Kopf. »Nein, aber es wäre doch schön?«

»Fine? Tim? Wo seid ihr?«, kam es von unten. »Tim! Komm! Das Gewitter ist vorbei, wir wollen gehen.«

»Das ist Mutti«, sagte Tim und steckte sich das letzte Stück Brot in den Mund, kaute hastig, dann stand er auf und ging zur Stiege. »Ich habe ja erst gedacht, du hättest nicht mehr alle beieinander, hier bei einem Gewitter hochzugehen. Aber ich habe mich getäuscht – es war echt eine Erfahrung, beeindruckend. Das können wir gerne wieder machen.« Er ging die ersten Stufen nach unten, drehte sich dann aber noch mal zu Fine um. »Und weiß du was? Wenn ich mich mal verliebe, dann muss sie wenigstens ein bisschen so sein wie du, Fine.« Damit stapfte er nach unten.

Fine blieb noch einen Moment sitzen und ließ seine Worte in sich nachklingen. Sie hatte Tim schon immer sehr gemocht, aber nun war sie sich sicher, dass er ihr Lieblingsverwandter war und bleiben würde. »Mein Mann«, murmelte sie, »muss auch ein bisschen so sein wie du.« Dann sprang sie auf und folgte ihm.

Der Sommer verging, und der Herbst kam. In diesem Jahr durften Fine und Tim nur eine Woche nach Blankenese fahren, aber sie hatten wieder eine herrliche Zeit. Vor allem, weil Ida wieder so viele Termine hatte. Auch Neli und Beate durften sie ein paar Tage besuchen, was Neli wirklich freute.

»Großmutter Isi hat gesagt, ich sei so brav, ich dürfe jederzeit wiederkommen«, sagte sie stolz, als sie wieder zu Hause war.

»Ja, weil du so langweilig bist und gar nicht auffällst«, meinte Fine ein wenig gehässig und schämte sich sofort für ihre Worte. Zum Glück hatte Mutti sie nicht gehört.

Als die Schule wieder begann, nahm Ulla Fine zur Seite. »Du hast doch sicher mitbekommen, dass es im Frühjahr diese Krawalle in der Stadt gab?«

»Den Blutmai«, sagte Fine und fühlte sich furchtbar erwachsen.

»Genau. Seitdem ... ist es etwas schwierig, wenn man in der Partei ist. Sie ist nicht verboten, noch nicht. Aber es gibt viele Leute, die die KPD kritisch sehen.«

»Ich nicht«, sagte Fine voller Inbrunst. »Ich bin stolz, Genossin zu sein.«

Ulla lachte leise. »Das ist auch gut so, Finekind. Aber dennoch ... ich möchte nicht, dass du mit irgendwem darüber sprichst. Es soll keiner wissen, dass ich in der Partei bin – auch, damit ihr keinen Ärger bekommt.«

»Wer sollte mich denn ärgern?«

»Ach Schatz, das darfst du nicht so wörtlich nehmen. Aber es gibt Leute, missgünstige Leute, die ... die nicht verstehen, wie wir leben und was wir machen. Und die könnten mir dann Ärger bereiten.«

»Nun gut«, sagte Fine und schob die Unterlippe nach vorne. »Aber darf ich weiterhin zu den Pionieren?«

Ulla schüttelte den Kopf. »Die Treffen sind erst einmal abgesagt. Weil es böse Menschen gibt, die dorthin kommen könnten und ... nun ja ...«

»Prügeln könnten?«, fragte Fine.

»Ja.« Ulla nickte. »Aber woher weißt du das?«

»Oh, das ... das habe ich gehört. Die Nazis, die prügeln. Oder glaubst du, dass die Schupos zu unseren Versammlungen kämen?« Fine riss die Augen auf.

»Im Moment weiß ich gar nichts«, gab Ulla zu. »Deshalb sollst du auch nicht darüber reden und auch niemandem erzählen, was ich so mache.«

»Ich dachte, du arbeitest in einem Büro?« Fine schlug die Augen auf und guckte so unschuldig, wie sie konnte.

Nun schmunzelte Ulla. »Ja, das ist richtig. Aber ich mache ja auch noch andere Sachen.«

»Flugblätter verteilen und Plakate kleben – ich würde so gerne helfen«, sagte Fine eifrig.

»Nein, Schatz, das geht gar nicht. Nicht im Moment. Das ist gefährlich.«

»Auch für dich?«, fragte Fine plötzlich unsicher.

»Auf mich passe ich auf, das verspreche ich.«

»Gut.«

Ulla räusperte sich. »Wenn jemand schellt, wenn jemand an der Tür ist. Von der Polizei oder vom Amt oder so, dann darfst du ihn nicht hereinlassen, wenn ich nicht da bin. Niemals. Hast du das verstanden?«

»Warum nicht?«

»Weil ... weil es Dinge gibt, die andere Leute nichts angehen.«

»Dass Mining hier wohnt?«

»Das auch. Das ist unsere Sache. Aber auch, dass wir in der Partei sind.«

Fine überlegte. »Aber das sieht man doch nicht.«

»Wirklich?«

Nun fiel es Fine ein – das Bild von Lenin im Wohnzimmer und einige Bücher, die dort standen.

»Ich werde niemanden reinlassen, Mutti. Versprochen.«

»Und du redest auch mit niemandem darüber?«

»Nein, natürlich nicht.«

Fine war traurig, dass die Treffen nicht mehr stattfanden. Aber dann war sie auch wieder froh, denn die Landpartie hatte sie nie ganz vergessen, und die Erzählungen über die Maidemonstrationen hatten ihr einen gehörigen Schrecken eingejagt. Sie wusste inzwischen, dass es Menschen gab, die andere hassten und verfolgten, auch wenn diese gar nichts getan hatten, und das machte ihr Angst. Oft war Ulla abends noch unterwegs, klebte Plakate und verteilte Stimmzettel. Oder sie war in der Masch und gab dort Unterricht oder hörte sich Vorträge an.

Manchmal sprachen Ulla und Mining darüber, dass sie zusammen nach Russland gehen wollten, auch das verunsicherte Fine. Sie wollte nicht mehr weg aus Berlin, fühlte sich hier wohl. Im nächsten Jahr würde sie in die Mittelschule gehen, und darauf freute sie sich. Mit Lise und Emil aus der Pioniergruppe hatte sie immer noch Kontakt. Inzwischen spielte sie auch oft mit den anderen Kindern, die in der Reinerzstraße wohnten, im Hof der U-förmigen Siedlung war immer etwas los.

Neli und Beate spielten lieber zusammen im Garten mit ihren Puppen, doch Fine liebte Wettläufe, Fangen und Ballspiele. Sie tobte auch lieber mit den Jungs, als mit den Mädchen Seil zu springen.

Eines Tages saß sie in der Stube und schrieb die letzten Sätze ihrer Hausaufgaben. Sie deckte die Seite mit dem Löschblatt vorsichtig ab, als es an der Tür schellte. Das war sicherlich der Emil, dachte sie erfreut, denn sie hatten sich für den Nachmittag verabredet. Schnell schaute sie aus dem Fenster in den Garten – Neli und Beate saßen mal wieder dort, ihre Puppenwagen vor sich.

»Ich geh zu Tür«, rief sie, doch Iris war schon aus der Küche gekommen und öffnete.

»Guten Tag«, sagte eine Frau. Die Stimme klang streng, und Fine kannte sie nicht. Sie schlich zur Stubentür und spähte durch den Spalt. Dort stand eine Frau, die das Mädchen streng ansah. »Hier wohnt Frau Dehmel?«

»Frau Dehmel is nich hier. Ick bin nur det Mädchen, und ick soll keenen rinnlassen.«

»Wo ist Frau Dehmel denn?«

»Na, det weeß ick doch nich.«

Fine schlich sich nach oben. Sie überlegte, was ihre Mutter gesagt hatte. Schnell stellte sie einen Stuhl an die Wand, kletterte darauf und nahm das Bild ab. Doch wohin damit? Sie sah sich hastig um, schob das Bild dann hinter die Kommode. Was gab es noch? Da lagen ein paar Flugblätter, die sie unter das Sofa schob, und schließlich noch zwei Bücher zur Sowjetunion und zur KPD. Hektisch sah sie sich um, hatte sie etwas vergessen?

»Se könn doch nich eenfach heer rinnkommen«, sagte Iris nun empört.

»Doch, das kann ich.«

Fine ging zur Tür, schaute die Stiege hinunter. Die Frau hatte sich einfach an Iris vorbei gedrängt und schaute nun in die Stube. Zum ersten Mal war Fine froh, dass es da so unordentlich aussah. Ihre Schulsachen lagen auf dem Tisch, die Nähmaschine daneben. Stoffe lagen auf der Bank und Zeichnungen auf der Kommode. Außer dem Geschirrschrank und der kleinen Anrichte war dort nicht viel zu finden.

Die Frau schüttelte den Kopf. »Wo sind die Kinder?«

»Inne Garten, ne?«, sagte Iris. »Da sindse am speelen.«

Nun ging die Frau zum Fenster und schaute hinaus. »Es sind doch drei, nicht wahr?«

Iris hatte Fine oben am Treppenabsatz entdeckt und hob entschuldigend die Schultern. Fine nickte ihr zu und zeigte auf das Wohnzimmer, dann ging sie schnell hinein, nahm sich ein Buch aus dem Regal und setzte sich auf das Sofa.

»De Fine is oben.«

Die festen und entschlossenen Schritte auf der Treppe kündigten die Frau an.

»Nanu«, sagte sie. »Bist du hier ganz alleine?«

Fine sah sie an und lächelte. »Ja, meine Mutter ist arbeiten.«

»Wo denn?«

»In einem Büro«, sagte Fine und versuchte, unschuldig zu gucken.

»Und sie lässt euch ganz alleine hier?«

»Das Mädchen ist doch da.«

Die Frau atmete laut aus. »Und wer hilft euch mit den Hausaufgaben?«

»Ich mache meine Hausaufgaben alleine. Ich bin gut in der Schule, ich brauche keine Hilfe.« Sie stand auf. »Meine Aufgaben liegen unten in der Stube. Soll ich sie Ihnen zeigen?« Wieder lächelte sie, aber ihr Herz pochte.

»Und deine Schwester? Wer hilft ihr bei den Aufgaben?«

»Ich. Cornelia ist auch gut in der Schule«, log Fine. »Aber wenn sie Hilfe braucht, fragt sie mich. Ich hatte das ja alles schon.«

»Lebt ihr hier allein?« Wieder sah sich die Frau forschend um.

»Ja. Mein Vater wohnt dort, wo er seine Arztpraxis hat.«

»Sonst wohnt niemand hier?«

Was geht die alte Schrapnelle das an?, dachte Fine wütend. Inzwischen tat ihr das Gesicht vom falschen Lächeln weh. »Nein«, sagte sie nur und hoffte, die Frau würde nicht auch noch die Schlafzimmer durchsuchen und Minings Sachen finden.

»Meine Mutter möchte nicht, dass fremde Leute in das Haus kommen, wenn sie arbeiten ist.«

»Ich bin vom Jugendamt«, sagte die Frau.

»Deshalb kenne ich Sie trotzdem nicht.« Fine streckte das Kinn vor.

»Weißt du, wer dein Großvater war?«

»Großvater Richard?«, fragte Fine. »Er war Schriftsteller.«

»Ja, er war ein großartiger Mann. Er würde sich im Grab umdrehen, wenn er das hier sähe.« Die Frau rümpfte die Nase.

Fine sah sich um, drehte sich im Kreis und grinste dann. »Ich finde es ganz schön hier, und Großvater hätte es bestimmt auch gefallen. Aber er hätte bestimmt auch etwas dagegen gehabt, wenn fremde Leute einfach so in sein Haus gekommen wären, während er nicht da war.«

»Du bist ganz schön frech.« Die Frau schnaubte, aber sie ging. Fine folgte ihr bis nach unten, schloss die Tür hinter ihr. Dann sackte sie zitternd zusammen.

»Menschenskind«, lobte Iris sie. »Det hasste abba jut jemacht, Mädel. Kannst stolz uff dich seen, wa?« Sie nahm Fine in den Arm. »Ick konnte jar nich so schnell kicken, wie se inne Haus war.«

»Ich weiß«, sagte Fine leise. »Ich habe es gesehen. Du hast alles richtig gemacht, Iris.« Ihr war die Lust aufs Spielen vergangen, und als kurze Zeit später tatsächlich Emil vor der Tür stand, schickte sie ihn weg.

Iris machten den Kindern Essen und brachte dann Beate und Neli zu Bett. Fine blieb noch auf, sie wartete auf die Rückkehr ihrer Mutter.

Irgendwann in der Nacht wurde sie auf dem Sofa wach. Verschlafen rieb sie sich die Augen. Von unten hörte sie leise Stimmen. Waren das Mutti und Mining? Fine ging zum Treppenabsatz. Mutti war in der Küche, die Tür stand auf.

»Da ist noch etwas Suppe, die mache ich uns schnell warm«, sagte sie.

Endlich ist sie da, dachte Fine und begann, die Stufen hinunterzugehen, doch dann hörte sie eine andere Stimme. Ein Mann, den sie nicht kannte. Überrascht blieb sie stehen.

»Das ist furchtbar nett«, sagte er. »Aber nicht nötig.«

»Wir sind doch Genossen«, Ulla klang amüsiert. »Du heißt Wilhelm? Ich habe dich heute das erste Mal gesehen. Bist du neu bei unserer Gruppe?«

»Sag einfach Will, alle nennen mich so.« Er klang verlegen. »Und ja, ich bin neu … Sonja hat mich eingeladen.« Er räusperte sich.

»Sonja? Ach so.«

»Sie ist ... wirklich sehr nett zu mir. Hilft mir ...«, stammelte er.

»Ja, sie ist nett.« Ulla klang verwundert. »Das brauchst du doch nicht zu betonen.«

»Ich meine nur, weil ... weil ... Sonja ist ja die Frau von Vogeler. Und ... und ...«

»Und? Er lebt im Moment hier, ja. Aber gerade ist er nicht da. Er ist nach Worpswede gefahren, um nach dem Barkenhoff zu schauen. Da ist jetzt ein Kinderheim.«

Fine konnte ihre Mutter sehen, aber nicht den Mann. Sie drückte sich an das Treppengeländer. Eigentlich wollte sie doch Mutti von der Frau vom Jugendamt erzählen. Konnte der Mann nicht einfach gehen?, dachte sie verärgert.

»Du machst dir doch keine Gedanken wegen Sonja und Mining?«, sagte Ulla nun. »Ich kenne Sonja schon lange. Sie hat ein großes Herz, manchmal zu groß. Ich nehme an, du warst im Gefängnis? Ich weiß, dass sie entlassenen Häftlingen hilft.«

»Ja«, sagte er nun. »Das war ich. Neun Jahre lang. Eigentlich war ich zum Tod verurteilt, aber das Urteil wurde auf lebenslang geändert.«

»Weshalb hast du eingesessen?«

»Ich war jung, gerade achtzehn. Und ich habe bei einem Überfall Schmiere gestanden. Weißt du, ich hatte nichts mehr, kein Geld, keine Arbeit, nichts.«

»Ja, das war in der Zeit der Inflation, nicht wahr?«

»Genau. Ich wurde leider geschnappt, dabei habe ich eigentlich gar nichts gemacht, nur Schmiere gestanden. Aber das haben sie mir nicht geglaubt.«

»Für Schmierestehen und einen Überfall wird man aber nicht zum Tod verurteilt.«

»Der Überfallene hat einen Herzanfall bekommen und ist gestorben. Es galt als Mord. Aber ... ich war gar nicht in seiner Nähe, habe ihn weder gesehen, geschweige denn angefasst.«

»Und wie kommt es, dass du nun entlassen wurdest?«

»Da habe ich Glück gehabt. Der eigentliche Täter wurde später bei einem anderen Delikt gefasst und musste einsitzen. Er war sehr krank, und auf dem Totenbett hat er die Tat gestanden und mich somit entlastet.«

»Da hast du ja noch mal Glück gehabt.«

»Ja. Und dass Sonja mir hilft. Im Gefängnis habe ich gelernt zu schreinern, deshalb habe ich jetzt eine Anstellung. Und natürlich will ich auch für die Partei arbeiten. Wir haben das ganz gut hinbekommen heute Abend – die Plakate zu kleben und die Flugblätter zu verteilen«, sagte er und klang nun heiter.

»Ja«, sagte Ulla. »Du bist also erst ganz frisch in unserer Gruppe, und deshalb habe ich dich noch nie gesehen.«

»Nein, ich bin schon eine Weile auf freiem Fuß. Ich habe dich oft bei den Versammlungen gesehen, aber du mich offensichtlich nicht.« Nun klang er wieder verlegen. »Danke für die Suppe, ich denke, ich geh jetzt mal.«

»Dann bis bald«, sagte Ulla und brachte ihn zur Tür.

Fine zögerte. Sollte sie jetzt noch hinuntergehen und mit Ulla reden? Aber sie konnte sehen, dass ihre Mutter mit den Gedanken ganz woanders war. Morgen war ja auch noch ein Tag, sagte sie sich und schlich sich nach oben ins Bett.

Ein paar Tage später, der Herbst hatte mit ergiebigen Regenfällen Einzug gehalten, kam Großvater Stolte, Ullas Vater, zu Besuch. Als sie nach Berlin gezogen waren, hatte er sie oft besucht, aber dann wurden die Treffen mit ihm weniger. Er missbilligte die Scheidung und Ullas politische Einstellung.

»Jemand vom Amt war bei dir«, sagte er nun. Sie saßen im Wohnzimmer, es gab Kaffee und Kuchen. Großvater hatte den Kindern Schokolade mitgebracht.

»Woher weißt du das?«, fragte Ulla und sah Fine an. Fine schüttelte den Kopf. Sie hatte ihrer Mutter am nächsten Tag von dem Besuch erzählt, aber mit niemandem sonst darüber gesprochen, noch nicht einmal mit Vati.

»Ich habe so meine Quellen«, sagte Großvater. »Du musst wirklich aufpassen, dass das Amt dir die Kinder nicht wegnimmt.«

Fine horchte auf. Das Amt konnte einen wegnehmen? Wohin kam man denn dann?

»Es gibt keinen Grund, mir die Kinder wegzunehmen, Vater«, sagte Ulla scharf.

»Doch, es gibt einige. Du lebst hier in unmoralischen Verhältnissen mit einem verheirateten Mann. Außerdem bist du für die KPD tätig.«

»Die KPD ist nicht verboten.«

»Noch nicht, Kind, noch nicht.«

»Woher hast du eigentlich deine Informationen?«, fragte Ulla.

»Ich kenne die richtigen Leute in den richtigen Positionen.«

»Bist du eigentlich auch in einer Partei?«, rutschte es nun Fine heraus, die das Gespräch gebannt mit angehört hatte.

»Weißt du denn schon, was eine Partei ist?«, fragte Großvater zurück.

»Ja, natürlich.« Fine nickte. »Wir sind Kommunisten, weil wir wollen, dass die Welt besser wird.«

Großvater schnaubte. »Das weiß man ja leider immer erst hinterher«, sagte er. »Die Intentionen mancher sozialistischer Parteien mögen gut sein, aber durchdacht ist vieles nicht. Und willst du wirklich gleich sein mit anderen? Ist es nicht besser, zu den Besseren zu gehören? Zu denen, die Macht und Einfluss haben? Und die sich ein gutes Leben leisten können?«

»Wenn alle gleich sind, Vater, dann gibt es keine Mächtigeren, keine Einflussreicheren, und alle haben ein gleich gutes Leben.«

Großvater sah Ulla an. »Es hört sich gut an, aber es wird sich nicht realisieren lassen, glaub mir. Schau doch in die Sowjetunion – dort gibt es welche, die sind gleicher als andere, mächtiger und einflussreicher. Stalin schafft dort eine Diktatur. Willst du in einer Diktatur leben?«

»Es sieht nur so aus, als sei es eine Diktatur. Die Gesellschaft in der Sowjetunion ist im Wandel. Nicht alles ist gut, wie es dort abläuft, und wir wollen es hier ja besser machen. Und ich möchte auf keinen Fall in einem faschistischen Land leben. Du etwa?«, fragte Ulla aufgebracht zurück.

»Ich finde einige Ansätze der Nationalsozialisten gar nicht so verkehrt«, sagte Großvater. »Es geht mir um unser Land, um Deutschland. Unser Land sollte für uns wichtiger sein als alles andere. Die Deutschen sind eine außergewöhnliche Rasse, wir stehen über so vielen anderen Völkern, sind weiter entwickelt.«

Entsetzt sah ihre Mutter ihn an. »Das glaubst du wirklich?«

Er nickte. »Aber das ist meine Sache und muss dich nicht kümmern.«

»Dann hat es dich auch nicht zu interessieren, wie ich politisch eingestellt bin.«

»Was du machst, ist im Prinzip deine Sache. Aber – du trägst die Verantwortung für deine Töchter. Du musst darauf achten, dass sie ordentlich aufwachsen, in geregelten Umständen. Und im Moment sieht das hier nicht so aus. Hast du vor, diesen alten Mann zu heiraten? Diesen Vogeler?«

Ulla knüllte empört ihre Serviette zusammen und versuchte mit aller Macht, ruhig zu bleiben. Fine konnte sehen, wie schwer es ihr fiel. »Das weiß ich noch nicht«, presste sie hervor.

Fine zuckte zusammen. Also hatte Mutti schon darüber nachgedacht, wurde ihr klar.

»Dieser Mann könnte dein Vater sein. Er ist … alt.«

»Er ist zumindest jünger als du, Vater.«

»Du hättest mit Heinrich zusammenbleiben sollen. Ich verstehe immer noch nicht, warum ihr euch getrennt habt.«

»Weil wir nicht zusammenpassen.«

»Das ist ja nur eine Einstellungssache, Kind. Du hättest dir eben mehr Mühe geben müssen. Dann hättest du nämlich auch auf ihn achten können. Er bringt sich im Moment mit seinem Verhalten auch in Gefahr.«

Ulla runzelte die Stirn. »Was weißt du, was ich nicht weiß? Irgendetwas aus deinen ›Quellen‹?«

»Heinrich setzt sich für die Armen ein, was ja per se nicht schlecht, aber auch ziemlich dumm ist. Er könnte eine gut florierende Praxis haben. Aber was macht er? Er nimmt Abtreibungen vor. Er steht schon mit einem Fuß im Gefängnis.« Großvater zog die Augenbrauen hoch. »Wenn du klug bist, Kind, sagst du ihm, dass er sich selbst anzeigen soll, bevor es jemand anderes tut. Dann kann man versuchen, Milde zu erwirken.«

»Ich weiß, dass er Abtreibungen durchführt. Und ich bin stolz darauf, dass er das tut. Er macht es nämlich unter hygienischen Bedingungen und mit medizinischen Mitteln, nicht so wie die Engelmacher, bei denen die Frauen reihenweise verbluten oder danach elendig an Infektionen versterben.«

»Dennoch ist es illegal.«

»Viele Dinge sind illegal«, sagte ihre Mutter nun. »Wissen das deine Quellen auch?«

»Mein privates Leben geht dich nichts an, gar nichts.«

»Aber die Partei, die du unterstützt, findet einige Dinge ziemlich abartig – deshalb gibt es ja auch den Paragraphen 175.« Sie lächelte, es war kein freundliches Lächeln.

»Das wird mir jetzt hier zu bunt«, sagte Großvater verärgert. »Ich glaube nicht, dass du dir solche Aussagen erlauben darfst, niemand darf das. Und«, sagte er und stand auf, hob den Zeigefinger, »pass bloß auf deine Mädchen auf. Denk daran, sie sind Jüdinnen, zumindest vor dem Gesetz.«

»Die Nazis werden nie so viel Macht und Einfluss haben, dass das etwas ausmachen würde. Außerdem sind wir gar nichts – weder jüdisch noch christlich.«

»Sag später nicht, dass ich dich nicht gewarnt hätte.« Er

wandte sich zu den Schwestern. »Meine Süßen, kommt und gebt dem Großvater einen Abschiedskuss. Ich komme bald wieder.« Dann sah er Fine an. »Wenn du klug bist, hältst du dich von diesen Parteileuten fern, Finchen.«

Fine schluckte nur, sie wollte nichts sagen und schon gar nicht nicken. Wie kam es nur, dass Großvater, der sonst doch so lieb und nett zu ihnen war, so seltsame Ansichten hatte. Fine nahm sich vor, später mit ihrer Mutter darüber zu sprechen. Aber die wich dem Gespräch immer aus. Und dann kam der düstere Herbst.

Kapitel 12
Berlin, Frühjahr 1930

Die Sonne schien von einem klaren Himmel, die Weidenkätzchen wiegten sich im Wind. Es roch süß nach frischem Gras und Erde, nach einem Neuanfang.

»Sie trainieren«, sagte Tim aufgeregt. »Lass uns hingehen, da sind die Spieler von Hertha.« Er stand im Garten auf der Bank, schaute auf den Sportplatz hinter dem Haus.

»Nein«, sagte Fine. »Ich will hierbleiben. Geh du doch allein.«

»Warum willst du unbedingt hierbleiben?« Tim stöhnte auf.

»Du willst ja nur wieder lauschen.«

»Die Welt verändert sich, und ich will wissen, was sie darüber denken. Außerdem ... traue ich Mining nicht. Er hat sich verändert.«

»Verändert? Wie meinst du das? Er ist immer noch alt«, feixte Tim.

»Sei nicht dumm«, sagte Fine angespannt. »Ich will nicht, dass Mutti ihn heiratet, aber ... ich bin mir nicht sicher, ob sie es nicht doch tut.«

Sie hatte Tim nie von dem Besuch der Frau vom Jugendamt erzählt. Und auch nie von den Worten ihres Großvaters. Dabei lagen ihr diese beiden Ereignisse immer noch schwer im Magen. Wer hatte das Amt zu ihnen geschickt, denn einfach so kamen sie ja nicht. Und was hatte Großvater damit gemeint, dass das Amt sie abholen, wegnehmen könnte? Das Leben war nicht einfach, aber sie hatten es doch einigermaßen schön, dachte Fine. Sie war glücklich mit Mutti und ihren Schwestern, eine Veränderung wollte sie nicht. Aber, dachte sie nun, vielleicht war es doch besser, wenn Mutti und Mining heirateten –

wegen der geordneten Verhältnisse, von denen Großvater gesprochen hatte.

»Dir liegt doch irgendetwas auf der Seele, Finemine«, sagte Tim. »Aber du willst es mir nicht sagen. Es ist schon eine Weile so, ich kenne dich gut. Denk nicht, ich hätte es nicht gemerkt.«

»Das bildest du dir ein«, log Fine und ging zurück zum Haus, schlich sich in die Küche. Ihre Mutter, Vera, Mining, Lotti und ihr Mann Walter saßen im Wohnzimmer, diskutierten lautstark. Man konnte es bis unten hören, aber nicht wirklich verstehen. Fine warf einen Blick in die Stube. Dort bauten Neli, Beate, Jan und Peter die große Holzeisenbahn auf.

Fine schlich sich zur Treppe, ging einige Stufen nach oben, setzte sich dann hin und lauschte.

»Es ist unsere Chance. Wann, wenn nicht jetzt, werden die Massen verstehen, dass der Kapitalismus mit all seinen Rattenschwänzen unser Untergang ist?«, sagte Mining heftig. »Jetzt muss doch allen klar werden, dass im Kapitalismus alle, und zwar wirklich alle, nur verlieren. Schaut nach Amerika, seht euch hier um. Seit dem Schwarzen Freitag sinken die Aktienkurse noch und nöcher. Die Leute, die kleinen Leute, haben all ihr Geld verloren, sind hoch verschuldet.«

»Nicht nur das«, sagte Walter nun. »Die Arbeitslosigkeit steigt. Wir sind in einer Deflation.«

»In einer was?«, fragte Vera.

»Einer Deflation«, erklärte Walter milde. »Alle Preise sinken.«

»Das ist doch im Prinzip gut«, sagte Ulla.

»Nicht, wenn das Angebot die Nachfrage übersteigt. Nicht die Preise für die Waren sinken, sondern die Preise für die Dienstleistungen. Man kann einen Arbeiter nicht mehr bezahlen – weil es keine Aufträge mehr gibt. Das ist eine Abwärtsspirale. Sie kann ins Bodenlose führen.«

»Haben die Arbeiter keine Arbeit mehr, haben sie auch kein Geld. Sie können sich nichts kaufen – also kosten auch irgendwann die Waren nicht mehr das, was sie kosten sollten«, sagte nun Lotti. »Alles verliert an Wert.«

»Ja«, sagte Ulla. »Das merken wir ja auch bei der Kugel. Die Aufträge werden zurückgezogen, neue kommen nicht mehr herein. Noch haben wir Arbeit, aber auch Richter kann uns nicht mehr das bezahlen, was er letztes Jahr bezahlt hat.« Sie seufzte auf. »Und im Moment sind alle Waren teuer – jedenfalls die Lebensmittel. Und sie werden auch immer teurer, essen müssen alle, bezahlen können wir es nicht. Ich musste das Mädchen entlassen.«

Vera sah sie erstaunt an. »Und was ist jetzt mit den Kindern?«

»Sie sind ja schon vernünftig. Fine kümmert sich nach der Schule um die Kleinen. Und nächstes Jahr kommt Beate ja auch endlich in die Schule.« Ulla senkte den Kopf. »Ich werde einen Weg finden. Einen Weg finden müssen.«

»Aber Mining hat recht. Jetzt wäre die Zeit, dass das Proletariat aufsteht. Die Reichen haben immer gewonnen, sie werden auch jetzt irgendwie aus der Krise gehen. Aber der Mittelstand nicht. Viele Leute, die Beamten, die Angestellten, alle im mittleren Dienst, haben in den letzten Jahren Aktien gekauft. Papiere, die nun nichts mehr wert sind. Diese Leute haben sich bis zum Ende ihres Lebens hoch verschuldet«, sagte Walter voller Eifer.

»Das war Herr Meier, Buchhalter. Und Herr Müller, Angestellter im Handel. Sie hatten ein mittleres, solides Einkommen, eine Wohnung, so wie hier. Die Frau war zu Hause und hat sich um den Haushalt gekümmert, vielleicht hat sie noch ein paar Stündchen gearbeitet. Man hatte das Mädchen vom Lande, das sich um die beiden Kinder gekümmert und gekocht hat, eine Zugehfrau, wenn man gut wirtschaftete.«

»Ja«, fiel Lotti nun ein. »Und der Aktienmarkt, die Kapitalisten, lockten. Sie lockten mit Versprechen. Reichtum und Wohlhaben. Herr Meier und Herr Müller haben Kredite aufgenommen und Aktien gekauft. Kredite, die sie sich eigentlich nie hätten leisten können. Aber … die vermeintlichen Reichtümer lockten. Es schien ja kein Risiko zu geben. Die Börse stieg und stieg.«

»Und jetzt ist sie am Boden«, sagte Vera. »Und alle sammeln Scherben ein.«

»Nein, Detta«, sagte Mining. »Es ist erst der Anfang. Wir stehen noch am Anfang. Die Kurse werden weiter fallen, es gibt eine Krise, die die ganze Welt erfassen wird.«

»Und das ist unsere Chance. Die Menschen wollten alle Kleinkapitalisten sein, wollten sich an der Arbeitskraft anderer bereichern. Das ist gescheitert jetzt, jetzt müssen und werden sie einsehen, dass dies der falsche Weg ist.« Lottis Wangen glühten. »Jetzt werden sie erkennen, dass nur der Kommunismus die Rettung ist. Da gibt es keine Eigentümer, die Aktien herausgeben, keine Industriellen, die sich die Taschen voll machen. Alles sollte allen gehören, alle sollten füreinander und für den gemeinsamen Wohlstand arbeiten.«

»Dafür müssen die Menschen es aber auch wirklich begreifen«, sagte Mining und klang plötzlich müde. »Das wird erst die Zeit zeigen. Im Moment macht es mir Angst, dass der Nationalsozialismus zu stark wird.«

»Und es ist gar nicht zu verstehen«, sagte Ulla. »Was haben sie denn zu bieten? Doch keine gerechte Gesellschaft.«

»Nein, sie haben ihre Sündenböcke, Ullala. Und das zieht leider oft mehr«, sagte Vera.

»Sündenböcke?«

»Ja, natürlich«, sagte Mining. »Die Juden. Juden wurden schon immer misstrauisch beäugt. Weil sie angeblich anders sind – so ein Quatsch. ›Die Juden‹ sind keine Ethnie, wie es uns Hitler weismmachen will, das Judentum ist eine Glaubensgemeinschaft. Und Christus war ein Jude. Aber all das zählt nicht bei ihrer Propaganda.«

»Es gab schon immer Antisemitismus. Überall auf der Welt, aber vor allem hier in Deutschland. Es macht sich einfach gut, wenn man mit dem Finger auf eine Gruppe zeigen und ihr die Verantwortung für alle Probleme geben kann«, sagte Walter. »›Die Juden sind schuld an der Finanzkrise, denn sie verdienen letztendlich daran.‹ So lautet die Erklärung der Nazis. ›Die Juden sind die reichen Bankiers, die nun noch reicher werden, während wir alles verlieren.‹ Dabei wurden sie doch zu Bankiers gemacht.«

»Wie meinst du das?«, fragte Lotti.

»Früher war der Handel mit Geld verboten. Man durfte kein Geld verleihen – nur Jude durften das. Also wurden sie Geldverleiher, und schließlich gründeten sie Banken.«

»Ach so, natürlich. Sie hatten im Mittelalter keine Wahl, konnten nur wenige Berufe ausüben und waren damit erfolgreich. Und Erfolg zieht immer Neid nach sich.«

»Neid ist eine gute Waffe im Propagandakrieg, so wie die Nazis ihn führen. Sie heizen den Neid an, schüren den Hass. Und gewinnen damit Anhänger.«

»Ja, und uns Kommunisten greifen sie auch an. Gewaltsam oder mit falschen Anschuldigungen«, sagte Lotti verbittert. »Es ist kaum zu glauben, dass so viele Arbeiter ihnen folgen und nicht uns.«

»Das liegt aber auch an Stalin«, wandte Vera ein. »Seine Art, den Marxismus durchzusetzen, ist brachial. Und das macht den Leuten Angst.«

»Weil sie nicht zuhören, weil sie nicht verstehen«, ereiferte sich Ulla. »Wir wollen doch soziale Gerechtigkeit. Stalin setzt das um, er setzt es schnell um, und das fordert leider Opfer.«

»Aber diese Opfer sollte es nicht geben«, sagte Mining. »Man sollte die Menschen unterstützen, nicht niederknüppeln.«

Fine lauschte gebannt den Worten. Die Nazis, das war ihr schon lange klar, waren böse Menschen. Und die Juden waren ihre Sündenböcke. Ich bin auch ein bisschen jüdisch, schoss ihr plötzlich durch den Kopf, und ihr wurde ganz heiß.

»Komm endlich wieder raus«, flüsterte ihr Tim plötzlich ins Ohr. »Das ist doch langweilig. Immer dasselbe Geschwätz über Politik. Als ob es etwas ändern würde.«

Fine schrak zusammen, sie hatte ihn gar nicht kommen hören. Widerwillig stand sie auf und folgte ihm.

»Lass uns nach vorne in den Hof gehen«, schlug er vor. »Da sind bestimmt noch andere, mit denen wir spielen können.« Er öffnete die Haustür, nachdenklich folgte sie ihm. »Machst du dir nie Gedanken um die Zukunft?«, fragte sie.

»Doch. Aber nicht so wie du. Ich denke an den nächsten Spieltag in der Liga und wie Hertha wohl abschneiden wird. Ich überlege, was es wohl zu essen geben wird und ob Mutti wieder jeden Pfennig umdrehen muss. Ich frage mich, ob wir bald wieder nach Blankenese dürfen ...«

»Ja, diese Fragen beschäftigen mich auch. Aber auch die anderen Dinge, die Dinge, über die die Erwachsenen reden. Sie machen mir Angst.« Sie runzelte die Stirn. »Im letzten Sommer schien sich alles zum Guten zu wenden. Mutti hatte die Anstellung in der ›Kugel‹ und verdiente Geld. Alles schien leichter und einfacher zu werden. Und dann kam der Schwarze Freitag, und seitdem ist nichts mehr so, wie es war.«

»Meine Mutti sagt, es wird noch eine Weile schwer bleiben, aber irgendwann geht es wieder bergauf. Weil es immer so ist. Und das glaube ich ihr.«

»Aber was, wenn nicht? Was, wenn die Nazis an die Macht kommen?«

»Die sind doch auch nur eine Partei von vielen. Warum sollten es ausgerechnet sie schaffen?«

»Weil immer mehr Leute ihnen folgen. Macht dir das keine Angst? Mir schon.«

»Warum?« Tim sah sie erstaunt an, drehte sich dann um, er hatte Fritz entdeckt, der lustlos einen Ball im Hof kickte.

»Weil wir doch Juden sind. Und die Nazis hassen die Juden.«

»Die Nazis hassen eine Menge Leute – Juden, lustige Brüder, die Sozialisten, die Kommunisten … sollen sie doch. Das interessiert mich nicht.« Er winkte Fritz. »Wollen wir Fußball spielen?«, rief er ihm zu.

Fine schluckte. Vielleicht hatte Tim ja recht, und sie machte sich wirklich zu viele unnütze Gedanken. Und ändern konnte sie auch nichts. Oder doch? In zwei Wochen war der erste Mai, und sie wollte unbedingt mit Ulla zu den Aufmärschen gehen. Man muss für seine Überzeugung einstehen, sagte Ulla immer und Fine gab ihr recht.

»Ich fahre nach Italien«, sagte Mining ein paar Tage später beim Abendessen. »In die Fontana Martina zu meinem Freund Fritz Jordi.«

Fine sah ihn aufmerksam an. »Warum bist du so traurig, Mining?«, fragte sie. »Du bist schon seit einer Weile traurig.«

»Nun lass ihn doch, Finekind«, sagte Ulla und schüttelte den Kopf.

»Ist schon gut, Ulla. Sie darf ja ruhig fragen«, sagte Mining. »Und du hast recht, Fine, ich bin traurig. Es ist … weil die Genossen mich nicht mehr in der Partei wollen.«

»Was?« Fine riss die Augen auf. »Wieso das denn nicht?«

»Weil ich bei einigen Dingen nicht ihrer Meinung bin«, erklärte Mining. »Ich finde, dass man mit anderen Parteien zusammen gegen den Kapitalismus kämpfen sollte, dass man sich verbünden muss gegen den Faschismus – aber nicht alle sind dieser Ansicht. Und deshalb wollen sie mich und andere nicht mehr in der Partei haben.«

»Aber du bist doch noch Kommunist?«, fragte Fine.

»Ja, natürlich bin ich das und werde es in meinem Herzen auch immer bleiben. Doch meine Ämter musste ich aufgeben. Und ich darf auch nicht mehr bei der ›Roten Hilfe‹ arbeiten.«

Fine runzelte die Stirn und kaute nachdenklich auf dem Kanten Brot, den Ulla ihr gegeben hatte. Früher hatte es immer Brot mit Butter gegeben, jetzt hatten sie für die Butter oft kein Geld.

»Aber du hast doch deinen Hof der ›Roten Hilfe‹ gegeben.«

»Ja, Fine, das habe ich. Und er wird auch noch weiter von ihr betrieben werden. Nur werde ich damit nichts mehr zu tun haben.« Mining senkte den Kopf.

»Nimm es nicht so schwer«, versuchte Ulla ihn zu trösten. »Sie werden es sich sicher überlegen und dich wieder aufnehmen. Du bist doch ein Urgestein der KPD.«

»Nein. Ich möchte auch keiner Partei angehören, die sich radikalisiert. Es ist falsch, die Gewerkschaften spalten zu wollen. Es ist verkehrt, sich gegen die SPD zu stemmen, statt gemeinsam mit ihr den Faschismus zu bekämpfen. Somit spielen sie den Nationalsozialisten doch nur in die Hände.«

»Ich weiß ja, was du meinst«, sagte Ulla. »Aber ich verstehe auch, dass die Partei sich nicht von den Sozialdemokraten unterbuttern lassen will.«

»Aber es geht doch gar nicht darum, jemanden unterzubuttern. Das Gerede, dass der Kapitalismus am Ende sei und somit die Übernahme der Arbeiterschaft unmittelbar bevorstehe, ist doch Blödsinn. Wir sind nicht in der Offensive, wir sind weiterhin in der Defensive. Die Arbeiter haben durch die Wirtschaftskrise nicht mehr, sondern weniger Rechte und Möglichkeiten. Die Kapitalisten, die durch die Krise kommen, werden gestärkt aus ihr hervorgehen. Jetzt schon haben die Gewerkschaften kaum noch Einfluss. Wie auch? Ein Streik bringt nichts, wenn es so viele willige Arbeitslose gibt, die jede Tätigkeit zu jedem Preis machen würden. Es ist nicht klug, in diesen Zeiten offen gegen andere zu kämpfen.«

»Es ist aber auch nicht klug, den Kopf in den Sand zu stecken.« Ulla streckte trotzig das Kinn nach vorne. »Du fährst also wieder zu Jordi? Du warst doch erst im Winter dort.«

Fine versuchte den harten Brotkanten weich zu lutschen. Sie

hatte nicht gewusst, dass man aus der Partei ausgeschlossen werden konnte. Sie hatte die Partei immer als einen sicheren Hafen angesehen, eine Gemeinschaft, die sie auffangen würde. Sie mochte die Leute dort. Wie oft saßen sie zusammen in der Masch, sangen oder zählten Rätselreime auf. Es war oft lustig und nett.

»Mutti, bist du noch in der Partei?«

»Aber natürlich, Finekind.«

»Und wenn sie dich auch rausschmeißen?« Fines Unterlippe zitterte unsicher.

Ulla lachte bitter auf. »Das werden sie nicht. Ich stimme zwar nicht allen Meinungen zu, aber sie werden mich nicht rausschmeißen.«

»Weil du dich anpasst«, sagte Mining. »Weil du dem Kampf zustimmst und es dir gefallen lässt, dass innerhalb der Partei keine offenen Diskussionen zugelassen sind.«

»Natürlich sind Diskussionen noch zugelassen.«

»Nur solange sie nicht zu kontrovers sind.«

»Was weiß ich denn von einer Parteiführung?«, gab Ulla nun wütend zurück. »Ich muss nicht alles wissen, was der Vorstand beschließt und warum er es tut. Sie werden gute Gründe für ihre Entscheidungen haben. Es tut uns nicht gut, alles immer zerreden und infrage stellen zu wollen, Mining.«

»Aber man muss eine Meinung, auch wenn sie anders ist als die der Führung, offen äußern können, Ullala.«

»Die Zeiten werden bestimmt wieder kommen. Nun müssen wir durch diese Krise gehen – die wirtschaftliche genauso, wie die politische. Die Zeiten ändern sich. Wir gewinnen Stimmen dazu, und auch die Maidemonstrationen sind in diesem Jahr nicht verboten.«

»Du wirst hingehen«, sagte er resigniert. »Obwohl es gefährlich ist.«

»Natürlich werde ich das.«

»Es wird zu Schlägereien kommen.«

»Es wird immer zu Schlägereien kommen, solange es die Schlägertrupps der Nazis gibt.«

»Die KPD hat auch Schlägertrupps, Liebes, vergiss das nicht.«

»Wir sind ja auch keine christliche Partei, die auch noch die andere Wange hinhält, Mining. Manchmal muss man kämpfen.« Er seufzte auf. »Siehst du, und deshalb fahre ich nach Italien zu Jordi. In Ascona das Dorf aufzubauen, scheint mir sinnvoller, als sich hier den Kopf einschlagen zu lassen.«

»Ich kämpfe ja nicht nur für mich, Mining. Ich kämpfe für die Zukunft meiner Kinder.« Ulla setzte sich auf, straffte die Schultern. »Tatsächlich sind die Mädchen der Grund, warum ich mich überhaupt politisch engagiere. Ich will, dass sie eine Zukunft haben. Eine gerechte Zukunft. Ein Leben, in dem sie nicht mehr dafür kämpfen müssen, das tun zu dürfen, was sie am besten können und machen wollen. Wo eine Frau genauso viel wert ist wie ein Mann. Wo die Klasse, aus der man stammt, keinen Unterschied mehr macht. Ich kämpfe für die Zukunft meiner Kinder. Sie sollen es besser haben als ich.« Ulla holte tief Luft.

Mining sah sie an, er zog die Stirn kraus.

»Was machst du denn genau in Italien?«, fragte Fine schnell. Sie wollte nicht, dass die beiden sich stritten.

»Mein Freund Fritz hat dort ein paar alte Häuser gekauft. Ich helfe ihm, sie wieder herzurichten. Wir wollen dort so etwas schaffen, wie den Barkenhoff in Worpswede – einen Erholungsort für Genossen und ihre Familien. Und ein Künstlerdorf.« Minings Stimme war weicher geworden. »Ein friedlicher Ort soll es werden in dieser momentan so feindlichen Welt.« Er sah Ulla an. »Und im Sommer kommt du und die Kinder mit dorthin.«

»Oh! Wirklich?«, fragte Fine begeistert. »Können wir nicht jetzt schon mit?«

Ulla lachte auf, nun klang ihr Lachen befreiter. »Nein, Fine.

Ich muss arbeiten, und ihr müsst in die Schule. Aber im Sommer, versprochen.«

Schon am nächsten Tag verließ Mining mit seinem Koffer das Haus. Ulla sah ihm lange hinterher. Fine stand neben ihr und nahm ihre Hand.

»Bist du traurig, Mutti?«, fragte sie leise.

»Ich weiß es nicht«, sagte Ulla nachdenklich. »Er hat sich sehr verändert.« Dann zuckte sie mit den Schultern und zog Fine mit sich ins Haus. »Nächste Woche ist der erste Mai.« Sie sah Fine an. »Möchtest du mit zur Demonstration kommen?«

Fine konnte es gar nicht glauben. Sie durfte mitkommen? »Oh, natürlich möchte ich!«, rief sie begeistert auf. »Dann zeigen wir den Genossen, dass wir für sie einstehen, und sie werden uns nicht rausschmeißen.«

»Ganz genau«, lachte Ulla.

»Du bleibst mit Beate hier«, sagte Ulla zu Neli. Endlich war der erste Mai gekommen und Fine war schon ganz aufgeregt. Sie wartete darauf, dass Neli sich beschwerte, weil sie nicht mitdurfte, aber Neli nickte nur.

»Willst du nicht mit?«, fragte Fine verwundert.

Neli grinste. »Ich bin doch nicht meschugge«, sagte sie. »Ich will doch nicht stundenlang durch die Stadt laufen.«

»Ich finde es prima, dass du auf Beate aufpasst, mein Schatz«, lobte Ulla und holte dann ihren leichten Mantel. Es war ein sonniger Tag, aber dennoch kühl. In diesem Jahr war der Frost im April noch einmal zurückgekommen und nun schien sich die Luft langsamer zu erwärmen als sonst.

Die Türschelle ging, und Fine sah Ulla verwundert an.

»Das ist Will, ein Kollege von mir«, sagte Ulla. »Er geht mit uns mit.«

Von Will hatte Ulla das ein oder andere Mal erzählt, und Fine erinnerte sich, dass er an dem Abend hier gewesen war, als die Frau vom Jugendamt gekommen war. Zuerst ärgerte sie sich, dass jemand mitkam, denn sie hatte gehofft, dieses tolle Ereignis alleine mit Ulla erleben zu können. Aber vielleicht, dachte sie dann, ist es ganz gut, wenn uns jemand begleitet.

Obwohl die Maiversammlungen in diesem Jahr erlaubt waren, schwebte doch so etwas wie eine dunkle Wolke über dem Tag – Angst vor Unruhen und Krawallen.

»Wir lassen uns nicht bangemachen«, sagte Ulla lächelnd und öffnete die Tür. »Hallo Will«, sagte sie, und ihre Stimme hatte sich verändert, war plötzlich ganz weich geworden.

Will, der eigentlich Wilhelm hieß, begrüßte Ulla lächelnd. »Ich habe rote Nelken besorgt«, sagte er. »Aber sie sind noch in meiner Tasche. Wir warten lieber ab, wie die Situation sich entwickelt, meinst du nicht?«

»Das ist eine gute Idee.« Ulla drehte sich zu Fine um. »Am besten steckst du dein Halstuch auch erst einmal in die Jackentasche. Wir wollen ja nicht sofort auffallen.« Dann zog sie Will in den Flur. »Darf ich vorstellen, dies sind meine Töchter: Fine, Cornelia und Beate.«

»Hallo, ihr drei.« Der junge Mann nickte ihnen freundlich zu. »Du willst die Kinder mitnehmen?« Er runzelte die Stirn. »Ist das eine gute Idee?«

»Nein, sie bleiben hier. Nur Fine kommt mit. Sie ist schon groß.«

»Und ich bin eine Genossin!« Fine streckte die Schultern nach hinten, stellte sich auf die Zehenspitzen.

»Eine kleine, große Genossin«, Will lachte. »Na dann mal los.«

»In der Küche sind Brote und auch ein paar Kekse. Aber nicht alles auf einmal essen«, ermahnte Ulla Neli. »Und dass du mir niemandem die Tür aufmachst, hast du verstanden?«

»Ja, Mutti«, sagte Neli und nahm Beates Hand. »Wir werden ganz lieb sein.«

Ulla küsste beide auf die Stirn, schob Fine aus der Tür und verließ das Haus. Die Tür schloss sie ab.

»Sind die Kleinen ganz alleine?«, fragte Will nachdenklich.

»Sie kennen das schon und sind vernünftig«, meinte Ulla.

Und dann gingen sie los. Die roten Fahnen, die Nelken und die Halstücher in ihren Taschen verborgen. Fines Herz klopfte. Sie hörte die Schritte der anderen Menschen auf dem Bürgersteig, schaute sich um. Waren das einfach nur Leute, die spazieren gingen? Oder waren das Gleichgesinnte, auf dem Weg zur Demonstration? Oder schlimmer – waren das die Feinde, die statt der Fähnchen und Nelken Schlagstöcke unter ihrem Mantel trugen? Ihr Atem war kurz, sie versuchte, mit Ulla und Will Schritt zu halten, doch auch die beiden schienen nervös zu sein, schauten sich immer wieder um. Miteinander redeten sie kaum, manchmal ein schnelles Wort. »Hier links«, sagte Will und zog Fine mit sich.

Es waren Gruppen Menschen unterwegs, aber auch Familien. Vater, Mutter, Kinder. Wenn auch andere ihre Kinder mit nahmen, konnte es doch nicht so schlimm werden wie im letzten Jahr, schöpfte Fine Hoffnung. Alle schienen doch zu glauben, dass es diesmal friedlicher verlief. Aber die Ungewissheit blieb.

Sie gingen weiter, wurden langsamer, je näher sie der Innenstadt kamen, irgendwann schlenderten sie nur noch. Will hatte den Kopf gehoben, schaute umher. Ein wenig sieht er aus wie ein schnuppernder Hund, dachte Fine und musste kichern. Ulla hatte sich bei Will eingehakt, hielt Fine an der Hand.

Wie eine Familie, dachte Fine und seufzte.

Das Leben war kompliziert, dachte sie nun. Viel komplizierter als noch vor ein paar Jahren. Viele der Väter ihrer Klassenkameradinnen hatten ihre Arbeit verloren, und nun hatten die Familien große Probleme. Zwei ihrer Mitschülerinnen hatten aus ihrer Wohnung ausziehen müssen, weil die Eltern kein Geld mehr hatten, um die Miete zu bezahlen. Sie waren zu den Großeltern gezogen und hausten nun auf sehr engem Raum. Was, dachte Fine, wenn wir auch aus unserem Haus ausziehen müssen, weil Mutti nicht mehr bei der Kugel arbeiten kann? Wohin ziehen wir dann? Zu Vati? Er hatte ein kleines Apartment über seiner Praxis – dort hätten sie zu fünft nie im Leben genug Platz. Oder zu den Großeltern Lehmann, die inzwischen irgendwo im Süden wohnten? Sie kannte Großmutter Lehmann kaum, denn sie hatten sie nur ein paarmal besucht. Oder vielleicht würden sie nach Blankenese zu Großmutter Isi ziehen. Das wäre famos. Dort ließe es sich leben, dacht Fine nun, erfreut eine Lösung gefunden zu haben. Aber, fiel ihr dann ein, Mutti hatte gesagt, dass sie nie mehr Berlin verlassen wollte. Fine verlangsamte ihren Schritt, so sehr war sie in Gedanken. Ob sie und Neli und Beate dann alleine zu Großmutter Isi ziehen könnten? Bei Großmutter Isi war es schön, aber sie war dort immer nur wenige Wochen und meist mit Tim und ohne ihre Schwestern. Ohne Tim und ohne Mutti, aber mit Neli und Beate würde es sicherlich anders werden – gar nicht mehr schön. Nein, mit Mutti würde sie auf jeden Fall weiterhin zusammenleben wollen, wo auch immer, falls sie aus dem Haus ausziehen müssten. Sie drückte Ullas Hand ganz fest und spürte das heiße Blut in ihre Wangen steigen vor lauter Sorge.

Doch dann riss Will sie aus ihren Gedanken. »Hört ihr das?«, sagte er und klang plötzlich ganz fröhlich.

Fine hob nun den Kopf und lauschte. Sie hörte die Tram an ihnen vorbeirattern, die Automobile, die auf den Straßen fuhren, Stimmengewirr von den Leuten um sie herum. Dort zog ein Mann einen Karren über das Kopfsteinpflaster, und hier schimpfte ein anderer – worüber auch immer. Dort hinten ging ein Pferd durch, und ein weiteres Fuhrwerk versuchte an ihm vorbeizukommen. Die Pferde wieherten. Irgendwo bellte ein Straßenköter. Aber dann hörte sie es auch – ein Fanfarenzug, der seine Melodie in die Luft schmetterte.

»Die Fanfaren«, sagte Will, »das ist das Zeichen. Die Luft ist rein, wir können in den Lustgarten.« Er grinste breit und zog die Fähnchen und die Nelken aus der ledernen Umhängetasche hervor. Will steckte Fine eine Nelke in das oberste Knopfloch ihres Mantels und zwinkerte ihr zu. »Nun, Genossin, kannst du auch dein Halstuch tragen.«

Voller Stolz band Fine ihr rotes Halstuch um, nahm das Fähnchen, das er ihr gab. Und plötzlich waren dort ganz viele Leute – alle mit roten Fähnchen und roten Nelken. Und alle strebten zum Lustgarten. Sie sahen sich an, und ein Strahlen lag auf den Gesichtern. Was für ein Erlebnis, dachte Fine und spürte das stolze Kribbeln in ihrem Bauch – es war das Kribbeln der Gemeinschaft. Sie alle waren Genossen, sie alle folgten einem Ziel. Es war ein wunderbarer Tag, dachte Fine sehr viel später, als sie erschöpft im Bett lag. Beate und Neli schliefen schon, aber Mutti und Will saßen noch im Wohnzimmer zusammen und redeten. Mutti, dachte Fine, kurz bevor sie auch die Augen schloss, Mutti war heute sehr glücklich gewesen. Glücklich und fröhlich. Es war wirklich ein guter Tag.

Fine nahm die Erinnerungen an diesen ersten Mai mit sich. Sie zehrte davon. Sie brauchte auch diese positiven Erinnerungen, denn das Leben wurde nicht einfacher. Eines Tages kamen sie und Neli aus der Schule, draußen schien die Sonne, die Schmetterlinge taumelten in der inzwischen warmen Luft, und die Vögel zwitscherten aufgeregt, als ob es etwas Wichtiges mitzuteilen gäbe.

Beate hatte den Vormittag bei einer Nachbarin verbracht, wie so oft in der letzten Zeit, denn Fines Lehrerin hatte inzwischen verboten, dass sie Beate mit in die Schule nahm. Fine holte die Schwester ab, bedankte sich bei der Nachbarin.

»War es schön?«, fragte sie. Beate verzog den Mund und senkte den Kopf. »Ist etwas passiert?«, fragte Fine noch einmal nach.

»Frau Müller sagt, ich kann nicht mehr kommen«, sagte Beate leise.

»Warum denn? Hast du etwas angestellt?«

»Ich will es ja nicht«, weinte Beate nun. »Aber ich habe doch immer Hunger und da habe ... habe ... ich eine Schrippe genommen«, schluchzte sie nun. »Da ist Frau Müller ganz böse geworden.«

Fine schluckte. In der ›Kugel‹ gab es nur wenige Aufträge, und Ulla wurde nur noch selten beschäftigt. Sobald die Kinder in der Schule waren, machte sie sich auf die Suche nach Arbeit. Manchmal hatte sie Glück, aber meistens nicht. Und so wurde das Geld immer knapper und knapper. Allen, die sie kannte, ging es so.

»Mutti wird mit ihr reden«, versuchte Fine ihre Schwester zu beruhigen. Gemeinsam gingen sie über den U-förmigen Hof zum Haus der Familie.

Fine hatte einen Schlüssel, und darauf war sie sehr stolz. Nun schloss sie die Tür auf und hörte Stimmen aus der Stube.

Vati, dachte sie und war plötzlich voller Hoffnung. Vati war da. Sicherlich brachte er Geld vorbei, so dass sie Essen kaufen konnten. Auch neue Schuhe brauchte sie dringend, denn die alten wurden zu klein. Sie musste schon die Zehen krümmen, um überhaupt noch laufen zu können. Außerdem wünschte sie sich von Herzen ein Fahrrad. Der Schulweg zur Oberschule war doppelt so lang, und die meisten ihrer Mitschüler hatten ein Rad. Fahren konnte sie schon. Fritz, einer der Nachbarjungen, hatte es ihr beigebracht.

Schnell öffnete sie die Tür zur Stube. »Vati!«, rief sie fröhlich und stockte dann. Nicht nur Heinrich saß dort am Tisch, sondern auch Großvater Stolte. Die Stimmung, das merkte Fine sofort, war kühl, fast schon frostig. Ulla stand auf, kam den Mädchen entgegen und lächelte, aber das Lächeln erreichte ihre Augen nicht, und um ihren Mund war ein harter Zug, der sich in der letzten Zeit immer öfter zeigte.

»Hallo, meine Süßen«, sagte sie. »In der Küche steht ein Topf mit Suppe. Fine, kannst du deinen Schwestern Essen geben?« Mit diesen Worten schob Ulla sie aus dem Raum, bevor die Schwestern Vater und Großvater hatten begrüßen können, und schloss die Tür hinter ihnen.

»Aber Vati ist doch da«, sagte Neli. »Ich will zu Vati …«

»Später.« Fine ging in die Küche. Es war eine sehr dünne Suppe, aber immerhin war sie heiß. Fine füllte die Schalen und stellte sie auf den kleinen Küchentisch. Sie selbst nahm sich nur wenig.

»Aber ich will doch zu Vati«, sagte Neli wieder.

»Psst«, herrschte Fine ihre Schwester an. »Sei leise. Ich will hören, was sie besprechen.«

»Wieso?«

»Sei keine dumme Gans, Neli. Sie werden etwas Wichtiges zu bereden haben, sonst hätten sie uns doch reingelassen. Bestimmt geht es um Geld.«

»Geld, immer dieses Geld«, sagte Neli und verdrehte die Augen.

»Geld ist wichtig, das wirst auch du Dummerchen sicherlich begriffen haben. Ohne Geld können wir kein Essen kaufen und die Miete nicht mehr bezahlen – dann müssen wir hier ausziehen.«

»Ausziehen?«, fragte Neli nun erschrocken. »Aber wohin denn?«

»Jetzt sei endlich still, das will ich ja erfahren.«

Neli senkte den Kopf und begann mürrisch in der Suppe zu rühren. Doch Fine beachtete sie gar nicht mehr, sondern spitzte die Ohren.

»So geht es nicht weiter, Ursula«, hörte sie Großvater Stolte sagen. »Die Kinder verwahrlosen ja.«

»Was soll ich denn machen?«, fragte Ulla trotzig. »Heinrich gibt mir kein Geld – also kann ich auch kein Mädchen bezahlen. Und ich muss arbeiten, wir müssen ja von irgendetwas leben.«

»Ich würde dir gerne mehr Geld geben«, sagte Heinrich niedergeschlagen. »Aber ich habe selbst nichts. Ich kann nur mit Mühe die Praxis halten.«

»Wenn du die richtigen Leute behandeln würdest, sähe das anders aus, Heinrich«, polterte Großvater. »Mir will es nicht in den Kopf gehen, warum du dir keinen wohlhabenden Patientenstamm suchst. Und ja – ich weiß von den Abtreibungen, die du illegal vornimmst.«

»Es wird Zeit, dass die Gesetze geändert werden. Es kann nicht sein, dass Frauen ungewollt ein Kind nach dem anderen bekommen, dass sie während der Schwangerschaft oder im Wochenbett an Erschöpfung sterben. Der Staat wird das irgendwann einsehen müssen. Ich habe, zusammen mit etlichen Kollegen, eine Eingabe beim Reichstag gemacht.«

»Aber du verhältst dich gesetzwidrig, Heinrich. Auch wenn es edelmütig ist, was du tust. Dich retten bisher nur dein guter Name und das Andenken an deinen Vater.«

»Ich habe mich ja selbst angezeigt«, sagte Heinrich. »Aber die Anzeige wurde niedergeschlagen. Man will mich nicht verurteilen. Das sehe ich als ein gutes Zeichen an, ein Zeichen, dass sich auch politisch etwas ändert. Wir brauchen eine Gesundheitsreform.«

»Die Anklage wurde niedergeschlagen, weil niemand den Namen deines Vaters in den Schmutz ziehen will. Versteh das doch endlich. Und natürlich weil ich meinen Einfluss geltend gemacht habe. Ich habe sehr einflussreiche Freunde, Freunde, die hohe Posten besetzen.« Großvater klang immer noch sehr verärgert.

»Nazis«, sagte Ulla nun, und ihre Stimme klang hohl, angewidert. »Deine Freunde sind Nazis, so wie du selbst auch.«

»Ja, ich bin in der NSDAP und das aus gutem Grund«, sagte Großvater nun. »Die Partei hat Zukunft. Und Einfluss. Hitler wird immer mehr an Macht gewinnen, ihr werdet es noch sehen.

Und manchmal ist es wichtig und nützlich, auf der richtigen Seite zu stehen.«

»Wie kannst du die Braunen als die richtige Seite bezeichnen? Du entsetzt mich, Vater«, sagte Ulla laut. »Das sind alles Verbrecher. Hast du ›Mein Kampf‹ gelesen?«

»Es ist kein großes literarisches Werk, Ulla, das gebe ich zu. Aber Hitlers Visionen sind zielführend. Er will aus Deutschland wieder einen starken Staat machen, nicht niedergeknüppelt durch Reparationszahlungen und Demütigungen aus dem Ausland. Wir Deutschen sollen wieder stolz auf unsere Herkunft sein. Und er wird die Wirtschaft ankurbeln.«

»Durch Kriegsvorbereitungen. Hitler will Krieg«, fauchte Ulla nun.

»Und ihr Roten wollt eine Revolution. Willst du wirklich in einer zweiten Sowjetunion leben? Alle sind gleich – nur der Apparatschik ist gleicher? Möchtest du unter einem Stalin leben?«

»Lieber als unter einem Hitler. Der Marxismus ist die Zukunft. Irgendwann werden das alle einsehen.«

»Das mag aber in sehr ferner Zukunft liegen«, sagte Heinrich und klang resigniert.

»Ich will hier keine politischen Diskussionen führen, ich will, dass wir über die Mädchen reden. So kann es ja nicht weitergehen, Ulla.«

»Und wie willst du das ändern?«

»Ursi, die Tochter deiner Schwester Anni, lebt seit zwei Jahren in Tabarz bei der Familie Sperling. Es geht ihr dort sehr gut. Doktor Sperling ist ein guter Bekannter von mir. Er ist inzwischen in Rente, seine Frau leitet das Haus.«

»Ein privates Kinderheim«, seufzte Ulla. »Ich bin nicht Anni, ich werde meine Kinder nicht weggeben.«

»Ich wusste gar nicht, dass deine Schwester ein Kind hat«, sagte Heinrich erstaunt. »Wann hat sie geheiratet?«

Ein peinliches Schweigen folgte, und Fine biss sich auf die Lippen. Über ihre Cousine Ursi, die sie bisher nur ein paarmal bei Großmutter Lehmann gesehen hatte, wurde selten gesprochen. Tante Anni, Mutters Schwester, war nicht verheiratet. Allen Fragen über sie war Ulla bisher immer ausgewichen.

»Anni leitet eine Männerpension«, sagte Großvater nun. »Das ist ja kein Umfeld für ein kleines Mädchen. Deshalb ist Ursi nach Tabarz gekommen, und es gefällt ihr dort sehr gut. Ich besuche sie regelmäßig – Anni natürlich auch. Und auch ihr könntet die Mädchen jederzeit sehen.«

»Du willst, dass unsere Töchter in ein Kinderheim kommen?« Nun klang Heinrich entsetzt.

»Willst du dich um sie kümmern?«, fragte Großvater zurück.

»Wie soll ich das tun? Ich muss meine Praxis führen, und außerdem habe ich noch meine Beratungstermine im Institut für Lebenshilfe.«

»Ich kümmere mich doch um die Mädchen«, sagte Ulla und klang plötzlich müde. »Nächste Woche zieht jemand zur Untermiete in das Zimmer des Hausmädchens ein. Dann habe ich wenigstens wieder ein bisschen Geld. Und vielleicht bekommt Richter noch einen Auftrag aus der Kaffeebranche. Mining und ich habe schon einen Entwurf für die Werbung gemacht. Es muss nur noch gebilligt werden. Dann hätte ich auch wieder Arbeit.«

»Aber du hast niemanden für den Haushalt. Sieh dich doch um, Kind«, sagte Großvater. »Es ist dreckig und unordentlich. Und ich habe gehört, dass Beate schon wieder mit Neli in die Schule gegangen ist. Das geht doch nicht so weiter.«

»Beate wird jetzt von der Nachbarin betreut«, sagte Ulla.

Auweia, dachte Fine besorgt. Hoffentlich kann Mutti das mit Frau Müller geradebiegen. Gut, dass Beate ihr das nicht direkt erzählt hat.

Ein Kinderheim, sie sollen in ein Kinderheim, dachte sie dann plötzlich entsetzt. Nein, auf keinen Fall will ich hier weg. Das

geht nicht. Ich möchte bei Mutti bleiben. Warum versteht Großvater das denn nicht?

»Ursula, dein politisches Umfeld, deine Aktionen für die Kommunisten sind nichts für die Kinder. Du brauchst mir gar nichts
zu sagen, ich weiß, dass du Flugblätter verteilst und Plakate
klebst – Dinge, die dich ins Gefängnis bringen können. Und
dann? Was wird dann mit den Kindern? Außerdem bist du überfordert mit ihnen, dem Haushalt und gleichzeitiger Arbeit. Sieh
es doch ein.«

»Aber«, sagte Heinrich, »diese Betreuung kostet doch sicherlich etwas?«

»Ja, natürlich. Günstig ist es nicht, auch wenn ich einen guten
Preis habe aushandeln können. Immerhin wären die Mädchen,
so wie Ursi, ständige Gäste. Ansonsten nimmt Frau Sperling Kinder nur für die Sommerferien auf.«

»Wer soll das denn bezahlen?«, fragte Ulla und lachte auf. »Ich
etwa? Oder Heinrich?«

»Du müsstest dann ja nicht mehr in diesem Haus wohnen,
könntest dir eine günstigere Wohnung suchen. Und Heinrich
müsste dich nicht unterstützen, nur noch die Mädchen.« Großvater räusperte sich. »Ich würde auch einen Anteil bezahlen, und
du, Heinrich, könntest deine Verwandtschaft fragen – ich bin
mir sicher, deine Onkel Franz und Carl würden die Mädchen
ebenfalls unterstützen.«

»Hast du sie etwa schon gefragt?«, sagte Ulla empört.

»Ja«, gab Großvater zu. »Ja, und wir sind uns alle einig, dass dies
hier nicht die richtige Umgebung für die drei Mädchen ist ...«

»Weil ich Kommunistin bin?« Nun schrie Ulla fast.

»Es ist deine Entscheidung, welcher politischen Richtung du
folgst. Aber, glaube mir, du setzt auf das falsche Pferd.«

»Du kannst gehen, Vater. Jetzt sofort! Ich will kein weiteres
Wort hören! Meine Kinder gebe ich nicht her. Ihr spinnt ja alle.«

Fine hörte Stühle rücken, der Großvater war wohl aufgestanden. Nun ging er zur Tür. »Mein Angebot steht. Überlege es dir. Und du, Heinrich, sprich mit deiner Verwandtschaft. Es ist nur zum Wohle der Kinder.«

»Geh! Geh sofort! Ich werde mir das nicht länger anhören!« Fine hörte, wie die Haustür auf- und wieder zuging, dann war es eine Weile still.

»Vielleicht«, sagte Heinrich schließlich, »sollten wir wirklich darüber nachdenken.«

»Spinnst du jetzt auch, Heinrich?«

»Ich weiß, dass Onkel Carl sich ebenfalls Sorgen um die Mädchen macht ...«

»Wenn deine Verwandtschaft etwas für sie tun will, dann können sie uns ja Geld geben. Dann kann ich wieder eine Hilfe einstellen und muss nicht untervermieten.«

»Wer zieht denn hier ein? Ich hoffe, es ist keiner deiner Genossen.«

»Um Gottes willen, Heinrich, fängst du jetzt auch damit an? Du bist doch für Gerechtigkeit in der Gesellschaft. Genauso wie deine Onkel auch. Was habt ihr denn gegen den Kommunismus?«

»Wir sind alles Sozialdemokraten. Demokraten ... das sind die Kommunisten nicht, oder hältst du die Sowjetunion für eine Demokratie?«

»Der Kommunismus ist viel gerechter als eine Demokratie, in der es Parteien wie die NSDAP gibt.«

»In einer Demokratie hat man die Wahl ...«

»Ich will nun wirklich nicht auch noch mit dir streiten, Heinrich.«

»Dann sag, wer als Untermieter hier einzieht. Ich dachte, du würdest so etwas mit mir besprechen. Immerhin leben meine Kinder hier.«

»Es gäbe ja nichts zu besprechen, wenn du mehr zahlen würdest.«

»Ja, ja, schon gut. Wirst du nun die Frage beantworten?«

»Es ist eine Tänzerin aus dem Theater. Mining hat dort ein Bühnenbild entworfen und sie kennengelernt.«

»Mining, soso. Wo ist er eigentlich?«

»Er ist in Italien, kommt aber nächste Woche wieder.«

»Nun gut. Du musst wissen, was du mit deinem Leben machst, es ist deine Entscheidung. Aber tatsächlich solltest du dich mit politischen Aktionen zum Wohle der Kinder zurückhalten.« Heinrich stand auf und kam in die Küche. Schnell rückte Fine ihren Stuhl von der Tür weg. Sie hatte viele Fragen, in ihrem Kopf brummte es, und ihr Magen krampfte sich zusammen vor Angst, aber sie wusste, dass dies nicht der richtige Zeitpunkt war, um diese Fragen zu stellen.

Erst abends, als sie im Bett lag und Ulla noch einmal kam, um nach ihnen zu schauen, traute sie sich.

»Werden wir wirklich in ein Heim müssen, Mutti?«, flüsterte sie. Neli und Beate schliefen schon. Fine hatte mit ihnen nicht über das gesprochen, was sie gehört hatte.

»Hast du etwa gelauscht, Finekind?«

»Ich musste nicht lauschen ...«

»Haben die beiden Kleinen auch etwas mitbekommen?«, fragte Ulla erschrocken.

Fine schüttelte den Kopf. »Ich glaube nicht. Aber ... du wirst uns doch nicht ins Heim geben?«

»Nein«, sagte Ulla entschieden. »Niemals.«

Kapitel 13
Sommer 1930

»Ich will auch mit nach Italien«, sagte Neli und schniefte. »Warum darf ich nicht mit?«

»Ich dachte, du willst zu Großmutter Isi nach Blankenese?« Ulla seufzte auf.

»Das will ich ja auch. Aber ich will auch mit nach Italien.«

»Beides geht nicht, Liebes.«

»Lass uns tauschen«, sagte Fine. »Ich fahre zu Großmutter Isi, zu Guste, und lass mich dort nach Strich und Faden verwöhnen, und du fährst mit nach Italien. Dort ist dann auch Jan, der immer rumjammert, und außerdem musst du dort in den Bergen herumkraxeln.«

Neli sah sie nachdenklich an. »Nein, ich fahre doch lieber nach Blankenese. Du kannst nach Italien fahren.«

Fine seufzte auf. Auch wenn sie sich auf die Ferien und die Zeit zusammen mit Ulla gefreut hatte, schreckte sie doch das ab, was Mining nach seiner Rückkehr erzählt hatte. Sein Freund Fritz Jordi hatte dort etliche alte Häuser für wenig Geld gekauft. Aber die Häuser waren heruntergekommen und mussten nun renoviert werden. Mining hatte von der konstruktiven Arbeit geschwärmt, aber nach Erholung und Spaß hatte es sich nicht angehört.

»Ihr werdet die Zimmer reinigen, es ist dort sehr staubig. Und wenn ihr fertig seid, werdet ihr sehen, was ihr getan habt. Das ist so ein gutes Gefühl, wenn man das Ergebnis sofort sieht, nicht wahr, Fine?«

»Wir fahren dorthin, um zu putzen?«, hatte Fine entsetzt gefragt.

»Nicht nur«, hatte Ulla beschwichtigt. »Dort ist es warm und sonnig, und der See ist nicht weit. Es wird herrlich sein. Da kann man dann auch ein wenig helfen, Finekind.«

»Ich fahre mit Jan schon vor, du kommst mit Fine und Beate nach. Ich werde euch dort vom Zug abholen«, hatte Mining beschlossen.

Dass Beate mitfuhr, fand Fine nicht schlimm. Sie liebte ihre ruhige und fröhliche Schwester sehr. Zum Glück sollte Neli nach Blankenese fahren. Immer noch verstand sie sich nicht besonders mit Cornelia und freute sich nun auf ein paar Wochen ohne ihr Gezeter und Geknatsche. Allerdings hätte sie auch nichts dagegen gehabt, statt Neli nach Blankenese zu fahren. Dann hätte Neli in Italien helfen können, und sie hätte sich von Guste verwöhnen lassen. Sie wäre sogar zusammen mit Neli zu Großmutter Isi gefahren, aber das war Großmutter zu viel.

Nun also ging es bald los, und Ursula packte die Koffer und Taschen.

Vor ein paar Wochen war Fräulein Lindström, eine Balletttänzerin aus Schweden, bei ihnen eingezogen. Sie zahlte für die Unterkunft und die kalten Mahlzeiten, so dass die Haushaltskasse ein wenig gefüllter war. Doch das Zusammenleben mit ihr war nicht gerade einfach. Sie ging am frühen Abend zum Theater, um zu proben und danach hatte sie ihren Auftritt. Oft kam sie erst spät in der Nacht nach Hause. Manchmal war sie angetrunken und lärmte durch das Treppenhaus, hin und wieder brachte sie auch Männerbesuch mit. Ulla zuckte darüber nur die Schultern.

»Sie ist erwachsen«, hatte sie zu Heinrich gesagt, als er sie darauf angesprochen hatte. »Ich habe ihr doch nichts vorzuschreiben.«

»Die Kinder bekommen es mit. Neli hat mir davon erzählt.«

»Es ist halb so wild, Heinrich. Sie feiert schließlich keine Orgien.« Ulla hatte die Augen verdreht und das Gespräch beendet.

Viel schlimmer als die nächtlichen Besuche fand Fine, dass die

Kinder nun tagsüber im Haus leise sein mussten, damit Fräulein Lindström sich ausruhen konnte. Es wurde schwieriger, als die Ferien begannen und sie den ganzen Tag zu Hause waren. Ulla ging wieder zur Kugel, sie hatte einen kleinen Auftrag ergattert, und so musste Fine dafür sorgen, dass Neli und Beate leise waren. Mit Beate war das gar kein Problem, sie folgte Fine gerne in den Garten oder in den Hof, wo sie mit anderen Kindern spielten. Nur Neli sträubte sich, nach draußen zu gehen, egal, wie schön das Wetter war. Sie bewegte sich nicht gerne, saß lieber in ihrer Puppenecke und spielte. An sich wäre das ja kein Problem gewesen, aber Neli wollte nicht gerne alleine sein und fing immer irgendwann an, nach Fine zu rufen. Und damit störte sie Fräulein Lindström.

Aber nun war Fine dieses Problem los – zumindest für die nächsten Wochen, denn gestern war Heinrich gekommen und hatte Neli abgeholt. Er brachte sie nach Blankenese.

Fine ging in den Hof, dort waren Fritz, Walter und Edgar und spielten Fußball. Wie immer nahmen sie Fine gerne bei sich auf. Fine liebte es, mit den Jungs zu spielen und Wettkämpfe auszufechten, aber diesmal hatte sie Pech. Bei einem Pass, der ihr besonders gut gelungen war, knickte sie um. Ihr Knöchel schmerzte und pochte. Sie verkniff sich die Tränen, bis sie im Haus war. Die Blöße, vor den Jungs zu weinen, gab sie sich nicht. In der Küche zog sie die engen Schuhe und die Strümpfe aus, legte ein nasses Tuch um den Knöchel. Doch auch als Ulla von der Arbeit kam, tat der Fuß immer noch weh, und Fine konnte kaum auftreten.

»In zwei Tagen fahren wir«, sagte Ulla besorgt. »Wie soll das gehen? Ich hoffe, nichts ist gebrochen.« Sie holte Eis und kühlte den Fuß. Der Schmerz ließ nach. Doch am nächsten Morgen konnte Fine immer noch nicht richtig laufen.

»Heute bleibst du im Haus. Im Eisschrank ist noch Eis, das nimmst du und kühlst den Fuß. Wenn das Eis geschmolzen ist, machst du eine Pause – nicht, dass du dich auch noch unterkühlst«, sagte Ulla. »Du bewegst dich nicht, hast du verstanden, Finekind?«

Fine nickte ergeben.

»Heute, Beatchen«, sagte Ulla, »musst du auf deine große Schwester aufpassen. Machst du das?«

»Ja, natürlich.« Beate strahlte über das ganze Gesicht.

»Du darfst allein in den Garten und dort spielen, aber nicht in den Hof.«

»Ja, Mutti. Und ich werde ganz doll auf Fine aufpassen. Ganz sicher.«

»Ihr seid die Besten«, sagte Ulla und nahm ihre Umhängetasche. »Ich beeile mich auch. Es ist mein letzter Arbeitstag, und ich versuche, früh zu Hause zu sein.« Sie gab den Mädchen einen Abschiedskuss und ging.

In den letzten Wochen hatte Fine jeden Gedanken an das Gespräch, das ihre Mutter mit ihrem Vater und Großvater Stolte geführt hatte, verdrängt. Sie hatte sich einfach nicht erlaubt, darüber nachzudenken. Es war auch nur wenig Zeit gewesen. Vor den Ferien hatten sie etliche Arbeiten geschrieben. Fine war leicht durch die Volksschule gekommen. Das Lernen fiel ihr nicht schwer, sondern hatte ihr Spaß gemacht. Doch jetzt, auf der Oberschule, war es anders. Vielleicht lag es an der Lehrerin, die strenger war. Vielleicht lag es auch daran, dass Fines Magen oft knurrte und sie sich nicht auf den Unterricht konzentrieren konnte. Außerdem gingen ihre Gedanken oft in andere Richtungen. Sie dachte über Mutti nach, über Muttis Leben mit Mining und warum ihre Familie wohl so anders war als die meisten anderen Familien. Sie machte sich Sorgen um Mutti und auch darum, was die Zukunft wohl bringen würde. Inzwischen durfte sie wieder zu den Pionieren gehen, aber dort machten sie keine Ausflüge mehr. Das politische Klima in Deutschland war rauer geworden, das spürte Fine, ohne es zu verstehen.

Dass ihr eigener Großvater ein Nationalsozialist seien sollte, das wollte ihr noch immer nicht einleuchten. Für sie waren die Nazis böse Männer in dunklen Lederjacken und mit einem Knüppel. Das wollte so gar nicht zu ihm passen. Außerdem liebte er sie, das wusste Fine genau. Er liebte sie und ihre Schwestern. Und sie waren doch zum Teil auch Juden. Wie passte das zusammen?

Fine schüttelte ermüdet den Kopf. Sie lag in der Stube auf einem Sessel, ihr Fuß war auf einen Hocker gelagert. Das Fenster war weit geöffnet, und auf dem Apfelbäumchen saß eine Amsel und sang ihr Sommerlied. Beate spielte draußen in der Sandkiste und summte vergnügt vor sich hin. Oben rauschte das Wasser, also war Fräulein Lindström inzwischen aufgestanden, und sie mussten nicht mehr so sehr auf die Lautstärke achten.

Die Eiswürfel in dem Wickel um Fines Fuß waren inzwischen geschmolzen, und Fine nahm ihn ab, legte ihn zur Seite. Wenn sie nicht laufen und toben konnte, las sie am liebsten. Ulla hatte ihr einen Stapel Bücher auf das Tischchen gelegt, und sie nahm sich eines, schnell tauchte sie in die Geschichte ein, verlor sich darin.

Gegen Nachmittag kam Beate von draußen herein. Fine hatte gar nicht mitbekommen, wie schnell die Zeit vergangen war. Sie humpelte vorsichtig mit ihrer Schwester zusammen in die Küche. Dort hatte Ulla Brot und Speck hingelegt und ein paar gekochte Eier. Beate verzog das Gesicht, deshalb holte Fine das Marmeladenglas aus dem Schrank und schmierte ihr zwei Brote damit. Es war Erdbeermarmelade, die Guste ihnen geschickt hatte. Sie war süß und fruchtig, schmeckte nach Sommer und nach Blankenese, fand Fine. Doch obwohl Guste ihnen mehrere Gläser geschickt hatte, ging Fine sehr sparsam damit um. Wer wusste schon, wann sie wieder etwas so Leckeres bekommen würden?

Nachdem sie gegessen hatten, ging Beate wieder zurück in den Garten. Fine spülte schnell das Geschirr, machte sich dann einen neuen Wickel mit Eiswürfeln, setzte sich in die Stube und nahm das Buch wieder in die Hand. Fräulein Lindström hatte heute schon früh das Haus verlassen, was Fine nur recht war.

Sie las und las, schaute hin und wieder auf und in den Garten zu Beate. Dann hörte sie den Schlüssel im Türschloss.

»Mutti? Jetzt schon?«

»Es tut mir leid, es ist doch später geworden als gedacht«, sagte Ulla und strich Fine über den Kopf.

»Wirklich? Es ist doch erst kurz nach Mittag.«

Ulla lachte auf. »Nein, es ist fast schon sechs. Aber nun habe ich auch Urlaub und morgen können wir endlich fahren.« Sie musterte Fine. »Was macht der Fuß?«

»Es wird schon gehen«, sagte Fine und versuchte tapfer zu schauen.

Ulla schüttelte den Kopf. »Oh je«, sagte sie nur und brachte Fine neues Eis.

»Bis morgen kann ich bestimmt wieder laufen. Ganz sicher.«

»Das will ich hoffen, denn wir müssen zum Anhalter Bahnhof, von wo aus die Fernzüge gehen.«

An diesem Abend schickte Ulla die Kinder früh zu Bett.

»Ich bin noch gar nicht müde«, sagte Fine.

»Morgen wird ein sehr langer Tag, also keine Widerrede.«

»Ich habe ja heute nichts getan, ich werde bestimmt nicht schlafen können.«

»Dann liegst du halt wach im Bett«, sagte Ulla lächelnd. »Nur weck Beate nicht auf.«

»Aber Mutti ...«

»Fine«, sagte Ulla nur und zog die Augenbrauen hoch.

Murrend hüpfte Fine auf einem Bein die Treppe hoch. Auf geraden Strecken konnte sie einigermaßen humpeln, aber die Treppe hochzugehen, schaffte sie kaum.

Morgen, dachte sie, wird es sicherlich besser sein. Ich habe den Fuß ja den ganzen Tag gekühlt.

Es dauerte nicht lange, da fielen ihr doch die Augen zu, und so bekam sie gar nicht mehr mit, dass Ulla kam, um nach den Kindern zu sehen.

Zu Fines großem Entsetzen konnte sie am nächsten Morgen ihren Fuß immer noch nicht belasten. Sie wusste gar nicht, wie sie die Treppe hinunterkommen sollte, und schließlich setzte sie sich hin und rutschte Stufe für Stufe nach unten. Dort angekommen, brach sie in Tränen aus.

»Was soll nun werden?«, jammerte sie. »Wie soll ich denn zum Bahnsteig kommen? Ich muss wohl hierbleiben.«

»Wir werden es schon schaffen«, sagte Ulla und half ihr zum Stuhl. Sie hatte Frühstück vorbereitet und schmierte nun Brote für die Fahrt. Außerdem hatte sie ein paar Flaschen Limonade, ein paar Eier und etwas Speck bereitgelegt. Dazu noch Obst, und tatsächlich sah Fine eine Tafel Schokolade, die Ulla jedoch sehr schnell in der Tasche verstaute.

Beate saß brav auf ihrem Stuhl und summte leise und vergnügt vor sich hin. Doch Fine war aufgeregt und bracht kaum einen Bissen hinunter. Außerdem machte sie sich große Sorgen. Sie würden mit der Tram zum Anhalter Bahnhof fahren. Dort würden sie vom Bahnsteig hinuntergehen müssen und dann wieder hoch zu dem Gleis, von dem aus die Fernzüge fuhren. Die Treppen waren steil, das wusste Fine noch genau, weil sie mit Ulla Mining und Jan zum Bahnhof gebracht hatte. Das ganze Gepäck musste auch mit – wie sollten sie das schaffen, wenn sie gar nicht richtig laufen konnte? Ihr wurde richtiggehend schlecht bei dem Gedanken. Immer wieder sah sie zu Ulla, doch die Mutter zeigte keinerlei Besorgnis.

Ich muss hierbleiben, dachte Fine. Ich kann nicht mitfahren, sie spürte die Tränen in sich hochsteigen, heiß und brennend. Warum hatte sie auch unbedingt noch Fußball spielen müssen? Doch bevor die Tränen liefen, schellte es an der Haustür, und Ulla sprang auf, um zu öffnen.

»Guten Morgen«, sagte sie fröhlich und führte Will in die Stube. »Erinnert ihr euch noch an meinen Genossen Will? Er wird uns zum Bahnhof begleiten.«

Fine atmete erleichtert auf. Natürlich konnte sie sich noch an Will Moll erinnern – sein lustiger Name hatte sich ihr eingeprägt. Er war mit ihnen zusammen auf der Demonstration zum ersten Mai gewesen, und weil er so umsichtig war, hatte sich Fine an dem Tag immer sicher gefühlt.

»Hach«, seufzte sie nun, »das ist aber eine schöne Überraschung.«

Beate strahlte ihn auch an. »Kommst du mit nach Italien?«, fragte sie.

»Nein, leider nicht. Aber ich bringe euch zum Bahnhof und helfe euch mit dem Gepäck.«

Nun wurden die letzten Sachen schnell zusammengepackt, Ulla überprüfte noch einmal die Koffer und Taschen, und dann ging es auch schon los.

Bis zur Tram war es nicht weit, aber Fine konnte nur ganz langsam humpeln.

»Auf dem Bahnhof müssen wir uns etwas beeilen«, sagte Will. »Wir haben nur wenig Zeit. Aber das bekommen wir schon hin.«

Als die Tram den Anhalter Bahnhof erreichte, trug Will eilig das Gepäck aus dem Abteil. Dann nahm er einen Koffer in jede Hand, die Tasche klemmte er sich unter den Arm, und den Rucksack schnallte er sich auf den Rücken.

»Wie ein Packesel«, lachte Beate und klatschte in die Hände.

»Wir können so froh sein, dass er uns hilft«, sagte Ulla. »Und du, Beatchen, pass gut auf Irene auf.«

Irene war Beates Puppe, die sie heiß und innig liebte und ohne die sie nicht einschlafen konnte. Sie drückte nun ihre Puppe fest an sich.

»Finekind, du wartest hier. Wir bringen das Gepäck auf den anderen Bahnsteig, und dann kommt Will dich holen«, sagte

Ulla, nahm die letzte Tasche und Beate an die andere Hand, dann folgte sie Will.

Fines Herz klopfte. Was, wenn Will nicht rechtzeitig zurück wäre? Was, wenn sie nicht schnell genug zum Fernzug kommen würden, und er ohne sie losführe?

Um sie herum war ein großes Getümmel. Leute, die aus der Tram ausstiegen und nach unten eilten, um zu ihren Zügen zu kommen. Andere, die zur Tram liefen, die schon wieder abfahrbereit war, um in die Stadt zurückzufahren. Frauen mit Körben, die zum Markt wollten. Männer und Frauen, die geschäftig zur Arbeit gingen. Arbeiter, die Säcke und Kisten schleppten. An der Seite stand eine Frau mit einem Bollerwagen, die Kaffee und Muckefuck verkaufte. Dort drüben pries jemand seine Schrippen an, und auf dem anderen Bahnsteig stand ein Mann mit einem Bauchladen, der Rollmöpse verkaufte. Normalerweise hätte Fine all diese interessanten Details in sich aufgesogen und beobachtet, hätte gelauscht, die Geräuschkulisse erforscht und all die verschiedenen Düfte und Gerüche in sich aufgenommen. Doch nun registrierte sie zwar das Gewimmel und die Geschäftigkeit, aber ihre Gedanken waren bei der Abfahrt. Würde sie es noch schaffen?

Ein schriller Pfiff hallte über die Gleise – ein Zug machte sich zur Abfahrt bereit. Welcher Zug war es? Panisch sah sie sich um, konnte aber nicht auf das Fernreisegleis schauen. Ihr wurde ganz kalt, und der Schweiß brach ihr aus.

»Da bin ich wieder«, sagte Will fröhlich, der urplötzlich vor ihr aufgetaucht war. »Nun komm.« Er wartete gar nicht darauf, dass sie loshumpelte, sondern nahm sie und hob sie kurzerhand hoch, trug sie die Treppe hinunter.

Oh, er ist stark, stellte Fine erleichtert fest. Kurz schloss sie die Augen, und für einen Moment fühlte sie sich ganz geborgen. Und dann ging es schon wieder treppauf. Bevor Fine sich noch weitere Gedanken machen konnte, hatten sie schon den Zug erreicht.

Ulla hatte das Gepäck in ihr Abteil gebracht, wo Beate schon auf dem Platz am Fenster saß, ihre Puppe fest in den Armen.

Will trug Fine bis zu ihrem Platz.

»Danke«, sagte sie. »Danke sehr.«

Er lächelte. »Gerne.«

Ulla begleitete ihn wieder auf den Bahnsteig. »Das war wirklich großartig«, sagte sie. »Ich danke dir von Herzen.«

»Kommt gut nach Italien und vor allem gut wieder zurück.« Will sah sie an, ein Blick, der Fine ganz kribbelig machte. Und dann beugte sich Ulla vor und küsste ihn. Anschließend sprang sie schnell zurück in den Zug, und schon ertönte der Pfiff des Schaffners. Will stand auf dem Bahnsteig, seine Wangen waren gerötet, und Fine konnte nicht sagen, ob es von der Anstrengung oder von dem Kuss kam. Er winkte ihnen, bis der Zug losfuhr.

Nachdenklich sah Fine ihre Mutter an, die sich aus dem Fenster lehnte und auch winkte. »Du magst Will, oder?«, fragte sie dann.

»Ja«, sagte Ulla. »Ich mag ihn. Ich glaube, ich mag ihn sogar sehr.« Sie lächelte, aber es war ein Lächeln, das keine weiteren Fragen zuließ.

Doch das war Fine auch egal. Erleichtert lehnte sie sich zurück. Sie hatte es in den Zug geschafft, sie waren auf dem Weg nach Italien. Sie fuhren in den Urlaub – wie wunderbar war das?

Italien – das Wort war eine reine Verlockung. Es klang nach Sonne und Wasser, nach Salz und blauem Himmel.

Sie hatten ein Abteil in einem Liegewagen, das hatte Ulla Fine schon vorher erzählt, aber sie hatte sich wenig darunter vorstellen können.

Nun sah sie sich neugierig um. Die Sitze sahen anders aus als in den Zügen, mit denen sie bisher nach Hamburg gefahren war. Es waren nämlich Bänke und keine Sitze. Es war auch kein großes Abteil, in dem viele Leute saßen, sondern so etwas wie ein kleines Zimmer neben anderen kleinen Zimmern in dem großen

Waggon. An den Wänden über den Bänken waren statt einer Ge-
päckablage seltsame Bretter befestig. Und unter dem Fenster gab
es einen Tisch, den man ausklappen konnte.

»Hoffentlich«, murmelte Ulla, »bleiben wir unter uns.«

»Wie meinst du das?«, wollte Fine wissen.

»Diese Abteile sind für vier Leute«, sagte Ulla. »ich habe aber
nur zwei Schlafplätze gebucht. Drei wären zu teuer gewesen, und
du kannst dir mit Beate sicherlich für eine Nacht ein Bett teilen.
Wenn der Zug ausgebucht ist, kann noch jemand anderes kommen – eigentlich noch zwei Leute – und ihren Platz hier beanspruchen.«

»Das Bett teilen?«, fragte Fine verwundert und schaute sich
wieder um. »Welches Bett?«

Ulla lachte. »Schau, aus den Bänken kann man Betten machen. Man zieht hier unten an den Laschen, und dann klappt es
aus. Und dort oben, das sind auch Betten. Die werden herunter-
geklappt. Dort vorne ist eine kleine Leiter, damit kommt man
nach oben.«

»Wie phänomenal«, sagte Fine begeistert. »Ich möchte oben
schlafen. In welchem Bahnhof hält denn der Zug, wenn wir zu
Bett gehen?«

»Gar nicht. Er fährt die Nacht durch. Und morgen früh sind
wir hoffentlich in Basel«, sagte Ulla. »Wo wer schläft, wird sich
noch zeigen.«

»Ich muss mal«, sagte Beate nun. »Hält der Zug bald an?«

»Nein, der Zug hält nur in großen Bahnhöfen. Aber das ist kein
Problem, hier gibt es eine Toilette und sogar einen Waschraum.«
Sie sah Fine an. »Du bleibst hier und passt auf das Gepäck auf.«

»Aber ich will auch wissen, wo die Toilette ist. Ich will mitkommen.«

»Fine, du musst groß und vernünftig sein. Schließlich sind wir
auf einer großen Reise. Du bist doch nicht Neli und musst nicht
quengeln, oder?«

Fine schoss das Blut ins Gesicht. »Nein, natürlich nicht«, sagte sie leise.

Ulla und Beate gingen, Fine sah sich weiter um. Aus den Bänken wurden also Betten gemacht. Das klang spannend. Und sie würden schlafen, während der Zug fuhr – das konnte sie ganz sicher nicht. Es war viel zu aufregend. Plötzlich öffnete sich die Tür zum Gang, und ein Mann in einer blauen Uniform stand vor ihr. Er hatte einen Schnauzer und einen dicken Bauch.

»Guten Tag. Die Fahrkarten, bitte«, sagte er und rollte das ›R‹.

Erschrocken sah Fine ihn an. »Ich ... Guten Tag ... also ...«

Er lächelte. »Hmm, wer bist du denn?«

»Ich bin Fine Dehmel. Meine Mutti ist gerade mit meiner Schwester zur ... zur Toilette.«

»Ach so. Du fährst also mit deiner Mutti und deiner Schwester. Weißt du auch, wohin?«

»Nach Ascona«, sagte Fine schüchtern, aber nun schon ein wenig erleichtert. Der Schaffener schien freundlich zu sein. »Nach Fontana Martina.«

»So, so. Also in die italienische Schweiz. Nun, der Zug geht aber nur bis Basel. Dann fahrt ihr wohl bis nach Basel?«

Fine biss sich auf die Lippen. »Ich ... glaube schon«, sagte sie unsicher.

»Fährt noch jemand mit euch mit?« Nun war sein Blick strenger.

»Ne ... nein.«

Zum Glück kamen in diesem Moment Ulla und Beate zurück.

»Guten Tag«, sagte Ulla und zwängte sich an ihm vorbei in das Abteil. »Ich schätze, Sie wollen die Fahrkarten sehen?« Hektisch wühlte sie in ihrer Handtasche.

»Immer mit der Ruhe, junge Frau«, beruhigte er sie. »Fahren Sie allein mit den beiden Kindern?«

»Ja, bis Basel«, sagte Ulla und sah ihn an.

»Und sie haben wie viele Plätze gebucht?«

»Drei Sitzplätze«, sagte Ulla und schluckte. »Aber nur zwei Schlafplätze dazu.«

Er nickte wieder. »Heute ist der Zug bisher nicht voll. Ich werde zusehen, dass Sie das Abteil allein behalten können.«

»Danke, ganz herzlichen Dank.«

»Garantieren kann ich es nicht. Möglicherweise wird es noch voll – dann muss ich schauen. Aber ich werde mich bemühen.« Er räusperte sich. »Suchen Sie die Fahrkarten in aller Ruhe. Ich komme später wieder. Weglaufen können Sie ja nicht.« Er zwinkerte ihr zu.

»Ich habe sie ganz sicher.«

»Davon bin ich überzeugt.« Er lächelte wieder und verließ das Abteil. Seufzend, aber erleichtert, ließ sich Ulla in den Sitz sinken.

»Du hast sie in den Rucksack gesteckt«, sagte Beate nun leise.

»Was habe ich in den Rucksack getan?«

»Die Fahrkarten.« Beate zeigte auf den Rucksack. »Damit du sie schnell hast, hast du gesagt.«

Ulla lachte auf, sie lachte lange und herzlich, nahm Beate in die Arme und drückte sie an sich. »Ja, natürlich. Das habe ich, mein Sonnenschein. Jetzt erinnere ich mich wieder.«

Es dauerte eine Weile, bis sie sich in dem Abteil niedergelassen hatten. Ulla räumte die Koffer und Taschen mal hierhin, dann dorthin, schob sie schließlich unter die Sitze und in die kleine Nische neben der Tür. Beate und Fine durften am Fenster sitzen, den Tisch zwischen sich. Ulla hatte Papier und Stifte eingepackt und auch ein Kartenspiel. Doch erst einmal schaute Fine nach draußen, sah die Sommerlandschaft an ihnen vorbeiziehen. Der Fernzug hielt nur in wenigen großen Städten. Das war aber immer aufregend, denn dort herrschte jedes Mal hektische Betriebsamkeit.

Nach einer Weile aber war die vorüberziehende Landschaft langweilig, und sie spielten Karten. Dann las Fine in dem Buch, das sie sich mitgenommen hatte.

Der Schaffner war gekommen und hatte die Fahrscheine kontrolliert, ihnen noch einmal versprochen, dass er versuchen wolle, keine weiteren Passagiere zu ihnen ins Abteil zu lassen. Auch hatte er ihnen den Speisewagen empfohlen, aber Ulla hatte nur abgewinkt.

»Was ist der Speisewagen?«, wollte Beate wissen, als der Schaffner wieder gegangen war.

»Dort kann man essen«, sagte Fine und sah Ulla an. »Nicht wahr?«

Ulla nickte. »Aber wir haben Schrippen dabei. Und Bouletten. Und Äpfel.« Sie hatte Servietten auf dem Tisch ausgebreitet und den Proviant hervorgeholt. Auch Limonade gab es. Es war ein herrliches Festmahl, fand Fine, eine ganz besondere Mahlzeit. Sie brauchte keinen feinen Speisewagen, den hatte sie nämlich gesehen, als sie zur Toilette gehumpelt war. Nachdem sie fertig war, packte sie die Neugierde. Wohin ging es nach dem Waggon? Und wie kam man dorthin? Sie öffnete die Tür. Dahinter war so etwas wie ein zugiger Flur. Der Blechboden bewegte sich und durch die Ritzen konnte sie die Gleise und den Schotter sehen. Auch die Wände waren nicht fest – es waren wie Vorhänge aus Blech, die sich verschoben, wenn sich der Zug in die Kurve legte. Konnte man da drübergehen?, fragte sich Fine verdutzt. Oder musste man warten, bis der Zug im Bahnhof hielt? Doch dann öffnete sich die gegenüberliegende Tür, und eine Frau erschien. Für einen Moment zögerte auch sie. Sie schaute zu Fine, lächelte dann und machte einen großen Schritt auf die Bodenplatten.

»Man muss sich wirklich trauen, nicht wahr?«, sagte sie. »Musst du rüber? Soll ich deine Hand nehmen?«

Fine wusste nicht so recht, aber dann siegte ihre Neugierde und sie streckte die Hand aus, nahm die der Frau. Und dann ging sie einen Schritt nach vorne, ganz vorsichtig. Der Boden unter ihr erzitterte, schwankte, bewegte sich, aber er war fest – sie brach nicht durch. Es gab so ein Rüttelboden auf der Kirmes, so ähnlich fühlte es sich nun an. Fine machte einen weiteren Schritt und noch einen. Dann ließ sie die Hand der Frau los – ein weiterer Schritt, und sie stand auf der Plattform des anderen Wagons. Strahlend vor Stolz drehte sie sich um. »Danke.«

»Gern geschehen.« Die Frau winkte ihr zu, drückte die Tür auf und ging.

Die Tür zum Waggon hatte keinen Griff, sondern eine Art Stange, die man hinunterdrücken musste. Es kostete Fine all ihre Kraft, aber dann öffnete sich die Tür einen Spalt, und sie zwängte sich hindurch. Auch hier gab es einen Flur auf der einen Seite und auf der anderen Seite diese kleinen Abteile. Die Türen waren zur Hälfte verglast, wie auch bei ihnen. Bei manchen waren die Vorhänge zugezogen, bei anderen nicht. Fine spähte in die Abteile, die sich glichen. In einem Abteil war schon eines der oberen Betten hintergeklappt.

So sieht das also aus, dachte Fine fasziniert und ihr Wunsch, oben zu schlafen, wuchs. Es war wie eine feste Hängematte. Vorne gab es eine Art Netz, so dass man nicht rausfallen konnte. Viel mehr konnte Fine jedoch nicht sehen. Sie ging weiter, hatte unterschätzt, wie groß und lang die Waggons waren. Am Ende war wieder der Übergang, dieser Tunnel, der über den Gleisen zu schweben schien. Diesmal traute sie sich, alleine zu gehen. Als sie die Tür aufgestemmt hatte, hielt sie die Luft an. Sie war im Speisewagen, und der war ganz anders, als die Waggons mit den Schlaf- und Liegeabteilen. Es gab keinen Gang. Der Waggon war vertäfelt, und unter jedem Fenster befand sich ein Tisch, der mit einer weißen Tischdecke bedeckt war. Die Tische waren eingedeckt, sogar Kerzen standen darauf. Am anderen Ende des Waggons war so etwas wie eine Bar und dahinter wohl die Küche, denn von dort duftete es köstlich, und das Geschepper von Töpfen und Deckeln war zu hören. An manchen Tischen saßen Passagiere, vor ihnen Teller mit allerlei Speisen. Zwei Kellner in schwarzen Anzügen trugen geschickt Teller und Tabletts mit Getränken durch den schwankenden und rüttelnden Zug.

Fine wusste sofort, dass sie hier fehl am Platz war. Dennoch konnte sie die Augen kaum von den funkelnden und polierten Gläsern, den elegant gekleideten Leuten und den schnieken Kellnern wenden. Doch dann drehte sie sich um und machte sich schnell auf den Rückweg. Jetzt sah sie auch, dass der Waggon, durch den sie gekommen war, in zwei Hälften geteilt war. Hier hinten, zum Speisewagen hin, waren die Abteile größer. Und als jemand sein Abteil verließ, konnte sie einen Blick in das Innere erhaschen. Dort war tatsächlich ein bezogenes richtiges Bett mit einem Nachttisch und daneben eine kleine Kommode mit Lampe. Neben der Tür war ein richtiger Tisch, neben dem ein Sessel stand. Es sah sehr elegant und auch sehr gemütlich aus.

Wenn ich einmal groß bin, dachte Fine, habe ich so viel Geld, dass ich mir so ein Abteil leisten kann. Aber eigentlich war ihr Abteil auch gar nicht schlecht. Draußen dämmerte es allmählich. Es wurde noch nicht dunkel, aber das Licht hatte sich verändert, wurde schwächer, und die Farben wurden blasser. Sie hatten Glück gehabt, und niemand anderes beanspruchte einen Platz in ihrem Abteil. Beate war schon auf der Bank eingeschlafen und Ulla räumte nun ihren Proviant beiseite.

»Da wir nur zu dritt sind, brauchen wir gar kein Hängebett ausklappen«, sagte sie und klang erleichtert.

»Oh«, seufzte Fine enttäuscht. »Ich würde so gerne darin schlafen.«

»Oben?«, fragte Ulla verdutzt. »Hast du da keine Angst?«

Fine schüttelte den Kopf. »I wo. Ich stelle es mir grandios vor.«

»Wirklich?«

»Ja, Mutti. Darf ich? Bitte, bitte!«

Ulla überlegte kurz, dann nickte sie. »Nun gut. Diese Reise ist ja auch ein wenig ein Abenteuer. Für euch, aber auch für mich.

Wenn du das wirklich willst … spricht ja nichts dagegen. Dann schauen wir mal, wie das geht.«

Aber sie brauchte sich gar nicht groß bemühen, denn in diesem Moment kam der Schaffner. »Ich helfe Ihnen, gnädige Frau«, sagte er lächelnd.

»Oh, das müssen Sie aber nicht.«

»Doch, das gehört zu meinen Aufgaben.« Er lachte. »Aber brauchen sie denn eines der Hängebetten überhaupt?«

»Nein … eigentlich nicht.«

Fine sah schon ihre Chancen schwinden, deshalb holte sie tief Luft. »Doch, wir brauchen es«, sagte sie und schluckte. »Ich meine … eigentlich … also …«

»Meine Tochter würde so gerne das Hängebett ausprobieren«, erklärte Ulla schnell.

»Das ist ja ein Ding«, meinte der Schaffner. »Freiwillig? Die meisten Kinder haben Angst davor, oben zu schlafen. Die meisten Frauen übrigens auch.«

»Aber es muss doch himmlisch sein. Wie auf einer Hängematte. Und bestimmt schaukelt es auch ein wenig«, sagte Fine und versuchte, ihre Begeisterung zu verbergen.

Wieder lachte der Schaffner. »Wenn es der Wunsch der jungen Dame ist, dann ist es für mich ein Befehl.« Mit zwei geschickten Griffen löste er die Halterung des Betts und klappte es herunter. Dann hängte er die kleine Leiter an der Seite ein und befestigte das Netz vorne am Bett, so dass Fine nicht hinunterfallen konnte. Das Hängebett war bereits bezogen, es gab ein kleines Kissen und eine Decke.

»Nun, junge Dame, wollen Sie mal schauen, ob Ihnen das so genehm ist?«

Er half Fine, nach oben zu klettern. Sie kroch auf das Bett, legte sich hin und schloss glücklich die Augen. »Es ist einfach nur knorke. Wundervoll.«

Dann half er noch Ulla, die beiden Betten unten auszuklappen, zeigte die Decken und die Bettwäsche, die sich unter den Sitzen befanden. »Wenn Sie noch etwas brauchen – ich habe mein Abteil am anderen Ende des Waggons. Sie können jederzeit kommen. Heute Nacht haben wir nur zwei weitere Halte. In Frankfurt am Main – etwa gegen Mitternacht – und in Baden-Baden am Morgen. Gegen Mittag werden wir dann in Basel sein.«

»Ich danke Ihnen sehr«, sagte Ulla. »Und du, junge Dame, kommst nun wieder herunter. Es wird sich gewaschen und die Zähne geputzt.«

Diesmal gingen sie alle drei zusammen zum Waschraum. Die Vorhänge an der Tür hatte Ulla geschlossen und auch die Abteiltür zog sie fest zu. Aber es ging nur selten jemand durch den Gang.

Beate war so erschöpft, dass sie sofort einschlief, nachdem Ulla sie auf das untere Bett gelegt hatte. Fine zog ihr Nachthemd an und zog sich nach oben. Sie war stolz, dass sie es ganz ohne Hilfe schaffte. Ein wenig ungewöhnlich war es – der vordere Teil des Hängebetts war mit Ketten an der Decke befestigt. Da der Zug schaukelte und schwankte, klirrten die Ketten leise. Fine kroch in das Bett, zog sich die Decke zurecht. Ulla hatte die Vorhänge vor dem Fenster ebenfalls zugezogen, aber durch einen kleinen Spalt konnte Fine nach draußen schauen. Es wurde langsam dunkel, diese graublaue Atmosphäre, die sich wie eine dünne Decke über den Sommerabend legte.

»Schlaf schön, mein Finekind«, sagte Ulla. »Träume süß von sauren Äpfeln.«

Ich glaube nicht, dass ich schlafen kann, dachte Fine. Es war alles viel zu aufregend. Ein wenig war ihr vom Schaukeln des Bettes schwindelig, aber das legte sich schnell. Doch dann fielen ihr die Augen zu, und das regelmäßige Wummern, wenn der Zug über die Bahnschwellen fuhr, begleitete sie in den Schlaf.

Mitten in der Nacht wurde Fine wach. Etwas war anders. Es dauerte eine Weile, bis sie wusste, wo sie war – im Hängebett im

Liegewagen. Aber noch etwas irritierte sie. Aber natürlich, der Zug stand. Fine schob sich ein wenig nach vorne und vergrößerte den Spalt zwischen den Vorhängen, spähte nach draußen. Sie waren an einem Bahnhof. Dort liefen Männer am Zug entlang, Anweisungen wurden gerufen. Der Zug stampfte noch, die Dampfwolken zogen über den Bahnsteig, schienen alles einzuhüllen wie eine große Nebelbank. War etwas passiert, fragte sich Fine und spürte, wie ihr Herz aufgeregt pochte.

»Mutti?«, flüsterte sie. »Bist du wach?«

»Ja, mein Schatz«, antwortete Ulla leise. »Kannst du etwa nicht schlafen?«

»Ist etwas passiert, oder warum halten wir?«

»Es ist alles gut. Der Zug muss nur Wasser tanken. Weißt du, vorne gibt es einen großen Kessel – viel größer als der Badeofen bei uns im Badezimmer. In dem Kessel ist aber auch Wasser, und das wird erhitzt – nur viel mehr als im Badeofen. Das Wasser kocht – du weißt ja, wie es aussieht, wenn wir Wasser auf dem Herd aufsetzen?«

»Ja, es blubbert und dampft.«

»Und in diesem Kessel hier im Zug wird der Dampf genutzt, um die Turbinen anzutreiben und diese bewegen dann die Räder. Aber da das Wasser ja verdampft, muss hin und wieder neues getankt werden.«

»Wie kann denn der Dampf etwas bewegen?«

»Überleg doch mal – wenn wir Wasser im Topf kochen und den Deckel auf den Topf legen, was passiert dann?«

»Wenn es ganz doll kocht, fängt der Deckel an zu tanzen.«

»Siehst du, das ist die Kraft vom Wasserdampf. Und hier bewegt sie ein Rad. Kannst du dich noch an die Wassermühle erinnern, die wir bei Großmutter Lehmann gesehen haben? Da hat das fließende Wasser das Rad bewegt. Und hier ist es der Wasserdampf.«

»Ach so«, sagte Fine und lehnte sich wieder zurück. »Das ist ja spannend.« Doch dann gähnte sie. Bald schon war der Tank befüllt und langsam setzte sich der stampfende Zug wieder in Bewegung. An das Schaukeln hatte sich Fine inzwischen gewöhnt, und das Rattern der Räder wirkte ebenfalls beruhigend. Sie schloss die Augen und fand es sehr gemütlich in ihrem Hängebett.

Am nächsten Morgen hielt der Zug wieder. Sie waren gerade aufgewacht, und Ulla hatte Fine mit Beate zum Waschraum geschickt, damit sie in der Zeit die Betten richten und zurückbauen konnte.

Als die Mädchen zurückkamen, hatte Ulla das Fenster weit aufgezogen und lehnte sich hinaus. Auch auf diesem Bahnhof war ein hektisches Treiben. Ulla drehte sich zu den Mädchen um. Sie sah ganz anders aus als in den letzten Wochen, fand Fine. Viel gelöster und entspannter. Sie wirkte richtiggehend glücklich, so als ob sie alle Sorgen in Berlin gelassen hätte. Fines Bauch wurde ganz warm vor Freude.

»Ich finde, wir haben uns ein gutes Frühstück verdient«, sagte Ulla lachend. Sie winkte einer der Händlerinnen auf dem Bahnsteig zu, und schon kam diese an den Zug geeilt. Ulla kaufte Milchbrötchen, die weich und süß waren, so etwas Gutes hatte Fine noch nie gegessen, heiße Schokolade und noch zwei Flaschen Limonade.

Sie hatten noch gekochte Eier und Speck und somit ein recht opulentes Frühstück.

Während der Weiterfahrt verstaute Ulla nach und nach die Sachen, die sie ausgepackt hatten, denn in Basel würden sie aussteigen. Von dort aus ging es mit einer Kleinbahn weiter bis nach Ascona am Lago Maggiore.

»Warst du schon mal in Italien oder der Schweiz?«, fragte Fine ihre Mutter.

»Ja, als Kind mit meinen Großeltern. Es ist wunderschön dort. Und der See ist so groß, dass man meinen könnte, es sei ein

Meer«, schwärmte Ulla. »Die Luft ist dort ganz anders, und überhaupt – ach, ihr werdet es ja sehen.«

Nun konnte Fine kaum noch erwarten, dass sie ankamen. Obwohl sie ihren Knöchel immer noch unangenehm spürte, konnte sie doch schon viel besser auftreten, und zum Glück mussten sie in Basel keinen Treppen steigen.

Die Fahrt in der kleinen Bahn, die gefühlt an jedem größeren Bauernhof anhielt, schien ewig zu dauern. Das Licht der Nachmittagssonne wurde schon wieder blasser, als sie endlich in Ascona ankamen. Am Bahnhof wartete schon Mining auf sie. Er schloss Ulla in die Arme, strich den Mädchen kurz über den Kopf.

»Alles gut gegangen auf der Fahrt?«, fragte er und lud das Gepäck in einen klapprigen Wagen.

»Ja«, sagte Ulla. »Es war eine lange Fahrt, aber jetzt sind wir ja da.«

»Noch nicht ganz«, erklärte Mining. »Wir müssen noch ein Stück mit dem Auto fahren. Dort hinten in die Berge.«

»Es war eine tolle Zugfahrt«, sagte Fine und wollte begeistert von dem Liegewagen erzählen, aber Mining hörte ihr gar nicht zu.

»Es gibt viel zu tun«, sagte er stattdessen zu Ulla. »Aber wir haben auch schon eine Menge geschafft. Ich bin sehr gespannt, was du zu unserer Fontana Martina sagen wirst.«

Während der Fahrt erzählte er von Mauern und Statik, von Bauholz und von Mörtel, der angemischt werden musste. Es waren alles langweilige Sachen, und Fine schaute lieber aus dem Fenster, als zuzuhören. Die Landschaft war wunderschön, aber auch ein wenig karg. Anders karg als an der Ostsee. Alles war in Pastellfarben getaucht, das Grün der Pflanzen heller, das Gelb des Sandes dagegen intensiver.

»Dort, schaut mal!«, rief plötzlich Ulla. »Da ist der Lago Maggiore. Der See.«

Fine schnappte nach Luft. Der See lag spiegelglatt unter ihnen, sie fuhren gerade eine kurvige Bergstraße empor. Das Blau des Sees war von einer so intensiven Farbe, dass Fine blinzeln musste. Es sah nicht aus wie Wasser, sondern wie ein Farbfleck auf einer Malpalette in Tante Dettas Wohnung.

»Gehen wir da schwimmen?«, fragte Beate mit ihrer piepsigen Stimme ganz aufgeregt. »Das sieht so schön aus.«

»Ah, hmmm«, brummte Mining. »Es ist eine ganz schöne Strecke bis hinunter zum See«, brummte er. »Ich weiß nicht, ob wir die Zeit dafür haben werden.«

»Aber wieso?«, fragte Fine nach. »Wir sind doch hier im Urlaub. Da müssen wir doch auch an den Strand gehen können.«

»Urlaub.« Wieder lachte Mining. »Ja, ne, eigentlich nicht. Wir sind hier, um zu arbeiten. Um das Dorf herzurichten. Ihr werdet schon sehen.«

»Mutti«, sagte Fine entsetzt. »Wir machen doch hier Urlaub und sollen nicht arbeiten, oder? Sonst will ich sofort zurück und zu Großmutter Isi. Dort kann ich Ferien machen.«

Ulla lachte. »Wir gehen bestimmt auch schwimmen, Kinder. Macht euch keine Gedanken. Mining meint es nicht so.«

Aber Fine sah den wütenden Blick, den sie Mining zuwarf. Er hatte es sicherlich nicht als Scherz gesagt.

Ich bin ganz gespannt, wie diese Ferien werden, dachte Fine und spürte ein seltsames Kribbeln der Unruhe im Bauch.

Kapitel 14
Fontana Martina, Sommer 1930

Endlich kamen sie an ihrem Bestimmungsort an. Inzwischen fühlte sich Fine ganz gerädert. Nach der langen Zugfahrt hatten sie noch über eine Stunde im Auto gesessen. Die Straßen hier waren mit denen in Berlin nicht vergleichbar. Zum Teil waren es nur Schotterpisten, und die letzte Strecke schien einfach durchs Gelände zu gehen. Es staubte unheimlich, und Beate bekam einen Hustenanfall. Hektisch suchte Ulla in ihrer Tasche nach der letzten Flasche mit Limonade, konnte sie aber nicht finden.

»Alles gut«, sagte Mining und klang vergnügt. »Das ist hier so, wie sind aber gleich da.«

»Es ist nicht alles gut«, fauchte Ulla ihn an, die mit ihm vorne im Wagen saß, während Fine mit Beate hinten Platz genommen hatten. »Das Kind erstickt.«

»Du dramatisierst immer alles, Ullala. Hier ist noch niemand erstickt.«

Fine klopfte Beate auf den Rücken. »Versuch einfach ganz ruhig zu atmen. Nicht tief einatmen«, sagte sie zu ihrer Schwester. »Dann kommt nur mehr Staub in deinen Mund. Atme durch die Nase.«

Beate beruhigte sich, und Mining parkte den Wagen auf einem Platz, auf dem schon drei andere Autos standen.

»Wir sind da«, sagte er und klang stolz.

Fine stieg aus und schaute sich um. Sie hatten auf einer Wiese gehalten, vor ihnen erhob sich ein Hang, in den so etwas wie Terrassen gebaut worden waren. Auf den Terrassen standen alte Steinhäuser, ineinander verwinkelt und wie Bauklötze schief gestapelt, so wirkte es jedenfalls auf sie.

»Was ist das?«

»Das ist ein altes Bergdorf«, sagte Mining und klopfte Fine auf die Schultern. »Hier wurde Wein angebaut und Oliven. Die alten Bäume gibt es zum Teil immer noch.«

»Aber … wie kann man hier wohnen?«

»Es war bewohnt, Hunderte von Jahren, mein Kind. Inzwischen stehen die Häuser leer, und mein Freund hat das Dorf gekauft.«

»Wieso kauft man leere Häuser?«, fragte Fine verwirrt.

»Damit Leute darin wohnen können.«

»Aber die Häuser sind ja alle kaputt«, sagte nun Beate, ihre Stimme klang heiser, obwohl Ulla inzwischen die Flasche mit der Limonade gefunden und Beate sie ausgetrunken hatte.

»Nein, nein. Die Häuser sind noch prima. Das ist guter, alter Sandstein, den macht so schnell nichts kaputt«, sagte Mining.

»Sie haben keine Fensterscheiben …«

»Die meisten noch nicht, deshalb sind wie ja hier.« Mining räusperte sich und ging, um das Gepäck zu holen.

»Wo werden wir wohnen?«, fragte Ulla nun auch skeptisch.

»Dort oben, in der dritten Reihe – da sind die Häuser noch ganz gut. Jordi und ich haben schon einiges gemacht. Werner und Karl sind auch da – sie sind von der Roten Hilfe.«

»Ach so. Wir sind gar nicht unter uns?« Ulla atmete tief durch. »Nun denn, dann zeig uns mal die Unterkunft.«

Fine drehte sich um. Hinter und unter ihnen lag der See, gegenüber ein Berg. Es war ein unbeschreiblicher Anblick, denn inzwischen stand die Sonne tief und schien das Wasser zum Glühen zu bringen.

Gleich kocht es und bildet Dampf, eine große Dampfmaschine, die irgendetwas in Gang setzen wird, damit es hier nicht so schrecklich wird, wie es gerade aussieht.

Mining stapfte mit zwei Koffern voraus. Ulla nahm die beiden Taschen und Fine den Rucksack. Beate hielt ihre Puppe fest in den Armen. Dann gingen sie zu einer Treppe, die in den Stein des Hanges gehauen und gebaut worden war. Es war eine steile Treppe. Erschrocken blieb Fine stehen. Sie ließ Beate vorgehen und folgte dann ganz langsam. Normale Schritte konnte sie ganz gut wieder meistern, aber diese steile Treppe? Sie wusste nicht, wie sie das schaffen sollte, denn nun spürte sie ihren Knöchel wieder. Sie setzte einen Fuß nach dem anderen, aber auf der Treppe, egal wie sie es anstellte, musste sie immer einen Fuß ganz belasten. Es gab auch kein Geländer, an dem sie sich hätte festhalten können. Die anderen stiegen empor und verschwanden auf dem Absatz, der Fine fast unerreichbar erschien. Aber sie biss die Zähne zusammen und kämpfte sich weiter hoch. Schritt für Schritt. Eine Stufe nach der anderen.

»Wo bleibst du denn?«, rief Mining, der nun wieder auf dem Absatz aufgetaucht war. »Nun mach mal schneller.«

»Ich kann nicht schneller«, sagte Fine. »Es tut weh.«

Aber Mining schien das nicht gehört zu haben. Er drehte sich um und ging wieder weg. »Sie kommt«, hörte Fine ihn rufen.

Warum war Will nicht mitgekommen? Er hätte gar nicht gezögert, er hätte sie in seine starken Arme genommen und nach oben getragen. Aber Will war jung und kräftig, und Mining war alt und … doof, dachte Fine nun wütend. Die Wut gab ihr Kraft, und sie schaffte es schließlich, bis zum Absatz zu kommen. Doch dort war nur eine weitere kleine Terrasse, von der eine steile Treppe hochführte. Niemand war zu sehen, aber Fine hörte Stimmen von oben. Sie schluckte die Tränen hinunter, begann den nächsten Aufstieg. Warum kam Mutti nicht, um nach ihr zu sehen, fragte sie sich. Warum muss ich mich hier allein hochkämpfen, warum schaut keiner nach mir? Sie war müde, hungrig, durstig und verschwitzt. In diesem Moment wollte sie überall sein, nur nicht hier. Dann drehte sie sich um und sah den See und die Berge. So einen wunderbaren Anblick hatte sie noch nie zuvor in ihrem Leben gesehen, und plötzlich schöpfte sie wieder Kraft. Ich bin keine Heulsuse wie Neli, ich schaffe das schon, sagte sie sich und ging die letzten Stufen mit Entschlossenheit. Endlich hatte sie den Absatz erreicht. Dort war eines der steinernen Häuser, und aus dem Inneren strahlte warmes Licht, und Gelächter und Stimmen drangen nach draußen. Dieses Haus hatte Glasfenster, auch wenn sie seltsam aussahen, so als hätte jemand mit dicken Pinseln darübergewischt. Langsam ging Fine zur Tür, schaute hinein. Der Raum schien sich über die ganze Hausseite zu erstrecken. Am einen Ende war ein großer Kamin, der allerdings nun nicht befeuert war. In der Mitte stand ein Tisch mit etlichen Stühlen. Dort saßen drei Männer, die Fine nicht kannte. Ulla war nicht zu sehen, und auch Beate konnte Fine nicht entdecken, aber auf einem der Stühle saß Jan, Minings Sohn. Erleichtert ließ Fine den Rucksack fallen.

»Fine!«, rief Jan. »Da bist du ja! Wo warst du denn?« Er sprang auf und lief auf sie zu, nahm den Rucksack.

»Ich habe etwas länger gebraucht«, sagte Fine und versuchte zu lächeln. »Wo ist Mutti?«

»Oben. Komm, ich zeige es dir. Wie schön, dass ihr hier seid. Es war so langweilig ohne euch«, plapperte Jan. »Es ist alles wirklich toll hier, aber ... alleine ... ist es doof.« Er sah sie an, lächelte verlegen. Jan wollte mit aller Macht zu ihrer Familie gehören, das wusste Fine. Seine Halbschwestern aus Minings erster Ehe waren so alt wie Ulla. Und Jan hatte kaum andere Kinder seines Alters in seinem Umfeld. Immer, wenn er Mining bei ihnen besuchte, war er erleichtert und glücklich. Aber Fine konnte ihn einfach nicht als ihren Stiefbruder ansehen, dazu war er ihr zu fremd.

Vielleicht, dachte sie nun, ändert sich das ja hier. Vielleicht kommen wir uns ja näher. Immerhin mag er Beate und versteht sich gut mit ihr, die beiden sind ja auch schließlich fast gleich alt. Aber dann dachte sie wieder an den Blick, mit dem Ulla Will angesehen, und an den Kuss, den sie ihm gegeben hatte. Mutti, ging ihr auf, ist in Will verliebt. Das war ein Gedanke, den sie in Ruhe zu Ende denken musste.

»Komm«, rief Jan nun. »Ihr wohnt im Nebenhaus.« Er ging durch die Hintertür hinaus auf einen weiteren Platz zwischen den Häusern.

Bitte keine weiteren Treppen, flehte Fine insgeheim und folgte ihm. Doch zum Glück war das Nachbarhaus auf der gleichen Ebene. Noch war es hell draußen, diese Art von Helligkeit, die es nur im Süden gab. Es war ein ungewohntes Licht in Fines Wahrnehmung, zu hell, um dunkel zu sein, aber nicht mehr wirklich Nachmittag. Und es roch hier so anders. Die Steine – die dicken Sandsteine, aus denen die Häuser gebaut waren, die Quarze, die die Hänge stützten, rochen mineralisch, ein wenig bitter und sandig – wie ein Tag am Meer ohne Feuchtigkeit. Überall wuchsen Pflanzen zwischen den Steinen und an den Abhängen – klein und holzig, auch Kräuter, die einen intensiven Duft verströmten. Und dann gab es noch Gebüsch und einige kleine, windgebeugte Bäume, dichtes Unterholz, alles roch süßlich und herb zugleich. Das Salz in der Luft, das Fine vom Meer kannte, fehlte.

Sie war aber zu müde, um sich genauer umzusehen. Morgen ist auch noch ein Tag, dachte sie, und wir werden ja eine Weile hierbleiben.

Fine folgte Jan, der in das Nachbarhaus gehüpft war. Auch hier gab es Scheiben in den kleinen Fenstern, die wie Schießscharten aus den dicken Wänden schauten. Der Boden war mit unebenen Steinplatten belegt und ebenfalls beherrschte ein großer, aber nun kalter Kamin, den Raum. Ulla stand an einem Tisch, der kleiner war als der im Nachbarhaus, und packte Sachen aus.

»Mutti!«, sagte Fine erleichtert.

Ulla sah sich um, sah Fine und holte tief Luft. »Grundgütiger!«, rief sie aus. »Gute Güte, also wirklich. Finekind. Oje, mein Finekind. Bist du etwa den ganzen Weg, die ganzen Treppen allein gegangen?« Sie schloss Fine in ihre Arme.

Fine nickte.

»Ich hatte doch Mining geschickt, um nach dir zu sehen.«

»Ist schon gut«, sagte Fine und setzte sich. Erleichtert seufzte sie auf und sah sich skeptisch um. »Hier wohnen wir?«

»Unser Schlafzimmer ist nebenan«, sagte Jan aufgeregt und hüpfte von einem Bein auf das andere. »Wir haben das beste Haus. Hier gibt es sogar eine Toilette. Das haben die anderen Häuser noch nicht. Und wir haben Wasser aus einem Brunnen, direkt hier in der Küche. Dort drüben, schau!«

»Das findest du toll?« Fine schluckte.

Jan sah sie an, biss sich auf die Lippe. »Es ist besser als alles andere hier.«

Fine seufzte auf. »Ein komfortabler Urlaub wird das also nicht werden. Gibt es ein Bad?«

Ulla senkte den Kopf. »Ich wusste es nicht. Mining hat mir den Ort in schillernden Farben geschildert als einen wunderbaren Platz, um Ferien zu machen. Etwas müsste noch getan werden, hatte er gesagt. Das alles noch getan werden muss, wusste ich so nicht.« Sie holte tief Luft. »Aber lasst es uns als Abenteuer ansehen. Als etwas, was ganz ungewöhnlich ist und nur wir erfahren und erleben werden. Es ist schön hier und … wir werden schwimmen gehen, das verspreche ich euch.«

»Heute würde ich gerne erst einmal baden oder mich zumindest waschen«, sagte Fine.

»Das kannst du. Das ist kein Problem. Es gibt hier einen Bergbach, der kommt von oben aus der Quelle. Und hier hat er im Hang ein Becken gegraben. Man kann dort wunderbar baden. Es ist ganz seicht«, sagte Jan begeistert.

»Baden? In einem Bergbach?« Fine schüttelte sich. »Das Wasser ist sicherlich eisig.«

»Nein, nein, das ist es nicht. In diesem Becken ist das Wasser warm.« Jan sah sie an, biss sich wieder auf die Lippe. »Nun ja, es ist zumindest nicht eisig«, gab er zu.

»Jetzt wird erst einmal ausgepackt«, bestimmte Ulla, sah aber dann Fine an. »Wobei ... das kann auch ich machen. Hier ist ein Handtuch. Weißt du, wo du frische Wäsche hast?«

Fine zeigte auf eine Tasche, und Ulla holte ihr die Sachen heraus. »Dann zeig ihr mal, wo das ist, Jan.«

»Es ist nicht weit.« Jan lief voraus, kam aber dann zurück. »Was ist mit deinem Fuß? Du humpelst ja«, sagte er plötzlich mitfühlend.

»Ich habe mich vertreten«, brummte Fine missmutig, holte aber tief Luft. Jan konnte ja nichts dafür.

»Ist es schlimm? Soll ich dich stützen?«, bot er sich eifrig an.

Fine lachte nun auf. Es war ein befreiendes Lachen nach der langen Fahrt und dem mühseligen Aufstieg. »Du bist ein kleiner Schatz, weißt du das eigentlich?«, sagte sie dann.

Jans Ohren, die ein wenig abstanden, begannen zu glühen.

»Wartet«, rief es nun hinter ihnen. »Wartet auf mich.« Es war Beate, die ihnen hinterherlief. »Mutti sagt, ich solle auch baden. Wo ist denn das Badezimmer?«

»Es gibt hier kein Badezimmer. Es gibt auch kein fließendes Wasser oder gar Elektrik«, sagte Jan. »Das alles wollen Mining und Onkel Fritz noch machen, damit hier Genossen Urlaub machen können.«

Jan führte sie um eines der Häuser herum. Dort war ein Bergbach, der munter den Hang hinunterplätscherte. In einer natürlichen Kuhle sammelte sich das Wasser, bevor es dann weiterlief. »Hier«, präsentierte er stolz und zeigte auf die flache Kuhle. »Hier baden wir.«

Und tatsächlich sah Fine ein Stück Seife und Rasierschaum auf einem großen Stein am Rande liegen, auch Handtücher lagen da. Sogar zwei Tassen mit Zahnbürsten entdeckte Fine.

Beate war stehen geblieben und schob nun ihren Daumen in den Mund. »Das ist aber keine Wanne«, nuschelte sie.

»Aber es ist sauberes Wasser«, sagte Fine pragmatisch. Sie

zog sich Schuhe und Strümpfe aus, sah dann Jan auffordernd an.

Jan wurde wieder rot. »Ich gehe um die Ecke und warte auf euch.«

»Nun, ich glaube kaum, dass wir uns hier verlaufen werden. Geh ruhig schon zurück.« Fine wartete, bis er um die Hauswand verschwunden war, dann schlüpfte sie aus ihrem Kleid und der Wäsche. Vorsichtig steckte sie einen Zeh in das Wasser und erwartete, dass es eiskalt sein würde. Doch das war es nicht, es war nicht warm, sondern eher erfrischend. Sie trat in das kleine Becken. »Es sind die Steine«, sagte sie dann und lachte. »Die Steine sind durch die Sonne aufgewärmt, und deshalb ist das Wasser nicht kalt. Es ist herrlich, Beatchen, komm. Trau dich.«

Zur Mitte hin wurde das Becken ein wenig tiefer, es reichte Fine bis zur Hüfte. Hier war das Wasser auch kälter, aber nicht zu kalt. Fine hielt die Luft an und tauchte unter. Es war herrlich erfrischend, und es tat so gut, den Reisestaub und den Schweiß abwaschen zu können. Nachdem sie sich gewaschen hatte, streckte sie die Arme zu ihrer Schwester aus. »Nun komm, ich halte dich fest.«

Beate zierte sich etwas. Vorsichtig ging sie erst in die Hocke, rutschte dann zu Fine, die sie festhielt.

»Ist das nicht ganz wunderbar?«, fragte Fine ihre Schwester.

»Ein heißes Bad wäre mir lieber«, gab Beate zu. Sie wusch sich, so schnell sie konnte, und kletterte dann hinaus und hüllte sich in ihr Handtuch. Fine blieb noch einen Moment länger, legte sich auf den Rücken und genoss die Erfrischung. Das Licht wurde immer blasser, auch wenn es noch nicht dunkel wurde. Endlich kletterte auch Fine wieder auf den Rand, trocknete sich ab. Ein köstlicher Duft stieg ihr in die Nase, und erst jetzt merkte sie, wie hungrig sie war.

Den Weg zum Haus fanden sie problemlos, doch Ulla war nicht da. Vielleicht, dachte Fine, ist sie im ersten Haus. Von dort schien auch der Duft zu kommen. Sie nahm Beate an die Hand und ging zum ersten Haus. Tatsächlich waren dort Ulla, Mining, Jan und die drei anderen Männer.

»Da seid ihr ja«, sagte Ulla fröhlich, doch ihr Gesicht wirkte müde.

Es gab einen Herd, der mit Holz befeuert wurde, und dort stand einer der fremden Männer und rührte in einem Topf. Daher kam also der köstliche Duft, ging es Fine auf. Sie fand es ein wenig seltsam, dass der Mann kochte. Aber Ulla war keine begeisterte und deshalb auch keine begnadete Köchin, und andere Frauen schien es hier nicht zu geben.

»Das sind meine Töchter Fine und Beate«, stellte Ulla sie vor. »Und das sind Fritz, Werner und Karl.«

Fritz war derjenige, der am Herd stand. Fine erinnerte sich daran, dass Mining von seinem Freund Fritz Jordi erzählt hatte, der dieses Dorf gekauft hatte.

»Habt ihr Hunger?«, fragte Fritz nun und lächelte.

»Wie ein Wolf«, sagte Fine.

»Sehr gut. Es gibt gleich Essen.«

Fine und Beate setzten sich an den Tisch zu Jan. Die Erwachsenen nahmen wieder ihr Gespräch auf, das sie unterbrochen hatten.

»Aber wie macht ihr das mit dem Einkauf?«, fragte Ulla. »Ich hatte nicht gedacht, dass es so abgelegen ist.«

»Es war so günstig, weil es so abgelegen ist«, erklärte Fritz. »Das Dorf ist schon seit Jahren verlassen und, wie du siehst, ziemlich heruntergekommen.«

»Aber die Substanz der Häuser ist gut«, sagte nun der Mann, der Werner hieß. Er hatte eine tiefe, melodiöse Stimme.

»Ich habe im Frühjahr allerlei angebaut. Wir haben hier Wasser, auch wenn die Böden steinig sind – mit etwas Dünger und viel Liebe wächst das Gemüse gut. Den Nutzgarten müssen wir natürlich noch ausbauen, aber dazu müssen wir erst roden und dann den Boden kultivieren. Doch im Laufe der Zeit will ich erreichen, dass wir uns hier so gut wie selbst versorgen können.« Er nahm einen weiteren Topf, stellte ihn auf den Herd und füllte Wasser aus einem großen Krug hinein, salzte das Wasser ordentlich. »Kühe kann man hier natürlich nicht halten, aber Ziegen und vielleicht ein paar Schafe. Hühner habe ich schon, aber der Fuchs hat einige geholt – wir müssen erst einen richtigen Stall bauen.«

»Bis das alles so weit funktioniert, fahren wir einmal in der Woche nach Ascona und kaufen ein«, erklärte Mining nun. »Das habe ich heute auch gemacht, bevor ihr gekommen seid.«

»Und wie kühlt ihr die Lebensmittel?«, wollte Ulla wissen.

»Wir haben ja keine Elektrizität, wir kühlen so, wie es die Bauern früher gemacht haben. Es gibt Keller, die in den Hang gegraben wurden. Früher hat man dann im Winter Eis aus den Bergen geholt und dort gelagert. Vielleicht machen wir das im nächsten Jahr auch.«

»Die anderen Sachen – wie Milch – kühlen wir im Bach. Natürlich hält sich Milch deshalb nicht lange. Wir haben aber Dosenmilch«, sagte nun Werner. »Es muss noch viel geschehen, bevor dies ein Erholungsort für die Genossen ist.«

»Zum Glück ist Mining da, er hat ja schon Erfahrung mit so etwas«, sagte Fritz lachend.

»So wie in Worpswede wird das hier nicht«, meinte Mining nun nachdenklich. »Unsere Idee damals war ja, dass wir fast autark leben wollten. Für eine größere Gruppe ist das nicht ganz so einfach, selbst mit Viehwirtschaft.«

»Autark müssen wir nicht sein«, sagte Fritz. »Das geht ja auch gar nicht. Dann müssten hier dauerhaft Leute leben, die ihre Aufgaben hätten. Aber die Genossen werden ja immer nur ein paar Wochen hier sein und dann werden andere kommen.«

»Sie sollen sich hier erholen und gleichzeitig aber auch mitarbeiten?«, fragte Ulla.

Fritz nickte. »Das ist doch ein guter Gedanke, nicht wahr? Und was macht es schon aus, ein wenig Unkraut zu zupfen und Ziegen zu hüten, wenn man an dieser herrlichen, frischen Luft ist? In dieser Umgebung, weit weg von den verschmutzten Großstädten.«

»Das Problem ist«, sagte nun Karl, der zum ersten Mal etwas zum Gespräch beitrug, »dass Arbeiter aus den Städten wohl wissen werden, wie man Stahl gießt oder Autos zusammenbaut, aber nicht, welche Pflanze Unkraut oder eine Nutzpflanze ist. Ich bin Maurer. Ich kann Mauern bauen, Mörtel anrühren, Wände verputzen. Das kann ich gut. Aber ich weiß nicht, ob das, was da wächst, genießbar oder giftig ist. Und Ziegen – geh mir weg mit Viehzeug. Ich mag sie nicht, und mich mögen sie auch nicht.«

Fritz lachte. »Ich hoffe, du magst sie doch, denn in dem Ragout ist Ziegenfleisch.«

Fine hörte nur mit halbem Ohr zu. Die Müdigkeit kroch durch ihren Körper wie viele kleine Ameisen. Auch Beate starrte nur vor sich hin, summte oder brabbelte nicht, wie es sonst ihre Gewohnheit war.

Fritz gab nun zwei große Handvoll seltsam aussehender dünner Stäbe in den Topf mit dem kochenden Wasser. »Wir können schon mal den Tisch decken«, sagte er. »Die Pasta braucht nicht lange.«

Paste?, dachte Fine verwirrt, was für eine Paste mochte es geben?

Karl stand auf und holte tiefe Teller aus dem Schrank, der an der Seite stand. Er stellte auch Becher aus Steingut auf den Tisch und einen großen Krug.

Fine schob direkt ihren Becher in Richtung Krug, sie war sehr durstig, wie sie nun merkte.

Karl sah unsicher zu Ulla. »Was trinken denn deine Kinder? Sicherlich keinen Rotwein? Jan trinkt Wasser.«

Ulla lachte auf. »Nein, keinen Rotwein. Meine Kinder sind auch mit Wasser zufrieden.«

»Ich hole frisches Wasser«, rief Jan und schnappte sich einen weiteren Krug, der auf der Anrichte, einem alten, wackeligen Möbel, stand.

»Ich komme mit«, sagte Fine. Sie war neugierig, wo er denn nun Wasser holte, denn er hatte ja gesagt, dass es kein fließendes Wasser in den Häusern gebe. Doch wohl nicht aus dem Teich, in dem sie gebadet hatten?

Jan lief flugs zum Nebenhaus. Dort, das sah Fine erst jetzt, gab es auch so einen gusseisernen Herd, der mit Holz geheizt wurde. Und daneben war ein Brunnenschwengel, der aus der Wand zu kommen schien.

»Hier gibt es Wasser«, sagte Jan und betätigte den Schwengel. Tatsächlich kam Wasser nun aus dem darunter befindlichen Hahn. »Es ist Wasser aus der Quelle oben am Berg«, sagte Jan. Er nahm einen Becher und gab ihr einen Schluck. »Das schmeckt gut, nicht wahr?«

Fine trank durstig. Das Wasser war kalt, es schmeckte etwas metallisch, aber nicht muffig oder schlecht, im Gegenteil. »Ja!« Sie reichte ihm den Becher, trank erneut.

Mit dem gefüllten Krug gingen sie zurück.

»Was ist das für eine Paste, die es heute zu essen gibt?«, wollte Fine wissen.

»Paste? Es gibt keine Paste. Es gibt Nudeln. Kennst du Nudeln?«

Nudeln – das war eine gekochte Teigware, das wusste Fine. Gegessen hatte sie das noch nie. »Aber er sagte doch, es gibt Paste?«

»Pasta. Es heißt Pasta«, feixte Jan und schien um einige Zentimeter zu wachsen. »Das ist Italienisch und bedeutet Nudeln, glaube ich.«

Im Haupthaus, wie Fine es für sich nun nannte, war der Tisch inzwischen gedeckt. Der Topf mit dem Ragout stand auf dem Tisch, und Fritz goss gerade die Pasta in einen großen Durchschlag über dem Spülbecken ab. Dann stellte er den Durchschlag auf den Tisch, füllte die Teller.

Werner zündete unterdessen die Kerzen, die überall verteilt standen, und die große Petroleumlampe, die über dem Tisch hing, an. Plötzlich war der Raum in ein weiches, warmes Licht getaucht, schien in Gelbtönen zu schwimmen. Es ist ein wohliger Anblick, dachte Fine entzückt. Als wenn man nach Hause kommt.

Sie setzte sich an den groben und schrundigen Tisch, sog die Düfte in sich auf. Es roch nach Kräutern, würzig, fremd, aber angenehm.

Fritz hatte eine große Fleischgabel in der Hand, nahm damit von den Holzstäbchen, die inzwischen eher wie weiche Würmer aussahen, und gab jedem eine Portion auf den Teller.

Das ist also Pasta, dachte Fine überrascht. Es war gar keine Paste, es sah aus wie Teigschlangen. Ob das schmeckte? Und wonach?

Mining hatte einen großen Löffel genommen und gab nun jedem etwas von dem Ragout, das wirklich lecker duftete.

Beate, die zwischen Ulla und Fine saß, schaute auf den Teller und schluckte laut. »Muss ich das essen?«, flüsterte sie dann Ulla zu.

»Du solltest es wenigstens probieren. Es sieht doch lecker aus«, sagte Ulla.

»Es sieht nicht so aus, als wenn man es essen könnte.« Beate rümpfte die Nase. »Es sieht aus wie gekochte Regenwürmer mit Pampe.«

Fine musste lachen, es platzte aus ihr heraus, wie ein Schwall. Sie prustete, kicherte, lachte laut. »Re ... Re ... Regenwürmer ... hahaha. Oh Beatchen, du bist köstlich. Schau aber ...« Fine wickelte einen der unregelmäßig geformten Teigstreifen um ihre Gabel, tauchte ihn in das weich gekochte Ragout und zeigte die Portion ihrer Schwester. »Das ist wie ein weicher Mehlkloß, nur in Bänder geschnitten. Probier mal, es schmeckt.« Und dann steckte sie die Gabel in ihren Mund, kaute, schluckte, nahm die nächste Portion. »Es ist sehr, sehr gut. Fast so gut wie ein Essen bei Guste«, lobte sie.

»Wer ist Guste?«, fragte Fritz irritiert.

»Guste ist die Köchin meiner Schwiegermutter«, erklärte Ulla. »Sie ist für meine Kinder der Inbegriff des Entzückens und guten Essens. Wenn dich Fine also mit ihr vergleicht, ist das fast wie ein Ritterschlag.«

»Ja«, sagte Fine lachend. »Du scheinst ein Küchenritter zu sein.«

Fritz verbeugte sich vor ihr, strahlte. »Habt Dank, edle Dame, das ehrt mich sehr!« Er hob seinen Becher. »Darauf trinken wir!«

Beate überwand ihre Skepsis, und nach dem ersten Bissen war auch sie überzeugt von der Mahlzeit.

»In Italien wachsen Kartoffeln nicht so gut, zumindest nicht hier oben in den steinigen Gegenden. Getreide schon, aber keine Kartoffeln. Es gibt unzählige Pastagerichte – Nudeln scheinen eine Hauptnahrungsmittel hier zu sein«, erklärte Fritz. »Und sie sättigen.«

»Ich mag aber Kartoffeln«, sagte Beate und gähnte.

»Wir haben auch Kartoffeln«, beruhigte Fritz sie schmunzelnd. »Ich glaube nicht, dass du verhungern wirst, junge Dame.«

»Das glaube ich auch nicht«, sagte Ulla. »Aber ich glaube, diese junge Dame muss dringend ins Bett. Der Tag war lang und anstrengend.« Sie sah Fine und Jan an. »Und ihr geht auch schlafen, Herrschaften.«

Eigentlich wollte Fine protestieren. Sie wollte noch bei den Erwachsenen bleiben und zuhören, was sie erzählten. Aber tatsächlich fielen auch ihr die Augen fast zu, und sie war dankbar, dass Ulla einen Schlussstrich zog.

»Komm, Jan«, sagte sie und nahm seine Hand. Ulla hatte Beate auf den Arm genommen, trug sie in das Nachbarhaus. Mining begleitete sie mit einer kleinen Petroleumlampe, die er im Schlafzimmer abstellte.

»Hier schlaft ihr. Gute Nacht.« Dann wandte er sich um und ging zurück.

In dem Zimmer hinter der Küche des zweiten Hauses standen drei Feldbetten, alle drei schon bezogen. Ulla legte Beate auf ein Bett. »Hier schläfst du.«

»Wo hast du bisher geschlafen, Jan?«, fragte Fine.

»Drüben, bei Mining«, sagte er leise, fast unhörbar. »Aber Mining sagte, jetzt schlafen wir Kinder alle hier.«

»Und welches Bett willst du nun?«, fragte Fine sanft. Sie merkte, dass Jan sich unwohl fühlte.

»Ist mir egal.« Seine Stimme war plötzlich dünn und piepsig.

»Mir auch. Deshalb darfst du wählen. Wie wäre es mit dem Bett in der Mitte? Beate bei der Tür, du in der Mitte und ich nehme das am Fenster. Was meinst du?«

Jan sah sie an, nickte dann dankbar. »Ja, das klingt gut.«

»Wo sind denn deine Sachen?«, fragte nun Ulla. »Deine Wäsche, dein Nachthemd?«

Er sah sich um, zuckte mit den Schultern. »Wohl noch drüben«, sagte er leise.

»Mining?«, rief Ulla, aber Mining war schon gegangen.

»Dann geh du die Sachen von Jan holen, Mutti. Ich helfe Beate und bring sie zu Bett«, sagte Fine. »Unsere Sachen sind ja hier.«

»Du bist ein Schatz.« Ulla eilte hinaus.

Fine half der übermüdeten Schwester, sich auszuziehen, streifte ihr das Nachthemd über. Sie war froh, dass Jan ihr noch einmal zeigte, wie die Pumpe in der Küche funktionierte, so dass sie sich die Zähne putzen konnten. Großvater Stolte schärfte ihnen immer ein, wie wichtig das war – er war ja Zahnarzt und konnte viele grässliche Geschichten über ungepflegte Zähne erzählen.

Beate lag schon im Bett, als Ulla mit Jans Sachen wiederkam. Ihr Gesicht war gerötet und sie wirkte ein wenig aufgelöst.

»Wir hätten vorher nach den Sachen schauen sollen«, sagte sie fahrig und reichte Jan das Nachthemd.

»Wo schläfst du denn?«, fragte Fine nun langsam.

»Ich? Also ... Mining meint ... also wir schlafen drüben«, sagte Ulla verlegen. »Ihr seid ja hier zusammen. Und Morgen schauen wir uns die Häuser noch einmal genauer an.«

Fine schluckte und holte tief Luft. Aber sie wollte weder Beate noch Jan verunsichern. »Gut«, sagte sie und schlüpfte in ihr Nachthemd. Jan war schon in sein Bett gekrabbelt. »Du musst noch deine Zähne putzen«, sagte Fine streng.

»Ich habe keine Zahnbürste.«

»Wo ist sie denn? Wir holen sie.«

»Ich habe ... keine«, gab er zu.

»Ihr seid doch schon zwei Wochen hier ...« Fine schüttelte entsetzt den Kopf. »Morgen besorgen wir dir eine Zahnbürste. Und schauen nach den Zimmern.« Den letzten Satz sagte sie mehr zu sich selbst als zu Jan.

Ulla hatte Beate inzwischen Gute Nacht gesagt, ging nun zu Jan, der nun auch in seinem Bett lag und strich ihm über den Kopf. »Schlaf gut, kleiner Jan.«

»Ich bin gar nicht mehr so klein«, empörte er sich. »Kommt Mining noch?«, fügte er aber leise und fragend hinzu.

»Ganz sicher kommt er später noch mal. Und ich auch.« Ulla lächelte beruhigend, ging dann zu Fine. »Gute Nacht, meine Große.«

»Mutti«, wisperte Fine fast unhörbar, »bitte lass die Lampe in der Küche stehen. Falls irgendetwas ist heute Nacht.«

»Es wird nichts sein und ich komme später noch einmal nach euch gucken.« Sie küsste Fine auf die Stirn und stellte die Lampe dann in die Küche, ließ die Tür offen.

Fine war sehr müde, aber der Gedanke, dass sie hier in einem unbekannten Ort allein in diesem sehr seltsamen Haus waren, machte sie unruhig, und sie fand nicht in den Schlaf. Von nebenan konnte sie Stimmen und Gelächter hören, aber es kam nicht aus dem Nebenraum, sondern es war ein Haus weiter. Diese Distanz, diese räumliche Trennung machten sie nervös. Es gab hier Füchse, die Hühner jagten. Vielleicht gab es ja noch andere wilde Tiere? Die Türen standen offen, was einerseits gut war, weil sie so schnell in das andere Haus kamen – aber kam ein wildes Tier so nicht auch sehr schnell zu ihnen? In Berlin gab es keine wilden Tiere ... Die Gedanken kreisten in ihrem Kopf wie ein Kreisel, der nicht aufhörte, sich zu drehen. Immer wieder fielen ihr die Augen zu, aber dann knackte das Gebälk, oder der Wind fuhr durch das Gebüsch, und schon hatte sie das Gefühl, hellwach zu sein.

»Fine?«, hörte sie plötzlich Beates Stimme. Beate war vorhin schon eingeschlafen, aber nun offenbar wieder wach geworden. »Fine, bist du da?«

»Ja«, sagte Fine erleichtert. »Kannst du nicht schlafen?«

»Ich habe Angst«, sagte Beate leise und zögerlich. »Wo ist Mutti?«

»Mutti kommt gleich«, flüsterte Fine zurück. Sie schluckte. »Willst du zu mir kommen?« Die Feldbetten waren schmal und nicht sonderlich bequem, aber sicherlich konnten sie zu zweit darin schlafen. Beate antwortete gar nicht erst, sondern kam, ihre Decke im Schlepptau, direkt zu ihr hinübergetapst. Die Schwestern kuschelten sich aneinander, und endlich fand Fine Ruhe und konnte schlafen.

Am nächsten Morgen weckte sie das Krähen eines Hahns. Er schien direkt vor dem Fenster zu stehen. Beate und Jan schliefen noch, also schlich sich Fine leise in die Küche. Die Lampe war heruntergebrannt, das Feuer am Docht flackerte nur noch wie ein unruhiger Geist. Fine drehte die Lampe aus und ging nach draußen.

Als sie gestern angekommen waren, hatte sie nur wenig auf die Umgebung geachtet. Nun aber schaute sie sich genauer um. Das kleine Dorf war in den Hang gebaut worden. Sie waren in den unteren Häusern. Die Häuser – meist zweigeschossig, standen hintereinander, meist etwas versetzt. Wie eine Häusertreppe im Berg, dachte Fine und ging langsam den steilen Pfad durch die Häuser entlang. Manchmal wurde aus dem Pfad eine in den Stein gehauene Treppe. Zum Glück ging es ihrem Fuß deutlich besser. Sie schaute in die Häuser hinein, die zum Teil verfallen wirkten. Hier und dort war eine Mauer eingebrochen, war die Zwischendecke eingestürzt, und kaum eines der Häuser hatte noch Glasfenster. Jeder ihrer Schritte wirbelte Staub auf. Fine konnte sich nicht vorstellen, wie man dieses Dorf wieder bewohnbar machen sollte. Sie spähte in eines der Gebäude und sah dort eine Ratte über den Boden huschen. Angeekelt drehte sie sich um und ging zurück nach unten.

Jan und Beate waren inzwischen auch wach geworden und hatten sich angezogen. Gemeinsam gingen sie in das untere Haus.

»Hoffentlich gibt es schon Frühstück«, sagte Jan. »Manchmal schlafen sie aber alle sehr lange.«

Doch als sie in die Küche kamen, stand Ulla am Herd und kochte Muckefuck. Sie lächelte ihnen entgegen.

»Wie habt ihr geschlafen?«, fragte sie fröhlich.

»Gut«, sagte Beate. »Fine hat auf mich aufgepasst.«

Zum Frühstück gab es Brot, das eine harte Kruste hatte und altbacken wirkte. Dazu Butter und etwas Marmelade. Beate lutschte nur auf ihrem Kanten Brot.

»Du musst es eintunken«, sagte Ulla und schob ihr eine Tasse mit Muckefuck hin.

Eintunken, dachte Fine entsetzt. Gibt es hier nicht mal frisches Brot? Sie probierte es aber, und es war überraschenderweise köstlich.

»Was machen wir heute?«, fragte sie Ulla. »Gehen wir hinunter zum See?«

Der große See funkelte und glitzerte verlockend in der Morgensonne. Die trockene Luft schwirrte schon vor den Häusern, und es versprach ein heißer Tag zu werden.

»Das weiß ich noch nicht«, sagte Ulla. »was macht denn dein Fuß?«

»Schon viel besser.«

»Es ist ganz schön weit bis zum See«, meinte Jan. »Wir waren erst einmal unten. Runter geht ja noch, aber man muss ja auch wieder hochsteigen.« Er verzog das Gesicht.

»Hier muss man überall klettern, scheint mir«, sagte Fine belustigt.

Fritz kam in die Küche, streckte sich gähnend. »Guten Morgen. Sonst noch keiner wach?«

»Mining schläft jedenfalls noch«, sagte Ulla.

»Nun, dann wollen wir mal ein wenig Krach machen. Wer kommt mit mir mit, um nach Eiern zu suchen? Die Hühner haben ja noch keinen richtigen Stall und legen sie kreuz und quer. Jan kennt das schon.«

Beate und Fine sprangen sofort auf. Nach Eiern zu suchen, das hörte sich spannend an. Jan lief voraus.

»Hier habe ich in den letzten Tagen immer welche gefunden«, sagte er und führte sie zu einem kleinen Schuppen hinter dem Haus. Aber so sehr sie auch in jeden der staubigen Winkel schauten, Eier fanden sie keine.

Beate ging nach draußen, es war ihr zu dreckig dort. »Hier!«, rief sie plötzlich aufgeregt. »Hier sind welche.«

Jan und Fine folgten ihrem Ruf, und tatsächlich lagen drei Eier unter einem Gebüsch. Sie fanden noch ein viertes in einer Häuserecke und ein fünftes direkt vor dem Haus.

»Wunderbar«, sagte Fritz und schlug die Eier in eine Schüssel auf. »Jan, hol mal die Milch.«

Fine folgte Jan, der sie zu dem Tümpel führte, in dem sie gestern gebadet hatten. In einer schattigen Ecke hing die Milchkanne an einem Strick im plätschernden Wasser. Vorsichtig zog Jan sie heraus und trug sie zurück in die Küche. Fritz schüttete einen Schluck Milch in die verquirlten Eier, gab dann duftende Kräuter dazu, die er klein gehackt hatte. Er zog eine Eisenpfanne aus dem Schrank und stellte sie scheppernd auf den Ofen. Er legte ein paar Scheiben fetten Speck in die heiße Pfanne, die sich sofort zischend und brutzelnd zusammenzogen und köstlich dufteten. Danach goss er die Eiermasse hinzu, rührte ein paarmal kräftig um. »Bitte sehr!« Mit Schwung stellte Fritz die Pfanne auf den Tisch.

»Guten Morgen«, brummte Mining. Er kam in die Küche, kniff noch verschlafen die Augen zusammen.

»Ich wusste schon, wie ich dich wecken kann«, sagte Fritz grinsend.

Und auch die beiden anderen Männer tauchten bald auf. Sie saßen bei falschem Kaffee gemeinsam am Tisch und planten die nächsten Tätigkeiten.

»Die Zwischendecke muss erst abgestützt werden, bevor wir in dem Haus weitermachen können«, meinte Karl. »Und das sollten wir schnellstens tun, bevor sie einbricht.«

»Ich wollte weiter am Wassergraben arbeiten«, meinte Mining. »Dabei könnten auch die Kinder helfen.«

Fine sah ihn erschrocken an. Sie waren doch im Urlaub und nicht im Arbeitslager. Schnell, aber verstohlen machte sie Beate und Jan ein Zeichen, und ohne groß Aufhebens zu machen, huschten die drei nach draußen.

»Musst du hier die ganze Zeit arbeiten?«, fragte Fine Jan entsetzt.

Er zuckte mit den Schultern. »Eigentlich nicht. Ich helfe nur ein wenig. Ich sammele die Steine auf, dort wo Mining graben will. Oder ich kümmere mich mit Fritz zusammen um die Hühner. Solche Sachen. Es gab ja für mich auch nicht viel anderes zu tun. Aber jetzt seid ihr ja da. Jetzt können wir zusammen spielen. Ein wenig helfen können wir natürlich auch.«

»Das klingt schon besser«, murmelte Fine.

»Und was machen wir jetzt?«, fragte Beate.

»Wir können ja das Dorf erkunden«, schlug Jan vor.

Gemeinsam machte es mehr Spaß, die verlassenen Häuser zu erforschen. Fine ging in ein Haus, das noch recht intakt aussah. Eine Holztreppe führte in die zweite Etage. Dort war eine Tür, die nach draußen führte. Was macht eine Tür hier, fragte sich Fine und öffnete die Tür vorsichtig. Es war eine Art Steg, der von der zweiten Etage dieses Hauses in die erste Etage des nächsten Hauses, das ein wenig höher am Hang stand, führte.

Eine Brücke von einem Haus zum anderen, dachte Fine entzückt. Sie betrat die Brücke. »Hallo!«, rief sie. »Schaut mal, wo ich bin!« Jan und Beate waren weiter unten auf dem Pfad. Sie drehten sich nun um. Fine winkte ihnen heftig zu, doch dann knarrte es erst, und plötzlich gaben die morschen Holzplanken unter ihr nach, und sie stürzte in die Tiefe. Ihr wurde schwarz vor Augen.

»Fine, Fine!«, hörte sie Ulla rufen. Sie spürte ihre Hand auf ihrem Kopf. »Fine, mach die Augen auf!« Ulla klang ganz verzweifelt. »Grundgütiger, Fine!«

Fines Kopf brummte und es fiel ihr schwer, die Augen zu öffnen, doch schließlich schaffte sie es.

»Kannst du dich bewegen?«, fragte Ulla besorgt. »Tut dir etwas weh?«

»Mein Kopf«, sagte Fine leise und richtete sich auf. Ihr Kinn blutete, aber ansonsten war sie zum Glück mit dem Schrecken davongekommen. Sie war mit den morschen Brettern abgestürzt und diese hatten den Fall gebremst.

Den Rest des Tages verbrachte Fine in einem Liegestuhl aus Segeltuch im Schatten in der Nähe des Baches. Ulla hatte Sorge, dass sie eine Gehirnerschütterung hatte, und deshalb sollte sie sich nicht rühren.

Doch gegen Nachmittag wurde ihr langweilig, und sie suchte die anderen. Beate und Jan spielten zusammen an dem kleinen Teich. Sie hatten sich aus Borke Schiffchen gebaut und ließen sie im Bach schwimmen.

Ulla und Mining hatten ihnen verboten, die Häuser zu betreten.

Auf Schiffchen hatte Fine keine Lust, und so ging sie weiter. Vor dem unteren Haus war eine kleine Terrasse angelegt. Dort standen Ulla und Mining.

»Du warst doch schon hier«, hörte Fine Ulla sagen. Vorwurf klang in ihrer Stimme mit. »Du wusstest, dass hier alles morsch und baufällig ist.«

»Meine Güte«, sagte Mining genervt. »Es ist doch nichts passiert. Stell dich doch nicht so an. Kinder spielen und toben – da gibt es nun mal kleine Unfälle.«

»Sie hätte sich das Genick brechen können.«

»Hat sie aber nicht«, gab Mining zurück. »Jan ist schon seit Tagen hier, und es nichts passiert.«

»Da hat er einfach Glück gehabt«, fauchte Ulla. »Das hier ist keine Umgebung für Kinder.«

»Im Gegenteil, es ist eine wunderbare Umgebung für Kinder. Sie sind inmitten der Natur, können hier durch die Gegend streifen und alles erkunden.«

»Und sich die Knochen brechen«, sagte Ulla verbittert und drehte sich um, sie ging zurück ins Haus. Fine drückte sich in den Schatten des Gebäudes, doch Mining kam nicht in ihre Richtung, sondern ging den Abhang hinunter.

In den nächsten Tagen stromerten die drei Kinder durch die Umgebung. Mining hatte nicht unrecht gehabt, es gab eine Menge zu entdecken. Manchmal lag Fine auch einfach nur im Schatten und las. Zum Glück hatte sie sich zwei Bücher mitgenommen. Ulla hielt ihr Versprechen und stieg mit ihnen hinunter zum See. Es war wunderschön dort, aber der Aufstieg war doch recht beschwerlich.

Fine und Beate genossen es sehr, dass Ulla endlich einmal wirklich Zeit für sie hatte, mit ihnen spielte oder Ausflüge in die Umgebung machte. Auch zu der wöchentlichen Einkaufsfahrt in die Stadt durften sie mitkommen. Dort spendierte Fritz ihnen ein Eis, das köstlich war.

Den Kindern war es nach Fines Unfall streng verboten, die baufälligen Häuser zu betreten. Daran hielten sie sich. Verstecken spielen ging jedoch auch so ganz wunderbar. Überall gab es Nischen, Winkel oder kleine Schuppen, wo man sich verbergen konnte. Sie hatten eine schöne Zeit.

Doch die Stimmung zwischen Ulla und Mining blieb angespannt. Sie stritten zwar nicht laut miteinander, aber Fine merkte, dass etwas zwischen ihnen in der Luft lag. Es war wie das Knistern, das man manchmal zu spüren schien, bevor ein Gewitter aufzieht.

»Immerzu arbeitest du nur«, warf Ulla Mining an einem Abend vor, als alle noch zusammen in der Abendsonne auf der Terrasse saßen. »In Berlin und hier auch. Ich dachte, wir hätten endlich mal wieder Zeit füreinander.«

»Aber du siehst doch, was es hier alles zu tun gibt«, antwortete Mining.

»Nun ja, die Arbeit läuft ja nicht davon«, sagte Fritz lachend. »Ulla hat nicht ganz unrecht. Du kannst dir auch mal freinehmen.«

Und so beschlossen Ulla und Mining, am nächsten Tag allein eine Bergtour zu machen. Die Kinder störte das nicht, niemand von ihnen hatte Lust, noch höher und weiter zu kraxeln. Sie konnten sich auch wunderbar selbst beschäftigen.

Mittags gab es meist Brot, das Fritz selber buk, dazu Oliven und den harten Käse, den die Bauern in der Umgebung machten.

Oft legte Fritz noch selbst geerntete Tomaten und Gurken dazu. Abends kochte er. Meist war es ein Eintopf mit viel Gemüse, häufig gab es dazu Nudeln, die Fine inzwischen liebte.

»Wieso kannst du so gut kochen?«, fragte sie ihn an diesem Tag und half, die Bohnen aus dem Gemüsegarten zu putzen.

»Weil ich gerne esse.« Fritz lachte. Er war meist fröhlich, und ihn konnte nichts so schnell aus der Bahn werfen. »Und weil niemand für mich kocht, also muss ich es selbst tun.«

»Mutti isst zwar auch gerne, aber kochen mag sie nicht.«

»Dafür kann sie andere Dinge«, sagte Fritz und schob ihr zwei Knollen Knoblauch zu. »Kannst du die häuten und klein schneiden?«

Fine nahm das Messer und machte sich an die Arbeit. Es machte ihr Spaß, Fritz zu helfen, und sie passte auch immer genau auf, was er machte, wollte sich das alles merken. Vielleicht, dachte sie dann, kann ich ja in Berlin auch hin und wieder kochen, denn die Chancen, dass sie wieder eine Köchin bekommen würden, standen schlecht.

Geld war auch ein Streitthema zwischen Ulla und Mining. Die Auftragslage bei der Kugel hatte sich verschlechtert, das hatte Fine mitbekommen. Ulla hatte Mining die Schuld gegeben, dass sie keinen weiteren Auftrag bekommen hätten.

»Ich weiß, dass du Künstler bist«, hatte sie ihm erst gestern gesagt, »aber manchmal kann man nicht immer nur das machen, was man will, sondern muss sich auch an die Gegebenheiten anpassen. Der Kaffeeröster wollte keine Plakate, auf denen schwer arbeitenden Menschen zu sehen sind, die Kaffeesäcke schleppen oder in der Rösterei schwitzen und schuften. Er wollte Bilder von Menschen, die ihre Tasse Kaffee genießen.«

»Um sie genießen zu können, werden aber die Arbeiter in Afrika und Südamerika ausgebeutet«, hatte Mining geantwortet. »Das sollten die Leute hier wissen.«

»So machst du nicht für, sondern gegen Kaffee Werbung. Und

woher soll jetzt das Geld kommen? Wir müssen Miete zahlen, wir haben Ausgaben – du sogar doppelt, weil du ja noch Sonja und Jan unterstützt.«

»Mach dir keine Sorgen«, hatte Mining geantwortet. »Es wird sich schon finden.« Aber auch sein Gesicht war inzwischen von Sorgenfalten durchfurcht.

Wir könnten auch Gemüse anbauen, dachte Fine nun. Auf dem Darß haben wir das doch auch gemacht. Und ich könnte kochen. Das würde sicherlich Geld sparen. Der Gedanke machte sie zuversichtlich und froh.

Aber dann kamen Ulla und Mining zurück, viel früher als erwartet. Ulla sah ein wenig derangiert aus. Ihre Hose hatte einen Riss, ihre Kleidung war verschmutzt, und ihre Haare glichen einem Vogelnest. Sie sprach mit niemandem, vorzog sich in den Badeteich und erschien erst eine ganze Weile später wieder – gewaschen, die Haare zurückgekämmt und mit sauberer Kleidung. Sie nahm sich direkt einen Becher Wein, zündete sich eine Zigarette an.

»Geht es wieder?«, fragte Mining leise.

Ulla nickte nur, ohne ihn anzusehen.

Erst später, als Ulla zu ihnen kam, um Gute Nacht zusagen, fragte Fine nach.

»Was ist denn passiert? Es ist doch etwas passiert heute auf eurem Ausflug.«

»Es war nichts. Ich bin nur an einem Bachlauf unglücklich ausgerutscht und den Hang hinuntergefallen.«

»Hast du dir weh getan?«, fragte Fine erschrocken.

»Ja, natürlich. Aber nun ist es schon wieder gut, mach dir keine Gedanken.«

»Hat ... hat Mining etwas damit zu tun?«, fragte Fine kaum hörbar.

»Unfug, wie kommst du denn darauf?«

»Weil du ... du warst so unwirsch ihm gegenüber.«

Ulla schwieg einen Moment. »Ja, das stimmt. Gefällt es dir hier?«

Fine überlegte einen Moment. »Ich habe es mir anders vorgestellt. Aber eigentlich ist es ganz schön.«

»Ich habe es mir hier auch anders vorgestellt. Ich habe mir so einige Dinge anders vorgestellt«, sagte Ulla und klang plötzlich bitter. Dann aber lächelte sie wieder und gab Fine einen Kuss. »Schlaf schön, und träum süß von sauren Zitronen.«

Am nächsten Tag mähte Mining zusammen mit Karl die Wiesen. Jan stand oben auf einer der Terrassen. Er hatte einen Salamander gefunden und in ein Glas getan, rief nun nach seinem Vater.

»Mining, Mining! Guck mal, nu guck mal, was ich gefunden habe!«

Doch Mining schwang die Sense und hörte ihn nicht.

»Mining!«, rief Jan noch lauter und ging zum Rand der Terrasse, beugte sich vor und verlor das Gleichgewicht. Drei Meter ging es von dort steil nach unten – jedoch wuchs eine wilde Rosenhecke am Rand, und in die fiel Jan, der nun umso lauter schrie.

Hektisch rannten Ulla und Fine, die Bohnen sortiert hatten, zu ihm und zogen ihn aus dem dornigen Gebüsch. Es dauerte eine Weile, bis sie alle Dornen gezogen hatten und Jan sich beruhigte. Schluchzend und erschöpft schlief er in Ullas Armen ein. Mining hatte danebengestanden, aber Jan hatte nicht gewollt, dass sein Vater ihn anfasste oder gar half, die Dornen zu entfernen.

»Nun«, sagte Ulla leise, um Jan nicht zu wecken, »glaubst du immer noch, dass dies ein guter Platz für Kinder ist?«

»Ja, natürlich. Es wird großartig werden, wenn wir erst einmal fertig sind.«

»Wenn ihr hier zu dritt oder zu viert so weitermacht, ist das Dorf in zehn Jahren noch nicht fertig.«

»Im Herbst kommen weitere Genossen und werden helfen. Es geht nun mal nicht von jetzt auf gleich«, verteidigte Mining sich.

»Das stimmt. Aber hätte ich gewusst, wie marode und gefährlich hier alles ist, wäre ich nicht mit den Kindern gekommen.«

»Gute Güte, Ulla. Jan ist in einen Rosenbusch gefallen – das hätte auch in Mecklenburg passieren können oder auf dem Darß. Dort wachsen viele Hundsrosen.«

»Natürlich. Aber nicht an einem drei Meter tiefen Abhang, Mining. Der Busch, sosehr die Dornen Jan auch geschmerzt haben, hat vielleicht sein Leben gerettet.« Ulla stand vorsichtig auf und trug Jan ins Bett.

Nur zwei Tage später saßen sie beim Kaffee auf der Terrasse. Beate saß auf der unteren Stange des Geländers, hielt sich an der oberen fest, und plötzlich gab es ein lautes Knacken, und die untere Stange brach. Beherzt sprang Ulla auf und griff nach Beate, die sich nur mit Not an der oberen Stange festhielt.

»Mir reicht es«, schnaubte Ulla. »Morgen fahren wir nach Hause.«

»Aber ...«, sagte Mining, »wir wollten doch noch zwei Wochen bleiben.«

»Du kannst gerne bleiben, aber ich fahre und die Kinder auch. Jan nehme ich mit.«

Fine sah von ihr zu Mining. Ihr war klar, dass Ullas Entscheidung schon längst gefallen war. »Fahren wir wieder über Nacht im Schlafwagen?«, fragte sie aufgeregt.

Ulla nickte.

»Darf ich dann wieder oben schlafen?«

»Das werden wir sehen.« Ihre Mutter lächelte, aber es war ein dünnes Lächeln.

Kapitel 15
Berlin, Herbst 1930

Der Herbst zog in diesem Jahr schnell, mit viel Regen und kaltem Wind ein. Das Klima wurde frostiger.

Will holte sie am Bahnhof ab. Wie, fragte sich Fine, hatte er wissen können, wann sie ankamen? Woher wusste er überhaupt, dass sie jetzt schon zurückkamen? Eigentlich hatten sie ja noch länger bleiben wollen. Aber eine Antwort auf diese Fragen bekam sie nicht. Letztendlich war es aber auch egal. Ulla schien sehr erleichtert, fast schon glücklich, als sie ihn sah. Sie umarmte ihn fest, und er erwiderte die Umarmung. Und dann begrüßte er Fine und Beate herzlich, knuffte Jan vorsichtig.

»Muss ich dich wieder tragen?«, fragte er Fine und zwinkerte ihr zu.

»Nein«, sagte sie und senkte verlegen den Kopf. Will schien gute Antennen für Gefühle zu haben, er ging gar nicht weiter darauf ein. »Ihr seid so braun geworden«, sagte er stattdessen bewundernd. »Ein wenig wie gute Broiler«, feixte er dann.

»Broiler.« Beate leckte sich über die Lippen. »Ich habe Hunger, Mutti. Können wir uns Broiler holen?«

»Das gibt meine Urlaubskasse wohl nicht mehr her«, sagte ihre Mutter entschuldigend. »Nun lasst uns erst einmal nach Hause fahren, dann sehen wir weiter.«

»Ach Quatsch, Ullala«, sagte Will. »Ich hole uns Broiler. Da ist ein Stand an der Ecke der Tramstation. Jeder bekommt aber nur ein bisschen, wir müssen alle teilen, ja?« Er sah die Kinder an, und Fine mochte sofort seine Art, wie er sie mit einbezog. So war Mining nicht, dachte sie erneut.

Jan blieb noch einen weiteren Tag bei ihnen, dann holte Sonja ihn ab. Er freute sich zwar, seine Mutter zu sehen, dennoch schien er traurig zu sein, als sie gingen. Immer wieder schaute er sich um und winkte.

»Du kommst ja bald wieder«, rief Fine ihm hinterher und winkte zurück. Sie hatte nicht gedacht, dass sie sich in den Wochen am Lago Maggiore so sehr an ihn gewöhnen würde. Und nun tat er ihr fast schon leid, weil er gehen musste.

Schön war, dachte Fine bei sich, dass Neli aber noch die vereinbarte Zeit bei Großmutter Isi blieb. Zwei Wochen ohne Neli in Berlin. Doch ihre Hoffnung, dass Ulla weiterhin so viel Zeit mit ihnen haben würde, erfüllte sich nicht. Ulla machte sich sofort wieder auf die Suche nach einer Stelle, allerdings erfolglos.

Die Weltwirtschaftskrise zog weite Kreise, die Arbeitslosigkeit stieg, die Preise für die Lebenshaltung stiegen auch. Immer mehr hoffnungslose Menschen – Männer wie Frauen – standen am Straßenrand und hielten ihre Pappschilder hoch: »Suche Arbeit. Mache alles!« Fine sah immer mehr bemitleidenswerte Figuren in den Hofeinfahrten sitzen oder liegen, sie hatten kein Zuhause mehr, bettelten sich durch und hofften auf Almosen oder eine Tagelöhnerarbeit.

Zwei Wochen nachdem sie nach Berlin zurückgekehrt waren, kam auch Mining wieder. Er brachte den Landwein mit, den Ulla und er getrunken hatten, und Oliven und Käse. Ein wenig brachte er damit für eine kurze Zeit die warme Sommersonne in das Haus in der Reinarztraße, doch die Wärme war nur oberflächlich und drang nicht in die Tiefe.

Mining und Ulla stritten nicht, es gab kein lautes Wort. Es waren eher die Stille und die Sprachlosigkeit, die die Atmosphäre abkühlen ließen. Fine hätte nie gedacht, dass sie sich auf Nelis Rückkehr so freuen würde. Neli plapperte viel, erzählte von ihrer Zeit bei Großmutter Isi und füllte damit das unangenehme Schweigen im Haus. Fast schon erleichtert hörte sie Neli zu, ermunterte sie sogar, weiterzuerzählen.

Und dann begann der Unterricht wieder. Immer noch hatte Fine kein Fahrrad, aber das machte nichts. Sie war froh, wieder zur Schule gehen zu können. Nur Pausenbrote konnte Ulla ihr nicht mehr schmieren. Die Lehrerin bemerkte das. An manchen Tagen steckte sie Fine heimlich eine Stulle zu, so dass es die anderen nicht sahen. Denn Fine war nicht das einzige Kind ohne Pausenbrot. Doch sie war zart gebaut, wirkte mit ihren großen Augen und den dunkelblonden Haaren zerbrechlich. Dabei war sie eher zäh und sehnig, aber das musste die Lehrerin ja nicht wissen.

Ulla bemühte sich sehr, Arbeit zu finden, aber es war schwierig. Abends kamen oft Genossen vorbei, und sie saßen zusammen im Wohnzimmer und debattierten. Die politische Lage hatte sich verschärft. Bei den Wahlen im September war Reichskanzler Müller abgewählt worden, und Brüning, Mitglied der Zentrumspartei, führte ein Minderheitenkabinett. Fine saß bei den Diskussionen oft in der Ecke, tat, als würde sie lesen, aber sie hörte aufmerksam zu.

»Hindenburg gehört nicht in die Politik«, wetterte Will. »Er ist ein Greis, und er ist gegen den Parlamentarismus. Seine Notstandsgesetze machen doch alles nur schlimmer. Als Nächstes wird er die Monarchie wieder einführen.«

»Ja, Hindenburg als Reichspräsident ist ein Witz«, meinte auch Mining. »Aber viel schlimmer ist, dass die NSDAP nun zweitstärkste Partei ist. Sie ist vor der KPD und nur knapp hinter der SPD. Wie konnte das passieren?«

»Wenn wir nicht aufpassen, wird die KPD verboten werden«, sagte Ulla verbittert. »Es wird ja jetzt schon immer schwerer, politisch aktiv zu sein.«

»Weil da zu viel Gewalt im Spiel ist«, sagte Mining. »Ich habe immer davor gewarnt.«

»Gegen die Nazis kommt man nun mal nicht mit Wattebäuschen an«, sagte Will hitzig.

»Ach, dieser Hitler ist doch eine Witzfigur, ein schwacher Abklatsch von Mussolini«, meinte Walter, Lottis Mann. »Wir müssen Brüning fürchten. Er wird die letzten Reste der Demokratie abschaffen und eine Diktatur einrichten.«

»Dazu hat er keine Mehrheit«, sagte Lotti.

»In einer Diktatur braucht man keine Mehrheiten, man braucht nur Macht.«

»Aber ob die Zentrumspartei das will?«

»Brüning tanzt auf einem dünnen Seil. Er will die Währung stabilisieren, die Inflation aufhalten und gleichzeitig den Young-Plan erfüllen. Wo soll das Geld denn herkommen? Wir alle wissen, was passiert, wenn der Staat Geld drucken lässt – der Wert wird verfallen, und wir werden in eine Hyperinflation rutschen«, sagte Walter.

»Die Armenspeisungen nehmen immer mehr zu«, seufzte Lotti.

»Kein Wunder, die Schlangen vor den Arbeitsämtern sind endlos. Man kann den ganzen Tag dort stehen und kommt kaum voran«, sagte Ulla erschöpft. »Ich habe es zweimal probiert, aber jeder, mit dem ich gesprochen habe, der schließlich reingekommen war, kam enttäuscht wieder heraus – es gibt einfach keine Stellen. Da kann man es auch direkt sein lassen.«

Fine schaute zu ihrer Mutter. Sie wirkte schon seit Wochen müde, und nun war es ihre Stimme auch.

»Bekommst du denn Stütze?«, fragte Lotti besorgt.

»Ein wenig. Aber eigentlich ist Heinrich verpflichtet, uns zu finanzieren, doch er hat ja auch nichts.« Ulla hob die Hände. »Keiner mehr hat Geld, auch nicht, um einen Arzt zu zahlen. Heinrich ist seinem Schwur verpflichtet, er behandelt sie dennoch.«

»Brüning wird die Arbeitslosen nicht noch mehr unterstützen. Sein Kurs ist es, zu sparen«, sagte Mining. »Damit will er die Währung halten.«

»Auf lange Sicht können wir uns die Reparationszahlungen einfach nicht leisten«, meinte Walter. »Das werden die anderen Staaten auch einsehen müssen.«

»Du meinst, sie sollten uns die Kriegsschulden freiwillig erlassen?« Will schnaubte auf. »Das werden sie niemals tun. Überall auf der Welt ist die Wirtschaft seit dem Börsencrash in die Knie gegangen. Es gibt keinen Staat, der nicht unter der Krise leidet. Wie sollten England oder Frankreich ihren Bürgern, die auch hungern, denn erklären, dass sie uns die Schulden erlassen?«

»Im Grunde ist das jetzt der Zeitpunkt, um den Kapitalismus endgültig zu besiegen«, sagte Mining. »Wenn die Menschen nur einsehen würden, wie viel besser es wäre, nicht für einige wenige zu arbeiten, sondern ein gemeinschaftliches Reich zu schaffen, wäre allen geholfen.«

»Ich glaube nicht, dass die Menschen das einsehen. Schau dich doch um«, sagte Will. »Schau in die Gesichter der Leute auf der Straße. Dort siehst du keinen Kampfwillen. Die Menschen sind erschöpft, sie sind müde, sie sorgen sich. Aber um einen großen, allumfassenden Umschwung durchzusetzen, braucht es eine willige, wache und begeisterte Bevölkerung.«

»Man muss sie zu ihrem Glück zwingen«, meinte Walter. »So wie Stalin es getan hat.«

»Ist das dann nicht auch eine Diktatur?«, fragte Mining.

»Nein, es ist ja nur vorübergehend. Später wird die Macht dem Volk ja wiedergegeben.«

»In der Sowjetunion ist das noch nicht passiert«, meinte Mining. »Dort hat Stalin die Zügel straff in der Hand.«

»Aber natürlich«, sagte nun Lotti. »Dort ist ja noch alles im Umbruch. Der Bauernstaat muss erst neu geformt werden. Stalin will jetzt die Kolchosen forcieren und hat die ganzen Großbauern enteignet. Das ist der richtige Weg.«

»Und wen willst du hier enteignen?«

»Natürlich die Industriellen. Krupp und Thyssen und all die. Wir sind kein Bauernstaat, wir sind ein Arbeiterstaat.«

»Dumm nur, dass die Arbeiter lieber die Nazis wählen als uns«, sagte Ulla leise. »Sie sehen nicht die Chancen, die der Kommunismus ihnen bietet.«

»Und deshalb willst du sie zu ihrem Glück zwingen«, meinte Mining abfällig. »Das wird nicht funktionieren.«

»Unsere Regierung ist doch auch nicht mehr demokratisch. Fast alle Parteien haben gegen das Steuergesetz gestimmt, aber Brüning kann es mithilfe von Hindenburg einfach als Notstandsverordnung durchsetzen. Wofür brauchen wir dann noch Parteien und Abstimmungen, wenn doch sowieso die Regierung bestimmt?«, fragte Walter. »Wäre es dann nicht sinnvoller, sich einmal darüber hinwegzusetzen und eine Revolution – möglichst unblutig – zu führen? Wir alle sind doch der Meinung, dass der Marxismus, der Kommunismus der beste Weg für eine gerechtere Welt ist.«

»Ja, ja«, stimmte Mining zu. »Nur darf der Weg nicht gewaltsam sein. Wir haben ja noch nicht mal eine stumme Mehrheit hinter uns, geschweige denn eine gewählte.«

»Weil die einfachen Leute sich von den Parolen der Nazis blenden lassen«, sagte Will. »Wir müssen sie wach rütteln, müssen sie aufklären und mobilisieren.«

»Wenn uns das gelingen würde«, murmelte Mining, »wären wir schon einen guten Schritt weiter.« Er seufzte auf. »Ich habe ein Stellenangebot aus der Sowjetunion, aus Moskau. Ich könnte dort für die Regierung arbeiten.«

»Was?«, fragte Ulla überrascht. »Und das sagst du jetzt? Hier?«

»Wieso nicht?« Minings Stimme war kühl geworden, wie so oft in letzter Zeit, wenn er mit Ulla sprach.

Fine hatte die ganze Zeit still in der Ecke gesessen, ein Buch auf ihren Knien, und hatte dem Gespräch gebannt gelauscht. Jetzt sah sie erschrocken auf.

»Du willst nach Moskau, obwohl du Stalin hasst?«, fragte Lotti.

»Ich finde es verkehrt, wie er seine Macht einsetzt. Aber vielleicht kann ich dort Gutes tun, kann dort wirken und verbessern. Vielleicht sehe ich dann auch einen vernünftigen Weg, den wir hier einschlagen könnten.«

»Und was wird ... mit uns?«, fragte Ulla fast tonlos. Aber sie wartete gar nicht auf eine Antwort, sondern stand auf. »Möchte jemand etwas zu trinken? Ich brauche jetzt einen Drink.«

Schnell nahmen sie andere Gesprächsthemen auf, und Fine versenkte sich wieder in ihr Buch.

Doch als sie ein paar Tage später nach Hause kam, draußen stürmte es, der wilde Wind riss die Blätter von den Bäumen, sie schwammen bunt und groß in den Pfützen, merkte sie sofort, dass etwas anders war.

Ulla saß mit Neli und Beate am Tisch und bastelte Kastanienmänner. Doch das lustige Lachen fehlte. Lag es daran, dass Fräulein Lindström sich wieder über Lärm beschwert hatte? Fine konnte die Frau wirklich nicht leiden, aber sie wusste, wie dringend ihre Mutter das Geld der Untermiete brauchte.

»Zieh dir schnell etwas Trockenes an«, sagte Ulla. »Es gießt ja wie aus Kübeln.«

Fine ging nach oben. Die Tür zum Arbeitszimmer stand offen, aber Mining war nicht da. Und auch seine Sachen waren nicht mehr da. Es war alles weg – die Bücher, die Magazine, seine Malutensilien, die Leinwände. Seltsam leer wirkte das Zimmer und irgendwie unaufgeräumter als vorher, obwohl nur ein paar Wollmäuse auf dem Boden lagen und ein paar Papierschnipsel auf dem Schreibtisch. Er ist ganz und gar weg, wurde Fine klar. Sie lehnte sich an den Türrahmen und dachte nach. Eigentlich war sie mit Mining nie so recht warm geworden. Dazu war er zu distanziert, und außerdem war er ja auch immerzu beschäftigt gewesen. Aber er war auch eine Konstante in den letzten Monaten geworden. Jemand, der zu ihrer Familie gehörte.

Im Notfall, dachte Fine nun, wenn wir einen Notfall hätten, würde ich dann Mining rufen? Sie schüttelte den Kopf, die Wassertropfen aus ihren nassen Haaren stäubten auf das Parkett. Nein, ich würde Will zu Hilfe holen. Auf Will ist mehr Verlass.

Die Kinder akzeptierten die Veränderung stillschweigend. Nur einmal fragte Fine nach: »Ist er jetzt wirklich nach Moskau gegangen?«

»Noch nicht«, sagte Ulla nachdenklich. »Erst einmal ist er zurück zu Sonja. Sie sind ja auch noch verheiratet. Vielleicht gehen sie ja gemeinsam in die Sowjetunion.«

»Wärst du mit ihm gegangen?«

Ulla schüttelte den Kopf. »Ich glaube nicht. Auch wenn ich Kommunistin bin, so, wie es dort abläuft, ist es nicht richtig und nicht gut, da hatte Mining schon recht. Seltsam, dass er jetzt dennoch mit dem Gedanken spielt, dorthin zu ziehen.« Sie sah Fine an. »Und ohne euch würde ich sowieso nirgendwo hingehen. Ohne euch könnte ich nicht leben.«

»Gut«, sagte Fine. Das Thema war damit für sie erledigt.

In der Woche darauf saß Ulla in der Stube und hatte den Kopf in die Hände gestützt, sie schluchzte leise. Fine ließ ihren Tornister und die Jacke fallen, lief zu ihr.

»Mutti, was ist passiert?«, fragte sie besorgt. »Geht es dir nicht gut?«

Ulla schüttelte den Kopf und schniefte, strich sich dann mit beiden Händen flach über das Gesicht. »Kannst du bitte zu Frau Meier gehen und Neli und Beate abholen?«

»Aber warum weinst du denn?«

»Es ist schon gut, es ist nichts«, sagte Ulla.

»Das stimmt doch nicht. Du kannst es mir doch sagen. Ist es wegen Mining?« Fine trat nervös von einem Fuß auf den anderen.

»Bitte geh und hole sie«, sagte Ulla nur und klang müde.

Vor den beiden Kleinen wollte Fine nicht nachfragen, aber

immer wieder schaute sie zu ihrer Mutter, sah sie fragend an. Etwas musste ja passiert sein. Gerade, als sie den Tisch deckte, klingelte es an der Tür. Ulla öffnete. Es war Will. Sie fiel ihm in die Arme, schluchzte wieder. »Oh Will, was mache ich denn jetzt nur?«

»Lass mich erst einmal hereinkommen«, sagte er bedächtig.

»Guten Abend, Will«, sagte Fine, sie freute sich darüber, dass er gekommen war. Er würde Mutti sicherlich trösten können, was auch immer ihr solchen Kummer machte. Sie hatte schon längst gemerkt, dass Ulla und Will sich sehr mochten. Schnell legte sie noch einen weiteren Teller und Besteck auf.

Es gab nur Brot und etwas Margarine, dazu Salatgurke, die Ulla in ganz dünne Scheiben geschnitten hatte. Will zog ein Päckchen aus seiner Tasche. »Ich habe Matjes mitgebracht. Und ein Stück Wurst. Es sind aber nur zwei Matjes«, fügte er entschuldigend zu.

»Wir können teilen«, sagte Fine und versuchte, fröhlich zu klingen. Aber ihr Blick ging immer wieder zu Ulla, die sehr still und bedrückt wirkte. Nach dem kargen Essen gingen Ulla und Will hoch ins Wohnzimmer. Fine und Neli trug sie auf, aufzuräumen und das Geschirr zu spülen.

»Du spülst«, bestimmte Fine. »Ich trockne später ab.«

»Was?«, sagte Neli beleidigt. »Nein, du kannst sofort abtrocknen.«

Fine sah ihre Schwester böse an. »Das kann ich nicht. Ich muss wissen, warum Will hier ist.«

»Na, was soll er schon hier machen, du dumme Gans«, sagte Neli schnippisch. »Er besucht Mutti.«

»Die beiden haben etwas zu besprechen, und ich will wissen, was es ist«, sagte Fine. »Du hältst jetzt den Mund und spülst.«

»Immer musst du bestimmen«, maulte Neli, fügte sich dann aber.

Fine schlich ins Treppenhaus. Zum Glück hatte Mutti die Wohnzimmertür nicht geschlossen.

»Du hast doch schon damit gerechnet«, hörte sie Will sagen. »Angestellte beim Theater sind doch oft nur ein paar Monate da und wechseln dann ihr Engagement.«

»Das stimmt, aber ich hatte doch sehr gehofft, dass Fräulein Lindström noch eine weitere Saison bleiben würde. Im Moment habe ich keine Einnahmen.« Ulla klang verzweifelt.

»Dann suchst du dir eben eine neue Untermieterin.«

»Ich suche schon – aber es gibt nicht viele Leute, die in einem Haus mit drei Kindern wohnen wollen.«

»Du bist jetzt verzweifelt, Ulla, das verstehe ich. Aber es wird doch sicher eine Lösung geben.«

»Ich glaube nicht, dass ich das Haus noch sehr viel länger halten kann. Auch nicht, wenn ich eine neue Untermieterin finde. Die Mädchen brauchen neue Schuhe, neue Mäntel für den Winter. Als Mining noch hier war, hat er immer noch etwas zum Unterhalt beigetragen, das fehlt jetzt auch. Aber andererseits bin ich natürlich froh, dass er so problemlos gegangen ist.« Sie schwieg kurz. »Er hatte mir angeboten, sich von Sonja scheiden zu lassen und mich zu heiraten.«

»Oh«, sagte Will. »Das wusste ich nicht.«

»Ich wollte das aber nicht. Er und ich – wir haben uns nicht mehr geliebt. Mining wusste genau, was ich für dich empfinde.«

»Ach Ulla«, sagte Will. »Ich bin für dich da. Und ich werde versuchen, auch etwas Geld aufzutreiben, um dich zu unterstützen. Soll ich hier einziehen? Dann spare ich meine Miete, und du kannst das Geld haben.«

»Das wäre eine Möglichkeit. Aber ich bräuchte dringend Arbeit – doch es gibt keine.«

»Du musst mit deiner Familie sprechen. Mit Heinrich. Er ist verpflichtet, die Mädchen zu unterstützen, für sie zu zahlen. Und dein Vater – auch wenn er in der falschen Partei ist, seine Enkelkinder liebt er doch, und ich glaube, er würde dir auch helfen. Du musst wahrscheinlich nur darum bitten.«

»Meinst du?« Ihre Mutter klang nicht überzeugt.

Fine ging erleichtert zurück in die Küche. Sie hatte mit viel schlimmeren Dinge gerechnet. Dass Ulla krank war zum Beispiel. Oder das irgendetwas ganz Schlimmes passiert sei. Aber es ging, wie meist, nur um Geld. Das blöde Fräulein Lindström würde also ausziehen. Gut, dachte Fine. Die nächste Untermieterin war vielleicht etwas netter und nicht so anstrengend.

»Und?«, fragte Neli nun neugierig. Sie hatte abgespült und auch schon abgetrocknet. Fine sah sie dankbar an.

»Ach, die Lindström zieht aus.«

»Und deswegen hat Mutti Kummer?« Neli schüttelte ungläubig den Kopf. »Ich bin froh, wenn die alte Schachtel endlich weg ist.«

»Ja, aber dann bekommt Mutti auch keine Miete mehr.«

»Geld, immer nur Geld«, sagte Neli. »Das ist so langweilig.«

»Vielleicht zieht Will hier ein.«

»Wirklich?« Neli sah Fine nachdenklich an. »Ich mag Will«, sagte sie dann. »Ich glaube, ich mag ihn sogar mehr als Mining.«

»Ich auch!«

Ein paar Tage später putzte Ulla die Wohnung – sie fegte sogar unter dem Sofa und unter den Schränken, polierte die Fensterscheiben mit Zeitungspapier. Für Sonntag hatte sie Heinrich und Großvater Stolte zum Kaffee eingeladen. Irgendwie war sie an einen Eimer mit Äpfeln gekommen. Die meisten hatten schon braune Stellen, aber das machte nichts, sagte Ulla. Sie buk einen Apfelkuchen. Der erste brannte zwar an, aber man konnte ihn trotzdem noch essen – die Kinder kamen in den Genuss –, der zweite wurde aber gut. Ulla war sehr nervös, das merkte Fine. Sie versuchte ihrer Mutter zu helfen, so gut sie konnte. Aber sie wusste nicht, was Ulla solche Angst machte, und das machte sie selbst unruhig.

Sie mussten schon am Samstag in die Wanne. Ulla schrubbte

sie eigenhändig, sogar hinter den Ohren. Danach durften sie nicht mehr nach draußen, aber das kalt-feuchte und sehr windige Herbstwetter lud auch nicht dazu ein.

Bisher hatte Ulla an Brennholz gespart, und sie hatten sich lieber alle zusätzlich dicke Socken und Strickjacken angezogen, aber nun heizte Ulla den Ofen im Wohnzimmer ein. Das Feuer prasselte munter, und das Wasser für den Kaffee stand schon fertig im Kessel vor dem Herd. Ulla schlug sogar Sahne. Dann deckte sie den Tisch mit dem guten Porzellan, das sonst nie aus dem Schrank genommen wurde, sah sich schließlich unruhig im Zimmer um.

»Was können wir noch besser machen?«, fragte sie Fine.

»Blumen vielleicht?«, schlug Fine vor. »Aber jetzt ist fast alles schon verblüht, und der lange Regen hat sogar die Astern verrotten lassen.« Sie zuckte mit den Schultern.

»Ja, aber im Garten sind noch Zweige mit Hagebutten. Die leuchten schön rot. Ein wenig Efeu dazu ...« Ulla eilte nach draußen, kam mit ein paar Zweigen zurück, die sie sorgfältig in einer Vase arrangierte.

»Kommt Will auch?«, fragte Fine zaghaft. Immer wenn Will da war, wurde Ulla deutlich ruhiger. Manchmal lachte sie sogar so fröhlich wie früher.

Ulla schüttelte den Kopf. »Nein. Und du solltest ihn auch nicht erwähnen. Ihr solltet nett und freundlich, aber still sein. Präge das deinen Schwestern noch einmal ein, bitte.« Sie rieb sich die Hände und stellte sich seitwärts neben das Fenster, so dass sie in den Hof sehen, selbst aber nicht gesehen werden konnte.

»Hab keine Angst, Mutti«, sagte Fine und versuchte, tapfer zu klingen. So ganz genau wusste sie zwar nicht, was Ulla solche Sorgen machte, aber sie hatte immer noch Großvaters Worte von dem Kinderheim im Ohr. Und dort wollte sie nun wirklich auf keinen Fall hin.

Erst kam Heinrich. Auch er wirkte angespannt, fand Fine. Er

begrüßte Ulla, gab ihr einen flüchtigen Kuss auf die Wange. Dann nahm er die Kinder in die Arme, hob Beate hoch, schwenkte sie. »Du bist so groß geworden, meine Güte. Zieht deine Mutter an dir, oder warum bist du so gewachsen?«

Beate kicherte. »Ich werde doch schon sechs, und nächstes Jahr komme ich in die Schule.«

»Ja, wer hätte das gedacht? Du warst doch eben noch ein Baby.«

»Ich bin auch schon groß, Vati«, sagte Neli und schmiegte sich an ihn.

»Das stimmt«, sagte Heinrich. »Bist du auch immer lieb?«

»Natürlich. Ich bin die Liebste von allen.« Neli blinkerte mit den Augen, wollte unbedingt, dass er sie auch auf den Arm nahm, aber Heinrich wendete sich Fine zu.

»Und du, meine Große? Du bist ja so hager. Geht es dir gut? Ich habe gehört, dass ihr einen schönen Urlaub am Lago Maggiore hattet, stimmt das?« Er zwickte ihr zärtlich in die Wange, nahm sie dann in den Arm. »Ich vermisse dich, meine Süße.«

»Ich hatte einen schönen Urlaub bei Großmutter Isi«, sagte Neli laut. »Vati, ich war in Blankenese.«

»Ja, ja«, sagte er, und plötzlich tat Neli Fine unendlich leid. Sie merkte, dass er Neli gar nicht beachtete, und sosehr sie Vati auch liebte, das war doch ungerecht.

»Neli hat ganz viel über Großvater Dehmel erfahren«, versuchte sie abzulenken, doch in diesem Moment kam Großvater Stolte.

Ulla begrüßte ihn, versuchte, herzlich zu sein, aber Fine spürte ihre Anspannung. Ob der Großvater das auch bemerkte? Er zeigte es nicht, küsste seine Tochter auf die Wange, schlug Heinrich leicht auf die Schulter und wandte sich dann den Mädchen zu.

»Da sind ja meine drei Prinzessinnen. Wie geht es euch? Ich habe euch ja den ganzen Sommer nicht gesehen.«

»Ich war in Hamburg«, sagte Neli, ihre Stimme zitterte unsicher.

»Dann warst du sicher bei Großmutter Isi. Ida Dehmel ist eine ganz beeindruckende Frau, weißt du das?«, sagte Großvater und nahm Neli in den Arm.

»Ja, das weiß ich. Aber Guste ist noch beeindruckender, finde ich. Sie kann den besten Kuchen backen. Besser noch als der von Mutti.«

»Danke, Neli«, seufzte Ulla fast unhörbar, aber Fine hatte es mitbekommen und unterdrückte nun ein Grinsen.

»Deine Mutti kann Kuchen backen?«, fragte Großvater nun nach. »Das wusste ich gar nicht. Hast du etwa die Hausfrau in dir entdeckt, Ursula?«

»Natürlich kann Mutti backen«, sagte nun Fine mit Nachdruck. »Das konnte sie schon immer. Sie macht alles ganz prima.«

Großvater Stolte sah Fine an. »Du musst es ja wissen«, sagte er dann leise. »Und ihr wart in Italien, habe ich gehört. War es ein schöner Urlaub?«

»Es war wunderschön«, rief nun Beate. »Bis auf die Unfälle. Wir sind alle fast in den Tod gestürzt, weil dort alles morsch war.«

»Ach ja?« Großvater Stolte sah Ulla an. »Da gibt es wohl einiges, was du zu erzählen hast.«

»Kommt doch erst einmal herein und legt ab«, sagte Ulla und versuchte zu lächeln. »Ihr trieft ja förmlich. Es ist aber auch ein schrecklicher Herbst. So kalt und nass hatten wir es lange nicht mehr.«

»Ja, es ist schrecklich kalt«, sagte Großvater und reichte ihr seinen nassen Mantel. Sie gingen hoch ins Wohnzimmer, und Fine huschte schnell in die Küche und setzte den Kessel auf, um den Kaffee aufzubrühen. Will hatte echten Kaffee besorgt, schon die gemahlenen Bohnen rochen köstlich, ganz anders als der Muckefuck, den Ulla sonst trank.

Das Kaffeetrinken verlief ganz friedlich, alle lobten Ullas Apfelkuchen, Großvater nahm sogar noch ein zweites Stück.

Dann lehnte er sich aber zurück. »Magst du auch einen Schnaps servieren? Ich denke, du hast uns ja nicht eingeladen, um nett zu plaudern, sondern du hast etwas auf dem Herzen. Und wenn ich richtigliege, werde ich wohl einen Schnaps brauchen.« Er verschränkte die Arme vor der Brust und sah sie mit einem ernsten Blick an.

Ulla wich dem Blick nicht aus, aber sie schluckte, das merkte Fine. Langsam ging sie zum Schrank. »Und du, Heinrich?«

»Was hast du denn? Ich nehme gerne einen Cognac oder einen Bourbon.«

»Ich habe beides.« Ulla stellte zwei Flaschen und drei Gläser auf den Tisch. »Bedient euch. Ich fürchte, es wird nicht bei einem bleiben.«

Heinrich lachte hohl. »Hast du schlechte Nachrichten?« Er schenkte sich ein Glas ein.

Keiner beachtete die Kinder, und Fine war froh, dass Neli und Beate ganz friedlich mit dem neuen Bauernhof aus Pappe spielten, den Großvater ihnen mitgebracht hatte.

»Ja, ich habe tatsächlich schlechte Nachrichten«, sagte Ulla und streckte das Kinn nach vorne, steckte sich eine Zigarette an.

Auch Heinrich holte sein Etui heraus, nahm ein Zigarillo hervor. »Was denn?«

»Meine Untermieterin hat gekündigt, ihr Engagement am Theater ist beendet, und sie verlässt Berlin. Ich finde keine Arbeit und ... nun, die finanzielle Situation ist mehr als angespannt. Heinrich, du musst deine Kinder mehr unterstützen. Sie sollen ja nicht verhungern.«

»Ich gebe dir schon, was ich kann – aber glaube mir, ich habe kein Geld. Ich habe keines, und meine Patienten haben auch nichts. Ich weiß nicht, was du von mir erwartest.«

»Ich erwarte, dass du dich um deine Familie kümmerst.«

»Ulla, ich mache, was ich kann. Wirklich. Aber was ist mit Mining? Er wohnt hier, lebt hier … er sollte seinen Teil beitragen.« Heinrich schnaubte auf.

»Vogeler wohnt doch nicht mehr hier«, sagte nun Großvater Stolte ruhig. »Er ist schon vor einer Weile ausgezogen. Was ist mit deinem neuen Freund? Diesem Wilhelm Moll, wird er hier einziehen?«

Ulla sah ihren Vater an und schnappte nach Luft. »Woher willst du das wissen? Das mit Mining und das mit Will … woher …?«

»Ich habe meine Quellen, mein Kind.«

»Lässt du mich beobachten?« Ulla klang entsetzt, und auch Fine zuckte zusammen.

»Ich lasse dich nicht beobachten, Ursula. Das brauche ich gar nicht, das tun andere Leute. Vogeler hat sich mit seinen Aktionen und Äußerungen schon oft in den Mittelpunkt des Interesses gerückt. Nun hat er ein Visum für die Sowjetunion beantragt. Gewisse Stellen wissen das, und ich habe meine Kontakte.«

»Habt ihr euch getrennt, Ulla?«, fragte Heinrich verwirrt. »Warum weiß ich das nicht? Wollten wir nicht immer über alles reden? Und wer ist dieser Will Moll? Den Namen kenne ich ja gar nicht.«

»Ja, Mining und ich habe uns getrennt, Heinrich. Und ja, er ist ausgezogen. Will ist ein guter Freund von mir, ein Genosse. Er hilft mir … oft. Auch mit den Kindern.« Ulla trank ihr Glas leer, füllte es erneut. Ihre Hand zitterte, das bemerkte Fine und hoffte, dass es die anderen nicht sahen.

»Zieht dieser Moll hier ein?«, fragte Großvater wieder und nippte an seinem Cognac.

»Was geht dich das an?«

»Nun, du hast uns doch hier nicht umsonst eingeladen, nicht wahr, Ursula? Du hast arge finanzielle Probleme.«

»Das stimmt«, sagte Ulla nun. »Ich habe keine Arbeit, ich bekomme kein Geld vom Staat, weil Heinrich eigentlich für uns aufkommen müsste. Meine Untermieterin ist ausgezogen. Ich suche eine neue, aber niemand hat Geld. Es geht nicht um mich, es geht um die Mädchen. Sie sollen nicht hungern und nicht frieren. Das wollt ihr doch auch nicht, oder?«

»Du warst gerade mit den Mädchen in Italien, mehrere Wochen«, sagte Heinrich. »Und du willst mir erzählen, dass du kein Geld hast. Hat die Reise nichts gekostet?«

»Wir waren ja nicht an der Riviera in mondänen Urlaubsorten, sondern in der Fontana Martina – einem Bergdorf bei Ascona. Das Dorf soll ein Ferienort für Genossen werden. Wir waren dort Selbstversorger, und die Zugfahrt hat die ›Rote Hilfe‹ bezahlt«, erklärte Ulla. »Wir haben dort gearbeitet.«

»Ihr habt dort gearbeitet?«, fragte Großvater nach. »Ihr? Die Kinder auch?«

»Also wirklich, Vater. Natürlich nicht«, sagte Ulla empört.

»Beatchen, Liebes«, sagte Großvater nun mit milder Stimme. »Kommst du zu mir?« Er klopfte auf seine Knie. Beate sah auf, strahlte ihn an. »Natürlich«, sagte sie und sprang auf seinen Schoß.

»Wie war denn der Urlaub?«

»Es war wunderwunderschön«, schwärmte Beate.

Fine biss sich vor lauter Anspannung auf die Innenseite ihrer Wange.

»Und was habt ihr dort gemacht?«

»Vater, muss das sein?«, fragte Ulla leise. »Kannst du nicht die Kinder da raushalten?«

Großvater sah Ulla an, zog die Augenbrauen hoch. »Nun erzähl mal, Beatchen. Was habt ihr gemacht?«

»Nicht viel«, sagte sie nachdenklich. »Ich habe mit Jan gespielt. Wir haben oft Verstecken gespielt. Natürlich nicht mehr in den Häusern, nachdem Fine abgestürzt ist.« Sie legte den Zeigefinger an ihre Nase. »Wir haben Bötchen gebaut und mit ihnen im Bach gespielt. Und Staudämme haben wir gebaut, aus den Steinen, die wir ausgraben mussten.«

Fine sah Ulla an, sie verdrehten beide die Augen.

»Wir mussten nichts ausgraben, Beate«, sagte Fine nun schnell. »Wir haben geholfen, wenn wir Lust hatten. Das war aber nicht oft.«

»Aber ... die Steine mussten doch weg, damit Mining den Graben bauen konnte. Und wir haben auch die Steine aus den Häusern geholt. Natürlich nur aus denen, die sicher waren.« Sie sah Großvater an. »Am ersten Tag ist Fine nämlich auf einer Brücke zwischen zwei Häusern eingebrochen. Aber sie hat sich nicht viel getan. Doch danach durften wir nicht mehr in die Häuser. Ich bin nur fast abgestürzt, als das Geländer durchgebrochen ist. Mutti war schnell genug, sie hat mich geschnappt, bevor ich runterfallen konnte. Und Jan ist in einen Rosenbusch gefallen – er hatte überall Dornen.« Beate lachte. »Wie ein kleines Stachelschwein.«

»Es war ein toller Urlaub«, sagte Fine nun wieder. »Ein wenig abenteuerlich. Fast wie in einem Ferienlager. So etwas macht doch auch die Hitlerjugend, nicht wahr, Großvater? Meine Klassenkameraden haben davon berichtet.«

Großvater sah sie an und nickte. »Du bist ein kluges Kind, Fine. Ein sehr kluges Kind. Aber zur Hitlerjugend dürfen nur ältere Kinder. Nicht Fünfjährige wie Beate.« Wieder sah er seine Tochter an, ein stechender Blick. »Meinst du immer noch, dass du dich gut um deine Töchter kümmerst?«

»Ja, das tue ich, Vater.«

»Du kümmerst dich gut um sie? Aber dennoch gibst du Fine kein Pausenbrot mehr mit?«

»Was? Wie? Wie kommst du denn darauf?«

»Das hat ihre Lehrerin gemeldet. Sie sorgt sich sehr um Fine, die ja auch in den Leistungen nachgelassen hat.«

»Ist das wahr, Ulla?«, fragte Heinrich nun. »Du lässt die Kinder arbeiten und gibst ihnen nicht genug zu essen?«

Ulla sah ihn an. »Das mit dem Arbeiten ist ja wohl ein Witz. Die Kinder haben freiwillig geholfen. Und ja – ich kann ihnen oft kein Pausenbrot machen. Soll ich es herzaubern? Du zahlst nicht.«

»Ich zahl das, was ich kann. Und ich dachte, Mining zahlt seinen Anteil hier.«

»Er ist jetzt weg«, sagte Ulla knapp.

»Und der Nächste zieht ein? Wie heißt er noch gleich?« Heinrich sah Großvater fragend an.

»Will Moll, ein verurteilter Mörder.«

»Was?«, rief Heinrich entsetzt. »Der soll hier bei meinen Töchtern wohnen? Niemals.«

»Ich will gar nicht wissen, mit wem du so alles dein Bett teilst, und deshalb geht es dich auch gar nichts an, mit wem ich meine Zeit verbringe«, sagte Ulla eisig. »Will ist kein verurteilter Mörder.«

»Doch, er war zum Tod verurteilt«, gab ihr Vater zurück.

»Eine Fehlentscheidung aufgrund falscher Aussagen. Das Urteil wurde zurückgenommen.«

»Er saß trotzdem im Todestrakt. Mit so einem schlüpfst du unter die Laken?« Großvater schüttelte den Kopf.

»Und mit wem schlüpfst du so unter die Laken? Wollen wir das wissen?«, fragte Ulla spitz. »Ich will hier nicht über mein Leben Rechenschaft ablegen. Ich will nur, dass die Kinder es gut haben. Es geht mir doch nur um die Kinder«, flehte sie nun.

»Es geht mir auch um die Mädchen, Ursula.« Er hob sein Glas nippte seelenruhig daran. »Es geht mir nur um die Mädchen. Du lebst dein Leben. Das ist dein gutes Recht, auch wenn du der falschen Partei folgst. Aber die Mädchen sollen es gut haben. Bei dir«, er hielt kurz inne, »werden sie sicher geliebt, auf deine Art und Weise, aber eine Mutter in dem ursprünglichen Sinne bist du nicht.«

»Kommst du jetzt etwa mit diesem völkischen Gerede?«,

fragte Ulla verbittert. »Die Frau und Mutter hat am Herd zu stehen und die Kinder großzuziehen? Sie hat keine politische Meinung?«

»Eine Meinung kannst du gerne haben. Du kannst auch diesem Schlächter Stalin folgen, wenn du meinst, dass das richtig sei.«

»Stalin macht Fehler. Aber machen das nicht alle, die versuchen, eine neue Weltordnung zu erschaffen?«

»Er repressiert seine eigenen Leute, sein Volk. Er deportiert sie, schlachtet sie ab.«

»Hast du das Machwerk deines Führers gelesen, Vater? ›Mein Kampf‹? Hast du gelesen, was Hitler schreibt? Das hört sich doch noch viel schlimmer an.«

»Es ist nur ein Buch. Bisher gibt es keine Taten. Wie man die Gedanken umsetzt, wird die Zukunft zeigen. Aber die NSDAP ist die Zukunft und nicht die KPD.« Großvater schüttelte den Kopf. »Wie gesagt, es ist dein Leben. Jetzt geht es um die Kinder. Ich habe dir schon einmal einen Vorschlag gemacht, und er steht immer noch.«

»Dieses Kinderheim«, sagte Ulla und klang plötzlich mutlos.

»Meine Verwandtschaft würde das unterstützen, Ulla«, sagte Heinrich nun leise, aber eindringlich. »Sie würden sich an den Kosten beteiligen. Für die Mädchen. Onkel Carl und Onkel Franz.«

Ulla sah ihn an. »Meinst du das ernst? Meint ihr alle das ernst? Ihr wollt mir die Kinder wegnehmen?«

»Wir wollen den Kindern nur helfen«, sagte Großvater entschieden. »Wollen das Beste für ihre Zukunft.«

»Ist es nicht das Beste, wenn sie bei mir leben? Bei mir aufwachsen?«, fragte Ulla erbost zurück.

»Das wäre es, wenn du dich wirklich um sie kümmertest. Aber du hast nur deine politischen Ziele im Sinn.«

»Das gebe ich ihnen doch aber mit – dass es wichtig ist, für die eigene Einstellung einzustehen und zu kämpfen. Ich kämpfe für eine bessere Zukunft der Kinder. Für Gleichberechtigung, für eine andere Gesellschaft. Ich tue das für sie.« Ulla sah zu Heinrich, dann wieder zu ihrem Vater. »Ich mache das nicht, um mich zu profilieren. Wir müssen jetzt und hier etwas tun, damit der Faschismus nicht siegt. Wenn ich den Kopf einziehe und nur noch Mutter und Hausfrau bin ...«, sie holte tief Luft und schüttelte dann den Kopf. »Wie sollte ich das dann später meinen Töchtern gegenüber vertreten? Was würde ich dann antworten, wenn sie fragen: Was hast du getan, um das zu verhindern?«

»Du verteilst Flugblätter und klebst Plakate. Damit schützt du deine Kinder nicht, sondern bringst dich in Gefahr.«, sagte Großvater.

»Nein, das tue ich nicht«, log Ulla.

»Doch, das tust du.«

»Woher willst du das wissen?«

»Ich weiß es eben und nicht nur ich. Du stehst wegen mancher deiner Taten fast schon mit einem Fuß im Zuchthaus, und dann kämen die Kinder in ein staatliches Heim. Keiner von uns will das. Keiner will, dass es ihnen schlecht geht. In Tabarz wären sie gut aufgehoben, da würde man sich um sie kümmern. Um ihr Wohlergehen, ihre Kleidung, ihr Essen, ihre schulische Laufbahn.« Großvater hielt inne. »Und du könntest deinen Weg gehen.«

»Ohne die Kinder? Niemals!«

»Du könntest sie jederzeit besuchen. Du könntest dort auch eine Woche verbringen mit ihnen oder zwei – dafür werde ich sorgen. Du könntest jedes Wochenende nach Thüringen fahren und sie sehen, es ist ja keine Weltreise.«

»Ulla, es wäre nur das Beste für die Mädchen«, sagte nun auch Heinrich.

Fine hielt den Atem an. Was redeten die denn da? Mutti kümmerte sich doch um sie und um ihre Schwestern. Warum klangen

Großvater und Vati so streng? Und wollten sie sie wirklich in ein Heim stecken? Thüringen, dachte sie nun, das war nicht um die Ecke. Was passierte hier? Sie wollte zu Mutti gehen, sich an sie schmiegen und allen anderen das Wort verbieten, aber wie gelähmt blieb sie sitzen.

Ulla sah Heinrich an, dann ihren Vater. »Ihr habt euch schon längst abgesprochen.«

»Wenn du dich gefestigt hast, wenn die Wirtschaftskrise vorbei sein sollte und du wieder eine Arbeit hast und ein Mädchen für die Kinder einstellen kannst, wenn du dich politisch anders orientierst, zur Besinnung kommst und deine Bedürfnisse hinter die der Kinder stellst – dann kannst du sie auch wieder zu dir nehmen. Du hättest so viele Optionen, du musst sie nur nutzen.«

»Würdest du mich und die Kinder finanziell unterstützen, wenn ich jetzt dem Kommunismus abschwörte? Wenn ich jetzt aus der Partei austräte und schwöre, ein Hausmütterchen zu werden? Würdest du das, Vater?« Ulla sah ihn an, hielt ihn mit ihrem Blick fest. Fine schluckte. Das konnte Mutti nicht so meinen. Das würde sie nicht tun. Tränen stiegen Fine in die Augen, brannten dort heiß hinter den Lidern. Mutti war in der Partei, weil sie die Welt besser machen wollte. Das würde Großvater doch verstehen müssen. Und Vati konnte doch nicht wirklich wollen, dass sie in ein Heim kämen. Fine war fassungslos, ihre Kehle trocken. Ich sollte etwas sagen, dachte sie verzweifelt, aber was?

Großvater überlegte eine Weile schweigend, dann schüttelte er den Kopf. »Du würdest es nicht ehrlich meinen«, sagte er. »Und eigentlich halte ich dir das auch zugute. Du liebst die Mädchen, das weiß ich. Aber du bist auch ein Freigeist, das warst du schon immer. Meiner Meinung nach bist du auf dem falschen Weg, aber ich bewundere dich dafür, dass du einen Weg eingeschlagen hast und ihm folgst, daran festhältst. Wie falsch er auch sein mag – es ist deine Überzeugung. Aber ... unterstützen werde ich das nicht.«

Ulla schluckte hörbar.

»Die Kinder brauchen Sicherheit und Verlässlichkeit. Die kannst du ihnen nicht geben«, sagte nun Heinrich.

Nein, dachte Fine, das stimmt doch nicht. Aber sie konnte sich nicht rühren, nicht eingreifen. Irgendetwas hinderte sie daran, sich zu bewegen.

»Kannst du es denn?«, fauchte Ulla ihn an. »Du bist der Vater. Du könntest dich auch kümmern.«

»Das tue ich, und das will ich auch. Deshalb finde ich, dass Tabarz eine gute Idee ist. Dort wären sie gut betreut, deine Schwester hat ihre Tochter auch dorthin gegeben. Das ist doch eine Auszeichnung.«

»Hatte Anni eine Wahl?«, fragte Ulla müde und schenkte sich noch einen Cognac ein. »Habe ich eine?«

»Denk darüber nach. Bis Weihnachten musst du dich entschieden haben«, sagte Großvater. »Spätestens zu Ostern, spätestens zum Anfang des nächsten Schuljahrs sollten die Kinder umgezogen sein.«

»Ich kann nicht«, sagte Ulla, und ihre Stimme klang sehr belegt. »So eine Entscheidung kann ich nicht treffen. Niemals. Ich kann nicht meine Kinder aufgeben.« Sie stand auf, schnappte nach Luft. »Ich muss raus«, sagte sie und ging nach unten, kurz danach knallte die Haustür zu.

Verblüfft sah Großvater Fine an. »Wo ist sie hin?«

»An die frische Luft«, sagte Fine mit dünner, zitternder Stimme. »Das braucht sie manchmal. Sie kommt sicher bald zurück.« Fine räusperte sich. »Aber vielleicht solltest du dann nicht mehr hier sein.«

»Du bist ein kluges Kind, Fine. Habe ich das schon einmal gesagt?«, sagte Großvater und stand auf.

»Ja«, sagte Fine und wusste, dass es nicht freundlich klang.

»Ich will nur das Beste für euch, glaubst du mir das?«

»Ja«, sagte sie wiederum. »Aber du kennst uns doch gar nicht wirklich. Mutti will auch immer nur das Beste für uns, und sie kennt uns gut.«

»Ja, du kluges Kind. Dennoch hoffe ich, dass sie die richtige Entscheidung trifft.« Großvater drückte die Mädchen an sich und ging.

Kapitel 16
Tabarz, Ostern 1931

Es war ein klarer Tag, der Himmel wie rein gewaschen, und nur wenige Schäfchenwolken trieben träge in der Luft. Doch keines der Mädchen hatte Freude an dem Frühlingstag, als sie mit Großvater Stolte aus dem Wagen stiegen.

»Hier«, sagte er und klang stolz, »wohnt die Familie Doktor Sperling. Und hier werdet auch ihr wohnen.«

Fine zog die Stirn kraus und musterte das große, weiße Haus. Über dem Eingang war ein Balkon, und daneben war eine große, verglaste Veranda. Eigentlich wirkte alles sehr ordentlich und gepflegt, aber Fine wollte nicht, dass es ihr gefiel.

»Nur so lange, bis uns Mutti wieder abholen kann«, sagte Fine.

»Nun hör auf zu schmollen«, meinte Großvater und tätschelte ihr die Schulter. »Du bist doch schon ein großes Mädchen, du wirst in diesem Jahr elf und verstehst doch sicher, warum sich eure Mutter so entschieden hat.«

»Weil sie keine Wahl hatte«, sagte Fine trotzig. Sie nahm Beate an die Hand, die leise vor sich hin schluchzte.

»Hauptsache, ihr benehmt euch gut. Seid lieb und folgsam zu den Sperlings.« Großvater schritt zum Haus, dessen Eingangstür sich nun öffnete.

»Großvater!«, rief ein kleines Mädchen aufgeregt, das etwa so alt wie Beate sein mochte. Das musste dann ihre Cousine Ursi sein, sagte sich Fine. Sie hatte Ursi das letzte Mal vor ein paar Jahren gesehen, da war sie noch ein Kleinkind gewesen.

»Da ist ja meine Ursi«, sagte Großvater lachend und wies neben sich. »Schau, wen ich dir mitgebracht habe: Deine Cousinen Fine, Cornelia und Beate. Ihr werdet euch sicherlich schnell anfreunden und bestens miteinander auskommen.«

Das wollen wir doch erst einmal sehen, dachte Fine, die nicht bereit war, sich freundlich auf alles einzulassen.

Nach dem Treffen im Herbst hatte ihre Mutter lange gezaudert. Auf keinen Fall wollte sie die Kinder abgeben, doch die wirtschaftliche und finanzielle Situation wurde immer schwieriger.

»Dieses Heim kostet auch, etwa eine Mark pro Tag pro Kind«, beschwerte sich Ulla verbittert bei Will, »das wollen sie wohl gemeinsam zahlen. Aber mir wollen sie das Geld nicht geben.«

Will zog bei ihnen ein, doch auch er konnte nicht viel zum Familieneinkommen beitragen. Er war gelernter Tischler, doch davon gab es viele auf dem Arbeitsmarkt, zu viele. Seit ein paar Jahren fotografierte er, und nun arbeitete er als Fotojournalist meist für die ›Arbeiter Illustrierte‹, aber er nahm natürlich auch jeden anderen Auftrag an, den er kriegen konnte.

»Es wird besser werden, Ulla«, versuchte Will sie zu trösten. »Es dauert nur, bis sich die Weltwirtschaft erholt. Es laufen doch Verhandlungen, um die Zahlungen des Young-Plans für eine Weile auszusetzen, dann könnte Deutschland Luft holen und die Wirtschaft könnte sich erholen. Ich bin felsenfest davon überzeugt, dass es so kommen wird. Was haben die Länder davon, wenn sie uns wirtschaftlich ganz zerstören? Dann bekommen sie ihr Geld ja auch nicht.«

»Du hast sicher recht, aber wann wird das sein? Wann wird es wieder Aufträge für mich geben? Und was mache ich bis dahin?«

»Vielleicht«, sagte er sanft, »vielleicht können die Kinder ja bis dahin nach Tabarz gehen. Dort haben sie es warm, und sie bekommen zu essen. Es wird sich ja um sie gekümmert. Und sobald wir beide feste Arbeit haben, holen wir sie zurück.«

Ulla schüttelte vehement den Kopf. »Das kann ich nicht. Niemals!« Doch Fine hatte schon geahnt, dass sich der Umzug nicht mehr würde abwenden lassen.

Großvater Stolte lobte seine Tochter für ihre Einsicht, und als Belohnung gab er ihr Geld, so dass sie bis Ostern über die Runden kamen.

»Es ist Judasgeld«, sagte ihre Mutter vergrämt. Sie hatte sehr abgenommen, aß und schlief kaum noch.

Ostern erschien ihnen der beste Zeitpunkt, denn dann fing das nächste Schuljahr an.

Fine, so wurde beschlossen, sollte auf das Realgymnasium in Waltershausen, einer Nachbarstadt, gehen. Neli könne in die vierte Klasse der örtlichen Volksschule, wo auch Beate eingeschult werden würde.

»Ich komme euch ganz oft besuchen«, sagte Ulla unter Tränen, als sie die Sachen der Kinder packte. »Ganz oft. Und wir werden uns schreiben, ja? Du kannst auch bald schreiben, mein Beatchen, du kommst ja jetzt in die Schule.«

Beate hatte nichts gesagt, nur genickt. Sie sprach immer weniger, wurde stiller und stiller, je näher der Tag des Abschieds kam. Neli jammerte und weinte viel, aber Fine war nur wütend. Die Wut sammelte sich in ihrem Bauch. Erst war es nur so etwas wie eine Kugel, doch es wurde mehr und mehr, verdichtete sich, so dass es sich anfühlte, als hätte sie einen großen Stein verschluckt, der sie hinunterzuziehen drohte.

»Ich will nicht gehen«, sagte Fine. »Lass die beiden Kleinen gehen, ich bleibe bei dir«, beschwor sie ihre Mutter. »Ich brauche nicht viel. Wir können einen Gemüsegarten anlegen – so wie Fritz es in der Fontana Martina macht. Dann können wir uns selbst versorgen. Ich habe gut aufgepasst und kann einige Gerichte bestimmt genauso gut kochen wie Fritz. Bitte, Mutti, lass mich hier.«

Ulla nahm sie in die Arme, drückte sie an sich. »Ganz bald seid ihr wieder hier. Und bis dahin musst du auf deine Schwestern aufpassen, hörst du?«

»Ich will aber nicht auf sie aufpassen, ich will bei dir bleiben.«

Nun kamen die Tränen doch, heiß und klebrig, wie dicke Tropfen aus Sirup.

»Du musst es für mich tun, Finekind. Bitte. Ich weiß, dass ich mich auf dich verlassen kann. Ich kann nicht mit euch mitkommen, also musst du es für mich tun.«

Zu der Wut kam nun auch die Traurigkeit, aber Fine hatte keine andere Wahl, als sich zu fügen. In der Woche vor Ostern kam Großvater und lud das Gepäck und die Kinder in sein Automobil. Es war ein tränenreicher Abschied.

»Warum kommst du nicht mit uns?«, fragte Neli weinend. »Bitte, bitte komm mit.«

»Großer Gott«, sagte Großvater. »Dann heult ihr die ganze Fahrt über. Und es ist eine lange Fahrt. Nein, lieber jetzt ein schneller Abschied. Habt euch nicht so, ihr werdet ja nicht zur Schlachtbank geführt.«

Schlachtbank, dachte Fine, ja, so fühlt es sich an. Schnell nahm sie Beate in die Arme, setzte sich mit ihr ins Auto. Neli krabbelte hinterher, immer noch laut schluchzend. Ulla winkte einmal, dann ging sie ins Haus und verschloss die Tür. Fine sah sich um, so lange, bis das Haus aus ihrem Blickfeld verschwunden war. Sie würden, das wusste sie, nie wieder hierher zurückkehren. Ulla und Will hatten sich schon eine kleine, günstige Souterrainwohnung in der Stadt gemietet.

Es waren glückliche, aber auch schwierige Zeiten in dem Haus gewesen, dachte Fine nun und folgte ihrem Großvater in das weiße Haus in Tabarz. Glücklich werden wir hier wohl nicht werden. Doch sie hob das Kinn und biss die Zähne zusammen.

Doktor Sperling war ein Freund von Großvater und auch in seinem Alter. Er begrüßte die Kinder flüchtig, Großvater aber herzlich. »Mein Guter, komm mit ins Herrenzimmer. Ich habe einen guten Branntwein bekommen, den solltest du probieren.«

»Ich bin Frau Doktor Sperling«, sagte die Frau, die nun auf sie zukam. »Ihr dürft mich ›Tante‹ nennen.«

»Tante … und dann?«, fragte Neli.

»Tante Gertrud. Aber es reicht, wenn ihr Tante sagt.« Sie musterte die Mädchen. »So, so, ihr seid also Ursis Cousinen. Willkommen in eurem neuen Zuhause.«

Schnell führte sie sie durch das Haus. Im Souterrain waren die Hauswirtschaftsräume. Im Erdgeschoss befand sich die Küche und direkt gegenüber das Esszimmer. Daneben waren das Musikzimmer, in dem ein großer Flügel stand, und die Bibliothek, die Tante Gertrud ›das Herrenzimmer‹ nannte. Dort hinein warfen sie nur einen kurzen Blick, denn Doktor Sperling und Großvater hatten es sich in den großen Ledersesseln gemütlich gemacht und rauchten dort Zigarren. Fine starrte auf die Wände, die von hohen Bücherschränken bedeckt waren. Es gab eine Unmenge Bücher, ein Lederrücken reihte sich an den anderen. Obwohl sie sich vorgenommen hatte, das Haus zu hassen, war sie nun doch beeindruckt. Immerhin konnte sie innerlich flüchten – indem sie las. Und hier gab es eine Menge Fluchtwege.

Auf der Fahrt hatte sie darüber nachgedacht, wirklich wegzulaufen, zurück nach Berlin. Erst wollte sie sich den Weg gut einprägen, doch dann wurde ihr klar, dass es viel zu weit war. Alleine und zu Fuß würde sie es nicht schaffen.

Ich werde eine Möglichkeit finden, schwor sie sich. Aber erst einmal muss ich mein Versprechen halten und mich um die Kleinen kümmern. Wenn sie sich eingelebt haben, dann werde ich versuchen, zu fliehen.

Nun gingen sie die Treppe hoch. Ursi folgte ihnen, betrachtete die drei Schwestern neugierig, aber stumm.

»Hier«, sagte Frau Sperling, als sie die erste Etage erreicht hatten, »ist das Wohnzimmer. Dieses Zimmer und auch das Herrenzimmer dürft ihr alleine nicht betreten. Auch unser Schlafzimmer natürlich nicht.« Auf der Etage gab es noch zwei weitere Zimmer, die sie auch nicht betreten sollten, und das Badezimmer. Sie stiegen weiter bis unter das Dach. Dort gab es mehrere kleine Räume. »Hier schlaft ihr«, sagte die Tante und öffnete eine Tür. In dem Zimmer standen vier Betten – auf einem lagen eine Puppe und ein großer Stoffbär. »Dort drüben ist Ursis Bett, ihr anderen dürft euch eure Betten aussuchen.«

Fine sah Ursi verstohlen an. Sie würden also auch das Zimmer mit der fremden Cousine teilen müssen. Hoffentlich entpuppte sie sich nicht als Nervensäge.

»Hier oben schläft auch unser Dienstmädchen, sie hat hinten das Zimmer. Die anderen Zimmer werden erst im Sommer genutzt.« Sie sah die Mädchen an. »Ihr könnt jetzt Greta helfen, das Gepäck nach oben zu bringen und dann auszupacken. Ich erwarte, dass ihr das Zimmer ordentlich und sauber haltet. Um sechs gibt es Essen.« Sie schaute auf ihre Armbanduhr. »Also in etwa einer Stunde.«

Sie drehte sich um und ging wieder nach unten. Die Mädchen folgten ihr eingeschüchtert.

»Ist sie streng?«, fragte Neli Ursi leise. »Sie wirkt so ... steif.«

»Ja, schon«, sagte Ursi und zuckte dann mit den Schultern. »Man kann gut mit ihr auskommen, wenn man sich an die Regeln hält.«

»Seit wann bist du hier?«, wollte Fine wissen.

»Ich war drei, fast vier, als ich hierhergekommen bin.«

»Und wie alt bist du jetzt?«

»Sechs«, antwortete Ursi. »Ich komme jetzt in die Schule.«

»Vermisst du denn deine Mutti gar nicht?«, fragte Neli und riss die Augen auf. »Du bist dann ja schon über zwei Jahre hier.« Entsetzt sah sie Fine an. In ihrem Blick spiegelte sich das, was Fine auch dachte. Zwei Jahre würden sie ja hoffentlich nicht bleiben müssen.

Greta, das Mädchen, erwies sich als sehr wortkarg. Nach und nach brachten sie die Koffer und Taschen nach oben. Viel Kleidung hatte Fine nicht, die meisten Sachen waren ihr zu klein geworden. Was noch gut war oder Ulla hatte flicken können, bekam

Neli. Auch Nelis Sachen wurden aussortiert, und sie reichte einiges weiter an Beate. Fine hatte nur eine Puppe, an der sie hing. Ansonsten hatte sie ein paar Bücher mitgebracht. Bücher von Großmutter Paula oder Großvater Dehmel und ein paar, die sie geschenkt bekommen hatte. In Berlin hatte sie immer Bücher mit den Klassenkameradinnen getauscht, aber niemand las so schnell wie sie, deshalb hatte sie schon eine Weile kein neues Lesematerial bekommen. Das würde sich nun ändern, dachte Fine und sah das Herrenzimmer vor sich. Ihr war bewusst, dass sie eigentlich nicht freien Zugang zu den Büchern hatte, aber vielleicht konnte sie sich das ein oder andere Buch heimlich ausleihen.

Greta stellte ihnen die Sachen in das Zimmer. »Dann packt mal aus«, sagte sie. »Ich muss das Essen vorbereiten. Das muss pünktlich serviert werden, darauf legen die Herrschaften Wert.« Und schon war sie wieder gegangen.

Die Herrschaften, soso, dachte Fine und verzog das Gesicht. Das wurde ja immer schlimmer hier. Wahrscheinlich hatte man in der Provinz von Thüringen noch nie etwas vom Kommunismus gehört, und Pioniere gab es sicherlich auch nicht. Sie seufzte auf. Ich muss so schnell wie möglich wieder zurück nach Berlin, sagte sie sich.

Neli hatte ihren Koffer geöffnet und kramte nun wild in ihren Sachen, warf alles auf den Boden.

»Was machst du da?«, fragte Fine entsetzt.

»Ich suche meine Lieblingsstrickjacke. Die rote. Die, die Großmutter Isi mir geschenkt hat«, jammerte Neli. »Ich glaube, Mutti hat sie nicht eingepackt.« Und schon wieder liefen die Tränen. Fine konnte ihre Schwester nicht anschauen, denn dann hätten sich auch bei ihr die Schleusen geöffnet, und sie hätte geweint, bis sie erschöpft eingeschlafen wäre. Aber die Schwäche wollte sie nicht zeigen. Weder ihren Schwestern gegenüber noch Großvater und schon gar nicht den Heimeltern – Onkel Hans und Tante Gertrud.

Ursi stand ganz verlegen in der Tür, wusste vermutlich gar nicht, wohin mit sich.

»Bist du das einzige Kind hier?«, fragte Fine nach.

Ursi nickte. »Im Moment schon.«

»Dann ist das ja gar kein Heim.«

»Doch, schon«, sagte Ursi. »Es war noch ein Mädchen da, bis letzten Herbst. Und im Sommer sind die Zimmer alle voll. Hier oben sind die Mädchen und eine Etage tiefer die Jungs. Mindestens zehn sind wir dann immer.«

»Wo kommen denn im Sommer die Kinder her?«, fragte Fine verblüfft.

»Überall. Die Eltern müssen arbeiten oder wollen alleine verreisen. Manche kommen schon seit Jahren zu Tante und Onkel«, erklärte Ursi.

Fine sah sich um. »Gibt es hier nur die eine Kommode und den Waschtisch? Wo hast du deine Sachen?«

»Im Stock«, sagte Ursi und zeigte auf die Wand unter der Dachschräge. Und tatsächlich, Fine sah es erst jetzt, dort waren Tapetentüren. Sie öffnete eine. Im Dachstock unter der Schräge waren geräumige Schränke und Regale verborgen.

»Dort räumen wir jetzt unsere Sachen ein«, entschied Fine. »Welches Bett möchtest du haben, Neli?«

Neli sah sich zögernd um, entschied sich dann für das Bett in der Mitte.

»Dann bekommst du den Schrank neben deinem Bett, Beate nimmt das Bett dort drüben und ich das am Fenster«, entschied Fine. »Und bevor du deine Sachen noch unordentlicher machst, faltest du sie wieder zusammen und legst sie in den Schrank.«

Im Flur gab es noch einen großen Weichholzschrank mit vielen Schnitzereien, dort konnten sie Sachen aufhängen – wie Kleider oder Jacken.

Um sechs, Fine hörte die Kirchenglocke, hatten sie zwar noch nicht alles verstaut, aber die meisten Sachen schon.

»Wir müssen jetzt runter«, drängte Ursi und eilte zur Treppe. Beate und Neli folgten ihr. Fine setzte sich für einen Moment auf das Bett und strich sich über die Stirn. Sie hatte überhaupt keinen Hunger, und sie hatte auch keine Lust, hinunterzugehen, aber hierbleiben wollte sie auch nicht, also gab sie sich einen Ruck.

Alle saßen schon am Tisch, als Fine das Esszimmer betrat, nur die Tante stand noch hinter ihrem Stuhl. Sie sah Fine tadelnd an. »Ich hatte gesagt, dass es um sechs Essen gibt. Ich erwarte, dass ihr euch daran haltet.«

»Ja, Tante«, sagte Fine. »Entschuldigung.«

Neli streckte ihr die Zunge heraus, aber Fine reagierte gar nicht darauf. Sie setzte sich hin. Das Mädchen hatte schon aufgetragen. Es gab geschmierte Brote mit Käse und Wurst, Gewürzgurken und Silberzwiebeln. Zu Hause hatten sie abends meist warm gegessen, wenn sie etwas Warmes dahatten. Die Brotzeit hatte es mittags gegeben.

Fine saß am Tisch, aber die Tante hatte sich immer noch nicht gesetzt. Sie sah die Kinder an. »Es gibt eine Regel hier. Am Tisch wird nicht geredet. Niemals. Kinder haben am Tisch still zu sein.« Dann setzte sie sich. Sie, Großvater, Doktor Sperling und Ursi falteten die Hände.

»Komm, Herr Jesus, sei unser Gast, und segne, was du uns bescheret hast«, sagte Frau Sperling.

»Amen!«, sagten Doktor Sperling, Großvater und Ursi. Fine und ihre Schwestern sahen sich verwundert an. Bei ihnen zu Hause war nie gebetet worden.

Das kann ja heiter werden, dachte Fine entsetzt. Sie nahm sich zögernd eine Scheibe Brot, so wie die anderen auch. Aber sie hatte keinen Hunger. Doch dann sah sie den ermahnenden Blick der Tante und biss hinein. Auch Beate hatte sich ein Brot genommen, doch nun saß sie da und starrte vor sich hin. Fine sah den verärgerten Blick der Tante. Bitte, bitte, bitte, flehte sie innerlich, sag nichts. Beate ist doch ganz traurig. Bitte, Tante, mach es nicht noch schlimmer.

Die Tante wollte schon den Mund öffnen, aber dann sah sie Fine an. Vielleicht erkannte sie den flehenden Blick, denn sie schloss den Mund wieder und sagte tatsächlich nichts.

Als sie mit dem Essen fertig waren, gingen die beiden Männer wieder zurück ins Herrenzimmer.

»Wir räumen den Tisch ab«, erklärte Ursi. »Greta macht den Abwasch.«

»Und dann?«, fragte Neli unsicher. »Was passiert dann?«

»Dann gehen wir meist ins Musikzimmer und singen.« Ursi wirkte ganz gelöst und fröhlich, das machte Fine Mut.

Zwischen den drei Zimmern – Ess-, Musik- und Herrenzimmer – gab es keine Türen, stellte Fine nun verwundert fest. Nur schwere Vorhänge hingen in den Türrahmen. Die Tante trug ihren Stuhl in das Musikzimmer. Dort gab es eine Sitzecke mit einem Sofa, zwei Sesseln und einem runden Tischchen. Das sieht sehr gemütlich aus, dachte Fine und wollte sich dort niederlassen.

»Nein!«, sagte die Tante schnell. »Die Sitzecke ist nur für Gäste. Hol dir einen Hocker, Fine. Wir werden gleich gemeinsam singen, aber erst spielt uns Ursi etwas auf dem Flügel vor. Sie übt fleißig und ist schon ganz gut, nicht wahr, Ursi?«

Ursi ging zum Flügel, drehte den Klavierhocker hoch, so dass sie darauf sitzen konnte. Die Tante hatte ihren Stuhl in die Mitte des Raums gestellt und nahm nun Beate auf den Schoß, wies Fine und Neli an, sich mit Hockern neben sie zu setzen. Dann nickte sie Ursi zu.

Fine seufzte innerlich auf. Ganz sicher würde dies eine schreckliche Vorstellung werden. Wie gut konnte die sechsjährige Ursi schon sein? Wahrscheinlich konnte sie gerade mal Tonleitern spielen. Doch dann schlug Ursi die Tasten an, kraftvoll und gekonnt. Sie spielte, und die Töne schienen durch den Raum zu tropfen, zu schweben und zu schwingen. Fine konnte es gar nicht fassen, es war wunderschön.

Zwei Lieder spielte Ursi, dann stand sie auf und drehte den Hocker wieder herunter.

»Und jetzt singen wir«, sagte die Tante und setzte sich selbst an den Flügel. Sie schlug ein großes Buch auf, ›Der deutsche Liederwald‹ stand auf dem Umschlag. Ursi stellte sich neben sie, drehte sich auffordernd zu Fine und ihren Schwestern um. Zögernd stellten sie sich dazu. So konnten sie allerdings gut auf das Buch schauen. Fine kannte zwar keine Noten, aber wenigstens konnte sie den Liedtext lesen.

»Es zogen auf sonnigen Wegen«, stimmte die Tante an. Das Lied kannte Fine aus der Schule, und da sie gerne sang, schmetterte sie los. Auch Neli kannte das Lied, doch sie konnte die Töne nicht so gut halten. Erstaunt stellte Fine fest, dass Ursi nicht nur Klavier spielen, sondern auch ausgezeichnet singen konnte.

Die Lieder, die Fine vor allem bei den Pionieren immer gesungen hatte, waren hier wahrscheinlich nicht erlaubt. Sie stellte sich Tantes entsetztes Gesicht vor, wenn sie nun die »Internationale« anstimmen würde. Der Gedanke erheiterte sie wenigstens ein bisschen.

Noch ein paar weitere lustige Volkslieder sangen sie, dann schickte die Tante sie zu Bett.

Ursi lief fröhlich voran, doch die Schwestern folgten ihr nur langsam und mit schwerem Schritt.

Wie wird wohl die erste Nacht in diesem Haus sein, fragte sich Fine bedrückt. Und was macht Mutti jetzt wohl?

Ob sie uns vermisst? Ganz sicher tut sie das.

Auf der Kommode in ihrem Zimmer standen eine Waschschüssel und ein Krug mit kaltem Wasser. Flüchtig wuschen sie sich und putzten sich die Zähne, dann gingen sie zu Bett. Beate zog die Decke über ihren Kopf, Fine konnte sie leise schluchzen hören. Sie schaute zu Neli, doch die hatte sich mit dem Kopf zur Wand hingelegt und hielt ihre Puppe fest an sich gedrückt.

Wenn ich jetzt versuche, sie zu trösten, fange ich selbst an zu weinen, dachte sie. Doch dann erinnerte sie sich an das Versprechen, das sie Ulla gegeben hatte. Sie musste sich um die Schwestern kümmern. Also ging sie zu Beate und schlüpfte zu ihr unter die Decke. Beate drehte sich um und barg ihr tränennasses Gesicht an Fines Hals. »Ich will nach Hause«, flüsterte sie. »Ich will zu Mutti.«

»Ich auch.« Fine versuchte gar nicht erst, die Tränen zurückzuhalten, sie würden sich ja doch einen Weg suchen.

Erst ein paar Stunden waren sie hier, aber Fine fand es schrecklich. Alles war so steif und förmlich. In Berlin hatte sie immer im Hof mit den Jungs getobt und gespielt, sie fürchtete, dass so etwas hier nicht möglich sein würde. Immerhin gab es Bücher, und die Tante hatte ihnen versprochen, dass sie auch Klavier spielen lernen durften.

Ob ich das kann?, fragte sich Fine. Will ich das überhaupt? Eigentlich will ich nur eines – zurück nach Berlin zu Mutti. Doch das ging natürlich nicht.

Am nächsten Morgen weckte sie das Mädchen und brachte einen Krug mit frischem Wasser, es war noch lauwarm.

»Wascht euch und zieht euch an«, sagte sie, »gleich gibt es Frühstück.«

Fine hatte die Nacht bei Beate im Bett verbracht, und heute tat ihr der Rücken weh, weil das Bett so schmal war. Sie war froh, aufstehen und sich strecken zu können. Schnell wusch sie sich und zog sich an, half dann Beate bei der Morgenwäsche und beim Haarekämmen. Zum Glück hatten sie alle drei nur kinnlange Haare, die nicht aufwendig frisiert werden mussten. Ursi hatte sich schnell fertig gemacht und ging schon vor. Fine öffnete das Fenster und schaute nach draußen. Von hier oben war außer der

Straße nicht viel zu sehen. Ein Stück weiter standen einige Häuser, auch in ihnen schien nun das Leben zu erwachen. Die Sperlings wohnten am Ortsrand von Bad Tabarz, einer ruhigen Kleinstadt. Hier, dachte Fine, wird es wohl sehr, sehr langweilig sein. Großvater hatte die Nacht im Gästezimmer der Sperlings verbracht. Nach dem Frühstück wollte er aufbrechen und zurück nach Berlin fahren. Fine überlegte, ob es einen Weg gab, wie sie sich im Auto verstecken könnte, aber dann sah sie Beate an, die noch stiller als sonst am Tisch saß. Sie hatte nur einmal von ihrem Marmeladenbrot abgebissen und starrte nun auf den Tisch, dabei war sie sonst eine gute Esserin. Heute verspürte Fine Hunger, gestern Abend hatte sie auch kaum etwas hinuntergebracht. Es gab Weißbrot, Marmelade und gekochte Eier. Für die Männer auch noch gebratenen Speck. Dazu echten Kaffee für die Erwachsenen und Milch für die Kinder. So reichhaltig hatten sie schon eine Weile nicht mehr gegessen. Neli hatte sich direkt zwei Brotscheiben genommen, beschmierte sie dick mit Butter.

»Ihr seid noch neu«, sagte die Tante. »Deshalb will ich heute ein Auge zudrücken. Aber von jetzt an nimmst du dir nur ein Brot, Cornelia. Wenn du danach noch Hunger hast, darfst du dir nachnehmen. Doch Völlerei gibt es an meinem Tisch nicht!«

Cornelia zog betroffen den Kopf ein, kaute hastig. Sie hatte erst etwas sagen wollen, sah aber dann den strengen Blick der Pensionsmutter.

Wir dürfen ja am Tisch nicht reden, wurde Fine klar. Zu Hause hatten sie immer munter geplaudert, auch wenn gemeinsame Frühstücke selten gewesen waren. Ein Sprechverbot für Kinder am Tisch hatte es nur bei festlichen Anlässen im Dehmelhaus gegeben.

Was wird es noch alles an Regeln geben?, fragte sich Fine. Regeln, die wir nicht kennen, aber an die wir uns werden halten müssen.

»Heute werde ich euch die Schule zeigen, in die ihr kommt«,

sagte die Tante. »Die Volksschule hier ist nur fünf Minuten entfernt. Ihr könnt morgens schön zusammen hingehen.« Dann schaute sie Fine an. »Du allerdings gehst auf das Realgymnasium in Waltershausen. Es ist eine gute Strecke Weg«, sagte sie und sah Fine skeptisch an. »Ich habe meine Zweifel, ob du das schaffen wirst.«

»Fine ist stark, auch wenn sie so zierlich wirkt«, sagte Großvater nun. »Der Weg wird ihr nichts ausmachen.«

»Nun, wir werden sehen. Ansonsten könnte sie auch die sechste Klasse der Volksschule im Ort besuchen.«

»Ich werde das schon meistern«, sagte Fine.

»Ich habe dich nichts gefragt, Kind, deshalb musst du auch nichts antworten«, sagte die Tante streng.

Fine biss sich auf die Lippen.

»Es geht immer eine Gruppe Schüler morgens zusammen nach Waltershausen. Du wirst dich ihnen anschließen.« Damit war das Gespräch für die Tante beendet.

Die Kinder durften aufstehen, mussten nur den Tisch abräumen. Danach zeigte Ursi ihnen den Garten. Dort gab es eine große Sandkiste, ein Reck und eine Schaukel. Auch eine große Wiese gab es, auf der Obstbäume standen.

»Es sind Äpfel, ein paar Birnen, und dort hinten sind noch Quitten«, erklärte Ursi. »Das Obst wird gepflückt. Die Tante kocht daraus Marmelade und Kompott, manches wird auch eingelagert. Dort hinten ist der Gemüsegarten, da müssen wir auch helfen.«

»Welche Aufgaben gibt es denn noch?«, wollte Neli wissen.

Ursi zog die Stirn nachdenklich kraus. »Also den Tisch müssen wir abräumen, aber das Geschirr spült Greta. Manchmal muss ich Kartoffeln schälen, im Sommer natürlich Erbsen und Bohnen pulen. Und Unkraut jäten. Jeden Samstag muss das Treppengeländer abgestaubt werden, und alle drei Monate wird das Silber poliert. Zum Putzen kommt aber eine Zugehfrau.« Ursi überlegte. »Es gibt immer hier und da etwas zu tun«, sagte sie dann.

»Wir müssen ganz schön viel hier«, sagte Fine abschätzig. »Findest du das nicht anstrengend? Hast du überhaupt noch Zeit zu spielen?«

»Aber ja«, sagte Ursi. »Ich habe viel Zeit. Vielleicht wird das jetzt anders, weil ich ja in die Schule komme.« Sie runzelte wieder die Stirn, aber dann strahlte sie. »Doch jetzt seid ihr ja da, und wir können uns alle Aufgaben teilen.« Sie nickte. »Und im Sommer, wenn das Gemüse zu ernten ist, sind ja auch die ganzen anderen Kinder da. Die helfen natürlich auch.«

»Ich kann mir das gar nicht vorstellen«, sagte Fine. »Ich glaube nicht, dass es mir hier gefallen wird.«

»Also ich finde es schön«, rief Ursi und rannte zur Schaukel. »Los, Beate, wir schaukeln. Ich komme bestimmt höher als du!«

Beate und Neli folgte ihr, doch Fine ging zurück zum Haus. Dort brachte Großvater gerade sein Gepäck, es war nur eine kleine Reisetasche, zum Auto.

»Sag deiner Tochter, dass es besser ist, wenn sie vorläufig nicht kommt«, hörte Fine die Tante sagen. »Die Kinder leiden doch noch sehr unter der Trennung, und sie sollen sich erst einmal richtig hier eingewöhnen.«

Großvater nickte. »Ja, das stimmt. Ich werde es ihr sagen. Und ich hoffe, dass die Mädchen sich benehmen werden.«

»Das wird schon«, sagte die Tante. »Bisher hat es immer geklappt, und wir hatten schon einige Kinder hier.«

»Deshalb bin ich ja auch so froh, dass ihr die Mädchen genommen habt. Hier sind sie gut aufgehoben und werden nicht mit dem politischen Irrsinn vergiftet, dem Ursula folgt. Jetzt hat sie auch schon wieder einen neuen Freund. Ich weiß gar nicht, von wem das Kind diese Unstetigkeit hat.«

»Auch Ursula wird älter und vernünftiger werden«, meinte die Tante. »Es sind verwirrende Zeiten, und manchmal wünsche ich mir den Kaiser zurück. Da wusste man, woran man war.«

Sie ist doch verrückt, dachte Fine. Wer wünscht sich denn

wirklich den Kaiser zurück. Aber die Tante hatte wohl keine Ahnung von Politik. Vielleicht kann ich ihr ja noch etwas beibringen, dachte Fine.

Nachdem Großvater sich von den vier Mädchen verabschiedet hatte und gefahren war, machten sie sich auf, um die Volksschule im Ort aufzusuchen. Neugierig sahen die Mädchen sich um.

»Dort drüben ist die Hauptstraße, wenn man sie weitergeht, kommt man zum Kurpark. Tabarz ist ein Luftkurort«, erklärte Tante Gertrud und klang fast schon stolz, als ob das ihr Verdienst wäre. »Viele Leute kommen her, um die gute Luft zu genießen und sich zu erholen.«

Fine hob den Kopf und schnupperte. »Es riecht doch ganz normal«, sagte sie.

»Nein«, meinte Neli. »Es riecht nach frischer Luft und nicht nach Qualm und Rauch wie in Berlin.« Sie lächelte die Tante an. »Ich finde, es riecht hier sehr gut.«

Tante Gertrud lächelte. »Das hast du gut erkannt. Wir haben hier noch saubere Luft.«

»Können wir noch zum Kurpark gehen?«, fragte Fine.

»Das könnt ihr in den nächsten Tagen machen. Ich habe keine Zeit, um müßige Ausflüge zu machen.« Tante Gertrud, die gerade noch gelächelt hatte, sah sie nun wieder streng an.

»Wir helfen gerne, wenn es etwas zu tun gibt«, sagte Neli.

Schon lächelte Tante Gertrud wieder, es war allerdings nur ein schmales Lächeln. »Du scheinst ein liebes Kind zu sein, Cornelia.«

Hinter ihrem Rücken streckte Neli Fine die Zunge heraus, Fine verdrehte nur die Augen. Sie wusste, was ihre Schwester bezweckte, denn ganz bestimmt war Neli nicht scharf darauf, Hausarbeiten zu verrichten. Sie wollte sich nur bei der Tante einschmeicheln. Neli war oft neidisch auf Fine. Sie glaubte, dass Mutti und Vati Fine lieber mochten als sie. Bei Vati konnte das sogar zutreffen, gestand Fine sich ein.

Soll sie doch Tante Gertruds Liebling werden, dachte Fine nun. Mir ist das hier alles sowieso egal, ich werde nicht lange hier bleiben.

Ursi ging neben Beate, hatte ihre Hand genommen. Die beiden unterhielten sich. Eigentlich sprach nur Ursi, aber Beate hörte ihr zumindest zu und gab einige Antworten. Das sah Fine mit Erleichterung. Wahrscheinlich war es ganz gut, dass Ursi hier war. Sie konnte sich mit Beate anfreunden, das würde die Zeit hier im Heim der Sperlings für Beate sicher leichter machen.

»Ich möchte mit dir deine Sachen durchsehen, Fine«, sagte Tante Gertrud nun zu ihr auf dem Rückweg.

»Welche Sachen?«

»Deine Kleidung. Schau dich an – dein Kleid ist zu kurz, deine Strümpfe sind gestopft. Die Schuhe haben auch schon bessere Zeiten gesehen. Die Ärmel deines Mantels sind auch zu kurz. Sind alle deine Sachen so?«

Der Wutstein in Fines Bauch rumorte. »Was geht dich das an?«, fragte sie trotzig.

»Ich dulde keine frechen Worte«, sagte die Tante streng und blieb dann stehen. Plötzlich war ihr Blick milder. »Es geht gar nicht um mich, es geht um dich. Nächste Woche wirst du mit den anderen Kindern zur Oberschule gehen. Die Kinder kennen dich nicht, wissen nicht, aus welchen Verhältnissen du stammst. Ich weiß, deine Mutter hat im Moment eine schwierige Zeit in Berlin, wie so viele andere auch. Hier gibt es nicht so viele Arbeitslose. Die Leute sind nicht reich, aber sie haben ihr Auskommen.« Tante Gertrud holte tief Luft. »Es ist zwar ungerecht, aber der Eindruck, den man macht, zählt. Und die Kinder werden deine Kleidung mustern und beurteilen.«

Fine senkte betreten den Kopf.

»Einen Mantel für die Übergangszeit hätte ich noch für dich. Und jetzt will ich sehen, in welchem Zustand deine anderen Sachen sind.«

Fine fügte sich, was hätte sie auch anderes machen sollen? Sie ahnte aber, wie Tantes Urteil ausfallen würde.

Schweigend sah sich Tante Getrud die Kleider, Röcke und Blusen an, die Fine nach und nach auf ihr Bett legte. Früher hatte Ulla viel für die Kinder genäht, aber auch Stoff war teuer geworden, und so hatte sie bei Fines Sachen oft nur die Säume ausgelassen oder sogar etwas angesetzt.

»Ist das alles?«, fragte Tante Gertrud. Fine nickte. »Viel ist das aber nicht.« Die Tante seufzte auf. »Wir fahren morgen nach Gotha. Dort kenne ich ein Geschäft, in dem sie günstige Kleidung haben. Und eine meiner Nachbarinnen ist eine begnadete Schneiderin.« Sie ging zur Tür. »Du kannst die Sachen erst einmal wieder ordentlich wegräumen.«

Wie am gestrigen Tag gab es auch heute Abendessen um sechs. Mittags hatte es eine Suppe gegeben und danach Kartoffeln mit Soße und Bohnen. Das Essen war einfach, aber nahrhaft und diesmal hatten alle ordentlich zugelangt.

Abends gab es Brotzeit. Daran, dachte Fine, werden wir uns erst noch gewöhnen müssen. Nachdem die Kinder den Tisch abgeräumt hatten, rief Tante Gertrud sie wieder in das Musikzimmer. Wieder durfte erst Ursi etwas vorspielen, dann sangen sie gemeinsam. Eigentlich, dachte Fine, als sie später in ihrem Bett lag, ist das ganz schön, so den Abend zu verbringen – gemeinsam. Ob sich Tante und Onkel gar nicht mit anderen treffen? Onkel Hans war allerdings schon sehr viel älter als Tante Gertrud, er wollte meist nur seine Ruhe haben und Zeitung lesen. Aber Tante Gertrud hatte doch sicherlich Freundinnen, mit denen sie sich traf. Ich werde Ursi morgen fragen, dachte Fine müde. Beate war zwar immer noch traurig, aber auch ihr war es in dem schmalen Bett zu eng gewesen. Fine hatte noch ein wenig bei ihr gesessen und ihr über das Haar gestreichelt, doch dann war Beate friedlich eingeschlafen.

Ich hoffe, dachte Fine nun, dass Tante Gertrud weiß, dass ich kein Geld für Kleidung habe. Großvater hatte ihnen allen zwei Mark gegeben, aber das würde ja noch nicht einmal für Strümpfe reichen. Ich muss das der Tante sagen, bevor wir fahren. Alles andere wäre zu peinlich.

Am nächsten Morgen wurden sie wieder von Greta geweckt. Das Frühstück wurde pünktlich serviert, und zuvor sprach Tante Gertrud, wie bei jeder Mahlzeit, das Tischgebet. Inzwischen sagten auch die drei Schwestern »Amen« nach dem Gebet und falteten die Hände. Sie hatten keinerlei religiöse Erfahrungen, aber hier wurde das nun einmal so gemacht, also fügten sie sich. Viel schwerer fiel es ihnen, bei den Mahlzeiten nicht zu reden.

»Ich fahre nachher mit Fine nach Gotha«, sagte Tante Gertrud zu ihrem Mann und schenkte sich noch einmal Kaffee nach.

»Nach Gotha? Was wollt ihr denn da?«

»Sie braucht Kleidung.«

»Ach so«, sagte er und nahm sich noch ein Brot. Weiter schien es ihn nicht zu interessieren. »Dann bring mir Zigarren mit.«

Fine biss sich auf die Lippen. Sollte sie jetzt sagen, dass sie gar kein Geld für Kleidung hatte? Oder sollte sie damit warten, bis das Essen beendet war? Sie wusste es nicht.

Neli jedoch konnte sich nicht beherrschen. »Warum bekommt Fine Kleidung? Ich will auch neue Sachen haben.«

Tante Gertrud sah Neli an. »Kinder am Tisch, stumm wie ein Fisch.«

»Aber ... aber ... warum immer Fine?«, fragte Neli wieder und brach in Tränen aus.

»Weil Fine neue Sachen braucht. Und jetzt ist Schluss Kein weiteres Wort, oder du kannst gehen.«

Neli sah sie erbost an, stand dann auf und lief nach draußen.

Ungerührt blieb Tante Gertrud sitzen und griff nach ihrer Kaffeetasse.

Nachdem sie den Tisch abgeräumt hatten, suchte Fine Tante

Gertrud. Sie saß im Musikzimmer, wo auch ein kleiner Schreibtisch stand. Da es keine Türen gab, klopfte Fine an die Türzarge.

»Ja, bitte?« Tante Gertrud sah auf.

»Es geht … um die Kleidung«, stammelte Fine verlegen. »Ich weiß, dass ich kaum noch passende Sachen habe … aber … aber … ich habe auch kein Geld«, flüsterte sie verschämt.

»Geld? Geld für die Kleidung?« Erstaunt sah Tante Gertrud sie an.

»Ich habe nur zwei Mark, die hat mir Großvater gegeben.«

»Ach so. Nun, ich habe Geld.«

Fine konnte gar nicht glauben, was sie da hörte. Tante Gertrud wollte ihr die Sachen kaufen? Eigentlich hatte sie gedacht, dass Onkel und Tante nicht besonders großzügig waren. Schließlich nahmen sie die Kinder ja auch auf, um Einnahmen zu haben und nicht aus purer Gutwilligkeit. Fine wusste, dass Heinrich und Großvater für sie bezahlten. »Danke«, sagte sie nun. »Danke, das ist … sehr freundlich.«

»Oh. Nein. Verstehe mich nicht falsch. Ich habe Geld von deiner Verwandtschaft bekommen. Geld für Kleidung. Es ist nicht viel, und wir werden gut damit haushalten müssen. Und es ist natürlich auch nicht nur für dich, sondern für euch drei. Aber deine Situation erfordert sofortiges Handeln.« Sie drehte sich wieder zu ihrem Haushaltsbuch. »Wir fahren in einer halben Stunde. Geh also nicht weg.«

Die Verwandtschaft hatte Geld gegeben? Fine war verblüfft. Wer mochte das gewesen sein? Sicherlich die Onkel von Vati, sie hatten Geld. Aber, dachte Fine nun empört, warum hatten sie das Geld nicht vorher Mutti gegeben? Dann hätte Mutti Sachen für sie kaufen oder nähen können, und es wäre alles nicht so peinlich gewesen.

Im Grunde war sie dankbar, dass sie nun anständige Kleidung bekam, aber die Umstände waren ihr nicht recht. So viele Dinge waren ungerecht, dachte sie nun wütend. Warum konnte sie nicht einfach so leben wie andere Leute auch?

Unruhig wartete sie im Eingang auf Tante Gertrud, versuchte die wütenden Gedanken beiseitezuschieben. Außer der Wut nagte die Sehnsucht nach Mutti an ihr. Es war wie ein beständiger Schmerz, ein Splitter unter der Haut. War Mutti schon aus dem Haus ausgezogen? Welche Möbel hatte sie mitnehmen können? Wie sah wohl die Wohnung aus, in der sie mit Will leben wollte? Würde sie schnell eine Arbeit finden? Und wäre die Wohnung dann auch groß genug, damit Fine auch dort wohnen konnte?

Ich brauche kein eigenes Zimmer. Ich würde auch in der Küche schlafen oder im Wohnzimmer. Es wäre mir alles egal, wenn ich nur zurückkönnte.

»Bist du fertig?«, riss Tante Gertrud sie aus ihren Gedanken. Fine nickte nur.

Der Weg zum Bahnhof war nicht weit, Tabarz war eine kleine Stadt. Auf dem Bahnhof grüßte Tante Gertrud nach links und nach rechts, sie schien jeden zu kennen.

»Ein neuer Gast?«, fragte eine Frau.

»Ja, drei Schwestern. Dauerhaft. Seit vorgestern sind sie hier. Kommen aus Berlin.«

»Oh, aus der Hauptstadt? Dann hoffe ich mal, dass sie sich zu benehmen wissen. Aber du machst das ja gekonnt. Die Kinder haben es gut bei euch, Gertrud.«

»Danke, Sofie, ich gebe mein Bestes.« Gertrud lächelte ihr schmallippiges Lächeln.

Am liebsten hätte Fine sich irgendwo versteckt. Es schien ihr, als ob alle sie anstarrten. Sahen alle anderen Leute, wie abgetragen ihr Mantel war? Wie fadenscheinig das Kleid? Sahen sie die Stopflöcher der Strümpfe? In Berlin war es Fine egal gewesen, wie sie gekleidet war. Kleidung war nicht wichtig, weder in der Klasse noch auf dem Hof und schon gar nicht bei den Pionieren.

So manch anderes Kind hatte viel schlimmer ausgesehen als sie.
Aber hier, hier war das vielleicht anders?

Zum Glück kam dann der Zug, und sie stiegen ein. Fine setzte sich, die Knie aneinandergepresst, die Beine unter dem Sitz, die Schultern hochgezogen.

»Sitz gerade, Kind«, ermahnte Tante Gertrud sie.

Fine zog den Kopf ein.

Tante Gertrud sah sich um, offensichtlich war niemand im Abteil, der wichtig war, denn sie beugte sich zu Fine. »Ich weiß, du fühlst dich gerade scheußlich. Ich weiß auch, warum. Deine Kleidung ist abgetragen und zu klein. Du siehst nicht manierlich aus. Aber, Kind, das werden wir jetzt ändern.« Sie hielt kurz inne, atmete tief ein. »Manchmal ist das so. Manchmal kann man das auch nicht ändern, auch wenn man es sich wünschte. Die Welt steht seit einiger Zeit kopf, dieser große Krieg hat viel verändert, zu viel. In solchen Zeiten solltest du schauen, wer du bist, nicht, was du trägst. Das ist mein Rat an dich. Werde zu einer Person, die du achten kannst.«

»Ich soll zu einer Person werden, die ich achte? Das verstehe ich nicht.«

»Was ist daran so schwer, Fine? Du musst innerlich mit dir im Reinen sein, du musst davon überzeugt sein, dass du alles dir Mögliche getan hast, um deine Position zu verbessern oder zu halten.«

»Wie mache ich das?«

Tante Gertrud schnaubte auf. »Ist die Frage ernst gemeint? Hat deine Mutter dir nichts beigebracht?«

Fine setzte sich auf, verschränkte die Arme vor der Brust. »Meine Mutter hat mir ganz viel beigebracht.«

»Gut. Hat sie dir beigebracht, dich selbst zu mögen?«

Fine überlegte, dann nickte sie.

»Siehst du, dann hat deine Mutter dir das Wichtigste auf der Welt beigebracht. Du musst dich selbst mögen. Du musst mit dir im Reinen sein, dann ist es egal, was die anderen über dich denken.«

»Ja«, sagte Fine erstaunt. »Das stimmt. Und so lebt Mutti auch. Ihr ist es egal, was andere über sie denken.«

Tante Gertrud räusperte sich. »Das gilt aber nur bis zu einem gewissen Grad, Fine. Es ist nie völlig egal, was andere über einen denken. Denn sie urteilen auch über dich. Und das kann schlimm sein. Darum kaufen wir jetzt auch ordentliche Kleidung für dich. Verstehst du?«

»Nein.«

»Wenn du Dinge nicht ändern kannst, dann ist das so, dann musst du zu dir stehen. Aber du solltest immer einen Weg suchen, um dein Leben zu verbessern. Und gerade in deinem Alter legst du dazu den Grundstock. Eine gute Bildung ist das A und O. Mit einer guten Schulausbildung kannst du eine gute Ausbildung machen. Und mit einer guten Ausbildung bekommst du auch Arbeit. Dann verdienst du Geld und kannst für dich einstehen. Verstehst du?«

»Mutti hat studiert, sie findet trotzdem keine Arbeit.«

»Ja, das liegt an dieser schrecklichen Zeit. Aber das wird sich auch wieder ändern. Du wirst zur Schule gehen und dich anstrengen, damit du es später leichter hast.«

»Hast du studiert?«

Tante Gertrud schluckte. »Nein. Ich war Krankenschwester. Das hatte ich gelernt, und ich habe meinen Beruf geliebt. Kinderkrankenschwester war ich. Und dann habe ich Onkel Hans kennengelernt und ihn geheiratet.«

»Würdest du gerne wieder arbeiten?«

Tante Gertrud sah sie an, dann lachte sie auf. »Was glaubst du denn, was ich tue? Meinst du, das Heim zu führen sei keine Arbeit?«

Fine dachte nach. »Du hast recht, natürlich. Es ist sicher ganz viel Arbeit.«

»Darauf gewinne ich jede Wette.« Sie schwieg kurz. »Wir werden dich ordentlich einkleiden. Das ist der erste Schritt. Was du daraus machst, ist deine Entscheidung. Ich hoffe, du gehst den richtigen Weg.«

So ganz hatte Fine die Worte nicht verstanden, aber sie merkte, dass es besser war, nicht mehr nachzufragen. Aber auch etwas anderes hatte sie gemerkt: Tante Gertrud war streng, manchmal auch sehr streng, aber sie hatte auch ein Herz und ihre guten Seiten. Vermutlich zeigte sie diese aber nicht sehr oft.

Der Besuch in Gotha war anstrengend. Es war nicht die Zugfahrt, die fast zwei Stunden dauerte, es waren das Abwägen und Anprobieren, das Diskutieren – wobei Fine selten gefragt wurde. Alle Sachen, die sie schön fand, wurden von Tante Gertrud kategorisch abgelehnt. Praktisch sollte die Kleidung sein, feste, gute Stoffe. Nicht modisch, sondern eher zeitlos und somit langweilig. Eine Nummer größer als gebraucht, damit Fine noch reinwachsen könnte. Und so gute Stoffe, dass selbst Neli noch etwas davon haben würde.

»Zu groß und zu lang ist nicht schlimm, das kann man kürzen, die Säume größer nehmen. In den Schultern sollte es sitzen, wir wollen ihr ja kein Zelt überziehen«, entschied Tante Gertrud. »Beige, grau oder meliert ist auch gut, darauf sieht man Flecke nicht. Kein Braun, das möchte ich nicht.« Sie sah Fine forschend an. »Deine Schwestern sind beide blond und haben blaue Augen, du bist aber eher ein dunklerer Typ.«

»Levante«, sagte die Verkäuferin und rümpfte die Nase.

»Nein, nein«, sagte Tante Gertrud nun und lächelte ihr schmallippiges Lächeln. »Eher keltisch.«

»Keltisch? Das kenne ich gar nicht.«

»Man kann auch nicht alles kennen, meine Liebe.« Tante Gertrud lachte, aber es war kein aufrichtiges Lachen. »Die Kelten haben früher in Spanien und Frankreich gelebt, auch in England.

Dunkle Haare, dunkle Augen, aber einen hellen Teint. So wie Fine.«

»Also dunkelhaarige Arier?«, fragte die Verkäuferin verblüfft.

»So in etwa«, sagte Tante Gertrud. »Ihre Nase zeigt es ja. Es ist keine levantinische Nase.«

»Nein, das stimmt«, sagte die Verkäuferin nun. »Das stimmt wirklich. Da habe ich heute wieder etwas dazugelernt.«

»Und Sie haben ja auch braune Augen. Ziemlich braun, würde ich sagen.« Tante Gertrud schaute die Verkäuferin nachdenklich an.

Fine sah verblüfft zur Tante.

»Ja«, sagte die Verkäuferin und lachte ein etwas nervöses Lachen. »Die Augenfarbe habe ich wohl von meinem Vater. Ich gehe noch einmal ins Lager. Dieses Kleid müssten wir noch eine Nummer größer haben.«

Tante Gertrud nickte zufrieden.

Am Ende kamen sie mit zwei Kleidern, zwei Röcken, drei Blusen und einem Pullover, einigen Paar Socken und etwas neuer Unterwäsche für Fine aus dem Laden. Für Neli und Beate hatten sie auch jeweils ein neues Kleid gekauft.

»Du wächst, deshalb lohnt es sich nicht, dir jetzt einen neuen Mantel zu kaufen, das machen wir im Herbst«, sagte Tante Gertrud. »Und nun habe ich Hunger.« Sie führte Fine zu einem Gasthaus am Rande des Marktplatzes. Lange schon war Fine nicht mehr essen gewesen. Manchmal hatte Mining oder Will ihnen eine Bockwurst auf die Hand spendiert, so wie sie überall in Berlin angeboten wurden. Vor einem Jahr, als die Wirtschaftskrise noch nicht so schlimm gewesen war, hatte Heinrich die Kinder nach einem Besuch im Zoo ausgeführt. In dem Restaurant hatte es weiße Leinentischdecken gegeben und Stoffservietten, die so steif waren, dass Fine sie kaum auseinanderfalten konnte. Das Essen war teuer und auch lecker gewesen, aber satt hatte es sie nicht gemacht.

In dem Gasthof, in dem Tante Gertrud nun einen Tisch suchte, gab es auch Tischdecken, aber sie waren rot-weiß kariert. Es gab Bänke dort und Stühle, die rustikal aussahen. Tante Gertrud bestellte eine Suppe als Vorspeise und dann Schnitzel. Fine hatte das Gefühl, schon lange nicht mehr so gut gegessen zu haben.

»Dies«, sagte Tante Gertrud und trank einen Schnaps, als sie fertig waren und die Teller abgeräumt wurden, »war eine große Ausnahme. Normalerweise mache ich so etwas nicht. Und ich hoffe, wir werden das auch nie wieder machen müssen. In Tabarz gibt es eine gute Schneiderin. Sie macht keine Mode, sie näht Kleider. Gute Kleider. Dort bestelle ich normalerweise die Kleidung für Langzeitgäste wie euch. Ursi bekommt von dort ihre Kleidung.« Sie sah Fine an. »Aber bei dir eilte es. Die Schule beginnt nächste Woche. Und deine Garderobe ist in einem schrecklichen Zustand. Ich kann nicht glauben, dass deine Mutter euch so zu mir geschickt hat. Das hatte ich noch nie. Euer Großvater hat mich gewarnt, aber ich habe es nicht geglaubt.«

»Mutti hätte uns gar nicht geschickt«, sagte Fine und schob das Kinn vor. »Großvater und Vati haben sie gezwungen. Sie wollte, dass wir bei ihr bleiben.«

»Aber sie kann nicht für euch sorgen, mein Kind.«

»Jemand kann es, sonst wären wir doch nicht hier. Was hast du gesagt? Du tust das alles nicht aus Gutmütigkeit?« Fine zog die Augenbrauen hoch.

»Nun ja. Es war nicht meine Entscheidung, und letztendlich hat deine Mutter ja zugestimmt«, sagte Tante Gertrud, aber ihre Stimme klang nicht mehr so spitz. »Sie wird das Beste für euch wollen. Und auch wenn ihr jetzt lieber bei ihr sein wollt – bei uns seid ihr gut aufgehoben. Ich werde mich um euch kümmern. Anders als eure Mutter, aber ich kümmere mich.«

Fine spürte den Groll und den Stein der Wut in ihrem Bauch, doch sie merkte, dass der Stein nicht mehr so schlimm rumorte. Sie würde nie in Tabarz zu Hause sein, niemals. Aber vielleicht würde sie sich mit den Gegebenheiten abfinden. Eigentlich hatte sie auch gar keine Wahl.

An diesem Abend war sie sehr müde, als sie ins Bett gingen. Sie dachte an Ulla, dachte an Berlin. Vermisste es. Aber nun kam die Neugierde dazu. Nächste Woche würde sie hier in die Schule gehen. Wie würde das sein? Wie würde der Weg, den die Tante als sehr beschwerlich beschrieb, sein? Und wie würden die Mitschüler sein?

Ihre neuen Sachen hatte sie sofort zur Schneiderin gebracht. Die hatte ausgemessen und mit Kreide immer wieder Nähte angezeichnet, hatte mit Nadeln die Säume abgesteckt und mit der spitzen Schere eingeschnitten. Die ganze Zeit musste Fine ruhig stehen oder sich umziehen. Sie war froh, als sie fertig waren. Die Sachen, so versprach die Schneiderin, würden noch vor dem Schulbeginn fertig sein.

Neli und Beate hatten vor Freude gejauchzt, als Tante Gertrud ihnen die neuen Kleider gab. Diese mussten nicht geändert werden, aber auch sie durften sie erst zum Schulbeginn anziehen.

An meinem ersten Schultag haben wir gefeiert, dachte Fine. Es gab eine Zuckertüte, und Tante Detta und Tante Lotti waren gekommen. Die Köchin hat mein Lieblingsessen gekocht.

Auch Neli hatte eine Zuckertüte bekommen. Es gab auch bei ihr eine Feier, die aber schon kleiner gewesen war, da sich die Eltern getrennt hatten. Vati war dennoch vorbeigekommen und hatte irgendetwas für Neli mitgebracht, Fine konnte sich aber nicht mehr daran erinnern, was es war.

In vier Tagen wird Beate eingeschult. Mutti wird nicht dabei sein. Vati auch nicht. Detta wird nicht kommen und auch Lotti nicht. Es wird für Beate keine Zuckertüte geben. Fine schloss die Augen. Die Lider waren ihr Damm gegen die Tränen. Aber dieser Damm war nicht dicht.

Was ist mit Ursi?, dachte Fine nun. Würde Ursi eine Zuckertüte bekommen? Würde Tante Anni zur Einschulung ihrer Tochter kommen? Oh nein, das wäre ganz schlimm für Beate, sosehr sie es auch Ursi gönnen würde.

Ich muss herausfinden, ob Tante Anni kommt, dachte Fine. Und ich muss irgendwie eine Zuckertüte für Beate basteln.

Am nächsten Morgen ging sie nach dem Frühstück zu Tante Gertrud. »Ich möchte etwas fragen«, sagte sie nervös, da sie nicht wusste, wie die Tante reagieren würde. »Es geht um die Einschulung von Beate und Ursi.«

»Ja?«

Fine rieb sich die Hände, überlegte, wie sie anfangen sollte. »Es ist so – als Neli und ich eingeschult wurden, haben wir eine Zuckertüte bekommen.«

»Das ist in diesem Haus nicht üblich.«

Fine nickte. »Das habe ich mir schon gedacht. Aber ... Beate wird sicherlich sowieso sehr traurig sein, weil niemand aus der Familie dabei sein kann. Sie hängt sehr an unserer Mutti.«

»Tja, das ist nicht zu ändern.«

Fine holte tief Luft. »Deshalb dachte ich, dass ich eine Zuckertüte bastele. Ich habe noch das Geld von Großvater, vielleicht kann man hier im Ort ein wenig Naschwerk kaufen?«

Tante Gertrud sah sie nachdenklich an. »Ich halte nicht viel von Naschwerk, und ich halte auch nichts davon, Kinder zu verwöhnen.«

»Beate wird doch nur einmal eingeschult.«

»Jeder wird nur einmal eingeschult. Ich habe jetzt zu tun.« Tante Gertrud wandte sich ab.

»Ich habe noch eine Frage.«

Seufzend drehte sich die Tante wieder um.

»Kommt Tante Anni, Ursis Mutter, zur Einschulung?«

»Nicht, dass ich wüsste. Warum sollte sie?«

Weil es ein besonderer Tag ist, dachte Fine, sagte es aber nicht. Sie überlegte, ob sie heimlich eine Schultüte basteln sollte, traute sich dann aber nicht. Irgendwie, beschloss sie, werde ich es wiedergutmachen. Vielleicht nicht jetzt, sondern später. Aber ich werde mir etwas für Beate einfallen lassen. Insgeheim hoffte sie noch darauf, dass Mutti etwas schickte, aber diese Hoffnung erfüllte sich nicht.

Am Montag, am ersten Schultag für die Mädchen, weckte Greta sie früher als sonst. Am Abend zuvor hatten die Mädchen im Badezimmer im ersten Stock baden dürfen. Die Wanne wurde nur einmal gefüllt, und sie mussten sie nacheinander benutzen. Auch die Haare durften sie waschen.

»Wir wollen ja, dass ihr ordentlich ausseht«, hatte Tante Gertrud gesagt.

Nun kam sie in das Mädchenzimmer und brachte Fines neue Sachen. »Die Schneiderin hat sich beeilt, allerdings ist sie nicht ganz fertig geworden. Das andere Kleid und die Blusen hole ich im Laufe der Woche ab«, sagte sie. »Ich erwarte, dass du sorgfältig mit der neuen Kleidung umgehst. Und jetzt spute dich, es ist schon sieben. In einer halben Stunde treffen sich die Kinder, die zum Gymnasium gehen.«

Aufgeregt schlüpfte Fine in ihre neuen Sachen. Sogar neue Schuhe hatte sie bekommen. Noch waren sie etwas zu groß, deshalb hatte die Tante sie mit Zeitungspapier ausgestopft.

Beim Frühstück brachte Fine kaum etwas hinunter, diesmal war es aber nicht der Kummer, der ihr die Kehle zuschnürte, sondern die Unruhe. Was, wenn die anderen Kinder sie nicht mochten? Was, wenn der Weg doch zu anstrengend war? Was, wenn sie in der Schule nicht zurechtkam?

»Hör auf zu grübeln, und iss dein Brot«, ermahnte die Tante sie.

Manchmal war sich Fine nicht sicher, ob die Tante nicht Gedanken lesen konnte.

Nur mit Mühe brachte sie ihr Frühstück hinunter. Dann gab Tante Gertrud ihr einen Mantel, den sie schon letzte Woche aus einem der Schränke auf dem Speicher geholt hatte, wo sie Ersatzkleidung und abgelegte Sachen, die noch gut waren, aufbewahrte. Der Mantel hatte eine Weile im Freien gehangen, aber immer noch roch er ein wenig nach Mottenpulver und Lavendel.

»Hier ist dein Pausenbrot«, sagte die Tante und zog ebenfalls ihren Mantel an. »Wenn ich wiederkomme, habt ihr aufgegessen und den Tisch abgeräumt«, sagte sie zu Neli und den anderen beiden.

Fine war froh, dass Tante Gertrud sie zum Marktplatz brachte, wo die Kinder sich trafen. Aufgeregt trippelte sie neben ihr her. Das Zeitungspapier half zwar, aber dennoch saßen die Schuhe nicht gut, und hin und wieder stolperte Fine.

Tante Gertrud seufzte auf. »Ich glaube, wir sollten dich doch besser zur Volksschule schicken statt nach Waltershausen. Du kannst ja keine fünf Schritte richtig gehen. Wie willst du die Strecke über den Berg schaffen?«

»Es geht schon, ich schaffe das«, sagte Fine und versuchte, achtsamer zu sein.

Auf dem Marktplatz standen schon drei Jungen, weitere kamen hinzu. Ein paar von ihnen waren schon älter, mindestens fünfzehn.

»Guten Morgen«, sagte Tante Gertrud zu den Schülern. »Dies ist Fine Dehmel. Sie wird mit euch nach Waltershausen gehen.« Tante Gertrud sah in die Runde, fixierte dann einen der Jungen. »Kurt, du passt auf sie auf. Sie kennt den Weg noch nicht.«

»Ja, Frau Doktor Sperling«, sagte der Junge ergeben. Er mochte ein wenig älter als Fine sein. Die Jungs musterten sie kurz, dann nahmen sie ihre Gespräche wieder auf.

»Die Hertha hat gegen Potsdam gewonnen. Es täte mich nicht wundern, wenn sie wieder Meister würden«, sagte einer der Jungen.

»Meister? Nur weil sie im letzten Jahr Glück hatten?«, sagte ein anderer und lachte.

»Die vier Jahre davor waren sie auch im Finale«, meinte nun ein dritter. »Da spricht man von Können und nicht von Glück.«

»Glück muss Schalke haben«, sagte der erste nun. »Sie haben ja fast schon südamerikanische Verhältnisse. Ich denke, sie werden in die Regionalliga verbannt.«

»Das glaube ich nicht. Auch wenn die meisten es nicht hören wollen – das Handgeld wird sich noch durchsetzen. Mein Vater ist davon überzeugt.«

»Ach Unfug, Dieter. Niemals werden wir Profiligen hier haben. Das ist doch auch unsportlich. Reiche Vereine kaufen den armen dann die guten Spieler weg.«

»Nein, ich glaube auch nicht, dass es dazu kommen wird«, sagte nun ein anderer.

Tante Gertrud nickte Fine zu. »Geh nicht verloren, und benimm dich. Bis nachher!« Dann ging sie zurück nach Hause.

Fine war froh, dass die Jungs sie ignorierten. Aber sie war erstaunt, dass es eben nur Jungs waren. Ging denn gar kein Mädchen auf die Oberschule? Die Kirchenglocke schlug halb. Tante Gertrud hatte doch gesagt, dass sie um halb losgehen mussten. Wieder wurde Fine unruhig, aber sie traute sich nicht, jemanden anzusprechen.

Plötzlich kam aus einer Nebenstraße ein ganzer Pulk weiterer Kinder, die eifrig miteinander plauderten. Es waren auch ein paar Mädchen dabei, stellte Fine erleichtert fest.

»Da seid ihr ja endlich«, sagte Kurt. »Wird auch Zeit.« Dann wies er auf ein Mädchen. »Erna, komm mal her. Die Sperling hat wieder Neue. Diese hier geht mit uns. Nimm sie unter deine Fittiche.«

Erna stöhnte auf, trat aber dann zu Fine. »Guten Morgen«, sagte sie. »In welche Klasse kommst du?«

»In die Quinta.«

»Dann bist du in meiner Klasse.« Erna musterte sie. »Siehst aber jünger aus.«

»Ich werde im Mai elf«, sagte Fine.

»Dann komm, ist ein langer Weg.«

Auch die beiden anderen Mädchen gesellten sich zu ihnen.

»Ich bin die Lotte.«

»Und ich bin Käthe.«

Lotte und Käthe waren schon in der Oberstufe, so wie einige der Jungs auch.

»Wo kommst du denn her? Und wie heißt du?«

»Fine. Ich komme aus Berlin.«

»Fine? Von Josephine?«

»Nein, es ist ein nordischer Name und bedeutet: die Feine.«

Die Mädchen kicherten. »So fein siehst du aber nicht aus mit deinem alten Mantel. Den hast du wohl von deiner Großmutter.«

Fine streckte das Kinn vor. »Er ist noch gut«, sagte sie. »Und hält warm. Mehr muss ein Mantel ja auch nicht können.«

Anerkennend nickte ihr Käthe zu. Den Rest des Weges schwieg Fine. Sie lauschte lieber den Gesprächen der anderen. Die Mädchen sprachen über Dinge aus der Gemeinde, mit denen Fine nichts anfangen konnte, und die Jungs hatten wohl nur ein Thema: Fußball. Gab es hier gar keine anderen Interessen, fragte sich Fine. Aber das würde sie sicherlich mit der Zeit noch herausfinden.

Erna hatte ein gutes Herz und nahm sich Fines an. Sie zeigte ihr die Schule und nahm sie mit zum Klassenzimmer. Der Lehrer schien leidlich nett zu sein, und Fine war froh, dass sie offensichtlich mit dem Stoff gut mithalten konnte. In Berlin waren sie schon weiter gewesen. Erna wartete auch nach dem Unterricht auf sie und zeigte ihr, wo sich die Gruppe traf, bevor sie sich auf den Heimweg machten.

Der Weg war tatsächlich weit, und es ging über einen Berg, aber Fine machte es nichts aus. Nur die Schuhe waren unbequem, und sie hatte sich eine Blase gelaufen. Doch Tante Gertrud stopfte die Schuhe nächsten Tag einfach mit Wolle statt mit Zeitungspapier aus, und von da an ging es.

Kapitel 17
Tabarz Sommer 1931

»Schneller!«, rief Kurt. »Du musst schneller laufen.«

Fine lief, so schnell sie konnte, schlug einen Haken und versteckte sich dann zwischen den Tannen. Sie keuchte, hielt sich dann aber die Hand vor den Mund, damit niemand sie hörte.

Hier unter den Bäumen war es schön schattig und kühl. Am heutigen Tag stand die Hitze wie eine Glocke über dem Berg, und die Luft schien zu flirren. Fine schloss die Augen und atmete tief ein, es roch würzig nach Tanne und feuchter Erde. Hinter ihr knackte es im Gebüsch. Fine duckte sich noch tiefer ins Gebüsch, unterdrückte ein Kichern.

Seit Ostern war sie jetzt in Tabarz. Es hatte eine Weile gedauert, bis sie sich an das andere Leben gewöhnt hatte, aber so langsam lebte sie sich ein. Berlin und ihre Mutter vermisste sie immer noch schmerzlich. Oft lag sie abends im Bett, spürte den Stein, der allerdings nicht mehr vor Wut glühte, sondern in Trauer erkaltet war.

Mutti, Mutti, Mutti, flehte sie oft wortlos, bitte hole uns zurück. Aber bisher schien es nicht möglich zu sein. Ulla schrieb ihnen allen jede Woche einen langen Brief, ein Teil war für sie alle gemeinsam, aber dann bekam auch noch jedes Mädchen eine eigene, private Seite. Fine durfte Beate ihre Seite vorlesen. Immer sonntagmorgens gab Tante Gertrud ihnen den Brief, so hatten sie Zeit, Ullas Worte in aller Ruhe zu lesen oder zu hören und darüber nachzudenken. Sie konnten sich in eine Ecke verkriechen und weinen oder grollen oder einfach nur die Zeilen noch mal und noch mal lesen.

An das Leben bei den Sperlings hatten sie sich inzwischen

einigermaßen gewöhnt. Es war anders als ihr Leben in Berlin. Doch inzwischen sah Fine auch die Vorteile. Der Tag war strikt geordnet, es gab eine Routine und tatsächlich bekam sie so Dinge besser hin. Aufstehen, waschen und Frühstück – so war das auch in Berlin gewesen. Wobei Ulla sie oft zu spät oder gar nicht geweckt hatte und sie sich weder gewaschen hatten noch ein ordentliches Frühstück bekamen. Überhaupt liebte Fine inzwischen die regelmäßigen Mahlzeiten. Das Essen war schlicht – nur sonntags gab es immer Braten, darauf bestand Onkel Hans –, aber ausreichend. In Tabarz war Fine noch nicht einmal hungrig und ohne Pausenbrot aus dem Haus gegangen. Und das Pausenbrot musste sie sich auch nicht selbst schmieren oder aus Resten in der Küche zusammensuchen.

Sie mussten ihre Sachen ordentlich halten, mussten aufräumen und auch beim Saubermachen helfen. Aber einmal in der Woche kam die Wäschefrau und machte die Wäsche. Sie hatten immer saubere Sachen im Schrank.

Jede von ihnen hatte Aufgaben im Haus, und Tante Gertrud achtete penibel darauf, dass sie sie auch erledigten. Taten sie das nicht, gab es Strafen. Meist waren das Hausarrest oder Sonderaufgaben im Haushalt. Es gab auch eine Rute, aber bisher hatte Tante Gertrud damit nur gedroht.

»Die ist für die Jungs«, hatte Ursi ihr zugeflüstert.

»Aber hier sind doch gar keine Jungs«, antwortete Fine verwirrt.

»Im Sommer schon, warte nur ab.«

Nun standen die Sommerferien kurz bevor, und Tante Gertrud war sehr beschäftigt. Nach Ostern, nachdem sie alle in die Schule gekommen waren, hatte Tante Gertrud an den Nachmittagen meist Zeit für die Mädchen gehabt. Sie hatte ihr Versprechen eingehalten, und mit viel Geduld brachte sie ihnen das Klavierspielen bei. Fine hatte sich mit Eifer auf den Unterricht gestürzt, aber dann feststellen müssen, dass sie nicht nach zwei Wochen schon so gut spielen konnte wie Ursi. Sie lernten erst einmal Tonleitern und die rechte und die linke Hand getrennt zu benutzen – das war nicht so einfach, wie es aussah. Dennoch übte Fine. Neli übte noch eifriger, wenn sie nicht mit ihren Puppen oder ihren neuen Freundinnen aus der Schule spielte. Auch Beate übte, eisern und fleißig. Sie war immer noch sehr verschlossen, weinte oft heimlich und aß wenig. Nur der Klavierunterricht machte ihr Spaß. Und tatsächlich hatte sie sich mit Ursi angefreundet. Die beiden verbrachten viel Zeit miteinander.

Doch jetzt, wo der Sommer da war, gab es im Garten viel zu tun, und auch das Haus schien auf den Kopf gestellt werden zu müssen. Die Wäschefrau kam plötzlich täglich. Aus den Schränken im Speicher wurden Decken und Kissen geholt und in der Sonne ausgeklopft, gelüftet, manchmal auch in der Waschküche über den heißen Dampf gehängt und dann wieder zum Trocknen und Lüften nach draußen gebracht.

Die Zimmer, die bisher verschlossen gewesen waren, wurden nun geöffnet, geputzt, die Böden gebohnert. Die Schränke wurden ausgewischt, die Fenster poliert.

Ein Gärtner kam einmal in der Woche und mähte die große Wiese. Er schüttete neuen Sand in den großen Sandkasten, überprüfte die Schaukeln und die Kletterstangen. Außerdem kümmerte er sich um den Gemüsegarten. Setzlinge hatte Tante Gertrud schon im Frühjahr im Souterrain vorgezogen – Gurken und Tomaten, Kohlpflanzen, Möhren und anderes. Das Kartoffelbeet hatten sie umgegraben und Kartoffeln gesetzt, sobald es einigermaßen frostfrei war.

Zweimal in der Woche mussten die Mädchen nun im Gemüsegarten Unkraut jäten und die Erde zwischen den Setzlingen vorsichtig lockern. Sie mussten aber aufpassen, dass sie wirklich nur Unkraut zogen und die zarten Gemüsepflanzen nicht verletzten. Das ein oder andere Mal passierte ihnen ein Malheur – sie rupften die Möhrchen raus statt des Gierschs, hackten die Kohlrabi unter. Dann war Tante Gertrud immer sehr erzürnt und gereizt. An diesen Abenden las sie keine Geschichte vor, was Fine sehr bedauerte.

Die Abende in Tabarz hatte sie zu schätzen begonnen. Meist sangen sie zusammen, machten ein wenig Musik, dann las Tante Gertrud ihnen Geschichten vor. Hin und wieder nahm sie sogar ›Das Grüne Haus‹ zur Hand, das Märchenbuch, das Paula, ihre Großmutter, geschrieben hatte. Oder sie ließ sie die Verse um Rumpumpel vortragen. Rumpumpel, das wurde Fine nun klar, damit war ihr Vati gemeint. Deshalb liebte sie die Gedichte noch mehr als zuvor. Und sie mochte die Atmosphäre der Abende im Musikzimmer. Doch jetzt wurden die Tage länger, und sie waren öfter draußen, statt im Musikzimmer zu sitzen. Doch an den Sonntagabenden gingen sie immer nach dem Essen ins Musikzimmer, und jedes Mädchen durfte sich ein Lied wünschen, was sie dann gemeinsam sangen.

Am Anfang hatte sich Fine die ›Internationale‹ wünschen wollen, sich aber nicht getraut. Inzwischen fand sie andere Lieder viel schöner. Die Politik war hier in weite Ferne gerückt.

Vier Monate waren sie nun hier, aber bisher hatten weder Vati noch Mutti sie besucht. Nur Großvater Stolte war zweimal da gewesen. Zu Pfingsten hatte er zwei Nächte im Haus der Sperlings verbracht, danach war er einmal auf der Durchreise nach Italien gewesen und hatte nur einen kurzen Halt eingelegt. Auf der Rückfahrt, das hatte er versprochen, würde er wieder vorbeischauen.

Wieder knackte es im Gebüsch. Fine sah sich vorsichtig um. Am Anfang war sie immer mit den Mädchen zur Schule gegangen. Doch dann hatte sie mitbekommen, dass die Jungs vor allem auf dem Rückweg oft verrückte Spiele spielten. Verstecken oder Wettläufe, Hindernisparcours, die sie sich selbst ausgedacht hatten. Sie hatten immer eine Menge Spaß dabei, und irgendwann hatte Fine einfach mitgespielt. Zuerst hatte die Jungs sie ausgelacht, trauten ihr nicht zu, zusätzlich zu dem langen Weg auch noch zu rennen und auf Bäume zu klettern, aber bald schon buhlten sie darum, Fine in ihrer Mannschaft zu haben.

Fine war schnell, und sie war ausdauernd. Was sie an Kraft nicht hatte, machte sie mit Schlauheit wett, und inzwischen hatte sie das Gefühl, dass fast alle Jungs sie mochten. Manchmal fragten sie Fine sogar, ob sie nicht nachmittags noch zum Spielen kommen wolle. Spielen, das bedeutete wieder Rennen und Klettern, Ballspielen oder andere Sachen. Fine fragte dann Tante Gertrud, flunkerte ein wenig. Sie sagte dann nur, dass Kinder aus der Schule sie gefragt hätten. Tante Gertrud ging davon aus, dass es die Mädchen waren, sie hinterfragte es gar nicht und ließ Fine ziehen.

Nur die zerrissenen Strümpfe, die Löcher in den Röcken und die Harzflecken auf den Blusen machten Tante Gertrud stutzig. »Du musst sorgfältiger mit deiner Kleidung umgehen. Ich weiß gar nicht, ob Käthe und Else auch so wild spielen, es würde mich wundern. Ich werde ihre Mütter fragen.«

Zum Glück vergaß sie die Fragen dann doch meist. Fine legte sich ein paar Sachen ihrer alten Kleidung in den Schuppen und zog sie an, bevor sie sich mit den Jungs im Wald traf. Auf dem Weg nach Hause wechselte sie dann wieder in ihre guten Sachen, und so fiel es nicht mehr auf.

»Hier bist du also«, sagte Heinz-Ludwig und grinste. Sie hatte ihn nicht kommen hören, er war plötzlich neben ihr aufgetaucht. »Du bist ganz schön schnell und ganz schön clever.«

»Danke für das Kompliment.« Fine lächelte.

»Wo hast du so laufen gelernt? Und dich zu verstecken?«

»Naturtalent«, sagte Fine.

»Nein, im Ernst. Du kommst doch aus der Großstadt, da gibt es doch keinen Wald, so wie hier.« Aus seiner Stimme klang echte Anerkennung.

»Auch in der Stadt kann man rennen und toben. Wir haben in

der Nähe des Grunewalds gewohnt – das ist zwar eine andere Art Wald als hier … aber auch da gibt es Bäume. Und hinter unserem Haus war ein großer Sportplatz, da sind wir nachmittags oft hin, bevor die Mannschaft zum Training kam.«

»Welche Mannschaft?«

»Na Hertha, welche denn sonst?«, fragte Fine verdutzt.

»Hertha BSC? Du hast die Mannschaft von Hertha gesehen?«

»Natürlich. Ihr Trainingsplatz war direkt hinter dem Haus, in dem wir gewohnt haben.« Fine verstand gar nicht, warum Heinz sie so ungläubig anstarrte. Bisher hatten die Jungs Fine wenig nach ihrer Herkunft und nach ihrem früheren Leben gefragt.

Nun stand Heinz-Ludwig auf. »Hey!«, rief er laut. »Hey, kommt mal alle her!«

»Bist du blöd?«, sagte Fine entsetzt und zog an seinem Hosenbein. »Du verrätst uns ja. Dabei haben wir fast gewonnen.«

»Gewonnen? Es ist doch nur ein Spiel.« Er schüttelte den Kopf. »Steh auf. Warum hast du das nicht vorher gesagt?«

»Was?«, fragte Fine immer noch ungläubig.

»Dass du … ich meine, hast du mal die Spieler gesehen? Ich meine … in der Nähe?«

»Die Spieler? Die von Hertha? Klar doch. Sie haben ja hinter unserem Haus trainiert.«

»Den Sobek? Den Lehmann? Du hast sie gesehen? Aus der Nähe?« Heinz sah sie an, als ob sie plötzlich leuchtete.

»Ja. Wir haben mit ihnen gesprochen. Manchmal durften wir Balljungen sein. Mein Cousin Tim war ganz versessen darauf.«

»Hey!«, rief Heinz-Ludwig wieder. »Wo seid ihr?« Er ging in Richtung Lichtung.

Kurt kam aus einem anderen Gebüsch. »Was stimmt nicht mit dir?«, fragte er erbost. »Wir haben so gut wie gewonnen, und plötzlich brichst du wie der Platzhirsch aus dem Unterholz und röhrst herum. Noch alles gut dort oben in deiner Birne?« Erbost schlug er Heinz vor die Brust.

»Weißt du eigentlich, woher die Kleine kommt?«

»Was?« Kurt sah ihn an, als spräche er in einer fremden Sprache.

»Na, die hier, die Fine. Die ist aus Berlin.«

»Ja und? Sie könnte auch aus Posemuckel sein, was interessiert das mich denn? Paul und Egon lachen sich gerade tot über uns. Menschenskind, bist du von allen guten Geistern verlassen?«

»Hahaha«, rief wie bestellt Paul. Er war in der Obersekunda und ein ganzer Kerl. »Da seid ihr ja. Ihr gebt auf? Das habe ich ja noch nie erlebt.«

»Das geht ganz auf das Konto von Heinz. Die Sonne muss ihm zugesetzt haben«, sagte Kurt und wandte sich kopfschüttelnd ab.

»Oder das Mädchen hat ihm den Kopf verdreht. Aber ... an der ist ja gar nichts dran.«

»Anders als an Käthe«, sagte Paul und zwinkerte Kurt zu. »Auf die hast du ja beide Augen und die Hühneraugen deiner Oma geworfen.«

»Nicht frech werden«, sagte Kurt nun erbost.

»Nun hört doch mal zu«, sagte Heinz wieder. »Wo ist sie denn jetzt?« Er sah sich suchend um. »Wo ist Fine?«

»Na ja, wo ist sie denn? Das ist doch unser Spiel«, höhnte Egon. »Ihr hattet fast gewonnen. Die Zeit war so gut wie abgelaufen, und dann brüllst du durch den Wald. Hast du dich in Brennnesseln gesetzt oder was?«

»Nein, die Fine – die kann euch was erzählen«, sagte Heinz aufgeregt.

»Ach ja? Hast du ihr etwas gezeigt, was ihr Angst macht?« Paul lachte.

Fine hörte die Worte nur noch schwach, sie hatte kurz mit angesehen, wie Heinz und Kurt sich gestritten hatten. Kurt hatte Heinz vor die Brust gehauen, und sie war sich sicher gewesen, dass sich gleich alle prügeln würden. Also hatte sie beschlossen, nach Hause zurückzugehen. Was war nur in den Heinz gefahren?, fragte sie sich verwirrt. Und was würde das für sie bedeuten? Würden sie sie nun ausschließen aus ihren Spielen? Nur weil sie aus Berlin war? Denn damit hatte das Ganze sicherlich zu tun. Fine seufzte auf, schlich sich zum Schuppen und zog sich um. Ihre ›Spielkleidung‹ war inzwischen ziemlich verdreckt. Irgendwie musste sie die Sachen unter die nächste Wäsche schummeln und darauf hoffen, dass die Waschfrau nichts sagte.

Am nächsten Morgen ging sie mit gemischten Gefühlen zum Treffpunkt. Würden die anderen mit ihr reden? Oder würde sie nun ausgegrenzt werden? Sie hatte sich den ganzen Abend den Kopf darüber zerbrochen, was so schlimm an Berlin sein konnte, dass Heinz das Spiel abgebrochen hatte. Sie verstand es nicht.

Zum Glück, dachte sie nun, war dies die letzte Schulwoche. Danach begannen die Ferien. Das Haus der Sperlings würde sich füllen, gut zehn Kinder waren für die Ferien angemeldet. Wie das wohl werden würde, fragte sich Fine. Aber ganz sicher hatte Tante Gertrud alle schnell in ihrem strengen Griff.

Sie bog um die Ecke, und da warteten die Jungs schon, alle drehten sich um und sahen ihr entgegen. Kurz blieb Fine stehen, dann gab sie sich einen Ruck. Sie würden ihr ja bestimmt nicht den Kopf abreißen.

»Wo warst du denn gestern?«, fragte Kurt.

»Wir haben dich gesucht«, sagte Edgar.

»Du hast dich einfach weggeschlichen«, meinte Heinz-Ludwig. »Warum?«

Fine biss sich auf die Lippen. »Ihr habt euch doch gestritten.«

Kurt lachte auf. »Das war doch nur ein kleines Geplänkel unter Männern. Aber nun sag, stimmt das, was Heinz-Ludwig erzählt hat? Du hast am Trainingsgelände der Hertha gewohnt?«

»Ja, im Grunewald«, sagte Fine und schüttelte den Kopf. Was hatte das denn mit dem Streit zu tun?

»Und du hast sie gesehen?«

»Wen?« Fine war immer noch irritiert.

»Na, die Spieler. Sobek, Lehmann, Müller …«

»Ja, sie trainieren da ja. Mein Cousin Tim ist ganz verrückt nach der Mannschaft, deshalb musste ich oft mit ihm mit rüber. Wir sollten die Bälle holen, die sie verschossen hatten und so. Manchmal haben wir ihnen auch Wasser gebracht.«

Die Jungs schwiegen und sahen Fine ehrfürchtig an.

»Du hast … mit ihnen geredet …«, hauchte Kurt dann. »Hast ihnen Wasser gegeben …«

»Na klar, da ist doch nichts bei. Es sind doch nur Fußballspieler.«

»Nur Fußballspieler … hahaha. Mann, Fine, das sind doch DIE Fußballspieler. Fünfmal waren sie jetzt schon im Endspiel der Meisterschaft, so oft wie keine andere Mannschaft zuvor. Und wenn sie so weitermachen, werden sie dieses Jahr auch ein sechstes Mal in die Meisterschaft gehen.« Edgar nickte.

»Bisher haben sie aber nur einmal gewonnen«, sagte Dieter. »Wer weiß, ob sie es noch mal schaffen. Ich glaube ja eher an Kiel.«

Den ganzen Weg über löcherten sie Fine mit Fragen über die Fußballspieler und diskutierten die einzelnen Vereine. Von Fußball hatte Fine nur wenig Ahnung, auch wenn Tim die ganze Zeit davon geredet hatte. Aber sie war froh, dass sich ihre Befürchtungen nicht bewahrheitet hatten und die Jungs nicht irgendwie sauer auf sie waren.

Eigentlich, dachte sie verblüfft, fühle ich mich hier ganz wohl. Wer hätte das gedacht?

Die Schule endete, und die Ferienkinder trudelten nach und nach ein. Einige kamen schon seit Jahren im Sommer zu den Sperlings und kannten Haus und Sitten. Andere waren das erste Mal hier. Die Kinder waren zwischen fünf und dreizehn Jahren alt.

Die Schlafsäle füllten sich. Die Jungs schliefen im ersten Stock in dem Zimmer neben dem Schlafzimmer der Sperlings, damit

Tante Gertrud Augen und Ohren auf sie halten konnte. Die Mädchen bekamen das zweite Zimmer oben unter dem Dach.

Es herrschte hektische Betriebsamkeit, Koffer wurden nach oben geschleppt und ausgepackt, Füße trappelten die Treppe hinauf und hinunter. Fragen wurden gerufen, freudige Begrüßungen hallten durch das Haus, und auch manche Abschiedsträne floss.

In der zweiten Woche hielt ein großes und schickes Auto vor dem Haus.

»Das ist Fabrikant Meyer«, erzählte Ursi, die das ganze Prozedere ja schon kannte. »Er bringt seit Jahren seine Tochter Sibylle zur Sommerfrische hierher. Wegen der Luft, heißt es.«

»Und wie ist sie so?« Fine zog die Gardine ein Stück zur Seite.

»Erst ist sie anstrengend, aber nach ein paar Tagen gibt sich das. Tante Gertrud lässt ihr so einiges durchgehen, schließlich bezahlt der Vater gut.«

Für Sibylle trug Greta das Gepäck nach oben.

»Ich möchte wieder in dem vorderen Zimmer schlafen«, hörten sie Sibylle sagen.

»In diesem Jahr geht das nicht«, erklärte Tante Gertrud. »Ich habe Dauergäste, die dort wohnen. Drei Schwestern.«

»Aber ... ich will nicht in den Schlafsaal«, sagte Sibylle und klang entsetzt. »Papa, ich muss das doch nicht, oder?«

»Frau Doktor Sperling«, sagte der Mann, er hatte eine tiefe, angenehme Stimme – aber Fine mochte ihn trotzdem nicht. »Ich bin mir sicher, Sie finden eine adäquate Lösung für meine Tochter.«

»Ich denke nicht, dass es ein Problem ist, wenn Sibylle in dem anderen Zimmer schläft.«

»Doch, da stehen acht Betten. Es ist heiß und stickig.«

»Heiß und stickig ist es bei uns auch«, flüsterte Fine Ursi zu. Sie hielten sich hinter der Portiere zum Musikzimmer versteckt und lauschten.

»Gut«, sagte Tante Gertrud fröhlich. »Dann kannst du die Kammer in unserem Stockwerk haben. Ganz für dich allein.«

»Danke«, sagte Sibylle zufrieden.

Ursi prustete los, hielt sich schnell die Hand vor den Mund und lief hinten raus in den Garten. Fine folgte ihr.

»Was ist so lustig?«

»Das ist die Besenkammer. Die wird im Sommer oft ausgeräumt, und dann kommt ein Bett da rein. Es gibt nur ein kleines Fensterchen nach Norden. Heiß ist es dort nicht, aber stickig ganz bestimmt. Eigentlich ist es das ›Notfallzimmer‹, falls mal jemand krank wird.« Sie zog die Nase kraus. »Doch das müsste Sibylle auch wissen. Sie müsste die Kammer kennen.«

»Dann hat sie das absichtlich gemacht«, sagte Fine. »Aber warum?«

Ursi zuckte mit den Schultern. »Es gibt halt seltsame Menschen.« Den Spruch hatte sie von Onkel Hans, und Fine musste lachen.

Onkel Hans hatte sich in den ersten Tagen der Ferien verzogen und war mit einem Freund wandern gegangen, das machte er wohl immer so. Er mochte es weder laut noch chaotisch. Tante Gertrud war froh darum, vertraute sie Fine an, denn so konnte sie alles in ruhige Bahnen leiten, und wenn er wieder kam, hatte sich das Leben schon eingespielt.

Plötzlich hörten sie ein begeistertes Johlen vor dem Haus. Neugierig gingen sie nach vorn. Dort stand Herr Meyer lächelnd vor seinem Wagen.

»Wie viele Kinder haben wir denn, Frau Doktor Sperling?«

»Es sind die vier Dauergäste, und mit Sybille haben wir noch sieben weitere Kinder hier im Moment«, sagte Tante Gertrud.

»Elf also. Nun gut, das bekommen wir sicherlich hin. Stellt euch nach dem Alter gestaffelt auf. Wer ist der Älteste?«, fragte Herr Meyer.

Tante Gertrud sah sich um. »Jürgen. Er ist dreizehn«, sagte sie dann und zeigte auf einen schlaksigen Jungen. »Er ist der Älteste. Dann komm schon Sibylle, sie ist ja jetzt zwölf, und Henriette, die ist auch zwölf. Fine ist elf, Heiner ebenso.« Nach und nach rief sie die Kinder auf. Sie stellten sich alle in einer Reihe neben das Auto, wartete gespannt darauf, was nun passierte.

»Gut«, sagte Herr Meyer zufrieden. »Der große Junge und meine Tochter kommen nach vorn, ihr könnt euch noch eines der kleinen Mädchen mitnehmen.«

Sibylle zeigte auf Beate.

»Alle anderen steigen hinten ein. Ihr benehmt euch ordentlich, es gibt keinen Streit, verstanden?«

»Und dann?«, fragte Fine. »Was machen wir dann?«

Die Kinder, die schon öfter hier gewesen waren, fingen an zu lachen, und Fine spürte das Blut in ihre Wangen schießen.

»Wie heißt du, mein Kind?«, fragte Herr Meyer.

»Fine. Fine Dehmel.«

»Ach, wie der große Dichter?«

»Das war unser Großvater.« Fine streckte das Kinn vor.

»Gut, Fine Dehmel. Ich lade euch alle in Waltershausen auf ein Eis ein. Und jetzt husch, husch in den Wagen.«

Fine zögerte, aber dann stieg sie mit den anderen ein. Die erfahrenen Kinder, die schon öfter hier gewesen waren, setzten sich hin, nahmen eines, der kleineren auf den Schoß, rückten zusammen. Alle schienen sich über den Ausflug zu freuen.

»Letztes Jahr bin ich zu spät angekommen«, sagte Erika, eine verhuschte Rothaarige mit mehr Sommersprossen, als die Milchstraße Sterne hatte.

»Zu spät?«, fraget Fine nach. »Hat er nicht gewartet?«

Erika lachte. »Ich bin eine Woche später gekommen. Er macht diese Fahrt jedes Jahr, immer am Tag, wenn er Sybille bringt. Alle freuen sich darauf. Und diesmal bin ich dabei.« Sie sah Fine an. »Du bist einer der neuen Dauergäste?«

Fine nickte.

»Du hast es gut.« Erika biss sich auf die Lippen. »ich würde auch gerne dauerhaft hier sein.«

Würdest du nicht, wollte Fine gerade sagen, aber dann wurde ihr klar, dass sie ja nichts von Erikas Geschichte wusste. Und eigentlich war es in Tabarz gar nicht so verkehrt – wenn da nicht die große Sehnsucht nach Mutti gewesen wäre.

Mit viel Hallodri fuhr Herr Meyer sie nach Waltershausen. Ständig drückte er auf die Hupe, nahm die Kurven schnittig, so dass die Kinder gegeneinandergeschleudert wurden, was sie mit Lachen quittierten. Immer wieder versuchte Fine einen Blick auf die Bank vorn zu erhaschen. Dort saß Beate auf Sibylles Schoß. Hatte Beate Angst? Ging es ihr gut?

Sie hielten auf dem Marktplatz und alle stiegen aus, streckten sich, lachten. Fine eilte zu Beate. »Geht es dir gut?«

»Darf ich auf der Rückfahrt bei dir sitzen?«, fragte Beate, die bleich war.

»Na sicher.« Fine nahm ihre Schwester an der Hand.

»Es ist doch viel zu früh für ein Eis«, sagte Heiner. »Und jetzt verpassen wir das Mittagessen.« Er senkte den Kopf. »Dabei habe ich so einen Hunger.«

Herr Meyer sah sich erstaunt um. »Ich habe gar nicht auf die Zeit geachtet. Habt ihr Hunger?«

Die erfahrenen Kinder nickten, die anderen schlossen sich ihnen an.

Dies ist ein Schauspiel, dachte Fine und wusste nicht, ob sie entsetzt oder belustigt sein soll. »Ist das jedes Jahr so?«, flüsterte sie Erika zu.

»Ja, ich glaube schon. Ich bin erst das zweite Mal da, und letztes Jahr war ich eben eine Woche zu spät. Aber Henny hat mir davon erzählt, sie kommt schon seit Jahren.«

»Er hat schon Würste vorbestellt. Wir bekommen Würste und Kartoffelsalat, danach das versprochene Eis.«

»Nett.«

»Er will, dass wir nett zu Sybille sind.« Erika zuckte mit den Schultern.

Es war ein schöner Tag. Nach dem Eis fuhr Herr Meyer noch mit ihnen in die Berge und dann schließlich zurück nach Tabarz.

»Sie gingen ins Esszimmer, wo sich nun nach und nach alle versammelten.

Tante Gertrud stand am Kopfende des Tisches, sah in die Runde. »Nächste Woche kommen noch zwei weitere Mädchen und ein Junge. Dann sind wir erst einmal vollständig. Manche von euch waren schon hier, einige sind das erste Mal zu Gast. Wir haben nur wenige Regeln, aber an die müsst ihr euch halten. Frühstück gibt es um halb acht. Nicht ab halb acht – Mahlzeiten haben ihre festen Zeiten, und die werden eingehalten. Wer zu spät kommt, hat Pech – dann gibt es nichts mehr. Mittagessen ist um eins, und Abendbrot gibt es um sechs. Am Tisch wird nicht geredet.« Sie sah streng in die Runde. »Morgens macht ihr eure Betten. Jeder von euch ist in eine Gruppe eingeteilt – immer zu zweit oder zu dritt. Jede Gruppe hat Aufgaben – sei es Unkraut jäten oder den Hof kehren oder andere Dinge. All das steht auf der Tafel dort drüben.«

Die neuen drehten sich um, schauten zur Tafel. Die Erfahrenen taten ganz unbeteiligt. Fine hatte sich umgedreht. Die Tafel war neu für sie.

»Den Nachmittag habt ihr zu eurer Verfügung. Wer den Hof verlässt, muss sich bei mir abmelden. Nach dem Abendessen setzen wir uns gemeinsam bei gutem Wetter in den Hof, bei schlechtem hier ins Esszimmer. Dort ist ein Regal mit Würfel- und Brettspielen. Die dürft ihr jederzeit ausleihen, aber ihr müsst fragen und ordentlich damit umgehen. Um neun ist das Licht aus. Für die Jüngeren schon früher, aber um neun ist hier endgültig Feierabend.« Sie sah in die Runde. »Noch Fragen?«

»Dürfen wir wieder schwimmen gehen?«, fragte Jürgen. »In der Leuna oder im Bach?«

»Nein«, sagte Tante Gertrud, es klang endgültig.

»Letztes Jahr durften wir aber«, empörte sich Jürgen, und seine Stimme kiekste.

»Die Großen dürfen, aber nur mit meiner besonderen Erlaubnis. Kinder unter elf werden nicht mitgenommen. Und weiter diskutiere ich das nicht.« Sie sah ihn an. »Du warst letztes Jahr doch hier. Also frag nicht so dumm.«

»Dürfen wir im Kurpark Tennis spielen gehen?«, fragte Sibylle. Tante Gertrud zog die Luft scharf ein. »Du darfst Tennis spielen gehen, Sibylle. Dein Vater hat dafür bezahlt. Das weißt du ganz genau. Und du weißt auch, dass niemand sonst sich das leisten kann.« Sie sah Sibylle an. »Zu protzen ist keine Tugend, es ist nichts, was ich unterstütze, und auch das solltest du wissen.« Tante Gertrud räusperte sich. »Allerdings kannst du dir überlegen, ob du nicht eine deiner Mitbewohnerinnen mitnimmst. Dann halbiert sich deine Tenniszeit, aber du ermöglichst jemand anderem auch das Vergnügen.« Sie lächelte Sibylle an. Fine kannte diese Art des finsteren Lächelns der Tante.

»Gibt es sonst noch Fragen?«

Keiner meldete sich, sie waren alle von Tante Gertruds strenger Art eingeschüchtert, und vielleicht war das auch gut so, dachte Fine. Beate stand neben ihr, hielt ihre Hand, drückte sie.

»Fine?«, fragte Beate, als sie sich an den Tisch setzten. Der Tisch, hatte Fine mit Erstaunen gelernt, hatte mehrere Einlegeplatten. Mit einer Kurbel konnte man das Gestell verlängern und die Platten einlegen, ihn somit vergrößern. Vorher waren sie mit Tante und Onkel zu sechst gewesen, jetzt waren sie zwölf – da Onkel Hans noch nicht wieder da war. Aber auch er und die drei Nachzügler in der nächste Woche würden an dem verlängerten Tisch gut Platz finden.

»Fine«, sagte Beate nun wieder. »Kommt Mutti uns bald besuchen?« Sie war seit dem Ausflug noch stiller geworden.

Fine zuckte zusammen. »Ich weiß nicht«, stotterte sie.

»Mutti wollte uns doch besuchen kommen. Aber sie war noch nie hier.«

»Sie schreibt uns doch jede Woche ...«

»Aber ich will sie sehen. Ich will sie anfassen.« Tränen liefen still über Beates Wangen.

»Ja«, sagte Fine leise. »Das will ich auch. So sehr, sehr, sehr. Aber von Berlin bis hierher ist es weit, und es kostet viel Geld ...«

»Ist es Mutti das Geld nicht wert? Ich vermisse sie so.«

Fine nahm ihre Schwester in die Arme, drückte sie an sich. »Ich vermisse Mutti auch. Und Mutti vermisst uns. Auch für sie ist es schrecklich, dass wir weg sind, das schreibt sie in jedem ihrer Briefe. Und, Süße«, sagte Fine und rückte ein wenig ab von ihrer Schwester, sah sie an, »vielleicht kommt sie deshalb nicht. Weil sie es nicht erträgt.«

»Das verstehe ich nicht.«

»Weißt du, sie wollte nicht, dass wir hierherkommen. Sie wollte, dass wir bei ihr bleiben. Für immer und immer und immer. Aber das ging nicht. Denn sie wollte auch, dass es uns gut geht.« Fine atmete ein, versuchte, die richtigen Worte zu finden. »Und sie konnte nicht ... sie konnte uns kein gutes Leben bieten. Nur deshalb, nur weil sie uns so sehr liebt, hat sie uns gehen lassen. Hierher.« Fine fasste die Schultern ihrer Schwester an, musterte sie. »Verstehst du?«

Beate nickte unsicher.

»Kannst du dich noch an die Zeit erinnern, bevor wir hier waren?«

Wieder nickte Beate. »Das war ... schlimm.«

»Was war denn schlimm?«

»Es war ... kalt, und wir hatten nur ganz wenig zu essen, und irgendwie war alles schlimm ... oder nicht?«

Jetzt nickte Fine. »Ja, wir hatten nichts. Kein Geld und haben gehungert.« Wieder sah sie ihrer Schwester in die Augen. »Und hier? Wie findest du es hier? Sei ehrlich.«

Beate seufzte auf. »Hier werde ich immer satt, auch wenn ich manche Sachen nicht mag. Wir haben unser Zimmer. Es ist anders als in Berlin, aber ich mag die Schule. Und Ursi. Eigentlich mag ich auch Tante Gertrud. Sie ist streng, aber sie ist immer da. Sie ist da, wenn ich zur Schule gehe, und sie ist auch da, wenn ich nach Hause komme. Ich mag … unser Zimmer und das Musikzimmer. Ich mag es, dass wir jeden Tag das Gleiche tun.« Sie kaute auf der Innenseite ihrer Wange. »Hier weiß ich immer, was passieren wird – meistens. Und ich bin nie alleine. Aber Mutti fehlt mir dennoch. Kann Mutti nicht hier wohnen?« Voller Erwartungen sah Beate Fine an.

»Das wäre schön. Aber Mutti würde sich hier nicht wohlfühlen.« Fine schluckte. Schon eine ganze Weile hatte sie nicht mehr an die Pioniere gedacht. Der erste Mai war in Tabarz ein ganz gewöhnlicher Tag gewesen. Es hatte keine Demonstrationen gegeben, keine Proteste oder Versammlungen. All das politische Leben, das in Berlin eine große Rolle gespielt hatte, gab es hier nicht. Und eigentlich war Fine ganz froh darüber. Sie war keine Pionierin mehr, sie war einfach nur ein Kind.

»Aber Mutti wollte uns besuchen«, sagte Beate nun wieder. »Und ich will sie so gerne sehen.«

»Ich auch, du Liebes. Ich auch. Aber schau, alle Zimmer sind gerade belegt. Und es kommen noch mehr Kinder. Da hätte Mutti ja gar kein Bett. Bestimmt kommt sie nach den Ferien.«

»Hoffentlich. Schreibst du ihr, dass ich mir das so sehr wünsche? Schreibst du ihr, dass ich zurück zu ihr will, Fine? Ja?«

»Ja!« Fine nickte. »Das werde ich. Versprochen.« Hinter ihrem Rücken kreuzte sie schnell ihre Finger.

Beate schien jedenfalls ein wenig beruhigt zu sein und ließ sich von Ursi mitnehmen in den Garten. Dort herrschte ein emsiges Treiben. Die Kinder wollten alle Spielgeräte ausprobieren, Bekanntschaften wurden geknüpft oder erneuert.

Fine blieb am Rand stehen. Sosehr sie es auch liebte, zu toben, heute hatte sie dazu keine Lust.

Vor dem Haus heulte der Motor des Autos auf, Fine drehte sich um und sah Sibylle am Wagenfenster hängen und bittere Tränen weinen. Doch ihr Vater winkte ihr nur fröhlich zu und fuhr los. Sibylle wischte sich die vorgetäuschten Tränen schnell ab, atmete einmal tief durch und kam dann langsam auf Fine zu.

Sie sah verheult aus, aber um ihre Mundwinkel lag ein Lächeln.

»Du bist hier Dauergast, oder?«

Fine nickte nur.

»Und wie ist das so?«

»Wie soll es schon sein?«

»Frau Doktor Sperling ist ja sehr streng. Das weiß ich, ich komme schließlich schon ein paar Jahre jeden Sommer hierher.«

»Bist du sehr traurig darüber?«, wollte Fine wissen.

»Traurig? Wie kommst du darauf?«

»Du hast doch gerade noch geweint.«

Überrascht sah Sibylle sie an, dann lachte sie. »Aber das gehört doch mit zu der Vorstellung. Mein Vater möchte glauben, dass es mir schwerfällt, ihn gehen zu lassen. Ich tue ihm den Gefallen.«

»Aber wärst du nicht lieber zu Hause bei deinen Eltern?«

»Meine Mutter ... ist oft sehr melancholisch. Und mein Vater ist immerzu in der Firma. Im Sommer fahren sie nach Italien in einen Kurort, damit Mutter sich erholen kann. Ich war einmal mit – dort ist es viel langweiliger als hier.« Sibylle grinste.

»Warum wolltest du unbedingt die Besenkammer als Zimmer haben? Du weißt doch sicher, wie klein das Zimmerchen ist.«

»Natürlich weiß ich das.« Sybille zog die Stirn kraus. »Es ist ... ich weiß nicht, ob ich dir das erklären kann ... mein Vater, er erwartet immer, dass wir ganz besonders behandelt werden. Weil er Geld hat und Einfluss, darauf legt er viel Wert.« Sie seufzte. »Und ich weiß, dass er sich wünscht, dass ich in seine Fußstapfen trete, dass ich etwas Besonderes sein soll. Deshalb mache ich manchmal so Sachen.« Sie senkte den Kopf. »Aber eigentlich wollte ich die Kammer auch wirklich haben.« Sie räusperte sich.

»Es ist klein dort und sicherlich auch stickig. Aber ich bin dort dann alleine, für mich.«

»Das bist du vermutlich gewohnt. Ich teile mir schon immer das Zimmer mit meinen Schwestern«, sagte Fine.

»Darum geht es nicht …« Sybille zuckte mit den Schultern. »Weißt du, ich lese unglaublich gerne. Das ist meine allergrößte Leidenschaft. Und in der Kammer bin ich ganz ungestört.«

»Ich liebe es auch, zu lesen«, sagte Fine und sah Sibylle plötzlich mit ganz anderen Augen. »Hast du Bücher dabei?«

»Natürlich. Die Bibliothek hier ist riesig, aber wir dürfen ja nicht an alle Bücher und schon gar nicht ohne Tantes Erlaubnis.«

»Mir gehören nur ein paar Bücher, aber ich darf mir meist nehmen, was ich möchte. Vielleicht weil Tante Gertrud weiß, dass ich Bücher liebe und sorgfältig mit ihnen umgehe.«

»Das ist ja klasse. Welche Bücher hast du denn?«

Sie setzten sich auf die Bank und unterhielten sich über ihre Lieblingsbücher, die Bücher, die sie unbedingt noch lesen wollten, und die, die sie nicht mochten.

Es wurde ein schöner Sommer mit nur wenigen Regentagen. Bei schlechtem Wetter versammelten sie sich im Esszimmer oder auf der Veranda, bastelten mit allerlei Dingen aus der Natur oder spielten Brett- und Schreibspiele. Abends wurde zusammen gesungen, und danach spielten sie Scharade, oder Tante Gertrud gab ihnen Rätsel auf.

Die Tage vergingen viel zu schnell, und dann stand Sibylles Vater mit seinem Auto wieder vor der Tür. Diesmal war Sibylles Trauer echt – sie wäre gerne noch geblieben. Sie gab Fine ihre Adresse, und die beiden versprachen, sich zu schreiben.

Nach und nach leerte sich das Haus wieder. Sie räumten die Zimmer aus, die Zugehfrau kam an zwei zusätzlichen Tagen, um alles gründlich zu putzen. Natürlich mussten sie helfen, aber das machten sie gerne.

So schön und aufregend und lustig das Sommerlager gewesen war, jetzt im Spätsommer, kurz bevor die Schule wieder anfing, waren alle vier Mädchen doch froh, dass wieder Ruhe einkehrte.

»Hast du Mutti geschrieben?«, fragte Beate, nachdem der allerletzte Feriengast abgereist war. »Kommt sie her? Kommt sie uns besuchen?« Beate schluckte, ihre Augen waren feucht. Fine wusste, was sie eigentlich wissen wollte: ob Mutti sie wieder zu sich holen würde.

»Ja, ich habe ihr geschrieben«, sagte Fine und nahm die kleine Schwester in die Arme. »Aber sie hat mir darauf noch nicht geantwortet.«

»Ich vermisse sie so, so sehr«, flüsterte Beate Fine ins Ohr und schluchzte.

»Ja, ich auch. Ich werde ihr noch einmal schreiben. Versprochen.«

An diesem Abend – Beate, Ursi und Neli waren schon zu Bett gegangen – saß Fine nachdenklich im Esszimmer. Eigentlich hatte sie Sibylle schreiben wollen, doch sie fand keine Worte.

Tante Gertrud hatte Onkel Hans noch einen Tee gebracht, setzte sich jetzt zu Fine. »Bist du froh, dass alle wieder weg sind, oder vermisst du sie? Du hast dich ja mit Sibylle angefreundet.«

Fine neigte den Kopf zur Seite. »Es ist schön, dass es wieder ein wenig ruhiger ist. Aber es war auch ein schöner Sommer. Es war nett mit allen ... mit den meisten zumindest.« Sie grinste schief.

Tante Gertrud lachte leise auf. »Ja, so ist das. Es gibt immer ein oder zwei Querulanten und Störenfriede, aber die Gruppe fängt das meistens gut ab.«

Fine nickt, senkte den Kopf. »Aber es ist schon ein seltsames Gefühl, dass sie nun alle wieder zu ihren Familien nach Hause fahren und wir hierbleiben müssen.«

»Gefällt es euch hier denn nicht?«, fragte Tante Gertrud leise.

»Doch«, sagte Fine. »Aber ... es ist nicht unser Zuhause. Wir vermissen Mutti. Beate besonders. Sie bittet mich immer, Mutti zu schreiben, dass sie wieder abgeholt werden möchte.«

Tante Gertrud seufzte. »Ja, ich weiß. Das Beatchen leidet sehr. Mehr als Ursi, als sie damals kam.«

»Es ist gut, dass Ursi hier ist. Die beiden Kleinen verstehen sich gut, das hilft Beate.«

Wieder seufzte Tante Gertrud laut auf. »Tja. Was machen wir denn da?« Sie schwieg für einen Moment, sah dann Fine an. »Weißt du, es ist nämlich so, dass Ursis Mutter geheiratet hat. Ich habe das noch nicht erzählt, weil ich erst den Sommertrubel hinter uns lassen wollte. Sie hat geheiratet und ... sie kommt nächste Woche und holt Ursi ab.«

»Was?« Fine spürte etwas in sich fallen. Es war wieder ein Stein, der nun in ihren Magen plumpste. »Oh nein. Das wird ganz schlimm für Beate werden.«

»Ich schreibe deiner Mutter. Heute Abend noch. Sie muss auch kommen. Ich weiß, sie will das schon länger ... aber es ist alles nicht so einfach. Aber jetzt, jetzt wäre es gut, wenn sie käme.«

»Aber dann ... dann fährt Tante Anni mit Ursi weg, und Mutti wird auch wieder nach Berlin fahren, und Beate muss hierbleiben.« Fine schüttelte den Kopf. »Das übersteht sie nicht.«

»Unterschätze deine Schwester nicht, sie ist zäher, als du glaubst. Wir werden einen festen Termin ausmachen, an dem deine Mutter danach wiederkommt. Im Herbst. Oder zu Weihnachten. Das wird etwas sein, worauf sich Beate freuen kann, woran sie sich festhalten kann.«

»Und was, wenn Mutti nicht kommen kann? Wenn sie nicht das Geld für die Reise hat?«

»Dein Großvater wird schon dafür sorgen, ihm schreibe ich auch«, sagte Tante Gertrud entschlossen. »Und wir beide haben ein Auge auf die Kleinen. Du und ich. Und du sagst mir, wenn du merkst, dass es Beate sehr viel schlechter geht, ja?« Wieder sah sie Fine an. »Ich bin nicht eure Mutter. Und ihr seid hier, weil ich damit etwas dazuverdienen kann, das weißt du. Ich bin ja nicht die Heilsarmee.« Ihr Blick wurde streng. Dann aber lächelte sie wieder. »Dennoch liegt mir euer Wohl am Herzen, auch wenn ihr das nicht immer merkt. Ich möchte nicht, dass ein Kind hier leidet. Es soll sich benehmen, aber es soll nicht leiden.«

»Das weiß ich, Tante Gertrud«, sagte Fine. »Danke.« Sie stand auf, zögerte einen Moment. Dann beugte sie sich vor und gab der Tante einen flüchtigen Kuss auf die Wange, bevor sie eilig das Zimmer verließ. Das hatte sie noch nie gemacht, und sie war sich sicher, damit auch eine Grenze überschritten zu haben. Die Tante nahm zwar die Kleinen häufig auf den Schoß, sie kämmte ihnen auch die Haare, half ihnen manchmal beim Anziehen – aber im Grunde blieb sie immer sehr distanziert.

Vielleicht muss sie das, dachte Fine, als sie im Bett lag. Wir sind nicht ihre Kinder. Wir sind hier ›Pensionsgäste‹. Und wir alle werden irgendwann gehen. Ursi jetzt. Und Ursi war als Vierjährige hierhergekommen, als ganz kleines Kind. Fine war sich sicher, dass auch Tante Gertrud der Abschied nicht leichtfallen würde. Wie wird es für Ursi sein? Sie konnte sich an ein Leben vor dem Heim kaum noch erinnern, das hatte sie erzählt. Sie liebte ihre Mutter gewiss, aber sie hatte sie in den vergangenen Jahren auch nur selten gesehen. Einmal war Tante Anni bisher hier gewesen, seit Fine und ihre Schwestern hier lebten. Aber auch nur für zwei Tage.

Schon damals – es war zu Pfingsten – war Beate neidisch und sehr traurig gewesen. Sie hatte wieder öfter nach Mutti geweint, nachts, wenn sie glaubte, dass keiner sie hörte. Manchmal war Fine dann zu ihr ins Bett gekrochen und hatte versucht, die kleine Schwester zu trösten. Aber manchmal hatte sie das auch nicht geschafft, denn ihre Sehnsucht wurde in solchen Momenten auch immer größer und schmerzhafter.

Mutti würde nun kommen, das hatte Tante Gertrud versprochen. Und wenn Tante Gertrud etwas versprach, dann hielt sie es auch. Wie würde es sein? Wie würde es sich anfühlen? Bei dem Gedanken wurde es Fine ganz heiß und kalt zugleich. Die Sehnsucht nach Mutti kroch durch ihren Körper – tausend kribbelnde Ameisen.

Ich will wieder nach Berlin, dachte sie und presste die Augen zusammen. Ich will wieder bei Mutti sein. Ich will ihre Stimme hören, ihr Lachen. Ich möchte mit ihr durch die Stadt gehen. Ich möchte ihre Hand halten und ihren Duft riechen. Ich möchte, dass wir wieder eine Familie sind.

Aber dann dachte sie an die letzten Monate, die sie in Berlin verbracht hatten. Daran, dass Ulla immer unterwegs gewesen war – entweder auf Arbeitssuche, bei einem Auftrag oder für die Partei. Sie drei waren oft sich selbst überlassen gewesen. Das Essen war knapp, und es gab kaum Regeln. Damals hatte sie es gut gefunden, sie kannte es ja auch nicht anders. Nun hatte Fine aber eine andere Art des Lebens kennengelernt.

Ein Leben, an das sie sich immer mehr gewöhnte. Und noch dazu würde Mutti kommen. Der Gedanke trug sie in den Schlaf.

Am nächsten Morgen nach dem Frühstück stand Tante Gertrud auf und stellte sich hinter ihren Stuhl, umklammerte die Lehne und räusperte sich. Fine wusste, jetzt würde kommen, wovor sie sich fürchtete. Sie sah Beate nachdenklich an und wartete auf die Worte der Tante.

»Liebe Ursi«, sagte die Tante, »Ich habe ganz aufregende Neuigkeiten für dich. Deine Mutter kommt am nächsten Wochenende hierher.« Sie machte eine kleine Pause. Ursi strahlte über das ganze Gesicht. »Und sie kommt nicht nur hierher, um dich zu besuchen. Sie kommt, um dich abzuholen. Du darfst wieder mit ihr nach Hause fahren.«

Nun riss Ursi die Augen auf. »Ich darf ...?«

Tante Gertrud nickte. »Ja, deine Zeit hier endet nun. Deine

Mutter hat wieder geheiratet. Onkel Fred. Er war ja schon zweimal mit hier, du kennst ihn doch noch?«

Ursi nickte unsicher. »Ich … gehe? Für immer?«

»Ja. Das heißt – vielleicht kommst du nächstes Jahr dann als Sommergast zu uns. Wäre das nicht schön?«

Ursi war ganz bleich geworden. Sie schluckte. »Ich gehe?« Sie schüttelte ungläubig den Kopf.

»Ja. Ist das nicht schön? Freust du dich nicht?«

»Doch … sicher.« Ursi runzelte die Stirn. »Natürlich.«

»Das sind ganz aufregende Neuigkeiten. Wir alle freuen uns mit dir, Ursi. Aber wir sind natürlich auch traurig, dass du uns verlässt.« Tante Gertrud lächelte ihr schmallippiges Lächeln. »Und nun wollen wir zur Tagesordnung übergehen.« Sie sah Beate an. »Ich muss Erbsen auslesen und möchte, dass du mir hilfst.« Dann wandte sie sich an Neli. »Und du harkst den Gemüsegarten. Sei gründlich. Das Unkraut wächst schneller, als man gucken kann. Fine hilft dir.« Ursi gab sie keine Aufgabe, und vermutlich, dachte Fine nun, war das auch gut so, denn ihre Cousine saß nachdenklich auf dem Stuhl, in ihrem Gesicht spiegelten sich verschiedene Gemütsausdrücke.

Selbst als Fine begann den Tisch abzuräumen, rührte sich Ursi nicht. Sie war ganz in ihren Gedanken verloren. Sie ließen Ursi in Ruhe, nur Beate sah sie immer wieder an. Dann ging sie auf die Terrasse, wo Tante Gertrud schon mit den Erbsen wartete.

»Sie darf nach Hause!« Wütend haute Neli ihre Harke in den Boden, zog sie durch die trockene Erde. »Zu ihrer Mutti.«

Fine sagte nichts, ging eine Reihe weiter und harkte den Boden vorsichtig. Es war warm, eine schwüle Wärme. Der Himmel hatte die Farbe von Blei, obwohl die Sonne schien. Aber es sah aus, als hätte jemand eine dreckige Glasscheibe vor die Sonne gelegt.

»Warum dürfen wir nicht zurück zu Mutti?«

»Willst du das denn?«, fragte Fine. »Willst du hier weg?«

»Aber ja. Du etwa nicht?« Neli blieb überrascht stehen.

»Ich würde gerne wieder bei Mutti leben. Ja, das möchte ich. Ich vermisse sie so sehr. Ja, das tue ich. Aber ... ich will nicht wieder so leben, wie im letzten Jahr in Berlin.«

Neli öffnete den Mund, schloss ihn dann wieder und zog die Stirn in Falten. »Ja, ich weiß, was du meinst«, sagte sie langsam. »Das habe ich so nicht bedacht.«

»Ich schon«, sagte Fine. »Und es zerreißt mich. Ganz ehrlich, ich finde es schrecklich.«

»Was findest du schrecklich?«

»Dass es mir eigentlich hier gefällt«, sagte Fine leise, fast tonlos. »Dass ich eigentlich froh bin, dass wir hier sind. Wir haben ein Zimmer, es ist warm, wir haben Essen. Und ich fühle mich ... geborgen. Nicht so wie bei Mutti, nein. Geborgen ist auch nicht das richtige Wort. Sicher – das trifft es eher. Ich fühle mich sicher.«

»Sicher?« Neli verzog das Gesicht. »Wieso waren wir in Berlin nicht sicher?«

Fine ging nun zu ihrer Schwester, zog sie mit sich zu einer Bank, die am Rande des Gemüsegartens stand. »Weißt du, hier sind wir in einer Pension. Wir ... wir könnten auch in einem Kinderheim sein. Weißt du, was das bedeuten würde? Das ist ... wie eine Art Gefängnis für Kinder. Es gibt Essen, aber es gibt Essen für Hunderte von Kindern.«

»Woher willst du das wissen?«

»Weil ... weil im Barkenhoff von Mining Kinder sind, die vorher im Heim waren. Und Mining und Jan haben mir davon erzählt, was sie erlebt haben. Sie wurden ihren Eltern weggenommen, weil die Eltern politisch waren. Bei der KPD.«

»Man kann Eltern Kinder wegnehmen? Ich dachte, nur Waisen kommen ins Heim?«

»Ich wusste das auch nicht«, sagte Fine betreten und erzählte ihrer Schwester vom Besuch der Frau vom Jugendamt.

Neli sah sie mit großen Augen an. »Das hast du gemacht? Menschenskind, ich wäre glatt gestorben«, sagte sie anerkennend.

Dann biss sie sich auf die Lippen. »Wenn wir mit Mutti zurück nach Berlin gehen, dann sind wir nicht mehr ›sicher‹, oder?«

»Ich glaube nicht«, sagte Fine zweifelnd.

»Und wenn Mutti Will heiratet? So wie Tante Anni jetzt geheiratet hat? Meinst du, wir können dann zurück zu ihr?«

»Das habe ich auch schon überlegt. Aber ... sie sind beide in der Partei, sie brennen dafür.«

»Du doch auch«, sagte Neli abschätzig. »Ich verstehe gar nicht, warum das so wichtig sein kann.«

»Ich fand die Treffen toll. Das Gemeinsame, das Gefühl, dazuzugehören«, erklärte Fine. »Und vielleicht auch den Gedanken, dass alle Menschen gleich sein sollen. Aber ich glaube nicht, dass das funktioniert. Im Moment auf jeden Fall nicht.«

»Bist du jetzt nicht mehr politisch?«

Fine zuckte mit den Schultern. »Hier gibt es ja gar keine Politik.«

»Ich mag es auch hier«, gestand Neli nach einem Moment des Schweigens. »Aber ich vermisse Mutti. Kann sie nicht hierherziehen? Zu uns?«

»Ja, das wäre schön.« Fine seufzte und nahm die Hand ihrer Schwester. »Wir können es uns ja wünschen.«

»Ursi muss jetzt überglücklich sein«, sagte Neli und klang schon wieder neidisch.

»Das glaube ich nicht. Sie ist bestimmt verwirrt. Überleg doch mal. Ursi wohnt hier seit fast drei Jahren. Sie war noch keine vier, als sie hierhergekommen ist. Kannst du dich an Sachen erinnern, die vor deinem vierten Geburtstag waren?«

»Ja klar«, sagte Neli voller Überzeugung.

»An was denn?«

»An ... an ... hmmm.«

»Du warst noch keine vier, als wir nach Berlin gezogen sind. Vorher haben wir am Darß gewohnt. Ich kann mich noch an das Fischerhaus erinnern, aber es sind nur Bruchstücke, die ich noch weiß. Wie der Strand aussah, der Garten, wie es geduftet hat – solche Sachen. Es sind wie Glassplitter, die hin und wieder aufblitzen. Aber so wirklich erinnern kann ich mich erst an die Zeit, als wir in der Reinerzstraße gelebt haben.«

»Am Anfang war Vati noch da«, sagte Neli. »Das weiß ich noch.«

»Siehst du? An was mag sich Ursi wohl erinnern?«

Neli sah sie an. »Bestimmt nicht mehr an vieles von früher … von vorher.« Sie holte Luft. »Oje. Dann weiß sie gar nicht, wie das ist, wie ›Heimkommen‹ sein wird, weil sie ja immer hier gelebt hat.«

»Eben.«

Die beiden Schwestern schwiegen.

»Ich werde aber nie und nie und nie vergessen, wie es war, bei Mutti zu leben. Und ich wünsche mir, dass wir irgendwann zurückdürfen.« Neli nickte entschlossen.

»Das wünsche ich mir auch. Aber jetzt sollten wir lieber das Unkraut jäten, sonst gibt es Ärger.« Fine stand auf und reichte ihrer Schwester die Hand, zog sie hoch.

Die Zimmer waren nun alle ausgefegt, die Böden gebohnert. Die Feldbetten wurden zusammengeklappt, und dann wurden die Gästebetten wieder bezogen. Fine pflückte Wiesenblumen und stellte die Vasen in die beiden Gästezimmer. Am Freitag kam Tante Anni, um Ursi abzuholen. Sie würde bis Samstag bleiben, und dann würden die beiden zusammen fahren.

Am Freitag kam auch Ulla.

Die Kinder fieberten dem Tag entgegen. Endlich würden sie ihre Mutti wiedersehen.

»Vielleicht«, vertraute Beate Fine ihren sehnlichsten Wunsch an, »vielleicht nimmt uns Mutti auch mit.«

Fine saß auf der verglasten Veranda. Sie hatte diesen Platz schon vor einiger Zeit zu ihrem geheimen Rückzugsort erklärt.

Hier konnte sie in aller Ruhe lesen, nachdenken und träumen. Die Veranda war natürlich nicht beheizt, im Winter würde sie mindestens eine Decke brauchen. Doch sie liebte diesen Platz. Von hier aus hatte sie auch einen guten Blick auf die Straße, die sie nun beobachtete. Mutti würde mit dem Zug kommen, und dann hierherlaufen. Jedes Mal, wenn sie jemanden sah, klopfte ihr Herz schnell und heftig, ein kleiner Buntspecht in ihrer Brust. Dabei war es noch viel zu früh, der Zug kam erst in einer Stunde. Das wusste Fine natürlich, aber sie war so aufgeregt und angespannt, dass sie sich auf nichts anderes konzentrieren konnte. Selbst das neue Märchenbuch, das Tante Gertrud ihr gegeben hatte, konnte sie nicht locken.

Seit Tagen überlegte sie, wie sie Mutti begrüßen würde. Was würde sie zu ihr sagen? Wahrscheinlich aber brächte sie gar kein Wort heraus, sondern würde Mutti nur festhalten und nie wieder loslassen wollen.

Was würde Mutti sagen? Wie würde sie aussehen? Obwohl sie ja regelmäßig schrieb, hatte sie bestimmt noch viel zu erzählen.

Fine konnte es kaum abwarten und trippelte von einem Fuß auf den anderen.

Und dann endlich, sie erkannte Ulla schon von Weitem – ihr Schritt, leicht wiegend, so als würde sie gleich anfangen zu tanzen. Sie trug nur eine kleine Tasche, blieb in etwas Entfernung stehen und schien das Haus zu betrachten.

»Mutti«, wollte Fine rufen, aber es kam kein Ton, ihr Mund war trocken, und sie konnte kaum schlucken. Zitterig drehte sie sich um, lief durch das angrenzende Zimmer und die Treppe hinunter.

Ihre Schwestern waren unten, saßen am Esstisch, aber schienen auch nur gelauert zu haben. Nun sprangen sie ebenfalls auf und folgten Fine nach draußen.

Beate lief ein paar Schritte, blieb dann aber wie gelähmt stehen und sah Ulla entgegen. Ulla beschleunigte ihren Schritt, als sie die Mädchen sah, schließlich lief sie zu ihnen, ging in die Hocke und schloss sie alle drei in die Arme.

»Meine Süßen. Meine Süßen«, sagte sie wieder und wieder. »Ich habe euch so vermisst.«

Beate schluchzte, klammerte sich um den Hals ihrer Mutter. Auch Neli und Fine liefen die Tränen über die Wangen.

»Mutti, endlich.«

Es dauerte eine Weile, bis sie sich alle beruhigt hatten. Dann führten sie Ulla zum Haus.

»Hier lebt ihr also«, sagte Ulla mit belegter Stimme.

»Unten sind das Esszimmer und das Musikzimmer«, plapperte Neli, »die Küche auch. In das Herrenzimmer dürfen wir meist nicht.« Sie schaute zu Mutti hoch, die Beate auf den Arm genommen hatte. »Wir schlafen oben unter dem Dach. Greta auch.«

Ulla blieb vor dem Haus stehen. »Fühlt ihr euch wohl hier?«, fragte sie leise.

»Ja«, sagte Fine. »Es geht uns hier gut.« Das war zwar nur die Hälfte der Antwort, aber was sollte sie sonst sagen?

»Ich nicht. Ich will wieder zu dir«, sagte Beate und hatte vor lauter Aufregung einen Schluckauf.

»Ich will auch wieder zu dir, Mutti«, sagte Neli. »Nimmst du uns mit zurück?«

Ulla seufzte auf. »Ich wünschte, ich könnte es.«

»Ursi darf nach Hause.« Beate verzog wieder das Gesicht.

»Ich weiß«, sagte Ulla traurig.

Sie wollten gerade ins Haus gehen, als mit lautem Gehupe ein Wagen die Straße entlangfuhr und vor dem Haus der Sperlings hielt.

»Ulla, Ullala!«, rief Tante Anni und sprang aus dem Wagen. »Hallo, Kinder.« Sie sah sich suchend um. »Ursi?«

Wie ein Blitz kam nun Ursi aus dem Haus gelaufen und umarmte ihre Mutter. »Mutti!«

Sie standen da, alle sechs, und sahen sich an. Anni lachte, Ulla lächelte nur, der traurige Zug um ihren Mund wollte nicht ganz verschwinden.

»Guten Tag.« Tante Gertrud kam die Treppe hinunter und reichte Ulla die Hand. »Wir kennen uns noch nicht. Sperling, Gertrud Sperling. Herzlich willkommen, Frau Dehmel.« Dann wandte sie sich zu Anni und reichte auch ihr die Hand. »Herzlichen Glückwunsch zur Hochzeit, Frau ...«, sie stockte, überlegte, lächelte dann, »Frau Wallburg.«

»Danke schön«, sagte Tante Anni.

»Es gibt Kaffee und Kuchen. Ich habe draußen gedeckt, es ist so ein schöner Tag.« Tante Gertrud ging voran, am Haus vorbei und in den Garten.

Ulla sah sich neugierig um.

»Soll ich dir alles zeigen?«, fragte Neli aufgeregt. »Schau, dahinten ist die Schaukel.«

»Mutti hat Augen im Kopf«, sagte Fine. »Sie wird ja wohl selbst erkennen, dass das eine Schaukel ist.«

»Nun sei doch nicht so«, meinte Ulla lachend. »Ja, zeig mir alles, Neli. Spielt ihr viel im Garten?«

Neli nahm ihre Hand und führte sie stolz herum. Sie zeigte die Buddelkiste und den großen Gemüsegarten, die Obstwiese. Dann kehrten sie zurück zum Tisch.

»Sie haben es sehr schön hier, Frau Sperling«, sagte Ulla anerkennend. »Ein Paradies für Kinder.«

»Wir hatten es in Berlin auch schön«, meinte Fine, biss sich aber dann auf die Lippen.

Ulla sah sie an, ein langer, wissender Blick, dann nickte sie. »Ja, das hatten wir.«

Neli zeigte Ulla auch das Haus. Beate wollte die ganze Zeit auf Ullas Arm bleiben, und Fine folgte den dreien, fühlte sich ein wenig verloren.

Dann tranken sie Kaffee, die Kinder bekamen natürlich nur Milch, und aßen den Kuchen. Anni und Ulla hatten sich innig umarmt. Sie hatten sich lange nicht mehr gesehen, und es gab viel zu erzählen. Nachdem sie eine Tasse Kaffee getrunken hatte, zog sich Tante Gertrud zurück und ließ die Familie unter sich bleiben.

»Für uns beginnt jetzt ein neues Kapitel«, sagte Anni. »Ich habe die Männerpension aufgegeben. Fred führt einen handwerklichen Betrieb, und ich werde nur noch für den Haushalt zuständig sein. Und die Kinder.« Sie lächelte verschmitzt.

»Oh«, sagte Ulla. »Darf man schon gratulieren?«

»Noch nicht, aber ich hoffe, bald. Ursi soll ja nicht alleine bleiben.« Anni sah ihre Schwester an. »Und bei dir?«

Fine spitzte die Ohren.

»Ich habe in Will die Liebe meines Lebens gefunden«, sagte Ulla, und ihr Gesicht wurde ganz weich. »Wir haben die gleiche Einstellung, die gleichen Vorstellungen vom Leben. Wir wollen uns einbringen, engagieren.«

»Politisch?«

Ulla nickte. »Wir haben eine Demokratie. Das ist unsere Chance, dieses Land mitzugestalten. Wenn wir es nicht machen, laden wir vielleicht eine Schuld auf uns.«

»Aber ihr seid Kommunisten?«

»Ja. Für uns ist das der einzige Weg zur Gerechtigkeit, zu einem gerechten, sozialen Staat. Doch der Weg ist schwer, und im Moment schwinden unsere Chancen immer mehr, weil die Nationalsozialisten so viel Rückenwind haben. Dabei blenden sie die Menschen nur mit falschen Versprechungen.«

»Ich kenne mich da nicht so aus«, gestand Anni. »Ich sehe nur, wie schwierig es gerade für Fred und alle anderen ist, an Aufträge zu kommen. Es gibt genug zu tun, aber kaum jemand hat das Geld, um die Arbeiten zu bezahlen.«

»Das geht mir nicht anders«, seufzte Ulla. »Und siehst du dann denn nicht, welchen Vorteil es hätte, wenn die Arbeit Allgemeingut wäre? Am besten wäre es, man würde ganz von dem

Konzept ›Geld‹ wegkommen. Irgendwann wird das so sein, irgendwann werden die Menschen das einsehen und verstehen. Aber bis dahin ist noch ein langer Weg zu gehen.« Sie schwieg für einen Moment. »Ich weiß, weil ich mich engagiere, müssen meine Töchter hier sein. Ich kann nicht politisch aktiv sein und sie großziehen – und es bricht mir das Herz. Aber ich tue es für sie, für ihre Zukunft.« Sie sah Anni an. »Du weißt, dass unser Vater ein Nazi ist? Die Nazis haben ganz schlimme Vorstellungen davon, wie unser Land aussehen soll. Es sind Faschisten der schrecklichsten Sorte. Und sie dürfen nicht die Macht über dieses Land bekommen.«

»Davon verstehe ich nichts«, gab Anni zu. »Politik interessiert mich nicht. Und Vater ist gut zu uns, egal, wen er wählt und warum. Er hat mich immer sehr unterstützt. Ursi unterstützt. Und für deine Mädchen zahlt er ja auch.« Sie zuckte mit den Schultern. »Ich will nur, dass jetzt alles gut wird.«

»Aber euch scheint es ja nicht schlecht zu gehen. Ist das dein Automobil?«

»Es gehört Fred, aber ich darf es fahren. Und das macht so viel Spaß.« Anni lachte wieder. »Habt ihr auch einen Wagen? Und wirst du deinen Will bald heiraten?«

»Nein, wir haben keinen Wagen.« Ullas Lächeln hatte sich verändert, es war nichtssagender geworden. »Und wir werden vorläufig auch nicht heiraten, dazu ist unser Leben zu unstet und die Zukunft zu ungewiss.«

Fine sackte in sich zusammen. Ihre kleine Hoffnung löste sich gerade in Luft auf. Solange Mutti keine regelmäßige Arbeit hatte und die Politik für sie so wichtig war, solange sie Will nicht heiratete, konnten sie nicht zu ihr zurückkehren. Verstohlen sah sie zu Beate, die sich eng an Ulla kuschelte.

»Nun, ich wünsche dir sehr, dass sich das auch bei dir bald wieder ändert«, sagte Anni. »Und jetzt müssen wir langsam aufbrechen. Wo sind deine Sachen, Ursi?«

»Die stehen schon alle im Flur.« Ursis Stimme klang dünn.

Anni stand auf, Ulla auch. »Es war schön, dich endlich einmal wiederzusehen. Ich wünsche dir für die Zukunft nur das Beste.«

»Ja, ich dir auch.«

Sie umarmten sich, und die Umarmung war echt und herzlich. Anni ging in den Flur. »Mögt ihr mir helfen?«, fragte sie die Mädchen. Jeder nahm etwas, nur den großen Koffer trug Tante Anni. Ursi hielt ihren Teddybären im Arm. Auch Tante Gertrud tauchte nun wieder auf.

»Ich würde Ursi gerne in den Sommerferien hierherschicken«, sagte Anni zu ihr. »Wenn das geht?«

»Aber natürlich. Wir können schreiben, oder Sie rufen an, meine Nummer haben Sie ja. Ursi wird hier immer willkommen sein.« Dann beugte sie sich zu Ursi, drückte sie kurz an sich. »Mach es gut, mein liebes Kind.«

Ursis Augen glänzten, sie zwinkerte heftig, brachte kein Wort heraus.

Fine und Neli drückten die Cousine kurz. »Bis nächsten Sommer!« Nur Beate hielt sich zurück. Schließlich aber trat sie auch vor, legte die Arme um ihre Freundin und Cousine. »Du wirst mir fehlen«, schniefte sie.

»Du mir auch«, sagte Ursi ganz heiser. Sie überlegte kurz, dann drückte sie ihren großen Teddybären in Beates Arme. »Er wird auf dich aufpassen, so wie er auf mich aufgepasst hat.« Nun liefen die Tränen.

»Oje«, sagte Anni betroffen. »Steig schnell ein, wir sollten fahren.« Sie hob Ursi in den Wagen und stieg selbst schnell ein, fuhr los. Am Ende der Straße hupte sie noch einmal.

Fine fiel auf, dass Tante Gertrud schnell ins Haus gegangen war, ohne zu winken. Sie ist, wurde Fine erneut klar, auch traurig.

Ulla ging mit den Kindern zurück zur Terrasse. »Das war jetzt bestimmt nicht einfach für euch«, sagte sie zu den Kindern.

»Sie ist meine beste Freundin.« Beate hielt den Bären ganz fest an sich gepresst. »Können wir nicht auch mit dir nach Hause? So wie Ursi mit ihrer Mutti?«

»Gefällt es euch hier nicht?«, fragte Ulla.

»Doch. Aber es ist doch nicht dasselbe, Mutti«, sagte Fine. »Wir wollen doch bei dir sein.«

»Ich hätte euch auch gerne bei mir. Aber die Wirtschaftskrise macht alles so schwer. Wir könnten nicht überleben, wenn ich zu Hause bliebe, um für euch da zu sein. Glaube mir, ich würde es mir doch auch wünschen, euch das zu geben, was Frau Sperling euch gibt!«

»Sie heißt ›Frau Doktor Sperling‹«, sagte Fine ein wenig trotzig.

»Oh, sie hat einen Doktor, das wusste ich gar nicht.«

»Nein, aber Onkel Hans. Und das ist doch ihr Mann«, erklärte Neli nun. »Kannst du nicht Will heiraten? So wie Tante Anni auch geheiratet hat? Dann könnten wir doch zu dir.«

Ulla sah sie an, senkte dann den Kopf. »Ich fürchte, so einfach ist das nicht. Selbst wenn Will und ich heiraten, können wir euch nicht das Leben bieten, das ihr hier habt. Und wenn es euch hier gut geht, dann solltet ihr das schätzen.«

»Aber wir wollen doch bei dir sein«, sagte Beate und bekam schon wieder einen Schluckauf.

»Das weiß ich. Aber vielleicht kann ich euch nun öfter besuchen? Wäre das nicht auch etwas?«

Die Mädchen senkten die Köpfe.

»Ja, Mutti«, sagte Fine schließlich. »Das wäre schön.« Sie stand auf und brachte das Kaffeegeschirr in die Küche. Der Wutstein war wieder da. Er schien sich fest in ihren Bauch zu drücken.

»Sollen wir etwas spielen?«, fragte Neli. »Mensch, ärgere dich nicht?« Auch ihre Stimme klang nicht mehr so fröhlich wie vorhin noch, auch sie versuchte, ihre Enttäuschung zu verbergen. Nur Beate konnte das nicht und schniefte.

Fine brachte das Spiel auf die Terrasse, und sie spielten, sie lachten sogar, aber das Lachen war nur oberflächlich. Alle schienen erleichtert zu sein, als zum Abendessen gerufen wurde.

Am Tisch unterhielt sich Ulla mit Tante Gertrud und Onkel Hans. Erst nach einer Weile sah sie die Kinder an und runzelte die Stirn. »Ihr seid ja so still.«

»Kinder am Tisch, still wie ein Fisch«, sagte Beate und biss sich auf die Lippen, schaute Tante Gertrud entschuldigend an. Tante Gertrud, deren Augen ein wenig gerötet waren, lächelte nur milde. »Ist schon gut, Beatchen«, sagte sie. »Wir haben diese Regel während der Mahlzeiten. Es hat sich als vorteilhaft erwiesen. Die Kinder konzentrieren sich auf das Essen und spielen nicht damit herum.«

Ulla nickte nur.

Nach dem Essen gingen sie ins Musikzimmer. Jedes der Mädchen zeigte, was sie am Klavier bisher gelernt hatten. Neli schnitt natürlich am besten ab, denn sie übte viel. Dann durfte sich jedes Mädchen ein Lied wünschen.

»Ich hätte gedacht, dass du dir die ›Internationale‹ wünschst, Fine«, sagte Ulla lachend. »Und kein Volkslied.«

»Wir sind hier nicht so politisch«, antwortete Fine und wusste nicht, ob sie verlegen sein sollte.

Tante Gertrud hatte die Augenbrauen hochgezogen. »Ich lege Wert darauf, dass die Gastkinder hier deutsches Volksgut erlernen.«

»Ach? Sind Sie völkisch?«, fragte Ulla, ihre Miene veränderte sich.

»Nein«, antwortete Tante Gertrud. »Wir sind, wie Fine schon sagte, nicht politisch. Aber Volkslieder und auch Märchen gehören zum Allgemeinwissen, finde ich. Wir haben aber auch die Märchen der Großmutter der Kinder hier und lesen sie oft. Die Kinder lieben die Rumpumpelverse.«

»Da bin ich ja erleichtert. Meine Schwiegermutter hat wunderschöne Geschichten geschrieben, und es ist gut, dass die Kinder damit vertraut bleiben.«

»Kann ich nicht bei dir schlafen, Mutti?«, fragte Beate, als Ulla später ins Kinderzimmer kam, um ihnen Gute Nacht zu sagen.

»Nein, das geht nicht, Beate, meine Süße. Das Bett unten ist viel zu schmal.«

»Ich mach mich auch ganz, ganz klein«, versuchte sie es erneut und flehentlich. Aber Ulla schüttelte nur den Kopf.

Fine schloss die Augen, sie wollte auch zu Ulla, wollte auch bei ihr ins Bett kriechen und ihr ganz nahe sein. Neli, davon war Fine überzeugt, ging es ähnlich. Aber sie ahnte, warum weder Ulla noch Tante Gertrud das zulassen wollten – die nächsten Nächte wieder ohne ihre Mutter wären umso schwerer. Ihr graute schon jetzt vor Beates Trauer, die sie wieder wie eine Wolke umschließen würde.

Es geht nicht, dachte sie, nachdem das Licht gelöscht war. Wir können nicht zurück nach Berlin. Wir könnten alle drei nicht mehr so leben, wie wir dort gelebt haben – in der Unsicherheit, ohne Geld und … ohne Ordnung. Sosehr die festen Zeiten, die Regeln und Vorschriften sie manchmal ärgerten, so sehr gaben sie ihrem Leben hier auch Struktur. Fine hatte nicht gewusst, wie wichtig das war – vor allem für die verträumte Neli und die noch so kleine Beate. Ohne diese Struktur würden sie sich in der Trauer verlieren.

Vielleicht ist es auch für Mutti besser so. Sie kann sich um ihre Dinge kümmern und muss sich nicht auch noch um uns sorgen.

Aber … ich wäre dennoch gerne wieder bei ihr.

Am nächsten Morgen frühstückten sie zusammen. Dann ging Ulla mit ihnen wieder in den Garten. »Ich muss gleich fahren. Mein Zug geht in einer Stunde.«

»Wir bringen dich zum Bahnhof«, sagte Neli schnell.

»Nein.« Ulla schüttelte den Kopf. Sie legte die Arme um die Kinder, zog sie an sich heran. »Nein. Das würde den Abschied noch schwerer machen. Ich könnte dann nicht in den Zug steigen.« Sie stockte. »Ich liebe, liebe, liebe euch. Ich liebe euch alle drei. So sehr, sehr, sehr. Ihr seid so groß geworden. Und ihr seht so gut aus – sauber und gepflegt. Hier seid ihr gut aufgehoben; in Sicherheit. Berlin verändert sich, es ist nicht mehr so schön und so friedlich dort. Es gibt oft Schlägereien, und überall sind Obdachlose – Leute, die sich keine Wohnung mehr leisten können. Es ist gefährlich geworden, kein Ort, an dem Kinder aufwachsen sollten zurzeit.«

»Wird sich das wieder ändern?«, fragte Fine. »Wird es wieder besser werden?«

»Ich glaube schon. Aber es dauert noch.«

»Wenn die Lage sich verbessert, holst du uns dann zu dir?«, fragte Fine.

Ulla schaute sie an, sah ihr einen Moment in die Augen, dann nickte sie. »Ja, das verspreche ich euch.«

Kapitel 18
Tabarz, Herbst 1931

»Wach auf, Fine, wach auf«, rief Beate. »Schau nur, es schneit.«
»Es ist Sonntag«, sagte Fine und zog sich die Decke über den
Kopf. »Und es ist noch dunkel. Lass mich schlafen.«
»Aber es schneit, sieh doch nur.« Beate hüpfte vor Fines Bett,
zog an ihrer Decke. Fine seufzte auf und öffnete die Augen. Tatsächlich tupften die Schneeflocken an die Fenster des Dachge-
schosszimmers. In der letzten Woche war plötzlich der Frost gekommen – früh in diesem Jahr, denn es war erst Oktober. Kälter
war es schon seit einer Weile, und die Kinder wurden angehalten,
jeden Tag in den Obstgarten zu gehen und die letzten Äpfel und
das Fallobst aufzusammeln.

»Du bist jetzt die Apfelwächterin«, hatte Tante Gertrud gesagt.
»Was bedeutet das?« Fine hatte sie überrascht angesehen.
Tante Gertrud hatte sie in den Keller geführt. In den Regalen
lagen die Äpfel nebeneinander, auch Birnen gab es, und große
Sandkisten waren an der einen Wand, in die die Tante Möhren
und Steckrüben gesteckt hatte, damit sie dort überwinterten und
frisch blieben. Im Nachbarkeller war eine große Schütte mit Kar-
toffeln, und außerdem gab es noch einen Raum, in dem all die
Gläser mit Obst und Gemüse standen, das die Tante im Laufe des
Herbsts eingekocht oder eingelegt hatte.

»Jeden zweiten Tag gehst du hier runter und drehst jeden
Apfel vorsichtig um. Reihe für Reihe. Die Äpfel dürfen keine
Druckstellen bekommen, dann faulen sie. Sobald du eine kleine
Stelle siehst, bringst du den Apfel nach oben. Dann können wir
ihn essen, oder ich mache Apfelmus oder Apfelreis daraus. Das
ist eine sehr wichtige Aufgabe für dich, denn wir müssen mit

unseren Vorräten über den Winter kommen.« Sie sah Fine streng an. »Hast du das verstanden?«

Fine nickte. Sie kannte den strengen Blick der Tante inzwischen. Auch wenn sie manchmal Furcht einflößend wirkte, war sie doch nie gemein oder ungerecht. Wenn man seine Aufgaben ordentlich erledigte, war Tante Gertrud zufrieden.

Nachdem Ulla wieder gefahren war, war Beate eine ganze Weile wieder sehr verschlossen und traurig gewesen, aber dann fing die Schule wieder an, und schnell hatten sie sich an den gewohnten Rhythmus der Tage gewöhnt. Beate hatte zum Glück zwei weitere Freundinnen in der Schule gefunden, und bald lachte und sang sie wieder, so wie zuvor.

Das Licht im Musik- oder im Esszimmer wurde abends erst angemacht, wenn es draußen wirklich dunkel war. Zuvor wurden einfach ein paar Kerzen angezündet.

»Wir müssen sparen«, sagte die Tante immer wieder.

Gespart wurde auch an der Heizung. Im Dachgeschoss gab es gar keine. Als der Frost kam, sahen sie erst mit Entzücken die Eisblumen, die sich innen auf den Fensterscheiben bildeten, aber dann spürten sie die bittere Kälte – selbst die Wände glitzerten. Abends hatte sich in der Waschschüssel eine Eisschicht gebildet, und nachts bibberten sie vor Kälte.

Tante Gertrud ließ Greta die Daunendecken herausholen. Vor dem Abendessen brachten die Kinder die Decken nun in das Wohnzimmer im ersten Stock, wo schon morgens der Kachelofen angezündet wurde, denn Onkel Hans verbrachte hier fast den ganzen Tag, las und rauchte seine Pfeife.

Die Daunendecken wurden vor dem Schlafengehen im Wohnzimmer aufgewärmt, und die Mädchen durften sich nun abends im Badezimmer waschen. Dort war der Badeofen, und es war nicht so bitterkalt wie im Dachgeschoss.

Fine fand die gemeinsamen Abende gemütlich, sie genoss es, dass sie alle zusammensaßen und die Kerzen flackerten. Auch im

Esszimmer gab es einen Kachelofen, der angenehme Wärme verströmte. Er wurde allerdings erst am Nachmittag befeuert.

Die Luft roch anders, reiner und ein wenig metallisch, als Fine am nächsten Morgen im Dunkel zum Marktplatz stapfte. Sie trug Hosen, das war ein Zugeständnis der Tante an den langen Weg durch den Wald. Die Sterne funkelten noch, aber der Mond war schon nicht mehr zu sehen. Sobald sie sich bewegte, machte Fine die Kälte nichts mehr aus. Zum Winter hatte sie einen neuen Mantel bekommen und auch andere neue Sachen – die Verwandtschaft zahlte zuverlässig.

Der Schnee von gestern war nur ein kleines Intermezzo gewesen und heute schon wieder geschmolzen, nur der Raureif glitzerte auf den Zweigen, und die letzten Pfützen waren vereist.

»Hey!«, rief ihr Heinz-Ludwig entgegen. »Da bist du ja. Gestern hat es geschneit, hast du das gesehen?«

»Ich bin ja nicht blind«, antwortete Fine. »Es war Schnee, aber nur sehr wenig und pulvrig.«

»Da kommt noch mehr in den nächsten Wochen«, sagte Kurt. »Kannst du denn Ski fahren?«

Fine sah ihn mit großen Augen an. »Nein. Wieso?«

»Weil es hier schneien wird. Und nicht zu knapp. Und weil wir dann trotzdem zur Schule müssen und dann die Skier nehmen. Das lernen wir hier schon, sobald wir den Kinderwagen verlassen.« Er sah sie zweifelnd an. »Aber wie wird das dann mit dir?«

»Ich werde es wohl lernen«, sagte Fine. »Dem Kinderwagen bin ich ja schon eine Weile entwachsen.«

Sie sagte das so leicht und flapsig, aber den ganzen Tag über hielt sie der Gedanke gefangen. Immer wieder schaute sie nach draußen, ob es wohl wieder zu schneien angefangen hatte.

Kaum war sie zu Hause angekommen, suchte sie Tante Gertrud und fand sie in der Küche.

»Die Jungs sagen, ich muss Ski laufen können. Kann ich aber nicht.« Fine biss sich auf die Lippen. »Was mache ich denn jetzt?«

Tante Gertrud drehte sich um und sah sie an. »Als Erstes ziehst du deine Schuhe aus und die Pantoffeln an. Dann hängst du deinen Mantel auf. Und dann wäschst du dir die Hände – so wie jeden Tag. Wir sind hier nicht bei den Hottentotten.«

»Aber ich kann nicht Ski laufen – wie komme ich dann zur Schule?«, jammerte Fine.

Tante Gertrud neigte den Kopf leicht zur Seite und räusperte sich. Schnell lief Fine zurück in die Diele, zog Schuhe und Jacke aus, hängte ihren Schal und ihre Mütze an die Garderobe. Dann wusch sie sich die Hände und lief zurück zur Küche.

»Es ist gar nicht so schwer. Ich zeige es dir heute Nachmittag«, sagte Tante Gertrud und schnitt weiter die Zwiebeln. Sie wies auf den Korb mit den Kartoffeln. »Schälen«, sagte sie nur.

Fine nahm das Schälmesser und die Schüssel, griff sich eine der Kartoffeln. »Aber es liegt doch kein Schnee. Wie willst du mir das dann zeigen?«

»Ich zeige es dir. Und du wirst es schnell begreifen, glaub mir. Du bist ja drahtig und zäh.« Sie überlegte. »Wenn du es aber nicht schaffst, musst du hier im Ort zur Schule gehen.«

»Nein!«, sagte Fine entsetzt. »Auf keinen Fall. Ich schaffe das sicher.«

Nach dem Essen und nachdem sie ihre Hausaufgaben gemacht hatte, nahm Tante Gertrud sie mit zum Schuppen. Dort standen einige Paare Skier in verschiedenen Größen. Tante Gertrud überlegte kurz, wählte dann ein Paar aus und hielt es an Fine, nickte. »Das müsste gehen.« Sie zeigte ihr, wie man die Skier über den Stiefeln festband, und dann, wie man lief. Es war eher ein Gleiten, man hob zwar die Füße an, aber man lief nicht, stapfte nicht.

Die Wiese war gefroren, und obwohl noch kein Schnee lag, bekam Fine ein Gefühl für das Laufen auf den langen Brettern.

»Keine Bange, die anderen werden dir helfen, wenn es nicht sofort klappt. Vielleicht lachen sie ein wenig, aber letztendlich werden sie erstaunt sein, wie schnell du es lernen wirst«, sagte Tante Gertrud und klopfte ihr anerkennend auf die Schultern. »Du machst das schon, mein Kind.«

Es dauerte noch drei Wochen, drei Wochen, in denen Fine jeden Tag übte, wie man die Skier anlegte und wie man sich auf ihnen bewegte, bis es wirklich schneite. Zu Fines Glück passierte es an einem Samstag Anfang November. Fine stand am Fenster, sah den Schneeflocken zu. Es war ein grauer Tag, der gar nicht richtig hell werden wollte. Auch der weiße Schnee brachte nicht mehr Helligkeit, im Gegenteil, die Flocken stürzten aus den Wolken, sie schwebten nicht, sie fielen rasant und vom Wind getrieben nach unten, klatschen an die Fenster, türmten sich schnell an Unebenheiten auf.

Tante Gertrud stellte sich neben Fine an das Fenster. »Morgen werden wir eine Schneedecke haben«, sagte sie nachdenklich. »Aber dieser Schnee ist tückisch. Dennoch denke ich, dass wir es ausprobieren können.«

»Gut«, sagte Fine und ballte die Fäuste. Sie wollte sich vor den anderen keine Blöße geben.

»Warst du schon im Keller und hast nach den Äpfeln gesehen?«

»Das mache ich jetzt sofort.« Fine lief nach unten und kam geknickt mit einem Korb voller Äpfel zurück. Jedes Mal, wenn sie Äpfel mit Druckstellen oder braunen Flecken fand, schämte sie sich, so als hätte sie die Äpfel beschädigt. Dabei schimpfte Tante Gertrud gar nicht. Dennoch – Fine war die Apfelwächterin und wollte, dass so viele Äpfel wie möglich den Winter überstanden.

Geknickt stellte sie den Korb in die Küche. Tante Gertrud schaute sich die Äpfel an und sortierte einige aus. »Die haben nur ganz kleine braune Stellen«, sagte sie. »Aber es ist gut, dass du sie hochgebracht hast.« Sie lächelte. »Heute ist der erste Wintertag, der erste richtige Schneetag. Kennt ihr das überhaupt?«

»Es schneit auch in Berlin, aber ... da wird gekehrt, und zwischen den Häusern bleibt oft nicht viel liegen«, sagte Fine. »Ist das hier anders?«

»Du wirst es schon sehen«, lachte Tante Gertrud. »Wir feiern das ein bisschen, denn rausgehen könnt ihr heute nicht. Ich werde Bratäpfel machen.«

»Was sind Bratäpfel?«

»Lass dich überraschen.«

»Aber warum können wir nicht rausgehen? Beate will einen Schneemann bauen.«

Tante Gertrud überlegte kurz. »Dann versucht es. Aber bevor ihr rausgeht, legst du Holz in den Ofen. Da ist noch Glut, du musst sie aber vorsichtig anfachen.«

»Es ist doch gerade erst Mittag«, sagte Fine erstaunt.

»Tu einfach, was ich dir sage.«

Fine fachte den Ofen an, half dann Beate und Neli mit den dicken Jacken, Stiefeln und Schals und Mützen. Dann gingen sie in den Garten. Ein eisiger Wind blies, die Schneeflocken, die von drinnen so weich und wattig aussahen, erwiesen sich als eisige Körner, die in die Haut bissen und unter den Schal gelangten. Der Schnee ließ sich nicht formen, er war zu fest und der Wind zu streng. Nach einer halben Stunde nur gaben sie auf und kehrten ins Haus zurück.

»Ich habe Zeitungen vor den Kamin gelegt, darauf könnt ihr eure Stiefel stellen«, sagte Tante Gertrud. »Und die Jacken hängt ihr über die Stühle«

»Ist Schnee hier immer so?«, fragte Fine verzagt und dachte an den Schulweg.

Tante Gertrud schüttelte den Kopf. »Meist nicht.«

Fine seufzte erleichtert auf. Inzwischen drang ein köstlicher Duft aus der Küche – nach Äpfeln und Süße, nach geschmolzener Butter. Tante Gertrud stellte die Form mit den Bratäpfeln auf den Tisch und brachte dann eine Schüssel mit geschlagener Sahne.

Es hat doch keiner Geburtstag, dachte Fine überrascht. Leckereien und geschlagene Sahne gab es höchstens an Feiertagen oder wenn jemand Geburtstag hatte. »Ist heute ein besonderer Tag?«, fragte sie vorsichtig. »Von dem wir nichts wissen?«

Tante Gertrud sah sie an. »Nein. Mir war nur danach. Der Winter ist nun da, und der Winter kann hier sehr streng und hart sein. Da braucht man schon mal etwas süßen Trost. Aber das ist eine Ausnahme«, fügte sie hinzu.

»Oh, ist das köstlich«, sagte Neli. »Darf ich noch etwas Sahne haben?«

»Ein wenig«, sagte Tante Gertrud lächelnd. Sie hatte Kerzen angezündet, der Kamin prasselte, und der Schnee sammelte sich vor den Fenstern. Tante Gertrud zog nun die dicken Vorhänge zu, denn es zog im Haus in jeder Ecke.

Am nächsten Morgen schneite es immer noch, aber der Wind hatte nachgelassen, und der Schnee war nun von einer anderen Konsistenz. Das erste Mal in ihrem Leben stand Fine auf Skiern und lief über die Schneedecke. Tante Gertrud hatte sich ebenfalls eine Hose angezogen und sich Skier untergeschnallt. Geduldig zeigte sie Fine immer wieder, wie sie die Stöcke am besten einsetzte und die Füße hob, so dass es sie wenig Kraft kostete. Am Ende des Vormittags war Fine zwar erschöpft, aber auch erleichtert. Sie hatte es verstanden und nun auch keine Angst mehr vor dem Schulweg.

»Du kannst das schon«, sagte Heinz-Ludwig am nächsten Morgen auf dem Weg zur Schule. »Du hast das schon vorher mal gemacht.«

»Nein«, sagte Fine. »Ich habe es erst gestern gelernt.« Stolz lief sie mit den anderen mit.

Dies und viele andere Kleinigkeiten schrieb sie Ulla in ihrem wöchentlichen Brief. Fine fing immer am Montag an, schrieb jeden Tag ein wenig, bis sie am Samstag fertig war und der Brief, auch mit den Seiten ihrer Schwestern, ins Kuvert kam und abgeschickt wurde.

Mitte Dezember – Fine kam gerade aus der Schule, stellte ihre Skier wie inzwischen gewohnt aufrecht in den Schnee neben der Haustür und klopfte ihre Stiefel ab – öffnete Tante Gertrud ihr strahlend die Tür. »Eure Mutti hat angerufen. Sie kommt über Weihnachten zu Besuch.«

Fine blieb stehen und konnte erst gar nichts sagen, so sehr freute sie sich.

»Nun komm herein«, rief Tante Gertrud lachend. »Du kannst auch vor dem Kamin wie eine Salzsäule stehen, aber da wirst du wenigstens warm.«

Sie freuten sich so sehr auf Muttis Besuch, und Tante Gertrud freute sich mit ihnen. Abends bastelten sie nun oft am Esstisch. Im Herbst hatte Tante Gertrud mit Beate und Neli Tannenzapfen, Hölzer, Borke und Moos im Wald gesammelt. Sie hatte Hagebutten und die Beeren der Eberesche getrocknet, Kastanien, Eicheln und Buchenfrüchte gesammelt. Nun durfte jeder die Sachen auf einen Pappteller kleben und mit ausgeschnittenen Papiersternen dekorieren. In die Mitte kam eine Kerze, und an den Rand legten sie kleine Tannenzweige – so hatte jeder ein weihnachtliches Platzset. Sie bastelten noch mehr aus diesen einfachen Dingen und hatten Spaß daran. Vor allem für Mutti bastelten sie kleine Geschenke.

In der Woche vor Weihnachten nahm Onkel Hans sie mit in den Wald. Dort hatte er sich mit dem Förster verabredet, und dieser schlug für sie einen Weihnachtsbaum, den sie zusammen auf dem Schlitten nach Hause zogen. Dort musste er erst drei Tage unter der überdachten Veranda stehen, dann bauten sie ihn im Wohnzimmer auf.

Tante Gertrud holte Kisten mit Weihnachtsschmuck vom Dachboden. Sie sah die Sachen durch. Es gab alte, versilberte Kugeln, die sie fast nur mit Samthandschuhen anfasste und die vorsichtig an den Baum gehängt wurden. Schweres Lametta aus versilbertem Blei, das auch sorgfältig behandelt werden musste.

Und es gab jede Menge Strohsterne, Papierketten und selbstgebastelte Sterne. Einen Teil sortierte die Tante aus. »Das ist von Kindern, die früher hier waren. Jetzt seid ihr aber hier, und wir haben ja auch schon einiges an Baumschmuck gebastelt.«

Sie hatten Walnüsse bemalt, Strohsterne geflochten und glänzende Papierketten geklebt. Nun wurde der Schmuck an den Baum gehängt. Es gab elektrische Lichter, aber auch echte Kerzen, die Tante Gertrud sorgfältig platzierte. Doch anzünden würden sie sie erst an Weihnachten.

Großvater und auch Vati hatten Pakete geschickt, die nun unter dem Baum lagen. Ein großes Paket war von Großmutter Isi aus Blankenese gekommen. Es gab auch noch weitere, kleinere Pakete.

Für Mutti und Vati hatten sie gebastelt und die Sachen sorgfältig verpackt.

Morgen war der Tag vor dem Heiligen Abend und übermorgen würde Mutti kommen. Fine lag unter der angewärmten Bettdecke, drückte ihre Füße an die Wärmflasche, die sie an besonders kalten Tagen zusätzlich bekamen. Übermorgen kam Mutti. Wie sehr sie sich freute, auch wenn sie wusste, dass am Ende des Besuchs wieder ein Abschied stand. Beate schwor schon seit Tagen, dass sie zu aufgeregt sei, um einzuschlafen, aber nun atmete sie tief und ruhig. Auch Neli schlief schon, doch Fine fand nicht in den Schlaf. Sie hatte, wurde ihr plötzlich klar, gar kein Geschenk für Tante Gertrud und Onkel Hans. Übermorgen war Weihnachten, und sie hatte für die beiden keine Geschenke. Sie hatten inzwischen ein ganz anderes, innigeres Verhältnis zu ihnen, als es die Ferienkinder hatten. Natürlich würden Tante und Onkel niemals Mutti oder Vati ersetzen können, dennoch …

Ich werde ihnen etwa basteln, beschloss Fine und merkte, wie sehr sie der Entschluss beruhigte.

Am nächsten Morgen war sie schon früh wach. Da schon Winterferien waren und sie nicht in die Schule mussten, durften sie etwas länger im Bett bleiben. Nur Greta war schon wach, heizte die Öfen an und bereitete das Frühstück vor.

Fine stibitzte sich Papier und Stifte aus dem Bastelregal im Musikzimmer. Dann schlich sie sich zu ihrem Lieblingsversteck – auf die verglaste Veranda. Da die Veranda nicht beheizt wurde, war es hier nun bitterkalt. Aber Fine hatte sich zwei Wolldecken zurechtgelegt und kuschelte sich darin ein, wenn sie ungestört lesen wollte.

Fine war sich sicher, dass Tante Gertrud ihr ›Versteck‹ kannte, aber sie erwähnte es nie. Doch als es immer kälter wurde, fand Fine ein dickes Paar Socken, das auf ihre Decken gelegt worden war.

Nun holte sie sich einen kleinen Hocker, den sie als Tisch benutzte. Für einen Moment überlegte sie, aber dann malte sie das Haus und daneben Onkel und Tante und die drei Schwestern. Sie verzierte das Bild mit den Sternen, die sie ausgeschnitten hatten. Es dauerte eine ganze Weile, und Fines Finger waren inzwischen ganz klamm, doch endlich war sie fertig und einigermaßen zufrieden. So wie Mutti würde sie nie malen können, aber sie hoffte doch, dass Tante Gertrud sich freuen würde.

Gespannt warteten sie am Heiligen Abend auf Ullas Ankunft. Wieder warf sich Beate ihr in die Arme, aber diesmal beruhigte sie sich schneller.

»Ich weiß«, sagte Tante Gertrud zu Ulla, »dass Sie nicht gläubig sind. Aber wir gehen Weihnachten in die Kirche. Es steht Ihnen frei, mitzukommen oder hierzubleiben. Auch die Mädchen dürfen das selbst entscheiden.«

»Ihr geht in die Kirche?«, fragte Ulla die Kinder verblüfft.

»Nicht jeden Sonntag, aber hin und wieder schon«, sagte Fine.

»Es ist so schön dort«, erklärte Neli. »Ich mag die Kerzen und den Gesang.«

»Es gibt auch einen Weihnachtsbaum in der Kirche«, erzählte Beate, und ihre Augen strahlten.

»Also möchtet ihr zum Gottesdienst?«, wollte Ulla wissen.

»Nur, wenn du mitkommst«, sagte Fine und die anderen beiden nickten.

Ulla überlegte nicht lange. »Gut, dann werden wir in die Kirche gehen.«

Es war ein schöner, ein besinnlicher Abend. Während des Gottesdienstes betete Fine ganz fest, dass sich im nächsten Jahr die Situation ändern möge. Will sollte eine feste Arbeit bekommen und Mutti heiraten. Dann könnten sie alle zurück zu ihr nach Berlin ziehen.

Nach dem Gottesdienst gab es ein einfaches Essen – Sauerkraut und Würstchen. Dann las Tante Gertrud die Weihnachtsgeschichte vor, und schließlich wurden die elektrischen Lichter und die Kerzen am Baum angezündet, alles andere Licht gelöscht.

Staunend standen sie vor dem Baum.

»Jeder darf sich ein Geschenk nehmen«, sagte Tante Gertrud. »Und es auspacken.«

Es waren noch mehr Päckchen dazugekommen, stellte Fine aufgeregt fest. Nach und nach packten sie die Geschenke aus. Auch Vati hatte ein paar Dinge geschickt. Fine bekam neue Bücher, worüber sie sich sehr freute. Eigentlich wollte sie sich jetzt nur noch zurückziehen und lesen.

Neli hatte Klaviernoten bekommen und Puppenkleider. Sogar ein kleines Puppenbett war dabei. Und Beate freute sich darüber, dass ihr Bär – den sie von Ursi geschenkt bekommen hatte und der inzwischen ihr treuer Begleiter geworden war – nun auch einen Pullover und ein Mäntelchen hatte.

Die meisten Geschenke waren allerdings praktischer Natur. Eine neue Bürste für Beate, deren Locken meist widerspenstig waren. Haarklammern für alle drei Mädchen. Strumpfhosen und Wäsche. Aber die Sachen waren schön und neu, und die Kinder freuen sich sehr darüber.

Auch Ulla packte entzückt ihre Geschenke aus. »Das habt ihr für mich gemacht?«, fragte sie und konnte kaum die Tränen zurückhalten.

»Hängst du die Bilder in deiner Wohnung auf?«, fragte Beate.

»Damit du uns nicht vergisst?«

»Wie könnte ich euch vergessen, Beatemaus? Ihr seid immer in meinen Gedanken, dafür brauche ich keine Bilder. Aber natürlich hänge ich sie auf, dann sehe ich euch immer vor mir, wenn ich sie anschaue.«

Als sie ins Bett gingen, fiel Fine ein, dass sie gar nicht bemerkt hatte, ob Tante Gertrud ihr Geschenk ausgepackt hatte. Fine hatte das Bild sorgfältig verpackt und unter den Baum gelegt.

Am nächsten Morgen war sie früh auf und lief ins Wohnzimmer – das Geschenk lag dort nicht mehr, also hatte Tante Gertrud es gefunden. Aber ob sie sich auch freute, fragte sich Fine verwirrt und unsicher.

Doch es blieb ihr keine Zeit, um darüber nachzudenken. Sie wollte Ulla unbedingt zeigen, wie gut sie Ski laufen konnte, und gemeinsam machten sie eine kleine Tour durch den Wald. Anschließend saßen sie bei heißem Kakao im Musikzimmer, und Ulla las den Kindern Geschichten vor. An diesem Tag gab es ein Festmahl – Gans mit Rotkohl und Klößen, dazu eine sämige Soße und als Nachtisch Apfelkuchen.

»Ich bin die Apfelwächterin«, sagte Fine und zeigte Ulla die Regale im Keller.

»Es ist schön, zu sehen, wie gut ihr euch hier eingelebt habt«, sagte Ulla und versuchte, nicht allzu traurig zu klingen. Fine hörte den Tonfall dennoch.

An diesem Abend sangen sie Weihnachtslieder unter dem Tannenbaum im Kerzenlicht, und Fine war ganz warm ums Herz. Sie versuchte sich das Gefühl ganz fest einzuprägen, damit sie es später aus ihren Erinnerungen holen konnte.

Der Tag war viel zu schnell zu Ende gegangen, und am nächsten Morgen musste Ulla schon wieder fahren. Natürlich flossen Tränen, und Beate klammerte sich an ihre Mutter, versuchte sie dazu zu überreden dazubleiben. Doch es nützte nichts. »Ich komme bald wieder«, versprach Ulla. »Ganz bestimmt. Und nun müsst ihr tapfer sein, meine kleinen großen Mädchen.«

Wieder dauerte es ein paar Tage, bis Beate sich gefangen hatte. Aber diesmal trauerte sie nicht so schwer und nicht so lange.

Immer noch hatte Tante Gertrud nichts zu Fines Bild gesagt. Fine war sich inzwischen sicher, dass die Tante es für überflüssig gehalten hatte, und das schmerzte sie.

Doch dann, als Fine wieder verschrumpelte Äpfel nach oben brachte, drehte Tante Gertrud sich plötzlich zu ihr um und nahm sie in den Arm. »Komm mal mit, ich möchte dir etwas zeigen.« Sie gingen in den ersten Stock zum Schlafzimmer der Eheleute Sperling. Den Kindern war das Betreten streng verboten, und Fine hatte nur wenige Male einen flüchtigen Blick in das Zimmer werfen können.

An der Tür blieb sie stehen, auch wenn Tante Gertrud schon vorgegangen war. »Nun komm«, sagte Tante Gertrud dann lächelnd. »Schau!« An der Wand neben dem Bett hing Fines Bild. Die Tante hatte es zum Glaser gebracht, und nun hatte es einen Rahmen. »Ich finde es wunderschön. Danke.« Wieder nahm sie Fine kurz in den Arm.

Der Frühling kam, und der Schnee schmolz. In der Übergangszeit war der Weg zur Schule anstrengender als sonst – für Skier war zu wenig Schnee da, und es war sehr matschig. Sie mussten zum Teil Umwege nehmen.

An Ostern endete das Schuljahr. Fine wurde eine Klasse weiter versetzt. Tante Gertrud diskutierte mit Großvater Stolte und Ulla, die über Ostern zu Besuch gekommen waren, ob auch Neli bis nach Waltershausen auf das Realgymnasium würde laufen können. Neli war bei Weitem nicht so agil und sportlich wie Fine, und so entschlossen sie sich, Neli auf die private Realschule in Tabarz zu schicken.

Natürlich war Neli beleidigt, denn sie beneidete Fine um die Abenteuer, von denen diese immer erzählte. Außerdem wollte sie zu den ›Großen‹ dazugehören, aber Fine war sehr erleichtert. Sie hatte schon Angst gehabt, Neli immer jammernd im Schlepptau haben zu müssen.

Im Mai, einen Tag vor Fines zwölftem Geburtstag, kam plötzlich Heinrich zu Besuch. Er hatte es mit Tante Gertrud abgesprochen und würde ein paar Tage bleiben, aber sie hatten es bis zu seiner Ankunft verheimlicht, und so war es eine große Überraschung.

»Wie wunderbar, Vati!«, jubelte Fine. »Endlich kommst du uns wieder besuchen. Und das zu meinem Geburtstag!« Sie strahlte über das ganze Gesicht.

Heinrich war im letzten Jahr nur einmal kurz bei ihnen gewesen. Er schrieb ihnen regelmäßig, doch meist nur Postkarten oder kurze Briefe. Fine merkte erst jetzt, wie sehr sie ihn vermisst hatte.

Auch Neli und Beate waren ganz außer sich vor Freude. Sie verbrachten den Nachmittag gemeinsam mit ihm, und abends zeigten sie, wie gut sie schon Klavier spielen konnten, und sangen Lieder mit ihm.

Abends, als sie im Bett lagen, kam Vati zu ihnen ins Zimmer. Er herzte Beate, strich Neli über die Haare und setzte sich dann auf Fines Bett. »Freust du dich schon auf morgen? Auf deinen Geburtstag?«

Fine nickte. »Das größte Geschenk habe ich aber schon«, sagte sie. »Dass du hier bist, ist mein größtes Geschenk.«

»Nimmst du uns mit nach Berlin?«, fragte Beate mit dünner, zittriger Stimme. »Zurück zu Mutti?«

»Gefällt es euch hier denn nicht?«, fragte Heinrich betroffen. »Ich dachte, euch geht es gut hier.«

»Ja, uns geht es gut hier«, sagte Fine. »Aber wir vermissen euch natürlich sehr. Vor allem Beate ...«

»Das verstehe ich.« Er sah Fine ernst an. »Aber im Moment seid ihr hier sicherer. In Berlin und in den anderen großen Städten ist die Stimmung sehr aufgebracht, und es könnte für euch gefährlich sein.«

»Wieso?«, wollte Neli wissen.

»Die Nazis ...« Heinrich stockte. »Wisst ihr, wer die Nazis sind?«

»Ja, natürlich, Vati.« Fine verdrehte die Augen. »Das sind die Nationalsozialisten. Eine faschistische Partei. Ihr Parteichef ist Adolf Hitler. Sie hassen die Kommunisten und wollen die Demokratie abschaffen.«

Heinrich sah Fine überrascht an.

»Aber Großvater ist auch in der Partei«, fuhr Fine nun nachdenklich fort. »Er ist auch ein Nazi, doch zu uns ist er immer lieb.«

»Meine Güte, Fine, ich habe nicht gewusst, wie sehr dich deine Mutter geprägt hat.« Er seufzte. »Nun, jedenfalls hassen die Nazis auch die Juden.«

»Die Juden und die Kommunisten sind für sie Sündenböcke«, sagte Fine. »Damit begründen sie ihre Propaganda.«

»Sag mal, Kind, gehst du hier zu einer politischen Vereinigung?«

»Nein, hier nicht mehr«, sagte Neli nun. »Aber in Berlin war sie immer bei den Pionieren von der KPD. Und sie hat immer gelauscht, wenn sich Mutti mit den Genossen traf.«

Heinrich überlegte. »Es ist gut, wenn man informiert ist«, sagte er langsam. »Aber in den heutigen Zeiten muss man sehr aufpassen, was man sagt. Verstehst du das, Fine?«

»Aber was ich gesagt habe, stimmt doch«, rechtfertigte sie sich.

»Das mag für manche Leute so sein, für andere nicht. Großvater Stolte wäre entsetzt, wenn er dich hören könnte.«

»Ich bin ja nicht blöd und sag das zu ihm.«

»Du solltest das im Moment zu keinem laut sagen. Nicht, solange ... alles noch in der Schwebe ist. Die Nazis hassen die Kommunisten und ... die Juden. Da hast du vollkommen recht. Ihr seid zu einem Viertel jüdisch.«

»Nein, wir sind gar nichts«, sagte Neli mit Überzeugung. »Aber wir gehen mit der Tante oft in die Kirche hier. Ich finde das schön. Können wir nicht evangelisch sein?«

Heinrich rieb sich über das Kinn. »Ähm ... darüber müsst ihr mit eurer Mutter sprechen. Nun ja, jedenfalls gibt es Leute, die sagen würden, dass ihr wenigstens zum Teil Juden seid. Und das ist eben im Moment gefährlich – in manchen Städten.«

»Warum?«, fragte Fine. »Was passiert denn mit den Juden?«

»In Berlin haben die Nazis jüdischen Studenten den Eintritt in die Universität verweigert. Es kam zu einer großen Auseinandersetzung.« Wieder stockte er. »Und ich fürchte, das könnte erst der Anfang sein«, fügte er leise hinzu. Dann sah er die Mädchen an. »Weiß hier jemand, dass ihr aus einer halbjüdischen Familie stammt? Eure Freunde? Die Lehrer?«

Fine schüttelte den Kopf. »Ich denke nicht«, sagte sie dann grübelnd. »Ich glaube aber, Tante und Onkel wissen es.« Sie sah Heinrich an. »Weißt du, Politik ist hier nicht so wichtig. Hier spielt eher das Wetter eine Rolle. Im Winter soll es schön kalt sein und schneien, damit die Gäste ins Kurheim kommen und die Pferdeschlitten für die Ausfahrten durch den Wald buchen, und im Sommer schön mild und trocken, damit die Gäste lustwandeln können – so heißt das, glaub ich.«

»Deshalb seid ihr hier ja auch im Moment besser aufgehoben als in Berlin. Da spielt das Wetter nämlich keine große Rolle.«

»Aber in Berlin ist Mutti«, sagte Beate mit leiser Stimme. Sie gähnte.

»Mutti kommt euch bestimmt bald wieder besuchen«, sagte Heinrich. »Und jetzt bin ich ja erst einmal da. Aber nun ist es Zeit, um zu schlafen. Gute Nacht, meine lieben Töchter.«

Am Morgen ihres zwölften Geburtstags war Fine schon sehr früh wach. Noch nicht einmal Greta war aufgestanden. Für das Geburtstagskind wurde immer ein Gabentisch im Musikzimmer aufgebaut. Ob er schon fertig war, fragte sich Fine und schlich sich nach unten. Tatsächlich stand dort schon die Geburtstagskerze, und einige Geschenke lagen auf dem Tisch. Vor allem Bücher. Schnell griff sie sich eines und huschte wieder zurück ins Kinderzimmer. Eingekuschelt in ihr Bett begann sie zu lesen. Da Sonntag war, weckte Greta sie erst später.

Sie würden gemeinsam mit Vati frühstücken, dachte Fine glücklich. Das ist der schönste Geburtstag in meinem Leben. Und wenn jetzt auch noch Mutti käme – Fine kniff die Augen ganz fest zusammen und wünschte es sich, aber ihr war klar, dass manche Wünsche sich nicht erfüllten.

»Zu meinem Geburtstag ist Vati nicht gekommen«, sagte Neli. »Du bist immer noch sein Liebling.«

»Vielleicht kommt er ja in diesem Jahr auch zu deinem Geburtstag«, meinte Fine, die sich die gute Laune nicht verderben lassen wollte. Eilig zog sie sich an und ging nach unten. Nun konnte sie einen genaueren Blick auf ihren Geburtstagstisch werfen. Im Musikzimmer stand schon Vati und lachte ihr entgegen.

»Herzlichen Glückwunsch, meine Große«, sagte er und gab ihr einen Kuss auf die Wange. Dann streckte er die Hand nach vorne, die er hinter seinem Rücken versteckt gehalten hatte. »Eine Apfelsine für meine liebe Fine!«

»Oh, eine Apfelsine habe ich schon lange nicht mehr gegessen«, sagte Fine glücklich. »Manchmal gab es die in Blankenese bei Großmutter Isi. Aber hier gibt es fast nur das Obst, das im Garten wächst. Danke schön und auch vielen Dank für die Bücher.«

»Ich weiß doch, dass ich dir damit die größte Freude machen kann.«

Sie hatten ein paar schöne Tage, gingen mit Heinrich in den Kurpark von Tabarz und machten einen Ausflug nach Waltershausen. Abends spielten sie Brettspiele und sangen ihm vor.

Doch auch Heinrich musste irgendwann wieder abreisen.

»Ich komme wieder«, versprach er. »Ihr passt gut auf euch auf. Und du Fine, behältst deine politischen Erkenntnisse für dich.«

Den Sommer verbrachten sie wie im letzten Jahr mit vielen Feriengästen. Dann begann wieder die Schule. An einem Tag Mitte September kam Fine fröhlich nach dem Unterricht nach Hause zurück. Auf dem Heimweg hatten sie wieder Verstecken gespielt, und ihre Mannschaft hatte gewonnen. Doch als sie in die Küche kam, sah Tante Gertrud anders aus als sonst. Sie hatte die Stirn in Falten gezogen, und das übliche schmallippige Lächeln wollte sich nicht zeigen.

Etwas war passiert, das spürte Fine. Hatte sie etwas angestellt? Oder war etwas mit ihren Schwestern? Besorgt sah sie die Tante an.

»Da bist du ja endlich«, sagte Tante Gertrud tadelnd. »Ich habe schon auf dich gewartet. Ich muss etwas mit euch besprechen.« Sie führte die Mädchen ins Wohnzimmer, obwohl sie dort tagsüber eigentlich nichts zu suchen hatten, und wies sie an, sich auf das Sofa zu setzen – wo eigentlich immer nur der Besuch Platz nehmen durfte.

Fine war ganz flau im Magen. Beklommen sah sie ihre Schwestern an, die ebenso überrascht und besorgt wirkten, wie sie sich fühlte.

»Eure Mutter hat angerufen«, sagte Tante Gertrud nun und stockte.

Mutti hat angerufen? Das Telefon im Hause Sperling klingelte nur sehr selten. Warum sollte Mutti plötzlich anrufen? Das kostete doch Geld. Fine hielt den Atem an.

»Ich muss euch eine sehr traurige Nachricht überbringen.« Wieder hielt Tante Gertrud inne. »Es tut mir sehr leid, aber euer lieber Vater ist verstorben.«

Fine schüttelte den Kopf. »Das ... kann nicht sein«, stammelte sie.

»Leider doch.«

»Aber ... aber er hat uns doch erst letzte Woche geschrieben.«

»Was ist mit Vati?«, fragte Beate verwirrt.

Neli sagte gar nichts, doch dicke Tränen liefen ihr über die Wangen.

»Was ist passiert?«, fragte Fine. Ihr war plötzlich ganz kalt.

»War es ein Unfall?«

»Das weiß ich nicht so genau.« Tante Gertrud setzte sich nun zwischen sie auf das Sofa und nahm Beate auf den Schoß. »Ich weiß, das ist eine ungeheure Nachricht und schwer zu verstehen«, sagte sie. »Eure Mutter kommt und wird euch abholen.«

»Mutti kommt?«, fragte Beate nach, ihr Gesicht hellte sich auf.

»Ja, Mutti kommt, weil Vati tot ist«, erklärte Fine nun. Sie fühlte plötzlich gar nichts, in ihr war alles leer und kalt.

Beates Unterlippe zitterte nun, und Tränen traten ihr in die Augen. Was ›tot‹ bedeutete, wusste sie. »Vati?«, schluchzte sie auf. »Unser Vati?«

»Ja«, sagte Tante Gertrud und drückte Beate an sich, strich ihr über das Haar. »Weine dich aus, mein Kind, ich weiß, wie traurig das ist ...«

»Warum kommt Mutti?«, fragte Fine nun nach, ihre Stimme klang merkwürdig blechern.

»Sie will mit euch sprechen und ... euch mitnehmen nach Berlin zur Beerdigung.« Tante Gertrud sah sie an. »Wenn ihr das wollt.«

»Mutti holt uns ab?«, fragte Beate. »Wir dürfen wieder zu ihr?«

»Nein«, sagte Tante Gertrud. »Ihr kommt danach wieder hierher zurück.«

»Ich will das nicht!« Fine sprang auf und rannte nach draußen. Sie lief in den Garten, dann weiter, bis in den Wald. Sie lief und lief, bis sie keine Luft mehr bekam und erschöpft stehen bleiben musste. Keuchend rang sie nach Luft, und nun kamen endlich die Tränen, schmolzen das gefühlskalte Eis in ihr.

Vati, dachte sie. Vati, Vati, Vati.

Wie sie nach Hause gekommen war, wusste sie nicht mehr. Sie war zu erschöpft von dem Weg und den vielen Tränen, von den Gedanken, die in ihrem Kopf kreisten und keinen Sinn ergaben.

An diesem Abend saßen sie alle schweigend um den Tisch, niemand von ihnen verspürte Hunger.

»Ich habe euch für die nächsten Tage von der Schule befreit«, unterbrach Tante Gertrud irgendwann die Stille. »Ihr alle geht jetzt in die Badewanne und wascht euch die Haare. Ich habe euch schon Sachen rausgelegt. Natürlich habt ihr keine … ich meine … schwarzen Sachen«, fuhr sie bedrückt fort, »aber das wird ja auch hoffentlich keiner erwarten.«

Sie nickten nur und gingen ins Bad. Sie sprachen nicht miteinander, weder sie noch ihre Schwestern hatten Worte für die Situation. Vielleicht gibt es auch keine, dachte Fine.

In dieser Nacht schlief sie nicht viel. Immer wieder dachte sie an ihren Geburtstag zurück, an die schönen Tage mit Vati. Sie hätte nie gedacht, dass sie ihn nie wiedersehen würde.

Am nächsten Vormittag hielt ein Auto vor dem Haus. Es war Großvaters Wagen. Er stieg aus, und nach einem Moment öffnete sich auch die Beifahrertür. Ulla sah noch schmaler aus als sonst. Sie schloss die Kinder schweigend in die Arme.

»Was ist passiert?«, fragte Fine irgendwann heiser. »Was ist Vati passiert?«

»Man weiß es noch nicht genau. Die Nachbarn haben festgestellt, dass niemand die Schrippen und die Zeitung reinholte, er öffnete auch nicht, also … also …«, sie schluckte, »also haben sie die Polizei geholt, und die hat die Tür geöffnet. Er saß in seinem Sessel … als wäre er dort einfach eingeschlafen und … nicht mehr aufgewacht.«

Irgendetwas an Muttis Ton stimmte nicht, dachte Fine, aber sie wusste nicht, was.

Schnell luden sie die Tasche mit den Wechselsachen in den Wagen.

»Übermorgen«, sagte Ulla, »spätestens in drei Tagen bring ich sie zurück. Ich melde mich noch einmal.«

»Ist gut.« Tante Gertrud blieb vor der Tür stehen, bis der Wagen um die Ecke gebogen war. Fine hatte die ganze Zeit zu ihr geschaut. Weder sie noch Tante Gertrud hatte gewunken – es schien nicht angemessen zu sein.

Großvater und Ulla wechselten während der Fahrt kaum ein Wort, und selbst Neli, die sonst immer plapperte wie ein Wasserfall, schien verstummt. Wie eine düstere Wolke lagen die Traurigkeit und die Fassungslosigkeit über ihnen.

Großvater setzte sie vor einem Haus ab, verabschiedete sich nur kurz. »Du sagst mir Bescheid, wenn ich die Mädchen wieder nach Tabarz bringen soll.«

»Ist gut, Vater.«

»Hoffentlich erben sie nun etwas, das würde ihrer prekären finanziellen Situation bestimmt helfen.«

»Wie kannst du jetzt nur an Geld denken?«, fragte Ulla entsetzt.

Sie schloss die Haustür auf. Im Hausflur war ein großer Wandschrank. An ihm vorbei ging es ein paar Treppenstufen nach unten. Ulla öffnete die Wohnungstür. »Hier wohnen wir, Will und ich.«

Sie hatte den Kindern natürlich von der Wohnung geschrieben und auch ein paar Fotos geschickt, aber Fine hatte es sich dennoch nicht so beengt und dunkel vorgestellt. Das Schlafzimmer hatte nur ein ganz kleines Fensterchen, die Küche immerhin eine Tür in den Hof. Außerdem gab es noch das Wohnzimmer und ein winziges Badezimmer.

Will begrüßte die Kinder herzlich. »Ich habe etwas gekocht. Habt ihr Hunger?«

Aus der Küche kam tatsächlich ein köstlicher Duft, und Fine merkte erst jetzt, wie hungrig sie war. »Du kannst kochen?«, fragte sie überrascht.

»Viel besser als ich«, gab Ulla zu.

»Wo werden wir schlafen?«, wollte Neli wissen.

»Ihr schlaft alle zusammen im Schlafzimmer, Ich werde auf dem Sofa schlafen«, erklärte Ulla.

»Und Will?«

»Heute Abend gehe ich zu einem Freund, da kann ich übernachten und störe euch nicht.« Er lächelte freundlich und ging in die Küche.

Sie saßen gerade am Tisch, als es schellte. Ulla sprang auf. »Ich hoffe, es ist Detta. Sie hatte versprochen, vorbeizukommen.«

Obwohl es ein trauriger Anlass war, fiel die Begrüßung überschwänglich aus. Für eine kurze Zeit war die Trauerwolke wie weggeblasen.

Fine sah Tim immer wieder staunend an. Er war jetzt dreizehn und schon im Stimmbruch, seine Stimme kiekste und schwankte. Er war gewachsen, aber seine Arme und Beine schienen schneller gewachsen zu sein als der Rumpf, und das sah etwas seltsam aus. Doch wenn er sie ansah und lächelte, war da wieder der alte Tim, mit dem sie früher so vertraut gewesen war. Sie hatte ihm am Anfang lange Briefe geschrieben, aber er hatte meist nur mit kurzen Postkarten geantwortet, und deshalb hatte sie irgendwann auch nur noch Postkarten geschickt.

Nach dem Essen schickte Will sie alle ins Wohnzimmer. »Ich räume auf und spüle ab«, sagte er.

»Ich helfe dir«, sagte Fine.

»Du kannst mir morgen helfen. Heute gehört der Abend euch.« Will wollte sie aus der Küche schieben, aber Fine brauchte einen Moment für sich. »Darf ich kurz in den Hof?«, fragte sie. Er nickte.

Es war ein dunkler Hinterhof, es gab keinen Baum, noch nicht einmal Gras wuchs zwischen den Steinen. Wäscheleinen waren dort an Pfosten gespannt, und es gab einen Durchgang zu den nächsten Höfen.

Fine stand vor der Tür und schaute sich betroffen um. Hier war es sehr viel öder als in der Reinerzstraße. Sie hörte die Küchentür, drehte sich um, Tim war ihr gefolgt.

»Weißt du noch«, sagte er, »früher bei euch? Euer Garten? Ich vermisse das sehr.«

»Wegen Hertha«, sagte Fine und musste kichern.

»Auch. Aber dieses Jahr haben sie wirklich nicht gut gespielt.«

»Nein, deshalb sind sie ja auch nicht in das Endspiel gekommen, und Bayern München ist nun Meister.«

Tim sah sie verblüfft an. »Das weißt du?«

»Na klar.« Fine ratterte einige Details über das Endspiel der Bayern gegen Eintracht Frankfurt herunter, die sie sich von den Gesprächen ihrer Freunde gemerkt hatte.

»Uff, ich bin beeindruckt«, meinte Tim. Dann sah er sie nachdenklich an. »Geht es euch wirklich gut in Tabarz?«

»Warum fragen das immer alle? Wieso sollte es uns denn schlecht gehen?«

»Ihr seid in einem ... so weit weg, bei Fremden ...« Tims Stimme war leise geworden.

»Die ersten Monate waren schwierig«, gab Fine zu. »Alles war neu, wir hatten Heimweh, und wir mussten uns an die Regeln gewöhnen. All das hatten wir zuletzt hier nicht mehr. Und Mutti ... sie war immer unterwegs.« Fine zuckte mit den Schultern. »Ich liebe sie sehr, und ich vermisse sie. Wenn ihr Leben anders wäre, würde ich sofort zurückkommen. Aber so ...«

»Das klingt … vernünftig. Aber auch ein wenig traurig.«

»Im Sommer kommen immer die Feriengäste. Dann ist die Bude voll. Wir haben viel Spaß miteinander. Und im Winter basteln wir viel, erzählen uns Geschichten, erfinden kleine Stücke und führen sie auf. Es kommen keine Genossen und diskutieren. Manchmal ist es langweilig. Aber manchmal ist langweilig auch sicherer.«

»Darüber muss ich nachdenken«, sagte Tim. »Meine Mutti arbeitet auch viel, aber ich bin nach der Schule bei Frau Koslowski, der Nachbarin. Und ich habe ja auch keine kleinen Geschwister, um die ich mich sorgen müsste.«

»Siehst du. Vielleicht wäre ich bei Mutti geblieben, wenn es nur mich gäbe. Aber ich kann die Kleinen ja nicht im Stich lassen.«

»Das stimmt.«

Nach einer Weile gingen sie wieder hinein. Tante Lotti und ihr Mann mit ihrem Sohn Peter waren auch gekommen. Nun war es ganz schön eng im Wohnzimmer. Will verabschiedete sich, Neli, Beate und Peter gingen in die Küche, um dort Karten zu spielen. Fine und Tim setzten sich zu den Erwachsenen ins Wohnzimmer, und bald schon, so wie früher, hatte Ulla vergessen, dass sie noch da waren.

»Morgen ist die Beerdigung. Es wird noch eine Trauerfeier geben, später«, erzählte Lotti. »Onkel Franz hatte ja eine Obduktion erwirkt, um den Gerüchten entgegenzuwirken. Das Ergebnis ist aber noch nicht da.«

»Heinrich hat sich nicht umgebracht. Man sollte die Zeitungen verklagen, die das gedruckt haben«, sagte Ulla aufgebracht. »Er war krank, wahrscheinlich die Ruhr, hatte er mir noch vor ein paar Tagen gesagt. Ich hatte kurz mit ihm gesprochen, weil er noch das Geld für die Mädchen zahlen musste. Heinrich meinte, er habe sich wohl bei einem seiner Patienten angesteckt.«

»Es ist doch auch lächerlich, von einem Selbstmord zu spre-chen, nur weil er Schlaftabletten in der Wohnung hatte«, sagte nun Vera.

»Er ist ein bekannter Arzt, durch seine Bücher über moderne Eheführung und durch seine Eingaben bei der Regierung ist er immer wieder in der Öffentlichkeit gewesen«, meinte Lotti. »Und er war Vaters Sohn – ein Sohn des großen Richard Dehmel. Da stürzt sich die Presse doch begeistert drauf, vor allem wenn sie einen Skandal wittert.«

»Kommt eigentlich Ida?«, fragte Ulla nun.

»Nein«, sagte Vera. »Das schafft sie nicht, hat sie mir gesagt. Ich habe heute noch kurz mit ihr telefoniert. Sie sagte, sie müsse nun immerzu an Heinrich-Lux denken.«

»Grundgütiger«, seufzte Ulla. »Er ist doch schon seit sechzehn Jahren tot.«

»Es ist vielleicht besser so. Würdet ihr sie dabeihaben wol-len?«, fragte Lotti. »Ich nicht.«

»Ich weiß nicht, ob es richtig war, die Kinder herzuholen«, sagte Ulla nachdenklich. »Aber ich wollte ihnen die Möglichkeit geben, Abschied zu nehmen.«

»Das hast du richtig gemacht.« Vera holte ihr Zigarettenetui hervor und reichte es in die Runde. Sie hatten Gläser auf dem Tisch stehen, und Ulla schenkten ihnen ein. »Es ist nur Wodka, etwas anderes habe ich nicht da«, sagte sie entschuldigend.

»Es gibt ja auch kaum noch etwas anderes. Ich habe so gehofft, dass sich die Lage langsam entspannt, aber die politische Situa-tion in Deutschland wird ja immer schwieriger«, meinte Lotti. »Von Papen hat ja der Gewalt Tür und Tor geöffnet.«

»Es ist ja nicht nur von Papen«, sagte Ulla. »Der Blutsonntag in Altona geht ganz sicher auf seine Kappe, aber er wollte die NSDAP besänftigen und hoffte auf Zusammenarbeit, doch da hat er sich ins eigene Fleisch geschnitten.«

»Es wird immer gefährlicher, Kommunist zu sein«, meinte

nun Lottis Mann Walter. »Ich spiele mit dem Gedanken, nach England zu gehen. Natürlich wir alle«, sagte er mit Blick zu Lotti.

»Nach England? Wieso?«

»Weil ich ein gutes Angebot von einer Zeitung bekommen habe, aber auch wegen Lotti und Peter. Peter hat es immer schwerer in der Schule. Er sieht nun mal sehr jüdisch aus mit seiner prominenten Nase«, erklärte Walter. »Und der Antisemitismus nimmt immer mehr zu.«

»Auch Onkel Carl und Onkel Franz überlegen, ob sie ausreisen«, sagte nun Lotti. »Sie haben auch Angst, dass es für die Juden immer schwieriger werden wird.«

»Ich hoffe«, sagte Vera leise, »dass sie sich täuschen. Immerhin hat Vater noch einen großen Namen. Selbst bei den Nazis. Für seine Sprüche am Anfang des großen Krieges wird er jetzt wieder geliebt, dabei hatte er seine Meinung ja gründlich geändert. Aber nun gilt er als einer der großen deutschen Dichter. Uns wird das sicherlich schützen, zumal wir alle ja keinem Glauben angehören.«

»Ich glaube kaum, dass es unsere Kinder betreffen wird«, meinte Ulla. »Sie sind alle nur noch zu einem Viertel jüdisch. Aber ich weiß, dass sich Heinrich darüber auch Sorgen gemacht hat.« Sie versenkte das Gesicht in die Hände. »Wir sind ja schon ein paar Jahre geschieden, aber ich kann nicht fassen, dass er nun nicht mehr lebt.« Sie schluchzte auf. »Ich habe ihn früher sehr, sehr geliebt. Und auch jetzt noch war er ein guter Freund. Wir haben uns sogar besser verstanden, seitdem die Mädchen in Tabarz waren. Vielleicht, weil er sie dort gut betreut wusste – was er mir ja nie wirklich zugetraut hat.« Sie putzte sich die Nase, konnte aber die Tränen nicht aufhalten. »Womit er ja auch nicht unrecht hatte.«

Vera umarmte sie. »Natürlich hast du ihn geliebt, das wissen wir ja alle. Und du bist eine gute Mutter. Die Umstände aber sind es nicht. Niemand kann von nicht mal zwei Reichsmark am Tag leben, geschweige denn eine Familie ernähren.«

»Göring hat den Reichstag auf unbestimmte Zeit vertagt – das heißt, er wird überhaupt nicht mehr zusammenkommen, fürchte ich«, sagte Lotti. »Gesetze werden per Notverordnung verkündet. Das ist das Ende der Demokratie. Und die Nazis gehen fast ungehindert mit Gewalt und noch mehr Gewalt auf die Genossen los.«

»Wenigstens konnte die KPD noch einen Misstrauensantrag durchbringen, mit einer großen Mehrheit.«

»Und jetzt wird es wieder Neuwahlen geben. Wie oft sollen wir denn noch wählen? Die Leute haben es satt. Sie wollen Ordnung und Arbeit.«

»Dummerweise verspricht es ihnen Hitler. Und ich denke, er wird auch für neue Arbeitsplätze sorgen«, sagte Ulla. »Er will einen Krieg, und er wird die Industrie in diesem Sinne ankurbeln. Glaubt mir, wenn Hitler an die Macht kommt, wird er alle Verträge mit den Alliierten aufkündigen.«

»Das kann er nicht, Ullala. Das wäre ... schrecklich«, sagte Vera.

»Ich glaube das auch«, meinte Walter. »Überlegt euch gut, ob ihr nicht auch alle irgendwo ins Ausland geht. Dorthin, wo es sicher ist für Juden und auch für Kommunisten.«

»Das ist doch übertrieben. Wir können doch nicht alle das Land verlassen. Überleg doch mal, wie viele Künstler, Intellektuelle und auch Wissenschaftler Juden sind. Und viele von ihnen sind auch kommunistisch oder wenigstens Sozialdemokraten. Dann wäre das Land ohne geistige Schicht – nur noch Arbeiter in Deutschland? Es gäbe keine Kunst mehr, keine Literatur, keine Wissenschaft.«

»Das könnte so kommen, glaub mir.«

»Schluss jetzt«, sagte Lotti und stand auf. »Wir werden morgen weiterreden. Und übermorgen. Und am Tag darauf. Noch sollten wir uns nicht ins Bockshorn jagen lassen. Niemand in Deutschland will einen weiteren Krieg. Dazu haben wir alle viel zu sehr unter dem letzten gelitten.«

Sie verabschiedeten sich herzlich, und endlich war Ulla mit den Kindern allein. Es war ein langer Tag gewesen, und Beate und Neli fielen fast die Augen zu.

Krieg, dachte Fine entsetzt, die den Worten gelauscht hatte. Sie kannte Krieg nur aus Erzählungen, aber das reichte ihr auch. Wie grausam und schrecklich musste das gewesen sein. Vati hatte selten darüber gesprochen, aber natürlich hatte er sein steifes Bein wegen des Krieges gehabt, das hatten die Mädchen immer gewusst.

Und dann war da noch die Gefahr für die Juden, von denen sie geredet hatten. Onkel Walter hatte sogar vom Ausland gesprochen, davon, schnell das Land zu verlassen. Konnte das wirklich nötig sein? Fine schauderte es. In Tabarz sprachen sie nicht über Politik. Nur manchmal diskutierten Onkel Hans und Tante Gertrud etwas, was wohl in der Zeitung gestanden hatte. Politik hatte für Fine die Bedeutung verloren. Früher war es ein wichtiges Thema zu Hause gewesen – in ihrem Zuhause mit Mutti. Doch, das wurde ihr nun klar, die Geschehnisse waren nicht weg, nur weil sie weg waren. Sie bekamen es einfach nur nicht mehr mit. Ich sollte, nahm sich Fine vor, mich wieder mehr informieren. Vielleicht sollte ich auch die Zeitung lesen. Und ich werde Mutti bitten, mir davon zu schreiben. Ich will wissen, was vor sich geht. Denn, das wurde ihr nun bewusst, es macht mir Angst.

»Morgen ist die Beerdigung eures Vaters«, sagte Ulla, als sie die Mädchen ins Bett brachte. »Es wird ein sehr trauriger Tag werden. Ihr dürft weinen.«

»Bist du auch so traurig?«, fragte Beate leise.

»Ja«, sagte Ulla. »Und ich werde sicherlich auch ganz doll weinen. Ich vermisse Heinrich, er war mir ein guter Freund.« Sie

schluckte. »Ich habe ihn früher sehr, sehr geliebt. Eure Großmutter Paula war mir wie eine Mutter, und wir hatten ein inniges
Familienleben. Ich vermisse sie. Ich vermisse diese Zeiten, und
ich werde euren Vater auch immer und immer vermissen. Durch
euch bleibt er lebendig.«

»Er kommt aber nie wieder zurück?«

Ulla schüttelte den Kopf. »Aber er passt auf uns auf, von dort,
wo er jetzt ist, daran glaube ich ganz fest.«

»Dann ist er jetzt im Himmel? Bei Jesus?«, fragte Beate noch-
mals.

»Das …« Ulla schluckte, dann nickte sie. »Ja, da ist er jetzt
wohl.«

»Dort geht es ihm gut, das sagt der Pfarrer immer. Im Himmel
ist es schön.« Beruhigt drehte sich Beate zur Seite und drückte
ihren Teddy an sich.

Auch wenn Fine erschöpft war, ein paar Gedanken quälten sie,
und so stand sie auf, als sie die tiefen Atemzüge ihrer Schwestern
hörte, und schlich sich ins Wohnzimmer, wo Ulla auf dem Sofa
saß, eine Zigarette rauchte und vor sich hin starrte.

»Mutti«, flüsterte Fine. »Mutti?«

Erschrocken sah Ulla auf, dann breitete sie die Arme aus.
»Mein Finekind«, sagte sie.

Fine kuschelte sich an ihre Mutter und genoss das Gefühl der
Wärme und Vertrautheit.

»Kannst du nicht schlafen?«, fragte Ulla. »Bist du so traurig?«

»Wieso sollte Vati sich umgebracht haben?«, fragte Fine.

»Hat er nicht. Wie kommst du darauf?«

»Darüber habt ihr vorhin gesprochen.«

»Ein dummer Journalist hat das Gerücht in die Welt gesetzt.
Das muss dich nicht belasten. Vati war krank, er hatte ganz
schlimme Bauchkrämpfe und Durchfall. Daran ist er gestorben.«

»Bist du dir da sicher?«

Ulla nickte.

»Und … es hat …«, Fine stockte und flüsterte dann: »Es hat ihn auch niemand umgebracht?«

»Grundgütiger, nein. Wer sollte so etwas tun? Und wieso?«

»Weil … weil er Jude war. Er hat uns im Mai gesagt, dass er nicht möchte, dass wir nach Berlin kommen, weil es hier nicht mehr sicher für Juden ist und wir ja zum Teil auch jüdisch sind.« Der Gedanke war Fine nicht mehr aus dem Kopf gegangen, seit sie vom Tod ihres Vaters erfahren hatte. Sie kniff die Augen zusammen, spürte die Feuchtigkeit auf ihren Wangen.

»Oh, Schätzchen, oh mein Finekind, nein, nein – niemand hat Vati umgebracht. Es war eine fiese Krankheit. Und ihr müsst euch auch keine Gedanken darüber machen, dass ihr jüdisch seid – das seid ihr nämlich nicht.«

»Doch, zu einem Viertel, du hast es doch selbst gesagt! Und Vati hat es mir ebenfalls erklärt, es ist nichts, wo man austreten könnte, es sei eine Sache der Vererbung.«

»Ja, das sagen diese Idioten.« Ulla klang plötzlich sehr wütend. »Aber darum scheren wir uns nicht. Niemand hat deinen Vater verfolgt, angegriffen oder gar umgebracht. Niemand.« Sie nahm Fines Gesicht in die Hände und schaute ihr in die Augen. »Gar keiner. Hast du das verstanden?«

Fine nickte.

»Glaubst du mir?«

Fine nickte wieder.

»Gut, dann solltest du jetzt zu Bett gehen. Es wird wieder ein langer Tag werden. Und ein trauriger. Aber wir stehen das durch. Gemeinsam. Und jetzt: Gute Nacht.«

Fine ging zu Bett. Sie wollte ihrer Mutter unbedingt glauben, aber ein dumpfes Gefühl der Unsicherheit blieb. Was, wenn sie doch zu jüdisch waren?

Kapitel 19
Tabarz, Herbst 1933

Der Wind hatte umgeschlagen, er kam nun aus dem Osten. Von einem Tag auf den anderen war es kühl geworden. Die Blätter an den Bäumen verfärbten und rollte sich zusammen, so als wollten sie sich noch ein letztes Mal wärmen. Im Gehölz knackte es, wenn sie zur Schule gingen. Fine hob schnuppernd die Nase. »Ich mag den Duft des Herbstes«, sagte sie fröhlich. »Es ist ein satter Duft nach Pilzen und feuchter Erde, es riecht viel mehr nach Leben als im trockenen, heißen Hochsommer.«

»Nach Leben?«, fragte Heinz-Ludwig belustigt. »Aber im Herbst stirbt doch alles ab. Es ist der Leichenduft des Waldes, den du riechst.«

Alle lachten, und Fine lachte mit. Sie fühlte sich wohl in der Truppe der Mitschüler, mochte immer noch den langen Schulweg und hatte in Tabarz nun auch innerlich eine Heimat gefunden. Verstohlen sah sie Heinz-Ludwig an. Er war zwei Jahre älter als sie, und langsam konnte man sehen, dass aus dem schlaksigen Jungen ein Mann wurde. Ein leichter Flaum lag auf seinen Wangen, und seine Schultern waren breit geworden. Das mochte auch daran liegen, dass er nun seinem Vater im Betrieb – einer Schreinerei – immer mehr helfen musste. Heinz-Ludwig liebte es, Fine zu necken und sie zu foppen, aber es waren immer gutmütige, freundliche Witze.

Als sie letztes Jahr nach der Beerdigung ihres Vaters nach Tabarz zurück gekommen war, hatten natürlich alle gewusst, warum die Dehmelmädchen ein paar Tage nicht in der Schule gewesen waren. Heinz-Ludwig hatte ohne große Worte seinen Arm um ihre Schulter gelegt. »Es tut uns allen leid«, hatte er gesagt. »Wenn dir irgendjemand krummkommt, musst du es nur sagen. Dem stopfe ich dann das Maul. Und nicht nur ich.« Alle anderen der Gruppe hatten zustimmend genickt.

Fine war sprachlos gewesen, damit hatte sie nicht gerechnet, denn inzwischen hatte auch sie einige der Zeitungsartikel gelesen, die über ihren Vater erschienen waren. Die Obduktion, die ihr Großonkel veranlasst hatte, hatte eindeutig bewiesen, dass Heinrich an einem Herzversagen infolge der Ruhr verstorben war, und die Zeitungen hatten daraufhin eine Richtigstellung drucken müssen. Doch die war so klein gewesen, dass kaum jemand sie zur Kenntnis nahm. Aber in Tabarz hatte die Geschichte sowieso kaum jemanden wirklich gekümmert. Trotzdem war Heinz-Ludwig seitdem oft an ihrer Seite und gab auf sie acht. Nach und nach veränderte sich ihre Beziehung zueinander, und Fine merkte, dass sie ihn wirklich sehr mochte.

Sie war nun dreizehn, und auch sie selbst veränderte sich. Ich bin kein Kind mehr, wurde ihr klar, aber ich bin auch noch keine Frau. Ich bin wie ein Nebelwesen zwischen den Zeiten und Welten. Es war ein Gefühl der Unsicherheit, das sie oft überkam, und dann wünschte sie sich die Nähe der Mutter. Aber auch das war schwieriger geworden.

Allen Hoffnungen zum Trotz hatte die NSDAP die Macht ergriffen, und Hitler war zum Reichskanzler ernannt worden. Die KPD und dann auch die SPD waren verboten worden. Man hatte Will verhaftet, aber er war zum Glück wieder entlassen worden und konnte in die Schweiz ausreisen. Doch für Ulla, die ja auch Mitglied bei der KPD war, war es weiterhin gefährlich, zu reisen, das wusste Fine.

In Tabarz erfuhr man nur am Rande, was in der Hauptstadt passierte, Politik spielte immer noch keine große Rolle. Dennoch gab es nun auch hier die Hitlerjugend und den Bund Deutscher Mädel und fast alle Kinder und Jugendlichen waren dabei.

Es ist ein wenig wie bei den Pionieren, dachte Fine und spürte den leichten Stich des Neides, wenn sie die Mädels in ihren schnieken Uniformen zusammen marschieren und singen sah.

An diesem Abend zündete Tante Gertrud das erste Mal in diesem Herbst den Kamin an. Der Wind hatte zugenommen und fegte nun um das Haus, riss die trockenen Blätter von den Bäumen, die raschelnd im Hof im Kreis zu laufen schienen. Sie setzten sich an den großen Esstisch, Tante Gertrud machte Kerzen an und reichte die Bücher herum. Auch Beate konnte nun gut lesen, und sie hatten angefangen, mit verteilten Rollen zu lesen, was ihnen allen großen Spaß machte. Doch an diesem Abend sah Neli Tante Gertrud nachdenklich an.

»Alle aus meiner Klasse gehen nun zum Konfirmandenunterricht. Warum darf ich das nicht?«, fragte sie. »Kostet das Geld?«

Geld war immer noch ein großes Thema. Nach Heinrichs Tod hatte sich Fine Sorgen gemacht, dass sie nicht mehr in Tabarz bleiben dürften, weil ja nun ihr Vater seinen Anteil nicht mehr zahlen konnte. Aber durch den Verkauf seiner Praxis bekamen sie ein kleines Erbe. Es gab auch noch andere Erbmasse, die sie nun alle zusammen erbten, die aber von einem Vormund verwaltet wurde. Doch der Erlös schien vorläufig auszureichen, um ihren weiteren Aufenthalt zu finanzieren, und auch Großvater Stolte beteiligte sich weiterhin an den Kosten.

»Nein«, sagte Tante Gertrud nun. »Nein, das kostet nichts. Es wird von der Kirche ausgerichtet.« Sie räusperte sich. »Aber ihr seid in keiner Kirche. Ihr seid nicht getauft.«

»Aber wir gehen doch mit dir in die Kirche«, sagte Beate nun erstaunt.

»Dennoch seid ihr nicht getauft«, erklärte Tante Gertrud. »Wenn ihr konfirmiert werden wollt, müsst ihr erst getauft werden. Und das … besprecht ihr am besten mit eurer Mutter.«

Fine verdrehte die Augen. »Mutti wollte ja schon längst wieder hier gewesen sein, aber immer kommt ihr etwas dazwischen. Zuletzt war sie Ostern da.«

»Schreibt ihr. Ich hätte nichts dagegen, wenn ihr getauft wäret. Dann könnten Fine und Neli auch zum Konfirmandenunterricht gehen – du auch, wenn du zwölf bist, Beate.«

»Ich werde Mutti schreiben«, sagte Neli und nahm endlich das Buch zur Hand, suchte die Stelle, bei der sie aufgehört hatten.

Ich werde Mutti auch schreiben, dachte Fine, als sie abends im Bett lag und dem Wind zuhörte, der ein schauriges Lied zu singen schien. Aber wer weiß, wann sie antwortet. Schon eine Weile schrieb Ulla nicht mehr wöchentlich, und ihre Briefe waren auch längst nicht mehr so ausführlich. Meist waren es nur ein paar Zeilen, mit denen sie die Mädchen lieb grüßte. Sie sei krank, sie habe keine Zeit, alles sei schwierig, hatte sie zuletzt geschrieben. Auch Muttis Handschrift, fiel Fine nun ein, hatte sich in der letzten Zeit verändert. Sie war flüchtig geworden, fast schon gehetzt.

Morgen nach der Schule setze ich mich hin und schreibe Mutti, dachte Fine.

Doch als sie am nächsten Tag aus der Schule nach Hause kam, stand ein Auto vor dem Haus der Sperlings. Es war nicht Großvaters Wagen, es war kein Auto, das Fine kannte. Neugierig betrat sie das Haus. Sie hörte laute Stimmen aus dem Esszimmer, und als sie eintrat, konnte sie es kaum fassen. Dort saß Ulla. Außerdem waren da noch Tante Lotti und Peter. Beate hing an Ullas Seite, Neli stand an der anderen.

»Mutti«, sagte Fine erschrocken, denn ihre Mutter war noch hagerer geworden, war bleich und hatte dunkle Ringe unter den Augen. »Mutti, was ist mit dir?«

Ulla lächelte matt. »Ich bin krank«, sagte sie mit kaum hörbarer Stimme. »Aber es wird schon wieder.«

»Eure Mutter hatte eine Lungenentzündung«, sagte Lotti. »Sie muss sich erholen. Und deshalb sind wir hier.« Sie umarmte Fine. »Hallo, Große. Ich werde auch ein paar Tage bleiben. Freust du dich?«

»Das ist eine … große Überraschung«, sagte Fine und schnappte nach Luft. Sie umarmte Ulla vorsichtig, sah sich dann nach Tante Gertrud um, die in der Ecke stand und lächelte, es war also in Ordnung, dass sie hier waren. Fine war erleichtert.

Ulla musste sich am Nachmittag hinlegen und ausruhen. Tante Lotti war mit Tante Gertrud im Wohnzimmer verschwunden, um etwas zu besprechen.

Die Mädchen und Peter blieben im Esszimmer.

»Ich soll hierbleiben«, erzählte der fast achtjährige Peter ihnen bedrückt und senkte den Kopf.

»Warum?«, fragte Neli erstaunt.

»Weil … mich immer alle hänseln und niemand mehr etwas mit mir zu tun haben will in der Schule«, sagte er fast tonlos.

»Oh nein«, sagte Beate, die nur wenig älter war als er, und legte mitfühlend ihren Arm um ihn. »Warum tun sie das denn?«

»Wegen seines Aussehens«, sagte Fine und seufzte. »Sie halten dich für einen Juden, nicht wahr?«

Peter nickte. Er hatte das kaukasische Aussehen seines Vaters, den er nie kennengelernt hatte, geerbt – die dunklen Haare und Augen, die olivfarbene Haut, und dazu hatte er eine große Nase.

»Wie kann man denn vom Aussehen auf die Religion schließen«, sagte Beate verächtlich. »Du bist doch gar kein Jude, das ist doch dumm.«

»Er ist ein Vierteljude, genau wie wir auch«, erklärte Fine. »Und für die Nazis reicht das. Was ist denn mit Onkel Walter und Tante Lotti?«, fragte Fine nach. »Bleiben sie in Berlin? Sie sind doch auch in der KPD.«

»Ich glaube, sie wollen schauen, wie es in England ist«, sagte Peter. »Aber Mutti sagte, die Ausreise sei schwieriger geworden.«

»Alles wird irgendwie immer komplizierter«, murmelte Fine und fragte sich, welche Pläne Ulla wohl hatte. Wollte sie sich hier in Tabarz wirklich nur erholen? Oder wollte sie sich auch vor den

Nazis verstecken? Beides würde aber bedeuten, dass Mutti nun bei ihnen blieb, und das machte Fine froh.

Zum Abendbrot kam Ulla wieder herunter. Tante Gertrud blieb stehen, bis sich alle gesetzt hatten.

»Mädchen«, sagt sie dann, »wir haben einen neuen Dauergast, euren Cousin Peter. Er wird das kleine Zimmer im ersten Stock bekommen.«

Peter sah nicht glücklich aus, aber Beate drückte seine Hand und nickte ihm aufmunternd zu.

»Jetzt bin ich nicht mehr die Jüngste«, frohlockte sie, als sie abends im Bett lagen.

»Dafür ist Peter aber ein Junge und wird anders behandelt werden«, meinte Neli. »Du hast also keinen Vorteil.«

»Menschenskind, Nöhli«, sagte Fine genervt. »Lass Beate doch die Freude. Wir werden uns alle ein wenig um Peter kümmern müssen, damit er sich schnell einlebt.«

»Nenn mich nicht Nöhli, sonst erzähle ich das Mutti, und dann wird sie mit dir schimpfen«, sagte Neli beleidigt.

»Du wirst Mutti nichts erzählen, du wirst sie mit nichts belasten«, sagte Fine entschieden. »Hast du nicht gesehen, wie schlecht sie aussieht? Sie ist richtig krank.«

»Aber hier wird sie gesund werden«, sagte Beate glücklich. »Vielleicht bleibt sie ja für immer?«

Das glaubte Fine nicht, aber sie wollte Beate nicht die Hoffnung nehmen. Für eine Weile, dachte sie, wäre es schön, wenn wir alle einfach nur glücklich wären.

Neli und Beate schliefen schon längst, Fine las noch in dem Buch, das sie von einer Klassenkameradin ausgeliehen hatte. Das Essen am Abend war salzig gewesen, und Fine hatte vergessen, den Krug mit Wasser aufzufüllen. Früher hatte das Greta gemacht, aber seit letztem Jahr war dies Fines Aufgabe. Sie stand auf, nahm den Krug und schlich sich nach unten in die Küche. Tante Gertrud und Onkel Hans verbrachten die Abende meist gemeinsam im Wohnzimmer. Onkel Hans las und Tante Gertrud strickte Socken – die konnten sie immer brauchen. Auch an diesem Abend sah Fine den milden Lichtschein unter der Tür hindurchschimmern. Doch sie hörte auch leise Stimmen von unten.

Da die Türen zu den Zimmern, außer der Küche, nur Portieren hatten, konnte sie die Unterhaltung gut verfolgen. Sie setzte sich auf die unterste Treppenstufe und lauschte.

»Es war schrecklich«, hörte sie ihre Mutter sagen. Ullas Stimme war heiser, und immer wieder musste sie husten. »Sie hatten Will direkt am Anfang verhaftet. Schon vorher, direkt nach dem Reichstagsbrand, waren sie gekommen und hatten nach ihm gesucht.«

»Ich bin der festen Überzeugung, dass die Nazis den Reichstag selbst in Brand gesetzt haben und das Van der Lubbe ein Sündenbock war. Er hat ja auch gar keinen richtigen Prozess bekommen«, sagte Lotti.

»Niemand bekommt mehr einen richtigen Prozess. Wie viele unserer Leute schon verhaftet wurden – und als gebrochene Männer wieder kamen, es ist schrecklich.«

»Bei der Wahl im März hatte ich noch Hoffnung, immerhin hatte die NSDAP weniger Stimmen als zuvor bekommen, aber die Hoffnung war natürlich vergebens. Wenn man alle anderen Parteien einfach verbietet, braucht es auch keine Wahlen mehr. Was ist mit Will passiert?«

»Als sie das erste Mal kamen, waren wir beide zu Hause. Ich habe die Autos vor dem Haus gehört, und Will hat sich schnell im Wandschrank im Hausflur versteckt.« Ulla hustete, lachte dann leise. »Sie klopften an der Tür, und ich hatte zum Glück meinen Kittel an. Ich habe ihnen aufgemacht und gesagt, dass ich nur die Zugehfrau sei und nichts wisse. Zum Glück haben sie meine Papiere nicht überprüfen wollen, sondern mir geglaubt.«

Fine wurde ganz heiß, das erinnerte sie sehr an den Besuch der

Frau vom Jugendamt vor ein paar Jahren. Mutti hatte sicherlich auch schreckliche Angst gehabt.

»Den Wandschrank im Hausflur haben sie zum Glück nicht geöffnet.« Wieder musste Ulla Luft holen, sie japste fast. »Von da an waren wir noch vorsichtiger. Doch Will konnte nicht nur tatenlos zu Hause sitzen, er hat an den heimlichen Versammlungen der Genossen teilgenommen, und sie sind verpfiffen worden. Alle wurden verhaftet – das war im April.« Ihre Stimme hatte sich verändert, war nun tonloser, so als wollte sie all ihre Gefühle wegdrängen. »Ich hatte solche Angst.«

»Ja, die haben wir auch. Noch kann sich Walter bedeckt halten, zum Glück hat er nicht nur für die Parteizeitung gearbeitet, sondern auch für andere Magazine. Aber wir sehen weder beruflich noch politisch eine Zukunft hier.«

»Dann geht ihr wirklich nach England?«

»Wir wollen es zumindest versuchen. Aber mit den Papieren ist es ja nicht ganz so einfach.«

»Will war im letzten Jahr für ein Magazin in Spanien und hat dort Fotos gemacht. Er ist ganz begeistert von dem Land und glaubt, dass wir dort leben können.«

»Spanien? Ich weiß nicht«, sagte Lotti nachdenklich. »Ist er jetzt dort?«

»Ja. In der Haft haben sie ihm vorgeschlagen, dass er als Spitzel arbeiten soll, und zum Schein hat er sich darauf eingelassen. Er ist dann vor ein paar Wochen mit gefälschten Papieren in die Schweiz gereist und hat nun die Ausreise nach Spanien genehmigt bekommen.«

»Und du?«

Ulla seufzte. »Ich möchte ihm folgen, aber was wird mit den Kindern? Ich kann sie doch nicht zurücklassen.«

»Also bleibst du hier? Wenn Walter in England eine Stelle bekommt, wollen wir aussiedeln und auch Peter mitnehmen. Aber erst, wenn es dort für uns eine Zukunft gibt.«

»Will ist jetzt auf Ibiza. Er hat ja in der Haft Schreiner gelernt und tischlert nun Möbel. Ich hoffe, dass er sich dort etablieren und ich mit den Mädchen folgen kann.« Wieder hustete Ulla, diesmal heftiger und länger als zuvor.

»Erst einmal musst du gesund werden«, sagte Lotti besorgt.

»Das hört sich nicht gut an. Los, geh ins Bett. Du brauchst Schlaf, und die gute Luft hier wird hoffentlich auch helfen.«

Eilig stand Fine auf, nahm den Krug und schlich sich wieder nach oben. Will war also in Spanien, und Mutti wollte ihm folgen. Und sie sollten vielleicht mitkommen. Fine legte sich in ihr Bett. Spanien. Das klang nach Wärme und Apfelsinen. Die letzte Apfelsine hatte sie an ihrem zwölften Geburtstag gegessen, das war nun schon anderthalb Jahre her. Vati hatte sie ihr mitgebracht.

Würde sie in Spanien ihren Schulabschluss machen können? Sie wollte Abitur machen und dann studieren, vielleicht sogar in Vatis Fußstapfen treten und Ärztin werden. Würde das auch dort gehen? Und was war dann mit ihren Freunden? Was war mit Heinz-Ludwig? Er würde auf jeden Fall hierbleiben und den Betrieb seines Vaters übernehmen, und sie hatte Heinz-Ludwig doch so lieb. Neulich hatten sie sogar heimlich Händchen gehalten, bei dem Gedanken wurde Fine ganz warm. Warum soll ich mir jetzt schon über ungelegte Eier Gedanken machen, dachte Fine, vielleicht überlegt es sich Mutti ja auch noch anders.

Die nächsten Wochen waren für die Kinder wunderbar. Am Anfang war Ulla noch sehr schwach. Sie schlief lange und konnte nur kurze Strecken an der frischen Luft zurücklegen. Am liebsten saß sie in eine Decke gehüllt bei offenem Fenster auf der Veranda und genoss die milde Herbstsonne.

Doch nach und nach wurde sie kräftiger. Tante Gertrud kochte alle paar Tage eine kräftige Hühnerbrühe, um Ullas Genesung zu unterstützen.

Im November ging es Ulla dann so gut, dass sie sich für ein paar Stunden an die Nähmaschine setzen konnte. Lange hatte sie keine Zeit mehr für diese Beschäftigung gehabt, aber nun nähte sie mit Hingabe Puppenkleidung für die Puppen der Kinder aus Stoffresten, besserte die Wäsche aus und schneiderte auch neue Sachen. Abends saß sie mit ihnen am Tisch, und nun lasen sie Dramen mit verteilten Rollen. Auch Peter machte mit und hatte Spaß.

Diese Abende liebte Fine sehr. Sie saß meist Ulla gegenüber, weil sich dann Neli und Beate an Ulla kuscheln konnten, aber so konnte sie ihre Mutter beobachten. Sie liebte es, wenn Ullas Mundwinkel vergnügt zuckten, sie ihre Nase kraus zog oder die Augenbrauen anhob. Auch gestikulierte Ulla mit ihren feingliedrigen Händen immer viel, so als würde sie die Worte dirigieren.

»Wir möchten«, hatte Neli Ulla schon am Anfang erklärt, »gerne getauft werden.«

»Aber warum das denn?«

»Weil alle hier in den Konfirmandenunterricht gehen.«

»Glaubt ihr etwa an Gott?«

»Ich weiß nicht«, antwortete Fine zögernd. »Aber ich würde gerne mit zum Unterricht gehen, vielleicht verstehe ich dann mehr, warum die Menschen an Gott glauben. Und außerdem«, fügte sie leise und stockend hinzu, »außerdem sind wir hier schon bei so vielen Dingen Außenseiter. Dann würden wir ein wenig mehr dazugehören.«

Ulla nickte. »Das verstehe ich. Ich werde es mit Großvater besprechen.«

Großvater Stolte hatte sie bisher immer alle paar Monate besucht. Zunächst hatte er noch bei den Sperlings im Gästezimmer übernachtet, aber nach einem halben Jahr war er dazu übergegangen, sich im Hotel einzumieten. Er genoss es, dort verwöhnt zu werden.

»Jeder Besuch bei euch ist somit ein wenig wie Urlaub«, sagte er. »Und deshalb komme ich so oft.« Er zwinkerte ihnen zu. Im Sommer ging er oft zum Tennisplatz oder in das Schwimmbad. Meist nahm er die Kinder mit. Manchmal fuhr er auch mit ihnen nach Waltershausen oder sogar bis nach Gotha, das war immer ein großes Ereignis für die Mädchen, und sie freuten sich auf seine Besuche.

Kurz nachdem Ulla in Tabarz eingezogen war, kam er zu Besuch.

»Mein liebes Kind«, sagte er erschrocken, »du bist sehr krank. Es ist gut, dass du hier Unterschlupf gesucht hast. Ich werde dafür aufkommen. Bitte such Doktor Hillebrandt auf, er ist hier an der Kurklinik Lungenfacharzt. Ich werde mit ihm sprechen, er wird dich behandeln.« Voller Sorge war er zwei Tage später wieder gefahren.

Nun, Ende November, hatte er einen weiteren Besuch angekündigt. Onkel Hans freute sich immer, wenn sein alter Freund kam, und Tante Gertrud buk jedes Mal einen Kuchen, noch ein Grund für die Kinder, sich zu freuen.

»Großvater, Großvater!« Neli lief ihm freudig strahlend entgegen. »Wie schön, dass du kommst. Wir müssen etwas Wichtiges mit dir besprechen.«

Großvater lachte und nahm Neli in die Arme. »Du bist ja schon wieder gewachsen, Cornelia. Das ist ja unglaublich. Ich war doch vor ein paar Wochen erst hier.«

»Ich werde eben groß«, sagte Neli stolz. »Fine nicht.«

Fine verdrehte die Augen. Tatsächlich wuchs sie nicht so schnell wie Neli, dafür war sie aber drahtiger und viel sportlicher. Ihr lag eine spitze Antwort auf der Zunge, die sie aber hinunterschluckte.

»Großvater«, rief nun auch Beate und umarmte ihn. »Wie schön, dass du da bist. Tante Gertrud hat extra einen Nusskuchen gebacken.« Sie leckte sich voller Vorfreude über die Lippen.

»Freust du dich, mich zu sehen, oder freust du dich mehr über den Kuchen?«, neckte er sie und folgte den Kindern zum Haus.

An der Eingangstür stand Ulla und sah ihrem Vater entgegen. Sie hatten oft unterschiedliche Ansichten, vor allem was ihre politischen Einstellungen anging, dennoch schätzte Ulla ihren Vater und war sehr dankbar für alles, was er für sie tat.

»Mein liebes Kind«, sagte er und musterte sie kritisch. »Du scheinst ein wenig zugenommen zu haben, und etwas mehr Farbe im Gesicht hast du auch. Wie geht es dir?«

»Es wird jeden Tag ein wenig besser. Und natürlich nimmt man hier zu, bei dem guten Essen ist das nicht zu vermeiden.« Sie lächelte, dann musste sie doch wieder husten.

»Warst du bei Doktor Hillebrandt?«

»Ja. Aber komm doch erst einmal herein, das kalte Nebelwetter tut mir nicht gut.«

Im Esszimmer wärmte der Kaminofen, und Tante Gertrud trug Kaffee und Kuchen auf.

Neli war ganz hibbelig und konnte kaum erwarten, dass sich Großvater den Mantel ausgezogen hatte.

»Mutti, du musst mit Großvater sprechen«, sagte sie.

»Natürlich. Aber lass ihn doch erst einmal ankommen«, meinte Ulla milde.

»Was gibt es denn so Wichtiges?«, fragte Großvater amüsiert.

Neli holte tief Luft. »Wir möchten getauft werden«, sagte sie dann.

Überrascht sah Großvater sie an. »Ihr möchtet … was?« Sein Blick ging zu Ulla und dann wieder zurück zu Neli.

»Wir möchten getauft werden, damit wir auch konfirmiert werden können.«

»Aber … warum?« Großvater schüttelte den Kopf. »Das kommt jetzt überraschend für mich. Kannst du das erklären, Gertrud?«

»Ich denke«, sagte Tante Gertrud nachdenklich, »dass das ganz normal ist. Fast alle Mädchen und Buben im Dorf gehen zum Konfirmationsunterricht. Es gehört einfach zum Leben hier dazu – genau wie der Kirchgang.«

»Ist das so?«, fragte Großvater Neli.

Sie nickte eifrig. »Ja. Alle meine Freundinnen werden nächstes Jahr zum Konfirmandenunterricht gehen, und ich möchte das auch.«

»Und du auch, Fine?«

Fine nickte.

»Das ist eigentlich eine Entscheidung, die eure Mutter treffen muss, nicht ich. Aber ich bin natürlich nicht dagegen. Im Gegenteil. Und du, Ursula?«

»Das ist eine Entscheidung, die die Mädchen für sich treffen müssen, meine ich. Und das haben sie ja getan. Ich verstehe es zwar nicht ganz, aber ich würde mich dem auch nicht entgegenstellen.«

»Dann dürfen wir?«, fragte Neli.

Ulla nickte und lachte, weil sich Neli so freute.

»Was ist mit dir, Fine?«, fragte Großvater. »Du siehst nicht so begeistert aus.«

»Doch, ich bin auch ganz froh, dass wir diesen Schritt gehen dürfen. Ich weiß nur nicht, ob es wirklich die richtige Entscheidung ist, weil ich noch nicht sicher bin, ob ich wirklich an Gott glauben kann. Aber normalerweise wird man ja als Baby getauft und hat gar nicht die Möglichkeit, sich zu entscheiden.«

»Du bist mir manchmal fast zu reif in deinen Überlegungen«, sagte Großvater. »Aber wahrscheinlich ist das eurer Geschichte geschuldet, ihr habt ja schon so einiges erlebt.«

Reif, dachte Fine und freute sich. Sie sah das als Kompliment. Nach dem Kaffeetrinken setzte sie sich an den Esstisch, sie hatte noch einiges zu lernen. Neli übte Klavier, das tat sie immer sehr fleißig und jetzt noch einmal besonders, weil Ulla sie oft lobte.

Beate und Peter waren in den Garten gegangen und spielten im heruntergefallenen Laub.

Großvater und Ulla saßen am anderen Ende des ovalen Esstisches und unterhielten sich. Er fragte sie nach ihrem Gesundheitszustand und ließ auch nicht locker, wenn sie seinen Fragen ausweichen wollte. Die beiden schienen Fine ganz vergessen zu haben.

»Die Lungenentzündung ist so gut wie ausgeheilt«, sagte Ulla und klang ein wenig verärgert. »Du kannst ja mit dem Doktor sprechen, wenn du mir nicht glaubst. Aber er meint, dass das Klima hier nicht gut für mich sei. Gerade in der kalten und feuchten Zeit.«

»Dabei ist das ja hier ein Luftkurort«, meinte Großvater. »Aber natürlich – dieses Wetter ist für keinen gut, ich spüre es auch in meinen Knochen. Doch bald sollte es kälter werden. Mit der Kälte wird die Luft auch wieder trockener.«

»Ja, das sagte er auch.«

»Und wenn es dir besser geht? Was sind deine Pläne? Ich zahle für deinen Aufenthalt hier, mach dir darüber keine Gedanken. Selbst wenn du noch ein Jahr hierbleiben willst.«

»Ich glaube nicht, dass das eine gute Idee wäre. Ich glaube auch nicht, dass Gertrud und Hans das billigen würden, auch wenn ich jetzt ein wenig schneidere und auch schon ein paar kleinere Aufträge aus dem Dorf angenommen habe – davon leben kann ich nicht.« Sie stockte. »Zudem … nun …« Ulla seufzte auf.

»Nun sag es schon. Es geht um den jungen Mann, mit dem du verbandelt bist, nicht wahr?«

»Will ist jetzt auf Ibiza. Er baut dort für uns eine neue Existenz auf.«

»Als was?«, fragte Großvater, und die Milde aus seiner Stimme verschwand.

»Er ist doch Schreiner und tischlert dort Möbel. Das funktioniert ganz gut. Aber neulich haben ihn Freunde, die auch in Spanien leben, besucht, und sie meinten, er solle eine Pension eröffnen. Die Möbel dafür könne er ja selbst bauen.«

»Es reicht nicht, wenn man Möbel hat«, sagte Großvater. »Man muss auch ein geeignetes Haus haben – und dann Gäste.«

»Ibiza ist sehr beliebt. Das Klima ist mild, es soll eine herrliche Insel sein. Ich denke, Gäste wird man einfach bekommen.«

»Aber ein Haus?«

Ulla zuckte mit den Schultern. »Viel Erspartes haben wir nicht, aber … es scheint mir eine gute Chance zu sein, um neu anzufangen. Und meiner Gesundheit wäre das sicher zuträglich.«

»Was wäre dann mit den Kindern?«

»Sie könnten doch mitkommen«, sagte Ulla mit dünner Stimme.

Großvater schwieg, dann räusperte er sich. »Nein. Das halte ich für keine gute Idee. Zumindest vorläufig nicht. Die Mädchen sind hier gut aufgehoben und haben sich auch gut eingelebt. Sie bekommen hier eine ordentliche Schulbildung. Und sie haben ein geordnetes Leben.« Er sah Ulla an. »Ich weiß, du und der junge Mann seid Kommunisten. Das ist eure Entscheidung, da kann ich dir nicht reinreden, auch wenn ich es gerne täte. Aber in den heutigen Zeiten ist es keine so gute Entscheidung, auf diese Art und Weise politisch aktiv zu sein, wenn man Kinder hat.«

»Vater, es ist unsere Entscheidung, und ja, ich kenne die Gefahr, habe es selbst erlebt. Will wurde verhaftet. Deshalb wollen wir ja auch weg aus Deutschland. Sicherlich halte ich den Kommunismus für die bessere Lebensform – besser als eine Diktatur. Und Deutschland wird unter Hitler zu einer Diktatur, das wirst du ja nicht leugnen.«

»Hitler ist ein charismatischer Führer. Ich teile nicht alle seine Ansichten, dass musst du nicht glauben. Aber er tut unserem Land gut in dieser Zeit. Die Zahl der Arbeitslosen ist gesunken und wird noch weiter sinken. Er hat die Konjunktur angekurbelt und wird das auch weiterhin tun.«

»Mit Kriegswirtschaft. Er lässt Straße bauen für Panzer. Er lässt Panzer bauen. Er lässt Gefängnisse errichten – Lager –, in die er seine politischen Gegner sperrt und wo sie umkommen. Er lässt keine Kritik und auch keine andere Meinung zu.«

»Wie Stalin«, sagte Großvater und verschränkte die Arme. »In der Sowjetunion ist auch keine andere Partei mehr zugelassen, dort gibt es Gulags, in denen Tausende verschwinden, und jeder, der nur ein Fitzelchen Land besitzt oder eine kleine Manufaktur, wird enteignet. Findest du das besser? Erstrebenswert?«

Ulla senkte den Kopf. »Nein, das ist nicht erstrebenswert. Es muss einen anderen Weg geben, einen gerechteren und einen friedlicheren. Es muss einen Weg geben, andere zu überzeugen und sie nicht zu zwingen. Aber diesen Weg haben wir noch nicht gefunden.« Sie sah ihren Vater wieder an, strich sich die Haare hinter die Ohren. »Wie dem auch sei, unser politisches Leben haben wir erst einmal beendet. Zwangsläufig. Wir wollen jetzt einen Neuanfang, ein Zuhause, eine sichere Zukunft.«

»Das klingt zumindest vernünftig. Aber bevor ihr das nicht habt, lässt du die Kinder hier. Ich denke auch nicht, dass der Vormund der Mädchen damit einverstanden wäre.«

»Beate und Neli ... sind sicherlich hier gut aufgehoben, bis sie zumindest die Volksschule beendet haben. Doch Fine würde ich gerne mitnehmen.«

Großvater schüttelte den Kopf. »Das ist keine gute Idee. Wenn ihr eure Pension habt und es mit den Gästen läuft, dann kannst du sie ja fragen. Vorher nicht. Und die kleinen bleiben hier. Dafür werde ich alles tun. Dein Leben war in den letzten Jahren viel zu unstet. Du musst erst beweisen, dass du dich wieder auf eine Familie, auf deine Kinder, einlassen kannst.«

»Es war unstet, weil wir in finanziellen Nöten waren.«

»Ist das jetzt anders?«

Ulla schwieg.

»Na, siehst du«, sagte Großvater und atmete tief ein. »Also –
schau, dass du das auf die Reihe bekommst, und dann sehen wir
weiter.«

»Ich dachte«, sagte Ulla nun sehr leise, »du könntest mir für
den Neuanfang Geld ... leihen.«

»Ach, da liegt der Hase im Pfeffer. Ich wusste doch, dass das
Ganze einen Pferdefuß hat. Mein Kind, sosehr ich dich auch
liebe, darüber muss ich erst einmal nachdenken.«

»Du hast gesagt, du würdest für mich zahlen, wenn ich hierbliebe.«

»Ja, hier. In geordneten Verhältnissen. Nicht irgendwo auf
einer Insel im Mittelmeer mit einem neuen Lebenstraum, der
sich vielleicht nie erfüllt.« Er seufzte und stand auf. »Ich denke
darüber nach. In aller Ruhe.«

»Danke, Vater«, sagte Ulla.

Großvater blieb zwei Tage. Es waren schöne Tage mit ihm. Fine
wusste nicht, ob er noch weitere Gespräche mit Ulla führte, sie
bekam davon auf jeden Fall nichts mit. Aber ihr reichte auch
schon das, was sie gehört hatte. Eine Pension mit Feriengästen
auf Ibiza, und sie sollten mit. Nein, das kann ich mir nicht vorstellen, dachte sie. Ich kann ja noch nicht einmal Spanisch. Und
wie will Mutti eine Pension führen? Hausarbeit war ihr doch ver-
hasst. Fine drängte die Gedanken beiseite und genoss weiterhin
die Zeit mit ihrer Mutter und die gemütlichen Abende mit allen
zusammen.

Dieses Jahr hatte es spät zu schneien angefangen, es war zwar
kalt geworden, aber zu kalt für Schnee. Sie mussten auf dem
Weg zur Schule durch das gefrorene Unterholz stapfen, ohne
die Schichten aus Schnee, über die sie hätten gleiten können –
und das war anstrengender. Deshalb freuten sich alle sehr, als
der Wind aus dem Osten drehte, und es endlich anfing zu
schneien.

Beate stand am Abend vor dem Fenster und sah staunend nach draußen. »Es sieht aus wie Watte, die alles bedeckt. Ich finde es so schön«, sagte sie zu Peter, der neben ihr stand.

Nun im Winter war Fine wieder die Apfelwächterin. Sie ging gerne in den Keller, der so herzlich herb-süßlich nach dem getrockneten Obst roch. Sie schaute dann auch immer in den Vorratskeller, in dem all die Gläser mit den Erbsen, Bohnen und dem weichen Obst standen. Wie kleine Soldaten, dachte sie, Reihe um Reihe, um uns gegen den Hunger zu verteidigen.

Fine zeigte auch Ulla den Keller. »Das sind sauer eingelegte Gurken, das sind Kürbisse, und dort drüben haben wir noch Tomaten. Tomaten wachsen hier nicht immer gut, aber in diesem Jahr hatten wir Glück, der Sommer war trocken.«

»Und du hast überall mitgeholfen?«, fragte Ulla erstaunt.

»Wir alle. Auch die Ferienkinder. Wenn man das nicht alleine machen muss, macht es sogar Spaß. Im ersten Jahr hier habe ich nicht verstanden, warum wir so viel Unkraut jäten mussten. Oder weshalb wir die Schnecken einsammeln sollten – das ist ekelig. Aber jetzt weiß ich es. Und ich mache es gerne. Und immer, wenn mich Tante Gertrud im Winter in den Keller schickt, um ein Glas von irgendetwas zu holen, dann denke ich daran, dass wir das ja gezogen, gepflegt und geerntet haben, und dann schmeckt es umso besser.« Sie sah Ulla an. »So etwas wollte ja auch Fritz machen, in der Fortuna Martina, weißt du noch? Und Mining hat erzählt, dass sie das auch auf dem Barkenhoff gemacht haben.«

»Selbstversorgen, ja«, sagte Ulla nachdenklich. »Wir hatten auch einen großen Gemüsegarten auf dem Darß, das hatte ich fast vergessen. Da hat mir das Mädchen geholfen, die Sachen einzukochen. Ich konnte das nämlich nicht.«

»Kannst du es noch?«

Ulla überlegte, schüttelte dann den Kopf. »Ich weiß nicht, es ist schon so lange her.«

»Aber … es ist sinnvoll. Wir hätten auch in der Reinerzstraße einen Gemüsegarten anlegen können. Sicherlich hätte es nicht für den Winter gereicht, aber ein paar Sachen hätten wir gehabt.«

»Ach, das hätte sich nicht gelohnt. So viel Arbeit für so wenig Ertrag«, sagte Ulla und schüttelte den Kopf. »Nicht in Berlin.«

»Hier lohnt es sich, und ich bin froh, dass ich das lernen darf.«

»Du willst doch aber sicherlich nicht eine einfache Hausfrau werden, die auch noch den Gemüsegarten beackert«, sagte Ulla lachend. »Dazu bist du zu klug, mein Finekind.«

»Ich weiß noch nicht, was ich werden will. Aber es ist doch gut, wenn man gewisse Fähigkeiten hat, wenn man so ein Wissen hat – egal, ob man es später wirklich braucht oder nicht. Man weiß ja nie, was kommt im Leben.«

»Das ist eine sehr vernünftige Einstellung, mein Finekind«, sagte Ulla.

Weihnachten rückte immer näher. In diesem Jahr hatte Fine Tante Gertrud gefragt, ob sie für ein paar Stunden in die Küche könnte. Allein. Fine versprach auch, alles wieder aufzuräumen. Tante Gertrud hatte wissen wollen, was Fine vorhatte, aber das hatte sie ihr nicht verraten. Skeptisch hatte Tante Gertrud schließlich zugestimmt.

Sie hatte in der Ferienzeit extra im Haus geholfen, war der Wäschefrau zur Hand gegangen und hatte dafür ein paar Pfennige bekommen. Außerdem hatte sie das Geld gespart, was Großvater ihnen hin und wieder gab. Es war nicht viel, aber es hatte gereicht, um ein paar besondere Gewürze zu kaufen. In einem Buch hatte sie nämlich Rezepte für ganz besondere Apfelgelees gefunden. Und in den letzten Wochen hatte sie den ein oder anderen Apfel mit kleiner Druckstelle abgezweigt und in einem Strohkorb im Keller gelagert. Greta hatte ihr ihre Hilfe zugesichert, und an diesem Nachmittag setzten sie den alten und verbeulten Dampfentsafter auf den Ofen, füllten die klein geschnittenen Äpfel hinein.

»Schau, ich habe noch ein paar Quitten gefunden. Neulich, bevor es zu schneien begonnen hat. Sie waren gefroren, und ich habe sie hinter dem Schuppen versteckt«, sagte Greta. »Die werden deinen Gelees einen besonderen Geschmack verleihen.«

»Oh, Greta«, sagte Fine begeistert, »du bist die Beste.«

»Nein, ganz sicher nicht. Aber mir imponiert, was du tust und wie du es realisierst. Du weißt schon ganz genau, was du willst, und das ist auch gut so. Hätte ich das in deinem Alter gewusst, wäre ich sicherlich nicht als Küchenmädchen geendet.«

»Aber deine Aufgabe hier ist wichtig«, sagte Fine. »Ohne dich wären wir doch verloren.«

»Aber ich bin ersetzbar. Es gibt jede Menge anderer Frauen, die das genauso machen könnten und würden wie ich.«

»Vielleicht«, sagte Fine nachdenklich. »Aber ich kenne niemanden mit einem so großen Herzen wie dich. Und mit so guten Nerven. Deshalb bist du für diese Stelle einfach perfekt.«

Greta lachte auf. »Und wie man Leute um den Finger wickelst, weißt du auch.«

Die Gläser hatte Fine der Tante abgeluchst, sie hatte gesagt, sie bräuchte sie für ein Schulprojekt. Beim Kaufmann hatte sie Stoffreste für wenig Geld kaufen können, sie in Quadrate geschnitten und sorgfältig gesäumt. Bindfäden hatten sie in der Bastelkiste. Und so kochte sie nun Apfelgelee aus dem Apfelsaft und würzte es mit Zimtstangen und Kardamom.

Greta probierte die noch heiße Probe und schaute Fine überrascht an. »Das schmeckt phänomenal«, sagte sie. »Alle werden sich die Finger danach lecken.«

»Meinst du wirklich?«, fragte Fine unsicher.

»Ich weiß es. Und aus dem Rest machen wir Apfelleder. Wir ziehen das hier dünn auf das Blech und stellen es über Nacht in den Ofen. Und morgen früh stellen wir es für drei Tage oben auf das Regal, dann ist es trocken. Du kannst es noch mit etwas Zucker bestäuben. Dann schneiden wir es in Rauten und tun es in eine Blechbüchse. Deine Schwestern werden sich über die Süßigkeit sicher freuen.«

»Aber du verrätst nichts? Niemandem!«

»Das schwöre ich!«

Fine räumte anschließend die Küche alleine auf, auch wenn Greta ihr anbot, ihr zu helfen. »Ich habe gesagt, dass ich es alleine aufräume. Du hast mir schon mehr geholfen, als ich wollte. Dafür bin ich sehr, sehr dankbar. Ich weiß gar nicht, wie ich das gutmachen soll«, sagte Fine. »Schließlich war es dein freier Nachmittag.«

Greta lachte und zeigte zum Küchenfenster. Draußen tobte ein Schneesturm. Der Wind blies die Flocken wie wild gegen das Fenster, die Flocken tanzten wie Irrwische im Hof. »Was hätte ich denn heute machen sollen? Im Kurpark lustwandeln?«

»Trotzdem danke«, sagte Fine und umarmte Greta.

Vor Weihnachten zogen sie wieder in den Wald, um einen Baum auszusuchen. Diesmal ging auch Ulla mit, dick in ihren Mantel und zwei Schals gehüllt. Sie war schon viel kräftiger, aber der Husten wollte nicht nachlassen.

»Da, das ist der schönste Baum.« »Nein der, schau nur, wie schön der ist.«

Peter, Beate und Neli konnten sich nicht einigen. Fine lachte still vor sich hin. Sie wusste inzwischen, dass Tante Gertrud das letzte Wort hatte. Aber sie zollte der Tante große Anerkennung, denn diese schaffte es, dass die Kinder dachten, sie hätten den Baum ausgesucht. Der Förster fällte den Baum, und sie luden ihn auf den Schlitten, zogen ihn gemeinsam nach Hause.

»Lasst uns singen«, schlug Tante Gertrud vor. »›Es ist ein Ros' entsprungen.‹«

Den Text kannten sie auswendig, und so stapften sie singend

mit dem Baum im Schlepptau durch die Dämmerung. Fine schloss kurz die Augen. Das ist eine weitere Erinnerung, dachte sie, die ich ganz fest in meinem Inneren behalten muss. Dieser Tag kommt nie wieder, und er ist so schön.

Tante Gertrud hatte wegen der Taufe der Mädchen schon mehrfach mit dem Pfarrer geredet. Ulla war vor einigen Jahren aus der Kirche ausgetreten, Heinrich war nie getauft worden, deshalb gab es einige Probleme, damit die Mädchen nun in der Gemeinde aufgenommen werden konnten. Der Pfarrer hatte sich quergestellt. Dann war aber Großvater Stolte eingeschritten und zu ihm gegangen. Als er zurückkam, strahlte er die Mädchen an.

»Ich habe eine gute Nachricht. Ihr werdet am 23. Dezember, dem Samstag vor Heiligabend hier in der Kirche getauft.«

»Wie ist dir das gelungen?«, fragte Gertrud leise. »Ich habe mit Engelszungen auf ihn eingeredet, aber er wollte nicht.«

»Ich habe keine Engelszungen«, sagte Großvater. »Und ich musste auch nicht lange auf ihn einreden.«

Ulla hatte den Mädchen schnell neue Kleider genäht. Es waren Winterkleider aus hellem Wollstoff, den Großvater gekauft hatte, schön und modern geschnitten, so dass sie sie auch zur Schule anziehen konnten. Außerdem hatte sie abnehmbare Spitzenkragen für jedes Kleid angefertigt. Die Mädchen bekamen dicke neue Wollstrumpfhosen, und das war auch gut so, denn in der kleinen Kirche war es bitterkalt. Sie versammelten sich – nur die Mädchen, Tante Gertrud, Onkel Hans, Peter, Großvater und Ulla und natürlich der Pfarrer – um das Taufbecken. Er sprach ein paar Worte über die Taufe und die Aufnahme in die Gemeinschaft Gottes.

Fine hörte ihn reden, aber sie empfand nichts. Sollte dies nicht ein ganz besonderer Moment sein? Sollte sie jetzt nicht ergriffen sein? Sie war es nicht. Die Strumpfhosen waren so neu, dass sie noch kratzten und juckten. Beate hampelte hin und her, auch sie schien Probleme mit der Wollstrumpfhose zu haben. Immerhin ist sie warm, dachte Fine und zog die Schultern hoch. Erst morgen zum Gottesdienst sollte die Kirche beheizt werden.

Der Pfarrer, das wusste sie, hatte vor Weihnachten kaum Zeit, aber Großvater hatte darauf bestanden, dass die Taufe noch in diesem Jahr stattfand.

»Sollen wir singen?«, fragte der Pfarrer nun etwas unsicher und sah in die kleine Runde.

»Aber natürlich«, sagte Tante Gertrud entschieden.

»Nun gut. Ähm. Ja, ich habe wohl ein paar Lieder herausgesucht. Ich wusste aber nicht, ob das ... nun ja, wir schlagen das Gesangbuch auf«, stotterte der Pfarrer. »›Gelobet seist du, Jesu Christ‹.« Er räusperte sich und stimmte dann das Lied an.

Fine und ihre Schwestern kannten das Lied. Tante Gertrud sang mit ihnen immer zur Weihnachtszeit die Weihnachtslieder aus dem Gesangbuch, und auch in der Kirche war es schon öfter gesungen worden. Nun also stimmten sie ein, mit fester Stimme. Überrascht sah der Pfarrer auf. Fine unterdrückte ein Grinsen, er hatte wohl nicht gewusst, wie gut sie alle singen konnten. Nur Großvater brummte unmelodisch im Hintergrund.

Fine schloss die Augen, gab sich der Melodie hin, dem Text. Beim ›Kyrieleis‹ spürte sie plötzlich doch eine Art Ergriffenheit. Sie sangen nur zwei Strophen. Dann fuhr der Pfarrer mit der Taufzeremonie eilig fort. »Bevor wir zum Taufakt kommen, wollen wir noch ein Lied singen?«, fragte er wieder unsicher.

»Ja.«

»Dann singen wir jetzt ›Kommet ihr Kinder‹, ich finde, das ist ein sehr passendes Lied – zum Anlass und auch zur Jahreszeit.«

Sie stimmten mit ihm ein, das Lied kannten sie gut. Fine hatte einen hellen, klaren und kräftigen Sopran, liebte es, zu singen.

Anschließend wurde die Taufe vollzogen, der Pfarrer besprenkelte ihr Köpfe nur mit ein paar Tropfen Wasser, was Fine erleichterte, denn sie hatte befürchtet, dass er ihre Köpfe ins

Taufbecken würde tauchen wollen und sie bei den eisigen Temperaturen mit nassen Haaren nach Hause hätten laufen müssen. Tante Gertrud hatte dafür extra ein Handtuch und Wollmützen eingepackt.

»Und somit taufe ich euch, dich, Beate mit dem Spruch aus dem Psalm einundneunzig: ›Denn der Herr ist deine Zuversicht, der Höchste ist deine Zuflucht.‹ Und dich, Cornelia, mit dem Spruch aus dem Psalm einundneunzig: ›Es wird dir kein Übel begegnen, und keine Plage wird sich deinem Hause nahen.‹ Dich, Fine, mit dem Spruch aus dem Psalm einundneunzig: ›Denn er hat seinen Engeln befohlen über dir, dass sie dich behüten auf allen deinen Wegen.‹ Möge der Herr mit euch sein, jetzt und immerdar. Von Ewigkeit zu Ewigkeit. Amen.«

»Amen«, wiederholten sie alle.

»Nun lasst uns das Vaterunser beten.«

Es war nicht das erste Mal, dass Fine das Vaterunser mitsprach, aber es war das erste Mal, dass sie etwas dabei empfand. Die Worte, die Bitten, die sie damit an diesen seltsam fremden und doch inzwischen vertrauten Gott sprachen, gaben plötzlich einen Sinn. Viele Menschen richteten diese Worte an diesen Gott – überall auf der Welt. Und auch wenn es den Gott vielleicht gar nicht gab, war sie, Fine, nun Teil dieser Glaubensgemeinschaft. Es war ein Gefühl, als hätte sie etwas eingeatmet, was sie leichter machte, was sie schweben ließ. Ich gehöre nun dazu, dachte sie und hätte nie gedacht, dass sie dieses Gefühl so glücklich machen würde.

»Und nun singen wir ein letztes Lied«, sagte der Pfarrer und räusperte sich wieder.

»›Herbei, oh ihr Gläubigen‹«, sagte Fine. »Bitte.«

Überrascht sah der Pfarrer sie an. »Wirklich? Nun gut. Das ist im Gesangbuch ... ähm.«

Fine nannte die Seite. Sie brauchte es nicht aufzuschlagen, sie liebte das Lied und kannte es auswendig.

»Herbei, o ihr Gläub'gen,
fröhlich triumphieret,
Oh kommet, oh kommet
nach Bethlehem!
Sehet das Kindlein,
uns zum Heil geboren!
O lasset uns anbeten
den König!«, schmetterte sie inbrünstig, und alle bis auf Großvater schlossen sich ihr an.

Ein wenig verdattert, erteilte der Pfarrer anschließend den
Segen.

»Ich hatte«, sagte er, als er sie aus der Kirche geleitete, »nicht
gedacht, dass du so gläubig bist.«

»Oh, das weiß ich noch gar nicht«, gestand Fine. »Aber ich
singe so gerne.«

An diesem Abend gab es eine kleine Feier. Es gab sogar eine
Suppe und einen Nachtisch beim Essen.

»Wir wollen es aber nicht übertreiben«, ermahnte Tante Gertrud sie, »schließlich liegen die Feiertage noch vor uns.«

Am nächsten Tag gingen sie natürlich wieder zum Gottesdienst in die Kirche. Fine wartete darauf, dass es sich anders anfühlte, aber das tat es nicht. Es war schön, es war wunderbar, den
geschmückten und beleuchteten Baum zu sehen, und sie liebte
die Lieder, die gesungen wurden. Aber sie fühlte sich immer
noch so wie letzte Woche. Nicht erhabener oder großartiger.

Nun ja, dachte sie, Babys werden das vermutlich auch nicht,
nachdem sie getauft sind.

Nach dem Gottesdienst standen viele der Gemeindemitglieder
noch beieinander, wechselten ein paar Worte. Auch Tante Gertrud begrüßte hier und dort jemanden. Plötzlich fühlte Fine eine
Hand auf ihrer Schulter und drehte sich erschrocken um. Es war
Heinz-Ludwig. »Frohe Weihnachten«, sagte er hastig und reichte

ihr etwas, dann wurde er rot, drehte sich um und ging eilig davon. Verdutzt sah Fine in ihre Hand, er hatte ihr ein kleines Päckchen gegeben, verpackt in rotem Geschenkpapier. Schnell schob sie es in ihre Manteltasche. Ein Weihnachtsgeschenk von Heinz-Ludwig? Sie freute sich, aber sie hatte doch gar nichts für ihn, dachte sie dann verlegen. Doch die Freude überwog. Dann endlich gingen sie nach Hause. Heute würde es wieder ein einfaches Essen geben, aber danach lockten die Teller mit der Schokolade von Großvater und den Plätzchen, die Tante Gertrud gebacken hatte. Und sie würden die Lichter am Baum anzünden, singen und die Geschenke verteilen.

Wie wohl ihr Gelee ankommen würde? Sie hatte die Stoffvierecke auf die Deckel gelegt und sie sorgfältig mit dem Band verschnürt. Aber vielleicht fanden Mutti, Tante Gertrud und Großvater es dumm von ihr, so etwas zu verschenken. Unsicher verlangsamte sie ihren Schritt. Doch nun war es zu spät, Fine hatte die Päckchen schon heimlich unter den Baum gelegt.

Nach dem Essen las Tante Gertrud die Weihnachtsgeschichte zusammen mit Ulla vor. Sie hatten es wohl heimlich eingeübt, und Fine war ganz ergriffen. Dann sangen sie »Macht hoch die Tür, die Tore macht weit« und endlich durften sie ins Musikzimmer, wo der Baum stand. Onkel Hans hatte schon die Kerzen angezündet. Sie mussten noch ein Lied singen, und dann durften nach und nach die Geschenke ausgepackt werden.

Fine bekam neue Stiefel, so fein und schön, wie sie noch nie ein Paar besessen hatte. Außerdem natürlich Bücher. Aber sie schielte immer zu den Päckchen, die sie verpackt hatte. Endlich griff Beate nach einem und schaute auf den Namen. »Für dich, Mutti«, sagte sie.

Ulla packte das Glas aus und sah es erstaunt an. »Apfelgelee? Das hast du selbst gemacht, Finekind?«

Fine nickte.

»Das ist … beeindruckend.«

»Oh, ich habe auch eines«, sagte Tante Gertrud nun und strahlte. »Wir sollten es öffnen und probieren. Ich hole eben ein wenig Brot.«

»Nein, das können wir doch morgen früh.« Fine war ganz verlegen. Was, wenn es ihnen nicht schmeckte?

»Ich möchte es aber jetzt kosten.«

Die Kinder hatten inzwischen auch das Fruchtbrot gefunden, und Peter lutschte andächtig daran. »Das ist köstlich«, schwärmte er.

Auch das Gelee fand allgemeinen Zuspruch, und alle lobten Fine.

Irgendwann wurden die Kinder zu Bett geschickt, und die Erwachsenen machten sich eine Flasche Wein auf. Nachdem Fine ihre vorgewärmte Bettdecke aus dem Wohnzimmer geholt hatte, fiel ihr das Geschenk von Heinz-Ludwig ein, das immer noch in ihrer Manteltasche war. Sie ging nach unten zur Garderobe und holte es. Aus dem Musikzimmer hörte sie Großvaters Stimme und konnte nicht wiederstehen, sie zog die Portiere ein wenig zur Seite. Großvater und Ulla standen vor dem Weihnachtsbaum, an dem jetzt nur noch die elektrischen Kerzen leuchteten.

»Hier, Kind. Das ist dein Erbe, das ich dir vorzeitig auszahle. Damit kannst du in Spanien neu anfangen.« Er atmete tief aus. »Aber verschwende das Geld nicht, überlege dir gut, wofür du es ausgibst und ob es das auch wert ist. Ich glaube, deiner Gesundheit wird der Klimawechsel guttun. Und ich glaube auch, dass du in Spanien momentan sicherer bist als in Deutschland.«

»Oh, Vater«, sagte Ulla überwältigt. »Das ... das ist ein großes Geschenk. Größer, als ich erhofft hatte. Fast schon zu groß.«

»Es liegt an dir, was du damit machst. Ich billige nicht alles, was du tust, ich verstehe auch nicht alles, aber ich will, dass du glücklich wirst.«

»Ich hoffe sehr, dass ich das werde. Will macht mich glücklich.«

»Aber, Ursula, die Kinder bleiben hier«, sagte er ernst. »Zumindest die nächsten Jahre.«

Sie nickte. »Ja, das ist wohl besser so.«

Fine schloss die Augen, dann ging sie hoch ins Kinderzimmer. Sie hatte es geahnt, schon damit gerechnet, aber es nun sicher zu wissen, tat trotzdem weh, weher, als sie geahnt hatte – ihre Mutter würde nach Spanien gehen. Weit weg in ein anderes Land. Sie würde einen Neuanfang machen. Ohne sie.

Kapitel 20
Tabarz, Januar 1935

In diesem Winter war der Schnee früh gekommen. Keine großen, weichen Flocken, sondern kleine, feste, fast wie Sandkörner. In jede Ritze pressten sich die Körnchen, drängten sich über- und nebeneinander, füllten alles aus. Die Schneedecke war fest, aber nicht weich, und es war schwer, darüberzugleiten. Fine hatte die Mütze tief in die Stirn gezogen, den Schal auch über ihren Mund gewickelt, dennoch gelangten die Körnchen bis auf ihre Haut, schienen sich in den Ohren, den Nasenlöchern und Augenwinkeln festzusetzen und alles einzufrieren.

Hoffentlich, dachte sie, ist dieser elende Winter bald vorbei. Ich sehne mich nach den frischen grünen Trieben, nach der lauen und süßen Luft des Frühlings. Doch vorläufig war nicht daran zu denken.

Sie erreichte das Haus der Sperlings, das längst ihr Zuhause geworden war, schnallte die Skier ab und stellte sie hochkant in den Schnee neben der Tür. Dann stapfte sie auf, so fest sie konnte, schüttelte sich wie ein nasser Hund, zog Mütze und Schal herunter und schlug sie aus. Der Schnee rieselte aus ihren Sachen heraus wie Sand an einem schönen Strandtag.

Die Wärme des Hauses kam ihr entgegen, umhüllte sie, und für einen Moment lehnte sich Fine mit dem Rücken an die nun wieder geschlossene Tür. In der Küche klapperten Töpfe, aus dem Esszimmer konnte sie Beate und Peter streiten hören, im Musikzimmer saß Neli am Flügel und übte ein Stück von Chopin.

Es waren vertraute Gerüche und Klänge, ein Haus, das ihr Sicherheit bot.

Tante Gertrud sah aus der Küche in den Flur. »Da bist du ja endlich, Fine. Habe schon auf dich gewartet. Warum bist du wieder so spät? Ich hoffe, du hast deine Zeit nicht wieder mit Heinz-Ludwig verschwendet.« Den letzten Satz sagte sie abfällig.

Tante Gertrud konnte Heinz-Ludwig nicht leiden. Vor zwei Jahren hatte er ihr einen kleinen Kettenanhänger zu Weihnachten geschenkt, und seitdem waren sie ein Paar. Natürlich hielten sie nur Händchen und hin und wieder gab es ein Küsschen, aber Tante Gertrud hatte ihr jeden Kontakt zu ihm verboten.

Fine seufzte auf. »Warst du draußen, Tante Gertrud? Man kommt kaum gegen den eisigen Wind an, und der feine Schnee macht mich noch ganz wahnsinnig. Bei dem Wetter werde ich ja wohl kaum etwas Unanständiges tun. Das würde ich sowieso nicht, und ich weiß, dass du das weißt.« Sie schälte sich aus ihrem Mantel, brachte ihn ins Musikzimmer, wo im Winter ein Garderobenhalter für die Jacken und Mäntel, die Schals und Mützen vor dem Kachelofen stand.

»Mein liebes Kind«, sagte Tante Gertrud, als Fine nun in die Küche kam, »ich meine es ja nicht böse. Aber denk an Henriette ...«

»Ja, Tante. Ich bin aber nicht Henriette.«

Henriette war die vierzehnjährige Tochter des Bankdirektors in Tabarz. Bis vor ein paar Monaten war sie noch Fines Klassenkameradin gewesen, doch dann hatte sie ein Kind zur Welt gebracht. Angeblich hatte die Mutter die Schwangerschaft nicht bemerkt, die Eltern waren entsetzt gewesen. Henriette und ihr sechzehnjähriger Freund waren von der Schule verwiesen worden, das Baby wurde in ein Heim gegeben. In ein richtiges Kinderheim, nicht so eine liebevolle Pension wie hier bei den Sperlings. Natürlich hatten alle Mitschüler und auch ein Teil der Lehrer die Schwangerschaft bemerkt, es war Fine ein Rätsel, wie Henriettes Mutter das hatte übersehen können.

»Ich werde mir ganz sicher nicht die Zukunft versauen und

mir ein Kind andrehen lassen«, sagte Fine nun mit Nachdruck. »Ich will schließlich Abitur machen und studieren.«

Tante Gertrud sah sie an, es war ein merkwürdiger Blick, dachte Fine. Hatte sie etwas Falsches gesagt? Aber die Tante drehte sich wieder zu ihren Töpfen um und sagte nichts.

»Es riecht köstlich.« Fine schnupperte. »Und du hast ja einen Kuchen gebacken.«

»Wir bekommen morgen Besuch«, sagte Tante Gertrud knapp. Obwohl Fine eigentlich fragen wollte, wer denn komme, wusste sie, dass Tante Gertruds Ton keine Nachfragen zuließ. Fine nahm sich einen Apfel aus der Schale und ging ins Esszimmer, wo Beate und Peter ein Kartenspiel spielten und sich gegenseitig des Schummelns bezichtigten. Peter schaute zu ihr auf und lächelte. »Fine«, sagte er. »Willst du mitspielen?«

Im letzten Sommer waren wie immer die Ferienkinder angereist. Auch Sibylle war gekommen. Wie immer war ihr Vater mit großem Tamtam vor das Haus gefahren, hatte laut gehupt.

»Was für ein schnieker Wagen«, rief Peter begeistert, ihn zog alles Technische magisch an. Er lief zu dem Wagen, spähte ins Innere.

Herr Meyer, Sibylles Vater schaute ihn entsetzt an, sein Gesicht hochrot und wütend. »Weg von meinem Auto«, schrie er. »Was machst du überhaupt hier, du Judensau?«

»Guten Tag, Herr Meyer«, sagte Tante Gertrud, die aus dem Haus geeilt war, und zog Peter vom Auto weg. Er war wie erstarrt und sah den brüllenden Mann erschrocken an. »Das ist Peter, er ist hier einer der Dauergäste im Moment.«

»Sie haben Juden im Haus?«

»Peter ist kein Jude«, sagte Tante Gertrud knapp. »Er hat einen kaukasischen Vater. Seine Mutter ist aber Deutsche.«

»Ich würde auf keinen Fall dulden, dass meine Tochter mit einem Juden unter einem Dach wohnt«, sagte Herr Meyer. »Dann nehme ich sie lieber wieder mit.«

Tante Gertrud zuckte mit den Schultern. »Peter ist jedoch kein Jude.«

Allmählich beruhigte sich Sibylles Vater. Wie immer lud er die Kinder zu einer Spritztour und einem Eis ein. Aber Peter durfte nicht mitfahren.

Voller Entsetzen und Scham hatte sich Peter hinter dem Haus versteckt, dort saß er und weinte bitterlich. Fine war ihm gefolgt und setzte sich neben ihn, nahm ihn tröstend in die Arme.

»Mach dir nichts draus, dieser Mann ist dick und dumm. Er glaubt, er kann sich mit seinem vielen Geld die Welt zurechtkaufen.«

»Ich hasse … meine Nase … meine Haut, wie ich aussehe«, schluchzte Peter.

»Wichtig ist nicht, wie du aussiehst. Diese komischen Rassebestimmungen der Nazis sind doch verrückt. Schau dir Neli und Beate an – blond, blauäugig, sie sehen aus wie die reinsten arischen Mädchen, aber sie sind zu einem Viertel jüdisch, genau wie du und ich. Man kann doch nicht vom Aussehen auf so etwas schließen.«

»Aber die Menschen tun das.«

»Weil sie dumm sind«, sagte Fine leise. »So dumm.«

Sie fuhr auch nicht mit auf die Spritztour, sondern blieb bei Peter.

»Was ist denn los mit dir?«, fragte Sibylle sie später. »Warum bist du nicht mitgefahren?«

»Peter ist mein Cousin«, erklärte Fine. »Er war sehr traurig, und ich wollte ihn trösten.«

»Nun ja, du musst meinen Vater schon verstehen. Der Junge sieht ja aus wie ein Jude.«

»Und was würde das ändern?«, fragte Fine.

Sibylle sah sie überrascht an. »Juden sind … uns unterlegen. Es ist eine minderwertige Rasse.«

»Hmm«, sagte Fine. »Und ich dachte, es sei eine Religion. Wusstest du eigentlich, dass Jesus Jude war?«

»Pfft«, machte Sibylle. »Es scheint mir, dass du dich im letzten Jahr sehr verändert hast. Schade.«

In diesem Sommer verbrachten sie kaum Zeit miteinander. Fine hatte keine Lust, sich mit Sibylle abzugeben. Am letzten Tag, kurz vor Sibylles Abreise, ging Fine zu ihr. »Übrigens«, sagte sie, »Peter, Beate, Neli und ich haben dieselbe Großmutter – Paula Dehmel geborene Oppenheimer.« Sie lächelte. »Unsere Großmutter war Jüdin. Und eine sehr berühmte Schriftstellerin.«

Entsetzt sah Sibylle sie an. »Das sagst du erst jetzt?«

»Ich dachte, du wüsstest das.«

»Nun, im nächsten Jahr bin ich eh zu alt, um hier die Ferien zu verbringen«, antwortete Sibylle schnippisch. Ohne weitere Abschiedsworte stieg sie in das Auto ihres Vaters.

Seit diesem Vorfall hing Peter an Fine.

»Wir können auch etwas anderes spielen«, sagte er nun zu Fine.

»Ich muss meine Hausaufgaben machen«, entschuldigte sich Fine. »Aber vielleicht später.« Sie schaute die beiden an. »Wisst ihr, wer morgen zu Besuch kommt?«

Beate schaute überrascht auf. »Es kommt Besuch?«

»Ja, Tante hat einen Kuchen gebacken.«

»Vielleicht kommt Großvater ... oder Mutti.« Ein hoffnungsvolles Strahlen zeigte sich auf Beates Gesicht. »Mutti war ja Weihnachten nicht da.«

»Nein, das war sie nicht«, sagte Fine nachdenklich.

Anfang des letzten Jahres war Ulla nach Spanien aufgebrochen. Den Kindern hatte sie erklärt, dass sie aus gesundheitlichen Gründen in das warme Land ziehen würde. Doch das war nur die halbe Wahrheit, wie Fine wusste.

»Aber ... aber du kommst uns doch besuchen?«, hatte Beate damals entsetzt gefragt.

»Können wir nicht mit dir gehen?«, wollte Neli wissen.

»Ich komme euch sicherlich besuchen«, versprach Ulla. »Ich weiß nur noch nicht, wann.«

»Ostern?«, fragte Beate hoffnungsvoll, aber Ulla antwortete nicht.

»Ihr solltet hier die Schule weiter besuchen. Ich muss ja auch erst einmal schauen, wie das Leben in Spanien so ist«, versuchte Ulla zu erklären. »Wo wir dort wohnen, was es an Schulen gibt und all diese Dinge.«

»Kannst du nicht einfach hierbleiben?«, bat Beate.

»Nein, mein Spatz, das geht leider nicht.«

Und so nahmen sie wieder einmal Abschied voneinander. Diesmal, das war Fine deutlich bewusst, war es eine andere Art von Abschied. Sie hatte mitbekommen, dass es für Ulla nicht einfach gewesen war, die Papiere für die Ausreise zu bekommen. Vermutlich würde es ebenso kompliziert sein, nach Deutschland zurückzukehren. Stippvisiten oder Besuche für ein paar Tage würde es vermutlich nicht geben. Sie drückte Ulla ganz fest an sich, versuchte ihren Duft und den Klang ihrer Stimme in sich aufzunehmen und sich zu merken.

Natürlich schickte Ulla Briefe und Postkarten, sogar Fotos schickte sie. Aber die Post kam nicht mehr so häufig und so regelmäßig wie früher. Im Sommer hörte Beate auf, nach einem Besuch von Mutti zu fragen.

Sie lasen die Beschreibung der Insel, sahen sich die Fotos vom Strand und vom Meer an. Tatsächlich hatten Will und Ulla ein Haus gekauft, dass Will nun mit selbst getischlerten Möbeln ausstattete. Im Sommer kamen die ersten Feriengäste, und die Beschreibungen klangen Erfolg versprechend. Ulla hatte sich in dem milden Klima schnell erholt und war wieder ganz gesund.

Vielleicht, dachte Fine, haben sie jetzt dort ihre Bestimmung gefunden. Fine wünschte es ihnen sehr. Ulla schrieb ihr von dem

Gemüsegarten, den sie angelegt hatte. Ulla wollte sogar Gemüse einwecken und fragte Fine und Tante Gertrud um Rat.

Im Herbst kam ein Brief von Ulla an Fine.

Mein liebes Finekind,

ich hoffe, es geht dir gut. Und den anderen natürlich auch. Dies ist allerdings ein Brief nur an Dich. Wir haben uns jetzt gut eingelebt. Viele Genossen sind nach Spanien ausgewandert, und etliche von ihnen machen bei uns Urlaub. Der eine empfiehlt unsere kleine Pension den anderen, und so verbreitet sich der gute Ruf dieses Urlaubsorts wie ein Lauffeuer. Wir sind bis in den Winter schon gebucht.

Mir macht das Leben hier Freude, all die kleinen Alltagsdinge. Gut ist natürlich, dass wir uns hier auch Personal leisten können. Man zahlt nicht viel. Will tischlert und hat auch schon Aufträge bekommen – eine weitere gute Einnahmequelle.

Weshalb ich Dir nun schreibe, meine Große – willst Du nicht zu uns kommen? Du bist nun vierzehn und kannst das selbst entscheiden. Du könntest bei uns wohnen und wir wären endlich wieder zusammen. Später könnten Deine Schwestern vielleicht auch kommen, aber jetzt ist das noch nicht möglich.

Ich würde mich sehr, sehr freuen, wenn Du kommen würdest. Alle Dinge, wie Einreisevisum und Fahrkarten würde ich organisieren. Dann wären wir endlich wieder zusammen.

Bitte schreib mir bald, ich freue mich auf Deine Antwort.

Deine Mutti

Mehrfach hatte Fine den Brief gelesen, ihn weggelegt, dann wieder vorgenommen und Wort für Wort gelesen. Sie haderte mit sich, ob sie mit Tante Gertrud oder gar mit Großvater über das Angebot sprechen sollte, aber sie konnte sich nicht dazu überwinden.

Die Fotos von der schönen Insel waren verlockend. Auch die Beschreibungen der Umgebung, das milde Wetter und die Aussicht, ein unbeschwertes Leben führen zu können, reizten sie schon.

Aber dann kamen die Zweifel. Was sollte sie dort tun? Sicherlich konnte sie dort irgendeine Ausbildung machen, aber wahrscheinlich war das Angebot nicht besonders groß. Um dort zur Schule zu gehen, müsste sie erst Spanisch lernen. Und sie war doch schon vierzehn, es würde ihre Schullaufbahn um mindestens ein Jahr zurückwerfen.

Sie konnte sich auch nicht vorstellen, zusammen mit Ulla die Pension zu führen.

Und dann waren da noch ihre Schwestern. Das konnte sie Beate und Neli nicht antun – sie konnte nicht alleine zu Mutti ziehen, während die beiden hierbleiben mussten. Was hatte sich Mutti bloß dabei gedacht?

Ja, ich vermisse Mutti, dachte sie traurig, ich habe eine riesige Sehnsucht nach ihr. Aber ich kann doch nicht mein jetziges Leben einfach so aufgeben. Meine Freunde, meine Schullaufbahn, mein Leben hier. Und schon gar nicht meine Schwestern.

Sie musste niemanden anderen um Rat fragen, sie wusste, was sie zu schreiben hatte.

Liebe Mutti, meine allerliebste Mutti,

ich freue mich sehr, dass es euch so gut geht. Dass ihr schon so viele Buchungen habt, ist toffte. Die Möbel, die Will baut, sehen sehr schön aus, ich wusste gar nicht, dass er das kann.

Ich hoffe, dass ich euch irgendwann, vielleicht sogar bald, besuchen kommen kann. Doch zu euch ziehen, das kann ich im Moment nicht. Ich möchte die Schule beenden und würde gerne studieren. Du hast mir immer gesagt, wie wichtig es gerade als Frau ist, eine gute Ausbildung zu haben – Deinem Rat folge ich gerne.

Mit allerliebsten Grüßen und vielen Küssen.

Deine Finetochter

Ulla hatte geantwortet, dass sie Fines Entscheidung verstehe und respektiere, nur hätte Fine es gerne aus ihrem Mund gehört und sie bei den Worten angesehen. Aber das war ja leider nicht möglich.

Könnte es wirklich sein, dass Ulla nun urplötzlich zu Besuch käme, fragte sich Fine. Aber hätte sie dann nicht vorher geschrieben? So schnell ging das ja nicht mit der Reise. Vielleicht war es ja Großvater. Er kam nun, seit Mutti in Spanien lebte, viel häufiger vorbei. Doch das hätte Tante Gertrud ihr doch sagen können. Fine schüttelte den Kopf und nahm sich ihre Schulhefte hervor. Es nützte nicht, wenn sie sich Gedanken machte.

Zu ihrer großen Verblüffung fuhr am nächsten Tag – es war ein Samstag – tatsächlich Großvater mit seinem Wagen vor das Haus.

Beate stand am Fenster und winkte ihm aufgeregt zu. Sie reckte ihren Hals, aber niemand anderes saß im Auto. Enttäuscht ging sie zur Tür.

»Hast du Mutti nicht mitgebracht?«

»Guten Tag, mein Kind. Wie geht es dir?«, fragte Großvater.

»Mir geht es gut, danke der Nachfrage.« Er sah sie mit hochgezogenen Augenbrauen an.

»Guten Tag, Großvater«, sagte Beate, sie war puterrot geworden. »Entschuldigung.«

»Schon gut, Kindchen.«

Auch Neli und Fine waren gekommen, um ihn zu begrüßen, Tante Gertrud folgte ihnen.

»Hermann, grüß dich«, sagte Tante Gertrud. »Ich hoffe, die Fahrt war nicht zu scheußlich, trotz des Wetters.«

»Es ging«, sagte er und rieb sich die Hände. »Die großen Straßen sind zum Glück geräumt. Aber hier im Städtchen war das schon abenteuerlich.«

»Deckt den Tisch, Kinder«, wies sie an. »Fine, du darfst den Kuchen aus dem Ofen holen.«

Eilig folgten sie den Anweisungen. Sie alle spürten, dass dies kein normaler Besuch war.

Der Tisch war schnell gedeckt, und Tante Gertrud schnitt den Kuchen an.

»Man kann dir wohl gratulieren, Hermann«, sagte Onkel Hans. »Du bist befördert worden.«

»Ja. Sturmbannführer. Es ist natürlich in meinem Alter nur ein nomineller Rang, ich werde mich ja nicht mehr mit den Jungspunden in den Kampf begeben.«

»Warum nimmst du ihn dann an?«, fragte Fine.

»Wegen der Vorteile, mein Mädchen.« Er musterte Fine. »Bald muss ich ja schon ›junge Dame‹ zu dir sagen.«

»Ich werde im Mai fünfzehn«, sagte Fine stolz.

»Und ich werde im September vierzehn«, fügte Neli hinzu und setzte sich ganz gerade hin, streckte die Brust nach vorne. »Ich bin auch bald schon eine junge Dame.«

Großvater lachte, dann wurde sein Gesicht ernst. »Ja, das ist einer der Gründe, warum ich hier bin.«

»Unser Alter?«, fragte Neli verwirrt.

»In welche Klasse gehst du jetzt, Cornelia?«

»In die siebte.«

Großvater nickte. »Und die Realschule unterrichtet nur bis zur achten Klasse.«

»Ja, Großvater«, sagte Neli verwirrt.

»Das heißt, in einem Jahr, nach Abschluss der achten Klasse, würdest du eine Ausbildung machen. Weißt du schon, was du werden willst?«

»Kinderärztin«, sagte Neli.

»Ja, das sagst du seit Jahren. Aber – ich fürchte, das wird nicht möglich sein.«

»Warum?«, fragte nun Fine misstrauisch. Es ging hier nicht um die Realschule in Tabarz, das spürte sie genau.

Großvater sah sie an und seufzte. »Es wird neue Gesetze

geben. Noch in diesem Jahr. Juden wird verboten werden, zu studieren.«

»Wir sind aber doch keine Juden«, rief Beate empört. »Wir sind getauft. Wir sind Protestanten.«

»Darum geht es nicht, Beate«, sagte Fine leise. »Es geht um die Rasse.«

»Das stimmt, Fine.« Großvater räusperte sich. »Auch du wirst nicht studieren können.«

Fine sackte in sich zusammen und schüttelte den Kopf. Sie fühlte sich, als ob jemand einen Eimer eiskalten Wassers über sie ausgeschüttet hätte.

»Aber ... aber ...«

»Ich möchte, dass ihr alle eine gute Ausbildung macht. Alle drei. Und ich werde all meinen Einfluss nutzen.« Er sah Fine bedeutsam an.

»Deshalb der Sturmbannführer«, murmelte sie.

»Ja, deshalb«, bestätigte er.

»Aber ... wie geht es denn jetzt weiter?«

»Du wirst die Schule bis zur mittleren Reife weiterhin besuchen. Und Neli auch. Ich habe schon mit dem Direktor gesprochen, ab Ostern, ab dem neuen Schuljahr, wird auch sie auf das Gymnasium gehen – solange es eben geht.«

Fine sah Neli an. »Aber der lange Weg ...«

»Das wird sie schon schaffen. Sie ist ja jetzt kein kleines Kind mehr.« Großvaters Worte ließen keine Widerrede zu.

»Ja, Großvater«, sagte Neli. »Ich schaffe das bestimmt.«

»Dann haben wir das geklärt«, sagte er.

»Ich verstehe es aber nicht. Wir sind getauft. Fine und ich gehen mit den anderen zum Konfirmandenunterricht. Warum können wir dann nicht auch Abitur machen?« Nelis Unterlippe zitterte.

»Wir werden sehen, wie sich das alles entwickelt. Erst einmal möchte ich aber, dass du zur weiterführenden Schule gehst – je früher, desto besser.« Großvater runzelte die Stirn. Er wollte etwas sagen, aber Beate kam ihm zuvor.

»Alle anderen Mädchen in Tabarz gehen zu den Jungmädels und ab vierzehn zum BDM. Ich möchte auch zu den Jungmädels.«

»Beate, das geht nicht«, sagte Fine.

»Ich will das aber!« Beate zog trotzig und zornig die Augenbrauen zusammen.

»Es ist leider nicht möglich«, sagte Großvater. »Immerhin könnt ihr konfirmiert werden.«

»Das ist ungerecht«, jammerte Beate. »Ich will dahin.«

»Kinder, die etwas wollen …«, sagte Tante Gertrud leise, aber streng.

Beate zuckte zusammen und biss sich auf die Lippen.

»Ich habe noch etwas mit euch zu besprechen«, sagte Großvater nun. »Es geht um eure Mutter.«

In Fine zog sich alles zusammen. Was war mit Mutti? War ihr etwas passiert? War sie wieder krank geworden? Fines größte Angst war, dass Mutti so plötzlich sterben würde, wie damals ihr Vater gestorben war. Ihre Unterlippe zitterte plötzlich, und sie konnte nichts dagegen tun.

»Was ist mit Mutti?«, fragte Beate arglos.

»Sie kommt zurück nach Deutschland«, sagte Großvater nun.

»Wirklich? Für immer?« Neli sah ihn begeistert an.

»Ja, für immer.« Großvater nickte.

»Was ist passiert? Es ist doch etwas passiert«, sagte Fine mit gepresster Stimme.

Großvater schaute sie an und machte eine leichte Bewegung mit dem Kopf zu Beate und Neli, kniff dann die Lippen zusammen.

Ich hoffe, dachte Fine, er erzählt es mir später, wenn die beiden nicht dabei sind. Denn Mutti kommt sicherlich nicht einfach so zurück.

»Hast du noch mehr zu verkünden?«, fragte Tante Gertrud und lächelte. »Oder kann ich jetzt endlich den Kuchen anschneiden? Ich sehe da ein paar hungrige Gesichter.«

Großvater lachte. »Du kannst den Kuchen anschneiden.«

Fine aß nur wenig, ihr gingen zu viele Gedanken durch den Kopf. Was war mit Ulla? Warum kam sie zurück? Und wohin würde sie ziehen? Und dann noch Neli. Fine verzog das Gesicht. Ab dem Frühjahr würde Neli also mit ihr zur Schule laufen. Das würde furchtbar werden. Neli war langsam und ungelenk.

Heinz-Ludwig war nun in der Oberstufe. Er würde das Abitur machen, auch wenn er das eigentlich nicht brauchte, da er ja sowieso den Betrieb seines Vaters übernehmen würde. Aber in der letzten Zeit träumte er davon, zu studieren.

»Ingenieur möchte ich werden. Die werden jetzt gebraucht. Das sagen bei der Hitlerjugend alle. Hitler macht das Land wieder stark, baut es auf, und dafür braucht man Ingenieure.«

»Und der Betrieb deines Vaters?«, fragte Fine verwundert nach.

»Mein Vater kann ihn ja weiterführen, bis ich fertig bin, und vielleicht kann ich dann daraus sogar eine große Firma machen.«

»Das sind ja Träume«, lachte Fine, aber im Grunde bewunderte sie ihn dafür.

Auch sie hatte Träume, die aber nun mit einem Mal zerschellt waren wie ein Glas auf dem Küchenboden. Vielleicht, dachte sie nun, malt Großvater zu schwarz. Vielleicht wird es diese Gesetze gar nicht geben. Oder sie werden für uns nicht gelten, denn immerhin sind wir getauft und werden nächstes Jahr konfirmiert werden. Und Großvater ist in der Partei – vielleicht wird uns das helfen.

Nach dem Kaffeetrinken ging Neli ins Musikzimmer und spielte auf dem Flügel.

Fine hatte den Tisch abgeräumt und stand nun in der Diele, unschlüssig, was sie tun sollte. Plötzlich stand Großvater vor ihr.

»Was ist mit Mutti?«, fragte Fine besorgt. »Ist sie krank? Wird sie sterben?« Erst jetzt, als sie es aussprach, merkte Fine, wie sehr dieser Gedanke sie gefangen gehalten hatte.

Großvater sah sie überrascht an. »Wie kommst du auf so etwas?«

»Weil ... weil ... ihr ging es doch so gut auf Ibiza. Sie hat mir geschrieben, wie schön es dort sei und dass die Pension gut laufe. Wieso sollte sie also zurückkommen? Und ... und bei Vati kam das auch so plötzlich. Wir konnten uns noch nicht einmal von ihm verabschieden.« Fine schluchzte auf.

»Finekind, meine kleine Große«, sagte Großvater erschrocken und nahm sie in die Arme. »Um Gottes willen, denk doch so etwas nicht. Nein, nein, deiner Mutter geht es gut. Sie kommt zurück wegen ... dieses Kerls. Dieses jungen Mannes, mit dem sie zusammenlebt.«

»Will? Will ist krank?«

»Niemand ist krank. Aber dieser Will ist verrückt. Wirklich! Da ist er unbeschadet aus Deutschland entkommen, und man sollte doch meinen, dass er daraus gelernt hätte. Aber nein, das hat er nicht. Er war im Herbst bei einem Freund in Madrid. Und dieser Freund ist natürlich ein Politischer.«

»Ein Kommunist?«

Großvater nickte. »Der Freund hat irgendetwas angestellt, hat gestreikt oder demonstriert, und Will war bei ihm. Er wurde verhaftet und nun außer Landes gewiesen.«

»Und Mutti? Ist sie auch verhaftet worden?«, fragte Fine erschrocken.

»Nein, deine Mutter war ja auf Ibiza. Aber da will sie ohne ihn nicht bleiben. Also hat sie nun alles verkauft und kommt zurück.«

»Können sie denn so einfach wieder einreisen?«

»Das ist es ja – eigentlich nicht. Aber sie sind jetzt im Saarland. Ich weiß nicht, ob du das mitbekommen hast?«

»Die Abstimmung des Saarlands? Doch, das habe ich. Es wurde hier groß gefeiert. ›Heim ins Reich‹, haben sie gerufen und Lieder gesungen.«

»Ja, ab März gehört das Saarland wieder zum Deutschen Reich, und somit müssen sie keine Grenze überqueren.«

»Also bleiben sie im Saarland?«

»Das weiß ich nicht, mein Kind. Vielleicht gehen sie auch wieder zurück nach Berlin. Ich will nur eines hoffen – dass sie nun endlich ihre politischen Aktivitäten ruhen lassen. Sie bringen sich doch damit immer mehr in Gefahr.«

»Das«, sagte Fine, »hoffe ich auch.« Sie war ganz erleichtert, dass mit Mutti alles gut war. Und sie würden sich wiedersehen, sie würden sich wieder besuchen können. All die Sorge sprang auf einmal von ihr ab, und ihr Herz hüpfte vor Freude. Das Wichtigste war doch, dass sie wieder vereint sein würden.

»Ich glaube«, sagte Großvater leise, »sie hat euch sehr vermisst. Sie ist froh, endlich wieder zurückkommen zu können.«

Das hoffe ich, dachte Fine, das hoffe ich sehr.

Es dauerte noch bis März, bis das Saarland vom Völkerbund wieder an das Deutsche Reich übergeben wurde. In der Zeit schrieb Ulla den Mädchen mehrfach. Sie freute sich darauf, sie endlich wiederzusehen. Dennoch war sie nicht sicher, wie sie würde reisen können, denn Will war ja aus Deutschland geflüchtet und wurde eventuell noch gesucht.

Ulla und Will beschlossen, erst einmal zu Freunden nach Hamburg zu gehen und dort unterzuschlüpfen.

»Wann sehen wir denn Mutti endlich wieder?«, fragte Beate quengelnd. »Wir haben sie schon über ein Jahr nicht gesehen.«

»Bald«, versuchte Fine sie zu vertrösten und ihre eigenen Sorgen, was Ulla anging, zu verdrängen

Nach Ostern begann das neue Schuljahr. Nun würde auch Neli den Weg durch den Wald und über den Berg mitgehen.

»Pass auf deine Schwester auf«, ermahnte Tante Gertrud sie. »Du bist schließlich die Große.«

»Das stimmt doch gar nicht«, sagte Neli und lachte. »Ich bin einen Kopf größer als Fine.«

Fine seufzte nur. »Sieh zu, dass du dich ranhältst und mitkommst. Niemand wird auf dich warten.«

Neli hatte sich bald mit zwei weiteren Mädchen aus der Gruppe angefreundet und hing nicht mehr wie eine Klette an Fine.

»Wie gut«, sagte auch Heinz-Ludwig und nahm verstohlen ihre Hand. »Ich dachte schon, sie würde ab jetzt immer an deinem Rockzipfel kleben.«

»Es ist ja auch neu für sie«, verteidigte Fine ihre Schwester. Ihre Reaktion überraschte sie selbst, aber sie stellte fest, dass sie sich zwar hemmungslos über Neli aufregen konnte, aber sofort an ihrer Seite war und sie verteidigte, sobald jemand etwas gegen oder über Neli sagte.

Heinz-Ludwig schwärmte weiterhin von der Zukunft, von seinem Traum, aus dem Betrieb seines Vaters eine Fabrik zu machen. »Fließbandfertigung, das ist die Zukunft in jedem Bereich. Auch in der Schreinerei und beim Hausbau. Ich weiß schon ganz genau, wo ich die Halle hinbauen würde.«

»Und was würdest du am Fließband anfertigen lassen?«

»Das weiß ich noch nicht«, gab er zu. »Wenn ich das wüsste, bräuchte ich ja gar nicht zu studieren.«

Fine lachte auf. »Hast du schon darüber nachgedacht, wo du studieren willst?«

»In München. Oder in Berlin. Oder doch lieber in München«, sagte er unschlüssig.

»Was sagen eigentlich deine Eltern dazu?«

Nun druckste Heinz-Ludwig herum. »Ich habe noch nicht mit ihnen darüber gesprochen.«

Fine blieb stehen und sah ihn an. »Sie wissen nicht, dass du studieren willst?«

»Gesagt habe ich es ihnen schon einmal, aber … ich weiß nicht, ob sie es ernst genommen haben.«

»Dann musst du das aber mit ihnen klären.«

»Ja.«

»Bald.«

»Ja doch«, sagte er verlegen.

»München oder Berlin, das ist ganz schön weit weg«, fügte Fine nachdenklich hinzu.

»Du hast ja noch ein paar Jahre bis zur Matura«, meinte er. »Und ich werde natürlich zu Besuch kommen, sooft ich kann. Und dann können wir uns sehen.«

»Hmmhmm«, machte Fine. Ihre Zukunft war sehr viel ungewisser als seine, aber das hatte sie ihm noch nicht gesagt. Es hat noch Zeit, vertröstete sie sich immer wieder.

Doch die Zeit schien immer schneller zu vergehen.

Wieder kam Großvater zu Besuch. »Ich habe gute und schlechte Nachrichten«, verkündete er. »Was wollt ihr zuerst hören?«

»Die gute!«, rief Beate.

»Die schlechte«, sagte Fine mit Nachdruck. »Wenn es sehr schlimm ist, kann uns die gute Nachricht vielleicht wieder aufbauen.«

»Sagte ich schon einmal, dass du ein kluges Mädchen bist, Fine?« Großvater lächelte. »Die schlechte Nachricht ist, dass diese Gesetze, von denen ich gesprochen habe, nun tatsächlich in Kraft treten werden. Ihr seid Juden zweiten Grades nach dem Gesetz. Da ihr aber nun getauft seid, habt ihr zumindest das vorläufige Reichsbürgerrecht.« Er sah sie an. »Habt ihr das verstanden?«

»Wer will das denn überprüfen?«, fragte Fine.

Großvater seufzte auf. »Man muss einen Nachweis erbringen. Einen Ariernachweis. Euer Vater war Halbjude von Geburt, hat aber nie der jüdischen Religionsgemeinschaft angehört, weil eure Großmutter mit ihrer Hochzeit aus der jüdischen Kirche ausgetreten ist. Das können wir nachweisen und uns zunutze machen.«

»Zunutze?«, fragte Neli. »Wie?«

»Ich habe etliche Freunde, die viel Einfluss haben. Und ich habe nicht vergessen, dass ihr, als gute Deutsche, in den BDM eintreten wollt.«

»Das geht doch nicht, wenn wir Vierteljuden sind«, sagte Fine.

»Vielleicht geht es doch. Ich möchte, dass du, Fine, einen Brief an den Reichsjugendführer schreibst. Das ist Baldur von Schirach, ich kenne ihn gut und habe das mit ihm abgesprochen. Außerdem schreibst du ein Gesuch an Adolf Hitler.«

»Was?«, sagte Fine entsetzt. »Niemals.«

»Doch, das wirst du tun. Keine Widerrede. Ich werde es dir diktieren, mein Kind. Solltet ihr beim BDM zugelassen werden, wird euch das auch später zugutekommen.«

»Und dann darf ich zu den Jungmädel?«, fragte Beate aufgeregt.

»Ich hoffe es, Beatchen. Aber es kann ein wenig dauern.« Wieder sah Großvater Fine an. »Du weißt, weshalb du das machen musst?«

»Ja«, sagte sie fast tonlos. »Es geht um unsere Stellung in dieser arischen Gesellschaft.« Allein der Begriff verursachte ihr Magenschmerzen. Dennoch schrieb Fine das Gesuch an Hitler, und an von Schirach schrieb sie ebenfalls. Sie wies auf ihren Großvater Richard Dehmel hin, auf ihr untadeliges Verhalten und das ihrer Schwestern und auf die aktive Aufnahme und Beteiligung in der protestantischen Gemeinde. Großvater diktierte ihr die Worte, ließ sie alles dreimal abschreiben, bis es völlig fehlerlos war.

»Mach rundere Buchstaben«, forderte er sie auf, »das wirkt mädchenhaft und unschuldig.«

Als er endlich zufrieden war, nahm er die Briefe mit. Er würde sie an den entsprechenden Stellen abgeben.

Nach den Briefen fühlte sie sich völlig erschöpft und leer. Es hatte sie große Überwindung gekostet, sie zu schreiben. Sie verabscheute Hitler, und mit jedem neuen Erlass wurde dieses Gefühl stärker. Aber sie wusste, Großvater hatte recht. Sie würden alles tun müssen, um sich durch dieses perfide System durchzumogeln.

Schon bald standen die Sommerferien wieder an, und das Haus wurde für die Ferienkinder vorbereitet. Aber auch Fine, Neli und Beate würden eine Reise machen. Sie würden zusammen nach Hamburg fahren und ihre Mutter besuchen.

»Endlich, endlich, endlich!«, rief Beate, als sie in Gotha in den Zug stiegen.

»Kommt gut an und passt um Gottes willen auf Beatchen auf«, rief Tante Gertrud ihnen hinterher, die sie zum Bahnhof gebracht hatte.

»Sind doch nur ein paar Tage weg«, sagte Fine lachend, aber dennoch klopfte ihr Herz. So eine lange Reise mit dem Zug hatten sie noch nie alleine unternommen. Mit dem Regionalzug ging es nach Göttingen, dort mussten sie umsteigen in den Fernzug, der bis nach Hamburg fuhr. Auf dem Bahnsteig in Göttingen blieb Beate ganz verdattert stehen.

»Was ist denn, Beate? Wir müssen weiter«, drängte Fine ihre Schwester.

»Schau mal«, flüsterte Beate. »Auf der Bank, da steht: Nicht für Juden.«

»Ja«, sagte Fine und nahm Beates Hand. »Das ist jetzt so.«

»Gilt das auch für uns?«, fragte Beate ganz verschreckt. »Dürfen wir uns auch nicht mehr setzen?«

»Nein, das gilt nicht für uns. Und außerdem werden wir auch niemandem sagen, dass wir ein bisschen jüdisch sind. Niemandem. Niemals, hast du das verstanden?«

Beate nickte unsicher. »Hast du eigentlich etwas von Hitler gehört?«, fragte sie Fine.

»Bitte was?« Fine sah sie entsetzt an.

»Großvater hat dich doch diesen Brief schreiben lassen. Damit wir vielleicht nicht mehr ein wenig jüdisch sind und in den BDM können. Hat er geantwortet?«

Fine stieß den Atem aus. »Noch nicht, Beate. Aber das wird er sicher noch. Können wir jetzt weiter?«

Beate nickte.

Fine wusste, dass es für Juden immer mehr und mehr Einschränkungen gab. In manchen Berufsgruppe durften sie gar nicht mehr arbeiten, in anderen nur eingeschränkt. Es ist doch verrückt, dachte sie verbittert, was sollen denn all die Leute tun? Außerdem waren sie doch gut ausgebildet, es war eine Verschwendung von Arbeitskraft. Immer mehr jüdische Familien versuchten, das Deutsche Reich zu verlassen. Auch ihre Großonkel Franz und Carl waren ausgewandert. Onkel Franz nach Palästina und Onkel Carl nach Amerika. Hin und wieder schickten sie noch einen Scheck für das Kleidergeld der Mädchen, aber Fine war sich sicher, dass der Scheck auch bald ausbleiben würde. Aber sie wusste auch, dass Großvater alles für die Mädchen tat, was in seiner Macht stand.

Die Fahrt von Göttingen bis Hamburg dauerte ein paar Stunden, aber endlich kamen sie an. Ulla stand schon auf dem Bahnsteig und wartete. Es war ein tränenreiches Wiedersehen nach dieser langen Zeit.

»Du darfst nie wieder ins Ausland gehen«, beschwor Beate Ulla. »Nie, nie wieder, Mutti.«

»Das werde ich auch nicht«, versprach Ulla ihr. Sie sah die Mädchen an. »Ihr seid so groß geworden, und ihr habt euch so sehr verändert. Du bist ja fast schon eine junge Frau, Fine.«

»Ich bin fünfzehn, Mutti«, sagte Fine lachend.

»Ich weiß, ich weiß. Und du, Neli, wirst bald vierzehn.«

»Wo ist denn Will?«, fragte Fine. »Ist er gar nicht mitgekommen, um uns abzuholen?«

Ullas Gesicht veränderte sich, sie zuckte zusammen. »Das erzähle ich euch nachher«, murmelte sie.

»Fahren wir auch nach Blankenese zu Großmutter Isi?«, wollte Fine nun wissen.

»Isi ist nicht da«, sagte Ulla. »Vielleicht beim nächsten Mal.« Sie nahmen die Tram, um zu Ullas Wohnung zu kommen. Es war eine schmale Zweizimmerwohnung, die man über den Hof betrat. »Es ist sehr klein, aber für ein paar Tage wird es ja schon gehen«, sagte Ulla.

»Was ist denn jetzt mit Will?«, wollte Fine wissen, die merkte, dass etwas Ulla belastete.

»Will wurde verhaftet«, erzählte Ulla bedrückt, als sie alle zusammen um den Tisch saßen und Abendbrot aßen.

»Was?«, fragte Fine erschrocken. »Wieso? Schon wieder?«

»Damals, als er ausgereist ist, das war 1933 im Sommer, da war er schon einmal verhaftet worden. Er war da doch aktiv in der KPD, die gerade verboten worden war. Sie haben alle verhaftet, die sie kriegen konnten.« Ulla schluckte. »Viele wurden sehr schlecht behandelt. Will hatte Glück, er kam an einen Typen von der Gestapo, der noch andere Führungsleute der KPD verhaften wollte, und er wollte Will als Spitzel. Will hat sich zum Schein darauf eingelassen. Er ist damals mit gefälschten Papieren nach Zürich gereist und hat der Gestapo fingiertes Material zukommen lassen. Dann ist er ja nach Spanien gegangen.« Sie seufzte. »Wir dachten, die Sache sei längst vergessen, trauten uns aber nicht, mit unseren Papieren wieder nach Deutschland einzureisen. Spanien hatte uns aber ausgewiesen, und deshalb sind wir ins Saarland gegangen, das ja unter französischer Besatzung stand.«

»Und dann haben die Saarländer dafür gestimmt, wieder zu Deutschland zu gehören«, fügte Fine hinzu.

Ulla nickte. »Somit hatten wir keine Passkontrollen zu befürchten. Wir mussten uns ja aber irgendwie hier anmelden, damit wir hier arbeiten können. Will hatte gehofft, dass diese alte Geschichte längst vergessen sei, aber nun wurde er wegen Passfälschung verhaftet.«

»Und was passiert nun?«, fragte Neli entsetzt. »Wird er für immer weggesperrt?«

»Das will ich nicht hoffen. Ich habe einen Anwalt gefunden, der Genossen unterstützt. Er wird Will bei dem Prozess verteidigen, was aber dabei herauskommt, wissen wir nicht.«

Dieses Ereignis lag die ganze Zeit wie eine dunkle Wolke über ihrem Besuch, auch wenn Ulla sich sehr bemühte, ihre Sorgen um Will zu verdrängen und mit den Mädchen eine schöne Zeit zu haben. Sie hatten sich viel zu erzählen, besuchten die Speicherstadt und den Hafen, kauften Fisch auf dem Fischmarkt und besichtigten das Rathaus.

An einem Abend saßen sie an der Alster. Beate und Neli spielten am Ufer, beobachteten die kleinen Boote und Lastkähne.

Ulla hatte ein Picknick vorbereitet und zog nun eine Flasche aus dem Korb, entkorkte sie. Dann nahm sie zwei der Gläser und schenkte Fine und sich selbst ein.

»Was ist das?«, fragte Fine skeptisch. Die Limonade war sehr blass.

Ulla grinste. »Das ist süßer Wein. Du bist schon ein großes Mädchen, und ich dachte, wir beide könnten mit einem Glas Wein anstoßen.«

Fine spürte das Blut in ihren Wangen. Es war wie ein kleiner Ritterschlag, so als würde ihre Mutter sie nun als Erwachsene ansehen – oder zumindest fast.

»Nur ein kleiner Schluck«, sagte Ulla auch sofort, als hätte sie Fines Gedanken lesen können.

»Prost!«

»Auf dich, mein Kind.«

Fine nippte zaghaft an dem Glas, es schmeckt süß und gleichzeitig auch ein wenig sauer, eine eigenartige Mischung.

»Den Wein habe ich aus Spanien mitgebracht«, erzählte Ulla, und ihre Stimme klang traurig.

»Wärst du gerne wieder dort?«

Ulla überlegte. »Nein. Doch. Ich weiß nicht. Es war so unbeschwert dort, so leicht. Wir hatten ein Einkommen, mir hat es sogar Spaß gemacht, die Pension zu führen. Aber ihr ... ihr wart weit weg, und ich habe euch so vermisst. Und Will ... er war nicht glücklich.«

»Warum nicht?«, fragte Fine verwundert.

»Weil er dort nicht das machen konnte, was ihm so sehr am Herzen liegt – sich politisch engagieren.«

»Großvater hofft, dass ihr euch nach den ganzen Ereignissen von der Politik fernhalten werdet.«

Ulla sah Fine nachdenklich an. »Ich glaube nicht, dass wir das können. Ich glaube auch nicht, dass wir das wollen. Es ist nicht gut, was hier passiert. Hitler ist eine Zeitenwende, und es wird Krieg geben, wenn sich nicht Leute gegen ihn stellen.«

»Aber musst denn du das sein? Und Will? Müsst ihr euch gegen die Nazis stellen? Können das nicht andere tun?«, fragte Fine beklommen.

»Was, wenn jeder das sagt? Wenn jeder die Verantwortung auf andere schiebt. Nein, das geht nicht.« Ulla sah Fine an. »Was ist denn mit dir? Was sind deine Träume und Pläne?«

»Ich ... ich weiß es noch nicht. Ich wollte immer Abitur machen und studieren. Aber wird das jetzt möglich sein? Nein, wird es nicht. Vielleicht gibt es einen anderen Weg, aber ich sehe ihn noch nicht.«

»Studieren – ja, das war auch mein großer Traum«, sagte Ulla leise.

»Du hast studiert. Großmutter Paula hat Bücher geschrieben. Tante Detta hat ebenfalls studiert und arbeitet jetzt in einem großen Verlag ...«

»Warum sollte das für dich nicht möglich sein, Finekind?«

»Weil Hitler es unterbindet«, sagte Fine bitter.

»Und du willst dir von so einem piefigen Mann deine Zukunft verbieten lassen?«

Fine sah auf das Wasser, sah die sachten Wellen. Der piefige Mann, dachte sie und musste grinsen. Großmutter Paula hatte in einer Zeit gelebt, als viele Frauen überhaupt keinen Beruf hatten. Sie hatte sich in Großvater verliebt und sich über Regeln und Normen hinweggesetzt. Die Ehe hatte keinen Bestand gehabt, aber Großmutter hatte nicht verzagt und zum Schluss das erreicht, was sie schon immer hatte tun wollen – schreiben.

Sie hatte Bücher geschrieben, Gedichte und Märchen, die sie unsterblich machten, denn sie wurde immer noch rezitiert und gelesen.

Und Mutti, Ulla, war auch ihren Weg gegangen, allen Widrigkeiten zum Trotz. Sie ging ihn immer noch und würde ihn weiter gehen, das war Fine bewusst. Ulla liebte Will, und Fine konnte das gut verstehen, sie hatte die Liebe zwischen den beiden gespürt. Es war eine ganz andere Liebe, als Ulla sie für Heinrich oder gar Mining gehabt hatte. Die Liebe zu Will war stark und fest und innig.

Liebe ich Heinz-Ludwig auf diese Art und Weise, fragte sich Fine nun. Haben wir eine gemeinsame Zukunft? Er war bei der Hitlerjugend, wie fast alle Jungs im Dorf, aber er war nicht nur Mitläufer, das hatte Fine schon früh bemerkt, und es war ihr sauer aufgestoßen. Heinz-Ludwig wusste gar nicht, dass sie zu einem Viertel Jüdin war. Und er wusste auch nicht, dass sie vermutlich nicht studieren konnte. Würde das sein Gefühl und seine Ansichten über sie ändern? Fine schluckte, denn plötzlich kannte sie die Antwort auf die Frage. Aber die Erkenntnis traf sie nicht, weil sie ihn so sehr liebte und nun ihr Herz brach – nein, es brach nicht. Denn jemand, der sie nicht nahm, wie sie war, mit ihren Wurzeln und ihrem Erbe, den brauchte sie nicht. Nachdenklich drehte sie einen Kiesel in der Hand.

Die Frauen in meiner Familie sind stark, das waren sie schon immer, dachte sie. Und ich bin eine von ihnen. Da kommt ein Sturm auf uns zu, ein gewaltiger Sturm. Mutti und Will stellen sich ihm entgegen. Vielleicht tue ich das auch. Oder ist mein Weg ein anderer? Egal wie, ich werde meinen Weg gehen. Ich bin eine Dehmel. Ich bin eine Erbin dieser Familie und werde meine Bestimmung finden.

Das wusste sie plötzlich mit unumstößlicher Sicherheit.

Sie nahm Ullas Hand, sah ihre Mutter an und lächelte.

»Ich werde mir von niemandem die Zukunft verbauen lassen, Mutti. Niemals. Ich werde immer Wege finden, so wie du auch.«

»Das ist mein Finekind«, sagte Ulla und klang stolz. »Ich sehe dich und deine Zukunft – es gibt dunkle, bedrohliche Farben, aber eines sehe ich ganz klar – in deiner Zukunft ist auch ganz viel Hoffnung in Gelb und Blau.«

Nachwort

Hier endet die Geschichte der Dehmels. Nein, natürlich endet die Geschichte hier nicht wirklich. Sie geht noch sehr viel weiter. Ich hätte auch gerne darüber geschrieben, aber manchmal kommt eine Zeitenwende, und Dinge sind nicht mehr so, wie sie früher waren.

Ich habe schon einige Bücher geschrieben, die während des Zweiten Weltkriegs spielten. Ich habe über das Dritte Reich geschrieben und diesen fürchterlichen, unsäglichen Krieg. Und das habe ich immer getan mit dem Wissen, dass es der letzte große Krieg in Europa war. Alle hatten daraus gelernt. Niemals wieder würde eine Großmacht auf diesem Kontinent einen Krieg führen. Dachte ich und täuschte mich.

Putin hat diese Hoffnung, Zuversicht, ja, eigentlich schon Sicherheit in nicht nur meinen Gedanken zerstört, als er am 24. Februar 2022 die Ukraine angriff und dort einmarschierte.

Ich schreibe diese Worte im November 2022, und noch immer tobt dieser Krieg, noch immer ist nicht sicher, wie er ausgeht – zumal Putin immer wieder mit seinen Atomwaffen droht.

Sie, liebe LeserInnen, werden diese Zeilen im Februar 2023 lesen. Wer weiß, was bis dahin ist. Vielleicht gibt es bis dahin Frieden, aber die Prognosen sind eher düster.

Ich kann und will im Moment kein Buch über einen Krieg schreiben, einen Krieg zwischen Deutschland und Russland. Ich kann und mag nicht über eine Rote Armee schreiben, die in ein Land einmarschiert, Angst und Schrecken verbreitet, mordet und foltert – wenn das gleichzeitig ein paar Hundert Kilometer weit weg von uns wieder geschieht. Ich kann und mag nicht über ein Regime schreiben, dass Menschen deportiert, inhaftiert, gefoltert, gequält und misshandelt hat – über Hitler und seine Anhänger, wenn hier in Deutschland die Stimmen, die antisemitisch sind, immer lauter und lauter werden.

Im Moment kann ich das nicht. Ich hoffe, dass Sie, lieber Leser, liebe Leserin, das verstehen, und mir verzeihen, dass ich die Geschichte der Dehmels nicht weitererzählen mag.

Ulla, Fine, Cornelia und Beate haben den Krieg überlebt. Sie sind durch Irrungen und Wirren gegangen, aber sie haben ihren Weg gefunden.

Ulla hat Will Moll geheiratet – die beiden waren im Widerstand und haben etliche Menschen gerettet und ihnen geholfen. Will Moll wurde 1944 zum Tod verurteilt.

Ida Dehmel hat das Dehmelhaus bis 1942 geführt, dann sollte sie deportiert werden. Sie hat kurz zuvor Selbstmord begangen.

Vera hat den Krieg überlebt und anschließend das Dehmelhaus zusammen mit ihrem Sohn Tim weitergeführt. Das Dehmelhaus in Hamburg ist heute ein Museum – man kann und sollte es besichtigen. Dort erfährt man noch mehr über die Familie.

Lotti und ihr Mann sind nach England emigriert und haben Peter zu sich geholt. Er starb leider an einer Gehirnhautentzündung.

Dies ist ein Roman. Er beruht auf einer wahren Familie, einer wahren Geschichte. Viele Dinge sind so oder ähnlich passiert, wie ich es beschrieben habe, einiges habe ich erfunden.

Wahr ist:

– Ulla und Heinrich zogen in den Grunewald in eine neu gebaute Wohnanlage in der Reinerzstraße. Die Häuser gibt es noch. Tatsächlich hat Hertha BSC auf dem Sportplatz hinter dem Haus trainiert.

- Heinrich hat seinen Job als Amtsarzt verloren, weil er sich mit den sozialen und hygienischen Gegebenheiten vor allem in dem »Wickelburg« genannten Viertel in Berlin nicht abfinden konnte und immer wieder dagegen protestierte.
- Heinrich hat mit Probanden an Medikamenten und Drogen geforscht, um Bewusstseinsveränderungen festzustellen und die Psyche zu heilen. Die Probanden kamen wirklich in die Reinerzstraße und haben dort ›getobt‹.
- Heinrich hat seine eigene Praxis eröffnet, die Armen behandelt, ohne dafür Geld zu nehmen. Er nahm auch Abtreibungen vor. Er hat sich selbst angezeigt, die Anzeige wurde aber fallengelassen.
- Im Netz findet man etliche Veröffentlichungen von Heinrich. Nach seiner Scheidung hat er sich sehr für die Rechte der Frauen eingesetzt. Das Mutterschutzgesetz beruht auf einigen seiner damaligen Anträge.
- Heinrich Dehmel starb an der Ruhr, auch wenn die Presse ihm Selbstmord vorwarf. Durch eine Obduktion wurde die Todesursache belegt, und die Presse musste widerrufen.
- Ida Dehmel hat mit ihrer Freundin die GEDOK gegründet. Auch dazu findet man viel im Netz oder in den Veröffentlichungen von Carolin Vogel, die ich allen Interessierten sehr ans Herz lege.
- Die Geschichte um Ulla und Heinrich Vogeler (Mining) ist wahr. Auch der Sommerurlaub in der Fontana Martina ist belegt (samt den verschiedenen Unfällen).
- Tatsächlich hat Fine Ulla und Will am 1. Mai 1929 zur Maidemonstration begleitet. Auch war sie bei den Pionieren, und auch der Vorfall der ›Landpropaganda‹ ist so von ihr überliefert worden
- Die Mädchen kamen zur Familie Sperling nach Tabarz, allerdings habe ich die Namen verändert.
- Tatsächlich haben sich die Mädchen taufen und konfirmieren

lassen. Allerdings stimmt das Datum der Taufe nicht – die war im Mai und nicht im Dezember.

– Ulla und Will hatten eine Pension auf Ibiza und wurden ausgewiesen, nachdem Will sich für einen Genossen eingesetzt hatte. Auch die Geschichte mit seiner Flucht ist so überliefert und belegt. Will wurde nach seiner Verhaftung im Sommer 1935 aus Mangel an Beweisen freigesprochen und hatte ab 1936 eine feste Anstellung in Berlin, wo er und Ulla dann verheiratet lebten.

– Wahr sind ganz viele kleine Details in dieser Geschichte und ganz viele dieser Details verdanke ich Regina Polensky – Fines Tochter –, bei der ich mich ganz herzlich bedanken möchte. Ich liebe diese Geschichte und hätte sie gerne noch weitererzählt. Vielleicht ist das später irgendwann möglich.

Dies ist dennoch ein Roman, der viel Fiktion enthält und ganz sicher auch Fehler, obwohl ich mich, wie immer, um eine saubere Recherche bemüht habe. Die Fehler gehen alle auf mein Konto, und man möge sie mir verzeihen.

Danksagung

Kurz und knapp: Ich möchte mich bei allen Freunden, Bekannten, meiner Familie und vor allem bei meinen Kindern bedanken, die mir durch dieses für mich anstrengende und schwere Jahr geholfen haben.

DANKE!

Anne Stern
Drei Tage im August
Roman
352 Seiten. Klappenbroschur
ISBN 978-3-7466-3998-7
Auch als E-Book lieferbar

Eine Chocolaterie als Zuflucht in dunklen Zeiten

Berlin, 5. August 1936: Die Schwermut ist Elfies steter Begleiter, Zuversicht findet sie in ihrer Arbeit in der Chocolaterie Sawade, einem Hort zarter Zaubereien aus Nougat und Schokolade, feinstem Marzipan und edlen Aromen. Hier gelingt es Elfie und ihren Nachbarn, sich ihre Menschlichkeit in unmenschlichen Zeiten zu erhalten. Dann kommt Elfie dem Geheimnis einer besonderen Praline und der Geschichte einer verbotenen Liebe auf die Spur. Doch wird sie es wagen, auch ihrer eigenen Sehnsucht zu folgen?

Bestsellerautorin Anne Stern erzählt die berührende Geschichte einer besonderen Frau, die nicht wie andere ist – ein ausnehmend schöner Roman, voll zarter Sinnlichkeit und außergewöhnlicher Figuren.

Regelmäßige Informationen erhalten Sie über unseren Newsletter.
Jetzt anmelden unter: www.aufbau-verlage.de/newsletter

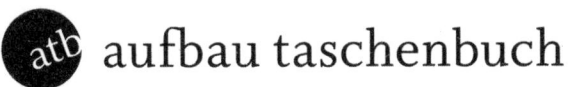